U0128453

# 乳母皇太后

宋其蕤 著

内蒙古人民出版社

**图书在版编目（CIP）数据**

乳母皇太后/宋其蕤著. --呼和浩特:内蒙古人民出版社，
2017. 12

ISBN 978-7-204-15211-7

Ⅰ.①乳…　Ⅱ.①宋…　Ⅲ.①长篇历史小说-中国-
当代　Ⅳ.①I247.5

中国版本图书馆 CIP 数据核字（2018）第 004691 号

**乳母皇太后**

| | | |
|---|---|---|
| 作　　者 | 宋其蕤 | |
| 责任编辑 | 王　静 | |
| 封面设计 | 刘那日苏 | |
| 出版发行 | 内蒙古人民出版社 | |
| 地　　址 | 呼和浩特市新城区中山东路 8 号波士名人国际 B 座 | |
| 网　　址 | http://www.impph.cn | |
| 印　　刷 | 内蒙古爱信达教育印务有限责任公司 | |
| 开　　本 | 710mm×1000mm　1/16 | |
| 印　　张 | 24.5 | |
| 字　　数 | 550 千 | |
| 版　　次 | 2020 年 6 月第 1 版 | |
| 印　　次 | 2020 年 6 月第 1 次印刷 | |
| 书　　号 | ISBN 978-7-204-15211-7 | |
| 定　　价 | 39.00 元 | |

如发现印装质量问题，请与我社联系。联系电话:(0471)3946120

# 目　录

## 上部　皇宫婢女

第一章　北燕风云 / 3

　　1. 魏国皇帝大举伐燕　北燕公主自荐救国 / 3

　　2. 小公主入魏和亲　常玉花别亲离乡 / 15

第二章　异国他乡 / 18

　　1. 平城皇宫小心侍奉　燕地使女大志谋划 / 18

　　2. 跑马场越规逾矩　小宫女见机行事 / 25

　　3. 公主受恩宠封贵人　婢女巧计谋定乾坤 / 33

　　4. 拓跋焘决计发兵灭燕　常玉花教唆媚术迷心 / 37

　　5. 故国破灭常家入平城　太后喜爱玉花讨欢心 / 45

　　6. 机灵常玉花认干亲　聪明冯贵人解故制 / 54

第三章　皇宫乳母 / 59

　　1. 北地姑嫂谋害魏公主　魏国群臣议灭西凉州 / 59

　　2. 常玉花小心讨太后喜爱　冯贵人无意得太子欢心 / 66

　　3. 拓跋焘平定凉州大兴封赏　崔司徒逼死李顺种下祸端 / 73

4. 拓跋焘铸金人选皇后　冯贵人升昭仪显荣耀 / 75

5. 拓跋晃太子监国　常玉花山洞幽会 / 83

6. 拓跋晃得子母子生别离　常玉花入宫母女活拆散 / 90

7. 奶养皇孙玉花受恩宠　庆贺满月皇家大出游 / 95

8. 太子有意培植亲信　乳母小心奶养皇孙 / 102

**第四章　父子之间 / 107**

1. 太子雄心壮志监国　崔浩鞠躬尽瘁修史 / 107

2. 主仆虔诚向佛　皇孙随意受教 / 113

3. 皇帝祭祖憎佛　太子作法祈福 / 116

4. 派使鲜卑山大祭祖屋　让位皇太子总揽朝政 / 122

5. 拓跋焘平定叛乱巡西安　崔司徒建议毁佛禁佛教 / 127

6. 兄弟犯罪殃及池鱼　昭仪设法救助亲人 / 132

7. 抚养侄女含辛茹苦　无猜儿女日久生情 / 140

**第五章　魏宫风云 / 147**

1. 监国太子阳奉阴违　侍讲高允直言进谏 / 147

2. 崔司徒修国史秉笔直书　皇帝巡北苑发现隐情 / 150

3. 修国史皇太子怪罪　书事实崔司徒惹祸 / 157

4. 左昭仪精心培养侄女　昭阳宫软语抚慰皇帝 / 163

5. 聪明昭仪说讲拓跋历史　伶俐乳母留心身旁大事 / 169

6. 拓跋焘大计征南朝　拓跋晃监国埋祸端 / 172

7. 违抗圣旨私自回宫　监国母子沆瀣害人 / 176

8. 左昭仪后院赏雪自得其乐　右昭仪宫中密谋自行其是 / 179

9. 拓跋焘兵临长江岸　皇太子就擒弹指间 / 185

10. 皇帝清洗太子党　乳母帮助皇孙郎 / 190

11. 奸佞太监阴谋下毒手　盖世皇帝英雄遭暗害 / 194

12. 直大臣忧虑谋国事　左昭仪冷静观大局 / 204

13. 右昭仪逼皇后发诏书　南安王做皇帝登大位 / 209

乳母皇太后

# 下部　皇宫皇太后

**第一章　保护皇孙** / 217

　　1. 拓跋余僭位当皇帝　左昭仪有心依旧制 / 217

　　2. 奸佞宗爱再害新皇帝　聪明乳母又护小皇孙 / 223

　　3. 宗爱搜查皇宫寻皇孙　昭仪指挥若定除奸佞 / 230

　　4. 大臣同心协力救社稷　苑洞欢欣鼓舞迎皇孙 / 234

**第二章　荣华富贵** / 239

　　1. 小皇帝登基大封赏　常玉花计谋巧安排 / 239

　　2. 常玉花图谋执掌魏国后宫　左昭仪计除皇帝生母 / 242

　　3. 报恩常玉花为皇帝选贵人　聪明左昭仪替侄女谋出路 / 249

　　4. 预谋夺权皇后姐妹为奸　艳羡权势玉花太后阴谋 / 254

　　5. 皇太后嶂山祭祀求平安　小皇帝横山畋猎射老虎 / 260

　　6. 赫连氏赐死除大患　常太后用权去两王 / 266

　　7. 阴山却霜祭祀天地　国史在心明了历程 / 269

**第三章　太后弄权** / 275

　　1. 罪囚平城拜见皇帝　少年白楼初遇美人 / 275

　　2. 太后如狼似虎性事不谐　乙浑李代桃僵奉承如意 / 279

　　3. 皇帝初交欢仓房试云雨　女囚蒙恩泽皇宫倍受宠 / 283

　　4. 左昭仪痛说家事临终托孤　皇太后难忘情义盟誓报恩 / 288

　　5. 皇太后起疑心调查真相　新贵人讲因缘确定身份 / 293

**第四章　母子矛盾** / 300

　　1. 登道坛受符箓皇帝信道　得消息欲阻挠太后震怒 / 300

　　2. 提防迫害皇帝幸临阴山　秘密生子李氏临产行宫 / 305

　　3. 皇太后设计调回皇帝　李夫人无辜累及皇子 / 313

4. 海誓山盟皇帝恋李氏　妒火中烧太后憎贵人 / 317

5. 皇帝执己意封李氏　太后依旧例选皇后 / 322

6. 一成一败金人铸造有机关　一悲一喜冯李贵人争后位 / 329

7. 施小计皇太后立太子　依故事皇太后除贵人 / 334

**第五章　最后辉煌 / 343**

1. 一人得道太后弄权　满门俱荣鸡犬升天 / 343

2. 皇太后尽情享乐　肥安侯捉奸丧命 / 347

3. 皇太后干涉皇帝宠爱　冯皇后讨好皇帝未成 / 350

4. 皇太后难容新宠　小皇帝暗起杀心 / 357

5. 恩断义绝小皇帝下毒手　志得意满皇太后遭囚禁 / 365

6. 皇帝壮志安河山　太后凄清度新年 / 373

7. 隆重安葬尽显皇恩浩荡　富贵短暂无非竹篮打水 / 378

乳母皇太后

# 主要人物

常玉花——北魏文成帝拓跋濬的乳母。后封为保太后、皇太后，和平元年
　　　　（公元460年）崩，谥昭太后，世称常太后。

冯　媛——北燕国王冯文通（冯弘）的女儿，在北魏太武帝拓跋焘北伐北燕
　　　　时，冯文通送她进北魏，封为太武帝拓跋焘的左昭仪。

冯　朗——冯文通的二儿子，投降北魏。为北魏刺史，后因兄弟冯邈入蠕蠕
　　　　事，全家被抄，被太武帝拓跋焘处死，女儿冯燕没入宫掖。

冯　燕——冯朗女儿。没入宫掖以后，被左昭仪冯媛抚养，成为魏国皇帝拓
　　　　跋濬的贵人、皇后，即历史上很有名的文明太后。公元442年生
　　　　于长安。

拓跋焘——魏国第三代皇帝，死于正平元年（公元451年）六月，终年45岁。
　　　　谥太武皇帝，庙号世祖。

拓跋晃——拓跋焘之太子。正平元年（公元451年）6月薨，年24岁。谥景
　　　　穆太子，追尊为景穆皇帝，庙号恭宗。

拓跋余——拓跋焘的儿子，闾氏右昭仪所生，被封为南安王。拓跋焘死后，
　　　　被宗爱扶上帝位，后又被宗爱所杀。

拓跋濬——拓跋晃之长子。拓跋余死后，即位，为北魏第四代皇帝。死于和
　　　　平六年六月（公元465年），年仅24岁。谥文成帝，庙号高宗。

拓跋弘——拓跋濬之长子，封为太子。

赫连氏姐妹——拓跋焘的皇后及贵人。北凉国国主的妹妹。

郁久闾氏——拓跋晃的妃子，为拓跋濬的生母，死于拓跋濬即位的36天，与

1

常太后被封为保太后为同一日。

李氏佩琬——拓跋濬宠爱的贵人,拓跋弘的亲生母亲。

皇太后窦氏——拓跋焘的奶娘,后封为保太后、皇太后,谥惠太后。

崔　浩——拓跋焘的汉臣,司徒,太子拓跋晃的辅臣之一。后主修国史,被拓跋焘所杀。

李　顺——拓跋焘的汉臣,尚书。

高　允——拓跋焘的汉臣,侍郎,太子太傅。历经多个皇帝。

陆　丽——拓跋焘的大臣。帮助拓跋濬登极。

源　贺——拓跋焘的大臣。帮助拓跋濬登极。

刘　尼——拓跋焘的大臣。帮助拓跋濬登极。

宗　爱——拓跋焘的太监,中常侍,后谋反,杀死拓跋余。

林金间——左昭仪太监,原籍为和龙。

抱　嶷——左昭仪太监,原籍为和龙。

王　遇——左昭仪太监。

张　佑——皇太后的太监。与冯燕同时没入宫的小罪囚,其父是扶风太守,冯朗部下,被牵连。入宫后,受宫刑,做小太监。

符成祖——遭遇家世同张佑。皇太后的太监。

常　英——乳母常玉花的兄长,后被封为太宰辽西王。

常　喜——乳母常玉花的兄长,作为冯媛的随从入宫。在宫内做杂役,后做侍卫,娶乙浑之妹。

常玉芝——常玉花之妹,做冯媛的小使女。后嫁乙浑。

乙　浑——常玉花妹夫。冯媛入平城魏宫时带来的侍卫。先是宫中羽林军校尉,后任为车骑大将军,封侯封王。

王　睹——常玉花的丈夫。冯媛入平城魏宫带来的侍卫。先是宫中侍卫校尉,后封侯。

李　欣——拓跋濬的嫔妃李夫人的父亲,仪曹尚书。

乙梅叶——乙浑之女,拓跋濬的嫔妃。

# 上　部
## 皇宫婢女

# 第一章　北燕风云

## 1.魏国皇帝大举伐燕　北燕公主自荐救国

北魏大延三年三月,北燕首都和龙,春寒料峭,刚刚发芽的树木枝头才泛出一丝鹅黄,枯黄的草根下刚刚露出似有似无的新芽,堆积在背阴处的冬天的雪还没有完全融化,轻轻走来的春天的脚步没有来得及给这小国国都蛰伏了整个冬天的人带来希望和欢喜,相反,城里一片混乱。繁华的城里,人们面色惊慌,争相收拾家产细软,准备逃难,到处笼罩着惊慌。北魏几次伐北燕的阴影还没有散去,北魏皇帝拓跋焘又一次举兵进攻,大军压境,叫北燕国人惊慌失措。看来北魏拓跋焘是非要灭亡北燕不可。

北燕王宫龙腾苑,广袤十余里,连房数百,观阁相交,慕容熙修起的景云山,亭台楼阁巍峨,花木刚刚萌芽,苑里的人工湖曲光海和清凉池上还结着薄冰,闪闪发亮的冰面上倒映着蓝天白云。

北燕国主冯宏坐在豪华的甘露殿王座上,召见谋臣,商讨对策。

北燕原是后燕慕容氏的天下。中卫将军冯跋与其弟冯万泥、冯弗素等人执杀慕容熙以后,立其养子高云为王,高云被部下杀死,冯跋被部下推举为主。409年,冯跋建国燕,改元太平。面对强大的魏的威胁,冯跋内修政治,外睦邻国,勤于政事,劝课农桑,省徭役,薄赋税,把个小国北燕治理得国泰民安。432年,冯跋去世,他的弟弟冯宏冯文通做了北燕国主。这时,魏国皇帝拓跋焘在灭了夏国又沉重地打击了柔然之后,立刻挥师东方,准备吞并这东方的小国。北燕是太武帝拓跋焘的一根肉中刺，叫他寝食不安，非拔掉不可。

太史令张穆出班奏曰："魏国皇帝新近灭了夏国，征柔然获得大胜，拓跋焘此时来伐，正是士气高涨锐不可当之时。我国几次受其骚扰，国力有所损失，延和元年六月，拓跋焘亲征，夺取了我国的营丘、乐浪、带方六郡，迁徙三万余户于幽州。十二月，冯崇、冯朗、冯邈兄弟投降魏国，更动摇军心。延和二年六月的第二次伐燕，大将封羽以守城投降，迁徙了三千余家。这表明，魏主拓跋焘记恨神瑞元年我国扣留魏国使者于什门的前嫌，决心灭燕。依小臣之见，不如放还于什门，请求和好。"

冯文通手捋胡须，沉默不语。

北燕扣留魏国使者于什门已经二十四年，该是放还他的时候了。"匈奴扣留苏武三十九年，我能学匈奴吗？"

北燕扣留魏国的使者，造成魏燕关系的恶化。北魏神瑞元年八月，明元帝拓跋嗣派遣使者于什门到和龙。于什门到达和龙，以自己是上国使者自居，住在外舍，派人传话给燕国国主冯跋："大魏皇帝有诏，须冯主出受，然后才敢入。"冯跋大怒，立刻派人逼迫于什门去见自己。到了王宫，于什门又坚决不下跪拜见，冯跋命令武士按下于什门头让他跪拜。于什门怒喝，声气凛然："冯主拜受诏，吾自以宾主致敬，何须苦苦逼迫！"冯跋与士卫争执不下，一直不屈不挠。冯跋制止了于什门，让他站立群众之中。于什门背向冯跋而站，以后裆屁股侮辱冯跋。冯跋把于什门囚禁起来，于什门随身衣服都破败不堪，浑身长满虱蚁。冯跋送他衣服，他坚决不接受。于什门长期被拘禁在和龙。当时，北燕太史令张穆曾劝说冯跋："大魏威制六合而聘使隔绝，自古邻国未有不通之理，违义致忿，取败之道，恐大军卒至，必致吞灭，宜还魏使。"但冯跋不听张穆所劝。果然，小不忍而乱大谋，泰常三年（418 年）明元帝首次大举伐燕。近几年拓跋焘的频频伐燕，更是非要置燕国于死地不可。

是啊，小不忍而乱大谋。冯文通点头同意放还魏国使者于什门。

尚书高禹出班起奏："臣以为，仅仅放还于什门，似乎还不足以平息魏国的愤怒。魏主拓跋焘早已放话说，不破燕国决不罢休！依臣之见，燕国只有派使求和，才有可能保护和龙的平安。"

太史令张穆反对："求和是没有用的。去年陛下已经派臣去请和，被拓跋焘严词拒绝。陛下之子冯崇也曾上表请求魏主允许他来劝父归降，拓跋焘也不答应。他一定要吞并燕国才甘心啊！"

冯文通浑身焦躁，猛地拍了一下椅子，站了起来，背着手走来走去。谋臣所说都是事实，魏主拓跋焘铁心要灭燕国了！国家一灭，和龙的百姓，他的全家，将如之奈何？

北燕立国不过几十年，难道就要灭在他的手里不成？

北魏皇始元年，大燕皇帝慕容垂讨伐魏王拓跋珪，死于途中，慕容宝即位，做了大燕皇帝。不久，魏主拓跋珪出兵大举进攻大燕国都中山，慕容宝仓皇出逃和龙城，被其舅父蓝汗诱杀，蓝汗自称大都督、大单于昌黎王，以慕容宝的儿子慕容盛为女婿。不久，慕容盛诱杀蓝汗，自立为燕王。他峻极威刑，纤介嫌忌，莫不裁之于未萌，防之于未兆。于是，上下震惊，人不自安，虽忠诚亲戚，也心怀离贰。几个将军夜潜禁中，鼓噪攻慕容盛，慕容盛闻变惊起，率左右出战，众皆溃散。慕容盛受伤，不久死去。慕容盛死，其子慕容定年纪幼小，群臣立慕容垂的少子慕容熙为大燕国主。慕容熙，字道文，小字长生。慕容熙立，年号光始，杀慕容盛的儿子慕容定，开始大兴土木，筑龙腾苑，广袤十余里，起景云山在苑里，又起逍遥宫、甘露殿，连房数百，观阁相交，凿天河水入宫。他为妻苻氏凿曲光海、清凉池，几万民工，季夏盛暑，不得歇息，晒死者大半。他又为苻氏起承华殿，负土于北门，土与谷同价。大臣上书极谏，慕容熙大怒，斩之。苻氏季夏思冻鱼，仲冬须生地黄，慕容熙都责有司备办，不得，便加之以大辟。到苻氏死，慕容熙拥其尸痛哭，僵仆倒地气绝，苏醒之后悲号跳跃，撕扯丧服，拒绝食粥。大殓之后，他又命开棺，与之交接。他命令百官哭棂，沙门素服，令有司检查，有泪者为忠孝，无泪者罪罚。百官震惧，不得不拼命让自己流泪。下葬的时候，慕容熙披发跣足跟从，载棺椁的车高大，过不了城门，慕容熙命令士兵毁城门出城。长老互相议论："慕容氏自毁其门，将不入矣。"果然，中卫将军冯跋与弟弟冯宏闭门拒慕容熙入城，命士兵捉拿慕容熙而后杀之，立其养子慕容云为主。不久，冯跋又杀慕容云自立为燕王，置百官，年号太平。

冯跋，字文起，原本是长乐信都人，自立以后，扣押了魏国使臣于什门，与魏国绝交。冯跋有疾，让子冯翼代理国事。冯跋的宠妃宋氏想立自己的儿子，便隔绝内外，不让大臣和冯翼等人见冯跋。冯跋的弟弟冯宏怕生意

5

外,于是勒兵而入内,冯跋惊怖而死。冯宏袭位。他袭位以后,与南朝刘齐交通。

尚书郭渊出班起奏:"放还于什门尚且不足以让魏国退兵,以臣之见,归诚进女,乞为附庸,尚得保守宗庙!"

冯宏大怒,跺脚咆哮:"你说什么屁话!负衅在前,衅形已露,降服取死,不如守志!"

郭渊涕泗交流:"陛下万不可意气用事!如不降服,也必须进女以交好魏王,以此换取燕国安宁!万望陛下三思!"

冯宏大声呵斥:"养兵千日,用兵一时!平素朝廷养你不薄,如今朝廷有难,你不能为我分忧,却出如此下作之办法!送女和亲,要你何用?"

大臣们不敢再说什么。

冯宏回到后宫逍遥宫,他最宠爱的王氏急忙迎了上来。王氏是乐浪(现在的朝鲜)人,是冯宏镇守乐浪时结识的乐浪大族的女儿。王氏生得美貌无比,嫁给冯宏以后,鸾凤和谐,为他生得一儿一女,儿子仁刚刚十岁,被封为太子,做冯宏继承人,女儿取名媛,十六岁,还没有许配人家。

冯宏还有三个成年的儿子,分别作燕国的州刺史,由于不满冯宏废黜长子冯崇与宠爱王氏、改立王氏所生的小儿子为继承人,在魏军压境的时候,老大冯崇、老二冯朗和老三冯邈竟齐齐投降了魏。

王氏身材袅娜,出来迎接冯宏:"主公,下朝了?"王氏拜见。

冯宏扶着王氏,走到卧榻前。

"阿爷,回来了。"女儿冯媛从后面快步走了出来,拜见爷娘。冯媛今年十六岁,生得唇红齿白,满头乌云似的黑发梳理成当时时髦的双髻,显得十分天真活泼,还没有行过笄礼,举止说话还似小姑娘一样。她抱着冯宏的胳膊,歪着头偏着脸摇晃着,撒娇地看着冯宏忧心忡忡的脸:"阿爷,是不是北魏军队来了?"

冯宏长长地叹了口气:"可不是,魏国军队已经逼近和龙,燕国面临着巨大危险,大臣都不知道如何是好。"

冯媛跺着脚:"养兵一世用兵一时,这兵来将挡水来土掩,燕国自有精兵强将保家卫国,阿爷难道还担忧他们不能保护燕国吗?"

冯宏宠溺地轻轻抚摩着女儿细嫩白皙的脸颊："魏国屡次讨伐,多次掳获我们的人口,加上你三个不肖兄长的投降,燕国兵将不足以抵挡强大的魏国军队。魏国现在正值强盛,吞并了夏国,俘虏夏国王、公、卿、将、校以及母、后、妃、姊妹、宫人、平民几万口,马三十余万匹,牛羊数千万头,府库珍宝、车旗、器物不可胜数。它新近又征服柔然,你那嫁到柔然的姑姑乐浪公主派人捎信来说,让我们不要与魏主抗衡,以免招来灭城灭国灭族之灾。你那几个投降魏国的兄长也是要我投降。大臣的意见也是投降。"说到这里,冯宏又长长叹了口气,语气十分沉重:"可是,现在魏国军队大军压境,恐怕投降都保不了和龙城啊!"

冯媛的脸色也凝重起来。是啊,魏国大军一旦攻进和龙,和龙的全部人口不是被杀就是被当作俘虏强迫迁徙到魏国,作了亡国亡家的奴隶,那该多悲惨!她拧起弯弯的柳叶眉,沉思起来。如何为父分忧解难呢?有什么办法解救父老乡亲呢?

冯媛坐到父母身旁,以手托颐,黑亮的眼睛蒙上了一层忧郁。

"有了!"冯媛一下子拉着父亲的手,欢快地喊:"阿爷,阿娘,我有办法了!我有办法了!"

王氏用指头轻轻地戳着她的额头:"一个小女子,你有什么办法?瞧把你张狂的!"

冯媛并不理会母亲的责备,她跳了起来:"和亲啊!和亲啊!胡人喜欢和亲,也都喜欢和我们汉人和亲,古来就有王昭君出塞和亲匈奴的故事,我们为何不效法古人来个和亲呢?用我们燕国汉家公主去魏国和亲,我想鲜卑拓跋焘一定不拒绝。当初我们北燕不是让乐浪公主去和亲通好柔然吗?"

冯宏苦笑了一下:"和亲鲜卑拓跋焘当然不错,前些年我们燕国和亲柔然很成功,为燕国换来多年的安宁。这多亏了你姑姑的功劳,当了柔然可汗的哈敦。不过,也就委屈了她,让她远嫁异族,忍受许多苦难。我可不想我的女儿再受这种苦。"

王氏听得女儿这么说,立时柳眉倒竖:"小女子,不得胡说!这和亲之事是你说的吗?"

冯媛这才意识到,这提议是关系自己前途命运的大事,它可不是送别人到魏国去,而是自己提议把自己送给魏国国主拓跋焘。她浑身颤抖了一下,一阵寒意袭上心头。她对拓跋焘知道多少呢？虽然燕国原为鲜卑慕容族的国家，冯家世代为燕国臣子，但是冯家毕竟是汉人，汉人的生活习俗，汉人的传统，汉人的语言。虽然他们长期生活在鲜卑慕容统治下的国家里，也时时与鲜卑人打交道，与柔然、铁弗匈奴、羌、氐、鲜卑人都有来往，可是，自从祖父冯跋替代鲜卑慕容氏建立了燕国，燕国朝廷里以汉人为主，说汉话，穿汉衣，食稻米麦面，她怎么能到鲜卑人中去过食肉饮奶穿皮衣的日子呢？再说，鲜卑三支，鲜卑慕容氏还算熟悉，这鲜卑拓跋氏远离和龙，听说那拓跋焘杀伐成性，谁知道是个什么样魔鬼般的可怕人物呢？

冯媛急忙紧紧闭上自己的嘴巴。

和亲？刚才朝廷上郭渊不是就这么提议吗？眼下难道只有和亲才能解救和龙和燕国？

冯宏心里一动，不由自主打量起自己的女儿。十六岁的女儿已经亭亭玉立，粉白的面容如粉砌玉雕一般可爱。这样的汉家公主去和亲魏主拓跋焘，一定能够成功。想到这里，他下意识地看了王氏一眼，想看看王氏的反应。

王氏看见冯宏的目光转了过来，立刻冷了脸，掉转眼光，推了冯媛一把："回你自己的房里。"

冯媛站了起来，丫鬟常玉花过来扶着她走出去。

"侍候公主，让她在房里读书，不许乱跑。"王氏叮嘱着丫鬟常玉花。

丫鬟常玉花比冯媛大一岁，是冯媛奶娘宋氏和老家人常贵的女儿，自小与她阿娘一起伺候冯媛，很是尽心尽力。

"是！娘娘！"粗眉大眼大手大脚的常玉花响亮地回答着，搀扶着冯媛离开。

冯宏目送着女儿离开，一句话不说地闷头想着心事。王氏推了推冯宏，厉声说："我不许你打女儿的主意！要是实在没有办法，我去高丽搬救兵，让高丽王前来救燕，前来搭救我们！"

冯宏急忙摇头："那可不是办法。高丽救兵同魏国一样，都是和龙的威胁。我们不能前门拒虎后门纳狼啊！"

王氏很不高兴："谁是狼啊？高丽王是我的亲叔父，他怎么会害你我呢？"

冯宏还是摇头："暂时还不要想这办法,等等看我们有没有办法退魏国军队。有办法的话,就不要请高丽王来。"

王氏只是说:"我不同意女儿和亲。"

冯宏安慰王氏:"你不用着急,我也不忍心女儿和亲到魏国。"

冯媛手拿着一本《论语》,却怎么也读不进去。她抬头看着丫鬟常玉花,常玉花正低头绣花。"玉花,你说,魏国的军队会不会攻进和龙?"

常玉花的哥哥常英原来在宫内做杂役,后来到燕国军队做了个守城的校尉,昨天他进宫看望妹妹,表示了他的担忧。常玉花把哥哥的话说给公主冯媛:"我哥哥说,城外的魏兵已经很近了,从城头上看,城外魏国军队遍野,旌旗连天,燕国怕是难以抵挡。"

冯媛学着父亲的样子深深叹了口气,那神情,真像一个饱经忧患的老人:"那可如何是好?和龙几万人,我们宫里这么多人口,如何是好?魏兵要是攻进和龙,和龙怕是要血流成河,百姓要遭殃了。"

"是啊,确实挺怕人的。最好能够让魏国退兵。"常玉花小心翼翼地表达自己的意见。

"你说,拓跋人是不是食人肉饮人血啊?是不是像魔鬼一样?拓跋焘是不是很可怕?"冯媛问常玉花。

常玉花笑了:"看公主说的!拓跋人和我们汉人一样,也是人,怎么就会食人肉饮人血呢?其实,我们燕国也有不少鲜卑人,慕容家族原本就是鲜卑人,像宫里侍卫校尉乙浑就是鲜卑人,他是我哥哥常英的好朋友,人很豪爽,很讲义气。不过比我们汉人更爽直一些罢了。你忘了乐浪公主和亲柔然以前,不是也担心柔然人野蛮可怕吗?可是乐浪公主到柔然以后,当了柔然可汗的哈敦,生活得不是也很好吗?除去一开始不习惯食肉饮奶,说话听不懂,也没有听说有什么可怕的事情发生。"

冯媛点头:"也是,姑姑确实也没抱怨什么,作了柔然可汗的哈敦,她胖了不少,说是食肉饮奶的缘故。"冯媛掩口轻声笑了起来。

"听说魏国定都平城以后,拓跋鲜卑人汉化了不少。乙浑关注魏国,他知道鲜卑的一些情况。他说,拓跋鲜卑男人都留着索样发辫。他还听说,公主的三个哥哥在魏国都受重用,大公子二公子做青州、雍州刺史,三公子冯朗在长安住,日子也不错。"常玉花说。

"是啊,我阿娘要把她的一个娘家侄女许配给他。现在也没有办法完婚。"冯媛一边看着常玉花的绣品,一边自言自语:

"这么说,拓跋焘也不是那么可怕。要是我们燕国与魏国和亲,不就可以拯救和龙和燕国吗?"

常玉花急忙上来掩住冯媛的口:"公主,可不敢乱说。现在燕国公主只有你一个,要是和亲,可就是公主啊! 主公和娘娘哪舍得让你远嫁魏国啊!"

"要是和亲可以拯救燕国和和龙百姓,我愿意去和亲。和亲有什么可怕呢? 姑姑不是也生活得很幸福吗?"冯媛嬉皮笑脸地开着玩笑。

主仆二人正说话,一个小姑娘慌慌张张地撞了进来。

"公主,不好了,魏兵围了和龙,扬言要是燕国不投降,就血洗和龙!"小姑娘惊慌失措地喊。

"玉芝,不得无礼!"常玉花呵斥着自己的小妹,小妹常玉芝刚进宫,做公主冯媛的宫女。

"玉芝,你慢慢说,慢慢说。魏军到了哪里?"公主冯媛拉着常玉芝的手,让她喘口气再说。

"我刚才听到宫里的侍卫乙浑哥说,守城校尉派人进宫报告,说魏军已经兵临城下,派使者前来送信,要燕国立刻投降,要不就立刻攻打和龙!"

"走,我去看看阿爷如何商量对策!"冯媛说着跑了出去。

北燕国主冯宏在议事殿里走来走去,几个谋臣垂手恭立,太史令张穆一揖到地:"主公,大敌当前,犹豫不得! 请主公快作决断! 微臣斗胆请求主公以公主和亲,去请求魏主拓跋焘停止攻城,只有这样,才能拯救和龙百姓和燕国朝廷于水火之中啊!"

其他大臣也都齐声呼喊着:"大王,请作决断吧!"大殿上响着一片凄厉的乞求声,还夹杂着声声抽泣。

冯宏猛然停住脚步,回转身死死地盯住太史令张穆,咆哮着:"难道就没有别的法子可想了?"

张穆扑通一声,跪到冯宏的面前,抽泣着:"要是能够想出其他方法,微臣死也不敢提出这样的建议来伤大王的心! 微臣知道,大王只有一个命根子似的公主,大王是宁愿自己去死,也不愿意送公主到鲜卑拓跋焘那里去!可是,现在是无法可想,燕国走投无路啊!只有送公主去魏国和亲,加上答应送还于什门,才能叫拓跋焘相信我们燕国称藩求和的诚意啊!大王啊!请速速决断啊!"

别的大臣都扑通扑通地跪了下去,哀号着:"大王!速作决断!速作决断!时不我待啦!"

冯宏脸色发红,发狠地踢着跪在面前的张穆:"好一个贼臣!你在国家危难的关头,只能想出这等办法!我养你有何用处!"

张穆被踢得身子一仄,差点倒在地上。他避过冯宏又踹来的一脚,一把抱住冯宏的腿,大声号哭着:"大王,就是踢死我,我还是要哀求大王,速作决断!否则,我们和龙和燕国就要大祸临头啦!"

大臣都哭号起来。

冯宏跺着脚,咆哮着:"就没有其他办法?"

大殿上立刻响起一片应答声:"大王!没有!"

冯宏气恼地背起双手,在殿上走来走去。看来这是拯救燕国的唯一办法!只有走和亲这一条路了!只有送自己的眼珠子命根子去魏国和亲,送给拓跋焘作嫔妃了!

也罢!冯宏眼睛一闭,咬着嘴唇,跺着脚,顾不得女儿的命运前途了!保国护家要紧!两行清泪从冯宏的眼里流了出来,滚过他的脸颊,落在地上。

大殿上跪着的大臣都听到这落地的泪珠发出的巨大声响。他们的心也都战栗起来。可是,又有什么办法呢?在大军压境的生死存亡关头,为了国家和百姓,只有牺牲这个小女子了!

"太史令!"冯宏从心底喊出沉郁的叫人伤心落泪的声音:"拿笔来,记我的命令!"

太史令张穆急忙站立起来,抖抖索索地来到桌旁,拿起笔,等着写冯宏的诏令。冯宏一阵沉默,却一个字也说不出来。他摆了摆手:"你自己想着写吧,反正我们已经决定称藩,派公主和亲魏国,送还魏国使者于什门,请求和魏国通好。写好以后,派尚书高禺去送。"说完一甩手回到后宫。

乳母皇太后

"阿爷!"刚进后宫,一声娇莺般清脆婉转的声音唤住了冯宏。

冯宏急忙擦了擦眼睛和脸颊,换上勉强的笑容:"媛儿,你不在自己的房里读书,又乱跑出来干啥?"

冯媛盯着父亲的眼睛看了又看:"父亲,如何处理眼下的紧急情况啊?"

冯宏勉强笑着:"国家大事,不用你来操心,你还是回房去读书吧。"

冯媛神色严肃:"父亲,这国家兴亡匹夫有责,女儿愿意为父亲和国家分忧解难,愿意为国家出力。听说胡地出了个女英雄叫花木兰,她能够替父从军,女儿也愿意替父出力,让和龙免于血洗之灾!"

冯宏抱住女儿,抽泣起来:"难得女儿这么明理晓大义! 为父真要感谢你! 为父问你,要是派你去魏国和亲,你怨恨父亲吗?"

冯媛娇嗔地斜睨了冯宏一眼:"看父亲说的! 这和亲的办法是女儿自己想出来的,也是女儿自己愿意的,哪能怨恨父亲呢?"

"我的好女儿! 你救了燕国! 救了和龙! 救了和龙的几万百姓! 我谢谢你!"冯宏说着,双手作揖到地。

冯媛急忙拉住他:"父亲,你要折杀女儿不成?"

冯宏揽着冯媛的腰,向宫里走去,一边走,一边忧虑地对女儿说:"我不知道怎么跟你母亲说,她会跟我拼命的!"

冯媛笑着:"父亲,你不必担忧,我自己跟母亲说,她会明白女儿的选择的! 她也是通晓事理的明白人!"

说话间,王氏已经站在他们面前。"你们是怎么商量的?"她急急地问,眼睛紧紧盯着冯宏,似乎要穿透他的心,看到事情的真相。

"你先坐下来,听我们慢慢说。"冯宏勉强笑着,双手轻轻扶着王氏坐到卧榻上。他们已经习惯了胡坐,平日起居都双脚垂坐于有脚的卧榻上,不再跪坐于座席上。

"阿娘! 坐下吧!"冯媛娇滴滴地喊着,把身子紧紧贴到母亲身上,和母亲一起坐了下来,把头抵到母亲的怀里,轻轻地扭动着,一头黑发轻轻地蹭着母亲的脸颊,把王氏的心都蹭得痒酥酥的。

"快说啊,你们商量着怎么对付魏国啊?"王氏紧紧逼视着丈夫,追问着。

冯媛从母亲怀里抬起头,用自己柔软温润的手轻轻抚摩着母亲的脸颊,灿烂的笑容照亮着她的眼睛:"阿娘,我决定去魏国和亲,拯救魏国!"

"什么?"王氏腾地站了起来,她一把揪住冯宏的衣襟,号哭起来:"你这刀杀的!这是咋整的啊?你要把女儿往火坑里推啊!你这没良心的!这么好的女儿你就舍得把她送到鲜卑狼口里去啊!我不答应!我就是不答应!"她哭喊着紧紧抱住冯媛,生怕女儿被人抢走。

冯媛急忙对父亲使了个眼色,让父亲走开。冯宏满眼是泪,慢慢退到门口,急忙转身跑了出去。王氏想追过去,冯媛却紧紧搂抱着母亲,连拉带扯,把她拖回卧榻:"阿娘,你坐下,慢慢听我说。"

冯媛把眼下紧急情况说了一遍,然后又讲到和亲到柔然的姑姑的情况。"阿娘,你看,柔然比鲜卑魏国差多了,可是姑姑在柔然不还是哈敦吗?也没见她受什么罪啊!女儿到魏国去,恐怕比姑姑还要荣华富贵呢。魏国那么强大,如今又征服了那么多的胡地,国力富强,女儿去能受什么罪呢?"

冯媛一边说,一边擦着王氏脸颊上的眼泪:"古来就有王昭君出塞和亲,她这举动多有名啊!多少人传诵她的事迹,传诵她的恩德,感念她的好处,她可是流芳百世名垂千古啊!女儿自幼也想学古人要流芳百世,可是,一个女儿身,能有什么机会建功立业呢?女儿的机会恐怕也就是学王昭君了!如今机会来了,母亲大人可不要阻拦女儿流芳百世啊!要不女儿会抱憾终身,会抱怨母亲一世啊!但愿母亲能够明了女儿的心思,成全女儿的一片痴心,让女儿为燕国做点事情,成就女儿拯救和龙百姓的决心!"说着,冯媛双眼流泪,跪到母亲面前,紧紧抱着王氏的双膝:"母亲,这可是拯救燕国和百姓的唯一办法啊!"

王氏已经泣不成声,她紧紧抱着冯媛,哭得头都抬不起来。冯媛也是抽泣呜咽着,无法再说话。不过,从母亲这痛不欲生的痛哭中,冯媛已经明白母亲的心意:她也同意自己去魏国和亲了!她紧紧地抱着母亲,一遍又一遍亲吻着母亲的脸颊,擦着母亲脸颊上苦涩的泪水。

常玉花和常玉芝在一旁也哭成泪人。

魏国都城平城里,拓跋焘高坐在刚落成的永安殿里,接见燕国使者高禺。他的脑后拖着长长的绳索一样的发辫。他的祖父建立魏国称皇帝以后,制定了束发结辫戴冠的皇帝制式,一直沿用到如今。他登基以后修建的永安殿比原来的天王殿更加金碧辉煌,更加高大宏伟,更有气派。

平城宫城里,雄壮宏伟的宫殿是皇帝处理政务的场所。从拓跋珪定都平城起这几十年里,已经先后建有天文、天华、中天、天安紫极、西昭阳、永安和安乐等八殿。最先建造的是天文殿,公元 399 年 10 月动工,12 月落成。天文殿是拓跋珪和明元帝拓跋嗣接受百官朝贺的场所,新建的永安殿是拓跋焘接见朝臣和外国使者的地方。

刚刚建好的永安殿是拓跋焘今后用来举行朝会的正殿,规模已经比天文殿大了许多,巍峨辉煌,很气派。道武帝拓跋珪仿照中原古都修建了魏国的都城和宫殿,拓跋焘要在祖父的旧制规模上扩大宫殿和宫城,让平城更具有气派。

平城,开始修建于北魏天赐三年(406 年),《魏书》卷二《太祖纪》载:"筑傫壏南宫,门阀高十余丈","规立外城,方二十里,分置市里,经涂洞达"。泰常七年(422 年)九月,再次筑平城外郭,周回三十二里。现在,这黄土夯实的高大城郭上,来回穿梭巡视着荷矛扛戈的士兵。

平城分为廓城、宫城与汉代旧城三个部分。宫城是拓拔珪定都平城时开始营建的。它拔地而起,展布于如浑水河岸宽阔平坦的谷地平原上,背依着远处泛着玫瑰红的赭色白登山,与旧城之间保持着相当大的一段距离。

今天,北燕尚书高禹来到平城。拓跋焘在自己金碧辉煌的永安殿里接见他。高禹跪拜,双手递上北燕国君冯宏的求和表书。

魏国皇帝拓跋焘威严地坐在龙床上,让殿中尚书李顺宣读了冯宏的求和信。拓跋焘听到燕国君主只是请求和亲和送还使者于什门,勃然大怒。他霍地从龙床上站立起来,高举双手挥舞着咆哮起来:"不答应!朕坚决不答应燕国的求和!燕国不称臣,朕决不撤兵!"

高禹急忙又跪伏于地,战战兢兢地解释:"敝国国主已经自称藩国,就是称臣的意思,请皇帝陛下息怒!国主,不,燕地臣冯宏愿意自缚其女,充陛下宫掖以服侍陛下,请皇帝陛下可怜燕地百姓,开恩退兵!"说着,叩头如捣蒜一般。

拓跋焘轻蔑地扫了趴伏于地的高禹一眼,慢慢坐回自己的龙床,挥手说:"让他退下去!"殿下侍御长让虎贲把他带下去。

拓跋焘用鲜卑语问李顺:"你看如何处理燕国?答应不答应他们的请罪?"

李顺想了想："以微臣之见，既然燕国的国主冯宏已经称臣，又愿意以自己的女儿充宫掖，看来他还是诚心诚意归附。既然这样，陛下不妨暂且答应他的请罪，让他把女儿送到平城来。"

拓跋焘想了想："也罢，暂且退兵和龙，不过不要撤兵。马上命令永昌王健准备队伍迎冯宏的女儿！"说完，他仰面哈哈大笑起来："朕刚刚娶了赫连昌女儿为后，还没有汉人妃嫔，如今燕国送来汉家女，朕一定要好好享受享受这汉人女子的滋味！"大殿上响起一片得意狂妄的笑声。

"对，还要冯宏把他的儿子仁送到平城做人质！"拓跋焘高声喊着。

## 2. 小公主入魏和亲　常玉花别亲离乡

北燕都城，城墙头上换上了五彩旗幡，在春风里猎猎飘扬。魏国士兵已经退到很远的地方，拓跋焘命令围城的魏国永昌王拓跋健暂时退兵，派军队去迎接北燕公主和被扣留二十四年的使者于什门。永昌王拓跋健把自己的军队退到离和龙很远的地方驻扎下来，开始准备去和龙迎接北燕公主。虽然燕国送公主到魏国是请罪，但是拓跋健也不敢怠慢。拓跋焘一贯以恩德对待请罪臣服的国家君主，对蠕蠕，对夏国国主，他都曾厚待。始光四年（427年）拓跋焘指挥大军伐夏，夏国国主赫连昌据守统万城。六月，拓跋焘用计诱出赫连昌大败夏军，赫连昌仓皇逃走，拓跋焘攻克统万城，俘获了夏国后妃等。不久，拓跋焘纳赫连昌的三个女儿做了贵人，礼仪十分隆重。拓跋焘最喜欢纳臣服或者俘获的国主女儿为后妃，每天让仇家姑娘伺候他睡觉，把仇家姑娘压在他的身下，他才能感受到征服的喜悦和快乐，给他以无限的满足。所以，拓跋健决定隆重迎接燕国国主的女儿。

和龙城里，家家户户都扶老携幼，出来送别他们的公主。公主自告奋勇到魏国和亲，拯救了和龙百姓，和龙百姓都感激公主，全城的百姓都出来送他们的好公主。

燕国王宫里，王氏已经哭成了泪人，虽然这些日子一直都是以泪洗面，可是今天面临着生离死别，王氏已经瘫软成一堆。冯宏不让她出来，她却硬是要宫女架着她来到王宫大院，等着送别女儿。

冯宏也是红着双眼，勉强打起精神，在侍卫的搀扶下走到院子里。

和龙王宫外，魏国前来迎接和亲公主的驼队高车已经准备就绪，高车都披挂着鲜艳的红色绸缎，马匹和骆驼挂着金色铃铛，马鬃上系着鲜艳的红色绸带，骆驼的长脖颈上围着大红的绸花，前来迎亲的士兵都穿着崭新的袍褂，旗幡在春风中猎猎飘扬。

冯媛被常玉花及其妹妹常玉芝搀扶着从宫里缓步走了出来。她已经换上了鲜卑衣服，打扮成鲜卑女子的模样。虽然已经是初夏，但常玉花怕公主在路上着凉，还是给她披上鲜卑送来的皮斗篷，戴上昭君帽。

王氏哭喊着扑到冯媛身上，紧紧抱住女儿，死不放手。冯宏过来相劝，自己也是泣不成声，浑身发抖。

迎亲的队伍吹响了开拔的牛角号，敲响牛皮鼓。

冯媛泪流满面，泣不成声。常玉花搀扶着她慢慢向高车走去。王氏哭喊着，紧紧拖着冯媛不放手。冯宏只好抱住王氏，挥着手，让常玉花把冯媛搀扶上车。

拉车的骆驼迈着稳健的步伐，慢慢上路，朝西方的连天小路走去。车辚辚，马萧萧，魏国的军队向魏国平城走去。

坐在高车里的冯媛，不断向越来越远的燕国王宫张望。从此以后，她别离双亲，别离故乡，到远方一个陌生的国度生活。想到未来，她不禁有些不寒而栗。

常玉花和常玉芝也哭成一堆。她们姐妹也要别家离乡，到远方的平城陪伴公主一生。她们不断地擦拭着婆娑的泪眼，想更清晰地看到街道两旁送别的亲人的面容。常玉花不断向两旁那些认识不认识的和龙乡亲挥动着手。

"阿爷！阿娘！"常玉花喊着，她终于看见了前来送行的父母双亲。年迈的常贵满头白发，母亲宋氏也哭得泪人一般。

"停车！"冯媛对驾车的驭手喊。驭手急忙勒住驼车。常玉花和妹妹一起跳下高车，向父母跑去。她们一下子扑到父母面前，跪了下去。常贵和宋氏抱起女儿，大家哭成一团。还是赶上来的二哥常喜和他的朋友乙浑一起把她们拉了起来。

常玉花的大哥常英特地请假回来送别妹子。他的好朋友乙浑和王睹也前来告别。乙浑喜欢常玉花,常贵能够看出来。可是,常玉花已经从小指腹为婚,许配给王睹,常喜的另一个好朋友,他们三个都在燕国军队里服役,都是小校尉。现在,四个好朋友,除了常英还要守卫燕国和龙,常喜、乙浑和王睹都作为冯媛的随行人员,与冯媛一起到平城去。常喜已经和乙浑的妹妹定亲。可是,常喜被指定做了冯媛的送亲随从,这婚期也就没有了时日。乙浑的父母与妹妹也来送别。

常贵把一包黄土塞到女儿的手里,宋氏把一包衣物塞到常玉花的怀里,他们都哭得一句话说不出来。常贵看着不耐烦的鲜卑军官正在焦躁地对驭手说着什么,急忙止住哭泣,对王睹和乙浑说:"劳烦两位小哥,在魏国好好照顾玉花和玉芝。"

王睹和乙浑不断点头,齐声说:"你老放心,我们一定会照顾好她们姊妹的。"

常贵拉着王睹的手:"玉花已经许配给你,她就是你媳妇,等到了魏国,公主一切都安顿好了,你请求公主让你们完婚,也好了结我的心事。"

王睹频频点头,倒把常玉花羞臊得满脸通红,浓眉大眼里的泪水又止不住往下流。宋氏也拉着乙浑的手叮嘱道:"到了魏国,要好好照顾玉芝,她年纪还小,等她大几岁,你不嫌弃她,你就娶她为妻,我们也就放心了。"乙浑急忙点头答应。

这时,鲜卑官员前来催促。

常贵急忙推着玉花和玉芝:"快走吧,不要惹他们生气!"

乙浑赔着笑脸,上前告罪。乙浑虽然长在和龙,但毕竟是鲜卑人,也还能说几句简单的鲜卑语。听他解释,鲜卑曹吏也就没有说什么,只是催促着:"快一点!"

常玉花最后拉了拉父亲和母亲的手,猛然回头,号啕大哭着朝高车跑去。常玉芝也哭着跑回去。

常喜和乙浑的妹妹告别,乙浑的父母和妹妹也都哭成泪人。王睹和乙浑叮嘱了一声:"你老放心!"也急忙向队伍的尾部走回去。这时,拦路送行的队伍里响起一片号啕大哭,哭声直上云霄。

鲜卑魏国的队伍又慢慢行动起来,旗幡在风中招展飘扬。燕国的女儿离开了燕国都城和龙的土地,向西移去。

17

# 第二章　异国他乡

## 1. 平城皇宫小心侍奉　燕地使女大志谋划

冯媛双手支颐，呆呆地看着窗外蓝天。从敞开的窗户里望出去，是一片蓝天。平城的天特别蓝，蓝得好像兰草水一样。几朵白云飘过，几声嘎嘎雁叫传进宫城。冯媛急忙站了起来，走到窗前凝视。

蓝天里飞过一队大雁，正变换着一字形雁阵，领头雁嘎嘎叫着，招呼着自己的雁阵，变换成人字形的队伍，向南方飞去。一阵秋风吹了过来，窗外的一棵杨树飘下一片枯黄的叶子，金黄的叶子飘进冯媛的房子，落到她面前的地上。同时，秋风也吹来阵阵寒意，让她打了一个轻轻地寒战。

秋天来了。冯媛闷闷地凝视着天空，长空雁叫，大雁已经向南方长空飞去，她这只离群的孤雁什么时候可以飞回故乡去和父母团聚呢？冯媛遥望蓝天，思绪万千。父母如今在做什么呢？她那可爱的小弟如今又在干什么呢？她的远行是不是换来了燕国的安宁和平？

又一阵夹带寒意的秋风掠过，吹来几片黄叶。冯媛深深地叹了口气，关上窗户，慢慢退回胡床前坐下。面前的桌子上摊开着她最喜欢的《诗经》《乐府》，她却怎么也看不下去。还是描红写字吧。冯媛喊着使女："玉花！玉花！"

常玉花急忙从外面跑了进来。"公主，叫我呢？"

"给我研墨，我要练字了。"

"公主，还是歇息歇息吧。你已经看了一早晨的书，该出去走走了。"常玉花心疼地劝说着。常玉花心里很是为公主难过。进魏国平城已经好几个月，把她安置在宫城后院里，还没有蒙皇帝拓跋焘召见，燕国那里也消息全无。公主闷闷不乐是一定的。

常玉花小心地劝说冯媛："公主，我们到花园里走走，要不坐高车到平城各处转转？反正也没有人来管我们。我看魏国宫里管束不严，那些鲜卑妃子都可以乘高车出外游玩，她们垂腿坐在车辕上，高车上也没有篷子，更不挂帘子，任凭百姓看。"

冯媛摇头："不，我们还是乖乖等待皇帝召见吧。说不定皇帝什么时候想起我，要见我，我要是不在，会惹怒他的。为了燕国，为了父母，还是忍耐一些吧。"

常玉花心里很怨恨拓跋焘：我们公主自动前来和亲，这皇帝居然不见！我们在路上颠簸两个多月，总算来到平城，谁知从盛夏等到晚秋，看着大雁已经排起队伍开始南飞，这里还没有见到拓跋焘的影子。冯媛日日闲坐在宫里，唯有看书度日。好在冯媛喜欢看书，诸子百家的文章，诗书礼易经书她都拿来读，每日描红写字，打发时日。这些日子，她读了不少书，倒也不觉得日子难过。

常玉花麻利地为冯媛铺开黄色的桑皮纸，研好一池浓浓的墨，让冯媛写字。"抱嶷！金间！"常玉花喊。

两个眉清目秀的男孩子应声跑了进来，一个八九岁，一个十四五岁，都是作为随从从燕国来的小太监，抱嶷今年才八岁，跟着常玉花跑前跑后。随冯媛来到平城的燕国和龙军士，都被平城宫内负责宫城日常工作的中曹机构集中起来，由中曹长官中曹监分配到宫里的作坊做了杂役，只留下常玉花、常玉芝几个使女伺候公主。幸好冯宏想得周到，当时派了他们两个小太监做随从，经过中曹监的亲自检验，确定了太监身份，才准许留下伺候冯媛。

林金间和抱嶷跑了过来，眉开眼笑，问："玉花姐姐，传唤我们何事？"

常玉花戳着林金间的额头："不唤你们，你们就不露面，不知又藏到哪里偷懒去了？去打盆水，伺候公主写字。"

林金间清脆地答应着，急忙跑出去打水。

"你，去伺候公主。看公主要不要饮茶？"常玉花推着抱嶷。抱嶷赖皮赖脸地朝常玉花做了个鬼脸,问冯媛:"公主,饮茶未?"

冯媛摇头。抱嶷又问:"公主,要不要饮牛乳啊?这宫里人大多数饮牛乳解渴。"

冯媛急忙摇头:"不,我饮不了,受不了那味道。"

常玉花笑着:"公主是金枝玉叶的金贵身子,受不了牛乳的膻腥。我倒是觉得牛乳挺香甜可口。我能饮牛乳,也能食鲜卑的牛羊肉。"

冯媛笑着对抱嶷说:"那就给你玉花姐姐倒一碗牛乳来饮。"

抱嶷对常玉花做了个鬼脸:"就你馋。"飞快地跑了出去。不一会儿,抱嶷就托着一个方盘,上面放着两碗冒着热气的牛乳。一碗给常玉花,一碗给冯媛。常玉花接过碗,递给冯媛。冯媛抿了一口,就觉着胃里有些动静,一阵恶心,急忙放下碗:"你饮了吧。"她对正眼巴巴盯着她的抱嶷说。抱嶷急忙接过碗,咕噜咕噜地一气饮了下去。

常玉花戳着抱嶷的额头:"小馋鬼!"她有些忧虑地看着冯媛:"公主,你这样饮不下食不香,可怎么好啊?来到魏国,就得入乡随俗,就得按照鲜卑人的习惯生活。要不,将来魏主不会喜欢你的。"

冯媛苦笑着:"我会慢慢强迫自己适应的,你放心好了。不过,我总得有个适应过程啊。"

常玉花点头,自己端过牛乳碗也咕噜咕噜如饮牛般一气喝光。冯媛看得好不羡慕。这浓眉大眼粗身粗腿粗胳膊的姑娘真是好体格好脾性,到哪里都能适应。

林金间打了一铜盆水,让冯媛写字洗笔。

看见冯媛开始专心致志抄写《诗经》,常玉花对抱嶷说了一句:"小心伺候公主。"自己拉过林金间:"走,我们到各处走走。"

常玉花可不愿意总是待在房里。既然来到平城,她就有了在平城终老的决心。既然要在平城生活一辈子,她一定要及早熟悉平城的一切。只要冯媛看书,她就趁机到宫城里乱转。鲜卑人的后宫管束确实不严,她可以在宫里的作坊里瞎转。宫城的后院是皇宫的作坊,有染坊织坊,铸造兵器的铁器坊,还有养马的马厩等。

常玉花和林金间四处转悠。他们来到织坊。织坊的土屋里摆放着许多织布机,织工们坐在织布机上甩着织布梭织造着各色绫罗帛缎。织布机发出唧唧吱吱的声音,好像唱歌一样。纺织娘们一边织一边说笑,倒也热闹。纺织娘和织布工都说汉话,叫常玉花好不亲切。

"大姐。"常玉花亲热地喊着坐在门口织布机旁的一个年轻女子:"听你们说话,好像是东部口音。来这里多长时辰了?"

那女子并不停下手中的织布梭,只是看了她一眼:"俺是青州人氏,来平城一年多。"

林金间急忙插嘴问:"原来可是燕国人?"

那女子斜睨了他一眼,没有说话。旁边一个男子说话:"是的,俺们都是从燕国青州来的。俺们那里纺织业发达,许多人会养蚕种桑,会抽丝织绸,被迁来这里,都被皇帝安排进织坊。"

林金间和常玉花都欢喜异常,常玉花拍着巴掌:"这可太好了。这是咋说的呢?我们是一家人哟。我们是从和龙陪公主来的。"

大家一听,都从织布机上跳了下来,围到常玉花身边,问这问那。这时,一个鲜卑士兵跑了进来,见大家都停下活计,扬起皮鞭,抽打着工人,用鲜卑话喊叫着,催促着干活。

常玉花和林金间急忙逃了出来。常玉花对林金间说:"我们一定要赶快学会鲜卑话,这样才能保护公主。"

林金间点头。常玉花看见一个鲜卑士兵正在向他们走来,急忙拉起林金间藏身到一个土屋后面。等那鲜卑士兵走开,他们又转悠到铁器作坊,看那些汉人光着膀子打铁铸造各种铁器。林金间跑到铸铁的汉人里面,和他们拉呱。常玉花见铁匠都赤裸着身体,不好意思凑前,就在外面看人给马打掌。突然,有人惊喜地大喊:"玉花!"常玉花回头,只见一个光膀子的男人向她跑来。

"乙浑!"常玉花一下子就认了出来,这是和她一起从和龙来的乙浑!她惊喜万分。从进到平城宫城起,就再也没有见过乙浑和王睹。她不知道魏宫内府中曹监把那些随从打发到什么地方去了。没想到,在这里遇到乙浑。

乙浑站在常玉花面前,脸上挂着泪珠:"玉花姐,可见到你了,我还以为再也见不到你们了!你还好吗?公主好吗?"

常玉花也已经泪流满面。她又是笑又是哭,抽泣着回答:"好,好!我们

乳母皇太后

都好！你呢？还好吧？王睉呢？他怎么样了？"常玉花也顾不得羞涩，一连串地问。

"都好，都好。王睉分在牧马曹，负责养马，我有时能够见到他。他可挂念你啦。"乙浑见常玉花满面泪水，不由自主，伸出满是黑灰的手，替常玉花擦着脸颊上的泪水，可是，他的黑手把常玉花的脸弄成了一个花脸。

乙浑不好意思地笑了："玉花姐，我把你的脸弄脏了。"

常玉花豪爽地一挥手："别去管我的脸。脏就脏吧。你说说，魏国人没有虐待你们吧？你们辛苦不辛苦？能不能吃饱饭啊？"

乙浑苦笑着："铁匠活儿重，每天很累，饭勉强够吃。也还算是过得去。要是能够到宫里当差，做个虎贲，就好了。"

常玉花安慰着："慢慢来吧。只要皇帝见到我们公主，我敢保证，他一定会被我们公主迷住。我们公主识文断字，一定能帮助他治国。只要公主站稳脚跟，我一定想办法帮助你们。对，请你转告王睉，让他好好保重。"

说着，林金间慌慌张张跑了过来，拉起常玉花就跑："快跑，鲜卑曹监来了！"

常玉花急忙回头叮嘱乙浑："好好保重！"说着，和林金间一溜烟跑开。

常玉花伺候着冯媛，抽空在宫城里走动，不多久，她已经结识了不少宫里做杂役的汉人，特别结识了不少来自燕国的汉人。从他们那里，她打听到不少魏宫里的情况。到了年底，她已经知道了魏宫里的全部情况。这极聪明的女子，还学会了一些常用的鲜卑语，也能够听懂一些常用的鲜卑话。

那一天，她又抽空带着林金间去后院里转悠，希望见到王睉。

像平常一样，他们溜达着来到后院的作坊。他们先去看望了织坊里的乡亲，然后来到铁器坊。乙浑正在满身臭汗给一匹马上掌。拉马的正是王睉。

"王睉！"常玉花惊喜地大声喊。

王睉回过头，看见常玉花，他喜出望外，一下子站了起来，松开马蹄。马挣扎着差点一蹄子踢到乙浑的脸上。乙浑不满意又略带嫉妒地咒骂着："你他妈的，见了相好的，把什么都忘了！"

王睉忘情地拉着常玉花的手："可见到你了。想死我了。你好吧？公主好吧？"

常玉花答应着，用手抚摩着王睹的脸："你受苦了，瘦了。"

王睹向四周看了看，见没有监视他们的鲜卑曹监和官吏，就小声说："我听说魏皇帝让国主送他儿子仁来魏国做人质，国主不答应。燕国可能又要面临战争了。"

常玉花焦急地问："你听谁说的？"

王睹又看了看周围："听我们牧马曹曹监说的。他让我们加紧给马打掌，说要准备好打仗。我就顺便问了一句打谁去。他哈哈笑着说，就去打你们燕国冯宏，谁叫他不答应皇帝的要求，不把儿子送给魏国皇帝来当人质呢。你看，这消息可靠不可靠？"

"那可如何是好？我们燕国不是要亡了吗？"常玉花抽泣起来。

"那有什么办法呢？我们这些下人，有什么办法救燕国？只怕公主的和亲也救不了燕国。万一燕国战败，魏国皇帝生气，连公主不要了，我们就惨了。要争取在皇帝征讨燕国之前，让皇帝见到公主，封公主做个妃子，我们才能在魏宫里安全住下去。"

常玉花点头："是的，只有尽快让皇帝见到公主才好。这样拖着不是事。可是，我们怎么才能见到皇帝呢？"

王睹想了想，又小心翼翼地四下看看，压低声音说："皇帝有时候上午到御马曹检查御马，有时候也骑马在跑马场里跑几圈。要是到跑马场去等待，也许有机会见到皇帝。"

"好，我想办法，让公主见到皇帝一面。"常玉花轻咬嘴唇说。

"公主，今天天气这么好，风和日丽，我们出去转转吧。"常玉花对冯媛说。

冯媛还是摇头。她没有一点心情去转悠。瞻念自己的前途，担忧燕国父母，她常常黯然伤神，哪有心情去玩呢？

常玉花说："公主，今天魏国皇帝到跑马场跑马，我们去转转，也许能够碰到他。见不到他，我们老待在这里，咋整呢？只有见到皇帝，公主和燕国的前途才有保证啊！不然，怎么救燕国啊？"常玉花没有说出她从王睹那里听到的可怕消息。

乳母皇太后

冯媛犹豫着，常玉花的话打动了她的心。自己背井离乡，不就是为了和亲为了救燕国吗？见不到魏国皇帝，如何达到目的呢？来魏国已经几个月，始终被安置在宫城的后院里，见不到拓跋焘皇帝，皇帝自己似乎也忘掉了这回事，确实不行。

冯媛勉强让自己振作起来。"好吧，我们出去走走。"

常玉花高兴得差点跳了起来："玉芝，抱嶷，金间，快来伺候公主梳洗打扮！我们要陪公主到跑马场去玩！"玉芝、林金间和抱嶷都忙活起来，林金间去给公主准备洗脸水，抱嶷到梳妆台前准备胭脂首饰。常玉花和妹妹玉芝给公主准备衣服。

常玉花给冯媛打扮起来。她想，完全按照鲜卑魏宫的样子打扮冯媛，没有特点，不能让皇帝一眼看到冯媛就记住她，忘不了她。可是完全按照汉人的样式打扮冯媛，又怕惹魏宫里的人不满。她要给冯媛打扮得突出鲜亮，让人看一眼就永远忘不了她的模样。冯媛身材颀长，腰肢柔软，穿魏人的袍服很能衬出杨柳细腰。她特地找出一件鲜亮的嫩绿绸缎的袍服给冯媛换上，为她扎上一条很窄的桃红腰带，扎得紧紧的，把冯媛的小蛮腰衬托得恰到好处。常玉花又给冯媛套上鲜卑姑娘喜爱的缀满亮晶晶的珍珠石片的橘黄与黑色相间的小坎肩。常玉花退后几步，歪着头左右欣赏着："怎么样，玉芝，你看公主这么打扮好看不好看？"

常玉芝笑得眼睛都眯缝到一起，小脸甜蜜蜜的："好看死了，好看死了。公主穿胡服，比她穿我们汉人的裙裳还好看。裙裳太宽大，遮掩了公主的好身材。这袍服正好显露了公主的窈窕细腰。真的好看！"

常玉花急忙呵斥小妹："以后不许说胡服！听见没有？"常玉芝吐了下舌头，做个鬼脸，拿着菱花铜镜让公主照。

冯媛在铜镜面前照着自己，一边摆弄衣服，一边说："这腰身这么紧，把胸部都突出出来，多不好意思。"

常玉花说："这有什么？你看魏国女子不都是这么打扮的吗？这多好看，凸的凸凹的凹，好像花樽一样好看。可惜我五大三粗没有公主这么好的身材，要不我也要这么打扮自己了。公主，你坐好，我给你梳头。你看我们梳个什么样式？我看公主还是梳成我们汉人的发式好看，魏国姑娘的发式不如我们的好看。"

"那就按照你说的办吧。"冯媛笑着坐到梳妆台前。常玉花仔细地把公主满头黑黝黝的秀发梳了个倭堕髻,插上金银钗钿,戴上绢花,然后小心地给公主匀着官粉搽着胭脂。

"抱嶷,出去看看,天气冷不冷?"常玉花对站在旁边的傻傻看着的抱嶷喊。

抱嶷急忙跑了出去,又马上跑了进来:"玉花姐,今天不冷,阳婆照得暖洋洋的。"

"那太好了。真是老天有眼,帮助公主。不用戴那皮帽了。金间,玉芝,你们给公主拿着大氅斗篷和皮帽。走吧,我们走。"

## 2. 跑马场越规逾矩　小宫女见机行事

魏国皇帝拓跋焘在御食曹曹监、御食黄门侍郎和宫女的伺候下吃过早饭,看着院里明晃晃的阳光,高兴地喊:"好天气哩。来人! 伺候朕去跑马!"

中曹监常侍宗爱急忙喊着中曹属下的中曹御侍、中曹给事中,让他们去安排。中曹是魏国宫城内负责皇帝日常生活的机构,官员和属下都是宦官。宗爱是中曹的主管,生得魁梧高大仪表堂堂,能说会道,办事利落,又很会逢迎,虽然很年轻,但很得皇帝拓跋焘的欢心,刚刚由中曹御侍升为中曹监常侍。

这时,拓跋焘皇帝最喜欢的贵人赫连氏走了过来,扭着腰肢,娇滴滴甜蜜蜜地笑着:"皇帝,陪奴家去跑马如何?"

这赫连氏是拓跋焘始光四年(427 年)为了通好夏国纳的夏国国主赫连昌的三个妹妹之一,如今都已成为他的贵人,二姐赫连氏最为漂亮也最温柔,很会讨拓跋焘欢心,拓跋焘有心封她作皇后。不过,没有经过他祖父道武帝拓跋珪定下的铸造金人的选拔仪式,他还不能正式封她作皇后。拓跋焘准备等他扫平黄河以北,再俘获更多的战败国的姑娘,挑选更多的佳丽充实后宫,战事平息,一并选拔封后。现在,他已经有了左右昭仪以及贵人妃子一大群。右昭仪是他延和二年(433 年)纳来的北凉国国主卢水胡人沮渠牧健的妹妹沮渠氏。一年前,延和三年(434 年),他在征服了柔然以后又纳了柔然可汗吴提的妹妹柔然公主为左昭仪。

后宫美女如云，不过皇后还没有选定，拓跋焘现在还顾不上这事，北凉的沮渠牧健是他的一块心病，虽然与北凉互亲，他娶了牧健的妹妹沮渠氏，牧健娶了他的妹妹武威公主，可是，他拓跋焘终究还是要灭北凉，就像他虽然也把自己的一个妹妹始平公主嫁给夏国国主赫连昌，但是并不妨碍他灭赫连昌一样。和亲，不过是政治的一种手段，双方的公主不过是他们手上的一个棋子。但是，目前他拓跋焘最大的敌人还是燕国。东边的燕国不平，终究是他最大的一件心事。他派遣使者到燕国去，要求带燕国冯宏的世子王仁做人质，到现在还没有消息。是不是冯宏不答应？如果冯宏不答应，就说明他不想归附魏国，没有诚意。

这可不行！他一定要扫平北方，统一北方。他不允许北方还存在别的国家。北方只有一个国家，就是魏国！燕国要是不送世子来做人质，他一定要第五次发兵征讨燕国，这次一定要一举灭燕！还要活捉冯宏回平城！

拓跋焘已经下了决心，只等使者回来报告情况。

拓跋焘揽过赫连氏，哈哈大笑："朕正要去跑马，有你来陪伴，太好了！走！我们去跑马！"拓跋焘让垂手恭立等着皇帝随时传唤的黄门小太监贾周，给自己换上箭袖半长骑马小袍、鹿皮高腰软靴，腰上扎着皮带，雄赳赳的，精神焕发。

"走吧。"拓跋焘准备停当，对侍御曹长官侍御长和侍御中曹说。侍御曹是陪同皇帝打仗和平时护卫皇帝的御林军，长官侍御长源贺和侍御曹下属的侍御中曹陆丽都是鲜卑拓跋部十姓人，忠诚可靠，部下的几千精悍兵士也都是皇帝信任的鲜卑拓跋部十姓①子弟兵。

拓跋焘在侍御长源贺和侍御中曹陆丽以及中曹监常侍宗爱率领的部下簇拥下，拥着赫连氏，乘坐御车，向后院的御马曹和跑马场行去。

常玉花带着冯媛来到跑马场。跑马场上静悄悄的没有一个人，没有得到皇帝跑马的消息，跑马场没有侍卫把守。

常玉花指着跑马场中央的枯黄草丛："我们躲到中间那片草地里，御林军来的时候，不会发现我们。等皇帝来了，我们再站出来跳舞唱歌吸引皇帝

---

① 拓跋部十姓：鲜卑拓跋部结合体的核心组织为八部，又称八姓或八氏，连同另外两亲族，合称十族或十姓。形成在拓跋部第二次南迁前后。

注意。"

冯媛担心："要是皇帝发怒，我们可是死定了。"

常玉花满不在乎："管它呢。反正要冒险试一试，说不定皇帝还喜欢我们的歌舞呢。听说皇帝很喜欢听唱歌。"

冯媛怀揣着怦怦乱跳的心，和常玉花、常玉芝蹲在草丛里，头顶上蓝天白云，阳光和煦，远处有鸟啾鸣，冯媛紧紧抓着常玉花的手，耐心等待着。

常玉花极力镇定着，其实她的心紧张得怦怦乱跳，几乎要蹦出胸膛。不过，她知道，自己一定要镇静，现在的冯媛一切都要靠她的安排，她现在是冯媛的主心骨，要是自己乱了方寸，真的会白白搭上这三个女子的性命。她强迫自己镇定下来。林金间和抱嶷更是吓得趴在草丛里一动不敢动。"一会儿，我们跳舞，你们不许露面！千万不要站起来！"常玉花命令说。

远处传来杂沓的脚步声。"来了！皇帝来了！"常玉花小声说，她的心禁不住又狂跳起来。常玉花用手紧紧捂住心口，注意倾听着跑马场的动静，估计着皇帝的行踪。常玉芝害怕得紧紧靠在林金间的身上，双手捂住脸，什么也不敢听不敢看。冯媛勉强控制自己，但是全身还是轻微地战栗起来，越来越厉害，周围的枯草发出簌簌的响声。

常玉花轻轻拨开枯草向外张望，终于看到皇帝张着黄龙旌旗的黄金色高车，看到御马曹太监牵来皇帝的坐骑，看到皇帝拓跋焘和一个衣着华丽的女人下车来到马的身旁。

"我们开始唱歌。"常玉花小声说，推着妹妹常玉芝。常玉芝浑身颤抖，声音抖成一团，唱不成调。"公主，跟我一起唱！"常玉花说着拉起冯媛，自己腾地一下从草丛里站了起来，大声唱了起来。冯媛也从草丛里现了身，控制着自己的惊慌，与常玉花一起唱了起来。当歌曲冲破喉咙，她的恐惧一下子消失了，婉转的歌曲和歌词，给了她勇气和力量，所有的恐惧消失得无影无踪。常玉芝看见公主和姐姐都勇敢地从草丛里站了起来，边歌边舞，自己也不再害怕，慢慢唱着，随着歌曲的节拍舞着。

"有人过来了。"常玉花小声说。

不过，冯媛没有听到她的话，也没有注意到自己婉转悠扬清脆的歌声已经压倒常玉花的声音。冯媛完全进入了歌舞的世界，她尽情地跳着唱着。已经有半年多的时日，她不唱也不跳，完全生活在压抑和苦恼中，生活在担

乳母皇太后

忧与恐怖中。现在,在蓝天白云艳阳天下,她突然忘掉了一切,只有一种无拘无束的自由笼罩着她的身心,她要痛快地大声唱,要痛快地飞舞和旋转,她什么也没有看到,什么也没有听到。

侍御长源贺命令御林军在跑马场周围散开,五步一岗三步一哨,护卫着跑马场。中曹监常侍宗爱带领属下的中曹御侍以及中曹黄门小太监贾周等一帮人,上前服侍皇帝和他的贵人。宗爱搀扶拓跋焘下车,小黄门贾周跪在高车下作皇帝下车的踏脚。皇帝拓跋焘和赫连氏踏着贾周的脊背下了高车。

跑马场四周插着彩色旗幡,旗幡在初冬的艳阳里轻轻飘动,没有寒风的初冬丽日,太阳光艳丽温暖,枯黄的草像黄色毛毯,周围的杨树柳树都光秃秃的,上面栖息的乌鸦麻雀被惊飞起来,它们叽叽喳喳地叫着向四方飞去。

跑马场四围被跑马踏成了跑道,中央的一片草场里,黄色的草有半人高。拓跋焘和赫连氏在源贺、陆丽以及宗爱等人的护卫下,来到跑道上,御马已经备好,被御马曹曹监亲自牵到拓跋焘和赫连氏面前。拓跋焘正要上马,只听见跑马场中央的草丛里传来响亮婉转的歌声,几个穿着鲜艳袍服的女子从草丛里站了起来,边唱边舞。

拓跋焘的视线被吸引过去,他把自己的脚从马镫里放了下来,双手搁在马鞍上,蛮有兴致地注视着中间歌舞的三个女子。

"谁这么大胆?"源贺咆哮起来:"陆丽!快快派人去捉拿这些大胆女子!"

皇帝拓跋焘心情好,笑着制止:"且不要忙着去捉拿她们,让她们再唱一会儿,我听着歌声很好听呢!"

赫连氏却生出几分醋意,在一旁故意撒娇催促:"皇帝,上马吧,你看,马都在催你呢。"拓跋焘笑着看了看自己的坐骑"白云",白云确实喷着鼻息,低头用前蹄刨着地面,有些不耐烦的样子。他拍了拍马的脖颈:"别着急,再等一会儿。"说完,又引颈向跑马场中央望去。三个女人身穿嫩绿袍服点缀着粉红色的腰带,在枯黄的草丛中边唱边舞,像一幅图画。

那几个女子婉转清脆的歌声飘进拓跋焘的耳朵:

唧唧复唧唧，木兰当户织，不闻机杼声，惟闻女叹息。问女何所思，问女何所忆。女亦无所思，女亦无所忆，昨夜见军帖，可汗大点兵，军书十二卷，卷卷有爷名。阿爷无大儿，木兰无长兄。愿为市鞍马，从此替爷征。

　　"这是什么歌曲，这样好听？好像唱一个代父从军的女子，谁知道这歌曲叫什么名字？"拓跋焘转过头看着那一大群部下，问。

　　赫连氏和宗爱互相看了一眼，摇头。源贺、陆丽也都摇头。

　　"真是一群废物！"拓跋焘不满意地说。是需要多几个汉人官吏，今天崔浩没来，朕有问题都没有人能回答。真扫兴！"去！把那几个女子叫来问问。"拓跋焘黑着脸命令。

　　宗爱无可奈何地看了赫连氏一眼，他是铁弗部①人，与赫连氏同族，自然对赫连氏更有感情。赫连氏轻轻摇头，宗爱只好命令小黄门太监贾周去传唤那几个歌舞的女子。小黄门贾周快步向跑马场中央走去。

　　"不，我要过去看看。"拓跋焘说着，也快步走了过去。随从急忙簇拥着。拓跋焘一摆手："你们不要跟去！"说着，他大步流星地向跑马场中央走去。

　　冯媛忘情地旋转着唱着。一首《木兰辞》唱罢，常玉花换了鲜卑话唱起燕国慕容歌曲《阿干之歌》。

　　慕容鲜卑有悠久的音乐发展历史，其先民同其他胡人一样，在各种聚会场合都喜欢唱歌跳舞，歌舞是他们生活的重要组成部分。喜庆要歌舞，丧葬要歌舞，打仗前举行仪式歌舞，行军中要唱歌奏乐，凯旋更要歌舞庆祝，部落祭祀也是载歌载舞。所以，慕容鲜卑建立的燕国继承了其先民的传统，流传着许多民歌，比如《阿干之歌》《慕容可汗》《吐谷浑》《慕容垂》《慕容家自鲁企由谷》等，流传许多慕容鲜卑音乐，在国宴上庙堂祭祀行军打仗中，经常演奏歌唱的大鼓、小鼓、大角等几十首曲调，像大角，就由七首曲子组成，第一曲捉马，第二曲鞴马，第三曲骑马，第四曲行军，第五曲入阵，第六曲收军，第七曲下营。迁都到和龙城的燕国，虽然慕容政权被冯跋推翻，但是慕容鲜卑

---

　　① 铁弗部：北魏时北方少数民族部落之一，"北人谓胡父鲜卑母为铁弗"，匈奴与鲜卑的混合。后赫连勃勃建立夏国，"耻姓铁弗，遂改为赫连氏，自云徽赫与天连"。（见《魏书·铁弗刘卫辰传》）

乳母皇太后

29

的一些习俗文化语言音乐还是在和龙地区保留和流传下来,许多和龙人都会用鲜卑话吟唱。常玉花姐妹就都会唱些慕容鲜卑民歌。

> 阿干(鲜卑语:哥哥)西,我心悲,
> 阿干欲归马不归。
> 为我谓马何太苦?
> 我阿干为阿干西。

> 阿干身苦寒,
> 辞我土棘住白兰。
> 我见落日不见阿干,
> 嗟嗟!人生能有几阿干!

常玉花雄浑厚重的歌喉唱着,常玉芝立刻加入随着唱。冯媛不会唱,只是继续和着音乐跳,她柔软的腰肢和胳膊像垂柳一样晃动着,摇摆着,十分婀娜。

拓跋焘忘情地欣赏着这熟悉亲切的本民族的音乐,竟高兴地哈哈笑了起来。虽然拓跋鲜卑与慕容鲜卑分属不同的鲜卑部落,又与慕容的燕国战争不断,但是,拓跋鲜卑依然十分喜爱慕容音乐,拓跋魏国的庙堂音乐里,使用了不少慕容曲调。

拓跋焘站在冯媛的面前,愣愣地看着旋转歌唱的冯媛。

常玉花和常玉芝已经跪倒在拓跋焘面前,口口声声称着民女该死。拓跋焘只是摆手,不让她们聒噪,以免影响他的欣赏。拓跋焘静静地欣赏着,望着眼前忘情旋转的汉人姑娘。姑娘微微喘着气,额头已经沁出细密的小汗珠,白皙的脸颊上飞着两朵红晕,比胭脂的红更润泽更艳丽。她苗条的腰肢轻快地扭动着,袍服的裙裾翻飞起来,露出里面玫瑰红色鲜艳的灯笼裤,简直像碧绿的叶子衬着的一朵盛开在枯黄草丛中的鲜艳花朵。

拓跋焘情不自禁地拍着巴掌。

冯媛一惊,慢慢停住了飞快地旋转,翻飞的裙裾慢慢地合拢,她站住脚步,微微喘着气,诧异地看着拓跋焘,忘记了她正在等待着的人是谁。她睁大眼睛,目不转睛地盯着眼前这高大壮实衣着华美高贵的鲜卑青年,这权力无上的男人,刚刚27岁[①],年轻英俊剽悍,浑身散发着逼人英气。他年轻的脸上微笑着,带着一种怜悯一种原谅和宽容,目不转睛地看着自己。冯媛有些发呆,她既不下跪,也不说话,只是那么呆呆地望着他,露着憨憨甜蜜的笑容。

小黄门尖声喊叫着:"大胆奴婢!见到皇帝还不赶快下跪!"

常玉花急忙拉扯了冯媛一下,冯媛这才回过神,知道自己正面对着一个能够主宰她故国和父母命运的人!她浑身激灵了一下,双膝一软,扑通一声跪到拓跋焘的面前。"燕国民女冯媛该死!冯媛见过皇帝!"

拓跋焘这才知道,这娇媚无比的姑娘是燕国送来和亲的公主!他拍着自己的脑门:怎么把这事全给忘记了?都是因为朝政大事太多,一会儿部署征讨蠕蠕,一会儿部署征讨燕国,一会儿又要考虑国内事情!他摇摇头,苦笑了一下。

拓跋焘弯下腰,双手搀扶起冯媛,一边很温柔地说:"冯小姐快快请起,让冯小姐受委屈了!"

这一句道歉的话让冯媛双眼立时盈满了泪水。冯媛眨巴着明亮的大眼睛,用力把泪水逼进泪囊。

拓跋焘拉住冯媛的手,轻柔地抚摩着,一边询问:"你们刚才唱的那是甚歌曲啊?怎么这么好听?"

冯媛低头,满脸绯红,小声说:"这是梁鼓角横吹曲《木兰辞》,流行在北方代国、凉州、高车、柔然一带部落的故事。"

"代国?那可是朕的祖先啊。这是朕的国家的故事?叫什么?"拓跋焘惊喜地问。

"叫《木兰辞》。"冯媛低下头,羞答答地扯着自己的衣角,小声说。

"讲了什么故事?"拓跋焘好奇地追问。

"讲了一个叫花木兰的女子替父出征打仗的故事。"冯媛回答。

"不对。不对。"拓跋焘拍着手说。

"什么不对?哪里不对?我们唱错了?"听到拓跋焘好像是在责备冯媛,

---

① 太武帝拓跋焘,生于道武帝天赐五年,公元408年,死于正平二年,公元452年,享年45岁。

常玉花急忙从地上抬起头,大眼睛直直看着拓跋焘,快言快语,语气里与其说是吃惊,不如说是责备。

拓跋焘看着常玉花那很有些责备不满的样子,很是开心。这女子很泼辣,很像拓跋鲜卑女子。

"她是谁?"拓跋焘笑着问冯媛。这么胆大的下女还是不多见的,他微笑而且好奇地用手抬起常玉花的下颌,仔细打量了一番,笑着说:"还不丑,只是浓眉大眼的,粗糙了一些,没有你精致文雅。站起来吧。"拓跋焘对常玉花说。

常玉花急忙磕了个响头:"谢谢皇帝的恩赐!"说着,就大大方方地站了起来,看着拓跋焘回答:"奴婢叫常玉花,是燕国小姐的丫鬟,从小伺候小姐。"

"不错,不错,看来是个能干的女子。好好照顾小姐。刚才不是说你们唱错了。"拓跋焘笑着解释:"刚才你的小姐说这木兰故事发生在高车蠕蠕凉州代国一带,这说法不对。朕想起来了,这女子替父从军的故事,就发生在魏国,发生在魏国刚刚建立时候的盛乐。那木兰是我们鲜卑人。可惜你唱的是汉话,朕不能完全听懂。要是你会用鲜卑话唱就好了。"拓跋焘叹息了一声。

常玉花又插嘴说:"小姐会很快学会鲜卑话的。我们小姐极聪明!"

拓跋焘笑了,轻轻戳了常玉花一指头:"就你嘴快,生怕把你当哑巴了?是不是?死蹄子!"

拓跋焘拉起冯媛的手:"走,跟我回宫去!"不等冯媛答话,向中曹常侍宗爱招手:"把车赶过来!"同时拉扯着她大步流星迎着人群走去。

来到高车前,拓跋焘对赫连氏说:"我要带我的新贵人回宫里去,你让宗爱陪着骑马吧。"

赫连氏噘着小嘴,一脸不高兴,还想撒娇,可是拓跋焘已经搀扶着冯媛上了高车。她也不敢再说什么,只好自己也挤上高车,嘟囔着说:"皇帝不骑马了,奴家也没有骑马兴致了。不如一起回宫去吧。"

冯媛被拓跋焘揽在右手边,左手边坐着赫连氏,未来的皇后。驭手赶动高车,冯媛急忙回头寻找常玉花。她怕皇帝把她们分开。常玉花拉着妹妹玉芝,后面跟着林金间和抱嶷,正向她跑过来。冯媛小声问拓跋焘:"皇帝陛下,能不能让他们还跟着伺候我,和我一同进宫?"

拓跋焘哈哈大笑:"那是当然的啦。宗爱!带他们一起回宫!"冯媛这才长长舒了口气,轻轻地靠到后座的背上,全身发抖。她不知道回宫以后有什么事情要发生。

### 3. 公主受恩宠封贵人　婢女巧计谋定乾坤

冯媛被拓跋焘带进后宫,很快就封为贵人,在皇宫里住了下来。拓跋焘隔三岔五来她这里,听她唱歌跳舞。不过,拓跋焘并不在她这里过夜。他更中意赫连氏姊妹。另外,还有左昭仪柔然的可汗吴提的妹妹,右昭仪北凉国主牧健的妹妹。这两个女子都以她们火辣辣的热情给他安慰。相比起来,这汉家女子过于文静柔弱,缺乏热情,另外,她对自己的恐惧总叫他起不了兴。不过,他还是喜欢来听她唱歌弹琴。

日子很快过去,转眼春天来了。坐落在浑水两岸平坦开阔处的魏国国都平城,已经是春意盎然。春天融化以后的浑水河水清澈见底,潺潺流淌,河岸的背阴处偶尔还可以看见一些晶莹剔透的冰凌,挂在河岸边上。河边的杨柳,已经吐露出鹅黄的嫩芽,在春风中摇曳飘荡。嫩草钻出土地,顶出枯黄的草茎,枯黄中展现出新绿。南方飞回的大雁,又排着一字队形,在蓝天上变换着人字形队伍,嘎嘎地飞了回来。春天来到平城。平城到处洋溢着春天的气息。

拓跋焘在宗爱和贾周的跟随下,漫步来到冯媛宫室。作为拓跋焘新近封的贵人,冯媛住进了宫城的西宫。

巍峨庄严的宫城修建于公元398~434年之间,经拓跋珪和明元帝拓跋嗣、世祖拓跋焘三代,修建了36年。宫城建筑群已经初步建成,具有12座门,宫城内建有宫殿、宫室以及宗庙和其他附属建筑设施。

宫室是皇帝、妃嫔、太子的居所,依照方位分为东宫和西宫。西宫开始建造于道武帝天赐元年(404年)10月,在拓跋珪和明元帝拓跋嗣时期是皇帝居住的地方。到了拓跋焘时期,拓跋焘修建了中宫作为自己的宫殿,西宫全部用来安置后妃。他自己住在永安宫。

西宫的安乐宫是贵人的宫室,一个四合院落,住着几个贵人。西房住着

乳母皇太后

新贵人冯媛和依附她的妃嫔以及伺候她的宫女太监。

皇帝拓跋焘一进安乐宫,把守安乐宫的虎贲就高声呼喊:"皇帝陛下到!"几个贵人纷纷走出宫室跪接皇帝。

拓跋焘挥手让其他贵人回房去,自己偕冯媛来到她的西房。常玉花跪在门口迎接皇帝。

拓跋焘看了看常玉花,挥手说:"起来吧,玉花。"拓跋焘对这个浓眉大眼的宫女有很深的印象,她的歌声很好听,浑厚深沉,很有吸引力,与冯媛的响亮清脆委婉悠扬的嗓音配合在一起,错落变化,给人一种很美妙的听觉的享受。当然,拓跋焘不懂,这是一种二声部合唱的效果,他只是觉得好听,喜欢听,一来冯媛贵人这里,就让她们主仆二人给他唱歌听。今天闲来无事,拓跋焘准备来这里度过一个快乐的上午。下午,也许有使者回来报告出使蠕蠕、南朝等各国的情况。春天已经来了,军事活动马上要开始,他需要在部署军事行动之前好好轻松一下。

拓跋焘坐到为他准备的龙床上,这是一种两头翘的矮脚宽大坐榻。常玉花命令抱嶷敬上奶茶,这是鲜卑人混合鲜卑与汉人习惯制成的饮料。拓跋焘端起白花细瓷碗,啜饮一口,又放到面前的矮脚桌几上,用生硬的汉话微笑着问冯媛:"冯妃,奶茶好喝吗?习惯吗?"

冯媛急忙回答:"回皇帝陛下,妾身开始习惯饮奶茶了。"她不敢实话实说,她饮奶茶还是常常觉得有些要呕吐的意思。

"来,饮一口。"拓跋焘端起碗,揽着冯媛柔软的腰肢,让冯媛喝。冯媛急忙接过碗,噘起小口,抿了一点,慢慢咽了下去。拓跋焘很感兴趣地看着她,冯媛只好又抿了一口。到底是已经在宫城里生活了几个月,每日饮奶食牛羊肉,已经慢慢习惯了牛羊肉的膻腥,她不再感觉反胃了。

拓跋焘很高兴,用很生硬的汉话说:"不错,不错。有进步,有进步,快成为我们鲜卑人了。"

常玉花从冯媛手里接过奶碗,让抱嶷拿了出去。常玉芝抱来焦尾琴,放在桌子上。常玉花点燃线香,袅袅青烟升了起来,房间里立刻洋溢起淡淡的檀香味,好闻极了。林金间捧来铜盆,请冯媛净手。冯媛净手之后,又在桌子上焚起香,开始为拓跋焘弹奏他喜欢听的曲子。

拓跋焘舒服地背靠在龙床靠背上,眯缝着眼睛,倾听着冯媛那灵巧的纤纤细手下流淌出来的清脆悠扬婉转如泣的琴瑟乐曲。一曲《凤求凰》，叫他身心好像严冬浸泡在温水里、盛夏浸泡在清冽的山泉里那么惬意舒服，那是一种他说不出的浑身每个毛孔都张开的舒服感觉。他既不激动，也不亢奋，感觉头脑清爽心胸开朗。这种感觉是他很少有的。他眯缝着眼睛，迷蒙地看着弹琴的冯媛，她的纤纤细手灵巧地拨动着琴弦，满室都流淌着淙淙水声。高山流水遇知音，他似乎也听懂了这如泣如诉的琴声倾诉的亲情友情。他很有些感动，对弹琴的女子生出许多感动，也生出许多情谊，这是不夹杂任何肉欲的情谊，是一种很纯粹的怜香惜玉的情谊。

真奇怪！拓跋焘暗自思忖：为什么在这个汉人女子这里，他第一次不想她的肉体，不想那些床上的交欢，只愿意这么静静地坐着，听她抚弄拨动琴弦，静静地看着她，欣赏着她娇媚的容貌，听她唱歌。

冯媛缓缓抚琴，随着琴曲慢慢唱起她喜欢的《燕歌行》：

秋风萧瑟天气凉，草木摇落露为霜。
群燕辞归雁南飞，念君客游思断肠。
慊慊思归恋故乡，君何淹留寄他乡？
贱妾茕茕守空房，忧来思君不敢忘，不觉泪下沾衣裳。
援琴鸣弦发清商，短歌微吟不能长。
明月皎皎照我床，星汉西流夜未央。
牵牛织女遥相望，尔独何故限河梁！

琴声呜咽，冯媛的歌喉也已凝滞，两行清泪挂在腮上。

拓跋焘感受到琴声与歌声里的凄凉委婉与缠绵的思念。这女子大概是思念故乡了，拓跋焘猜测。虽然他不喜欢他的妃嫔思念家乡，要是哪个妃嫔敢于在他面前流露思乡想家的情绪，他会狠狠教训她们一顿，可是眼前这楚楚动人的汉人女子并没有激怒他，反而叫他生出许多怜惜心疼的感觉。这汉家女文静娴雅高贵的举止，给他一种完全不同的感受。

拓跋焘再一次想：这汉人女子，确实与他那些妃嫔不一般！不能像对待其他妃嫔那样对待这第一位汉家贵人！他不想用对待其他妃嫔那样野蛮征服的方式去对待她！等战事完全结束，他要学会更多的汉话，用一种文明的

乳母皇太后

方式拥着她。对待汉人妃嫔，需要一些更文明的手段，这样也利于笼络国内的汉人。拓跋焘又想起从跑马场归来的那一天，冯媛被吓得可怜巴巴的发抖模样，不由得微笑了。

他看着冯媛，温柔地笑着："这曲调太悲凉，换一曲欢快的让朕听！你，玉花，过来，一起唱！"

玉花早就觉得喉咙痒痒，想与冯媛一起唱。听到皇帝的命令，她乐不可支，手舞足蹈地站到冯媛旁边，看着冯媛，等她开始。

冯媛偷偷擦拭了一下面颊上的泪水，想了想，问拓跋焘："不知皇帝陛下想听什么曲子？"

拓跋焘哈哈笑着："任凭贵人自作主张，总之欢快雄壮一些，不要太悲凉的。"

冯媛指下流淌出激越的琴声。常玉花和着琴声，与冯媛一起唱起了曹孟德的《短歌行》：

"对酒当歌，人生几何！譬如朝露，去日苦多。慨当以慷，忧思难忘。何以解忧，惟有杜康。青青子衿，悠悠我心。但为君故，沉吟至今。呦呦鹿鸣，食野之苹。我有嘉宾，鼓瑟吹笙。明明如月，何时可掇。"

拓跋焘陶醉了。常玉花雄浑深厚沉略带沙哑的嗓音配着冯媛高亢清越婉转明亮的嗓音，真是美不胜收，让他的心里舒坦极了。他全身放松，脸上挂着喜洋洋的笑意，靠在龙床的后背上，闭着双眼，双手轻轻和着音乐的节拍拍打着龙床的扶手，身体轻轻地摇动着，沉浸到歌声琴声中去。

琴声歌声更加激越慷慨起来，好像表达了主人那不可一世的雄心壮志和雄霸天下的凌云野心：

"月明星稀，乌鹊南飞。绕树三匝，何枝可依？山不厌高，水不厌深。周公吐哺，天下归心！"

"好！有气派！豪壮！"拓跋焘高声叫了起来，虽然没有完全听懂，但是歌曲里面那种帝王气势叫他不由得击掌叫起好来。

"会不会唱鲜卑歌曲？再唱一首给朕听！"拓跋焘问。

常玉花点头。冯媛也点了点头，她已经跟着常玉花学会唱几首鲜卑民歌了。

"我们唱一首《慕容家自鲁企由谷》给陛卜听。"冯媛说。

"太好了，唱吧！这首歌曲是朕爱听的。"

冯媛抚琴，常玉花清了清喉咙，开始唱：

> 郎在十重楼，女在九重阁。
>
> 郎非黄鹄子，哪得云中雀？

常玉花反复唱了几遍。

拓跋焘笑着："看我们鲜卑歌曲，多刚健爽朗。表达男女爱慕，都不是那种缠绵凄清的。不像你们汉人，绕来绕去，哼哼唧唧，用什么别的东西来影射啊，比附啊，隐语啊，搞得复杂难懂！"

冯媛点头："陛下所见极是。鲜卑民歌确实很好听，刚劲有力，爽朗明快，节奏短促铿锵，跟南方的汉人民歌风格迥然不同。"

拓跋焘爽朗地笑着："不过，南方的民歌朕也爱听，只要是冯贵人和这丫头唱的！"说着，指了指常玉花，自己哈哈笑了起来。

宗爱走了进来，小声对拓跋焘报告说出使燕国的使者回来了，在永安殿等待皇帝接见。拓跋焘站了起来，冯媛和常玉花跪送皇帝离去。

冯媛看着常玉花："我好像听见宗爱说燕国，是不是出使燕国的使者回来了？不知阿爷如何答复皇帝？你这几日要注意打听打听消息。"

## 4. 拓跋焘决计发兵灭燕　常玉花教唆媚术迷心

拓跋焘在宗爱等人的簇拥下来到永安殿，殿中尚书李顺与使者已经等在殿外，各公卿尚书也都等着上殿。拓跋焘匆匆走进永安殿，坐到龙床之上。保姆窦太后一手拉着皇太子拓跋晃，也姗姗从殿后走了出来，坐到龙床上拓跋焘的身旁。公卿尚书列班上殿，宗爱传拓跋焘的命令让使者上殿。使者见过皇帝，拓跋焘开口问："燕国如何答复朕的要求？他把王子送来平城了吗？"

使者简单叙述了出使燕国的情况。

"什么？冯宏拒绝了朕的要求？拒绝送儿子到魏国来？"拓跋焘勃然大怒，站了起来，高举双手，咆哮起来："他冯宏是决心与朕为敌了！？好一个冯宏！你是敬酒不吃吃罚酒！既然如此，你就不要怪朕无情了！"拓跋焘愤怒得满脸通红，他咬牙切齿地在高台子上走来走去。大殿里静悄悄的，没有一点声音，大臣都低垂着头，拼命屏着呼吸，生怕不小心弄出点声音激怒愤怒的皇帝而成为出气筒。

拓跋焘疾步走了一会儿，猛然站住，转过身，大声喊："立即出兵燕国！俘获冯宏！各位！你们有什么意见？"

大臣都沉默不语。司徒崔浩上前："启奏皇帝陛下！臣崔浩以为出兵燕国暂时还不是时候。不妨从长计议！"

拓跋焘惊奇地扬起眉毛，眼睛瞪得老大：这崔司徒是怎么回事？居然敢和我唱反调！不过，拓跋焘立刻想起崔浩几次力排众议支持他的军事政策，商议征伐赫连昌，群臣都以为难，只有崔浩一人坚决支持。他不顾保太后反对，促使拓跋焘北伐。

想到这里，拓跋焘只是沉下脸，坐回自己的龙床，勉强压抑自己的情绪，缓慢地说："乌爱真①，你说为什么不宜出兵？过去打赫连昌，只有你支持朕啊，为什么打燕国你却反对呢？"

崔浩急忙回答："陛下明鉴，陛下对燕国用兵已经数年，燕国国君冯宏已经送女前来乞和，这归附的诚意已经显露。如果我们再出兵，就会给南朝以攻击我们魏国的口实，他们会说魏国鲜卑胡人不讲信义。何况燕国不过弹丸之地，如果柔然高车凉国平定，北方自然就全部归属我们魏国，燕国不战而归附。所以，臣以为，不必在燕国耗费我们的兵力。"

拓跋焘拈着胡须，沉思：崔浩言之凿凿，理由充分，可是，另一种阴影袭上心头。崔浩是他父亲明元帝拓跋嗣的宠臣，由于他是汉人，很受一些拓跋贵族嫉恨。拓跋焘即位之初，他称美来自南朝的高门士族太原王氏子王慧龙是"贵种"，长孙嵩弹劾他说他"叹服南人"，"讪鄙国化"，拓跋焘怒，召崔

---

① 乌爱真：鲜卑人对外左右大臣的亲切称呼。

浩加以责备。

南朝刘宋皇帝刘义隆下诏要"固疆场",派使者见拓跋焘说:"河(黄河)南曾是宋土,现在要修复旧境。"拓跋焘召集大臣商议对策。南藩诸将请求先发制人,满朝公卿认为"咸言宜许",但是崔浩力陈,认为刘宋不敢先发。不久,南藩诸将复表贼至,哀求发兵增援,崔浩又认为这样会招致宋兵"速至",又以天象说明刘宋不会先攻魏。结果刘宋联络赫连定合力攻魏。北魏只好发兵。在先讨伐刘宋还是赫连定的问题上,崔浩又力排众议,主张先伐赫连定。大多数朝臣劝说拓跋焘把打击的重点放在刘宋。崔浩说:"刘义隆和赫连定不过是虚声应和,刘义隆指望赫连定先进,赫连定指望刘义隆先行,他们二人好像连鸡,不得俱飞,无能为害。"见崔浩分析得如此透彻,拓跋焘同意了崔浩的意见,率领大军征讨夏国。虽然拓跋焘在南北两个战场上都取得胜利,刘宋没有达到收复河南的目的,但是,还是有拓跋大臣攻击崔浩,说崔浩在对南朝的军事部署中总是诸多阻挠,有偏袒保护南朝之嫌。

崔浩知道自己确实有些奇怪。对拓跋焘部署讨伐少数民族国家,他总是积极拥护,但是与南方作战,他总要以各种诡辞予以阻挠。

拓跋焘继续沉吟:近来有拓跋贵族向他反映,说崔浩有重用汉人在朝中培植私人势力的嫌疑。是的,在灭掉夏国重创柔然以后,拓跋焘听从了崔浩建议,提出了"偃武修文"的治国政策,征聘了卢玄、崔绰、高允等一批名士参政。这一大批汉人名士与崔浩的关系都很好,又互相往来。这就是拓跋贵族攻击崔浩的原因。经过拓跋焘的观察,他还没有发现崔浩有重用汉人的蛛丝马迹。不过,终究是汉人,知人知面不知心,崔浩会不会利用自己对他的信任和高位,身在拓跋氏的国家,心里却向着汉人呢?是不是人在曹营心在汉呢?

拓跋焘沉吟着:应该不会的。崔浩一直十分小心谨慎,在书写各种文书的时候,遇到冯汉强一类的名字,他都会改为冯代强。可见他对魏国十分忠心。

拓跋焘摇摇头,好像要摇去心头的阴影。

"你们的看法呢?各位乌爱真?"拓跋焘问,特意把目光转向殿中尚书李顺。李顺也是汉人,拓跋焘想听听他的意见是什么。

李顺恭谨小心地上前:"回禀皇帝陛下。臣李顺以为,陛下已经在燕国花费了几年的时间,应该坚决把燕国灭掉才利于统一北方。冯宏虽然送女和亲,但是坚决拒绝送儿子前来魏国,就说明他还心存侥幸,还有狼子野心。臣以为,还是坚决灭掉为好!"

崔浩心里生李顺的气。"老家伙!你为什么就不支持我呢?我们毕竟都是汉人啊。你就会迎合讨好皇帝!真是奴才相!"

崔浩从拓跋珪道武帝时期,就和父亲崔宏一起在魏国做官,开始做给事秘书、著作郎等小官,小心谨慎,恭勤不怠,后以《洪范》天文逢迎拓跋嗣,开始受宠,地位逐渐升到现在的司徒,参与军国大计的谋划。可是不知为什么,一听说攻打汉人的国家,他心里就不舒服,就不由自主想站出来说话,想阻挠拓跋焘去攻打。至于拓跋焘主张攻打柔然、高车或者赫连昌,他却竭力怂恿,甚至不怕得罪朝廷其他重臣,坚决支持皇帝的军事行动。是一种什么心理呢?他说不清楚,也不想去弄清楚。

崔浩不好说话,只好心里气呼呼地看了看李顺。"这李顺是越来越讨皇帝的欢心了。"崔浩不无嫉妒地想。

李顺和他崔浩有亲戚关系,崔浩的弟弟娶了李顺的妹妹,之后,他弟弟的儿子又娶了李顺的女儿。李顺同崔浩一样博览群书,有才策。明元帝拓跋嗣神瑞年间封为中书博士,后转为中书侍郎。拓跋焘始光年间(公元424~428年),随拓跋焘征蠕蠕,因为筹略有功,被拓跋焘拜为后军将军,赐爵平棘子,加奋威将军。神䴥四年(431年),拓跋焘派李顺出使沮渠蒙逊的北凉国,顺利归来后,得到重赏,赐绢千匹、厩马一乘,进号安西将军。这以后,越发得拓跋焘的恩宠,政事不分大小,都要参与。北凉的蒙逊死后,儿子牧健即位,李顺又多次出使,与牧健关系不错,听说牧健送李顺许多财物。崔浩曾经把这密报给拓跋焘,可是拓跋焘居然毫不在意,依然重用李顺。真不知皇帝是不是鬼迷了心窍?

崔浩瞪了李顺一眼。

李顺好像也猜到崔浩的心思,故意斜睨着崔浩,注意观察着崔浩的表情。

7岁的东宫太子拓跋晃坐在拓跋焘的身旁,听着这么多大人说着他不大懂的事情,开始感到不耐烦起来,只是嚷着要尿尿。在朝堂上说话不多的乳母窦太后对拓跋焘抱歉地笑着,起身引领他到殿后方便。

拓跋焘看着窦太后拉着皇太子离去，哈哈笑了起来："知朕心者，李顺也！就这么决定！立即发兵燕国！永昌王拓跋健，乐平王拓跋丕！"拓跋焘高声喊。拓跋健和拓跋丕应声上前，听取拓跋焘的命令。"朕命令你们二位带兵去攻打燕国，你们要彻底消灭燕国，把燕国臣民全部迁徙到平城！朕命令你们一定要生擒冯文通！不许他逃亡他乡！"两位王爷得令，自去部署，他们准备让骁骑将军古弼和娥清率兵打和龙。

李顺昂头挺胸走过崔浩身边，得意地微笑着："崔司徒，今天白费口舌了吧？"

崔浩脸上红一阵白一阵，羞愤不已。

常玉花拿了几钱碎银揣到身上，走出冯媛的宫门，来到西宫院门。把守西宫院门的御林军士兵立刻横了长矛拦住她，用鲜卑话呵斥她。常玉花对军士笑着，大声说着她学来的简单鲜卑话："出去，看看，贵人娘娘想吃海棠。海棠，果子。"她连说带比画。两个鲜卑士兵互相看了看，知道她是新来的汉人贵人的宫女，一个年纪大一些的军士顺手在常玉花的脸颊上摸了一把，哈哈笑着，让她出了门。常玉花急忙转向后院。

常玉花四下看，没有见到动静，就急忙溜进马厩。她害怕马匹踢她咬她，更害怕马匹尥蹶子，只好缩着身子，沿着马厩的墙壁慢慢蹭着寻找乙浑。

乙浑正在御马房刷马。他看见常玉花，急忙走了过来，拉着她来到一个角落："你来干什么？是不是找王睹哥的？"

常玉花脸一红，打了乙浑一拳："我找他干什么！我是专门来找你的！公主让你打听打听皇帝的军事活动，看皇帝是不是要攻打燕国。她担心燕国！"

乙浑急忙说："我也正想透露消息给你们呢！看来，是要有行动。御马曹的御马监已经被侍御长叫去了。听王睹和你哥哥说，他们那里也紧张了起来。只是出征哪里还不太清楚。"正说话，马厩外面传来说话声。常玉花想走，乙浑急忙把她拉到里面一个小房间里，让她躲到门后。几个御马曹汉人兵士说着话，到马厩里一边刷马一边说话。一个说："听说了吧，又要出兵了。"另一个问："听说打哪里了吗？"第一个兵士回答："还不是打燕国吗？听说冯文通不答应送太子来平城做人质，皇帝就要打他个片甲不留！要血洗和龙了！"另一个担忧地问："你和龙有没有亲戚啊？"另一个回答："我没有。

不过咱们这里那个乙浑不是和龙人吗？他可惨了，家里要遭殃了。"几个人说着话，拉着马走出马厩去遛马。

等说话声慢慢远去，常玉花才急忙抽身离开马厩，躲躲闪闪回到西宫。值守的士兵看了看空手而归的常玉花，那个年长的问："果子？果子在哪？"

常玉花故意走到他的身旁，掏出一点碎银，塞到他的手里，笑着说："今天没有找到，明日再出去找。"

常玉花回到冯媛的房里，冯媛正眼巴巴地等待她归来。

"怎么样？打听到了没有？玉花？"冯媛一把抓住常玉花的手，常玉花却哇的一声哭了起来。

冯媛也抽泣起来。燕国是彻底完了。


常玉花每日关注着魏国军队伐燕的消息。为了更好地了解宫中情况，她故意和鲜卑虎贲、宫女接近，已经学会了许多日常用的鲜卑话，与鲜卑人交谈不算太困难了。鲜卑虎贲和宫女也喜欢跟她交往，跟着她学一些汉话。她活泼泼辣，会唱会跳，宫女喜欢跟她学唱歌，虎贲当值的时候，她就故意在院子里教几个宫女唱歌，虎贲都认识她，有事没事都喜欢和她拉呱两句。她便趁机打听燕国的消息。

初夏五月，平城已经葱绿一片，拓跋焘伐燕的大军已经出发了两个多月，平城人期待着魏国军队凯旋。

常玉花来到铁坊找哥哥常喜和王睹打探消息。

常喜和王睹在铁坊里赤裸着上身，正抡锤打铁。火红的炉火照红了王睹健壮的身体。常玉花看着王睹赤裸的、肌肉饱绽的胳膊和胸脯，心突然怦怦地跳了起来，一种莫名的激动让她一阵耳热心跳。王睹是她的未婚夫，自小一起长大，她在他面前从来就很平静，很自然，从没有像今天这样动情。她突然想到，该是和王睹成亲的时候了。

王睹看见常玉花来了，急忙放下铁锤，走了过来。

铁坊里的工匠都笑着喊了起来："王睹的老婆来了！看把王睹高兴的！"

王睹不管同伴的嘲笑，拉着玉花的手："你可来了。我真想你！"玉花甩开王睹的拉扯："看你！不怕别人笑话！"

王睹嘻嘻傻笑着："怕什么？大家都知道你是我老婆！他们都盼着饮我

们的喜酒呢。"

"去你的！什么时候，还顾得上饮喜酒？有没有和龙的消息啊？"

王睹的脸色暗淡下去，小声说："昨晚乙浑来找过我，他听说了一些和龙的消息。国主派伸者到高丽向高丽王求援，高丽王派遣大将葛卢率领数万大军支援和龙。可是葛卢大军到和龙以后，只顾烧杀抢掠，让他的军士脱下破旧的粗衣，把燕国库里的好衣服兵器抢掠一空。城里的百姓也被他们抢掠一空。你看，这冯国主干的都是什么事啊？"

"我们家可是要遭殃了。"常玉花叹息着对走过来的哥哥常喜说。

"可不是。和龙城被高丽兵给祸害了！"常喜愤怒地说："他冯文通带着全家在高丽军队的保护下逃到高丽，可是和龙的百姓惨了！也不知爹妈现在怎么样了？"

王睹看了看四周，没有看见鲜卑兵士和太监，就又小声说："听说高丽兵带着冯文通逃跑的时候，放火烧了和龙的宫殿，大火烧了十来天都不灭。真是可恨！"

"这是咋整的啊？"常玉花说："冯国主咋就引狼入室呢？这高丽和魏国不都是一样吗？他都把女儿给了魏国，干吗不干脆投降魏国？魏国也许不会毁坏和龙呢。"

"谁知道呢。他冯文通喜欢高丽人，不喜欢鲜卑人，其实不都一样吗？反正都是异族。其实，我们来魏国这么长时间，觉得这拓跋人和魏国皇帝也还行，皇帝生活也不奢华。看你们那些低级的妃子和宫女还要种菜干活，大家都有饭吃。反正我们有饭吃就行了。这魏国，现在势力多大啊，几乎已经统一了黄河以北。这国家大了，强盛了，我们百姓的日子也好过一点嘛。他干吗非要逃跑到高丽去呢？"常喜也摇头说。

"冯国主的娘娘是乐浪人，是高丽王的亲戚，冯国主可能觉得投奔那里有保障吧。"常玉花说着，看了看周围。远处走来一个太监和几个士兵。她急忙说："来人了，你们快回去做活吧。我走了。"说着，急急拐进一条小路。

"玉花姐姐回来了？"把门的虎贲笑着打招呼，他们正侧着耳朵倾听着西房里传出的悠扬清脆的琴声和温婉的歌声。玉花满脸笑容回答着，走进冯贵人的西房。

西房里,笼罩着一层淡淡的香气,这是冯媛操琴时喜欢点燃的麝香。冯媛正练习弹司马相如的《凤求凰》。这歌曲常玉花也已经学会了。

凤兮凤兮归故乡,遨游四海求其凰。
时未遇兮无所将,何悟今夕升斯堂。
有艳淑女在闺房,室迩人遐毒我肠!
何缘交颈为鸳鸯,胡颉颃兮共翱翔!

凤兮凤兮从我栖,得托孳尾永为妃,
交情通体心和谐,中夜相从知者谁?
双翼俱起翻高飞,无感我思使余悲!

常玉花站到冯媛身旁,静静等待她弹奏结束。
琴声袅娜了一阵,戛然而止。冯媛慢慢站了起来。
"公主!"常玉花轻轻喊。
冯媛这才从歌曲的境界回到现实。"哦,你回来了。有什么消息吗?"
常玉花把刚才听到的消息原原本本地说了一遍。冯媛忍不住抽泣起来。常玉花急忙规劝:"公主,你万不可再哭泣了。你看,近来皇帝已经很少来这里了,要是万一被皇帝知道,你又哭,他会发怒的!听说,他对没有捉住冯国主这件事正大怒呢。"
冯媛还是控制不住自己,依然哭得抽抽搭搭。常玉花急忙叫来妹妹常玉芝:"去打盆水,给冯贵人净面。"常玉芝打了水回来,常玉花拧干了面巾,给冯媛擦脸。她小声劝说着:"公主,别哭泣了。事已至此,你不必为燕国难过了。以后你就是魏国皇帝的贵人,你要小心谨慎地侍候皇帝,让他高兴。再不要想什么燕国了。他们其实早就抛弃了你。"常玉花说着,倒勾引起她自己对父母的思念,她的眼睛有些发热。性子豪爽的她,不大容易伤感,所以,伤感仅仅在她的心头驻留了不过一瞬间。
冯媛听从常玉花的安排,让常玉花给她上妆。常玉花给她匀着官粉胭脂,在她的额头上贴上花黄。
冯媛从菱花铜镜里打量着自己。镜里的姑娘十分艳丽漂亮,眼如横波流转,眉似春山横翠,笑口点檀,面若桃花,自己看着都陶醉。只是目光里太多忧郁,少了几分娇媚和勾魂摄魄的力量。

常玉花在一旁指点着:"公主,要是你把目光这么一斜,瞧,就是这样,"常玉花在镜中给冯媛做了个示范动作,大眼睛转了几转,向旁边一斜,做出千娇百媚的姿态,果然使脸上多了生动和魅力。

"对,就这么转动眼睛。往这边一转再往那面一转。"常玉花指点着:"公主这么多才多艺,这么美丽温柔,这么文雅贤淑,一定能压倒皇帝后宫的那些胡人妃嫔。你看,皇帝已经封的左昭仪,那柔然可汗吴提的妹妹,哪有公主好看?那右昭仪,虽然说是北凉国主牧健的妹妹兴平公主,可是瞧那模样,难看死了。皇帝不过是要笼络北凉和柔然罢了,将来总有一天,皇帝也要灭掉他们。只要公主下决心,一定可以盖过她们。只是公主受礼教束缚太重,放不开自己,你要是像人家鲜卑、柔然、突厥、匈奴姑娘一样,敢大声笑,敢张扬自己,敢勾引皇帝,皇帝一定会被你迷倒的!"

"看你说的!好像你是个狐狸精一样!"

说着,冯媛在镜中斜睨了常玉花一眼。这一眼那么娇媚,那么迷人,让常玉花不由得大声叫好:"公主!你可真是聪明绝顶!以后就用这种眼神看皇帝陛下!这一眼真可以迷倒皇帝了!"

冯媛又娇嗔地看了常玉花一眼:"你是不是要把我也变成狐狸精啊?"

常玉花笑着:"我就是要把公主变成狐狸精!公主变成狐狸精,才能迷住皇帝,才能在魏国宫里站住脚。公主有了地位,我们这些随公主从和龙来的百姓才有好日子过。公主,你可一定要为我们和龙人着想啊!燕国灭了,我们只有依靠你啦!"常玉花说得声泪俱下。

冯媛一把抱住常玉花:"好姐姐,以后我听你的!"主仆二人相拥着,哭一阵笑一阵。常玉芝和小太监抱嶷、林金间也都是泪流满面,他们这些和龙的燕国人都把希望放到冯媛身上,都在心里暗暗下决心,要好好帮助他们的公主。

## 5. 故国破灭常家入平城　太后喜爱玉花讨欢心

八月,盛夏的平城,从燕国回来的军队押送着两辆车,车里关押着出征

45

燕国的大将军古弼和娥清。因为他们饮酒贻误了战机,致使冯文通随高丽军队逃跑,拓跋焘大为恼怒。囚禁回来,等待他们的将是更严重的惩罚。

军队后面,是一批千把人的移民,这些拖儿带女的百姓,衣衫褴褛,疲乏不堪。他们肩扛担挑,挑着行李粮食和锅碗瓢盆,推着小车,上面坐着行动不便的老人、女人、小孩,拖着沉重的步伐,在鲜卑士兵的吆喝声中艰难地走来。这是魏国军队从燕国俘获的百姓,他们被魏国军队强行迁来充实平城和附近地区,让他们发展平城周围的农业、畜牧业。

常玉花的父亲步履蹒跚,白发苍苍,一头乱发沾满草屑泥土,他们日行夜宿,从和龙出来已经快一个月,现在,他几乎已经走不动了。他小声呻吟着:"我走不动了,让我坐下歇歇。"

他的妻子宋氏挎着包袱,用力搀扶着,为难地看了看后面押送的鲜卑士兵,他们正吆喝着,用皮鞭抽打着那些坐下歇息的人。她安慰鼓励着说:"再走几步,看,已经快到了。"宋氏擦拭着额头上的汗水,指着一面黄土高墙:"你看,那不是城墙吗?看那些军人都进去了,这一定就是平城。"

前面挑担的常英,回过头喊着说:"阿爷,到了!到平城了!"

乙浑的父母和妹妹也快步走了上来,高兴地喊:"到了,我们终于到了!"

一条大河流淌着,滋养着平城。平城分三部分:廓城、宫城与旧城。旧城里住着原来的百姓,宫城是皇帝的禁苑。与宫城南北相对的是廓城,旧城位于廓城东部一隅。廓城用来安置新移民。

廓城范围最大,是在宫城和旧城之间的开阔地建立起来的。拓跋珪定都平城以后,大量的拓跋部、汉族和其他北方地区的少数民族的人被迁到平城周围,天兴元年(398年)12月还迁徙旧燕境内的"六州二十二郡守宰、豪杰二千家于代都"。新迁过来的人家、手工业工匠和商人聚居于宫城与旧城之间,这里逐渐形成一个人口稠密的地区,到北魏明元帝泰常七年(422年),为便于管理,在这一地区的外围修了城墙,成为平城的廓墙,这一地区便成了平城的廓城。廓城城墙东西大约十里,南北大约十五里,呈长方形,城墙通体由黄土筑成,高大雄伟,外面不挖壕堑,也固若金汤。

拓跋士兵吆喝着,驱赶着移民进城。前面的军队已经进了城,后面的移民慢慢挪到城墙下。高大的城门洞开,两旁站立着穿甲胄的荷枪扛戟的士兵,等待移民进城。

常英挑着担子，搀扶着常贵，走进平城廓城。城里的民房都是黄泥土房，抬眼一片黄色，绿树点缀其间，有些人家门前种着牵牛花，扯着长长的藤蔓，开着红黄紫色的喇叭状花朵，好像在欢迎着新移民。

廓城内分为方形的居民坊，大坊可住四五百户人家，小坊容六七十家，坊间开巷，巷通街道。廓城南耸立着一座巍峨的白楼，北面有一座巍峨的寺院，东面有座始光二年(425年)少室道士寇谦之建议修建的大道坛庙，宏伟庄严，是北魏道教最主要的建筑。

士兵把移民带到一个居民坊里，这里是专门用来暂时安置新移民的地方。等新移民到来之后，皇帝就会赏给各王公大臣和平城大户，然后让他们随着自己的新主人到各自的坞堡去，也有一些作为宫城皇宫的侍卫或工匠农人留下来住在廓城里为皇宫劳作。

常贵一家被安置在一间土屋里。乙浑父母被安置在相邻的屋子里。

常贵一屁股坐到屋子里的土炕上，四脚八叉地躺了下去。常英把自己挑来的被褥取了出来，让宋氏铺到炕上。常英替父亲脱去已经破烂不堪的鞋，让父亲躺到铺好的被褥上。鲜卑士兵吆喝着，让移民各家去领取号牌和粮食。

刚刚坐下来的常英只好又捶着腰背出去。

常贵叹息着："总算来到平城，不知什么时候可以见到玉花和玉芝？等安顿下来，叫常英到处打听打听，看能不能找到常喜和玉花。我看也该给玉花办喜事了，她今年都快二十岁了，老大不小了。"

宋氏也躺在炕上，筋疲力尽，一句话也不想说。

常玉花从虎贲口里听说征讨燕国的军队回到平城，而且带来千把和龙百姓。她和哥哥常喜都揣测，可能自己的父母会来平城。她终于打听到新移民安置在廓城，高兴极了。她和玉芝盼望着能够早日见到父母。

可是怎么到廓城去呢？常玉花犯愁了。宫城里的宫女可不能跑到廓城去的。只有求皇帝了。她想：等皇帝有时间来冯贵人这里，自己向皇帝提出请求见父母。

常玉花主意已定。虽然她出身微贱，但是她有着一种天不怕地不怕的脾性，见了皇帝她依然敢于说出自己的要求。她把自己的打算告诉冯媛。

乳母皇太后

冯媛点头，说："不过，只怕皇帝久久不幸临本宫。那就耽误了你和亲人团聚了。"

常玉花笑着："我就不相信皇帝会很久不来这里。"说着，就听见院里虎贲高喊："保太后驾到！"

冯贵人急忙起身，和常玉花、常玉芝、抱嶷、林金闾跪到院子，和其他贵人一起迎接皇太后窦氏。

冯贵人知道这皇太后的地位无比尊贵，不过，她想不明白，为什么一个乳母，在魏国居然有这么显赫的地位，可以封为皇太后。她也是读过历史的，从三皇五帝到汉魏三国两晋，到现在的南朝宋，都没有听到这样的事情。这拓跋魏国可是太奇怪了。

窦氏虽然只是皇帝拓跋焘的乳母，可是已经封了保太后。道武帝天赐五年（408年），拓跋焘生于东宫，体貌瑰异，太祖（拓跋珪）非常高兴，说："成吾业者，必此子也。"（《魏书·卷四·世祖纪上》）连夜召见自己的同母弟弟卫王仪，卫王仪是拓跋珪的母亲献明皇后贺氏后嫁给他的祖父昭成帝什翼犍所生，封为卫王。卫王仪连夜见拓跋珪。拓跋珪说："卿闻夜唤，乃不怪惧乎？"卫王仪说："臣推诚以事陛下，陛下明察，臣辄自安。忽奉夜诏，怪有之，惧实无也。"太祖哈哈大笑，说："朕连夜召见你，是因为朕已经有了孙子啦！"卫王仪急忙起身跪拜，然后叫来歌舞伎人歌舞祝贺，两人对饮到天亮。道武帝又召群臣入，赐仪御马、御带、缣锦等。原来，崔浩总结了中原汉家王朝的历史经验，秘密地建议道武帝建立太子制度，废除拓跋族的推举制度和兄弟继承制度，建议拓跋珪以后把皇位传给太子拓跋嗣（明元帝），然后传给拓跋焘，形成子承父位的封建继承方式。

拓跋焘生下来就被道武帝指定为嫡皇孙，成为皇位接班人。道武帝为了不让外戚干政，母后干政，制定了子贵母死的常制。拓跋焘被道武帝拓跋珪定为接班人后，养在别宫，交保姆窦氏奶养，直到正式立为太子。明元帝拓跋嗣泰常五年（420年）便依据故制将其生母杜氏赐死。拓跋焘即位以后，封奶娘窦氏为保太后，现在还负责监养拓跋焘的太子拓跋晃。所以，保太后窦氏在宫中的地位非常显赫。

保太后窦氏来到冯贵人的门口，她今天是专门来见这汉人贵人的。

保太后窦氏是汉人，听说皇宫里来了一位汉人贵人，当然很新奇。她想结识这同民族的女子。不知为什么，她还没有见过冯贵人，就觉得已经与她十分亲密了。

保太后让冯贵人起身，带着宫女太监径直进了她的宫室。

冯媛跪拜过保太后，窦氏笑着让她走到自己身边。窦氏拉住冯媛的手，亲热地抚摩着，慈爱地询问："冯贵人来到平城，习惯了未啊？"

冯媛看着保太后窦氏慈爱的有些皱纹的眼睛，好像觉得自己依偎到母亲的身边。眼泪突然涌上眼睛，她竟控制不住自己，嗓子有些发堵，开口说话，声音竟颤抖起来："回保太后，奴家习惯了……"几滴眼泪滚落到面颊上。

保太后顺手擦去冯媛脸上的泪水，爱抚地拍着她的脸蛋："冯贵人还是想家了不是？不过，你可千万不要在皇帝面前流露这种情绪，他可是最恨他的后妃想念娘家了！特别是那些被他灭了的！听老身一句劝，你要赶快学会控制住自己的情绪！"

冯媛不好意思地笑着："奴家是因为见太后如此亲切关心才感动流泪的，奴家早就不想家了！"

保太后拉着冯媛，让她坐到身旁："老身听皇上夸赞你弹琴歌唱好，今天也特来见识见识。"

常玉花急忙焚香，把焦尾琴放到琴床上。冯媛要起身，保太后按住她的肩膀："先不急，我们娘俩先拉拉家常话。"

乳母出身的保太后窦氏依然保持着她慈爱可亲的本性，没有因为地位的改变而变得脾气乖张飞扬跋扈起来。

"这丫头片子长得浓眉大眼，身板壮实，看这眼睛，又大又亮，骨碌碌转，一看就是个聪明伶俐的丫头。今年多大岁数了？"

保太后问常玉花。常玉花见保太后夸奖，急忙跪下回话："回太后，奴婢今年十九岁。"

"十九岁？可是老大不小的了。许配人家了没有？"

"回太后，在家的时候，父母做主已经许配了人家。"说到这里，常玉花突然决定，等一会儿要把自己的心愿说给保太后听，让保太后帮助自己去探望家人。

"哦？许配了个什么人啊？"太后呵呵地笑着问。

常玉花急忙又叩头："回太后，许配了个铁匠，在铁坊劳作。"

保太后呵呵笑着："铁匠？这活计可不怎么样，太辛劳了。要是调到皇宫里当差，可是好多了。"

常玉花急忙叩头如捣蒜："谢谢皇太后！谢谢皇太后！要是能把奴婢的夫婿调到宫里当差，奴婢和奴婢的夫婿愿意为皇太后肝脑涂地！"

保太后窦氏看着冯媛，微笑着问："冯贵人，你看可以吗？"

冯媛急忙起身，给保太后行礼："这丫头从小照顾我，我正在发愁，不知道怎么帮助她，让她和她家人团聚呢。现在皇太后大发慈悲，让这丫头的夫婿有了出路，奴家也替他们感谢皇太后恩典！奴家也愿意为皇太后肝脑涂地！"

"那好，我这就叫人替你去办，把你夫婿立即调到宫里，先到我宫里去当差。你夫婿叫什么名字？"

"奴婢夫婿贱名王睹。"常玉花眼睛一转，又倒地叩了个响头："敢问皇太后宫里可还有没有空缺？奴婢还有两个兄弟在铁坊和御马曹当差，他们都是老实巴交本分人，要是皇太后宫里缺人手，请皇太后开恩，把他们调过去当差！"

保太后哈哈笑起来："这小蹄子还真会说话！真会顺竿往上爬！也罢，我就人情做到底，把他们一起调到我宫里去当侍卫，以后升任个校尉，管他百八十号人，也算挣个前途！说吧，小丫头片子，他们叫保什么名字？"

常玉花急忙说了他们的名字："回太后！他们叫常喜、乙浑。"

保太后回过头对太监黄门王遇说："记下来！这就去找中曹办理！"

常玉花又连连磕头，连声感谢保太后。冯媛也施礼感谢保太后的恩德。保太后笑着对冯媛说："你是汉家姑娘，来到魏国，可能还有许多不适应的地方。你一定要有几个好下人来照顾你。我这么关照这丫头，就是想让她好好照顾你。听见没有？丫头？以后你和你的兄弟夫婿可是要忠心耿耿照顾冯贵人，忠心耿耿对待皇帝！听见没有？"

常玉花磕头，大声说："请太后放心！奴婢一定要好好照顾冯贵人和皇太后！奴婢还有一个请求，不知该不该说？"

保太后挥手："你尽管说。我是好人做到底了！谁叫我看着你就喜欢呢。"

"奴婢还有一个兄长，武艺高强，为人忠厚，要是能够调进安乐宫做侍卫,可以很好护卫冯贵人。不知太后能不能恩准?"

"没问题。他在哪里?"

"他刚迁到平城,听说安置在廓城里,奴婢还没有见过。奴婢想去看看他们。"常玉花心里有些忐忑,不知道自己一个宫女,一下子在太后面前提了这么多请求,会不会让太后不高兴。万一太后不高兴,取消了刚才的话,自己可是弄巧成拙了,白欢喜一场。

谁知,保太后窦氏只管笑着,对太监黄门王遇说:"你领着她去廓城,让她看看她父母,然后带她兄长回宫来!"王遇答应了一声,就向门口走去。

常玉花还跪在地上。王遇对她喊:"常姑娘,还不快点拜谢太后? 跟我走吧!"

常玉花对着保太后磕了个响头,站起身,高高兴兴地跟着太监王遇走了。

冯媛十分感动:"太后,你可真好!"

保太后窦氏却轻轻地叹息着,小声说:"我们都是汉人,不互相关照,谁来关照呢?"

冯媛只是紧紧地握住保太后的手,把头靠在保太后的肩头,小声喊了一声:"阿娘!"保太后的眼睛湿润了,她也紧紧握住冯媛的手。

"打明儿起,我派殿中尚书李顺的从弟李孝伯来教你魏国历史和鲜卑语。他也是汉人,他的祖父从建国起就在平城宫里,对魏国历史一清二楚,对魏国典章制度也一清二楚。你要好好学习这些。皇帝的后妃只有你知书达理,以后应该辅助皇帝治国啊。"保太后语重心长叮嘱冯媛。

冯媛使劲点头。


常玉花脚步踉跄地紧跟着太监王遇,王遇走得很快,常玉花紧走慢跑,嘴里还一直说个不停。太监王遇的年龄与自己差不多,她就没话找话地问:

"大哥,你进宫多时了吧? 有几年了?"常玉花紧走几步跟上王遇的步伐。

王遇随口说:"十来年了。"

"哎哟,我的妈呀,进宫十来年啦! 大哥是鲜卑人还是汉人呢?"

"你看我是什么人?"王遇低着头,加快脚步。要是不快点走,他们可能赶不回来。晚上一到时辰，廓城那高耸的巍峨白楼上的牛皮大鼓敲响，廓城的大城门就要关闭，谁也别想出入。

"我听大哥的口音，好像也是汉人。大哥是哪个州的人氏啊?"常玉花讨好地问。

"我祖上是陇西羌人，后来生活在汉人中，改姓王，也就算汉人了。"王遇看了常玉花一眼，心想:这宫女可真话多。不过，人倒不讨厌，看她浓眉大眼的，还挺耐看。

常玉花见王遇看了她一眼，就笑着，迎着王遇的目光，接着说:"大哥是陇西人，冯贵人宫里那个小黄门也是陇西人，就是那个最小的男娃，叫抱嶷。他的祖上也是陇西人，听说是有个人造反，他阿爷跟着闹事，事败了，他阿爷逃跑了，他阿娘带着他逃到燕国，后来阿娘死了，他就到了宫中，做了小黄门，又跟着冯贵人来到这里。"

王遇眼前一亮，抬眼看了看常玉花:"就是站在冯贵人宫门口那个眉清目秀的小男娃?"

"是的，就是他，就是他。长得很招人喜欢哩。"

"那个高一点的男娃叫什么?"王遇很感兴趣地开始主动和常玉花搭讪。在宫中多年，他学会只听不说，祸从口出，他们这些地位卑下的受过腐刑的罪人只有耳朵没有嘴巴，除了回答主人的问题，还是尽量不说话好。可是，他们却又是有眼睛有脑筋有感情的人，他们也需要交谈需要友谊需要关心需要爱护需要尊重，他们心里装着宫中的许多故事，他们最清楚宫中人事关系，他们眼睛雪亮，知道什么时候该干什么事情，他们也有自己的小圈子。

"你说的是林金间啊。他今年十三岁，比抱嶷大四五岁。他是燕国和龙人。"

"他是犯了什么事啊?"王遇稍微放慢了脚步，让常玉花跟上。

常玉花见终于逗引起王遇说话的兴趣，心里很是高兴，就滔滔不绝地说了起来:"林金间的阿爷是当时燕国国主冯跋的将军，因为参与了造反，被冯跋杀了，他们全家被没入宫，七岁的林金间就受了刑。他是很可怜的娃儿。"

"是啊，都很可怜。"王遇深深地叹了口气，沉默了，脚步不自觉中又加快了许多。常玉花连走带跑，脚步跟跄地紧紧跟着，生怕被他落下。他们走进廓城，在城里的巷陌间穿行，在常玉花看来，这些黄土泥房都一样，要是与王遇走散了,她可是难以分清东南西北。

"大哥,快到了没有?"常玉花气喘吁吁汗流满面地问。

"到了,到了。"王遇说,又看了常玉花一眼,常玉花白皙的面颊上飞着两朵红云,十分艳丽好看。王遇心里一阵激动:要不是自己受过刑,真可以讨这女子做老婆。

王遇找到守卫的鲜卑校尉,给他看了自己的腰牌。鲜卑校尉看到腰牌,立即很尊敬地给王遇行礼,皇太后宫里的黄门他们都很敬畏,急忙领着他们来到新安置的和龙移民区,逐一打听和龙来的常家。

人们指出了常家的门。常玉花哭喊着扑到炕上躺着的常贵的身上。王遇站在一边,看着常玉花父女抱头痛哭,自己的眼睛也有些发热发酸。刚才路上的一番谈话就已经叫他感慨,现在更叫他感动。这女子很有心眼,又很重情谊,冒着危险替她的夫婿和兄弟搞到宫里的差事,可真不容易。他对这有胆有识的女子萌发了几分敬重,也产生了许多亲切感。

等常玉花哭过,王遇才开口说话:"哪个是你大哥常英啊?叫他跟我们走吧!"

常玉花这才想起,只顾和阿爷抱头哭诉,却忘了招呼王遇。"我真该死!"常玉花说着打了自己一个嘴巴:"我怎么忘了招呼大哥了?大哥,快来见过太后宫中的黄门大人!"常玉花拉过大哥常英:"跪下!快给黄门大人跪下!他可是我们的恩人!"说着,自己也跪下去,给王遇磕了个响头。炕上的常贵也哆哆嗦嗦地要下炕,被王遇双手按住了:"老人家,你就不要动了。"

常玉花问父亲:"阿爷,阿娘呢?"

常贵说:"她出去打水了,一会儿就回来。"

常玉花对王遇说:"大哥,你稍微坐一下,我再去看个亲人,就是王睄的家人,然后我们就走。"

王遇说:"你要快去快回,一会儿天黑了,我们就出不了廓城啦。"

常玉花拉着常英:"快,领我去看看王睄家人和乙浑家人。我就去看一眼,向他们报个平安就得。"常玉花一阵风似的跑出去。

不一会儿,常玉花就又一阵风似的跑了回来:"走吧,大哥。"王遇起身带着常英离去。王遇特别向鲜卑校尉交代,让他们好生照顾常贵夫妇。如今,这常贵夫妇也是宫里吃皇粮的人的家眷,要有些照顾的,不必离开廓城了。

常玉花千恩万谢,对王遇十分感激。

## 6. 机灵常玉花认干亲　聪明冯贵人解故制

窦太后去东宫看望太子。李孝伯正在给太子拓跋晃上课。李孝伯是殿中尚书李顺的从弟。

东宫建成于拓跋焘延和三年(434年)七月,是太子拓跋晃居住的地方。东宫制度完善于拓跋焘的父亲拓跋嗣,拓跋焘当年就住在东宫,现在,他重新修建了一个更豪华宽敞壮观的东宫给自己的长子拓跋晃居住,完善了东宫的一整套制度,确保东宫太子的地位。虽然拓跋焘自己继承皇位很顺利,可是他知道,自己的父亲拓跋嗣当年从祖父道武帝拓跋珪那里继承皇位,是很惊险的,道武帝的另一个儿子清河王拓跋绍杀父篡位,差点成功,幸亏自己的父亲拓跋嗣及时赶了回来,才阻止了谋反。他可是一定要未雨绸缪,确保太子地位牢固,以便他将来顺利登上皇位,确保魏国掌握在拓跋氏的手中。等到拓跋晃十三岁成年以后,他准备接受崔浩的建议,让太子监国。当年,他就是在监国中与父亲拓跋嗣一起治国,学会许多治国的方针策略。他也准备将来让太子监国,培养太子治国的能力和本事。

拓跋焘的长子拓跋晃生于神廌元年(428年),今年刚刚8岁,出生之后,母亲贺氏被拓跋焘依据子立母死的故制赐死,交由自己的保姆奶娘窦氏抚养。保姆窦氏抚养了他父子两代,也算皇室的功臣,延和元年(432年)正月与拓跋晃一起受封,拓跋晃被正式立为太子,窦氏被封为保太后。

太子拓跋晃看见保太后,一下子蹦了起来,扑上去抱住保太后,撒娇地用自己的脸蛋在太后脸上蹭来蹭去。他一生下来,就只知道保姆和保太后,保姆是乳母,保太后是祖母,他对慈祥的保太后十分依恋。保太后也十分喜爱拓跋晃,把他当作亲孙儿。

祖孙俩亲热了一番,保太后这才故作严厉地说:"晃儿,今天的功课做好了没有?师傅讲的课记住了没有?"

拓跋晃摇头晃脑,得意扬扬地炫耀着:"全记住了,刚才博士还夸我聪明呢。我已经会背诵《论语》了。"说着,摇头晃脑地学着师傅的样子背诵起来:"子曰,学而时习之,不亦乐乎?子曰,三人行必有我师也。怎么样?看我都记住了吧?"

"你认识汉字了吗?学会写了吗?"保太后还是不放心地问。

拓跋晃立即翻开自己的描红本给保太后看:"太后祖母,你看,这不是孙儿写的汉字吗?师傅刚才还夸我写得好看呢?是不是,李师傅?"

年轻的博士李孝伯急忙称是,笑着对保太后说:"太子很聪明,一教就会。请保太后放心。"

保太后笑了:"有你这话,我才放心。你看他,性子多浮躁,要严格管教才好成大器啊。皇帝可是对他抱以厚望的!你要用心教他汉字和各朝各代历史,让他能够像他阿爷一样成为一个有大作为的皇帝。"

李孝伯连声答应着。

保太后又问:"今天的功课学完了没有?要是学完了,我想带你去西宫,教西宫贵人一些皇宫典章制度,培养几个后宫女官,我已选了一些年轻的聪明好学的女子,组了一个班,让你来教她们。"

"回保太后,教完了。"李孝伯恭顺地回答。


常玉花坐在冯贵人的身后,和西宫贵人妃嫔宫女太监一起听太子师傅李孝伯讲课。他主要讲魏国历史。

常玉花用心听着。原来,魏国立国是这么艰难。她不禁对魏国的开国皇帝拓跋珪产生了好感。这李博士这么年轻又这么能干,小小年纪就作了太子师傅,真不简单!她竟有些爱慕起这李孝伯。

听课之后,冯贵人和常玉花回到自己的宫里,太后派太监王遇前来给冯贵人讲宫中典制。王遇在宫中多年,又聪明伶俐,对宫中的典制了如指掌,保太后知道他忠心可靠,许多事都交付他去完成。这培养冯贵人的事,她也让王遇去承担。原来她想让李孝伯给冯贵人讲课,可是转念一想,李孝伯风流倜傥,冯贵人年少美貌,万一日久生情,这不是乱了宫闱吗?所以,她变了主意,让王遇去教冯贵人,顺便教她鲜卑话。不会鲜卑话,在魏宫里是很不方便的。

王遇拜见了冯贵人:"贱奴王遇拜见冯贵人!"王遇见了冯贵人就要下跪。冯贵人急忙搀住他:"王公公不必这么多礼。玉花,给王公公看座!"玉花见王遇来,早就心花怒放,心急得想去打招呼,听见冯贵人喊她招呼王遇,

乳母皇太后

就喜笑颜开地搬了个胡床过来,给王遇行礼:"王大哥,你好,请坐。"

冯贵人笑着说:"看这死丫头,多没大没小,居然和公公称起兄妹来了。望公公莫要见怪。"

王遇神色黯然起来,声音变得沉痛:"小人从小入宫,从来不知道兄弟姊妹情谊,要是小人真的有这么一个妹子,真是三生有幸了,还怪罪什么啊。"

常玉花立刻跪下,声音朗朗地说:"要是王大哥有心,就请接受小妹玉花的一拜,以后小妹就是大哥的小妹! 王大哥就是玉花的亲兄长!"

王遇眼睛一下子含满了眼泪,他哽咽着说:"那太好了,太好了。从今以后,我王遇就是你玉花的亲兄长,我一定会像你大哥二哥一样保护你爱护你!"说着,双手搀起常玉花。冯贵人十分感动,急忙喊进常玉芝、林金间和抱嶷:"快来,过来见过你们的王大哥!"

王遇抚摩着小抱嶷,注视着长相俊秀的林金间,询问着:"听玉花说,你是陇西人?"

林金间脸色通红,急忙回答:"回公公,我是平凉人。"

王遇急忙说:"以后都叫我大哥吧。你是陇西人?"他转向抱嶷。抱嶷点点头。王遇又转向林金间:"平凉? 离陇西也不远,我们都算老乡了!"他高兴地说:"太好了。我在冯贵人这里,认了两个妹妹,又认了两个老乡,以后,冯贵人需要小人效力,小人将万死不辞! 小人愿意为冯贵人赴汤蹈火!"

常玉花心里很高兴,有王遇的帮助,他们在魏宫里的日子会容易得多。

王遇开始给冯贵人讲课,冯贵人对常玉花几个人说:"王公公给我讲课,你们也都不许乱跑,全给我老老实实坐下来,听讲课!"

常玉花巴不得听讲,她从小就喜欢跟着公主学习各种事情。她觉得,学的东西越多头脑越活络,她那两个哥哥和王睹就不如她聪明,别看她是女子,可是她懂的就是比他们多,所以,她有时就看不起王睹乙浑,觉得他们蠢笨一些。

抱嶷和林金间却抓耳挠腮起来,对他们来说,坐下来听课真是最受罪的事情,他们宁愿在宫城里跑来跑去做点事情。常玉芝年纪小一些,一切听姐姐安排。常玉花看见抱嶷和林金间抓耳挠腮的样子,狠狠地瞪了他们一眼,他们只好安静下来,乖乖地坐到后面,准备听讲。

王遇看了看冯贵人，征询地问："冯贵人，我们先讲什么好呢？"

冯贵人想了想："还是先讲一讲魏宫继承制吧。刚才李博士讲了道武帝建国的历史，让我很感动。道武帝这么能干，真叫我敬佩。可是，这拓跋鲜卑不是保留着椎举制吗？如何又变成子承制了呢？"

王遇笑了："我原来也准备先讲这个问题，这可是一个大问题，它还关系到皇后和西宫昭仪贵人妃嫔的生死存亡呢。"王遇呷了一口茶水，开始讲了起来，从道武帝拓跋珪立太子拓跋嗣杀刘夫人讲起，从想杀贺夫人引起清河王拓跋绍的杀父讲起，一直到拓跋焘皇帝立太子拓跋晃。

冯贵人听得目瞪口呆。怎么会这样？怎么有这么残酷的规定？子立母死？这是为什么啊？但是她不敢评论。她只是用心去听，努力去理解这里面的原因。

常玉花也听得胆战心惊，不过，也给她留下深刻的印象。在魏国皇宫里，一个奶娘居然有做皇太后的机遇！这可是稀奇事！窦氏，就是因为做了皇帝拓跋焘的奶娘而荣升保太后的！

但愿自己也有这样的好运！将来争取做太子的乳母！一种隐秘的愿望突然潜升起来。常玉花感到脸热心跳：看你，一个没有嫁人的姑娘家，想到哪里去了？她轻轻摇头，想把这荒唐的想法赶走，但是，那想法像生根一样，牢不可破地潜伏到她内心最隐秘的角落，挥之不去。

"皇帝知道他的亲生母亲是谁吗？"冯贵人轻轻地问。

王遇摇头："不知道。皇帝一生下来，就受到太祖道武帝的喜爱，太祖道武帝就有心立他做嫡皇孙，把他养在别宫，交保太后奶养，不许先皇帝的后妃看望他，更不许他的生母杜贵嫔探望。皇帝不知道他的生母，皇帝登基前，她已经被赐死了。"

冯贵人神色黯然，不敢说什么。"幸亏皇帝已经立了太子拓跋晃，要不，我们这些做妃嫔的，谁都有被赐死的危险。"她暗自想。

常玉花突然惊呼："哎哟，我的娘呀！哪个后妃娘娘还敢生儿子啊？"

王遇看了常玉花一眼，小声说："可不是，后妃娘娘都想办法不生儿子呢。"王遇抽动着鼻子，好像嗅到什么异味："冯贵人这里是不是点过麝香？怎么有一种淡淡的麝香味？"

冯贵人点头："是的，我弹琴喜欢焚麝香。"

乳母皇太后

57

王遇神秘地小声说:"这麝香可是宝哩。冯贵人要把它保存好,万不可浪费了。以后这东西越来越金贵,不大容易搞到的。"

冯贵人笑着:"可不是,这是我从娘家带来的,高丽产的。以后怕是没有了。"说着,神色有些黯然。

王遇急忙说:"那就请冯贵人保存好,说不定将来有大用途!小人回去给你找些其他香,再不可焚烧麝香了!请冯贵人听小人的话!"

冯贵人笑着:"好,就听你的话!玉花,听你王大哥话,把麝香好好收藏起来!"

常玉花答应着,突然想起来,曾经听懂医道的父亲说,用麝香入药可以不生孩子。这魏宫里,怕生儿子的后妃是不是用麝香来逃避呢?她不敢问,只是小心地记住了这件事。

乳母皇太后

# 第三章　皇宫乳母

## 1.北地姑嫂谋害魏公主　魏国群臣议灭西凉州

太延五年(439年)三月,北方凉国的国都姑臧城,春风刚度,天气还没有转暖,春草刚刚破土发芽,远看有了绿意,近看还是枯黄。城墙上,把守士兵扛着矛,走来走去,不时摩擦着被料峭春风吹得疼痛的脸,警惕地守卫着自己的家园。凉国国主沮渠蒙逊是卢水胡人,祖先作过匈奴左沮渠的官职,就以官职为姓氏。明元帝永兴三年(411年)蒙逊占领姑臧(现在的武威),第二年,迁国到姑臧,自称河西王,置百官,成立凉。蒙逊虽是胡人,但汉化很深,全面采用汉族制度治国,提倡汉族封建文化,注意收罗汉族士人以治国,国家虽小,但慢慢壮大起来。蒙逊于延和二年(433年)死,他的儿子牧健即位。

现在,被魏国皇帝封为凉州刺史、河西王的凉国国主沮渠牧健站在内宫里,他的夫人,魏国皇帝拓跋焘的妹妹武威公主静静地躺在铺着毛毡的卧榻上,脸色青黑,已经奄奄一息。

"妇人害我!"牧健咆哮着,抽出墙壁上挂着的腰刀,向两个正哆里哆嗦向后面退缩的女人砍去。

武威公主是延和三年(434年)牧健的父亲沮渠蒙逊死、牧健立的时候,被拓跋焘送来作牧健的夫人,同时,投桃报李,牧健也送自己的妹妹兴平公主到平城,被拓跋焘封了右昭仪。牧健知道,拓跋焘灭凉的野心一直没有断绝，但是这几年，拓跋焘忙于征讨燕国，对凉还是没有什么举动，倒是经常派尚书李顺出使凉国，安抚窥探侦察凉国情况。牧健虽然知道拓跋焘的狼子野心，不过他知道自己凉国国小力微，无法与强大的魏国抗衡，只要可以保持现状，倒也自在快活，不想招惹魏国自找麻烦。

宫里这两个女人却破坏了他的大事！一个是他的嫂子，一个是他的姐姐。嫂子是个狐媚子，把他们弟兄三人诱惑得不能自已。

两个女人浑身颤抖着向门口退去，"我们这是为大王你好啊！这女人人在凉国心在魏，她经常向魏国提供秘密情报啊！我们不杀她，她总会引狼入室夺取你的大王王位，灭我凉国的！"牧健的嫂子李氏喊。

"是啊！大王你要想明白！我们这是为你为凉国啊！你不要狗咬吕洞宾不识好人心啊！"牧健的姐姐兴安公主也大喊着。

牧健看着两个喊叫的女人，气愤地跺着脚，挥舞着腰刀，胡乱砍着劈着咆哮着："为我好？为凉国好？亏你们说得出口！我们凉国就要大祸临头啦！你们这些灾星！你们把凉国给灭了！"

武威公主脸色青黑，一看就知道是中了毒。如何向拓跋焘交代？拓跋焘对他的兄弟姊妹很好，特别是武威公主，更是他喜爱的小妹妹。李顺每次出使来凉国，总要带来拓跋焘给她的赏赐和礼品，带来拓跋焘的问候。听说，李顺又已经启程要来凉国，公主的事情如何隐瞒？也许消息现在就已经传到平城去了。

"马上封锁城门，不许任何人出城！"牧健喊。侍卫官急忙去传达命令关闭城门。

"报！"侍卫进来跪下："魏国使臣李顺前来！"

牧健如热锅上的蚂蚁走来走去，暴躁地自言自语："这可如何是好？这可如何是好？"

"一不做二不休，事情到了这个地步，也容不得我们后悔和害怕！依我看，干脆扣留魏国使者，不让他回去通报情况！"兴安公主走了上来。

"对！就这样！软禁李顺，不让他知道真相，他也奈何不得！"牧健的嫂子走了过来帮着出主意。

"滚！"暴怒的牧健大喝一声，震得毡帐有些摇晃。两个上来讨好的女人被吓得屁滚尿流，急忙逃出毡帐，不敢再多嘴多舌。

牧健命令侍卫把武威公主抬走,放到一个没有人看到的小房子里锁起来,这才回到接见使臣的宫室接见李顺。一定要好好招待李顺,隐瞒武威公主的事情,让李顺回去之后替凉国说说好话,千万不能叫魏国发兵。

魏国平城永安宫里,拓跋焘流下眼泪,皇太后窦氏也是欷歔不已。从凉国武威公主宫里偷跑回来的细作向他们报告了一个天大的不幸:武威公主被凉国国主牧健的嫂子李氏和姐姐兴安公主下毒毒害了。幸亏李顺得到密报,非要见公主,牧健不得已,让李顺见了公主一面。李顺给公主服了解毒药,才救回一条性命。

"他们为什么要谋害公主?"拓跋焘勉强压住自己的愤怒,询问李顺派回来的送信使者。

使者说:"凉国国主牧健任用一个叫坛无谶的僧人,这僧人会一些妖术,特别擅长房中交接术。他在牧健宫中教授所有的男女学习交接术,宫中男女淫乱无度。他们逼迫公主也学这妖术,公主不肯,牧健的嫂子和姐姐恼羞成怒,就诬陷公主里通外国,私送情报给国朝,就给公主服了毒药!"

"交接术?凉国的女人都学习过?僧人教授?"拓跋焘诧异地睁大眼睛问。

"听说是这样。不过,具体情况小的也说不清楚。"

"僧人原来这般可恨!"拓跋焘吃惊地自言自语:"这还了得?僧人居然这般没有廉耻?教授这般妖术?要他作甚?如果情况属实,我一定要严惩这些无耻僧人!"拓跋焘愤怒地走来走去。

"太后,你看怎么办?"拓跋焘走到皇太后面前,恭敬地问皇太后。

皇太后眼睛流泪,哽咽着:"可怜的公主,可受苦了!赶快派人去先把公主接回来疗养,然后说其他!"

"是!儿臣照太后的意思办!"拓跋焘转身,发布诏令:

"命令骁骑大将军带领人马赶赴姑臧,接回公主!"

拓跋焘愤怒暴躁地走来走去,咆哮起来:"牧健!不能就这样善罢甘休!我要你血债用血来偿还!让沮渠牧健交出凶手李氏!交出那妖僧坛无谶!叫李顺一并带回平城给我发落!"

宗爱急忙部署。

乳母皇太后

高大巍峨的永安宫上，拓跋焘高高地坐在镂金龙床上，左边坐着皇太后窦氏，右边坐着11岁的太子拓跋晃。

殿中尚书宣布上朝，大臣鱼贯而入跪拜皇帝，皇帝拓跋焘朗声说："今日朕宣诸位卿士上殿，是为商讨征伐凉国之事。凉国沮渠牧健胆大包天，竟敢谋害朕的小妹武威公主。朕派使者去姑臧，要求牧健交出凶手予朕惩处，大胆狂徒牧健至今不予理睬！是可忍孰不可忍！"

大殿里响起雷鸣般的吼声："不可忍！"

拓跋焘激动地站了起来，挥舞着手臂，洪亮的声音在高大宽阔的宫殿里回响着，嗡嗡地震动着宫殿："诸位卿士！既然大家都说不可忍，我们要不要发兵去征伐凉国，以惩罚沮渠牧健？"

"要！"大殿里又响起炸雷般的声音。

"好，今天召集众位卿士，请大家商议。如何征伐凉国？请各位卿士拿出高招来！"拓跋焘说罢坐回龙床。

殿中尚书李顺出班起奏："臣李顺奏。"

拓跋焘挥手："尚书请讲。"

李顺微微抬头，看着皇帝："李顺蒙皇帝信任出使凉国十二次，对凉国情况了如指掌。凉州地处遥远，位于戈壁当中，姑臧城南，天梯山上冬有积雪，深一丈余，至春夏消融，下流成川，引水灌溉。要是听说军队到来，决此渠口，水不通流，则致渴乏。去城百里之内，赤地无草，不能久停军马。皇帝远征，恐人劳马乏。依臣之见，不宜远征。"

拓跋焘不悦。三年前，当他攻下和龙以后，问李顺："和龙既平，三方无事，现在缮甲修兵，指营河右，扫荡万里，今其时也。卿往返积岁，洞鉴废兴，若朕此年行师，当克以不？"

李顺说："民劳既久，还没有获得歇息休养，不可频繁劳师，以增加军队和百姓的劳瘁。愿陛下等待他年。"可是崔浩私下启奏说："李顺曾经接受蒙逊的贿金，请陛下明察，不要受李顺的蒙蔽。"拓跋焘相信李顺，并不以崔浩的话为意。今天，这李顺居然又站出来反对伐凉州，意在何为？难道真如崔浩密告的那样，受贿于蒙逊牧健父子，专意为凉州说好话？阻挠朕征讨凉州？若果如此，你的死期到了！

拓跋焘嘿然。

崔浩立即上前："臣崔浩以为，现在正是讨伐凉州的最好时机。牧健小儿敢于冒天下之大不韪，毒杀武威公主，正是讨伐凉州的最好理由。古语说，言不顺名不正事不成，现在是名正言顺的出兵时机！如若现不出兵，更长牧健小儿的威风，让他以为我大魏好欺，势必更加猖獗！现在出兵，可以出其不意，牧健一定惊骇，不知所出，擒获他如囊中取物手到擒来！"

李顺颇不服气，上前一步："陛下英明！臣以为凉州水草不丰，不宜远征！"

崔浩也上前一步，大声说："至于说到凉州水草不丰……"说到这里，崔浩故意停顿了一下，小心地看了看拓跋焘的脸色，拓跋焘的脸色已经又露出喜色和亮色，刚才的阴霾已经散去，看来他喜欢听这话。崔浩放心了，继续慷慨陈词：

"至于说到凉州水草不丰，这纯属荒谬。《汉书·地理志》称：凉州之畜，为天下饶。若无水草，何以畜牧？又，凉州为古道上的富庶之地，汉代以来是历代必争的重地。要是水草不丰，如何建城呢？古人和胡人谁会把一个大城建在不毛之地呢？另外，李大人所说渠水之事，也是不实之词。山上积雪融化之水，流下来，几乎连干旱的地方都湿润不了，如何得以灌溉数百万顷地方？怎么会有决口一事？这水草不丰之说，怕是李大人道听途说之辞，但愿不是别有用心之言！"崔浩大有深意地看了看拓跋焘，又看了看李顺。

李顺静静地站着，不显惊慌。对于崔浩的衔恨，他早已心知肚明，不过，他并不惧怕崔浩的故意作对与背后的小动作，他如今受皇帝的宠臣，身居高位，事无巨细无所不参，皇帝陛下对他言听计从，崔浩又能奈何他？

李顺微微冷笑着，并不辩解。

这时，李顺的支持者尚书古弼和司空奚斤都想上前争辩，拓跋焘摆手："众卿请无多言，让他二人辩之。"

奚斤是拓跋焘做太子时的左辅，拓跋焘即位以后，让他出入乘高轩车马，备威仪导从，十分神气，与长孙嵩等人坐在止车门右，听理万机。只是因为在征讨赫连昌时失手，被赫连定擒获，当拓跋焘亲征克了平凉，他才得以归来。拓跋焘让他背负酒食跟从皇帝车驾还平城，羞辱并惩罚他。回来以后罢官免职当了守门宰人。不过，拓跋焘还是记念他的功劳，不久又恢复他的官职，继续担任司空和宜城王。

古弼也是刚刚被恢复官职的。征和龙让冯文通逃亡到高丽，拓跋焘大怒，槛车装古弼和娥清归来，作为罪人，褫夺一切官职。不久前刚刚赦免罪过，官复原职。

奚斤和古弼二人和殿中尚书李顺相善，本想帮李顺说话，却被皇帝阻拦，自然不敢多言，退了回去。

李顺转过脸，面对崔浩，语气强硬地辩解："俗话说，耳闻不如目见，我往返凉州十二次，都是亲眼所见，哪能有误？你崔浩从没有去过凉州，怎能知道凉州的情形？"

崔浩冷笑："汝曹受人金钱，替人消灾而已。想替人说话，以为我没有亲眼见就可以欺骗于我！"

李顺面红耳赤说："你这血口喷人！太歹毒了！"

听到这里，拓跋焘厉声呵斥："都给我闭上你们的臭嘴！征伐凉州，朕意已决！谁要是胆敢阻挠，就如此床！"说着，拔剑砍向龙床的扶手，镂金扶手的一角飞了出去，落在朝臣的面前。

李顺急忙跪伏于地，口称罪该万死！大臣跪了下去，屏声敛气，什么也不敢说了。

崔浩上前，缓缓启奏："陛下息怒。陛下虽然决意出兵凉州，但是，凉州遥远，吾国对凉州和姑臧情况并不细知，莽撞出兵，难保不出意外。依臣之见，陛下可以召见熟悉凉州情况的人详细询问，以作决策和部署。"

保太后拉了拉拓跋焘："皇帝息怒，崔司徒所言不错，请皇帝采纳。"太子拓跋晃也点头称是。他虽然坐到皇帝身旁，但是还没有说话的权力。皇帝还没有授予他监国的权力，他只是见习朝政事务。

拓跋焘平息了怒气，比较平静地问："卿以为朕应该召见哪个？"

崔浩说："近来有一个叫贺源的年轻人，自称是河西王秃发缛檀的儿子，前来投奔，他对河西的情况一定了如指掌，皇帝陛下可请他来询问凉州情况。"

拓跋焘派人去宣贺源。这时，一个年轻威武的将军迈着矫健的步伐走上朝堂，容貌威严，仪表堂堂，威风凛凛。拓跋焘捋着胡须，心下喜欢，果然一个英武的年轻将军。

贺源跪拜了皇帝，拓跋焘问："将军姓名？家世哪里？从容报来。"

贺源站立起来,朗声回答:"在下贺源,河西王秃发缛檀的儿子,缛檀被灭,贺源听说皇帝威名,特意从乐都来投奔。愿意为皇帝赴汤蹈火!"

拓跋焘哈哈大笑:"好一个英武军人。卿与朕同源,只是因事分姓,今朕赐你源氏。赏赐西平侯,加龙骧将军!"

源贺立即跪倒:"在下源贺感谢皇帝陛下的赏赐与提拔!源贺愿意为皇帝陛下赴汤蹈火!"

拓跋焘说:"起来吧。朕来问你,你来自河西,对姑臧城可了解?"

源贺回答:"姑臧是河西名城,小将十分熟悉。城外有四部鲜卑,各为牧健援助,但是这些鲜卑部落首领都是臣祖父的旧民,臣愿意到军前宣讲国威,指示祸福,劝说他们投降。我敢肯定,他们一定会相率而降。外援降服,姑臧就成为孤城,然后去攻,易如反掌。"

拓跋焘拍掌:"太好了。朕就派遣你率领精骑到诸部去招抚,怎么样?"

源贺答应:"臣领旨!"

崔浩又起奏说:"古人说,名不正言不顺,皇帝征讨凉州,最好先发檄文,让沮渠牧健无话可说,让天下知道我们是正义之师,可以调动国朝士气,以利作战。"

拓跋焘拍手称好:"好办法!这凉州从沮渠蒙逊以来,一直称臣。眼下发兵去讨伐,确实需要先造声势作舆论准备。卿以为这檄文可以罗列沮渠牧健的什么罪状呢?"

"臣已经为陛下准备就绪,罗织了他十二大罪状。"崔浩胸有成竹,掏出一张写好的黄纸,用汉话朗朗读着:"王外从正朔,内不舍僭,罪一也。民籍地图不登公府,任土。作贡不入农司,罪二也。既荷王爵又授伪官,取两端之荣,邀不二之宠,罪三也。知朝廷志在远怀,固违圣略,切税商胡,以断行旅,罪四也。扬言西戎,高自骄大,罪五也。坐自封殖,不欲入朝,罪六也。北托叛虏,南引仇池①,凭援谷军,提挈为奸,罪七也。承敕过限,辄假征、镇,罪八也。欣敌之全,幸我之败,侮慢王人,供不以礼,罪九也。既婚帝室,宠逾功旧,方恣欲情,蒸淫其嫂,罪十也。既违伉俪之体,不笃婚姻之义,公行鸩毒,规害公主,罪十一也。倍防王人,候守关要,有如寇仇,罪十二也。为

---

① 仇池:山名。以山上有仇池得名,在甘肃成县西西汉水北岸,当时氐族杨氏累世居于此,建有仇池国。

乳母皇太后

臣如是,其可恕乎？先令后诛,王者之典也。"①拓跋焘被崔浩的一个又一个也搞得迷迷糊糊。崔浩急忙又用鲜卑语解释了一番。

"好! 就依此为诏令,发给凉州沮渠牧健,作声讨檄文!"拓跋焘说。

拓跋焘部署了军事,由永昌王拓跋健做前锋骠骑将军,让平西将军源贺先行去招抚姑臧周围的鲜卑部落。然后,他要率领大军,挥师西上,去征讨凉州,为武威公主报仇,同时拔去这颗眼中钉。

## 2. 常玉花小心讨太后喜爱 冯贵人无意得太子欢心

常玉花在安乐宫里与冯贵人闲谈,谈论着被皇帝赐死的右昭仪兴平公主沮渠氏。

冯贵人叹息着说:"那么健壮美丽的一个右昭仪,一天就没有了。真惨啊!"

常玉花说:"这就是报复呢。皇帝的武威公主被右昭仪姐姐和嫂子用毒药谋害,她怎能逃脱惩罚呢？"

冯贵人长叹一声:"我们女人真不幸,男人为了他们的需要,和亲用我们,现在报复也是我们!"说着只是摇头。进宫几年,她已经熟悉了皇帝拓跋焘的昭仪贵人妃嫔。这右昭仪沮渠氏对她还是蛮和善的。赫连氏三姊妹高傲怠慢,她也懒得搭理她们,反正各作各的贵人,互相没有什么往来。倒是这左右昭仪,左昭仪柔然公主因为冯贵人的姑姑嫁到柔然做了她的嫂子,所以对冯贵人十分友善。右昭仪沮渠氏对她也很不错,这两个昭仪与保太后窦氏都很喜欢这文静的冯贵人。赫连氏姊妹也奈何不了,常常在冯贵人背后撇嘴咬牙。

常玉花神秘地说:"公主有所不知,皇帝赐死右昭仪还有一个很秘密的理由。"

"什么秘密理由?"冯贵人有些好奇,追问。

常玉花说;"我听皇太后宫里的宫女说,皇帝听公主说,右昭仪在凉国的时候,跟随一个叫坛无谶的僧人学过男女交接术,当时沮渠蒙逊的姐妹女儿

---

① 引文见《魏书·卢水胡沮渠蒙逊载传》。

等全都学这交接术,宫里男女关系十分混乱,经常互相淫乱。皇帝知道了这种情况,问凉国要这妖僧,凉国却不肯交出。皇帝十分愤怒,就赐死了右昭仪。"

"原来这样。不过,我们女人还是很命苦。"冯贵人叹息着。

常玉花说:"可不是咋的?咱们女人就是不幸,就说你们公主吧,倒是金枝玉叶,享不尽的荣华富贵,可是也要背井离乡去和亲,你的姑姑和亲到柔然,作了可汗的哈敦,终生不得回故乡。你呢,又和亲到平城,也是背井离乡。皇帝用自己的妹妹武威公主和这右昭仪互换和亲,改善与凉国的关系,右昭仪兴平公主从姑臧来到平城,武威公主从平城去姑臧。如今呢,武威公主被右昭仪的嫂子毒死在姑臧,按说这罪过不在右昭仪,可是呢,右昭仪被活活赐死。看来女人就是跟牛马一样,需要时拉出去,不需要时就弄死!唉,这下辈子啊,还是投胎做男人的好!"常玉花一边做着针线活,为冯贵人刺绣一个鸳鸯戏水的红绫兜肚,一边自顾自地说。

那边,冯贵人眼泪汪汪。常玉花听不见冯贵人答话,这才抬头,看见冯贵人眼泪汪汪,正低头擦拭眼泪,眼睛都红红的。常玉花急忙自己打自己嘴巴:"你看我这臭嘴,又信口雌黄,让冯贵人伤心了!真是该死!"

常玉花说着,起身来,走到冯贵人身边,安慰说:"快不要伤心难过了。皇帝亲征凉州去了,冯贵人正好可以轻松一下。我看,冯贵人要去保太后那里坐坐,要是能够升为右昭仪就好了。"

冯贵人摇头:"一切都顺其自然,我不刻意去追求什么。这左昭仪右昭仪,甚至皇后,在我看来,都如过眼烟云。你看,我冯家不也曾煊赫一世,如今又落了个什么呢?父母客死高丽,一些亲属逃亡南方,听说有的流窜岭南。我的三个异母哥哥倒是在魏国,二哥冯朗作了雍州刺史,娶了我母亲高丽王氏的娘家侄女,与我亲上加亲,只是这路途遥远,也难得见面一次。我那嫁到柔然的姑姑更是难以见面。虽然有使臣来,可互通问候,终究还是难得见面,终身遗憾。这右昭仪,如今已是化作一缕香魂烟消云散。你看,这荣华富贵有什么意义呢?"

常玉花却立刻反驳:"冯贵人不可这么看。人活一世,如同草木一秋,人生短暂,谁不要及时行乐?能够荣华富贵,哪怕十年八年,也不枉到世上来活一次。这荣华富贵是最为紧要的。要是冯贵人荣升昭仪,我们这些和龙

乳母皇太后

人也有个照应。现在，我那夫婿王睹，妹夫乙浑，还有哥哥常英、常喜，不都是在冯贵人的关照下才在宫里混了个差事，也算有了温饱。要是冯贵人荣升，他们说不定还能混个一官半职，也算个人上人了。何况冯贵人还有哥哥呢。他们也要仰仗贵人的关照。"

一席话说得冯贵人只是点头。王遇前来报告，说太后闲来无事，请冯贵人带着常玉花去太后宫里说话解闷，弹琴歌唱。

常玉花急忙张罗，呼喊抱嶷与林金间，为贵人准备琴。同时，她把自己为太后精心刺绣的头帕与罗襦包了起来，准备送给太后。

王遇等林金间，他现在几乎离不开林金间。

冯贵人来到太后的宫里，拜见了太后。太后笑呵呵地招待冯贵人，请冯贵人坐在自己身旁的卧榻上。常玉花跪到太后面前，双手捧上自己的礼物："太后，奴婢给太后绣了个头帕和一幅罗襦，请太后笑纳。"

太后笑着接了过来："小蹄子，有什么好东西送我啊？"说着，打开金黄色的绫罗绣品。太后扬起眉毛，看着手中的绫罗上的花色："这小蹄子，这么好的手艺！瞧着牡丹凤凰，活脱脱是真的！这颜色搭配的，深深浅浅，浓淡相宜，真是天下无双！这小蹄子，真是好手艺！这全宫城也找不出第二个了！"

"感谢太后的夸奖！只要太后喜欢，奴婢愿意给太后绣更多的绣品！"常玉花急忙磕头。

"来人！"太后向后面挥手，王遇急忙走了过来。"去给玉花拿一匹最好的锦缎，赏赐她！"

"感谢太后的赏赐！"玉花又磕头。

"起来吧。"太后对常玉花说，又转过头对冯媛说。"我们娘俩好好拉呱拉呱。你先给我弹一曲《凤求凰》，我可是太喜欢听这首曲子了。"

抱嶷伺候冯贵人净手，常玉花焚香，林金间站立一旁伺候。王遇悄悄招呼林金间去，教他宫里的各种规矩。

冯贵人一手抚琴弦，一手弹拨捻挑，未成曲调先有情。太后微微闭起双目，靠在卧榻上，欣赏冯贵人的琴艺，全后宫只有冯贵人能够弹这么好的琴。

琴声委婉悠扬，混合在淡淡的香气里，一起飘荡进人的耳朵和鼻子。太后轻轻地拍起巴掌："我每次听到贵人弹的《凤求凰》，总有一种特别的感觉，就好像看到眼前有凤和凰在上下翻飞舞动，好像凤和凰在互相逗弄，眼前五彩斑斓,觉得那凰是皇帝,凤就是冯贵人。不知你们可有这种感觉?"

常玉花急忙说:"回太后。奴婢也有这种感觉。"

她轻轻推了抱嶷一下,乖巧的抱嶷马上顺杆爬:"回太后,奴家也有这种感觉。"

太后微微一笑:"看来冯贵人的琴艺实在太精彩,叫我们大家都产生了幻象。过来坐一会儿吧。"太后招呼冯贵人。冯贵人顺从地坐回太后身旁,很亲热地靠在太后的肩膀上。太后生了个女儿死了,就进宫奶养拓跋焘,心里一直很喜欢女孩。她现在把冯贵人当作自己的女儿一样。后宫里那么多妃嫔,她都不大喜欢,她们都是鲜卑、柔然或者匈奴、突厥人,语言不同,感情也就不大一样。而且,这些后妃也不喜欢她,虽然她们怕她,但是并不喜欢她。在她们看来,她不过是皇帝的乳母而已。

冯贵人温顺文雅,对她经常流露出一种依恋之情,让太后感动。魏宫里这些年汉人开始多了起来,不过,汉人大多在外朝,内朝里还是以鲜卑和胡人为多,这从和龙来的姑娘自然很不习惯。

太后轻轻揽住冯贵人的肩头,亲热地问:"皇帝征讨凉州去了,你想念他吗?"

冯贵人脸一红:"皇帝征伐凉州,走了有一个月吧? 不知那边情形如何?"

太后点头:"克凉州就在这些日子,殿中尚书李顺报告,新封的平西将军源贺已经说服姑臧城外的几十个部落投降,现在姑臧已经成了孤城一座,皇帝的大军紧紧包围了这孤城,他沮渠牧健的日子没有几天了。"

冯贵人随口问:"皇帝凯旋以后,是不是要封皇后了?这些日子西宫里传说着这消息。"

太后点头:"是啊,皇帝一直没有封皇后,他的左右昭仪一直代理着皇后的职务,这终究是不行的,他喜欢赫连氏三姐妹,可是终究也还是要封皇后的啊。这征伐了凉州,黄河以北就统一到魏国来,这分封皇后是一定要进行的啦,崔司徒也多次向皇帝进谏。"

冯贵人沉默了,她知道自己不能打听更多。

太后抽出自己的胳膊,拍着冯贵人的手背:"你放心,皇帝很喜欢你,他会提升你的。不过,你知道,魏宫里选皇后有规定的,就是一定要铸造金人,谁能铸造成金人谁当皇后。"

冯贵人摇头："什么是铸造金人啊?"

太后吃惊地问："你不知道这事? 这是魏宫的故事,从道武帝开始规定下来的。凡是想当皇后的妃嫔,都要去铸造金人,在规定的时间里,谁能铸造成金人,谁当皇后。"

冯贵人苦笑："我根本就不懂铸造,怎么能够铸金人呢? 这皇后运是轮不到我的。"

太后笑着："皇帝现在只喜欢赫连氏姐妹的老二,他大约已经让她做好准备,别人谁也别想成功。所以,你也不必遗憾,这皇后也不是那么好做的。其实,左昭仪也不错,这是皇帝皇后的重要助手,许多事情要左昭仪来做。"

常玉花听得很专注,心里却感到好笑:原来这皇后名义上是选拔,其实还是弄虚作假掩人耳目。不过,她还是对铸造金人感兴趣。到选皇后的时候,一定要好好看看金人是如何铸造成功的。常玉花想。不管什么都要学,也许将来会派上用处。

这时,王遇进来通报,说太子拓跋晃给太后请安。

冯贵人起身告辞,太后却按住了她:"你不要走,与太子联络一下感情有好处。太子和皇帝一样很重感情,很喜欢我哩。"

太子拓跋晃雄赳赳气昂昂地走了进来,虽然只有九岁,但长得虎背熊腰,十分壮实,个头也不小。"太后安康!"拓跋晃声音清朗地给太后行礼。

与拓跋晃一起来的还有一个比他大几岁的少年,也长得结结实实而且非常俊朗,眉清目秀,细皮嫩肉,白皙中透着粉红。这是拓跋晃太子的母舅仇尼道盛,比他大不了几岁,从小生活在皇宫里,与拓跋晃一起长大,一直充当他的侍读。

太后拉过太子,把他揽在自己的怀里,亲热地询问他的上课情况。博士李孝伯负责教授他四书五经。皇帝拓跋焘喜欢汉人的历史和孔子的文章,也希望自己的太子能够通晓汉人历史与经书,对他的学习抓得很紧。出兵以前,皇帝特意嘱咐太后要日日监督太子的读书,不能叫他荒废学业。

太子拓跋晃撒娇地黏在太后的怀里:"太后放心,孙儿刚才听过李博士讲学,得到他的允许才出来给祖母太后请安的。不信,你问仇尼道盛,他不是监督我的吗?"

仇尼道盛急忙说："太后放心！太子所言没有一点不实之处。如有半点不实,道盛愿意接受太后惩罚！"这仇尼道盛被安排陪伴太子读书,实际上就是专门替太子接受惩罚替太子挨板子的。

太后点头·"好,我相信你。"说着指了指冯贵人对太子说："冯贵人通晓四书五经,让她考考你如何？"

太子从太后怀里站了起来,给冯贵人行礼："儿臣给贵人请安。"冯贵人急忙还礼："太子好。"

太子拓跋晃看着冯贵人,好奇地问："祖母太后说你也懂四书五经。那我来问你,这四书指什么？ 五经又是指什么呢？"

太后笑着戳了戳拓跋晃的额头："这小犊子,我说让冯贵人来考你,现在你倒考起冯贵人来了,真是班门弄斧,不知天高地厚。"

冯贵人笑着："太子聪明过人,自然要考考我了。"说着,她故意皱起眉头,装作苦思冥想的样子,然后才慢吞吞地游移不定地说："四书好像是《论语》《孟子》《大学》和《中庸》,五经是汉代董仲舒设立五经博士时流传起来的,是什么呢？"

冯贵人故意装作想不起来的样子,苦着脸,看着太子。

太子拓跋晃得意扬扬蹦跳着喊："冯贵人不知道了,她说不上来了！"一边喊一边还拍手。

常玉花不满地瞪了他一眼："小东西,看把你得意的！冯贵人故意的,你都看不出来,还得意什么啊？"

太后大笑起来,拍着拓跋晃的手："好,好,你告诉冯贵人,五经是什么。"

拓跋晃眼睛亮了起来："五经是《诗》《易》《尚书》《礼》和《春秋》。怎么样？ 贵人,我说得对不对啊？"

冯贵人轻轻笑着："太子果然聪明过人,学习努力,皇帝回来以后,我一定要向皇帝报告,叫皇帝嘉奖于你！"

太子拓跋晃高兴得一蹦三尺高："那可太好了,谢谢冯贵人的美言！ 你可不像左昭仪女人,成天就会在皇帝面前说我的坏话,要是冯贵人当左昭仪多好！"拓跋晃看着美丽的冯贵人向往地说。

太后急忙说："那你就向皇帝说啊,皇帝可是最听你的话啊！"

"好啊,等我父亲打败沮渠牧健,收了凉州回来,我就对他说。"

"你可要记住说啊，要不皇帝就不会封冯贵人做左昭仪了。"太后故意激了太子一下。

"我一定说，我不会忘记的。君子一言，驷马难追。祖母太后，你放心好了。"拓跋晃晃了晃拳头，好像在向天发誓一样。太后抚摩着他的脸颊，慈爱地笑着。

常玉花对太子拓跋晃的印象一下子好了起来。

常玉花随同冯贵人回安乐宫。这时，王睹和乙浑装作值勤等在路边。王睹、乙浑、常英、常喜如今分别在太后身边的御林军和中曹任职，有皇太后和冯贵人的关照，乙浑已经升任中曹的校尉，王睹成为太后宫中的一个侍卫小头目。常英、常喜兄弟俩是御林军，随同皇帝出征，护卫皇帝去了。

他们向冯贵人行礼。王睹希望冯贵人放常玉花出去与他成婚，玉花已经快二十岁了，该成婚了。乙浑也希望冯贵人开恩，让玉花的妹妹玉芝与他成婚，玉芝也到了该成婚的年纪。

冯贵人看了看玉花姊妹，笑着说："你们的夫婿来看望你们了。"

常玉花稍微有些不好意思，故意装作生气的样子："他们真讨厌，这么拦路也不怕皇帝怪罪下来。幸亏都是自己人。"

冯贵人站住脚步，问王睹和乙浑："二位军士小哥，有什么事情啊？"

王睹急忙抱拳作揖回话说："冯贵人见谅！小卒有一事求冯贵人开恩。小卒的未婚妻玉花已经老大不小，小卒也已经过了成家的年纪。希望冯贵人恩准，放常玉花回家完婚。小卒将感激不尽！"

冯贵人看了一眼常玉花，常玉花已经满脸通红，水汪汪的大眼睛扑扇扑扇，嗔怪地斜着王睹，小声呵斥着："你这浑球！胡扯什么啊？谁跟你回去成婚啊？"

冯贵人正待说话，乙浑也上前躬身行礼："小人乙浑也请求冯贵人恩准，放还常玉芝回家与小人完婚。小人也等不及了！"

一句话说得常玉芝满脸通红，抱嶷和林金间都偷偷笑，抱嶷还用手指羞着乙浑。

冯贵人微笑着，扭头问常玉芝："你可愿意出宫与乙浑成婚？"

常玉芝不好意思地说："听凭冯贵人发落。"

冯贵人又问常玉花："你呢？也听凭我做主不成？"

常玉花说："冯贵人可以让玉芝回去成婚，奴婢暂时还不想完婚。奴婢还想在宫中多伺候贵人几年，等贵人有合适的宫女再出宫不迟。"

冯贵人叹息着："我也真舍不得你走，你走了，我这里谁来伺候呢？可是，我又不能禁止你成婚。你的年龄也真的不小了。再耽搁下去，不光他要骂我，连你父母都要骂我了。你也还是出宫去完婚吧。等以后我再召你进宫。你意下如何？"

"不，我一定要等皇帝封后以后再完婚。另外，我也不想出宫，就算我完婚，我也希望留在宫里为冯贵人干活，在后苑养羊种菜，干什么都行，只是不出宫。"

冯贵人点头："你一片忠心叫我感动，那就依你吧。等皇帝从凉州回来，我就安排你的婚事。玉芝，你可以准备出宫与乙浑完婚了。"

乙浑大喜，急忙跪下感谢冯贵人。王睹十分无奈地看了看玉花，又气又恨，却又无计可施。常玉花幸灾乐祸，偷偷做了一个鬼脸。王睹恨得朝她挥了一下拳头。

### 3. 拓跋焘平定凉州大兴封赏　崔司徒逼死李顺种下祸端

拓跋焘站在姑臧高大坚实的城墙上眺望四周，远处的雪山巍峨地屹立在蓝天下，从山脚蜿蜒流来的清澈的河水像一条银色的绸带，在绿色的草原上飘荡着，滋养着一片望不到边际的大草原，草原上开放着红的、黄的、紫的、蓝的各色野花。这是一个草肥水美的地方！

拓跋焘六月率领大军从平城出发；八月，永昌王拓跋健就攻占河西，获取牲畜 20 多万头，大大加强了魏国的财力。接着，平西将军源贺招抚了姑臧周围的鲜卑部匈奴部三万余落，使姑臧城孤立无援。没有后顾之忧的拓跋焘指挥大军攻城。在魏军强大的攻势面前，九月，牧健就率领文武大臣后妃家眷 5000 多人请求投降。

拓跋焘很高兴，魏军没有伤亡，还收罗了大量的人口土地与牲畜，大大充实了魏国的国力。从此以后，黄河以北再没有与他抗衡的国家，黄河以北的广袤土地尽属他拓跋焘的魏国。

"果然好风光！水草肥美牛羊成群！"拓跋焘看着崔浩，兴高采烈地夸赞着："卿言不差，这河西确实是一个肥美的草原！"

崔浩得意扬扬："臣从来料事如神，决不会妄言惑上！"说完，锐利的目光四下乱扫，寻找李顺。

李顺早已缩到大臣后面。

拓跋焘眉头一皱，崔浩的话叫他回想起出征前的大辩论。什么水草不丰？原来这里良田沃野！李顺果然别有用心，想替牧健说好话，阻挠朕的军事行动！好一个李顺！朕如此信任你，你却胳膊肘往外扭，吃里扒外！竟敢骗朕！

"李顺！"拓跋焘大喝。

李顺只好从人群后面磨磨蹭蹭地走上前来，浑身哆嗦，来到拓跋焘面前，扑通一下跪到地上求饶："罪臣李顺罪该万死！罪臣对姑臧的描述不够准确，还望皇帝陛下念罪臣跟随陛下多年的情谊，饶罪臣不死！"说完，李顺转向崔浩："崔司徒大人大量，望崔司徒看在多年同僚的情谊，看在我们亲戚的情谊，看在我是你弟弟的老亲家的情谊上，替我向陛下说句好话，饶过我的老命，我愿意戴罪立功，为皇帝和崔司徒赴汤蹈火！"

拓跋焘看了看李顺，有些心软，他暗自想：要是崔司徒出来给李顺说话，他就饶李顺不死，李顺毕竟是跟随他南征北战为魏国立下汗马功劳的忠心耿耿的老臣。

拓跋焘看了看崔浩。

崔浩得意地捋着胡须，冷笑着，想了想，看着皇帝说："陛下公正无私，赏罚分明，从来不徇私情，所以臣子才愿意为陛下赴汤蹈火万死不辞。要是陛下听了我的求情，饶恕了不应该饶恕的人，我不是害了陛下的一世英名吗？陛下看臣该不该给李大人求情呢？"

拓跋焘脸色阴沉了。崔浩话里藏刀的激将法，绵里藏针的用心，给拓跋焘出了一道难题。他崔浩不想给李顺求情，这是明摆的，而且在众位大臣面前，让拓跋焘无法赦免李顺。崔浩啊崔浩，你怎么这么残忍呢？本是同根生，相煎何太急？他突然想起崔浩教给他的曹植的诗句。拓跋焘是很敬重很钦佩曹操的，也喜欢曹氏父子的诗文。

李顺既是你的同僚同族又是你的亲戚，你居然要把他置之死地而后快吗？拓跋焘扫了崔浩一眼，冷冷地问："崔卿的意思是……"

崔浩揣摩着皇帝的心思，模棱两可地说："陛下英明！陛下决策关系国家命运前途！臣不敢乱加议论！"

拓跋焘暴怒了："李顺包庇故人，包庇沮渠氏，面欺皇帝，贻误国事，立即赐死！"

崔浩捋着须髯，微微笑了，那是一种很得意很舒畅的笑，是一种幸灾乐祸的笑。他终于除去了李顺。

拓跋焘冷眼看着面露得意之色的崔浩，突然滋生一种气恼。不过，这气恼，他还是勉强压抑在心底。崔浩毕竟是他要倚重的大臣，他的谋略，他的才学，他的见解，都是拓跋焘治国离不开的。这是一个人才，是一个他祖父和他父亲都喜爱的人才。

对崔浩，拓跋焘是既敬重又感激的。当年父皇拓跋嗣感觉自己身体不好，曾派人秘密询问对策。崔浩建议拓跋嗣早立长子为储君，立了储君以后，立即让太子监国，以及早树立太子的威望，培养太子治国的能力，以便将来顺利接班。

可惜他肚量未免太褊狭了一些。拓跋焘有些遗憾地想：将来他也许会惹祸上身的。

拓跋焘下令搜查凉州，把凉州僧众迁往平城。

## 4. 拓跋焘铸金人选皇后　冯贵人升昭仪显荣耀

十月，秋高气爽，天高云淡，平城内外祥和欢乐。统一了黄河北方的魏国，陷于歌舞升平的热闹庆祝之中。皇宫里张灯结彩，平城里欢歌笑语，百姓兵士官员的脸上都洋溢着喜悦的笑意。国家强大，百姓有安乐日子，怎么能不庆祝不高兴呢？

几天庆功大宴之后，官员将军士兵都得到了赏赐的财物，都大吃大喝了，拓跋焘放假给军士将军，让他们战后休整。官员也去休息，庆祝凯旋，与家人团聚。

拓跋焘自己整日待在后宫里，与赫连氏三姐妹一起，观看舞女跳舞，一边饮酒作乐，不去想什么朝政大事，也不想去部署什么大事，他愿意日子在

乳母皇太后

美酒、美女、歌声中慢慢流过。

太后来见他。正搂着赫连氏看胡人舞女跳着欢快的舞蹈的拓跋焘急忙推开赫连氏，起身迎接太后："不知太后驾到，有失远迎，请乳母太后原谅。"

拓跋焘请太后坐到自己的左边，赫连氏姐妹跪拜太后，急忙退了下去。宗爱吩咐太监为太后摆上酒食。太后关心地询问："皇帝征凉州回来也有半月余了吧？征程疲劳可恢复过来？"

拓跋焘笑着："谢谢乳母太后的关爱，儿臣已经精神焕发了。"

太后慈爱地看着这个从小吃她的奶水长大，连自己亲生母亲都不认识的皇帝，笑着："可不是，我也看出来了。皇帝现在红光满面，精神焕发，看来征战的疲乏已经完全歇息过来了。皇帝最近有什么打算呢？"

拓跋焘摇头："黄河北方已经统一，儿臣已经没有什么雄心壮志了。南朝以长江为天险，我们是无能为力，只要可以保持目前局面，儿臣暂时也不想再劳乏百姓，该是让百姓好好休息休息发展生产的时候了。以后，就要以整饬国内，发展农牧业为主了，也要让下一代好好受些教育。"

太后频频点头："皇帝所见英明。崔司徒也是这看法。皇帝要整饬国内事务，我想，皇帝还应该着手完成一件大事，不知崔司徒可曾上书？"

"什么大事？"拓跋焘游移的目光注视着太后。拓跋焘十分尊敬和爱戴这乳母，把她看作自己的亲生母亲。

"选皇后啊。过去打仗没有时间，顾不上，现在战争基本结束了，国内各项事务都要走上正轨，这皇后是万民的母后，要母仪天下，皇帝不抓紧选出皇后怎么行呢？这后宫没有主事人可不行啊。"

拓跋焘笑着，不以为然地摇头："乳母皇太后言重了，这后宫自有乳母皇太后主理，怎么会没有主理呢？"

太后神色严肃庄重起来："皇帝，我这乳母皇太后主理后宫终究不大合汉人皇帝的规矩。皇帝志向远大，要效仿魏主和汉武帝，这魏主和汉武帝何曾有过不立皇后的事情呢？万望皇帝早日安排选拔皇后的大事。"

拓跋焘沉吟着不说话。是的，是应该选皇后了，可是，该选谁呢？赫连氏三姊妹都是尤物，他哪个都舍不得放弃。选一个就等于放弃了两个，这可是十分为难的事情。

拓跋焘看着太后，吞吞吐吐地问："乳母以为儿臣选哪个做皇后合适呢?"

太后笑了:"皇帝选皇后,是自己的大事,何必征询别人的意见呢?皇宫里有太祖道武帝定下的老规矩,到现在也没有谁敢违背,皇帝遵从祖制故事好了。"

拓跋焘点头:"那好吧,就传我的命令,立刻准备选皇后仪式!"

十月下旬的一天,平城天高云淡,风和日丽。宫城里杨树、柳树、榆树、桃树、李树、海棠树都已经开始落叶,金黄的落叶有的在空中旋转,落到地上的已经积了厚厚的一层,太监宫女在宫中到处扫着落叶。宗爱已经组织所有报名参加选皇后仪式的贵人妃嫔参加选举仪式。

皇帝拓跋焘坐在搭起的高台上,头上张着巨大的绣着金龙的黄伞,太后坐在他的左边,太子拓跋晃坐在他的右边。他是被拓跋焘特意叫来学习参观选皇后仪式的。看台下,是一溜小隔间,小隔间三面短墙围着,一面向看台敞开,前面站着准备参加比赛的妃嫔、贵人、昭仪。太子拓跋晃辨认着:"一号位是左昭仪,柔然公主吧?"

拓跋焘点头。

"二号位是赫连氏大贵人,三号位是赫连氏二贵人,四号位是赫连氏三贵人,五号位是东胡的刘贵人。怎么就这么几个啊?为什么不见冯贵人呢?"拓跋晃问太后。

太后笑着说:"她没有报名参加,她说她不想当皇后。"

拓跋焘好奇地问:"为什么?当皇后不好吗?"

太后轻声笑了起来:"当皇后当然好了。可是这冯贵人很有自知之明,她是汉人,当皇后不利于皇帝的。"

拓跋焘赞许地点头:"难得有这么深明大义的人!选一个汉女做皇后,拓跋贵族是要反对的。"

"那父亲就封她做皇后的助手左昭仪好了。她聪明美丽,又这样明大理,多好啊,多难得啊!"太子拓跋晃乘机说。

"是吗?你喜欢她?"拓跋焘好奇地看着太子问。

"是的,我喜欢她。"拓跋晃肯定地回答。

"乳母太后的意见呢?"拓跋焘转头问太后。

乳母皇太后

太后想了想,才慢慢回答:"既然太子喜欢,我也没意见。这冯贵人是不错,知书达理,只有她能够辅助皇后。你看这几个……"太后用下颏指了指正在自己号位里忙活的几个女人:"她们哪个识字会读书?不识字不会读书,她们哪能帮助皇帝管理好后宫,治理好国家啊?所以,依老身之见,皇帝是要找一个识字懂理有能力的做左昭仪辅助皇帝和新皇后。"

一番话说得拓跋焘不断点头。

宗爱用洪亮的声音宣布选拔皇后的铸造金人仪式开始。各位参选者都走进自己的号位,在自己太监的帮助下开始铸造金人。

赫连氏二贵人得到宗爱的暗中相助,他喜欢赫连氏二贵人,更主要的是他得到皇帝的授意,要让二贵人成为皇后。所以,宗爱特意选了一个会铸造金人的太监做她的助手,让助手做好一切准备。太监做好各种准备,就退出号位,留下几个妃嫔参选者在号位忙活。她们把灼热的熔化了的铜水倒到沙模子里,等待铜水冷凝。

二贵人赫连氏很快就完成了工作,走出号位。一会儿,太监进去捧出一个成型的铜人。大家欢呼起来。其他妃嫔听到外面的欢呼,知道自己的努力已经失去意义,都停止手中的工作,走出号位,向赫连氏二贵人表示祝贺。

宗爱用响亮的声音向皇帝报告:"恭喜皇帝陛下!贺喜皇帝陛下!赫连氏贵人已经铸成金人,请皇帝陛下过目!"

宗爱用镂金盘子捧着金人走上看台,捧到拓跋焘面前,请皇帝过目。新铸造的金人还没有完全冷却,金黄的铜身上还闪烁着火红,不过,看得出,金人铸造得很精致。皇帝拓跋焘满意地点着头,不断夸赞:"不错啊,不错。乳母太后,你看如何?"

太后也点头:"是很不错。很精致。"太后问宗爱:"帮赫连氏贵人的太监叫什么名字?"

宗爱急忙回答:"回太后的话,那太监叫居鹏。"

太后点头。

拓跋焘笑着对宗爱说:"马上拟写诏书,册封赫连氏为魏国皇后!"

宗爱向全场宣讲:"皇帝陛下封赫连氏为皇后!"全场的人跪伏下去,向皇帝表示祝贺。新封的皇后赫连氏欢喜得眼泪涟涟,跪下去向皇帝和太后行大礼,激动得半天起不来。

常玉花躲在一个角落里偷看。一个侍卫看见她,正想撵她走,她急忙从怀里掏出一点碎银,那侍卫欢天喜地地走开,还指给她一个更隐蔽又更近一点的地方让她偷窥。

听到宗爱的宣布,常玉花急忙跑回去,她要赶快把铸造金人选皇后的结果告诉冯贵人。

常玉花气喘吁吁地跑进安乐宫,把守宫门的虎贲友好地朝她笑,不管哪个虎贲当值,他们都不阻拦常玉花随便出入。常玉花经常给他们一些碎银两,一些小礼品,他们也喜欢听她唱歌,听冯贵人抚琴。

"选出来了!选出来了!"常玉花风风火火地撞进西宫,对正在读书的冯贵人喊。

"是谁?"冯贵人抬头,淡淡地问。

"冯贵人你猜呢?"常玉花故意卖关子,又转头对抱嶷说:"快给姐姐倒碗水,姐姐都渴死了,站了大半天,又累又渴。"

抱嶷急忙去倒水给常玉花。常玉花接过碗咕嘟咕嘟饮尽。冯贵人小声说:"真是饮母牛呢。"说完就捂嘴笑。常玉花说:"哎哟,疼死我了。"说着龇牙咧嘴捶着自己的大腿。

"去给她搬张胡床。"冯贵人对林金间说。林金间急忙搬来小胡床给常玉花。

常玉花谢过冯贵人,坐了下去,一边捶着自己的腿,一边喊:"累死我了。金间,给我捶捶脖颈,脖颈都伸得老疼。"林金间过来给她捶后背。

冯贵人脸一沉:"你有完没有?越来越放肆!快说吧,选出的新皇后是不是赫连氏二贵人?"

常玉花急忙站了起来,换上一副诌媚的笑,讨好地凑到冯贵人脸前赔不是:"冯贵人,你大人不见小人怪。冯贵人猜得一点也不错,就是赫连氏二贵人。"

冯贵人冷笑着:"这有什么意义呢?皇帝原本就是定赫连氏二贵人做皇后的,太后早就说了,现在还要搞这骗人的玩意干什么?搞什么铸造金人!劳民伤财而已!"

常玉花又说:"奴婢还看见了铸造金人的大概过程,好像是把熔化的铜水浇到一个沙模子里,只要模子做得好,就能铸造成功。我在后院里看见过铁作坊里的丁匠做过。其实并不难,不知道为什么那些贵人做不成,只有赫连氏二贵人做成了。"

冯贵人一挥手:"管她们呢。你今天跑了半天,还没有去叫王遇来给我们上课呢。今天我们要学明元帝朝的故事了。"

常玉花急忙命令林金间请王遇。

王遇兴冲冲地与林金间一起来到冯贵人的宫里。一进门,他就给冯贵人贺喜:"奴身给冯贵人道喜了。"

冯贵人笑着摆手:"我有什么喜事值得祝贺的啊?"

林金间也喜滋滋地说:"真的要祝贺冯贵人呢。冯贵人要高升了。"

冯贵人嫣然一笑:"高升什么啊? 左不过升一个昭仪罢了,还不是那样?"

王遇嘻嘻笑着:"冯贵人就要成为左昭仪了。这左昭仪可是仅次于皇后的,有时候,左昭仪比皇后娘娘还重要。"

常玉花惊喜地问:"这可是真的? 靠实了没有?"

"千真万确的。皇帝已经下令内府拟写诏令,太后也命令中曹准备盛大的册封仪式。"

常玉花高兴得拍着手:"这可太好了。冯贵人可算熬出头来了。"

冯贵人心下也喜欢,不过她还是很沉静的样子,微笑着对王遇说:"我们还是上课吧。今天,你该给我们讲明元帝朝的故事了。玉花,抱嶷,金间,都坐下来,听课! 谁也不许走神!"

王遇坐了下来,开始讲明元帝朝的各种故事。明元帝是拓跋焘的父亲,从明元帝开始正式建立了太子监国制度,拓跋焘从 16 岁开始监国,就是在监国的时候培养了治国的才能。

"明元帝晚年吸食寒食散,身体很坏,在太子监国一年多以后还很年轻的时候就驾崩了。然后太子即位作了皇帝。"王遇讲。

"什么是寒食散?"常玉花忍不住插嘴问。

王遇看了看冯贵人,摇头:"我也说不好,反正是一种药剂,当年道武帝吸食,所以明元帝也吸食。吸食以后,他们有时发热,有时发冷,脾气开始变坏,经常发怒,身体也变坏了。"

冯贵人缓缓说:"寒食散,又叫五石散,是后汉以来,方士炼丹炼出来的一种号称吃了可以长生不老的药剂。"

"是用什么方剂作的,有这样神奇的力量?"王遇也很感兴趣。

"五石散是用五种石头研制的散剂,有丹砂、雄黄、白矾、硫黄、磁石。世人说,服了五石散,不光能治病,还觉得神明开朗,可以提神。不过,名医淳于意曾告诫说,五石散药性猛烈,服用不慎危害甚大,我曾听说过服食五石散殒命的。所以,明元帝服食五石散以后脾气暴躁,是与道武帝一样的,他们父子都服食寒食散。明元帝服食的时间更长,所以身体变坏了。"冯贵人神色有些黯然。

"是啊,太后也这么说。她就坚决不让皇帝服食这寒食散。"王遇充满崇敬地说:"别看太后只是一个乳母,她可聪明了,懂得许多养生之道,她从小就让皇帝每天起床以后首先饮一碗白滚水,说这样可以荡涤肠胃里的火气和脏东西,保持身体健康。她老人家对皇帝关心备至,劬劳一生,所以皇帝那么尊敬她,给她那么高的地位。皇帝把她老人家当作自己的亲生母亲!"

冯贵人点头:"是啊,她老人家确实非常慈爱,对人都那么好,从来是说别人好处,不说别人短处的,这才是善良人啊。"

常玉花心里暗想:一个做乳母的女人能够当上太后,这荣耀不知道能不能降临到我身上?但愿我也能有这种好命。

冯贵人问王遇:"我国的旧制是子立母死,能不能给我把这制度的来龙去脉讲得更详细一点?"

王遇点头:"当然可以。只是有许多事情皇室避讳大家讲起。我这里只能偷偷讲给你们听,千万不要传出去。"

冯贵人点头:"你只管放心讲来,我这几个下人都很懂规矩,不会乱讲的。"

王遇说:"说来话长,这要从道武帝拓跋珪说起。道武帝为了改变拓跋族兄死弟继和推举确定皇位继承人的旧制,就接受了一些汉人士人的建议创立了长子继位制,为了确保皇位一直保持在拓跋氏的手中,避免出现外戚干政的情况,道武帝建立了子立母死的制度。他一确立长子拓跋嗣的太子身份,就赐死了拓跋嗣的生母刘贵人。明元帝拓跋嗣的生母刘贵人,是道武帝拓跋珪救命恩人刘库仁的女儿。当时明元帝伤心极了,他自己提出,宁愿不当太子,请父皇放过他的母亲刘贵人。道武帝拓跋珪很生拓跋嗣的气,虽然还是赐死了刘贵人,但有心改换太子,换成拓跋绍,不过当然首先要赐死拓跋绍生母贺夫人。贺夫人是道武帝拓跋珪生母献明皇后的妹妹,非常漂亮。贺夫人不甘心就死,秘密派人让儿子拓跋绍前来救她。结果,拓跋绍发兵作乱,打进皇宫,杀死道武帝拓跋珪,自己宣布要做皇帝。是奚斤、长孙嵩、崔浩等大臣力保,让太子拓跋嗣即位。"

"那明元帝即位以后,是不是还延续这子立母死的故事啊?他当时那么伤心,应该禁止了吧?"冯贵人问。

王遇摇头:"宫里旧制,他也改变不了的。他立了皇太子拓跋焘,也赐死太子、今天当朝皇帝的生母杜贵嫔。"

冯贵人摇头,满脸悲戚的神色:"怎么这样啊!真残忍!"

王遇也点头:"是啊,可是没有办法啊。皇宫旧制,谁也不敢违抗的。"

常玉花忍不住插嘴:"王大哥,现在太子拓跋晃的生母还在不在?"

王遇接过林金闾递过来的茶碗,呷了口茶水,润了润喉咙,接着讲:"现在皇帝的生母是贺氏敬哀皇后。贺皇后是道武帝原配献明皇后的娘家侄女。现在皇帝一出生,他的父皇明元帝就赐死了贺氏皇后,然后配享太庙谥敬哀皇后。"

冯贵人点头:"这有什么用呢?年轻轻的就被赐死,确实太残忍了。汉人王朝里历来是母以子贵,所以后妃都千方百计想生个一男孩。这里倒特别,后妃生怕生儿子,宁愿生个女儿也不想生儿子。这怎么行呢?大家都不生儿子,这魏国的江山如何持续下去呢?"

常玉花又忍不住插嘴:"这也太不公平了。"

冯贵人轻轻呵斥:"不得胡说!"

王遇又说:"听太后说,册封大礼以后,就要让冯贵人搬到昭阳宫去住。"

常玉花高兴了:"那可太好了。左昭仪宫宽大气派,一墙之隔,后面就是小鹿苑,冯贵人可以经常去鹿苑游玩。"

冯贵人想了想:"现在的左昭仪怎么安置呢?她可是柔然公主。"

王遇说:"可能册封为右昭仪。"

冯贵人说:"这也好,我们还有一些亲戚关系。我的姑母是她的嫂子,她待我还是不错的。只是语言不同,难以交流。她到现在也不会说几句鲜卑话,还不如我呢。不过,她会拉胡琴,很好听的,我以后要向她学拉胡琴。"

常玉花笑了:"还不如找个琴师教呢。"

## 5.拓跋晃太子监国　常玉花山洞幽会

太延六年(440年)春天,平城又异乎寻常地热闹起来。皇帝拓跋焘大宴君臣,庆祝太子拓跋晃一周(十二岁),他要给太子举行剃发的成人礼。古代北方的少数民族男子成熟较早,十二岁就成熟变成大人,要给他举行剃发的成人礼,并且要给他娶妻成家了。

太极殿上摆满了宴席,大桌上摆满各种美味佳肴。拓跋焘穿着华丽的绣着金龙的龙袍,戴着金光灿灿的皇帝冠冕,高坐在镏金的龙座之上,依着过去的惯例,左边坐着乳母太后窦氏,右边坐着太子拓跋晃。拓跋晃也是金龙缠身。

朝臣武将等待皇帝主持的太子成年礼开始。鸿胪官高声赞唱:"太子成人礼开始! 太子起立! 朝臣跪拜!"

太子起来躬身站到拓跋焘面前,大臣行九叩九拜大礼,宗爱捧着一个金盘,跪着捧过头,金盘上放着一把扎着红绸的大铁剪刀。

拓跋焘从金盘里拿起剪刀,从太子的头顶上撮起一绺黑发,小心地剪了去,又在囟门上撮起一绺黑发剪掉,然后又在脑后象征性地剪掉一些黑发,放在金盘里。宗爱捧着退下。拓跋焘小心地给太子戴上太子冠冕。

太子跪拜了皇帝和太后,回到自己的座位。拓跋焘让中书省尚书宣读诏令,诏令说,从今天开始,太子正式开始监国,总揽朝内外大事。同时,任命司徒崔浩和宜都王穆寿作东宫太子辅宰,辅助太子。

成人礼以后,就是给太子办理结婚大典。太后主持把前不久前来归附的蠕蠕主大檀的女儿郁久闾氏许配给拓跋晃,做了拓跋晃的第一个贵人。新婚不久的郁久闾氏就怀孕了。

常玉花偷偷走出左昭仪宫,从后院小门进入鹿苑。鹿苑不大,却幽深曲折,假山叠石,亭台楼阁,湖泊池沼,曲桥回廊,奇树异草,藤萝叠翠,把一个小园装点得美不胜收。再往后面,是一片松林,通向远处山坡,山坡上放养着成群的鹿,供皇帝游猎。松林里,飞鸟盘旋,鸣叫啾啾,时而有梅花鹿审过。

常玉花进入魏宫已经四年,今年已经二十三岁。未婚大王睹现在已经调到鹿苑作宿卫,今天又约她到鹿苑见面。妹妹常玉芝和乙浑成婚,孩子都有了两个,常玉花还是不肯出宫,叫王睹又气又恼,却也无可奈何,只好频繁约请常玉花到鹿苑幽会,以解他的思念之苦。他在鹿苑的松林深处找到一个小山洞,那里十分幽深僻静,人迹罕至。

常玉花循着松林的一条铺满落叶的小路上了山坡,松林变得幽深黑暗起来,遮天蔽日的松树枝桠交错,偶尔可以看到这里那里一缕半缕阳光透过枝桠穿过枝叶落到地面上,洒下斑斑驳驳的亮点。

常玉花四下看看,不见一个人影,她抬头,只见高大笔直的松树插入天空,树干上长满绿色的青苔,有的还生长着木耳。一点两点蓝色的天光闪烁在黑绿的枝桠中间。一片寂静,几只松鼠拖着蓬松的尾巴,在树枝上窜来窜去,发出吱吱的叫声。几声清脆的鸟啼从林中深处传来。

常玉花加快脚步,朝林中走去。她的脚步落在金黄的针叶上,发出沙沙的响声,叫她有些害怕。

"这死鬼,找这么偏僻的地方,可真要吓死我。以后再也不来了。"常玉花小声嘟囔着给自己壮胆。几棵高大粗壮、几人都抱不住的松树立在前面,常玉花心里一喜,大树后面的一块岩石下面的一个小山洞就是他们幽会的地点。常玉花心开始怦怦跳起来。她加快了脚步。

常玉花跑过大松树,来到岩石下面。壁立的岩石上爬满绿色的藤蔓植物,藤蔓上挂满红色黄色紫色的小花。一些茂盛的灌木长在岩石上下,把洞口遮蔽得严严密密,根本看不出山洞的入口。

常玉花小心拨开灌木,钻了进去。里面一个壮实的男人臂膀立刻把她紧紧地搂到自己的怀抱里,两人一起倒在铺着厚厚落叶和干草的地上。

山洞里散发着松树落叶的好闻气味,传出男人粗重的喘气声。常玉花呻吟着。

常玉花在王睹的怀抱里安静地躺着。王睹透过洞口微弱的光线看着常玉花,叹息着说:"你看我们见面一次多难啊,快向左昭仪申请出宫跟我完婚吧。"

"我才不出宫呢。出宫你能养活我啊?在宫里有吃有穿,出去靠什么生活啊？到大户人家去作府户世代做兵，还是去当农民养蚕种桑啊？我现在可干不了那些农活重活。我要留在宫里。"常玉花抚摩着王睹壮健的胳膊和胸脯，不容置辩地说。

"留在宫中也行啊。我也不想让你出宫。出宫也不方便。我整日在鹿苑守卫，也不能经常回家。那你也可以向左昭仪申请与我完婚嘛，完婚以后，我们就住到宫中后苑里，你给左昭仪养奶羊，不是也很好嘛。"

常玉花想了想："我回去跟左昭仪说说看。我估计左昭仪不会答应的。"

王睹笑着说："你要是真想走，还没办法啊？歌谣说；老女不嫁，踏地唤天。你可是老女了，左昭仪还敢留你啊？老女不中留，留来留去留成仇。左昭仪难道不害怕留出一个仇人来？"

"你真坏！"常玉花捶打着王睹的胸脯。

王睹估摸了一下时辰，慢慢坐了起来穿衣服，叹了口气："时辰快到了。你该走了，一会儿苑门就该关闭了。真舍不得你走。"说着，又抱住常玉花亲热了一会儿，这才扶着常玉花走出山洞，两人一前一后，分别走出松林。


常玉花正伺候左昭仪吃饭，一阵羊肉的香味直冲她的鼻子，这香味引起她一阵恶心。她极力忍耐着，屏着呼吸，压抑着翻腾的胃，可是她还是忍不住冲了出去，差点没有呕吐出来。

"她怎么了？"冯左昭仪问抱嶷和林金间。

已经长大成一个清秀俊俏青年的抱嶷看了林金间一眼，有些忧虑地说："玉花姐近来老这样，说呕就呕，说吐就吐。"

林金间怪异地一笑："看来她是有喜了。"

抱嶷不懂："什么叫有喜？"

左昭仪瞪了他一眼，抱嶷不敢再问。常玉花在院子里干呕一阵，觉得胃里舒服了许多，又赶快回到宫里伺候左昭仪吃饭。左昭仪已经让抱嶷和林金间撤了饭菜，让他们出去吃饭。自己漱了口，歪到卧榻上，审问常玉花："你说，你这是怎么回事？"

常玉花把头摇得像拨浪鼓一样："回左昭仪，我没事，没事。"

"没事？没事你老干呕什么？"左昭仪冷笑着。

"奴婢可能是喝了冷风，胃寒造成的胃脘不适，真的没有什么。"常玉花还是嘴硬，死硬撑着不肯说实话。

"来人！"左昭仪脸色一沉，朝外面喊。

林金间急忙放下饭碗跑了进来："昭仪，何事呼唤奴身？"

"传唤中曹给事前来见我！"冯左昭仪沉着脸吩咐。

林金间答应一声正要转身出去，常玉花扑通一声跪到冯左昭仪的面前："左昭仪息怒！奴婢认罪！奴婢认罪！"

冯左昭仪招手叫住林金间："金间，暂时先不用去叫了。你先出去吧。"等林金间出去，冯左昭仪冷冷地看着常玉花："死婢子，你从实招吧。"

常玉花这才把与未婚夫王睦幽会的事情从头说了一遍。

"那你现在是不是怀孕了？"冯左昭仪看着常玉花的脸。

常玉花支支吾吾："大概是的，奴婢也不知道。"

冯左昭仪想了想："你是与未婚夫通奸，这也算不得什么不可告人的事情，只是，你这怀孕是无法瞒骗别人的。你看，该怎么打发你才好呢？是出宫呢，还是到后苑里做事？我这里你是不能待了。"

常玉花哭着说："奴婢是死也不愿意出宫的，希望冯左昭仪看在我从和龙跟你来这么多年的情分上，看在我们主仆一场的情分上，打发我到后苑放牧牛羊，负责左昭仪的奶食供给。我在那里等待生养孩子。等我生养以后，我把孩子送人喂养，再来侍候左昭仪。我舍不得离开左昭仪。"说着，竟号啕大哭起来。冯左昭仪也眼泪汪汪。

"好吧，我答应你，快起来吧，不要伤了胎气。这可是你的头胎孩子，要小心照顾好。让林金间和抱嶷到后苑给你安排一下，你就过去等待生养吧。"

"感谢左昭仪的大恩大德！"常玉花磕了几个响头。

拓跋焘来到左昭仪的昭阳宫。左昭仪率领着妃嫔宫女太监跪接皇帝。皇帝和左昭仪来到昭阳宫里。

左昭仪看着拓跋焘："皇帝找臣妾有什么事情呢？"

拓跋焘笑了："你这话问得可叫朕扫兴。朕想你才来，不是有事才来，难道没事朕就不能来了吗？"

左昭仪急忙赔罪："皇帝陛下饶恕臣妾不会说话。不过，皇帝大多是有事才来昭阳宫的。"左昭仪说着,把那水汪汪的一双大眼睛秋波一横,显露出几分娇媚几分娇嗔几分娇羞。这秋波一横,顿时叫拓跋焘的心为之一动。

拓跋焘拥着冯媛坐到床上,仔细打量着她。封为左昭仪以后,冯媛已经显得丰满富态了许多,也成熟了许多,浑身上下透着一种雍容华贵的气度,高雅清纯的气质。拓跋焘不由得紧紧把她抱在怀里。

抱嶷和林金间急忙退了出去。

拓跋焘抱着冯媛亲热了一会儿,把一只纯金的镯子套到她的手腕上。"这是从凉州得来的最新式样的镯子,你看看喜欢不喜欢?"

冯媛仔细端详着皇帝送她的金手镯。这手镯实在漂亮,上面雕着四条金龙,四条金龙张着口,去探一颗滚圆的小金珠,龙的眼睛长须都精致可见。左昭仪叹息着:"这是四龙戏珠金镯啊。过去听说过,说凉州金匠手艺称绝,却从未见过凉州金器,今日得以亲见,果然名不虚传。感谢皇帝,把这么珍贵的礼物送予妾身。"

拓跋焘把嘴唇凑到冯媛温暖的脖颈里嗅着亲吻着,小声说:"朕就是想让你这冰美人喜欢。"

拓跋焘好一阵才放开冯媛,帮她理了理有些蓬乱的云鬓,把她额头的花黄扶正了一些。冯媛的花黄总不同于其他妃嫔,她总有一些新鲜花样,有时贴着牡丹,有时贴着星星,今天却贴了一个尖尖的月牙,显得清丽俏皮可爱。

拓跋焘喜欢来冯媛的昭阳宫,来这里他多半不是寻找肉体的快乐,而是来求得清净与平静。他喜欢和冯媛商量一些事情,听听她的一些看法。

冯媛美丽却不娇艳,端庄不妖娆,雍容不大活泼,才情横溢不狐媚,与她谈话可以给他许多帮助。谁说女子无才便是德呢?

"陛下是不是又要部署军事行动了?"冯媛小心谨慎地询问拓跋焘。

拓跋焘哈哈一笑:"什么都瞒不过你这聪明的小鬼头。是的,长安那边来报,有个叫盖吴的卢水胡人暴乱,需要去平息。另外蠕蠕部落屡屡在边境闹事,掠夺牲畜人口,好像身上的虱子一样叫人不舒服。我看又需要教训教训他们了。"

冯媛点头:"北方已经统一,现在该是安定国家让百姓安居乐业发展农牧业生产的时候。国力强才可以打胜仗。依妾身之见,眼下不是大举征蠕蠕时候,看在右昭仪的面上也还是先不出征的好。陛下不妨先派使者出使

87

蠕蠕晓以利害,说服蠕蠕可汗吴提,让他安定一方边境,不要骚扰。如果他不听,皇帝再另图别法。妾身以为,军事行动应该放在最后,还是先礼后兵的好。"

拓跋焘点头:"言之有理。朕决定先采取你的意见,派使者出使蠕蠕。依你之见,派谁出使蠕蠕好呢?"

冯媛想了想:"蠕蠕可汗的哈敦是我的娘家姑母,如果派我的娘家兄弟出使也许可以说服蠕蠕可汗。不过,我这三个娘家兄长与我并非同母所生,年纪又比我大得多,与我没有什么往来。请陛下不要误会,以为我这是以权谋私,替自己的亲戚谋好处。我只是觉得他们出使也许比较容易说服蠕蠕可汗。"

拓跋焘轻轻揽住冯媛的肩头,轻轻亲吻着她的面颊:"看你说到哪里去了?朕知道你忠心可鉴。你三个兄长平和龙以前就归附魏国,我也封了他们官。你看,是哪个兄长去合适?老大冯崇?还是老二冯朗?老三冯藐?"

冯媛想了想:"哪个出使都行。不过,我的二哥冯朗娶了乐浪王氏的女子,是我母亲的娘家侄女,似乎与我关系更近一些,而且,他是雍州刺史,家在长安,离平城更近一些,不妨派他出使蠕蠕。不知陛下意下如何?"

"就依你。另外,出使蠕蠕前,朕封他西域郡公。"

"那妾身替他感谢皇帝的加封了!"冯媛急忙起身跪拜,感谢拓跋焘的封赏。

冯媛看着拓跋焘,笑着问:"皇帝快要当祖父了吧?听太后说太子妃郁久闾氏已经有喜了!"

拓跋焘眼前霎时亮了:"可不是,快了。皇后说,就在明年夏天。朕决定,等皇孙一出世,就改年号。你学问渊博,看改个什么年号好?"

冯媛有些不好意思,又情不自禁地眼波一转,横出许多风情,让拓跋焘喜不自禁,心头痒痒的无比舒服。

"看陛下说的,妾身有什么渊博学问啊?陛下朝里中书省里那些博士才是学者,像司徒崔浩,中书侍郎高允,个个学富五车。妾身望尘莫及啊。"

拓跋焘抓住冯媛的手,轻轻抚摩着:"你是女中博士,宫里无人可比。说说吧,你为朕想个年号。"

"改为太平真君,如何?这太平真君寓意着魏国太平,又寓意一个真君降临,古语说,太平气至,德君将出。陛下以为如何?"

拓跋焘一拍大腿,腾地站了起来:"不错,不错! 好年号! 你的看法与崔浩一致。他现在正劝说朕兴道,说大师寇谦之对他说,寇谦之得到神人的相助,得到神人的诰书,要他转佐北方的太平真君。朕和朕的皇孙都应该是太平真君。等皇孙一降生,就立即下诏改现在太延年号为太平真君! 把这吉祥如意的年号一直使用下去,再也不改变年号了! 朕说你是女中博士吧? 说你学问渊博吧? 果不其然,名不虚传!"说着搂着她亲了亲:"来,给朕操一曲唱一首。叫宫女玉花来陪你一起唱。你们两人一起唱,一高一低一细一粗,好听极了。玉花! 玉花!"拓跋焘朝外喊。

冯媛急忙解释:"玉花被我打发到后苑去养牲畜了。她成婚怀孕了。"

"唔? 成婚怀孕了? 真可惜,听不成她唱歌了。"拓跋焘皱起眉头。冯媛唤出抱嶷和林金间来伺候。拓跋焘还在独自叹息:"可惜了,可惜了。你们俩一起唱,才好听呢。"他突然一拍手:"这下好了。玉花高大壮实,身子骨好,没有病,脾气又好,模样也不难看,粗眉大眼挺耐看,让她做皇孙的乳母一定合适。等皇孙出世,让她来当皇孙乳母如何?"

冯媛笑了:"当然太好了,玉花心地善良,做皇孙乳母,皇帝、太子都可以放心。不过,要是皇孙女呢?"

拓跋焘也笑:"要是皇孙女,自然还是她自己的母亲喂养,就不要乳母了。"

冯媛眼睛一转,娇嗔地说:"陛下这么轻女重男啊。"

拓跋焘哈哈大笑:"这是魏国的规矩,没有办法的。快去弹琴吧,朕都等不及了!"

昭阳宫里荡漾着一片柔和委婉的琴声。宫门当值的虎贲都侧耳倾听着,这琴声像一圈圈涟漪,慢慢扩展开来,似有似无地飘荡在宫城上空。

长安城里,刺史冯朗的府邸里,正张灯结彩地过年。雍州刺史冯朗是北燕国主冯文通的二儿子。归附魏国以后,被封为雍州刺史,宫里有冯昭仪,他觉得自己的官运亨通。他的夫人乐浪王氏挺着个大肚子牵着儿子冯熙来到厅堂。"给你阿爷拜年!"王氏督促四岁的儿子。冯熙听话地在阿爷面前跪下,按照母亲教的说:"给阿爷拜年! 阿爷过年好!"

乳母皇太后

冯朗高兴地抱起冯熙，连连亲吻着，掏出一锭银子塞到儿子手里作压岁钱。冯熙两手抱着银子，高兴地笑着。

正在这时，一个老家人从外面跑了进来："报告老爷，平城来了个送信的差人！说要见老爷！"

"快请进来！一定是昭仪娘娘派人来了！"

差人进来，送来昭仪写的信，冯朗让家人带领差人到后面歇息，自己展开信来读。他的眉头皱了起来，又舒展开。夫人王氏凝神屏息看着丈夫，不断催问："信上说什么？好消息还是坏消息？"

冯朗笑着："好坏参半。说皇帝要派我出使柔然，这算坏消息，说要封我西域郡公，这是好消息。"

王氏急忙问："什么时候出使柔然啊？是不是马上就去？天气这么冷。"

冯朗摇头："现在不去，还要等皇帝的诏令来了才去。"

王氏皱起眉头："春夏我就要生了，你走了怎么办啊？"

"这也是没有办法的。皇帝命令，怎么可以抗拒呢？不过，你放心，我会安排好的，你会平安临产的。希望你这次给我生个女儿，像你一样漂亮聪明温柔的女儿，我们这一儿一女，多好啊。我可喜欢女儿啦。"冯朗拍了拍王氏隆起的肚子，笑着。

"要是生个儿子呢？"王氏斜了冯朗一眼。

"生个儿子也好啊。给熙儿生个小弟弟，也不错啊。两个儿子，长大可以互相照顾，也很不错。生个儿子，给他起名叫冯攘，熙熙攘攘，多热闹。生个女儿，叫冯燕，但愿她像小燕子一样活泼可爱。你看如何？"

"我没意见，一切听从老爷安排。"王氏温柔顺从地说，"不过，我真不希望你出使到柔然，我希望你能守在我身旁等我临产。"

"没有办法，皇帝的差遣，不敢不去。我和老三一起去，互相有照应，你就放心吧。老三冯邈对柔然很熟悉的。对，以后你不要说柔然，皇帝不喜欢这称呼，他要大家叫它蠕蠕。"

### 6. 拓跋晃得子母子生别离　常玉花入宫母女活拆散

太平真君元年（440年）六月的一天，刚刚临产的常玉花虚弱地躺在炕

上,哇哇啼哭的女婴在接生婆手里蹬着脚,虚弱地哼哼着,好像在抱怨不公正的命运。

常玉花苍白的脸上挂着幸福的微笑,睁开眼睛看着接生婆手里挣扎着的婴孩。婴孩的哭声越来越有力,接生婆笑着说:"她想吃奶了。"

接生婆把婴孩洗净擦干包好,放在常玉花的怀抱里,常玉花的乳房已经饱胀得十分疼痛,接生婆给她轻轻地揉了一会儿,让她把婴孩放到乳房旁。婴孩闭着眼睛,小脸在母亲的乳房中间摆动着寻找着,小嘴一下子碰到乳头,好像狼崽一样哇的一下就含住乳头不放。婴孩拼命吸吮着,却什么也吸不出来,她时不时张开嘴哭喊一声,好像抗议,然后又用她的小舌头紧紧裹住乳头,拼命吸吮着。突然,好像决堤一样,白色的乳汁冲破乳头,涌进婴孩的口里,只听见咕嘟咕嘟的声音响了起来,婴孩一口接一口地咽下甜美的乳汁。

"把乳头拉出一点,让她慢点吸,别呛了她。"接生婆在旁边指点着。

婴孩吸吮了一会儿,放开嘴,把头偏在一旁,嘴角上挂着白色的乳汁,静静地入睡了,脸上挂着似有似无的笑容。

常玉花把婴孩放到自己身旁,幸福地看着这可爱的女婴。

这时,太后宫里的太监总管王遇带着几个宫女和太监赶着一辆羊车来到常玉花的土房。

王遇在屋外大声喊:"常玉花听太后懿旨!太后宣常玉花立时进宫,不得有误!"

躺在炕上的常玉花十分惊慌,急忙让接生婆出来询问。她的丈夫王睹从外屋出来,急忙跪倒接旨,问王遇:"公公,玉花刚刚生产,不能起床,可否等她满月以后再进宫去伺候?"

"不行!太后命令现在立刻进宫,不得有误!她走不动,太后已经备了羊车前来接她,快给她收拾收拾,让她即刻进宫!"说着,把一匹锦缎几锭银子放到王睹的手里:"这是太后的赏赐。"

王睹喜滋滋地回到屋里,帮常玉花穿衣服,围上头帕,搀扶着她小心下地,接生婆帮她把婴孩包好,小心地放到她的怀里,让她抱着婴孩走出房门。

常玉花见过王遇,向王遇行礼。王遇看着玉花,轻声说:"太后有令,你不能带婴孩进宫的。你要把婴孩留在家里。"

常玉花吃惊地看着王遇："大哥,这婴孩刚刚生下来不到一天,我不抱她进宫,谁来照顾她给她喂奶? 她没有母亲怎么活啊?"

王遇心里同情,只好安慰着她："把她交给你丈夫,让她找个奶母来喂养好了。你这次进宫,可是有重要使命的。以后你可是要大富大贵了。"

"什么大富大贵我都不要,我要我的孩子!"常玉花说着,已经泪流满面,她紧紧抱着婴孩,不肯上车。

王遇连劝带威胁地劝说着常玉花："你还是上车吧,太后的命令谁敢违抗呢? 你不想活了? 你这样不光不能救这孩子,可能还要害你全家和你丈夫的全家。走吧,别傻了,进宫以后,你可是享不尽荣华富贵。你有了荣华富贵,这孩子将来才会有前途。"

常玉花只是哭,还是不肯把孩子交给接生婆。

王遇命令王睄："你这是怎么回事? 还不快去把玉花的孩子抱走? 难道你想违抗太后的命令不成?"

王睄只好上前劝说玉花,把玉花抱着的婴孩抱了过来。玉花哭着："你可要给她找个好奶娘,把她给我养大。"

"上车吧。"王遇亲自搀扶玉花上了羊车。玉花在羊车上哽咽得头都抬不起来,一路上哭哭啼啼。

宫城里,太子东宫,一个婴孩呱呱坠地,一降生,就张口大哭大叫,还没有出生,就被皇帝拓跋焘定为未来的接班人。他是皇帝的长孙,尊贵的地位让他的哭声都具有帝王的威严。他的母亲郁久闾氏,也像常玉花一样衰弱苍白而幸福。不过,她的心里充满了恐惧。她生了个男婴,她也曾经像宫里其他后妃一样祈祷上苍,祈祷天神,保佑她生个女孩,可是天神没有听到她的祈祷,没有降下福气给她,偏偏让她为拓跋皇室生了个长孙。长孙虽然不能立刻被任命为皇位继承人,可是,这立长子的制度已经在拓跋皇室里确立起来,皇位将来必定是这皇长孙的。她的命运是什么呢? 是立刻赐死呢? 还是在确立皇位继承人的时候赐死呢? 不过,不管什么时候赐死,这男婴都与她无关了,她立刻就要失去他,她不知道他被抱到哪个宫里养大,也不知道由谁去奶养他。以后,她再也看不到她的儿子,看不到她痛苦地怀胎十月孕育的亲骨肉。

郁久闾氏把婴孩紧紧抱在怀里，生怕被人抢走。

　　"太后来了!"宫外侍卫喊。

　　郁久闾氏浑身发抖，紧紧地护卫着自己的孩子。

　　太后进来，询问了宫女，向卧榻走了过来。

　　"不要过来! 不要过来!"郁久闾氏软弱无力地喊着。没有人听到她的喊声，更没有人在乎她的喊声。太后一步一步地走了过来。脚步稳健结实，重重地踏在地面上，踏在郁久闾氏的心头，她每走一步，郁久闾氏的心就猛地颤动一下。

　　太后来到卧榻前，宫女掀起了锦缎帷帐。郁久闾氏抱着婴孩缩在卧榻的里面，浑身颤抖，睁着惊恐的眼睛望着太后，哀求着："不要抱走我的孩子，不要抱走我的孩子!"

　　太后和蔼慈祥地微笑着："不要害怕。我来看看你。恭喜你为皇帝生了个皇长孙啊!"她侧身坐到卧榻上："把婴孩给我看看!"说着伸出双手。

　　"不! 不要!"郁久闾氏大声哭喊着，缩到卧榻角落里，紧紧地抱着她刚生下不久的婴孩，她还没有看够的婴孩。

　　太后又说了一遍，郁久闾氏还是喊着："不!"

　　太后沉下脸站了起来："来人!"两个健壮的宫女过来。"给我把婴孩抱过来!"太后压低声音命令。

　　两个宫女爬上宽大的卧榻，爬到郁久闾氏的身旁，一个紧紧按住郁久闾氏，一个从她怀里抱出婴孩。年轻的郁久闾氏像发疯了，呼喊着挣扎着爬了过来，想从宫女手中抢回她的儿子。宫女紧紧地把她按倒在卧榻上，不让她爬。另一个宫女抱起婴孩下了卧榻。

　　"走!"太后并不看一眼，抬脚向外走去。宫女抱着婴孩紧紧跟着太后离开太子东宫。


　　王遇带着常玉花来到太后宫里，太后接见她。王遇把哭泣着的常玉花带到太后面前。太后看着哭得抬不起头的常玉花，想起自己当年进宫的情景。多么相似啊。太后长长地叹息了一声，让王遇搀扶着常玉花坐到胡床上，宫女上来用湿汗巾给她擦脸。太后并不催促，自己坐在坐榻上慢慢饮茶，耐心等待常玉花平静下来。

乳母皇太后

这时，冯媛来到太后的宫里，她是代表皇帝来见皇长孙的乳母的。她拜见了太后，太后让她坐到自己身旁，指了指玉花："你看她，哭得多伤心。"

"让我去劝劝她。"说着，冯媛抬了身子想站起来。太后急忙拉住她的手："先别管她，让她痛快地哭一阵吧。痛快地哭一场就好了。我当年就是这样的。"

冯媛同情地看着常玉花："她可是要难过些日子的。头胎孩子，可是连着她的心她的肉，她的骨啊。"

"是啊，我当年还是生老三以后入宫的，就那，也哭得死去活来的。这当娘的心，就是这样，扯不断的思念。"

王遇见常玉花哭个不停，只好上来劝说："玉花，不要哭了。你看太后和左昭仪都在等着你呢。你这么哭算什么啊？"

常玉花抬起婆娑的泪眼，喊了一声太后、左昭仪，又泣不成声了。冯媛走到常玉花面前，帮常玉花擦去脸上的泪水，小声劝慰着："你可知道为什么要选你进宫吗？这是要你去奶养皇帝的长孙啊。你不是羡慕太后吗？你的希望来了，快别再哭了，事已至此，你哭也无益。快擦干眼泪，高兴点。别惹太后不高兴。"

常玉花心里一动：原来让我来当皇长孙乳母，这可是自己曾经梦想过的机会。看来只有认命了。她慢慢擦去脸上的泪水，跪拜了太后。

太后慢慢说："你以后可不许再哭了，把奶水哭没有了，你可是别想活着出宫！以后，你要全力奶养皇长孙，就像我当年奶养皇帝一样。以后，这皇长孙就是你亲生的儿子，你要把他奶养好！"

常玉花一边磕头一边答应。

太后说完，冯媛也嘱咐着："皇帝对这长孙视若命根，你可要上心奶养，小心不要出了事情。"

常玉花唯唯诺诺。冯媛让抱嶷捧来一个托盘，上面放着皇帝赏赐的玉佩和金银，常玉花的脸上这才露出笑容。

常玉花的乳房已经涌出一阵一阵的乳汁，打湿了她的衣服。太后看着舒心地笑了。

"来人！"太后喊："带乳母常氏到紫薇宫去！"

紫薇宫里皇长孙正张着小嘴，嗷嗷待哺。

## 7. 奶养皇孙玉花受恩宠　庆贺满月皇家大出游

白白胖胖的常玉花看着甜甜入睡的皇长孙,心里甜蜜极了,眼前这婴孩就是她的亲生儿子,她要全力奶养好这皇长孙,拓跋王朝的未来要靠他,她的未来也要靠他,靠这吮吸她的乳汁长大的孩子。

皇帝拓跋焘和太后、皇后、皇太子拓跋晃率领着皇后昭仪妃嫔来紫薇宫看望皇长孙。常玉花急忙跪接皇帝和太后。

太后让宫女抱过皇长孙,交给皇帝拓跋焘。皇长孙醒了过来,睁开黑亮黑亮的眼睛,骨碌碌地转动着,看着眼前抱着他的皇帝,他的祖父拓跋焘,咧开小嘴,对他甜甜地一笑。

拓跋焘的心醉了。他扭回头对太后说:"这小东西认识我这祖父了?"

太后笑了:"可不是,他认得皇帝的。"

太子拓跋晃上前凑到儿子面前:"看看他认得我这父亲不?"

婴孩却扭过头去看着别的什么地方。

"他不认识你!"拓跋焘高兴得哈哈笑了起来。太子拓跋晃没趣地刮了婴孩的脸颊一下,无奈地解嘲说:"这小犊子也挺势利的,只认识皇帝不认识太子! 真是的!"

大家都开心地笑了起来。不过太子还有一句话没有说出来:"太子就是明天的皇帝。你还敢不认识吗?"

拓跋焘坐到卧榻上,让宫女抱来皇长孙给他抱。拓跋焘双手僵硬地抱着这小小的婴儿,看着他透明红亮的小手,十分惊异。他从来没有抱过婴儿,他那些孩子出生的时候,他不是骑马驰骋在征讨蠕蠕的途中,就是率领队伍冲锋陷阵在围攻夏国的战役中,他不是在军营里,就是在马背上,要么在战车里,他没有关注过儿子的出世。现在,他才有闲心来看望一个婴孩,他的皇长孙。

拓跋焘紧张地抱着小皇孙,生怕自己一不小心弄断他的小胳膊小腿,更怕弄痛这小小的生命。他从来没有这么痛惜过生命。这小小的会对他笑的孩儿忽然勾引起他许多感慨、许多感悟。生命是多么奇妙啊。生命又是多么美好啊。拓跋焘一时竟感慨万千。这一刹那,他甚至决心不再打仗,停止

乳母皇太后

95

一切军事活动为皇长孙祈祷平安幸福。他已经在西苑的武周山的灵岩石崖和北苑的白登山下建了一个大佛，来礼拜佛祖，赞美生命，纪念皇长孙的诞生。征讨凉州时，拓跋焘从凉州麦积山迁徙了几千名僧人到平城，把他们安置在西苑武周山和北苑白登山，让他们在山岩上开凿石窟，雕刻佛像。几年过去了，已经雕刻成功了一座大佛像，正好可以作为献给皇长孙的礼物。

"去参加大佛的开光仪式，为皇长孙过满月。"拓跋焘想。

拓跋焘看着白白胖胖的乳母常玉花，笑着说："你可要把我的皇长孙奶养得白白胖胖的，像你一样健壮。你要经常给他唱歌听，你的歌唱得挺好听，他一定喜欢听。经常听唱歌，孩子长得快。"

大家都笑了起来。

"另外，你也要学一些西凉乐和龟兹乐曲，那也是很好听的。"拓跋焘补充说。他的皇宫里有一些从凉州和高昌地区迁来的乐师，他们弹奏的西凉曲龟兹乐叫他陶醉，西凉的琵琶、胡角、胡琴、横笛、曲项琵琶、胡筘、箜篌、铜钹等乐器的合奏也叫他入迷。他已经下令中书省组建一支全新的宫廷乐队，由汉乐器和西域胡地乐器组合，选编了汉乐与胡乐混合的用于皇宫各种场合演奏的九部乐曲：《清乐》《西凉乐》《龟兹乐》《天竺乐》《康国乐》《疏勒乐》《安国乐》《高丽乐》《礼毕乐》。

太后命令宗爱："再多拨一些伙食费给紫薇宫。"宗爱急忙答应，命令手下去办理。

盛夏，魏国皇帝拓跋焘率领着浩浩荡荡的皇室队伍去西苑参加大佛的开光仪式，为皇长孙举行满月庆祝大典。

平城外面，绿树如荫，参天的白杨、榆树枝桠交错，遮蔽着火热的阳光。平城平原上，道路两旁柳树飘拂，桑树成行，快要成熟的小麦秫米谷子在夏风里摇摆着沉甸甸的穗子，起伏成金黄与绿色相间的波浪。戴着草帽的农人在田间忙碌，站着不动的草人在风中扇着破扇，吓唬成群的想来觅食的麻雀，它们在空中盘旋着吵闹着，却又不敢贸然落下。平城外一幅和平的景象。

绿树四合的地方是一座一座壁垒森严的坞堡——当时的地主庄园。坞堡里，有着组织严密的武装，保护坞堡不受外来势力的侵犯。坞堡主都是朝廷的官员和他们的亲属，以及一些不做官的庶族大中地主。

一队剽悍的羽林、虎贲和直从组成的侍卫军骑兵高举着皇帝出行的旗幡瓜伞，明晃晃的戈戟刀剑在阳光下闪烁着耀人眼目的亮光。羽林军开道，导引着皇帝的车驾行进在城外平原上。皇家乐队高奏出行乐曲，鼓角横吹曲调，牛皮鼓咚咚，牛角号呜呜，铜角铿锵，铜钹阵阵，竖琵琶丁冬，箫笳相和，雄壮的西凉乐声震长空，为皇帝出行壮了行色。

刚刚擢升起来的羽林中郎将刘尼昂首挺胸骑马走在队伍的最前面，时刻警惕地巡视着道路两边。侍卫部队紧紧跟随着皇帝的车驾，虎视眈眈地保护着皇帝和他的亲属。

坐在高车上的皇帝笑了。战争过后给国人以休养生息的时候，国泰民安，这更叫皇帝心里高兴。

今天，他率领着皇家全体人员和满朝文武大臣去北苑白登山观看大佛落成，观看斗虎，庆祝皇长孙的满月。

队伍来到北苑。

位于平城北郊的北苑是北魏皇室的又一处礼佛、游乐之地，同时也是魏国的大型牧场，史载建于北魏天兴二年（399年），拓跋珪"大猎于牛川之南，以高车人为围，周七百余里，因驱其禽兽，南抵平城，使高车筑鹿苑，广数十里"。这鹿苑即北苑，在拓跋珪定都平城不久就开始兴建。北苑地处武周山和白登山之间的谷地，苑内有蓬台、永乐游观殿、神渊池和鱼池等园林建筑，还有一个禅堂。禅堂西边不远，有观赏勇士与猛虎搏斗的虎圈。北苑从长城脚下延伸到浑河，从白登山到西山，绵延数十里。之后，在泰常八年（423年），在长川之南，从赤城到五原两千多里修起长城，把平城地区围了起来，作为牧场，把每次战争俘获来的高车柔然各部落的牲畜和牧人圈养在里面，让他们放牧，牧场由官府管理，产品除了一小部分用来维持牧人的生活，全部由朝廷收缴，作为国家财政来源。牧场里放养着各种牲畜，也放养着一些猛兽，供皇家打猎娱乐。

北苑的大佛建在山岩上，依山雕刻而成。大佛体态健壮，浑厚，与麦积山的雕塑佛像一脉相承，佛穿袈裟，内着僧祇，右肩遮覆褊衫，为释迦立像，作结印手势。大佛大约有两人高，面相微笑慈和，仔细端详，很有些拓跋焘的模样。

乳母皇太后

拓跋焘在太监侍卫的搀扶下走下高车,太后、皇后、左右昭仪、贵人妃嫔都鱼贯下车,太子拓跋晃和妃子郁久闾氏也相继下车。郁久闾氏知道今天是儿子满月,拓跋焘举行这么大规模的郊游就是为了庆祝儿子的满月,她怀着一种希望,希望可以看到儿子一眼。

乳母常玉花抱着皇长孙跟在太后的后面。常氏富态得好像后妃一样。皇太后不时看着黄缎褓裸里的皇长孙。皇长孙在黄伞的荫凉里正酣酣入睡,白白胖胖的小脸粉嘟嘟的,三角形的小嘴嘴角流出一小股涎水。常玉花急忙用绸帕擦掉。

刘尼指挥着羽林虎贲和直从分别站到苑里的各个路口,保卫着皇帝的安全。宗爱安排着皇帝的行程和活动仪式。

拓跋焘率领皇族来到大佛前,太后仔细端详着大佛,又扭回头看看拓跋焘,笑着对皇后太子说:"你们看,这大佛像不像皇帝?"大家都仔细端详着大佛,笑着赞同太后的看法:"是的,像皇帝,像皇帝。"

拓跋焘高兴得哈哈大笑起来:"这麦积山来的僧徒还这么会拍马屁,居然根据朕的相貌雕刻大佛!来人!每人赏赐绸缎一匹!让他们到武周山西苑雕刻更大的石窟和佛像!"

拓跋焘的大笑惊醒了熟睡的皇长孙。小东西睁开眼睛,滴溜溜的黑眼睛转来转去看着眼前陌生的地点。突然,他小嘴一抽,脸上一片苦楚,张开嘴哇哇大哭起来。乳母常玉花急忙说:"皇长孙尿了,奴婢要给他换尿布。"

拓跋焘哈哈笑起来:"这小家伙,如此不礼敬佛祖,佛祖在上,他居然尿了!真好玩!真好玩!"

三十三岁的拓跋焘,因为当了祖父,突然觉得自己老成起来,经常不自觉地说些老气横秋的话。

礼拜了大佛,宗爱导引着拓跋焘一行到禅堂歇息。禅堂高大庄严,飞檐斗拱,一些僧徒在住持僧人的率领下拜见皇帝。从禅堂出来,队伍上永乐游观殿,在这雄伟的殿堂摆下酒宴,庆祝皇长孙满月。拓跋焘节俭,宴席并不豪华,只是多了些野味,最好的菜肴就是鹿肉和驼峰。桌子上还摆着拓跋焘喜欢饮的桑落酒和葡萄酒。桑落酒香美清醇,可以保存数月,辗转千里也不变质,是最好的御酒,也是用来赠送藩国的礼品。朝中权贵互相沟通,也都喜欢以桑落酒酬送。不过,这酒十分了得,据说有一个刺史带着这酒赴任,途中遭遇强盗抢劫,强盗抢劫了此酒立饮,当下就酒醉而摔下马,皆被擒获。所以,这酒又得一个美称:擒奸酒。

拓跋焘偕太后皇后太子入座,让乳母常氏抱着皇长孙在后面坐,他高举酒碗,向满座高呼:"众位卿士将军,今大与朕同饮,庆祝皇长孙满月。来!饮酒!"

大臣将军都站立起来,万岁万岁万万岁,举座饮酒。

常氏从没有见过这样隆重的国宴,心里喜欢得不知如何是好。她刚才已经为皇长孙换过尿布,也已经喂饱了他,他倒是安安静静地躺在她的怀抱里,黑眼睛眨巴眨巴地好像在观察着周围的一切。

拓跋焘向她招手,她急忙抱着皇长孙走到拓跋焘面前。拓跋焘从她怀抱里接过皇长孙,高高地举了起来,向朝臣喊:"为我长孙拓跋濬高呼万岁!"殿堂里又响起欢呼声。

因为桑落酒酒力了得,拓跋焘不敢放开畅饮,他只饮了一小碗桑落酒,就改换为葡萄酒。葡萄酒甜美可口,酒力不算强。拓跋焘对常氏说:"抱他过去吧,你也去吃饭吧,你可要多食奶食肉食,让乳汁又多又浓,把我的皇长孙奶得白白胖胖,又壮又健。听到没有?"

常氏诚惶诚恐唯唯诺诺。太监立即给常氏端来大碗的鹿肉羊肉,让她在后边食用。

虎圈里喂养着几只猛虎。拓跋焘率领皇室一行坐到高台上,等着观看斗虎表演。

常玉花从没有见过人与猛虎的角斗,既兴奋又有些紧张。她坐在皇帝拓跋焘的脚下,伸长脖子看着虎圈。虎圈用很高的木栅栏拦着,栅栏上面张着密密的绳索,防止老虎跑出来伤人。

几个斗虎人穿着鹿皮紧身小褂、百褶灯笼裤,脚上穿着鹿皮高勒靴,显得壮实剽悍又十分利落。他们手里有的拿木棒,有的拿铁戟,有的甩着牛皮长鞭。几个人跑进虎圈,向皇帝这边行礼,甩鞭人把手中的长鞭甩得啪啪直响,大家呼喊着吆喝着。一只斑斓大虎从后面懒洋洋地踱着方步,慢腾腾地走了出来。它走进虎圈,四下看了看,仰起头,张开血盆大口,打了个哈欠,又踱着方步绕场走了一周。斗虎人前前后后左左右右,呼喊着,把皮鞭甩得山响。老虎终于被逗弄得有些性起,它昂起头,甩了甩头颅,张开血盆大口,发出一声愤怒的呼啸。立时,虎圈的栅栏被震得簌簌作响。

常玉花怀抱婴儿浑身一哆嗦,连怀抱中的拓跋濬都被吓得哆嗦了一下。常玉花急忙把拓跋濬抱得紧了一些,用黄缎襁褓稍稍盖住他的耳朵。

拓跋焘伸长脖子,紧张地盯着虎圈里的老虎,目光紧紧追随着那斑斓大虎。他最喜欢看斗虎,最喜欢紧张刺激的活动。

虎圈里,老虎长啸了一声,把身子弓了起来。它目光炯炯,放射出凶光,看着前面甩长鞭的斗虎人。斗虎人甩着长鞭,逼迫老虎跳上独木桥。老虎只好又舒展开身体,慢腾腾地上了独木桥,在独木桥上站住,看着甩鞭人。甩鞭人吆喝着,让老虎走过独木桥。老虎无可奈何走了过去。甩鞭人又甩了一下鞭子,发出新的命令。老虎站立起来,甩鞭人甩着响鞭,小心翼翼走到老虎面前。

看台上静悄悄的,大家都屏住呼吸,生怕发出什么响动激怒老虎,发怒的老虎可以一口咬住面前这斗虎人的头颅,让他立时命归西天。

其他几个斗虎人平端着手中的武器,随时准备与老虎斗争。

甩鞭人一步一步走向老虎,老虎直立着,面对着走过来的甩鞭人,它急促地呼吸起来,尾巴在地上甩来甩去,突然,它纵身一跃,扑向斗虎人。斗虎人被压在老虎身下!

全场"啊"地一声响了起来。拓跋焘也腾地站起来,探身向虎圈里望去。

老虎张开血盆大口,露出参差如锯的利齿。老虎伸出利爪,几个斗虎人急忙围拢上去,端着手中的武器吆喝着,阻止老虎进一步行动。

斗虎人在老虎的利爪下厉声喊叫着,老虎终于放开了斗虎人,慢慢离开。斗虎人站了起来,胳膊上已经流淌着鲜血。他急忙甩着皮鞭,把老虎赶进虎圈后面的笼子。

场上的人全吁了一口气。拓跋焘慢慢坐回自己的座位。虎圈里换了几个斗虎人,另外一只小老虎被赶了出来。小老虎欢快地跑了出来,它四下张望着,眼睛里流露着好奇,十分顽皮可爱地在场里跳来跳去。一个更年轻的斗虎人甩着长鞭,驱赶着小老虎作各种表演。

拓跋焘站了起来。太后皇后一起问:"皇帝要干什么?"

拓跋焘笑着说:"朕也想去斗斗老虎。"说着走下高台。太后急忙命令刘尼保护皇帝。刘尼率领几个羽林虎贲紧紧跟随拓跋焘下了高台。

斗虎人看见皇帝走了过来,急忙跪下迎接。拓跋焘接过斗虎人手中的长鞭,学着斗虎人的样子甩着长鞭,呼喊着,命令小老虎表演。小老虎警惕地看着拓跋焘,嗅出了他身上的异味,呆立在原地不动。

拓跋焘又甩了一下长鞭。小老虎用白眼瞪了他一眼,还是不动。

拓跋焘有些生气,他甩动长鞭,鞭梢落在小老虎的脸上。小老虎的脸给打得生疼,猛然一纵身,愤怒地张开血盆大口,伸出利爪朝拓跋焘扑了过去!

全场喊了起来,接着是死一样的沉寂,大家都站立起来,却又泥塑木雕一样一动不敢乱动。

斗虎人都被吓得愣住,不知道如何是好,也不知道如何抢救皇帝。刘尼纵身扑向小老虎,从后面一下拽住小老虎的尾巴,死命地拖着它,把它从拓跋焘身上拖了过来。小老虎愤怒了,腾挪跳跃着,奋力甩动尾巴,把刘尼甩得左右踉跄,小老虎扑到刘尼身上。

拓跋焘已经站了起来,他呼喊着:"快打!打!"他喊着,奋力朝小老虎扑去,也帮着拽住小老虎尾巴,让它无法撕咬刘尼。吓愣的斗虎人清醒过来,前后左右一起围住小老虎,用木棒、铁戟和皮鞭攻击。小老虎看围攻它的人多势众,自己也被攻击得疼痛不堪,只好放弃了刘尼,慢慢退回虎笼。

全场这才爆发出热烈的欢呼:"皇帝万岁万岁万万岁!"

拓跋焘擦着满头大汗,紧紧抱住刘尼:"你可是朕最好的将军!感谢你的救命之恩!朕马上加封你为西部大将军,虎威公!"

刘尼跪下谢恩。

太后和皇后却如一摊泥一样瘫倒在座位上。常氏抱着皇长孙已经颤抖成一团。皇帝的勇敢给她留下深刻的印象。她想:这么勇敢的皇帝,我一定要好好奶养他的孙子。


从西苑回来,太后窦氏一病不起。拓跋焘十分内疚,都是自己逞一时之强,惊吓了太后。拓跋焘命令御医好生看护多方延治,无奈六十三岁的太后受了严重的惊吓,又受了严重的溽热,病势沉重,太医也没有回天之力。太后病体迁延到深秋,一命归西。皇帝十分伤心,为太后举行国葬,谥惠太后,大临三天。太保卢鲁元监护丧事,葬在她生前选择的崞山。游猎北苑的时候,路过崞山,太后曾登上崞山,看见崞山山清水秀,面南有武周河流过,就对王遇和其他人说："我母养了皇帝,敬神爱人,死了以后也一定不灭,一定不会成为贱鬼。但是我不过是个乳母,在本朝里没有位次,不可违礼让我进园陵,这个山就可以成为我终老的依托之地。"拓跋焘按照她的遗愿,把她葬在崞山,立寝庙,建石碑歌颂她的功德。

太后去世,冯媛十分难过,太后对自己的关照,叫她永生难忘。

常玉花看着惠太后生前荣耀,死后荣光,心里难免羡慕得要死,自己勉励自己要向惠太后学习,争取将来成为惠太后第二。她时时以太后为榜样激励自己,也在内心深处做着当太后的美梦。

常玉花很善于分析宫中人事。她想,太后故去以后,皇宫里主事的只有皇后赫连氏了。可赫连氏毕竟是异族,对她常玉花未必好,自己只有更加勤勉谨慎以自保,只希望左昭仪可以慢慢替代皇后赫连氏。

## 8. 太子有意培植亲信　乳母小心奶养皇孙

常玉花在奶养皇长孙拓跋濬的时候,十分留意朝政大事。她大睁着明亮的眼睛,注视着宫内的各种势力,注意观察分析各种动向,心里揣摩着各种人事。

皇帝拓跋焘隔三岔五要来紫薇宫看望孙子拓跋濬,紫薇宫距离太子东宫和左昭仪的昭阳宫又都不远,太子拓跋晃也经常来紫薇宫看望他的儿子,只是禁止郁久闾氏前来探望。左昭仪闲来无事,也会到紫薇宫去看望常玉花和皇长孙。所以,这紫薇宫反倒成了皇宫的一个热闹地方,一个汇集各种消息的地方。

太监王遇走了出来,对常玉花说："皇长孙醒了。"太后死了以后,王遇被调到紫薇宫作了紫薇宫的给事。

常玉花抱起拓跋濬,坐到卧榻上,解开自己的胸襟,开始给拓跋濬喂奶。她的乳汁浓稠量多,把小拓跋濬喂养得白白胖胖,婴儿横躺在她的怀抱里,一只白胖的泛着几个小窝的小手抓着她的另一个乳房,一只手在他正吮吸的乳房上乱抓乱摸。她被那小手抓挠得心里痒痒的,她咯咯笑着,一边小心地托着乳房,喂着婴儿,小心不让滚滚涌出的奶汁呛着婴孩,一边低头亲吻着这可爱的小东西。自从她进宫,就再也不知道自己孩子的消息。她曾经托乙浑出去打听过几次,可是回来总说是打听不出来。她的男人王睹有一次曾偷偷溜进紫薇宫探望她,却也不告诉她什么消息。他们都怕她惦念自己的孩子而慢待了皇长孙,害怕告诉她真实消息她会失去理智闹出什么麻烦来。人家都瞒着她。

常玉花现在已经把怀里这婴孩完全当成自己的亲生儿子了。女人就是这样,只要吸了自己的奶水就是自己的孩子,喂养比生还重要。常玉花亲吻着,像平常一样小声喃喃着同样的话:"小濬儿,快长大,长大以后做皇帝,做了皇帝不忘娘!"

拓跋濬好像听懂她的话一样,放开正吸吮的乳头,抬起头,黑亮亮的眼睛望着她,朝她笑笑,啊啊了两声,好像给了她一个许诺。常氏高兴得连连亲吻着他。"来,再吃几口,再吃几口。"常玉花把拓跋濬换了个方向,把另一个奶头轻轻地塞进拓跋濬的小嘴。拓跋濬用力咬了一下,又把奶头吐了出来。

常氏疼得哎哟一声皱起眉头。这小家伙,一吃饱就咬她!她把拓跋濬抱了起来,竖在自己的肩头,轻轻地拍着他的后背,帮婴儿消化着奶水。常氏另外一只没有被婴儿吮吸的奶头已经涌出一股一股浓稠的奶水,打湿了她的衣襟。她看着自己湿淋淋的衣服,十分可惜地想:要是自己的孩子在,让她吃多好啊,她的奶水完全可以喂养两个婴儿。可惜啊!她轻轻地叹了口气。

这时,紫薇宫外传来宿卫虎贲的大声传喊:"皇帝驾到!"

紫薇宫立刻忙碌起来,太监宫女都急忙跑了出去,跪在院子里接驾。常玉花抱着拓跋濬,也跪倒在地,等着皇帝。

拓跋焘雄赳赳气昂昂大步流星地走进紫薇宫。自从任命太子监国,拓跋焘感觉自己稍微轻松了一些。一些不大重要的朝政事务已经交给太子去处理,他都懒得搭理。这半年来,他流连于后宫,尽情放松休息,有时去鹿苑猎鹿,更多时候在后宫听歌看舞。那班从西域凉州俘获来的歌女舞姬叫他流连忘返。有时,他也去左昭仪的昭阳宫听冯媛抚琴唱歌,冯媛如今又学会了凉州琵琶、胡琴、洞箫等胡乐,演奏起来更是好听。

拓跋焘哈哈笑着喊着:"朕的皇孙啊!祖父来看你了!快出来啊!"

拓跋焘每次来看望他的孙子,就这么疯,完全不像那个威严的皇帝,倒

乳母皇太后

103

像一个顽皮的大孩子。

拓跋焘喊着笑着，走进紫薇宫。冯媛跟着他，笑眯眯地走来，从容淡定。

常玉花急忙跪拜，拓跋焘双手搀扶她站起来："快给朕站起来，别把朕孙子折腾坏了。起来，起来！"

"感谢皇帝。"常玉花站了起来。拓跋焘却从她怀里抱走了拓跋濬："让朕看看，想死朕了。有几天没见你，真想你啊。"拓跋焘说着，紧紧抱着拓跋濬，把自己胡子拉碴的脸贴到拓跋濬的小嫩脸上蹭来蹭去。拓跋濬被他的胡子扎得苦起脸，哼哼着，撇着嘴。

冯媛急忙过来拉开拓跋焘，埋怨着说："看你，把孙子弄疼了。"

拓跋焘哈哈大笑着，松开了拓跋濬的脸，把拓跋濬递给冯媛："来，你也抱抱他。"冯媛接过婴儿，轻轻亲吻着他的嫩脸蛋，一边说："看你的坏爷爷，把小濬儿弄疼了吧？打爷爷一下！"说着，捉住拓跋濬小胳膊轻轻在拓跋焘的脸上拍打着，他那带着小窝的胖手拍在脸上，柔和温暖舒适，舒服得拓跋焘禁不住哈哈大笑着手舞足蹈起来："舒服！真舒服！再打两下！"

拓跋焘轻轻捏着孙儿的胖脸蛋，高兴地看着常玉花："孙儿又胖了，你这乳母不错。朕要嘉奖你。你说，你有什么要求？"

常玉花急忙跪下感谢皇帝的恩赐："感谢皇帝的恩赐！奴婢没有什么要求，只想好好奶养皇长孙叫皇帝高兴，奴婢就心满意足了。"

拓跋焘哈哈笑着："起来起来！朕允许你在紫薇宫不跪，朕喜欢你的忠心耿耿。你说，有什么要求，朕都满足你。"

常玉花想了想，看了看左昭仪。冯媛沉静地微笑着："皇帝要你说，你就说吧。你不是有哥哥和妹夫在宫里当差吗？"

常玉花突然明白了：左昭仪提醒她，该再给自己的哥哥、妹夫和丈夫要求较高的官职。

常玉花躬身，看了皇帝一眼，赶快垂下眼睑，说："要是皇帝想赏赐奴婢，奴婢有个哥哥叫常英，有个妹夫叫乙浑，丈夫叫王睹，他们分别在宿卫军当差，皇帝要是能赏赐他们个官职，奴婢就心满意足了。"

拓跋焘哈哈笑着："那好办。交宗爱去办，赏他们个虎贲校尉！"

常玉花急忙跪下谢恩。

拓跋焘逗着皇长孙玩。八个月大的孩子在拓跋焘的怀抱里咯咯笑着，咿咿呀呀地,用他白胖的泛着几个小窝的小手拍打着祖父的脸,在他的脸上乱戳着。

拓跋焘对冯媛说:"看朕这孙儿,相貌伟岸,聪明异常,将来一定是朕的好继承人。"冯媛扭头对陪同来的拓跋余说:"你可是听到你皇父的话了,将来可不要和你的侄儿争夺皇位啊。"

拓跋余是拓跋焘的二儿子,太子拓跋晃的二弟,右昭仪柔然闾氏的儿子,刚被封为吴王,还没有起程到封地,今天也随着拓跋焘前来紫薇宫看望拓跋濬。除了吴王,同时受封的还有越椒房生的晋王伏罗,舒椒房生的东平王翰,弗椒房生的临淮王谭,伏椒房生的楚王建。

吴王拓跋余笑着说:"怎么会呢?父皇选定的继承人,我当然要听从父皇的安排。"

冯媛笑着点头:"这就好,这就好。你们兄弟多人,你父皇最疼爱你,你可不要让他失望。"


太子拓跋晃在东宫里,与自己的亲信常侍仇尼道盛密谈。仇尼道盛是他从小一起长大的陪读,是他母舅的儿子。太子拓跋晃从来没有见过自己的母亲,对母舅非常依恋,对仇尼道盛十分喜爱,两人从小一起长大,无话不谈。

太子问:"道盛阿干(鲜卑话,哥哥),你说,我做了这监国,是不是该有自己的一班人马啊?"

仇尼道盛笑着说:"那是当然的了。太子殿下监国,当然得有自己的人马。现在朝中大臣多是皇帝陛下的老臣,老臣不如年轻人好用。老臣容易居功自傲,容易摆老资格,对毛头小伙不以为然。年轻人心思相同,容易互相理解,容易沟通。太子殿下身边要是有这么一些年轻人,我觉得对殿下监国有利。"

太子微笑:"阿干言之有理。阿干以为哪些人可用?"

仇尼道盛想了想:"侍郎任平城年轻一些,对殿下很忠诚,是一个可以信赖的人。"

"侍郎高允和司徒崔浩如何?"

"这两位老臣都很有谋略。不过,司徒崔浩恐怕难为太子殿下所用。他跟随皇帝陛下多年，皇帝十分倚重他，他也十分忠诚于皇帝。而且他自以为是三朝元老，脾气执拗，倔强得很，恐怕太子陛下难以驾驭。"

太子拓跋晃很赞同，连声说："是这样，是这样。我也有些觉察。我说的事情，司徒往往要与我争辩一番，叫我很费口舌。老人嘛，年纪比我大得多，不把年轻人放在眼里也是自然不过的。"

仇尼道盛继续说："高侍郎也是这样，年纪太大，难以沟通。所以，以微臣之见，还是要启用一些年轻人为好。殿下启用他们，他们自然会感恩戴德，感激不尽，会尽心尽力效忠殿下。"

拓跋晃点头，连声说："不错，不错，就依你们的建议，逐步提升一些年轻人进入朝廷，把他们放在我们身边，将来治国也方便一些。否则，满朝文武都是父皇的老臣，我怎么能够指挥得动呢？"

仇尼道盛连声附和。

乳母皇太后

# 第四章　父子之间

## 1. 太子雄心壮志监国　崔浩鞠躬尽瘁修史

　　东宫里,太子拓跋晃正在和他的辅宰崔浩以及侍郎高允商谈国事。自从监国以后,他感到自己肩上的担子重了许多,虽然才不过十四岁,可是,他已经肩负着决策魏国大事的重担,所以不敢放任自己,有时间就让辅宰崔浩和侍郎高允给他谈论国事、军事,讲述历史、兵法、天文、占卜。

　　崔浩和高允谈到汉朝历史,谈到汉武帝,谈到曹操,说起他们的治国雄才大略。拓跋晃激情满怀,说:"我将来也要成为汉武帝、曹操那样的伟大皇帝。"

　　崔浩和高允急忙祝贺:"太子殿下有这样的雄心壮志,大事可图。实属魏国臣民的大幸。"

　　拓跋晃说:"汉代久远,这大事小事都记得这样清楚。我们魏国建国不过几十年,却有些事情涣散不清。这是为什么?"

　　崔浩说:"这是因为我朝没有修史,中国从古代开始都非常重视修史的工作,史官秉实修书,甚至不惜牺牲性命,所以给后人留下一份完整的历史,让后人知道前朝历代的大事甚至小事。一个朝代不重视修史是很可惜的。我朝虽然设有太史令,但是太史令只凌乱记录一些事件,没有开始修国史。"

　　侍郎高允插话:"司徒崔大人说得十分中肯。修史是十分重要的国事。可惜我朝疆土这样广阔,人口如此众多,从开国到现在也已历道武帝、明元帝和皇帝三世,竟还没有开始认真的修史工作,到现在为止,我国还没有一

乳母皇太后

107

部像样的国史。将来时代久远，许多事情将会随时光流逝而散佚，开国老人故去，皇帝的丰功伟绩国家的盛世伟业都被遗忘，将是多大的遗憾和损失啊。司徒和我都希望太子殿下能够担当起这大任，在殿下手中完成魏国的修史工作，让魏史成就于殿下的手中。"

拓跋晃一跺脚："我批准你们修史的建议！你们立刻替我草拟一份修史的诏书，我们立刻开始修魏史！"

崔浩急忙劝慰："太子殿下不可过于着急。这修史是朝廷大事，必须有皇帝的批准方可开始。修史要涉及许多朝政大事，不得到皇帝的恩准是不行的。"

太子拓跋晃手一摆："没有什么关系吧？修史不过是照实直写，把我们建国到现在做过的事情记录下来，那有什么关系呢？何况，我是太子监国，这点权限父皇还是会给我的。你们就先起草诏书，等见到皇帝跟他说一下就行了。"

崔浩看看高允，高允点头："太子殿下说的也是。我来起草。"

这时，东宫的主事中常侍仇尼道盛前来报告，说皇帝到紫薇宫看望皇孙。太子拓跋晃急忙站了起来："走，我们也去紫薇宫，见见我父皇。把你们刚才所说的修史的建议说给父皇。"

拓跋晃拔脚往紫薇宫赶去。崔浩与高允急忙跟上，仇尼道盛也跟了去。

拓跋焘见太子也来了，逗弄着孙子："瞧你父亲也来看你了。我们这是父子三代的团聚了。"说完，高兴得哈哈大笑。

崔浩和高允跪拜了拓跋焘与左昭仪，退到一边。拓跋晃看了看儿子，摸了摸他的小脸，就急着把刚才说的事情说给拓跋焘："父皇，刚才崔司徒和高侍郎向我提了个建议，他们建议我朝开始修史。"

"修史？"拓跋焘睁大眼睛吃惊地问："修史干什么？"

拓跋晃把修史的意义说了一遍。拓跋焘把孙子递给乳母常玉花，自己坐到卧榻上，向冯媛招手："你过来。"冯媛坐到他旁边。皇帝问："你看我朝是不是需要修史呢？关于修史的事情，朕还从来没有想过。"

冯媛看了看崔浩和高允，他们正眼巴巴地看着她，目光里流露着期待。她想了想："修史是很重要的事情。每个朝代都有史官专门修史。汉代有司马迁写的《史记》，又有班固父子修《汉书》，这才使我们知道汉代的许多事情。我朝现在国家安定，是修史的时候了。再不修史，以后许多事情都散失了，各位皇帝的丰功伟绩都记载不下来，也就不能青史留名了。趁现在开国建国的老臣还健在，抓紧时间修一部我国的历史，是功在千秋利在万代的大事啊。"

拓跋焘点头："朕怎么就没有想到这件事呢？"他看了看崔浩，心想：你怎么不向我建议，用得着经过太子来说？想到这里，拓跋焘心里未免有点不快。

太子拓跋晃又说："要是父皇同意，我这里就起草下诏，开始修史。"

拓跋焘看了看太子，心想：你这小家伙急着修史干什么？急于青史留名吗？他淡淡地问："你准备叫谁来主持这修史工作呢？"

拓跋晃笑着指了指崔浩和高允："解铃还得系铃人。谁建议的，就让谁干呗。"

拓跋焘笑着："那好，你让他们拟写好诏书，不日以朕的名义下达。不过，他们两个开始修史，谁来辅佐你呢？他们都是你的辅宰。当年朕临朝听政做监国的时候，辅宰奚斤可是寸步不离跟着朕的。"

拓跋晃搔着头皮，为难地说："这我可没有想到。"

崔浩急忙上前说："皇帝和太子不必过虑，修史是一个长期的慢活儿，需要大批人员参加。我和侍郎高允会妥善安排人员，组织中书省里的博士秘书来具体撰写，我们负责总稿。这太子辅宰我们依然会尽心尽力，不会有所延误。"

拓跋焘点头，沉思了一下："我给东宫加几个辅宰，让宜都王穆寿、尖头奴古弼参与东宫太子政事。"

崔浩心里咯噔一声。这穆寿和古弼都是朝中鲜卑贵族，对汉人没有多少好感。今后与他们共事，恐怕凶多吉少。不过，以自己现在的地位，也没有什么可怕的，他还是要尽自己的能力辅助太子，让太子接受更多的自己的治国思想，让魏国渐渐能够分清种姓，慢慢摆脱落后野蛮的鲜卑习俗，越来越接受汉文明的教化。

不久，拓跋焘皇帝的诏书颁发。诏书说："昔皇祚之兴，世隆北土，积德累仁，多历年载，泽流苍生，义闻四海。我太祖道武皇帝，协顺天人，以征不服,应期拨乱,掩有区夏。太祖承统,光隆前绪,厘正刑典,大业惟新。然荒域之外,犹未宾服。此祖宗之遗志,而贻功于后也。朕以眇身,获奉宗庙,战战兢兢,如临渊海,惧不能负荷至重,继名丕烈。故即位之初,不遑宁处,扬威朔裔,扫定赫连。逮于神嘉,始命史职注集前功,以成一代之典。自尔已来,戎旗仍举,秦陇克定,徐兖无尘,平通寇于龙川,讨孽竖于凉城。岂朕一人获济于此,赖宗庙之灵,群公卿士宣力之效也。而史阙其职,篇籍不著,每惧斯事之坠焉。公德冠朝列,言为世范,小大之任,望君存之。命公留台,综理史务,述成此书,务从实录。"

于是崔浩监秘书事,以侍郎高允散骑侍郎张伟参与修史著作,崔浩折中润色和损益褒贬。


太子拓跋晃闲来无事,便带着司徒崔浩、侍郎高允,以及宜都王穆寿来紫薇宫看望儿子。

常玉花跪拜了太子,领着拓跋濬拜见他的父亲。三岁的拓跋濬看见父亲,就挣脱乳母常玉花的手,跟跄着脚步,一路高喊着阿爷阿爷,冲了过来。

拓跋晃张开两手,等儿子冲了过来,一把抱起儿子,旋转起来。拓跋濬在父亲的怀里高兴得咯咯直笑。

拓跋晃心里真高兴。儿子这么大了,自己已经有了接班人,拓跋魏国的继承制度已经确定,从曾祖父道武帝拓跋珪想把皇位传给祖父明元帝拓跋嗣开始,虽然付出了曾祖父的性命,但是毕竟已经打破了拓跋氏传统的兄弟相承和推举制度,开创了长子继承的制度,他的父亲顺利继承了祖父明元帝拓跋嗣的皇位,如今又让他监国,顺利继承皇位已经有了可靠的保障。将来,这魏国皇位就是眼前这小家伙拓跋濬的了。

拓跋晃摸着儿子拓跋濬的小手,亲吻着他柔嫩的脸蛋,心里幸福极了。

儿子拓跋濬对他甜甜地一笑。自己已经是有儿子的人了。拓跋晃自豪地想,自己今年已经16岁,经过几年的监国,对朝政大事也有了处理能力和经验,只是不知道父皇什么时候才能让自己总揽朝政大事。父亲拓跋焘虽然让他监国,可是也不过是为了锻炼治国能力而已,父皇完全没有把朝政交付他处理的想法。不过,他已经有了宏图大志。将来魏国要靠他治理,他一定要像曾祖父道武帝拓跋珪和父亲拓跋焘一样有作为。曾祖父创建了魏国,父亲统一了黄河以北的国土,把魏国从小小的代国变成一个统一的、和南边刘宋王朝相当的具有广大疆域的大国,它的中央直辖区,东到渤海和黄海西岸,西到天山山脉,西南到青海湖以东,南部西段到秦巴山,东段到长江,北起阿尔泰山与大兴安岭。还有更为广阔的臣属部族疆域,西到巴尔喀什湖和帕米尔,东到库页,北到北海,南到青藏。共有 113 州 12 个镇 527 个郡,1465 个县,人口 6918768,户口 1894247。[①] 这样一个大国,将来都要依靠他的领导,他一定不能辜负父祖的希望,要把祖辈开创的业绩、把拓跋氏的江山传下去。

太子拓跋晃雄心勃勃,壮志凌云。

"崔卿。"太子拓跋晃走出紫薇宫,对辅佐他的崔浩说:"你看,柔然近来是不是已经臣服了我们大魏?"

崔浩笑着:"柔然部落一直驰骋草原,经常掠夺其他部落以壮大自己。我看其狼子野心犹存,不过是由于皇帝采用了招抚的政策,派左昭仪的兄长冯朗出使,暂时收敛一下而已。在合适的时候,柔然还会骚扰我边陲的。"

拓跋晃点头:"我看也是。崔卿,是不是该发动对柔然的征讨了?"

崔浩摇头:"我看时候不到。皇帝陛下已经招抚,柔然暂时还没有什么举动,我们首先发动征讨有些言而无信。最好等有合适的理由再作举动。"

拓跋晃想:自己做监国已经有些时日,应该有所举动,以便在父皇面前显示出自己的雄才大略,给父皇露一手。否则,父皇永远都把自己看作长不大的孩子,什么时候才能独立治国呢?

太子拓跋晃监国以来,已经积累了治国的经验,也萌发了治国的野心。皇帝拓跋焘三十多岁,身体强健,等他退位把皇帝权力交给自己,还早得很,什么时候才能按照自己的治国思想和方针治理自己的国家呢? 拓跋晃经常这么想。

"崔卿,你看我的儿子已经这么大了,我还没有建功立业,真是愧对儿子啊!"

拓跋晃感叹着。

崔浩明白太子的心思,就劝说:"殿下不可过于责备自己,这建功立业的

---

① 以上数字来源:《北魏史》,杜士铎主编,山西高校联合出版社,第 184 页。

乳母皇太后

机会很快就在眼前。臣得到消息，柔然最近又在骚扰边界，征讨柔然的时机就快到了。"

拓跋晃把儿子拓跋濬抱在自己的腿上，抚摩着拓跋濬的小脸，问："小濬，你勇敢不勇敢啊？"

拓跋濬仰起小脸，红扑扑的小脸洋溢着天不怕地不怕的样子："勇敢！阿爷勇敢吗？"他反问。

拓跋晃刮着他的鼻子："阿爷当然勇敢了！阿爷很小的时候就跟着你皇祖父骑马打仗，将来还要领兵打仗，要消灭柔然，把柔然撵到远处去！"

常玉花恭立在一旁，注意听着他们父子说话。

拓跋晃问崔浩："崔卿，是不是该给他开蒙了？"

崔浩回答："臣正要向殿下启奏。三岁给皇子开蒙，虽然稍微早了一点，但是也未尝不可。臣建议可以给皇子开蒙了。另外，臣建议殿下设学馆以教授官员子弟礼仪，特别要学儒家的经典，这样才能保证我朝长治久安。"

宜都王穆寿不大高兴，上前一步，黑着脸反驳："崔司徒，这是什么话？难道我们鲜卑习俗就落后得要被消灭不成？你这汉人，未免太歧视我们鲜卑人了。"

崔浩急忙赔礼："宜都王误会了。崔浩不是这个意思。崔浩只是觉得，不管鲜卑人还是汉人，都要从小接受教育，这样才能使国家长治久安。恳请宜都王不要误会。"

太子拓跋晃笑着为崔浩说话："崔卿说得也是。朝中有些人还保持许多鲜卑习俗，不接受汉文明。我们应该从孩子抓起，让我们的孩子从小接受文明的影响。宜都王以为然否？"

穆寿不好反驳太子，阴沉着脸哼了一声，不再说什么。

仇尼道盛忍不住插嘴："宜都王所见甚是，鲜卑的习俗是一定不能丢失的！太子殿下，你说呢？"

太子拓跋晃不想在他们中间挑起争论，只是含糊地答应了一声，摇晃着怀抱里的儿子，继续问崔浩："崔卿，你兴办太学办学馆的事，要不要跟父皇商量？"

崔浩摇头："我已经跟皇帝建议过多次，可是皇帝总是顾左右而言他，所以，我斗胆请太子殿下同皇帝商讨。"

太子拓跋晃想了想：“这办学馆也不是什么大事，我来决定好了。我们就在宫城里办一个学馆，命令所有的大臣将军的子女入馆学习，由中书省博士来教。你看如何？”

崔浩喜不自禁：“那太好了。太子殿下干了一件功在千秋的大好事。”

穆寿哼了一声，嘟囔着：“我的儿子像我一样能干，我们不学也比别人强，学什么学？根本不用苦教苦学！”

拓跋晃笑着：“宜都王未免目光短浅一些，学习总归有大用处。你看，崔卿可以修史，你能修史吗？崔卿可以起草各种诏诰，你能吗？崔卿懂天文天象历法，你懂吗？崔卿懂礼仪修宫廷礼教，你行吗？别不服气。你儿子进了学馆，将来就是崔浩第二！”

穆寿还是嘟囔着：“我能打仗啊！他行吗？”

崔浩急忙赔笑说：“宜都王勇敢善战，韬略过人，崔浩自惭形秽，不敢与王爷相提并论！”

崔浩的这一番恭维话，叫穆寿的心里稍微舒服一些，他不再说什么。

“去找乳母吧。”太子拓跋晃把儿子交给常玉花，站了起来。“我们去礼佛吧。”他对高允和穆寿说。高允和穆寿都信佛道，常常带着太子去参禅礼佛。

崔浩信奉天师道，对佛教十分厌恶。他的夫人信奉佛教，他在家里经常呵斥他的夫人，甚至把夫人礼拜的佛祖画像撕毁，扔到茅厕里去。他只信奉道教，对道士寇谦之信奉得五体投地。

崔浩想：该是辞去太子辅宰的时候了。道不同不相与谋，他可不愿意辅佐这信奉佛教的太子，也不愿意和穆寿共事。

崔浩告别太子，去寇谦之主持建造的静轮宫与寇天师商讨皇帝到宫里道坛受符箓的事。


## 2. 主仆虔诚向佛　皇孙随意受教

常玉花和王遇带着拓跋濬到昭阳宫去找冯媛玩。太子拓跋晃佩服冯媛的学问，允许乳母带着拓跋濬去冯媛那里听她抚琴唱歌。

来到左昭仪宫，抱嶷和林金闾都高兴地迎了出来，抱嶷拉着拓跋濬去玩

113

"骑马"。抱嶷愿意当马让拓跋濬骑着在宫里爬,拓跋濬咯咯笑着跟着抱嶷走。

冯媛正在阅读佛经。

常玉花拜见了冯媛。"我今天听太子和崔司徒议论,要给小濬开蒙了。另外,崔司徒建议开设学馆,让朝中大臣的子弟都进学馆。"

冯媛高兴地说:"这可是个好建议。开设学馆,让鲜卑子弟都学点四书五经,受点教化,这拓跋贵族的许多陋习就可以克服了。"

常玉花翻看着冯媛的书:"昭仪娘娘近来又看什么书呢?"

冯媛笑了笑:"也没有看什么正经书。皇后要我打理后宫,忙乱了许多。后宫的琐事占用了一些时间,也没有正经读书了。今天闲暇,拿了本佛经,拿了本《史记》,随便翻翻。"

"佛经?这是谁写的?"

"这是来自凉州的玄高大师抄写的经文《十地经》,闲来无事,诵读诵读。"冯媛从小礼佛,乐浪人大多信奉佛教。

常玉花点头:"太子殿下十分敬重这玄高大师,我听说太子也诵读玄高大师抄写的经文。这经文讲什么呢?"

冯媛翻着经文:"这是鸠摩罗什翻译的《十地经》,讲菩萨修行成佛的十个阶段,每地都有具体的修行办法。"

常玉花说:"我从小跟着昭仪修行了一些,但是还很不够,以后还得多多修行才能进入另一地。什么时候才能修完十地成佛呢?"

冯媛笑着:"佛祖说,有意练功无意成功,孜孜追求成功就不能进入十地。你啊,还是想着好好练功修行,不要想着成佛。"

常玉花点头:"是啊。练功修行可真不容易。崔司徒对太子崇尚佛法很不以为然呢。"

冯媛点头:"我知道,崔司徒已经说服皇帝陛下信奉道教,现在,皇帝已经到静轮宫去参加寇谦之天师主持的道教仪式了,我真害怕以后发生什么大事。"

常玉花叹息:"皇上原本信奉佛教,如今叫崔司徒这么一折腾又改信道教,与皇太子的信仰不一致,真的不知会发生什么事情。昭仪,我们该如何是好呢?是随太子呢,还是随皇帝呢?我不知道今后怎样做,才能叫皇帝和太子都满意？现在拓跋濬随我参拜佛祖，我也不时教他拜佛，太子殿下很高兴，鼓励我继续教拓跋濬参拜佛祖。可是，以后惹皇帝不高兴咋办？"

左昭仪沉思着："这是个难题。他们父子信仰不一致，确实很叫人担忧。你夹在他们当中，委实有些不大好做。依我之见，拓跋濬还小，你也不要有意引导培养他的信仰，还是让他多玩耍多学习的好。不要让皇帝和太子觉得你在故意培养拓跋濬的信仰。"

常玉花拍着手："昭仪的话太好了。我就听昭仪的话。以后，我礼佛的时候，就让他自己去玩耍好了。至于太子如何引导他，那是太子自己的事情了。太子经常和大师玄高一起理论佛理，太子还来带拓跋濬去听呢。"

左昭仪笑了，拍着常玉花的肩头："那是他们父子的事情，别人管不了的。只要我们有自己的信仰就行了。"


常玉花带领拓跋濬回紫薇宫。常玉花把皇长孙交给王遇，让王遇领着玩。常玉花来到自己的禅堂，为佛祖上香，然后开始诵经。拓跋濬探头探脑，挣脱王遇的拉扯，要进来与常玉花亲热。

常玉花无奈，只好让拓跋濬进来。拓跋濬钻到常玉花的怀抱里，学着常玉花的样子盘腿坐下，双手合掌："奶娘，教我诵经吧。我们说甚呢？"

常玉花想起刚才与冯媛的谈话，哄拓跋濬："奶娘不会念经，你还是找你父亲教你吧。"

"不嘛，我就要奶娘教嘛！"拓跋濬哼哼唧唧，在她怀里扭过来扭过去，让常玉花不得安宁。

常玉花轻轻拧着拓跋濬的脸蛋："你这娃，真闹人！来吧，跟我念：南无阿弥陀佛。"

拓跋濬诵读了一遍，好奇地问："奶娘，这是甚意思啊？"

常玉花不想给他讲解。可是他又开始扭动开始哼唧，叫常玉花不得安宁。常玉花暗想：既然皇孙这么喜欢跟着她拜佛，何苦不趁势引导皇长孙的信仰呢？要是皇长孙与自己信仰一致，不就和自己更亲了吗？

干脆，偷偷引导皇长孙向佛算了，既然他的父亲就向佛，儿子继承父亲的信仰不是更好吗？

常玉花笑着，刮了拓跋濬的脸蛋一下："这是拜佛念的六字真言。念着他,佛祖就听到你的声音,菩萨就听到你的声音,他们就会保佑你,就会在你需要的时候帮助你。你记住,要学会念这六字真言。记住了没有?给我再念一遍。"

拓跋濬顽皮地笑着:"这么简单的六个字还记不住啊?奶娘,我念给你听。南无阿弥陀佛!对不对奶娘?"

"对,看我濬儿多聪明!"常玉花在拓跋濬脸上响亮地亲了一口。

### 3. 皇帝祭祖憎佛　太子作法祈福

太平真君五年(444年)正月,又过了一个太平年。正月里,平城张灯结彩,小孩子们换上新衣新帽,在大人的带领下到商业区逛。商业区设在城南不远,由商业区往南,弱柳荫街,丝杨被浦,长塘曲池,是良田沃土。

这一天,宫城里的全体皇室成员,在皇帝皇后太子的率领下,到太祖庙祭奠祖先。太祖庙建在东郊的苑囿。这里是一片冈阜,东面是汉高祖被匈奴围困的白登山,白登山周围15公里被辟为宽广的苑囿。太祖庙又称东庙,供奉拓跋珪的神主。拓跋皇室每年都要举行多次祭奠祖先的大祭活动。

浩浩荡荡的队伍在仪仗的导引下,在雄壮的西凉乐鼓声中出了宫城。廓城里很是热闹,街道上到处是人,在通往几个寺院的路上更是熙熙攘攘的人群。许多百姓到寺院上香,阻挡了皇帝的队伍。

皇帝坐在高车上,看着清道开路。人群过于拥挤,使开路清道的工作进行得很艰难很缓慢。拓跋焘看了看东方,太阳已经升了起来,他们还没有赶到太祖庙。拓跋焘未免心中恼怒。他传唤刘尼,命令他尽快开道。刘尼为难地说:"进香的百姓太多,他们阻塞了道路,开路困难。"

拓跋焘十分恼怒:"这样聚众还了得!百姓是最不能让他们团聚在一起的。一旦团聚,很容易受不法之徒的怂恿,许多乱事都是从聚众结社开始!"

司徒崔浩骑马赶了上来,皇帝拓跋焘指着熙熙攘攘的上香人群问:"崔卿,你看这该如何处置呢?这般众多的人群集结,可是好事?"

崔浩马上行礼:"回陛下的话。臣以为,人群集结,皆为不祥之兆。平城内应该保持秩序,人群集结,易于滋生蛊惑,蛊惑丛生,易于动乱。"

"你以为该如何处置?"拓跋焘紧皱眉头,追问。

崔浩拧着眉头，厌恶地看了看穿着各色皮衣的百姓："依臣之见，陛下要立刻禁止百姓拜佛参禅。许多惑乱都是从这佛教里生的。陛下明鉴，这今日拜佛的人众，极有可能是明日的惑乱之徒。陛下要防患于未然。"

太子拓跋晃骑马赶了上来。皇帝拓跋焘指着阻道的百姓，对太子说："你看这些人乱糟糟的，多容易滋生惑乱。朕要崔卿拟写诏书，禁止百姓礼佛！你看如何？"

太子拓跋晃急忙辩解："佛教于我魏国并没有什么大害。至于百姓礼佛，我觉得也不是什么坏事。他们礼佛就表示他们愿意修行自己，愿意从善，总比他们去聚众赌博斗殴为好。"

皇帝拓跋焘生气地一挥手："我知道你现在蓄养沙门，与和尚往来密切，已经大受和尚的蛊惑。朕主意已定，你不必多说！"

拓跋晃脸上讪讪的，很有些挂不住。当众遭拓跋焘训斥，心里十分恼火，一肚子恼火无处发泄，他狠狠地瞪了崔浩一眼，抖了抖马缰，退到拓跋焘的高车后面。

"该死的崔浩！明知道我礼佛参禅，却经常在皇帝面前说佛家坏话，鼓动皇帝信奉寇谦之的天师道！不知道他要干什么？是不是有意挑起我们父子不和？"拓跋晃暗自寻思。

队伍终于走出廓城来到太祖庙，祭拜拓跋珪。


拓跋焘回到宫城，就让崔浩拟写一道诏书，正月十五颁发，诏告全国："愚民无识，信惑妖孽，私养师巫，挟藏谶记、阴阳、图纬、方伎之书；又沙门之徒，假西戎虚诞，生致妖孽，非所以壹齐政化、布淳德于天下也。自王公以下至于庶人，有私养沙门、师巫及金银工巧之人在其家者，皆遣诣官曹，不得容匿。限今年二月十五日，过期不出，师巫、沙门身死，主人门诛！明相宣告，咸使闻知。"

诏令一下，平城里人心惶惶。许多蓄养沙门的王公大户交出私养的沙门，官曹把沙门集中起来，送到北苑的白登山里，让他们发掘煤炭，供宫中取暖。

太子拓跋晃很生气，又不知道该如何是好，他的宫里就蓄养着玄高和尚和慧崇和尚。

乳母皇太后

117

玄高和尚已经很有名,经常给太子拓跋晃讲述佛理佛法,给太子做祈祷法事。

太子拓跋晃忧心忡忡,走进佛堂。和尚玄高团坐在佛堂释迦牟尼像前诵经。太子拓跋晃向佛祖礼拜,玄高微微睁开双眼,注意观察了一下拓跋晃的脸色,慢慢地问:"太子殿下的脸色不大好,可有什么烦心的事情需要老衲帮助?"

拓跋晃也坐到蒲团上,与玄高面对面。"大师有所不知,父皇下了一道诏令,命令全国私养沙门的人交出沙门。看来皇帝是要与佛教彻底决裂了。"

玄高长叹一声:"皇帝全是被道士寇谦之和司徒崔浩迷惑,他怎么也不跟太子殿下商量呢?太子殿下不是已经监国了吗?"

太子拓跋晃冷笑一声:"我这监国不过是傀儡而已。皇帝根本就没有让我享有决策大事的权力。一切事情,还是他做主。就拿这一次的事情来说,父皇根本就没有把我放在眼里,明知道我信奉佛教,他却一声不吭,就下这样的诏令,不是要我难堪吗?我这监国的权力在哪里?还不如崔浩的权力大呢。"

说着,拓跋晃近来宠信的东宫内行长仇尼道盛和他的助手任平城走来,向太子报告外面的局势。仇尼道盛是慕容部的拓跋人,又是东宫太子母舅的儿子,比他大不了几岁,与他从小一起长大,现在正得太子的信任,做了东宫内行长。

"外面怎么样了?诏令下达以后百姓王公有什么反应?"太子拓跋晃着急地问。

仇尼道盛满脸焦灼不安:"回太子殿下。外面已经乱了。一些沙门正被集中起来,御林军正要把他们驱赶到白登山、武周山里挖掘山洞开采石墨(古人把煤炭叫作石墨)做苦力呢。"

"怎么会这样?怎么会这样?"拓跋晃自言自语:"难道就没有办法可想了吗?就没有办法挽回皇帝的心意了吗?"

玄高做了个佛家结定手印,十分镇定:"皇帝不过是受了道士寇谦之的蛊惑,一时糊涂罢了。让我在太子这里做法事,帮助解除皇帝所受的蛊惑,让皇帝以后能够听从太子的计议。"

乳母皇太后

"好，好，你就在东宫里做法事七七四十九天吧。不过，一定要保密，不能让父皇知道。"

拓跋焘在皇后赫连氏宫里过夜，夜里惊觉，梦见祖父和父亲都怒目盯着他，说："你何故听信谗言谋害太子呢？"

拓跋焘浑身颤抖，浑身冷汗淋漓，在床上抽动着，连声说："朕没有啊，朕没有谋害太子啊！"

皇后赫连氏推着拓跋焘："陛下，陛下。你怎么了？快醒醒！快醒醒！"

拓跋焘睁开蒙眬的睡眼，含混不清地问："怎么了？我？"他感觉自己还在发抖，浑身冷汗涔涔，好像被水洗过一样。

"陛下做噩梦了吗？"皇后赫连氏温柔地问。

拓跋焘这才回忆起刚才的梦境。祖父和父亲那满面怒容的样子犹如在眼前一样。这是怎么了？难道祖父和父亲恼怒自己对太子的不满了吗？可是自己并没有要加害太子啊。只不过是宗爱报告说太子近来私养沙门，而且在外面私占土地，私设仓库。不过是崔浩报告说太子信奉佛教。自己心里有些恼怒他而已，怎么能说自己要害太子呢？这是从何说起？

拓跋焘久久不能入睡。

皇后赫连氏柔声地劝说着："皇帝不如把皇位让给太子，自己做太上皇，朝政由太子总统，大事有太上皇做主，既清闲也不失去大权。这样，祖父和父亲就不会怪罪皇帝了！"

拓跋焘亲热地搂住赫连氏，连声夸赞着："皇后真聪明！这主意不错。当年先皇就是这么做的，把朝政大事交付朕，自己在后宫里享受寒食散给他带来的快乐。可惜这寒食散太伤身体。朕要是让太子总统朝政以后，朕可就偕你姊妹去阴山牛川行宫学习道教辟谷、交合等秘术以求长生不老，像汉武帝一样去炼仙丹修仙了。"

"那可不成。皇帝是不能离开皇宫的，否则，你怎么能够控制朝政呢？万一太子有了异心，皇帝如何是好？太子不是到现在还没有交出他私养的沙门吗？"

拓跋焘沉思默想，久久不能入睡。

"启奏皇帝陛下!"

拓跋焘坐在饭桌前正在进膳。拓跋焘生性简朴,早膳十分简单,不过是热奶一碗,煮熟的羊腿一块,另加几块黄米油炸糕。他手里抓着一块熟腿肉正吃得津津有味,嘴里发出吧唧吧唧的声音。

宗爱前来报告事情。

拓跋焘眼睛一瞪:"奴才,你就不能等朕用完早膳再来麻烦朕吗?连顿舒心饭也不让朕吃!"

宗爱急忙抽打自己的面颊:"奴才该死!奴才该死!奴才没有眼色!该把这眼睛剜去!"说着,又做出用指头去抠剜眼睛的样子。

拓跋焘笑了:"该死奴才!偏你乖巧!会哄朕欢喜!好了,不用演戏给朕看了!说吧,要报告什么事情?"

宗爱走上前,接过拓跋焘手里啃净了的羊腿骨,笑着:"还是等皇帝用膳之后再说吧。"说着,把擦手的面巾递了过来。

拓跋焘接过面巾,不满地瞥了宗爱一眼,一边擦着手上那腻腻的羊油,一边骂道:"你这奴才!既然已经破坏了朕用膳的情绪,有屁就快放吧,还吞吞吐吐作甚?莫非还想吊朕胃口不成?"

"不敢!不敢!奴才不敢!"宗爱凑到拓跋焘身边,帮拓跋焘擦着手上的羊油,一边小声说:"奴才刚才听太子东宫里的耳目报告,说沙门玄高近来一直在太子东宫里举行法事,为太子祈祷!"

拓跋焘腾地站起来:"有这事?他让和尚做法事?"

宗爱点头:"是的,绝对可靠!已经做了七七四十九天,昨天刚结束。"

拓跋焘惊诧得呆立在原地。

宗爱急忙轻声呼喊:"皇帝陛下!皇帝陛下!"

拓跋焘只是呆立,眼睛都直了。宗爱用手在拓跋焘面前小心地轻轻晃了晃,拓跋焘这才回过神。

"这鳖犊子!"拓跋焘轻声咒骂着。原来都是他在捣鬼!怨不得祖父父亲会发怒,会责备他害太子!一切都是他这儿子拓跋晃作怪!

宗爱扶着拓跋焘坐回座位。

拓跋焘思忖了许久。"去传司徒崔浩前来见朕!"拓跋焘命令一直躬立在旁边的宗爱。宗爱转身要离去,拓跋焘又嘱咐:"不要让别人知道!"

听说拓跋焘传唤，崔浩急忙动身，从自己在平城里的官邸出发，乘车进宫城。

来到下马处，崔浩下来，在太监的带领下步行进宫。崔浩自从辞了太子辅宰以后，主要精力都放在修史上。他每日都要监督审读博士秘书编写出来的魏国历史。

对于拓跋氏的历史，他一再强调要秉笔直书。是啊，史官若不能秉笔直书，这史官有什么价值？还修史作甚？

可是拓跋氏早期实在有些事情不适宜写出来。白纸黑字记录下来，会叫拓跋氏脸红的。博士秘书都很为难，可是崔浩坚决主张全部以事实为修史的准则，不允许史官修饰历史，修饰拓跋氏的过去。

修史正在紧张进行。崔浩几乎把精力都用到修史上来了。他已经很久没有去朝见皇帝了。自从他帮助皇帝决策了禁止私养沙门，王公贵族私养沙门的风气已经大有收敛，沙门也已经被集中到白登山武周山，平城里的沙门已经几近绝迹。他和天师寇谦之都很高兴。佛教绝迹，正是道教大发展的时候。寇天师眼下正积极活动在平城到处设坛，宣讲天师道，到处收弟子，听说天师道在这短短几个月里已经发展了几万道徒，真是空前兴隆。

皇帝拓跋焘在重华殿里等着接见他。崔浩走进来。

拓跋焘讲了太子的情况，并且讲了自己的梦境，要崔浩给他解梦，并且征询崔浩的意见。崔浩沉吟良久，最后，还是说出了心里话。

"太子是有些急于施展自己的抱负，老臣也知道东宫蓄养了一批忠于他的势力。不过，太子并没有异心，陛下不必疑虑。"

拓跋焘点头："崔卿懂占卜天象，你看最近天象可有不利于朕的吗？"

崔浩摇头："皇帝陛下不必疑虑，天象没有什么。陛下的梦虽然有些凶相，可是还不足以说明陛下近来有什么凶相。"崔浩缓缓地劝说。

拓跋焘还是不放心："朕的确梦见太祖太宗对朕怒目而视，眼睛都冒着血，朕心里十分不安！"

崔浩思忖：既然皇帝不安，就需要想一个能够解除皇帝不安的办法帮助皇帝安心。他沉思了许久，抬眼看着皇帝，小心翼翼地说："老臣提一个办法，不知道该不该说？"

拓跋焘急忙抓住崔浩的手："崔卿但说无妨，朕不会怪罪于你。"

乳母皇太后

崔浩小声说:"既然太子已经成年,也已经有了监国的经验,皇帝不妨就下诏让太子总统百揆,皇帝陛下安心做太上皇,然后告祭列祖列宗,让太祖太宗平复愤怒。"

拓跋焘点头:"看来只有这样了。太祖太宗的愤怒使朕不安,让朕食不甘味,寝不安睡。不过,朕还是不大放心,万一太子总统百揆以后心生异念,那如何是好?"

崔浩摇头:"老臣看不会。太子年纪还小,不会生异心的。高允与老臣关系甚好,他会经常提醒太子,给太子进谏,让太子殿下约束自己的行为。另外,臣以为,让太子总揆朝政,皇帝还是要紧紧抓着军队,一切军事活动还是由皇帝部署指挥。这样分工清楚,太子可以实现他治国的壮志,锻炼他的治国能力,皇帝也更有精力绥靖边疆国土,更利于国泰民安。"

拓跋焘点头:"不错。这主意好。"他又想起一件事:"你看,玄高和尚该如何处理?"

崔浩斩钉截铁地说:"那沙门玄高妖言迷惑太子殿下,还举行法事祸害皇帝,罪大恶极,罪不容赦!依老臣之见,要立刻带人包围太子东宫,捉拿妖僧玄高。不过,老臣以为,要同时下诏给太子,让他总统百揆,这样,就不至于引起太子殿下对捉拿玄高的反感。"

拓跋焘点头:"好,就这么决定下来!朕派使者去拜谒祖先石室,祭拜祖先,向祖先献牢告知此事。乌洛侯国遣使来朝献,说朕祖先北来以前居住的石室如故,那里的百姓常去祈请,很灵验。朕正好派使者诣石室,告祭天地,告祭皇祖先妣,取得皇祖先妣的保佑。"

"那敢情更好。"崔浩笑着。

## 4.派使鲜卑山大祭祖屋　让位皇太子总揆朝政

拓跋焘派使者中书侍郎李敞到鲜卑发源地祭拜祖先。

七月末,嘎仙山(大兴安岭)经过几场霜,层林尽染。阔叶的白桦林由嫩绿变成金黄,针叶的落叶松却依然古铜一般,林下低矮的榛子树已是一片紫红、黄色、绿色、红色,一层层装点着,层峦叠嶂。这里与草原一片枯黄的景色迥然不同,进入山林,景色一新。顺着坎坷不平的山麓,爬过一段不高的山岭,便看见另一条山沟,长满各种树木,高的,矮的,粗的,细的,老态龙钟的,生机勃勃的。沟里流着潺潺的清澈的溪水。向导说这叫嘎仙沟,潺潺的溪流叫嘎仙河。沿着嘎仙沟向北,拐了几个弯,一道巍然耸立的悬崖峭壁立在眼前。悬崖峭壁灰青色,有三百多丈长,三十多丈高,壁上怪石横生,松树白桦树林立,遮天蔽日。悬崖的下面,峭壁的中央,有一个巨大的三角形大石洞洞口。洞口黑森森的,长满灌木蔓草葛藤。山崖后面绵延的山岭上覆盖着幽深的森林,古木参天,横枝交错,遮天蔽日。地上堆积着几千年的落叶朽木,踏上去软绵绵的。一只体形巨大的黑熊慢腾腾地穿过森林,爬上山岭,它是下来到嘎仙沟饮水的。

当地的鲜卑向导带领李敞和他的随从,攀着乱石,爬上几丈高的陡坡,满头大汗,进入巨大的洞口。山洞朝南偏西,山洞朝东北方向延伸,与山脉走向一致。

洞内宏伟宽阔,穹顶浑然天成,有五六丈高,三十多丈长,可以容纳数千人。里面肃穆、威严,好像鲜卑的先人正睁大双眼在注视着前来朝拜祭祀的后代。

地面上堆积着黑色的灰烬,还有各种残破的陶具瓦罐,各种石簇、石刀、石斧。被火熏黑的用来支撑瓦罐的石头,好像先人正三五成群地围在一起说笑着分发食物。那里似乎笑声还依稀可闻,烤猎物的香味还飘荡在山洞里。

这里就是鲜卑祖先居住的地方,是他们向北行进前的老屋,叫嘎仙洞。当年这里居住着拓跋祖先,他们在这洞里繁衍生息,一代一代在这洞里居住打猎,然后,一个祖先带领鲜卑人走出山洞、山谷、山岭,逐步迁移,来到阴山附近的草原,逐渐分化为几个部落:慕容氏、宇文氏以及拓跋氏。拓跋氏在盛乐(现在的内蒙古和林一带)、牛川(现在的内蒙古武川一带)慢慢发展壮大。然后什翼犍在盛乐建立了代国,以后,太祖拓跋珪建立了魏国,迁都平城(现在山西大同一带)。

拓跋焘第一次派人来祭奠他们祖先的发源地。他要祭告天地祖先,以减少心中的恐惧。

李敞带领人们做了祭祀,点燃了香火,献上马、牛、羊三牲。

太阳已经偏西,强烈的午后阳光斜射进洞里,把山洞照得亮堂堂的。李

乳母皇太后

敌在山洞里四下寻找，洞里的石壁上青苔斑驳，有的地方流淌着小水细流，滴滴答答挂着水珠。石壁很平坦。"就在这里刻石记载这次祭祀。"李敞命令部下。

经过石匠整理，凿刻如下文字：

> 维太平真君四年，癸未岁，七月廿五日，天子臣焘，使谒者仆射库六官、中书侍郎李敞。天子焘谴敞等用骏足、一元大武敢诏告于皇天之灵：自启辟之初，佑我皇祖，于彼土田。历载亿年，聿来南迁。惟祖惟父，光宅中原。克翦凶丑，拓定四边。冲人篡业，德声弗彰。岂谓幽遐，稽首来望。具知旧庙，弗毁弗亡。悠悠之怀，希仰余光。王业之兴，起自皇祖。绵绵瓜瓞，时惟多祜。敢以丕功，配飨于天。子子孙孙，福禄永延。延荐于皇皇帝天、皇皇后土，以皇祖先可寒配、皇妣先可敦配，尚飨。

落款为"东作帅使念凿"。

李敞祭祀完毕，砍倒桦木立在洞口作栏，置牲醴而还。石室南距平城四千余里。

拓跋焘采用了崔浩的建议，于太平真君五年(444年)七月十五日处死和尚玄高，十一月发布诏书，诏书说："朕承祖宗重光之绪，恩阐洪基，恢隆万世。自经营天下，平暴除乱，扫清不顺，二十年矣。夫阴阳有往复，四时有代谢。授予任贤，所以休息；优隆功臣，式图长久，盖古今不易之令典也。其令皇太子副理万机，总统百揆。诸朕功臣，勤劳日久，皆当以爵归第，随时朝请，飨宴朕前，论道陈谟而已，不宜复烦以剧职。更举贤俊，以备百官。主者明为科制，以称朕心。"

拓跋焘让太子拓跋晃总统百揆，征古弼、张黎、崔浩、穆寿为东宫四辅。任命之前，拓跋焘特意召见立节将军、灵寿侯古弼。

"去传唤尖头佬。"拓跋焘对宗爱说。

宗爱笑着，急忙出去派太监去请古弼。古弼是代人，好读书，善骑射，太宗赐名为笔，嘉奖他品行直而有用于国，后改名为弼，寓意为国家辅弼。其实,朝中大臣都知道,取名为笔的另一个重要原因是他的头尖似笔。拓跋焘经常叫他笔头或尖头佬。他征讨燕国,因为醉酒让冯文通逃到高丽,拓跋焘大怒,罢去他的官职,让他做了广夏门卒,不过,不久就又让他做了侍中,与李顺出使凉州,拜安西将军。

"去请笔公来。"宗爱笑着对太监说,他可不敢以尖头佬称呼古弼。

不一会儿,古弼前来见拓跋焘。

"皇帝找我什么事情?"古弼一见宗爱,急忙先打听。

宗爱笑着:"肯定是好事。皇帝陛下称笔公为尖头佬,看来是好事。"

古弼安心了。他急忙整了整衣服,把百褶裤提了提,又找了块布擦了擦高勒皮靴,才雄赳赳地走进皇帝召见他的重华殿。

跪拜之后,拓跋焘让他坐到下手,向他交代了找他来的目的。拓跋焘语重心长地说:"笔公德高望重,为人持重,又多谋略。你打的那几场漂亮仗,朕依然历历在目。你为朕谋划,虽然有时叫朕生气,可是,你为社稷为国家着想的一片赤诚还是让朕感动。你确实是朕的股肱之臣,有臣如此,国之宝也。"

古弼诚惶诚恐,急忙起身下跪,请求皇帝的宽宥。古弼知道皇帝所说是哪件事情。那是去年皇帝举行大阅兵,将校到河西围猎,让古弼留守平城,皇帝下诏让古弼调肥马给参加阅兵围猎的士兵。古弼自作主张,私自调瘦马弱马给士兵。拓跋焘大怒:"尖头奴!敢这样作弄朕!朕返回平城,一定要先斩此奴!"古弼属下听说以后,一个个惊恐万分,都害怕被诛。古弼却说:"我以为侍奉皇帝没有让他畋猎尽兴的罪行并不算大,不过是小事一桩。而不备不虞,让戎寇恣意妄为侵犯国家,这罪才大呢。现在北方戎狄还没有完全消灭,南方还有敌人,还在窥视边境,所以选肥马装备军队,为的是备不虞。假如这样做对国家有利,我何避死乎?不过,明主可以明白我的良苦用心,即使问罪,也是我一个人的罪过,与尔等无干,尔等不必害怕!"拓跋焘归来听说以后,非但没有怪罪古弼,反赏赐他衣服一袭、马两匹、鹿十头。

古弼知道,还有一件事是让皇帝耿耿于怀的。皇帝车驾畋猎于山北,获麋鹿数千头,皇帝诏书给他让他发牛车五百乘前来运载。可是拓跋焘不久就后悔自己下的诏令,他对左右说:"笔公一定不肯给我发牛车,你们还是用马运吧。"果然,队伍行了百里遇到古弼派来的人,送来古弼的表,说:"今秋谷悬黄,麻菽布野,猪鹿窃食,鸟雁侵费,风波所耗,朝夕参倍,乞赐矜缓,使得收载。"拓跋焘哈哈大笑:"你们看,朕说得如何?这笔公啊!真乃忠直之士啊!"

拓跋焘双手扶着古弼:"笔公请起。今天朕叫你来,是要把一件大事托付于你。朕已经拟好诏书,准备在明年正月初一让太子总统百揆。太子年轻,虽然监国有年,有所锻炼,但朕毕竟还是不大放心。东宫人数不少,但是俊义不多,朕任命侍中、建兴公古弼你,侍中、中书监、宜都王穆寿,司徒、东郡公崔浩,侍中、广平公张黎四人作东宫辅宰,朕任命你为首辅,由你主理太子辅宰的事务。你办事朕放心。"

古弼又要起身下拜,被拓跋焘阻拦:"笔公不必多礼。你对朕的任命有何感想?请笔公如实讲来。"

古弼想了想:"太子东宫辅宰关系重大,老臣怕有辱皇帝陛下的重托。穆寿虽然耿直,但是与老臣关系亲密,张黎性格平和,他们二人老臣还可以驾驭。只是这司徒崔浩,脾气执拗,臣怕是难以与之共事。"

拓跋焘摇头:"笔公不必多虑。朕虽然也任命了他,不过,近来他的主要精力放在编修国史上,东宫辅宰挂名而已。他已经自己提出辞去东宫辅宰的职务以专心致志编修国史。朕答应他,不过为了更好辅助太子,还是让他挂名为好。"

古弼点头:"既然这样,老臣也就无话可说,只有鞠躬尽瘁,辅助太子治理好国家,以报皇帝陛下信任恩德!"

拓跋焘拉住古弼的手:"你要好好规劝辅佐太子,千万以国事为重,不要见利忘义。"

古弼感觉到皇帝有所指。当年,南秦王杨难当到阴山行宫归附,拓跋焘诏古弼,让他把杨难当的子弟都送到京师。但是,杨难当的小儿子文德用黄金四十斤贿赂古弼,古弼接受了贿金,私自留下文德,却又待他不好,让他偷偷跑到南边归附了刘义隆。皇帝听说了这件事,虽然很生气,但念他战功赫赫,又一直很正直,所以没有追究。

古弼唯唯诺诺,脸上却有些发烧,为自己当年的糊涂贪婪感到脸红。

拓跋焘安排了这一切,心下安宁了许多。祖宗不会怪罪于他了。以后,他这太上皇可是要歇息歇息了。不过,他立即否定了自己的想法。才三十多岁的他，正年富力强，怎么可以歇息呢？这么大的魏国，刚刚统一的魏国，百废待兴，还有许多大事需要他去完成！他不能不管，安定疆土，所有的军事行动还要由他部署筹划。这打仗的事情非他不可，嫩娃一样的太子拓跋晃还不能统兵打仗。

### 5. 拓跋焘平定叛乱巡长安　崔司徒建议毁佛禁佛教

拓跋焘在阴山北麓牛川行宫广德宫接见太子拓跋晃的使者。拓跋晃从平城派使者前来报告说长安又发生叛乱。拓跋焘勃然大怒："关中盖吴叛乱！奶奶的！是找死啊！这盖吴何许人？"

太子拓跋晃的使者说："古弼报告，说盖吴不过卢水胡人，一个小吏，因为关中大旱，民不聊生，所以揭竿而起，打出反魏的大旗。古弼的意见是，采用招安的办法。此等大事，还是请父皇定夺。"

拓跋焘起身，背着手在宫里走来走去，十分焦灼暴躁。太平真君六年这多半年来，他一直就没有歇息过。正月，车驾行幸定州，引见长老，体恤民情。二月，遂幸上党，观连理树于泫氏。西至吐京，讨伐叛胡。三月庚申，车驾刚还宫，酒泉公郝温反于杏城，杀守将王幡。县吏盖鲜率宗族讨温。温弃城走，自杀，家属伏诛。夏四月，吐谷浑慕利延于阴平白兰闹事，他派征西大将军、高凉王那等征讨。诏秦州刺史、天水公封敕文击慕利延兄子什归于枹罕，散骑常侍、成周公万度归乘传发凉州以西兵袭鄯善。为了更好打击吐谷浑，六月壬辰，他又北巡。什归闻军将至，弃城夜遁。八月，才算平息鄯善，执其王真达诣京师。接着，他车驾幸阴山之北，来到牛川行宫，次于广德宫，在这里进行每年一次的阴山却霜祭祖活动。同时，他诏发天下兵，三分取一，各当戒严，以待后命。徙诸种杂人五千余家于北边。令民北徙畜牧至广漠，以防蠕蠕。壬寅，高凉王那军到曼头城，慕利延驱其部落西渡流沙，那急追。故西秦王慕瑛世子被囊拒战，那击破之。被囊轻骑遁走，中山公杜丰精骑追之，度三危，至雪山，生擒慕利延重要将领被囊、什归等一行，送于京师。慕利延这才西入于阗国。

九月刚到，拓跋焘正准备车驾还平城，这里就来报关中盖吴叛乱。

一个盖吴闹事并不可怕，可怕的是引起一种连锁反应。要是各方都跟

127

着闹起事来,蠕蠕、沮渠余部也趁风扬沙,这局势就不好控制。

"崔司徒是何意见?"拓跋焘站住脚问。

太子拓跋晃的使者说:"崔司徒已经向太子监国递交了辞呈,辞去辅宰,专心修国史。"

拓跋焘点头:"他曾经也向我上表谈过此事,朕没有批准。太子为什么要批准呢?"

使者说:"据臣观察,太子殿下的辅宰古弼、穆寿与崔司徒不够和睦,他们说他故意与鲜卑人作对。故而太子殿下批准了他的辞呈,让他专心修国史。"

拓跋焘没有说话。沉思了一会儿,他招呼宗爱:"传旨,召见崔司徒,让崔司徒火速赶到阴山行宫。朕要问他对盖吴叛乱的意见。"

三天以后,崔浩赶到阴山牛川行宫广德宫。风尘仆仆的崔浩立即去拜见皇帝。

"关中盖吴闹事,司徒想必也听说了吧?"拓跋焘开门见山地问。

崔司徒已经满头白发,连髭须都白了。已经快七十岁的他,虽然精神还很矍铄,不过到底年岁不饶人,走路已经显露出一些老态龙钟的样子。

崔浩恭谨地回答:"老臣听说了,只是还没有认真考虑过。老臣近来忙于修史,对其他国事疏忽了,请陛下恕罪。"

拓跋焘说:"九月,卢水胡盖吴聚众反于杏城。十月,长安镇副将元纥正率众讨之,听说为吴所杀。吴党遂盛,民皆渡渭奔南山。崔卿,你看现在如何处置?"

崔浩顿首再拜:"回陛下,太子已经诏发高平敕勒骑赴长安,诏将军叔孙拔乘传领摄并、秦、雍兵屯渭北。同时,在高凉王那振旅还京师以后,立刻遣那及殿中尚书、安定公韩茂率骑屯兵阳平郡,发冀州民在津口造浮桥。太子殿下的这一系列安排部署必将阻遏盖吴,消灭盖吴指日可待。老臣的意思,还是请陛下还宫,陛下离开宫城时日太久。"

拓跋焘看了一眼崔浩:"为甚还宫?"

崔浩急忙辩解:"没有什么特别的原因,恳请皇帝陛下不要误会。陛下还宫以后,更利于指挥征讨盖吴。有陛下与太子殿下的戮力同心,平息盖吴即在眼前。另外老臣有表章要上奏皇帝陛下。"

"什么奏章?"拓跋焘问。

"关于彻底禁止沙门和佛教的表章。平城自皇帝出幸以后,佛教的势力又有所恢复,一些沙门又大肆活动起来,到处拉拢信徒,到处煽动演说。听说白登山还建立了几座浮屠。"

"太子难道不禁止吗?"拓跋焘有些不高兴,沉着脸问。

崔浩迟疑了一下,还是说出真相:"陛下知道,太子殿下一向亲近佛教,皇帝陛下不在宫城,太子殿下自然睁一只眼睛闭一只眼睛,听任沙门胡作非为。"

"岂有此理!"拓跋焘大怒。他思忖了一番,点头:"朕即日开拔,车驾还宫!"

拓跋焘车驾还宫以后,得到前方的奏报:盖吴遣其部落帅白广平向西抢掠了凉州新收复的一些地方,那些刚被安定的诸夷首领酋长都聚众响应盖吴,一时之间,一些叛乱军队杀汧城守将。盖吴于是进军李闰堡,分兵抢掠临、晋、巴东。太子派遣的将军章直与战,大败盖吴,盖吴兵溺死于河者三万余人。盖吴又遣兵西掠至长安,魏国将军叔孙拔与盖吴战于渭北,大破之,斩首三万余级。可是,河东蜀地又起了祸乱。蜀地一个首领薛永宗聚党盗官马数千匹,驱三千余人入汾曲,西通盖吴,受其位号。秦州刺史、金城公周鹿观率众讨之,不克而还。

拓跋焘立即诏殿中尚书、扶风公元处真,尚书、平阳公慕容嵩率领两万骑兵讨薛永宗;诏殿中尚书乙拔率五将三万骑讨盖吴,西平公寇提三将一万骑讨吴党白广平。这时,盖吴已经极度嚣张,自号天台王,署置百官。

拓跋焘愤怒了,他立刻选派六州兵勇猛者两万人,派永昌王仁、高凉王那分领,为二道,各一万骑,南北夹击,征讨盖吴。拓跋焘车驾亲自西巡,诏崔浩都督行台军事。

拓跋焘率领大军到了东雍。

戴着皮帽,穿着皮大氅的拓跋焘和崔浩骑在马上,遥望前方的阵地。前方筑起的坚固厚实的土围子里正是叛贼薛永宗的营地。营地外面还挖了壕堑,看来敌人是准备在这里坚守。

太平真君七年(446 年),正月的寒风一阵一阵吹来,把纛旗吹拂得呼啦呼啦直响,阵阵寒风打在脸上,把人脸颊、额头吹得如刀割一般疼痛。

拓跋焘勒马,手搭前额,观察敌人的阵地。看了一会儿,他转身问崔浩:"崔卿,叛贼如此嚣张,今日可击否?"

崔浩控制着坐下马,躬身回话:"回陛下话。臣以为,薛永宗不知陛下亲自来,人心安闲,现在又北风迅疾,应迅速出击,力求速战速决。若到明日,恐怕他见到官军强盛,会趁夜色逃遁。"

拓跋焘点头,立即命令发令官吹起冲锋的号角,牛角号呜呜吹响,牛皮大鼓被擂得震天响,大纛挥舞,魏军万马奔腾,冲到敌人阵地。战马越过土墙,越过壕堑。叛贼首领薛永宗没有料到魏军打来,并没有防备,在魏军猛烈的攻击下,叛军立刻被打得落花流水溃败逃窜。薛永宗率领着他的部下及家眷,拼命突围,跑出包围,纷纷落入汾水,被冻死、溺死。

拓跋焘乘胜追击,挥师渡渭水向长安进发。前驱前来报告,说盖吴叛贼驻扎在渭水北。拓跋焘军队赶到洛水桥,叛贼已经逃遁。拓跋焘问崔浩:"盖吴在长安北九十里,渭北地空,谷草不备。朕想渡渭南从南进军,崔卿以为如何?"

崔浩摇头:"老臣以为不妥,敌营离这里不过六十里,贼首盖吴所在。击蛇当须破头,头破则尾岂能复动? 老臣以为应该乘势先击盖吴。现在行军,一日便到。平吴之后,再回师长安,也不过一日而到。一日之内,没有什么损失。臣以为宜从北道。若从南道,盖吴会从容向北逃走,还是不能平复盖吴叛乱。"

拓跋焘摇头:"还是先进长安,安抚长安,盖吴贼就没有后方援助,不战自溃。命令军队渡渭河!"

拓跋焘的军队渡过渭水,盖吴的军队便散入北山,正如崔浩估计的那样,魏军没有什么收获。拓跋焘进入长安,长安街道两旁挤满欢迎的人。拓跋焘下车,握住前来欢迎的父老的双手,嘘寒问暖,令长安百姓欷歔感动。

拓跋焘率领御林军和崔浩视察长安。来到一个寺院,寺院的沙门都是一些很年轻的男人。拓跋焘觉得奇怪,这么年轻的男人出家,不事农桑,以请人布施为生,实在觉得可恶。他去年已经诏令平城公卿不得私养沙门,已经放还一大批和尚充实各苑,让他们蓄养牲畜,禁止他们不事农桑的白食生活。可这里还有这么多的沙门在寺院里过着不劳动的日子。

看来崔浩的建议是对的。沙门多,加重国家负担,同时还妖言惑众,扰乱视听。

这时,刘尼带着羽林散侍乙浑前来报告,说士兵在寺院里发现许多武器。拓跋焘前去观看,果然,在寺院的方丈里堆积着大量武器。

"这武器是干什么用的?"拓跋焘问跪在面前的沙门。这些慓悍的沙门,个个面目狰狞,根本不像出家人的样子。

"是不是帮助盖吴攻打官军的?"拓跋焘厉声问。

沙门都默不作声。一会儿,士兵来报告,说方丈屋里发现许多财物。

拓跋焘哈哈大笑:"说佛家子弟六根清净,不受身外之物所累,原来也私藏财物。真是虚伪之至!从实招来,这财物可是帮助盖吴起事的?"拓跋焘指着寺院方丈里堆积的绢绸玉器和金银厉声问方丈。方丈吞吞吐吐不肯说明。

"给朕打!看他说不说?"拓跋焘命令。

方丈浑身颤抖,跪下交代:"皇帝陛下息怒。这些财物不是寺院财物,是附近州牧官员收受的盖吴的赃物!官员藏在这里,准备盖吴攻下城池以后使用!"

拓跋焘愤怒了:"立即逮捕这些官员,就地诛杀,一个不留!"

这时,又一个虎贲跑来报告:"报告皇帝陛下,寺院里发现许多夹壁和秘密小房间,里面还关着些女子,说是被沙门掳到这里关闭,供沙门淫乐!"

拓跋焘咆哮起来:"奶奶的!什么出家人!完全一伙匪人!崔卿,你看,如何处置这些可恶的僧人?"

崔浩说:"臣还是上表时的看法:今遭陛下太平之世,须除伪存真。妖孽妖术,实属可恨!妖孽不除,国无宁日!应该杀天下沙门,毁佛像,烧佛经,断绝一切妖孽妖术!"

"立即就地正法!把所有沙门活埋!"拓跋焘愤怒地咆哮着:"烧掉寺庙!焚烧佛像!把这帮助盖吴的寺院给我彻底烧毁!立即下诏全国!在全国范围内禁绝一切佛事!"

## 6. 兄弟犯罪殃及池鱼　昭仪设法救助亲人

"不好了。"常玉花一进昭阳宫,就慌里慌张地对冯媛说。

"什么事情啊?这么慌张?"左昭仪放下桑皮纸书,微笑着问。这丫头,依然是风风火火的,还没有养成高贵典雅的气质。这是她力求要在拓跋焘皇宫的妃嫔里培养起来的气质。皇后赫连氏虽然对她有些嫉妒,倒还能容忍她,让她经常给椒房、贵人、夫人、妃子们讲礼仪。右昭仪也去听讲。可是,自己这陪嫁丫头还是没有养成她喜欢的做派和气质。

冯媛轻轻摇摇头,宽容地笑了。这丫头是江山易改,禀性难移,当了这么多年皇长孙的乳母,在宫里也算个有头有脸的人物,却还是这般做派。真是朽木不可雕也!冯媛又拿起书本看起来,不想搭理她。

玉花一把抓住冯媛的手,抢下她手中的书:"我的娘娘啊,大事不好了!你还有心读书啊!"常玉花只是大惊小怪地嚷嚷,却又不赶快说出什么事情。

冯媛慢慢地抬起眼睛,看着常玉花:"你不说,我怎么知道什么事情啊?"

"刚才皇太子去看小濬,与古弼和穆寿谈论着皇帝出兵蠕蠕的事情。听他们说,有两个带兵的将军逃到蠕蠕不归了。我听见古弼说出了两个名字,一个是封什么,另一个是冯邈将军!公主,你看,如何是好?"

冯媛一下子站了起来:"这下我们冯家都要受牵连了!这可如何是好?皇帝一定要追究大哥冯崇二哥冯朗的责任!这下完了!他们要满门抄斩了!"说着,冯媛流下泪水,她哽咽着:"虽然他们不是我同母的兄长,可毕竟是我同父的骨肉。我该怎么救他们呢?"

常玉花一边心疼地替左昭仪擦着泪水,一边说:"公主,现在你是救不了他们了!先救救你自己吧!千万不能让皇帝迁怒到你啊!"

左昭仪抽泣着:"父母死于高丽,我自己不能出一点力相助,如今自己的兄长大难临头,我还是只能坐视,束手无策,我还有什么用处啊?不如也让皇帝治罪算了!"左昭仪突然义愤填膺,左手握成拳头砸在右手心里。说着,眼泪又雨一般纷纷落下。

常玉花轻轻跺脚:"我的小祖宗!现在不是说气话的时候!不是赌气的时候!我们要赶快想个办法,能救几个冯家后人就先救几个!你这样赌气只能让冯家全体遭殃！你不可惜你那些无辜的侄儿侄女啊？"

一句话提醒了左昭仪。她急忙擦去眼泪，拉着常玉花坐到榻上："谢谢你提醒了我！来，我们商量商量，看怎么给我大哥二哥通个消息。"

常玉花抚摩着左昭仪的手，说："我刚才在来的路上就想出了办法。你大哥冯崇那里，路途太遥远，我看我们是没有办法救他全家了。你二哥冯朗那里，我看还是有办法的。"

"好玉花，你快说，有什么办法？能救几个算几个。"

"我一会儿就让王睹去找乙浑，他这校尉还是可以差遣士兵的。让他差遣一个士兵去长安报信，让你二哥赶快把他儿子冯熙放跑，找条生路。"

"好，就这么办。可是他还有个女儿呢，今年也五六岁了。她怎么办？"冯媛忧虑地自言自语。

"女孩子不要紧的。皇帝历来不杀妇女和女孩的，他一定会采用老办法，把罪人的家属迁徙到平城来，充当宫奴而已。可是，男孩子是要受腐刑的！你还是先救冯熙，然后等罪人家属迁到平城以后，我再想办法把侄女接进宫里。或者，等处罚了冯朗以后，我们再想办法请求皇帝允许把她接进宫里由你抚养。所以，公主，你当务之急是要讨皇帝的欢心，不要让冯邈的事影响了皇帝对你的感情。万一皇帝迁怒于你，我们可就全完了！"

冯媛点头。


永安宫的院子里，几棵石榴树绽放着鲜红的花，把碧绿的树叶映衬得更加碧绿可爱。皇帝拓跋焘正在院子里舞剑，一把银白的剑上下翻飞，一条条银白闪亮的光围绕着他，好似一条条银白的蛟龙围着他舞，令人眼花缭乱。

宗爱站在一旁，一边鼓掌，一边高声叫好。拓跋焘的剑术精湛，不但骑艺了得，马上倒立、站立、马肚藏身，左右翻上翻下，马上射箭，也不让虎贲高手，而且这剑术叫虎贲高手敬佩。一柄剑要得如蛟龙戏水，出神入化。

小黄门贾周进来报告宗爱，说昭阳宫左昭仪娘娘派常侍抱嶷前来见皇帝。

匈奴血统的宗爱不大喜欢这汉人左昭仪，脸一冷，小声呵斥："你没看见皇帝正舞剑吗？让他在外面等一会儿！"

"左昭仪？左昭仪有什么事情？"拓跋焘刚好收了剑式，隐约听到小黄门的话,走过来问。

小黄门急忙跪拜,把左昭仪常侍抱嶷要见皇帝的话重复了一遍。宗爱捧着面巾和托盘过来:"皇帝陛下请净面。"

拓跋焘接过宗爱递来的面巾,一边擦拭着脸上的汗水,一边对小黄门贾周说:"去传左昭仪常侍抱嶷来。"小黄门答应着,起身退去。

宗爱急忙劝说:"皇帝刚刚舞剑,已经疲劳,还是先进去歇息一下饮碗浆酪吧。"边说,他动手搀扶皇帝,想把皇帝搀扶到宫里去。拓跋焘甩开宗爱的手:"你先进去!"说着把面巾甩到他的手上,站在原地,等待抱嶷进来。

抱嶷进来,看见皇帝正在院子里站立,急忙跪拜。

"左昭仪派你来干什么?"拓跋焘问。

"左昭仪派奴家前来请皇帝陛下到昭阳宫去赏月。今儿是十五,月圆之时。左昭仪想与皇帝陛下月下抚琴唱歌,为皇帝解闷。"

拓跋焘一听放声大笑:"好!好!左昭仪往往有许多朕意想不到和没有玩过的新花样。走!朕现在就去她那里!"说着就往外走。

宗爱想拦都拦不住,急忙也抬脚要跟出去。拓跋焘却把手一摆:"你不用去了。就留在永安宫吧!"宗爱只好呆立在原地,看着皇帝跟着抱嶷走。


皇帝走进昭阳宫,大声呼喊着:"左昭仪,朕来了!"

冯媛急忙从宫里出来,趋步上前跪拜皇帝。她的身后跪了一片宫里的太监宫女虎贲。拓跋焘急忙扶起冯媛:"不必大礼,起来搀扶朕进宫吧。"

冯媛倩笑着,走上前,眼睛忽闪着,长而黑的睫毛上下扑扇,让一汪秋水般的深潭忽隐忽现,闪闪烁烁的,更加迷人。拓跋焘出神地望着冯媛,心想:这汉家女儿怎么这么迷人?虽然她不大笑,可是她身上有一种他说不上来的气韵,让她有一种朦胧的神秘的力量,吸引着他。

拓跋焘一把抓住冯媛的手,把它握在自己拉弓射箭长满老茧的手心里,轻轻摩挲着。冯媛也不躲闪,趁势把身子靠在拓跋焘的怀抱里,半搂半抱着拓跋焘走进宫里。

"皇帝,你看,谁在欢迎你?"冯媛拥着拓跋焘走进宫,在拓跋焘耳边娇喘。

冯媛嘴里温和的气息,甜甜的,香香的,涌进拓跋焘的鼻子里,叫拓跋焘的胸膛里涌出一阵激荡。他就势抱住冯媛,在她粉嫩的脸蛋上吧唧一下亲了一口。冯媛没有防备拓跋焘会来这么一手,一下子把粉脸羞得通红,好像一朵盛开的石榴花。"瞧你,皇帝陛下!"冯媛轻轻推了推拓跋焘,在他耳边娇喘,又一股甜甜香香的气息撩拨着拓跋焘的心。他正想再抱住冯媛亲吻一下。

"皇祖!皇祖!"一个娇嫩的声音喊着,抱住了拓跋焘的腿。拓跋焘低头一看,惊喜地喊:"小濬,你也来了!"他低下头,张开双臂,紧紧抱住扑上来的拓跋濬,把他抱了起来,在他的小脸上亲吻着。

冯媛搀扶着这抱在一起的祖孙二人,让他们坐到榻上。抱嶷、林金闾、王遇一起上前服侍,为皇帝抬来摆满各种小食的长几。

"小濬,你看左昭仪给你准备了这么多美食,你喜欢什么?"拓跋焘翻捡着各种小食。

"奴婢拜见皇帝陛下。"常玉花过来跪拜。

拓跋焘高兴:"今天朕是有好歌听了。你来了,就要和左昭仪一起唱几曲,叫朕听听。今天准备给朕唱什么曲啊?"

冯媛笑着:"妾身新近学了几首新曲,皇帝听听喜欢不喜欢。"

拓跋焘询问常玉花关于拓跋濬的开蒙情况。常玉花伶牙俐齿,竹筒倒豆子把拓跋濬开蒙的情况说了一遍。

"开蒙师傅是谁啊?"拓跋焘问冯媛。

冯媛回答:"是中书博士李孝伯。"

拓跋焘点头:"是个好师傅。李顺的侄儿,学问蛮大的。朕准备不久就启用他。他的谋略不亚于崔浩司徒。你要抓紧孩子的开蒙。"拓跋焘抚摩着冯媛的肩头,温柔地说:"我把皇长孙的教育培养交给你,你可不要辜负朕的期望。他的那些皇祖母都没有你的学问好,这重任只能交付于你,朕才放心。"

冯媛急忙起身跪拜:"感谢皇帝的信任!妾身一定不遗余力,为皇帝培养教育好皇长孙。妾身不能替皇帝出征打仗,不能为皇帝谋划安邦定国的方针策略,不能给皇帝出谋划策,只有在这件事情上可以尽绵薄之力,妾身怎么能不鞠躬尽瘁呢?"

拓跋焘连声说:"起来吧,起来吧。你的一片赤诚,朕深信不疑。"

这时，抱嶷进来报告，说月亮正在升起，赏月的一切已经布置停当。冯媛请皇帝移驾到昭阳宫的赏月轩。

赏月轩建在昭阳宫靠近鹿苑的一处高台上，高出宫殿许多，面对着鹿苑的一池清波，一片绿树，几处花圃。花圃里正姹紫嫣红，开放着美丽的牡丹、芍药、月季。月光下，已经淡淡的，颜色不甚分明。

天气很温暖，几乎没有一丝风。一轮明月又圆又大，正慢慢从东方天边涌出，把银白如雪的月光洒向平城。淡淡月光里，混合着馥郁的香气。

赏月轩里摆放了高桌高床，可坐可卧。拓跋焘拥抱着冯媛，常玉花牵着皇长孙，抱嶷、林金闾等人拿着轻裘斗篷，捧着琴床琴盒，来到这里。

冯媛搀扶着拓跋焘坐在镏金的龙床上，抱嶷把轻裘斗篷给皇帝和冯媛披上。拓跋濬喊着："我要坐到皇祖皇奶中间！"大家笑着，把拓跋濬安排到皇帝和冯媛的中间。他像个不安分的小狗一样，不断扭动着，摇晃着，说着笑着。

常玉花点燃了檀香，一股袅袅的青烟慢慢升起，檀香香气弥漫在夜空的月色和花香中间，沁人肺腑。

起伏蜿蜒的花墙外，伴着明亮的月色，在斑驳参差的树影里，突然升起了一阵清脆悠扬婉转的箫声，把银色的月光荡起一阵阵涟漪，慢慢扩散开来，传到赏月轩里。

冯媛起身，坐到焦尾琴床前，慢慢抚弄着琴弦，和着箫声弹起西凉乐曲。

这时，轩外月光如水，花香缥缈，箫声悠扬，琴曲荡漾。拓跋焘搂着爱孙，陶醉在箫声里。他半闭着双眼，随着琴箫的节拍，轻轻晃动着身体，一颗心好像被熨过似的，没有一处不舒坦，没有一个地方不轻松，那种美妙的感觉，是很少有过的。这种享受，是其他任何人不能给他的，皇后不行，右昭仪不行，那些椒房、贵人、妃子更不行。只有这左昭仪，才能叫他产生这么美妙的体验。

焦尾琴荡漾出一缕颤音，飘向远方。墙外的箫声在一阵抖颤之后骤然停歇。圆月升到中天，黑蓝色的天幕上闪烁着点点稀疏的星光，把平城笼罩在银色的柔和的月光下。昭阳宫外的鹿苑里，参差的树高高低低，在银色的洒满月光的地上投下一团团斑驳的影子。花香缥缈地传来。一只不知被什么惊起的鹊鸟喳喳叫着，飞向另外的树枝栖息。

从沉思中醒过来的拓跋焘赞不绝口:"太美妙了!太美妙了!"小拓跋濬也拍着巴掌,大声喊好。

墙外的鹿苑里传出清脆激越的琵琶,好似千军万马奔腾而来。婉转的箫声又起,它颤抖着,荡漾着,像平静湖面上一圈一圈扩散的涟漪传了过来。它悠扬绵长,如泣如诉,好似月下望月的佳人在遥望远方,期盼着前方的壮士;好像在向横刀跃马的壮士倾诉着自己的思念。

缓慢的轻柔的琴声响了起来,和着箫声,与琵琶对话,琵琶声也由激越变得轻柔了许多,好像是前方的壮士与佳人互诉衷肠。琴声和着箫声,呜呜咽咽。

这边,常玉花用低沉雄厚的女声慢慢地轻轻地用鲜卑语唱了起来:

敕勒川,阴山下,天似穹庐,笼盖四野。
天苍苍,野茫茫,风吹草低见牛羊。
遥相望,想故乡,念我娇妻想断肠。

抚琴的冯媛抬起头,一边抚琴一边用她甜美的柔婉清亮的歌喉婉转应和着:

敕勒川,阴山下,天似穹庐,笼盖四野。
天苍苍,野茫茫,风吹草低见牛羊。
遥相望,想故乡,念我壮士骋疆场。

接着,低沉雄浑的女声与冯媛的柔媚歌喉合唱:

天苍苍,野茫茫,风吹草低见牛羊,平城好风光。
好风光,美故乡,壮士佳人相会在故乡。

歌声拖着摇曳不定的长长的尾音,越来越小越来越弱,越来越远,慢慢消失在朦胧的月色里。

拓跋焘如醉如痴。

"打赏园外吹箫弹琵琶的人!"拓跋焘喊。

冯媛笑着,让抱嶷把吹箫弹琵琶的人领了过来,原来是林金闾和乙浑。拓跋焘问了他们的姓名和身份,高兴地说:"朕封林金闾为朕的中曹常侍,乙浑为侍御中散,随朕出行!御前护驾!"

林金闾和乙浑跪拜,感谢皇帝。

月亮已经升到中天偏西,夜已深沉。冯媛站了起来,走到皇帝身边,轻轻揽住皇帝的肩头,轻柔地说:"陛下,夜已深沉,请陛下回宫歇息吧。不知陛下可否赏脸,让妾身侍驾?"

拓跋焘喜出望外,一把抱住冯媛:"难得昭仪说出这话。朕虽然喜欢你,但是一直不想强迫你,昭仪那可怜楚楚的样子至今让朕觉得自己很野蛮。今晚昭仪有心,朕高兴极了。朕在昭阳宫过夜!"

常玉花抱起拓跋濬,他已经熟睡在拓跋焘的怀抱里。

冯媛拥着皇帝慢慢走进昭阳宫。


长安城里,漆黑的夜,冯朗府上已经关闭了厚厚的大红木门。府上两边的大红灯笼在漆黑的夜色里摇曳,发出暗淡的灯光,大大的"冯"字在灯笼上闪烁。

一个急使骑马进城,向刺史衙门急驰而来,来到冯府门前,滚鞍下马,咚咚擂响了冯家大门。

冯朗府上立即响起犬吠和开门的声音,房里亮起灯光。

急使拜见了冯朗,送上冯媛的急信。冯朗读了急信,一屁股跌坐在座位上,半天说不出话。急使急忙说:"冯刺史,请你赶快定夺。时间不等人。左昭仪让你立刻烧毁急信。小的这就赶回平城去了。"

冯朗把冯媛的信放在油灯上慢慢烧掉,来到卧室。王夫人正焦急等待着丈夫。"什么事情?半夜三更的?"

冯朗泪流满面,哽咽着几乎说不出话来。

夫人急忙替丈夫擦着眼泪,心里也慌作一团,浑身哆嗦起来。"到底发生了什么事?你倒是快说话啊?"

冯朗只是流泪,从箱笼里掏出几件衣服:"你快领着儿子女儿逃跑吧!"他终于说了话。

"为什么啊？你说清楚啊？"王夫人推搡着冯朗。

冯朗摇头："你快走吧，天亮就来不及了！皇帝的诏书天亮可能就来了，要满门抄斩了！冯邈滞留蠕蠕不归，皇太子的命令就要来了！你快带孩子逃条生路去吧！"冯朗抱着夫人大哭起来。大人也紧紧抱住丈夫号啕。

乳母过来询问发生了什么事情，夫人哭泣着："老爷，我不逃，我要和你死在一起。"

冯朗说："糊涂！你要救儿女啊。要给我们冯家留下一条根啊。孩子这么小，你不带着他们逃亡，他们如何能够生存下来啊？"

乳母吓得浑身哆嗦着，不知道如何是好。

王夫人断然说："我不逃！"说着，她扑通一下跪倒在乳母面前："奶娘！我和老爷求你了！赶快带着冯熙和冯燕逃生去吧。我把冯家的命根子交给你，希望你看在多年的情分上，照顾好我的儿子和女儿。"

乳母哭泣着："老爷夫人放心。老身一定会照顾好公子和小姐的。"

冯朗在旁边跺脚："快去叫醒冯熙，带冯熙逃走吧。冯燕就顾不了了。他姑妈说，女孩不过迁到宫城里去作杂役，她会想办法的。这男孩收宫以后要受宫刑的！让奶娘带冯熙逃走吧。"

冯朗急忙从箱笼里拿出一些银两、几件衣服，包到包袱里，递给奶娘："奶娘，这冯熙就交给你了。"说着抬脚来到冯熙的睡房，八岁的冯熙和六岁的妹妹冯燕还在酣睡中。冯朗和夫人摇着冯熙："熙儿，醒醒！醒醒！"冯熙终于醒了过来，他揉着蒙眬的睡眼，不高兴地嘟囔着，坐了起来。

奶娘急忙给他穿衣服。冯燕也被吵醒，她一骨碌翻身下地，扑到母亲怀里，吃惊地问："阿娘，阿娘，怎么了？"

王夫人把穿好衣服的冯熙紧紧抱在怀里，亲吻着冯熙的脸，号啕大哭起来。冯朗流着泪，对冯燕说："过去抱抱你哥哥，以后你就看不见他了。"自己说着，抽泣着，把冯熙从夫人怀里拉了过来，紧紧搂抱着，亲吻着他的脸颊。"熙儿，不要忘记你的父母妹妹。将来有一天能够回来，不要忘记给你阿爷和阿娘坟头上烧张纸。冯家就指望你给保留血脉了！"王夫人抱着冯燕，搂着冯朗冯熙，全家哭成一团。

奶娘在旁边催促着："老爷，夫人，天都快亮了。"

冯朗一把拉开夫人，拉起冯熙，对奶娘说："我们快走！我送你们出城！

乳母皇太后

139

要不就来不及了。"夫人哭泣说："老爷,你也跟着跑吧。"

冯朗摇头:"我是朝廷的要犯,能跑到哪里?我要是跑了,你们谁也别想活!还会连累左昭仪!我不能逃!"

冯朗让下人准备一辆干草车,把奶娘和冯熙安置在草里,盖好,选了几个士兵赶车出城,说是给城外的守军运送草料。冯朗把他们送到城门口,叫开门,让车子出了城。冯朗在城头目送牛车消失在晨光中,才离开城头回家,静等皇太子的诏书下达。

### 7. 抚养侄女含辛茹苦　无猜儿女日久生情

八月盛夏的一天,平城骄阳似火,宫里绿树如盖,昭阳宫的院子里,冯媛栽下的石榴、桃、李、海棠,如今已经果实累累,在茂盛的绿叶里,一个个沉甸甸的石榴咧开嘴嬉笑,海棠果红艳艳的,一簇一簇的,煞是好看。早熟的水蜜桃已经被摘得干干净净,送给各宫品尝。拓跋焘十分喜欢昭阳宫里的水蜜桃,抱着啃起来一连可以吃几个。

冯媛在树下绿荫里走来走去,焦急地等待着,心里很不安。这几个月,她一直生活在恐怖和焦虑中,担心着冯邈的事情会不会牵连到她。虽然有皇帝的宠幸,可是皇宫里人多嘴杂,多种势力交错,谁知道有没有人嫉妒她,想要害她,告发她?

冯邈的事情没有牵涉到冯媛,虽然皇后也在拓跋焘跟前吹风,说左昭仪是冯邈的妹妹,理应受到一些牵连。但是皇帝好像忘记了冯媛与冯邈的关系,根本不理睬她的叨咕。皇太子那里因为有儿子乳母的关系,也根本不提左昭仪。冯崇、冯朗兄弟二人以及他们的属下被处死,他们弟兄三人以及属下的家眷全部迁到平城充当奴隶,到宫里服苦役。

皇帝来昭阳宫品尝水蜜桃的时候,冯媛提起侄女的事情,说她有个侄女才六岁,希望皇帝开恩,让她把侄女收养到昭阳宫,与自己做伴。

拓跋焘嘴角流着水蜜桃甜蜜的汁液,大口啃着粉红的水蜜桃,含糊不清地说:"不就是一个乳臭未干的小毛丫头吗,你把她领来就领来吧。"冯媛感动地一下子跪倒在皇帝的脚前,流着泪感谢皇帝对她的大恩大德。冯媛的眼泪让拓跋焘无比感动。他杀人如麻,在马上砍掉多少人的脑袋,下令又砍掉多少人的脑袋,连眼睛都不眨一下,心都不会跳一下。可是冯媛为他大度地赦免一个小女孩感动得泪流满面。"看来,还是应该慈悲一些。"这念头竟闪过皇帝的心头。

得到皇帝的许可,冯媛立即派乙浑带人去长安接侄女冯燕来昭阳宫。

该回来了。冯媛在海棠树下踱来踱去,紧张地等待着派往长安的乙浑归来。

常玉花也来昭阳宫等待乙浑归来。她安慰着冯媛,劝她不要着急。

林金闾从宫外急匆匆进来。虽然皇帝已经封他为御前中曹的常侍,可是,因为没有得到宗爱的安置,他还是在昭阳宫里当差。"回来了!回来了!"他一进门就直嚷嚷。

"在哪里?"冯媛着急地询问。

"马上就到,马上就到。"

说话间,乙浑风尘仆仆地进来,后面跟着一个小姑娘。常玉花三步两步抢上前,拉住小姑娘的手:"你可是姓冯?"

乙浑笑了:"我从她母亲王氏的手里接过这小姑娘,难道还有错不成?"

常玉花白了乙浑一眼:"你那毛手毛脚的脾气,我放心不下。""你姓什么? 叫什么名字? 你的父亲叫什么?"常玉花一连串地问。

小姑娘大大的眼睛里流露着惊慌、恐惧。几个月来家庭的变故在她小小的心灵里留下很深的阴影。被关在长安监狱里的日子叫她惊恐万分。那么多的人哭喊着被活活拉开拖走,有的再也不见回来。男人、女人、大人、小孩,都被关在黑暗的木笼子里,老鼠在旁边跑,凄惨的呼号声不绝于耳。吃着带老鼠屎的小米饭,还吃不饱。经常遭受兵士的辱骂和殴打。这一切都是为什么呢? 她并不明白。

小姑娘惊恐地后退着,扑扇着大大的明亮的眼睛。眼睛里满是忧郁与恐惧。这忧郁的眼神注定一辈子都伴随她。

冯媛走了过来,微微责备着常玉花:"瞧你,把孩子都吓坏了。"说着,她蹲了下来,拉住小姑娘的手,轻声柔语地问:"你可是冯朗的女儿?"

女孩点头。

"你叫什么名字?"

"冯燕。"女孩怯生生地回答。

冯媛紧紧抱住女孩,抽泣起来:"小燕子,我是你姑母,以后就和我生活在一起了。"冯燕紧紧抱住冯媛,号啕大哭起来:"姑姑,姑姑,我可算找到你了!"冯媛和侄女冯燕抱头痛哭起来。

常玉花在旁边一边擦泪,一边说:"这可好了,这可好了。左昭仪有伴了。"

冯媛擦着眼泪,让常玉花奖赏了乙浑一匹最好的绢,一些银两,让他回去歇息。

"走了一个多月,快回去看看玉芝吧。她一定想你了。"冯媛笑着说。

抱嶷领着冯燕在昭阳宫院子里玩耍,他在教冯燕打陀螺。他已经十来年没有玩过这玩意了。打陀螺可是男孩子最喜欢玩的。但是,自小成为罪孥入宫,他就再没有可能去欢笑去玩耍。现在,昭阳宫来了这么一个小丫头,左昭仪让他与她玩耍,以帮助她忘掉几个月以来的可怕经历。可怜见的小丫头,小小年纪就失去父母,被关在牢狱里遭受可怕的折磨。夜里睡着睡着,她就会发出凄厉的尖叫,然后哭喊着醒来。抱嶷和林金间都喜爱她,也可怜她,只要他们有时间,都愿意陪她玩耍,想办法逗她高兴。

冯燕看着抱嶷把陀螺打得滴溜溜转个不停,高兴地拍手蹦跳着跟随旋转的陀螺跑。抱嶷用小鞭子抽打着陀螺,让它一直保持着平衡快速旋转。冯燕的眼睛已经流露出许多开朗幸福,但是在独自一人的时候,那种忧郁会悄悄地出现在她的眼睛里,并将伴随她的终身。

冯燕对抱嶷喊:"让我抽打一下。"

抱嶷把小鞭子交给冯燕。冯燕朝陀螺抽打一下,正打在旋转的陀螺的顶面上,陀螺歪了几歪,倒在地上,停止旋转。

冯燕气恼地把鞭子甩到地上,用脚踢着歪倒在地上的陀螺,发着脾气:"你坏! 你欺负我是女孩!"

抱嶷笑着,拉过冯燕的手:"过来,我教你打!"抱嶷拿起小鞭子和陀螺,一边示范一边给冯燕讲解:"你看,先把鞭子缠在陀螺上,小心放到地上。放开鞭子,让陀螺开始旋转,然后抽打陀螺,抽打旁边,不要抽打顶面。一抽打顶面,陀螺就跌倒了。你看,就这么抽!"

陀螺又在地上迅速地旋转着,把陀螺上面画的红绿白圆线旋转成美丽的叫人眼花缭乱的图案。

"让我来！让我来！"冯燕嫩声嫩气地喊着，笑着，从抱嶷手中接过小鞭子。她学着抱嶷的样子，抽打着陀螺的旁边。陀螺平稳地、飞快地旋转起来。

抱嶷拍手大声夸赞着："小燕子真聪明！"

冯燕满院子跑着，追逐着陀螺。

冯媛走出宫，站在檐下，看冯燕满院子欢笑着跑来跑去，自己也笑了。她自己没有孩子，她也不想生孩子，有了这小侄女，她感到高兴。今后，她要好好培养这小侄女，让她能够有个幸福的将来。

冯媛喊："小燕子，不要玩了。回来读书吧。"

冯燕很听话，一听姑母喊，就立刻把鞭子交给抱嶷："你抽吧，姑姑叫我读书呢。"她清脆地答应着："姑姑，我来了！"蹦跳着跑回宫前廊檐下，拉着姑姑的手。

"玩得高兴吗？"冯媛笑着问。

"高兴。姑姑，打陀螺可好玩了。姑姑会玩吗？"

冯媛苦笑着摇头："姑姑不会。姑姑小时候家里管得严，不让女孩子疯玩的。女孩子要在屋里学习写字读书刺绣做女红。"

"姑姑，什么叫女红啊？"冯燕仰着小脸，睁着明亮的、被长长的黑睫毛覆盖的大眼睛，好奇地问。冯燕原先蜡黄的小脸已经恢复了红晕，有了血色，显得白净和胖乎乎。小姑娘十分漂亮可爱。冯媛爱怜地想。这是他们冯家剩下的唯一血脉了。

"女红就是针线活。"冯媛亲昵地拍了冯燕的脸颊一下："像刺绣、缝衣服，都是女红。"

"我要不要学女红？"冯燕接着问。

"你要先学读书写字，女红以后再说吧。"冯媛拉起冯燕的手，往宫里走。她要担负起对侄女的教育。

"我不想学女红。"冯燕一边走一边说。

冯媛笑了："不想学就先不学。可是这读书、写字、计数是要学的，还要学好。听见没有？"冯媛用比较严厉的口气说。这侄女别看年纪小，脾气还挺大，要是不严厉管教她，她可能不听话。

"姑姑,听见了。"冯燕很懂事地回答。

冯媛拿出自己给冯燕写的认字卡片,这是她为冯燕认字写的。

"认这个字,这是人。"冯媛让冯燕跟自己读。读过几遍以后,她把毛笔递给她:"来,学着写。"冯燕拿起毛笔,一不小心,毛笔碰到自己脸上,脸上印了一大块黑墨。冯媛笑着,用帕子给她擦去:"小心点,不要把自己搞成大花脸。毛笔要拿稳,要握紧,对,就这么握笔。"

正说着,常玉花带着拓跋濬来昭阳宫串门。自从昭阳宫多了个小女孩冯燕,拓跋濬就不断闹着要让乳母常玉花带他到昭阳宫找冯燕玩。

拓跋濬跑了进来,冲到冯燕的书桌前:"冯燕,你干甚呢?"

冯燕笑着:"我学写字呢?你呢?你干什么呢?"

拓跋濬抢过冯燕手中的笔:"我们到院子里玩抖空竹,打陀螺吧。"

冯燕看了看姑姑,为难地对拓跋濬说:"姑姑让我写字呢。"

拓跋濬却闹着:"昭仪祖母,让冯燕去和我玩打陀螺吧。"

冯媛摇头,无可奈何地答应拓跋濬的请求:"去吧,玩一会儿就来学习啊。"

拓跋濬高兴地拉起冯燕就往院子里跑。抱嶷急忙跟了出去。

常玉花坐到小床上,一边绣花一边对左昭仪说:"你看他们年纪差不多,还挺投缘,将来要是能够让濬儿娶小燕,你这当姑姑的可是积大德了。"

冯媛摇头:"那可不行。他们辈分不对。冯燕高濬儿一辈的。"

常玉花不以为然地说:"什么辈分啊?那是我们汉人的讲究。鲜卑人可没有辈分这说法。要是皇帝允许,将来把冯燕配给皇长孙作妃,可是太好了。奴婢之见,昭仪要把冯燕培养好,让她知书达理,通古博今,会书计。"

冯媛默然,心里思忖着常玉花的话。她的话也许有道理。

常玉花继续叨咕:"我要经常带着小濬来这里玩,让他们培养培养感情。"

冯媛很受感动:"难得你这么一片心啊!幸亏有你们这么忠心对我,要不我这日子可真不知道如何打发。"说着,眼圈就有些发红。

常玉花放下绣品,起身倒了一杯茶给冯媛:"公主快别说这见外的话。我们不是靠昭仪的关照,在这宫里也真是不知道如何生活呢。"说到这里,常

乳母皇太后

玉花突然想起一件事。"对了。还有一件大事,我差点给忘了。长安来的罪孥已经到了,听说冯燕的母亲已经死在半路上。来的那些罪孥都是冯朗属下的家眷。有几个八九十来岁的男娃,已经受了宫刑,在蚕室里养着,这几日就要分给各宫。"

冯媛神色凄然:"可怜见的。能不能把他们都弄到我这里或者皇长孙宫里,我们也好照应照应他们。"

常玉花坐回去,继续绣花:"我看可以,我让王遇去办理。皇长孙宫里很需要人手的。皇长孙一天大似一天,需要的人手也多了。我先去向皇太子的仇尼道盛常侍报告一下,他会批准的。"

"你要抓紧去办,不要让宗爱给分配到其他宫里去。都是我二哥的属下家眷,可怜见的,我想尽力帮助帮助他们。"

"我懂。都是汉人,我也可怜他们。能帮就帮帮吧。佛祖教导我们慈悲为怀嘛。善有善报,修行十地,就是要多行善事嘛。"

"他们也玩够了吧? 该叫他们回来学习了。"冯媛说。


院子里,抱嶷和两个小家伙玩得正高兴。他在教他们抖空竹。空竹在绳子上来回抖动,发出好听的嗡嗡的声音,把拓跋濬高兴得手舞足蹈。

"让我玩一会儿。抱公公。"拓跋濬缠着抱嶷。

抱嶷故意逗引拓跋濬,自己抖着绳索,在院子里跑来跑去,就是不肯给拓跋濬玩。其实,这玩意拓跋濬玩不成,他个头太小,空竹绳子太长,拖在地上根本抖不起来。

冯燕在院子里练习打陀螺。现在她已经能自己缠绕陀螺,能够把陀螺放在地上让它开始旋转。林金闾在旁边指导着。

抱嶷不肯把空竹给拓跋濬抖,拓跋濬噘着嘴,生气地走到冯燕跟前。

"你怎么了? 生气了?"冯燕一脸懂事的小大人模样关心着拓跋濬。

拓跋濬气恼地指着正抖着空竹走过来的抱嶷:"他不给我玩。"

冯燕立刻把自己的小鞭子递给拓跋濬:"给你,玩打陀螺吧。"

拓跋濬高兴了:"你真好,小燕妹妹。"说着,接过小鞭子,高兴地抽打着陀螺,让它旋转得更加迅速。

抱嶷的空竹还在嗡嗡地响。冯燕对抱嶷说:"抱公公,小濬生气了。都怨你。”

抱嫘急忙收住空竹,对冯燕说:“你来玩。你来玩。”冯燕接过空竹,抱嫘把绳子弄短,让冯燕比画比画长短,就教冯燕:“把绳子抻直,这么一抻一松,空竹就在绳子上转动起来,就响了。对,抻,松,抻,松。”抱嫘教着,冯燕认真学着。不一会儿,空竹就可以在绳子上开始转,发出不甚响亮的嗡嗡声。

“这女娃真灵性。”抱嫘回过头,看着林金间说。

林金间点头微笑:“这女娃又漂亮又灵性,将来要成大事的。”他们意味深长地笑着。

“小燕,你姑姑叫你回去学习呢。小潛,我们也回去吧。”常玉花走到院子中间。

“不嘛,我要和冯燕一起学习。”拓跋潛哼唧说。

林金间笑着对常玉花说:“常大姐,你就让皇长孙和小燕一起学一会儿吧。”

常玉花爽快地说:“那也好。我反正也想多待一会儿。”

乳母皇太后

# 第五章　魏宫风云

## 1. 监国太子阳奉阴违　侍讲高允直言进谏

监国太子拓跋晃读着皇帝拓跋焘三月下的诏书,十分震惊:全国禁佛,焚烧佛像,坑杀沙门。父皇这是为什么呢?

古弼和穆寿十分恼怒,又十分着急,他们与太子一样,都是佛教信徒,家里都设有佛堂,每日参佛拜佛。从去年起皇帝下诏禁养沙门,可他们还是把府里的沙门偷偷转移出城,养在城外的坞堡里。原以为皇帝禁佛不过是一阵风,想着等风头过后,把沙门接回府里,继续礼佛。可是,眼下这么严厉的诏令叫他们六神无主。他们只好把沙门转移到远处的恒山、五台山,让他们在山里藏着。

"太子殿下,这可怎么好啊? 城里城外还有多少无辜的沙门啊? 要是把他们都坑杀了,该多可怜啊? 沙门何罪之有啊?"

太子拓跋晃满脸忧色:"是啊,这沙门并无罪过啊,怎么能全部坑杀呢? 父皇是受了什么蛊惑啊?"

"还不是那崔浩蛊惑的。听说又是他上表劝请皇帝继续禁佛的。这次他与皇帝出征西巡,肯定又是他在皇帝耳边鼓噪,皇帝才下这么大的决心禁佛。这崔浩,自己信奉天师道,鼓噪皇帝修建什么静轮宫,宫殿豪华,说要高达天宫,与天帝相接,已经建了这么多年,砖瓦不计其数,使用昂贵的琉璃瓦比皇宫还多,绿的、黄的、蓝的、红的,金光闪闪,比皇宫还气派,可是到现在还未完工。他这不是故意耗费国家财产吗？我真怀疑他用心不正！"

穆寿嘟囔着。

太子拓跋晃笑着："崔司徒的用心倒是不用怀疑。他是三朝元老，对魏国忠心耿耿，他的计谋帮助三代皇帝打了许多胜仗。他是魏国的功臣。不过，他这禁佛，实在叫人难以理解。"

古弼说："太子殿下不可不防崔浩。老臣听说，他主持修国史要秉笔直书，正在搜集前朝各种事端，听说把当年道武皇帝的一些事情都搜罗出来写进国史。甚至连早年的一些道听途说的事情也收到国史里。老臣也觉得他崔浩别有用心用修国史出我们鲜卑人的丑！"

"真有这事？你们派人去收集事实，如若果真如此，我们一定要严惩不贷！只要事实确凿，就是父皇也救不了他！父皇历来标榜自己赏罚分明，即使亲人犯罪也不宽贷。"

这时，仇尼道盛前来报告："太子殿下，侍郎高允求见。"

拓跋晃知道仇尼道盛有私事禀报，就让古弼与穆寿离开。古弼和穆寿告退以后，太子拓跋晃看着仇尼道盛，他这从小一起读书玩耍的伴侣，他最信任的中常侍："有什么事情报告？"

仇尼道盛上前，小声说："刚才苑囿来报，说苑囿修建宫室尚缺工匠、民役和黄金。他们要求太子予以调拨，否则工程有可能陷于停顿。万一皇帝知晓，诏令工程停止，我们可是前功尽弃啊。"

太子拓跋晃想了想："这没有问题，我会立刻诏告殿中尚书，让他调拨黄金民役去修建苑囿的。现在父皇在外都督军事，朝内行政由我总揽，这点权力我还是有的。"

仇尼道盛说："这臣就放心了。臣就害怕被皇帝知晓。"

太子拓跋晃点头："我也还是担心父皇知晓。他一贯勤俭，反对大兴宫室，我这么大兴宫室可是要惹他不高兴了。不过，我总揽国事，这么做没有什么，不过想壮我魏国行色而已。这么大个魏国，没有像样的苑囿和宫室怎么行呢？"

说到这里，太子拓跋晃想起刚才古弼的话题，他看着仇尼道盛俊俏的脸，说："道盛，刚才古弼阿干反映了崔浩修国史的一些情况，你要密切关注崔司徒的国史编纂，随时报告于我。"

仇尼道盛答应着，正要离去。太子拓跋晃顺便抚摩了道盛俊俏的脸庞一下，又问："道盛，等一下。仓库积累如何？"

仇尼道盛说："请太子殿下放心，仓库库存足以与皇帝仓储媲美，苑囿已经迁徙百姓牲畜上万，仓库已经积累了相当的绢帛粮食黄金和酒酿，石墨也积累了不少。"

拓跋晃笑了："这就好，我可以放心了。是不是高允求见？去叫他进来。"

侍郎高允与崔浩一起主持国史的编纂，同时，他还是东宫太子的侍讲，为太子讲解儒家经典。今天求见太子，他是想向太子进谏。

皇帝西巡，把朝政大事全交太子总揽。太子干练、果断，很有魄力，显示出治国的才干，高允心里喜欢。他虽然是汉人，但是在魏宫里为官多年，他已经把自己看作魏国的成员，忠心耿耿地为拓跋皇帝服务，不敢心存半点异心。但是，自从他听说一些太子的流言，便寝食不安，如骨鲠在喉，不叫不快。

儒风很浓的高允虽然也是鲜卑人打扮，穿着夹领左衽半短的袍子和百褶的灯笼裤，脚蹬鹿皮长靿高靴，头戴皮帽，但掩盖不了他儒家文化熏陶出来的儒雅俊朗。他脱帽向太子跪拜问好。拓跋晃让他起身。"侍郎起身，请问何事见我？"

高允站立起来，拓跋晃让他坐到自己面前的小胡床上。高允拜谢，坐了下来，看着太子："臣敢问太子，建苑囿的事情可否请皇帝批准？"

太子拓跋晃心里有些慌张：他怎么知道自己建苑囿的事呢？

太子镇静着自己，满不在乎地问："这件事干卿何事啊？"

高允抱拳作揖："太子饶恕。臣听闻朝中议论，说太子自建苑囿另设仓库搜罗民财，不知是否属实？臣希望这只是不实之言。"

太子沉默不语。高允掏出一张写好的黄纸，展开，读了起来："臣闻：天地无私，故能覆载；王者无私，故能包养。昔之明王，以至公宰物，故藏金于山，藏珠于渊，示天下以无私，训天下以至俭。故美声流溢，千载不衰。今殿下国之储贰，四海属心，言行举动，四方所则，而营立私田，蓄养鸡犬，乃至贩沽市廛，与民争利，议声流布，不可追掩。天下者，殿下之天下，富有四海，何求而不获,何欲而弗从?而必须与贩夫贩妇竞此尺寸小利呢?昔虢之将亡,神乃下降,赐之土田,卒丧其国。汉之灵帝,不修人君之中,好与宫人列肆贩卖,私立府库藏,以营小利,卒有颠覆倾乱之祸。前鉴若此,甚可畏惧。夫为人君者,必审于择人。故称知人则哲,惟帝难之。商书云,无迩小人。孔父有云,小人近之则不逊,远之则怨矣。武王爱周、邵、齐、毕,所以王天下。殷纣爱飞廉、恶来,所以丧其国。历观古今存亡之际,莫不由之。今东宫诚曰乏人,俊义不少。顷来侍御左右者,恐非在朝之选。故愿殿下少察愚言,斥出佞邪,亲近忠良,所在田园,分给贫下,畜产贩卖,以时收散。如此则休声日至,谤议可除。"读完,高允叩头再三,高声说:"请太子殿下三思三思再三思!"

太子拓跋晃早就听得心头火起,只是按捺着不好发火,见高允读完,就甩手回到宫后,把高允一个人晾在殿里。

高允站立起来,不见太子踪影,只好折叠起自己的表章,放进胸前,长叹一声,向上拜谢而去。

仇尼道盛送出高允,在高允身后狠狠唾了一口:"老迂腐,骂谁是佞邪!"

## 2. 崔浩修国史秉笔直书　皇帝巡北苑发现隐情

高允来到中书省,司徒崔浩正在与编修商量国史的编定。国史已经编定得差不多,崔浩正紧张地作总纂,写赞评。著作郎闵湛走了过来:"崔大人,这里涉及国朝旧事,不知如何措辞?"

崔浩头也不抬:"秉笔直书!"

闵湛犹豫,不肯离去,他小心地把纸张铺到崔浩面前的桌子上,指点说:"崔大人,你看,这里说到什翼犍娶献明皇后的故事。这恐怕不大好吧。公公娶儿媳,可是很难听的事啊。我们是不是要为国朝隐讳一下?"

崔浩抬起头,狠狠瞪了闵湛一眼:"你这是什么混账话?秉笔直书是史官的主要德行,不直书要什么史官啊?不直书还修什么国史啊?"说完又埋头写自己对国史所做的注疏和评赞。

"是,是,弟子明白了。"闵湛红着脸告退。

高允过来向崔浩行礼:"弟子拜见崔司徒。"高允非常尊敬崔浩,自称弟子,执弟子礼。

崔浩从书案上抬起头,高兴地对高允说:"高侍郎,我正好找你商量一些事情。刚才著作郎闵湛和郄标向我建议,说国史修好以后,应该勒石立于通衢,以宣扬国威与国主丰功伟绩。侍郎你看如何?"

高允谦卑地问:"司徒以为如何?"

高允知道,向崔浩提建议的这两个著作郎,太原的闵湛和邯郸的郄标,都是阿谀之徒,成天想方设法讨好崔浩,因为善于逢迎,很是讨崔浩欢心。他不好反驳这两个人的提议。

崔浩摇头:"我还没有什么主意。这国史尚未修好,所以这勒石也没有提到日程上来。不过,我觉得这建议也不错。颂扬国威和皇帝的丰功伟绩,也是我们修国史的原因之一。勒石树碑,扩大国史影响,亦无不可。侍郎意下如何?"

高允想了想,也点头:"也是,修国史就是要让国人知道国家历史。这勒石树碑,是扩大影响的办法。不过,这勒石的事情,依愚之所见,还是请示皇太子殿下为妥。"

崔浩不以为然:"这修史是皇帝托付于我的事情,皇帝已经让我全权负责。我看,请示皇太子大可不必。何况皇太子现在总揆一切朝政,哪有时间管这些小事?我们怕是见也见不着他。"

高允叹口长气,随口说:"可也是。皇太子总揆朝政大事,眼下又兼顾自己营造苑囿,积累财富,确实太忙。"

崔浩听到这里,心里一动:皇太子营造苑囿,他想干什么?皇帝知道这事吗?

崔浩停下笔,抬头,看着高允:"你说皇太子营造苑囿?皇帝知道吗?"

高允奇怪地反问:"这事你不知道?你不是太子的辅宰之一吗?这么重要的事情你不知道?"

崔浩略带不满:"皇太子殿下不把我这辅宰放在眼里。他只信任古弼和穆寿,大约因为我是汉人吧?我又反对佛教,这些都有些得罪太子殿下。"

高允有些忧虑:"司徒还是要交好太子殿下才好。"

正在闲谈,仇尼道盛来中书省传达太子殿下的诏令。崔浩、高允等一班人急忙起身迎接。

乳母皇太后

仇尼道盛看了崔浩一眼，盛气凌人地命令道："太子殿下让崔浩司徒接令！"崔浩急忙上前，双手接过太子的命令。命令上写着，让崔浩把新召来的冀、定、相、幽、并五州的士人先遣送回去，等以后有了空缺再行替补。

崔浩看着仇尼道盛，征询着问："老臣是应皇帝诏令从五州推荐了几个饱学之士，皇帝陛下已经答应老臣让他们接补为京畿郎吏。老臣已经知照他们，让他们留在京师以待任命。如今突然让他们回原籍，老臣觉得不大好说。敢问太子殿下是如何考虑的呢？"

仇尼道盛傲慢地扫了崔浩一眼，口气强硬："奴家只是传达太子的命令。至于原因，太子自有太子的考虑。如今是太子总揽朝政大事，太子自然可以处理这些士人！"

崔浩依然赔着笑脸："恳请仇尼公公给个解释，老臣也好跟那些士人说明原因。否则，恐怕他们有所误会，以为朝廷欺蒙于人。"

仇尼道盛瞪了崔浩一眼："太子说，要先召那些已经外放的郡县官员为郎吏，以新召者为替补，等有了空缺再行任命。做事总有个先来后到嘛。他们何德何能，竟然超越先来的人做郎吏？太子怕其中有隐情。会不会有什么徇私舞弊的地方？"说完抬脚就要走。

崔浩突然发怒，拉住仇尼道盛的衣袖："公公说话不可话中带刺。崔浩历三朝，侍奉太宗太祖，老臣一片忠心上可鉴天下可鉴地，老臣何曾徇私舞弊过？请公公给说个明白！"

仇尼道盛见崔浩发怒，心下也有些惊慌。崔浩在皇帝面前是说一不二的，皇帝对他基本是言听计从。今天自己得罪他，万一他在皇帝面前说他一句坏话，也够他喝上一壶了！

他急忙赔着笑脸："司徒不要生气。奴家不过传达太子的意见罢了。司徒要是有什么不明白的地方，请自己去见太子要解释。奴家告辞了！"

崔浩气得浑身哆嗦，抬脚就要去东宫见太子。高允急忙拉住崔浩："司徒大人还是缓行一步。小不忍乱大谋。太子既然命令已出，是决不会收回成命的。大人饱读史书，何曾见过高高在上的国君太子能够收回自己的成命的？大人此去只能更交恶太子。大人不如徐徐图之，等事情过去以后，再找皇帝想办法。"

崔浩缓缓点头："也是，还是等皇帝回来吧。太子如今年轻得势，不会听我们劝解的。对,你刚才所说,太子营造私田的事情,确是实情?"

高允苦笑:"弟子何曾说谎?弟子何敢在这么大的事情上说谎?弟子刚才已经向太子上过谏表,太子不听。"

崔浩陷入沉思。

高允推了一下崔浩:"大人,你看这里的注疏如何措辞好?我这样写是否妥当?"

崔浩惊醒过来,答非所问:"我看,要是勒石树碑,不妨现在开始。勒石需要很长时间的。"


拓跋焘在平城宫殿里与将军源贺商讨了一会儿军事。从盛乐归来,还不过半月,拓跋焘已经感觉无所事事,特意把源贺找来,分析了有关蠕蠕的动向,他才觉得心里舒服一些。在盛乐行宫,他却过得很快乐。

盛乐是拓跋珪建立魏国时最初的都城,拓跋珪建都城于平城以后,盛乐行宫依然保留。拓跋焘又大修了盛乐行宫,刚扩建的行宫落成时,时逢杨难当归附,拓跋焘就把盛乐行宫起名为广德宫,成为他巡幸北方在北方进行军事活动时的驻地。与牛川行宫一样,广德宫修建得气派豪华,同时,与牛川一样,成为拓跋氏祭祖、祭拜天地神灵和避暑的重要场所。

拓跋焘在盛乐发动几次攻击蠕蠕的战役,打败不甘心失败的蠕蠕,最后一次大败蠕蠕,蠕蠕可汗不得不率领蠕蠕部落向北迁徙,远遁漠北,不敢再骚扰魏境。在盛乐,他有仗打,有马骑,可以狩猎,可以跑马。

拓跋焘从盛乐行宫归来,在宫里过了几天平静日子,又想念马背上的生活。

"你看,朕都要闲出病来了。"拓跋焘对源贺诉苦。

源贺笑了:"陛下可以巡幸北苑,到那里猎鹿啊!"

"对!去北苑猎鹿!""宗爱!"拓跋焘高兴得站了起来,大声喊。宗爱从外面一路小跑,跑到皇帝面前。

"宗爱!去见皇太子,说朕要巡幸北苑,让他及早安排!"


宗爱带着太监小黄门贾周向太子传达皇帝的诏令,一进东宫,只见仇尼道盛正在与任平城嘀咕什么。宗爱咳嗽了一声。仇尼道盛见是宗爱,忙过

乳母皇太后

来拜见。

宗爱微笑着开玩笑："仇尼常侍与任侍郎在嘀咕什么啊？可是谋反吗？"

仇尼道盛立刻变了脸色，正色呵斥宗爱："宗常侍这是什么话说的？我们一起说话，怎么就是谋反？这话要是传到皇帝耳朵里，还有我们的活路吗？宗常侍不可这么害人！"

宗爱面红耳赤，他从来没有遇到这么激烈的反对。他有些恼羞成怒，不过还是强忍着自己的恼怒，讪笑着解释："仇尼常侍不要误会，奴家不过是随便开开玩笑，不要当真！不要当真！"

仇尼道盛仗恃着自己是东宫太子的心腹，太子如今又总揽百务，未免狗仗人势，不可一世起来，他得理不让人，还是厉声呵斥宗爱："宗常侍不要这么歹毒，非要把我们置于死地不可。我们可不是后宫小黄门，任宗常侍宰割！"

俗话说，打人莫打脸，揭人莫揭短。早年间，宗爱还是一个小黄门的时候，曾被当时的中常侍害得几乎丢失了性命，幸亏东宫太子为他说了好话，才保住了他的性命。

宗爱面红耳赤，瞠目结舌，半天说不出话来。他正待发作，贾周扯了扯他的百褶裤："常侍，我们去见太子吧。皇帝陛下等着我们回复呢。"

宗爱回过神来，尴尬地笑了笑："请常侍去通报太子殿下，宗爱要面见太子殿下，传皇帝的诏令。"

仇尼道盛这才瞪了宗爱一眼，进东宫的重华殿通报太子。

太子急忙升殿见宗爱。宗爱把拓跋焘准备到北苑围猎的诏令传达一遍。拓跋晃询问了皇帝想出行的日期，答应及早安排。

"你给我小心打探着，我看这东宫和仇尼道盛、任平城一定有什么秘密隐瞒，不然他们不会这么恼怒生气！有什么消息早来报告！"宗爱走出重华殿，对贾周说。然后狠狠地唾了一口："仇尼道盛！你别太神气了！出水才看两腿泥！我一定要你知道马王爷有几只眼！我们走着瞧！"

俗话说，小人不可得罪，如今两个小人遇到一起，互相得罪，可是要搅得大家没有宁日了。


到北苑去围猎的拓跋焘在护卫下，前边由仪仗队高举旗幡瓜伞戈戟枪，后面是骑马护卫,扛枪荷戟,浩浩荡荡上路。宽阔土路两边的杨树已经落叶,金黄色的落叶铺在路上,队伍过去,发出沙沙的声音。杨树向上的枝桠插向蓝天。远处,深黄、浅黄、深绿、浅绿、深红、浅红,一片一片,把白登山渲染得美丽无比。金秋的白登山像绚烂的水彩画。黄的杨树桦树,绿的松树柏树,红的枫树栎树,各自呈现出不同的色彩,装点着平城郊外。

今天,天高气爽,蓝湛湛的天空上只有几朵淡淡的白云,拖着长长的似有似无的尾巴飘荡。广阔的田野上,金黄的秫米低垂着饱满的穗子,沉甸甸的。苞谷地里,苞谷已经成熟,半尺多长的苞谷穗咧开嘴露出金黄的苞谷,颗颗粒饱个大。农人在田地里忙活,收割着庄稼。魏国京畿附近,经过多年的"离散诸部、劝课农桑""各给耕牛,计口授田",安居乐业的农人显出一些富庶。

队伍来到开阔的地方。听说皇帝出巡,农民都来到道路两旁,争着欢迎皇帝。御林军紧张地驱赶着农人,不让他们太接近皇帝的车骑。

拓跋焘心情好。这么好的天气,这么好的收成,这么多欢迎他的农人,他想下来与民同乐。他命令队伍停下,下了车。宗爱以及刘尼、侍卫散骑将军都急忙前来护驾。

拓跋焘走到田头。田头立着木牌,木牌上写着土地主人的姓名。"这是干什么?"拓跋焘指着田头的木牌问殿中尚书长孙渴侯。

太子拓跋晃走了过来,他回答:"回父皇,这是儿臣想出的发展农业的办法。让农人互相竞赛,看谁家庄稼长得好,将来有奖。"

"哦?"拓跋焘诧异地看着儿子:"这倒是个办法。效果如何?"

拓跋晃很有些得意:"回父皇。效果还是很不错的。农人种地的积极性高了起来。大家都争着要把庄稼种好,怕别人看到田头的姓名笑话他不会种地。"

拓跋焘看了拓跋晃一眼,微笑着。这时,一个坞堡主正在和御林军撕扯,他想冲破拦阻冲过来,高喊:"皇帝陛下,我有话说!皇帝陛下,我有话说!"

拓跋焘对宗爱说:"让他过来。"宗爱过去把他带了过来。

坞堡主扑通跪倒在拓跋焘面前:"皇帝陛下!自从采用人牛力相贸的办法以来,我这坞堡主麻烦事太多了。有牛的人家和无牛的人家净发生冲突!

有牛的人家说他给无牛的人家耕地22亩吃亏了。无牛的人家又说给有牛的人家锄田7亩太多，他们负担不了。皇帝陛下，我看，还是让他们自己顾自己吧，不要让他们换工了。"

拓跋焘看着太子拓跋晃："这又是怎么回事？什么叫人牛力互贸？"

拓跋晃笑着说："这也是我实施的一种促进农业的新办法，就是让有牛的人家给没有牛的人家耕田22亩，而没有牛的人家要给有牛人家锄田7亩，对于那些无牛的老幼之家，给有牛人家锄田2亩，这样，互惠互利，互相扶助，克服牛力、人力不足影响种地的弊端。"

拓跋焘微笑着："听起来这办法不错嘛？他们告状为甚？"

太子拓跋晃有些生气："人就这样，总觉得自己给别人的多，得到的回报少，老觉得自己吃亏了。所有的冲突从这里起来。不过，这个坞堡主大约是最无能的。他管不了自己的农户，所以才来告状。别的坞堡就没有这事情。都说这办法好，促进了农业。坞堡的收成明显增加了。"

拓跋焘点头，挥手对那坞堡主说："朕知道了。你走吧。"那坞堡主还要想说什么，被乙浑和侍卫拉了下去。

拓跋焘看着田地里沉甸甸的谷穗，很是高兴。他掐了一个金黄的秫米谷穗，搓出金黄的米粒赏玩着。米粒饱满，圆圆的，散发着米香。拓跋焘拈几粒放进嘴里品尝着。太子拓跋晃也从田地里掐了一穗，拿在手里甩来甩去。

拓跋焘沿着田垄走了一会儿，赏玩着丰收的好景象。突然，他看到几条大路的交叉口树立起一个高大的石碑，他指着石碑问："那又是干什么的？"大家都说不知道。

"过去看看。"拓跋焘命令宗爱。

宗爱跑步过去，一会儿又跑了回来："报告陛下，这是附近几个坞堡主为太子歌功颂德树立的功德碑。"

功德碑？拓跋焘脸色有些阴沉。

太子拓跋晃急忙说："荒唐！这是谁干的？怎么没有人向我报告？"

仇尼道盛急忙上前解释："奴家也不知情。只是听说司徒崔浩要树碑。会不会是崔司徒搞的？"

拓跋焘一言不发，冷着脸登上车。队伍继续向北苑进发。

一片高大巍峨的宫殿出现在北苑一角。"这是甚宫殿？甚时候建的？"拓跋焘遥望着远处那片宫殿，吃惊地问。宫殿黄绿色的琉璃瓦在阳光下闪闪烁烁，发出耀眼的光芒。宫殿飞檐斗拱，钩心斗角，很是壮观。

宗爱急忙回答："这是太子殿下新建的人极宫，做太子围猎的行宫。"

拓跋焘心中一惊。

太子拓跋晃急忙上前："父皇，儿臣正要向你报告。这是儿臣新建的太极宫，准备给父皇做到北苑围猎的行宫。请父皇幸临。"

"是吗？为甚没有听你报告过？"拓跋焘不大高兴。"国家尚未完全安定，朕尚且驰骋疆场，在边境厮杀奋战，为的是保国家疆土平安。让你监国，负责朝政大事，你不想着发展生产，富国强兵，却大兴土木，耗费国力！"

拓跋焘脸色更加阴沉。"过去看看！"

队伍向新建的宫殿开去。红墙高耸，厚实的大门钉着金灿灿的铜钉，门前白色的高大石麒麟张牙舞爪蹲踞着，雕刻得精致。宫殿兴建得很气派，汉白玉的栏杆底座，黄色琉璃瓦覆盖，绿色琉璃瓦镶边，雕刻精细的窗棂门扇，漆得油光发亮。这行宫的气派，不亚于宫城皇宫。

宫殿还没有正式完工。一些工匠还在忙碌。

拓跋焘下了高车，走进宫殿。

坐南朝北的正殿，修得如皇宫里的太极殿永安殿一样，而且比永安殿要高大许多。殿里安放皇帝龙床的基座全是白玉石砌成，比永安殿的基座更加高大宽阔。工匠正在安放龙床。龙床全部包着黄金，金光灿灿，耀人眼目。

拓跋焘拂袖而出。"回宫！"


### 3. 修国史皇太子怪罪　书事实崔司徒惹祸


拓跋焘回宫以后，立即召见司徒崔浩。

崔浩急急去见皇帝。

"崔卿，禁佛的事情在京畿落实得如何？"拓跋焘询问崔浩。

崔浩近来正加快修史工作。国史编纂已近尾声，勒石也快接近完成，石碑绝大多数已经刻写完毕，只等着树立到通衢大道旁边，昭示百姓，为国家歌功颂德，为君主树碑立传。这项浩大的工程完成以后，他崔浩就要告老还乡好好颐养天年了。他的家产万贯，坞堡有十几个，田地几千亩，附属他的农户和奴隶几万。他要好好享受晚年生活了。

崔浩拜见皇帝，回答问题："老臣回京以来，稍微询问了一下，京畿地区禁佛遭到抵制。听说皇帝的诏书没有及时传达，被太子拖延了许多日子，致使许多沙门得以从容逃匿，有的逃到南方，有的逃回北方，有的躲进深山，佛像经书也被藏匿起来，北苑白登山的石雕佛像还是没有动，连浮屠都没有拆毁。因为太子在那里建造宫殿。"

"建造宫殿是怎么回事？"拓跋焘沉着脸继续问。

崔浩想了想说："建造宫殿的事情老臣也不太清楚，只是听说是太子为自己建造的宫殿，传闻说是准备登基时用的。另外，听传言说太子建了仓库，收藏了许多财物。"崔浩想起与高允的谈话，就小心翼翼地说了一句。

"岂有此理！朕还健在，他这里就准备登基了！这孽子，不是咒我快死吗？"拓跋焘拍案而起，咆哮着。

崔浩急忙告罪："老臣该死，请皇帝息怒！老臣胡乱说话，惹皇帝生气！老臣该死！罪该万死！"

拓跋焘摆手："不关你的事。朕这是生太子的气！他监国以来，瞒着朕做了许多事情，居然不报告朕！他眼里还有朕这个父皇吗？朕还健在，就这样不把朕放在眼里，以后，还有朕说话的权利吗？"

崔浩连连告罪："皇帝陛下息怒！老臣都是道听途说，不足为凭。太子监国以来，很有魄力，搞了许多富国强兵的措施。听说他在京畿地区搞的人牛力相贸和田头树牌的做法，大大促进了农人种地的积极性。这几年庄稼增收很多，农人很高兴。听说几个坞堡主还给他勒石以树碑立传歌功颂德呢。"

这一说，不仅没有平息拓跋焘的怒气，反而叫拓跋焘想起路上所见的功德碑的事情。

"朕还没有勒石搞什么功德碑，他小小年纪就树碑立传，是不是太早了一点？"拓跋焘冷冷地问。

崔浩不敢再说什么。虽然他对太子有许多不满，但是他也不敢再置一喙。父子深情，万一自己多言，惹着谁都不会有好果子吃。崔浩懂得个中利害。

崔浩走出皇帝的安乐宫,正遇见仇尼道盛。仇尼道盛上前拦住崔浩:"崔司徒慢走!太子殿下有请!"

崔浩内心忐忑:皇帝对太子那般恼怒,可见这父子之间嫌隙已生,现在太子又来请,不知道太子请自己过去干什么,万一说话不合太子心意,会不会给自己惹来大祸?不过,他年事已高,侍奉三代国主,皇帝对自己言听计从,谅太子也不会为难自己的。他镇定自若,跟着仇尼道盛去见太子。

太子拓跋晃非常恼怒崔浩。他的耳目已经打探到皇帝叫崔浩去询问太子监国情况。耳目也告诉太子,皇帝听了崔浩的报告以后非常震怒。"这老家伙向皇帝进谗言了!"太子拓跋晃思量着。"不能让这老家伙继续在皇帝那里说我的坏话!这老家伙不除,我就没有好日子过!"拓跋晃咬牙切齿地想。

过去,拓跋晃没有办法治崔浩的罪,现在情况变了,他手中已经掌握着崔浩的死罪罪证。

仇尼道盛和任平城已经在大道通衢边看到崔浩派人树立的魏国国史碑刻,上面刻着拓跋氏早年的情况,特别是拓跋氏很忌讳提起的国母献明皇后曾经嫁给她的公公什翼犍的一段经历,还有什么儿子逼迫母亲让位的记载。这不是明摆着要故意出皇室的丑吗?太子拓跋晃知道,他的父亲、皇帝拓跋焘最忌讳提祖父这段经历。崔浩打着修国史的名义公布拓跋氏皇室的这段秘密,简直是罪大恶极!崔浩死定了!

崔浩随同仇尼道盛来到东宫。一进东宫,太子就命令:"把崔浩这诋毁皇帝的罪人给我捆起来!"

一伙虎贲上来,七手八脚把崔浩给捆了起来。崔浩叹气,也不辩解什么,任虎贲捆了他。虎贲把他推推搡搡地推到太子面前,太子冷着脸问:"崔浩,你知罪吗?"

白发皓首的崔浩摇头:"太子殿下,老臣崔浩不知罪,请太子殿下明示!"

太子冷笑:"你诋毁我们拓跋家族,诋毁皇室!罪行滔天!你还说你不知罪!"

崔浩明白了,急忙说:"太子误会了。老臣修国史,遵照皇帝陛下的诏令,秉笔直书,何罪之有?"

太子喝令:"把这死不悔改的老家伙打入死囚牢!"

崔浩这才意识到事情的严重。监国的太子主持朝政大事,他完全可以不通过皇帝处罚一切大臣!崔浩哀号:"太子殿下!请你开恩,让我见见皇帝陛下!"

如狼似虎的虎贲架起崔浩就走。

太子立即派古弼拜见皇帝拓跋焘。宗爱说:"皇帝正在与尚书下棋,不可打搅。"

古弼只好坐在宫外静静等候。

拓跋焘和尚书下棋。刚刚从南方传过来的围棋由九道改为十七道,难度更大,下起来趣味更浓。拓跋焘正在学着下,兴趣正浓。

古弼在外面坐着,久久不见皇帝召见。他站了起来,疾步进去,急得太监贾周拦也拦不住。古弼气冲冲地来到拓跋焘面前,拜见了皇帝,生气地说:"大臣有国事急着向皇帝禀报,皇帝却只顾下棋,难道不怕耽误国事吗?"

拓跋焘不好意思地搔着头皮:"朕刚学这十七道的围棋,一时性起,怠慢了阿干。不知阿干找朕干什么?"

"太子殿下派臣前来禀报。刚才臣的属下在城外大路通衢处,发现一些石碑,上面刻着我国故事。事关国威,不可不禀报皇帝。"

"刻了什么故事?"拓跋焘好奇地问。

"老臣不敢说,太子殿下请皇帝陛下去看。"

"在哪里?"拓跋焘站起身。

"太子已经命令虎贲把它们挖掘出来,安放在东宫。请皇帝陛下过目。"

"走!朕去看看。"

太子正恭候皇帝的到来。他把皇帝领到石碑前,让皇帝看。拓跋焘勃然大怒。石碑上正刻着当年太祖皇帝建立代国前那一段生活经历,以及献明皇后嫁给公公什翼犍的故事。

"这是谁干的?朕要处死这胆大包天的家伙!灭他的九族!"拓跋焘怒喝着,脸上的须髭似乎都乍起来。

太子心里暗喜，这才慢慢说出名字："父皇息怒！这是司徒崔浩搞的。他借编写国史的名义，收集国朝故事，如今又故意公示于众，其野心昭然若揭！他崔浩修国史居然包藏祸心！"

"果然可恶！"拓跋焘也愤怒了。

"看来，崔浩不杀，不足以平民愤！父皇，一定要严惩不贷！"太子拓跋晃火上浇油。

拓跋焘愣怔着。他刚才还在和崔浩交谈，向他了解太子的情况，他有许多问题还要仰仗崔浩出主意。他是不是应该把崔浩叫来，再问问情况？

"来人！传达皇帝陛下的诏令，立刻捉拿清河崔氏家族，不论远近，尽夷其族。范阳卢氏、太原郭氏、河东柳氏，皆崔浩姻亲，亦尽诛其族！"太子拓跋晃在拓跋焘还在犹豫的时候，已经开始下命令。

仇尼道盛答应着，立刻记录下来。宗爱很不满意地斜了仇尼道盛一眼。这小子，也太目中没有皇帝了！他算哪棵葱，居然在安乐宫里越俎代庖起来了！

拓跋焘想说什么，可是太子已经在替代他下诏令。太子居然不向他先请示一下，就趁着他不大清楚事情真相的时候，抢先下令，假皇帝诏令杀人了！这拓跋晃行事是不是有些过分？可是，他又不好当着太子的面撤销太子以他的名义发布的诏令。他要维护太子的权威和地位。

"崔浩在什么地方？"拓跋焘问。

"儿臣已经把他拘禁起来打入死囚牢。"

拓跋焘沉吟着说："这编写国史也不是崔浩一个人的事情啊。"

拓跋晃急忙说："是的，修国史那一班中书著作郎都该杀！儿臣这就带人去查抄中书省国史馆，把那班混蛋带来回复父皇。"

拓跋焘无话可说。本来他以为太子会体味他说话的意思，暂时放过崔浩，可是，他故意歪曲自己的本意，要让中书省更多参与国史编写的人承担后果。

拓跋晃说："父皇暂时回宫歇息。儿臣这就去拘捕中书省的著作郎，然后回复父皇的诏令！"

拓跋焘吃惊地看着太子，觉得自己好像不认识他一样。过去一直把太子看作孩子，虽然现在他已经二十多岁，可是自己还是习惯把他看作孩子。

乳母皇太后

拓跋焘从没有估计到太子这么能干！今天，太子在他面前表现出的判断力、决策力都叫他吃惊。太子这么果断地运用手中的权力，假借拓跋焘的诏令，干净利落地消灭他不喜欢的人。早就听崔浩暗示过太子和太子的另外两位辅宰不喜欢他，所以崔浩不积极介入太子事务。但是他拓跋焘一直没有当回事。今天，他才知道太子的厉害！太子像他拓跋焘一样具有敢作敢为的个性！

太子拓跋晃带领侍从去中书省国史馆，高允正领着几个著作郎在整理文书。国史终于修成，他们都很兴奋，正准备晚上和司徒崔浩一起庆祝庆祝。

高允一边整理着桌几上散乱的纸张，一边对著作郎说："等崔司徒崔大人回来，我们就去庆祝一下。"

门外侍卫喊："东宫太子殿下驾到！"

高允和著作郎都急忙来到门口跪迎太子。

太子挥手："都给我绑了！"虎贲上来，把几个著作郎捆绑得结结实实。虎贲正要上来绑高允，太子挥手："把他们带下去！"

高允愣在原地，张嘴结舌，不知道怎么回事。

"太子殿下，这是怎么回事？我们犯了什么罪？"高允结结巴巴，浑身颤抖，问太子。

太子说："我带卿去见皇帝，卿要按照我教给卿的话说，卿不必多言。若皇帝有问，但依我语。"

高允愣怔怔地追问："请太子明示，到底为何等事见皇帝啊？"

太子不耐烦地说："进去见了皇帝就知道了。"

入见皇帝，太子拓跋晃说："高允自在臣宫，同处数年，小心谨慎，儿臣非常了解。虽然与崔浩同事，然高允微贱，受崔浩制约。请父皇赦他性命。"

拓跋焘问："国书皆是崔浩作否？"

高允回答："太祖纪，为前著作郎邓渊所撰，先帝纪及今纪，臣与浩同作。然浩总务处多，总裁而已。至于注疏，臣多于浩。"说完，竟有些得意扬扬。是的，在国史编写中，他高允比崔浩注疏的多。他很得意。

拓跋焘大怒，拍桌子咆哮："他比崔浩更严重！哪有生路？"

太子拓跋晃急忙上前："父皇息怒！高允不过小臣，迷乱失次，胡说八道而已。儿臣经常询问修史，都说是崔浩所作。"

拓跋焘转向高允："如东宫所说吗？"

高允明白，现在是国史出了问题，皇帝要追究责任了。刚才得意扬扬表功，是表错了。把责任推到崔浩身上？这不是东宫正在做的吗？自己只要顺杆爬，就没有什么危险了。

高允轻轻摇头：重义的君子不能那么卑鄙！

他急忙回答："臣以不才，谬参著作，犯逆天威，罪应灭族，今已分死，不敢虚妄。殿下以臣侍讲日久，哀臣才为臣乞命耳。实不问臣，臣无此言。臣以实对，不敢迷乱。"

拓跋焘转向太子拓跋晃："这倒是一个忠直人啊。能临死不移，真是太难得啦！能够对君以实，忠贞臣子啊！也罢！宁愿放过一个罪人，宽宥他无罪！"

太子拓跋晃急忙拉了他一下："还不感谢皇帝宽宥之恩！"

高允叩头，感谢皇帝。

拓跋晃带着高允走出安乐宫，责备高允："我让你跟着我说，你怎么就是不听？想到刚才的情况，就叫人心悸后怕。皇帝差点要了你的命！识时务者为俊杰，人要是不识时务，这书算是白读了！"

高允问："太子殿下，敢问崔浩到底犯了什么罪？"

太子拓跋晃脸色阴沉，哼了一声："诽谤国朝，污蔑国母，罪大恶极，罪不容赦！"

高允流泪："老臣与崔司徒一起编写国史，崔司徒有罪，臣又怎么能脱掉干系呢？国史中涉及国朝故事，那也不过是史官秉笔直书的要求，算不得什么滔天大罪。太子不该为臣求情，臣和崔司徒一起接受惩罚才于心安乐！如今，同事皆有罪，臣得以脱逃，以何面目见同僚？"

太子拓跋晃不高兴地嘟囔着："真乃迂腐之极！"

## 4. 左昭仪精心培养侄女　昭阳宫软语抚慰皇帝

常玉花带着皇长孙拓跋濬来昭阳宫玩耍。拓跋濬骑着一枝翠绿的青竹

163

马,绕着冯燕坐的竹床跑,逗得冯燕咯咯笑个不停。昭阳宫多了几个小男娃,与拓跋濬、冯燕年纪不相上下,小太监符成祖、王睿,都是常玉花从那批长安迁来的罪孥中挑选出来的。

冯燕很高兴。符成祖在长安的牢狱中就在一起,比自己大一岁,像她的哥哥一样很照顾她。平城皇宫见面,分外高兴。一个小宫女也是从长安来的,叫刘阿素,现在伺候冯媛。

常玉花也给自己挑选了几个从长安迁来的小太监和宫女伺候皇长孙。一个叫孙小,一个叫张佑,都是当年冯朗属下的孩子。

皇长孙、冯燕和几个年纪相仿的孩子在昭阳宫院子里玩得正高兴。"得——驾!得——驾!"拓跋濬扬着竹枝,胯下骑着竹竿,喊着,绕着冯燕转圈。冯燕坐在凳子上,随着拓跋濬转来转去,高兴着欢笑着。清脆的笑声在院子里荡漾,使昭阳宫里充满生气。

常玉花绣着红兜兜,她已经给拓跋濬绣了一个二龙戏珠的红绢兜兜,又给冯燕绣牡丹喜鹊梅的葱绿绫子兜兜。

冯媛一边看她绣花一边跟她聊天。

她们一边说一边欷歔。冯媛叹息:"多好一个崔司徒,就这么凄惨地死了,真叫人伤心。皇帝少了一个多好的谋臣啊。"

"谁说不是。实在可惜!听说,崔浩被囚在木笼里,浑身都是屎尿,有些鲜卑人用屎尿浇他,他的哀号声整夜整夜地响。他那么大年纪了,却遭这种罪!真是罪过罪过!"

冯媛叹息着:"人们说这是报应。当年他禁佛的时候,把佛像踩到屎尿里,现在这是报应。"

常玉花摇头:"他禁佛时得罪的人太多,现在真是报应了。听说信佛的人高兴得一蹦三尺高。现世报啊。"

正说着,宫门口的虎贲高喊:"皇帝陛下驾到!"

冯媛和常玉花急忙走出宫来准备迎驾。拓跋焘已经一脚迈进大门,给一个迎面来的粉团团撞得一个趔趄。拓跋焘就势把粉团团抱住,原来是个粉嘟嘟的小姑娘撞在他的怀里。

宗爱一把拉住冯燕,正要呵斥。拓跋焘摆手制止了他:"别吓着这女娃。你是谁啊?叫甚名字?"

冯燕从拓跋焘怀里挣扎出来，不高兴地回答："我叫冯燕，是左昭仪侄女。"

这时，拓跋焘又发现自己的孙子也在院子里玩，高兴地喊着："濬儿，过来见过皇帝爷爷。"拓跋濬拉着冯燕跑了过来："来，见过皇帝爷爷。"冯燕笑了："我刚才撞了他一下，他就是皇帝啊。皇帝原来就是这样子的！跟我想的不一样！"

拓跋焘哈哈笑着，问："你想的皇帝是甚样的？"

冯燕偏着头，眨巴着大眼睛，眼睛上的睫毛呼扇呼扇的，好像在努力想。"我想的皇帝嘛——"冯燕拖着游移不定的语调说："好像是个白胡子的老头，长着长长的白白的胡须，走路这么走。"说着，拄着竹枝做拐棍，弯腰驼背，迈着老态的步伐。小姑娘学得还蛮像，拓跋焘哈哈笑着。

拓跋焘一路哈哈笑着走进昭阳宫。"左昭仪，这是你的侄女吗？好可爱个女娃哟。"拓跋焘大声说笑着跨进宫室。

自从太子监国，朝政事务由太子总揽，拓跋焘负责魏国的军事行动，近几年大多时候在外边征战，驻漠南盛乐和阴山牛川行宫的时候多，回平城皇宫的时候少。回平城皇宫住一月两月，他也不大到冯媛这里。皇帝偶尔幸临昭阳宫，又多在晚上，冯燕已经睡觉了。冯燕还没有见过皇帝。

拓跋焘坐到主位上，冯媛敬献奶浆招待皇帝，摆上在地窖里保存的鲜桃、李、杏、石榴、海棠、柿子等鲜果。常玉花慢慢退了出去。

拓跋焘指着院子里奔跑嬉闹的冯燕和皇长孙，高兴地说："这两个小娃倒情投意合，年纪也相当。他们玩得挺好啊。"

冯媛一边给皇帝剥着石榴皮，一边说："我这侄女现在就如我自己的女儿。皇帝知道妾身无能，不能给皇帝生养一男半女，希望皇帝允许妾身把这女娃当作妾身的女儿，聊解陛下不在身边时的寂寞与无聊。"

拓跋焘吃着冯媛剥开的石榴："朕准许你的要求。你可以长期把她收留在昭阳宫，但是朕不能给予她公主的封号。"

冯媛感激不尽："有陛下这恩准，妾身与女娃就感激不尽了。她一个罪孥身份，只要能长住昭阳宫，由我来抚养教育，就是陛下的恩德。妾身怎么还敢奢望什么公主的封号呢？"

拓跋焘点头："幸亏她有你这么个好姑姑，要不她可就要受罪了。你是不是教她读书了？"

"是,妾身教她一些书计,将来长大以后也好找个好人家。"

这时,拓跋潜撞进宫室,扑到拓跋焘怀里,嚷着要吃石榴。冯媛急忙拉开,让他坐到拓跋焘身边,从果盘里拣了一个大石榴,剥开皮,让拓跋潜吃。拓跋潜却从冯媛手里一把夺过石榴,喊着:"我拿去跟冯燕一起吃。冯燕!冯燕!来吃石榴!"一下子就又跑出宫室。

拓跋焘用下颏指点了一下:"朕看,就给潜儿当妃子算了。"

冯媛拿着石榴,摇头:"不行的,辈分不对。"

拓跋焘不解地问:"甚辈分?为甚说辈分不对?"

冯媛解释:"陛下,你看,我是冯燕的姑姑,陛下你是潜儿的祖父,他们俩如何结婚?冯燕该怎么称呼我?是称呼我祖母还是姑姑?潜儿也一样,是跟着冯燕称呼我姑姑呢还是称呼我祖母?妾身是陛下的昭仪,应该是潜儿的昭仪祖母啊。所以,冯燕应该高潜儿一辈才对。不同辈分是不能结婚的。"

拓跋焘说:"你们汉人讲究就是多。什么辈分辈分的,听你说得那么复杂。他们俩年纪差不多,又这么情投意合,有什么不能结婚的?听朕的,朕命令潜儿将来封冯燕做个贵人。你看,行不行?"

冯媛急忙起身跪拜,替冯燕感谢皇帝的恩赐。拓跋焘朝院外的拓跋潜喊:"潜儿,过来,祖父有话跟你说。"

拓跋潜跳着来到拓跋焘的面前:"皇祖父,有什么话跟我说啊?"

拓跋焘把拓跋潜揽到怀里,抚摩着他的黑发,一头黑发还没有行剃发礼,还是一个小孩子。再有两年,他就十三岁,可以剃发成为大人,就可以给他选妃选贵人了。

"皇祖父给你选个妃子,你要不要?"

拓跋潜摇头:"我不要。不要。我只要奶娘。"

拓跋焘笑着,指着院子里和常玉花坐在一起看常玉花绣花的冯燕:"把她给你做贵人,你要不要?"

"要!"拓跋潜一下子从拓跋焘怀里蹦了起来,跑了出去,高声喊着:"冯燕,皇祖父把你选成我的贵人了!"喊着,跑到冯燕面前,拉着冯燕。

冯燕的小脸一下子变得绯红一片。小姑娘也隐约知道这贵人是怎么回事,懂得害羞了。

常玉花急忙拉过拓跋濬,连声追问:"濬儿,这是真的? 是皇帝说的?"

拓跋濬依偎在常玉花的怀里,亲昵地扭动着,把自己的脸放在奶娘脸上蹭来蹭去,哼哼唧唧着:"当然是真的啦。不信,你去问皇帝祖父嘛。"

常玉花一把把冯燕也揽到自己怀里,禁不住眼泪直流:"这下好了,这下可好了。你姑姑就放心了。"


拓跋焘和冯媛谈话话题扯到崔浩身上。冯媛一般不过问朝政大事,更不随便向皇帝询问朝廷大事。不过,今天,是拓跋焘自己把话题从拓跋濬的师傅引到崔浩身上的。

冯媛小心翼翼地问:"听说陛下把崔浩处死,可是真的?"

拓跋焘点头。

冯媛小心翼翼抬眼看了看拓跋焘的脸色,他的脸色还算平静,没有什么恼怒。冯媛轻轻叹口气:"听说死得很惨。那么大年纪了。"

拓跋焘还是点头,等了一会儿,才加了一句:"朕也觉得可惜。他为魏国做了许多事情。"

冯媛轻轻嗯了一声,不敢再多说什么。

拓跋焘想了想,自言自语:"朕觉得处理得草率了一些。不过,事已至此,朕也没有办法挽回,只有这么着了。"

冯媛不知道该说什么,又从果盘里挑了一个粉白鲜亮的大蜜桃,小心剥去外皮,递给皇帝。拓跋焘接过蜜桃,咬了一小口,抬眼看着冯媛。冯媛明亮的眼睛透露着精明睿智,透露着能够洞穿事情真相的光芒。拓跋焘心动了。要不要把自己的担心忧虑跟这个女子讲讲呢? 她虽然是被他灭了的北燕国主冯文通的女儿,但是进平城皇宫十几年来,她恭谨小心,从不在国事上多说一句话,偶尔向她询问一些问题,她的分析都十分精辟,不带个人的情感,都是从他拓跋焘和魏国出发。她是非常值得信赖的。

拓跋焘稍微沉思了一会儿,看着冯媛,诚恳地说:"朕知道你对朕的忠心,朕也非常敬佩你的学问和为人。朕想知道你对朕处理崔浩的看法。"

冯媛想了想,慢慢试探着说:"妾身一个女子的看法,不足为凭。蒙皇帝陛下不弃,征询妾身的看法,妾身就斗胆说,皇帝处理崔浩有些仓促。"

乳母皇太后

拓跋焘点头:"朕现在也这么看。昭仪对太子监国有什么看法呢?"拓跋焘把话引到他近来最忧虑的问题。

冯媛想了想,很直率地回答:"太子年轻有魄力,监国以来处理朝政很有作为,听说京畿一带农桑丰收,农人务农的积极性大增。看来,太子是很能干的。陛下选择的太子确实有皇帝的龙威。不过……"

说到这里,冯媛沉吟了,不知道该不该往下说。

"不过什么? 你快说啊。"拓跋焘催促着:"你尽管说,这是朕问你的。朕不会怪罪你的。"拓跋焘一双明亮的眼睛直直瞪着冯媛。冯媛放心了。

"不过,妾身听说太子在外有仓库,积累了财富。这么做可能不大合适,希望陛下在合适的时候提醒他一下。"

拓跋焘点头,又追问:"你听说他私建宫殿的事情了吗?"

冯媛点头:"听说倒是听说,但是妾身觉得这说明不了什么问题。在北苑新建宫殿,他可能还是为皇帝建的。虽然有人传言是为他自己登基建的,但是妾身看不见得,只有到他自己住了进去,才能证明传言的真实。皇帝陛下不要轻易听信传言,传言大多是别有用心的。"

拓跋焘深深点头,几天里的疑虑被冯媛的一番入情入理的分析完全打消了。

拓跋焘叹口气:"自从崔浩事件发生以后,朕是有了许多疑虑。崔浩向朕说过太子的这两件事,结果太子就假借朕的名义把崔浩杀了。朕总是觉得太子在这件事情上是故意的。"

冯媛劝慰着拓跋焘:"皇帝不必自责,也不必怪罪太子,崔浩也是咎由自取,他确实做得过分。国朝故事怎么可以勒石树碑于通衢大道,让国人议论纷纷? 他自己不检点,与他人无关。只是不该连累那么多人,不该那么灭族对待他就是了。"

拓跋焘点头,把冯援揽进自己宽阔的怀抱:"昭仪真是朕的知音啊。听了你的一番话,朕多日的疑虑都烟消云散了。"

冯媛又说:"希望皇帝不要对太子产生疑虑。俗话说,疑心生暗鬼。猜疑会坏大事的。没有明显的证据皇帝陛下不要乱猜疑。"

"朕听你的!"拓跋焘热烈地拥抱着冯媛,在她耳边小声说:"朕今晚不走了,在昭阳宫过夜!"

拓跋焘温暖的气息吹拂得冯媛心里痒痒的。作为一个昭仪，她多希望皇帝能够天天陪着她度过漫漫长夜。可是，聪明的她知道，这是根本不可能的事情。有着如狼似虎的赫连氏皇后的监督，有着右昭仪的虎视眈眈，三个贵人、五个椒房、多个贵嫔妃子争宠的皇帝，哪能经常幸临昭阳宫呢？左昭仪不和皇后争宠，不和其他人争地位，她只是静静地在自己的昭阳宫里读书抚育冯燕。皇帝来了，她热情招待；皇帝不来，她不会使用手段吸引皇帝。皇帝偶尔幸临一次昭阳宫，她也并不特别要求皇帝在这里过夜。她不准备为拓跋焘生育，这个主意是不会变的。但是，她要忠于拓跋焘。

## 5. 昭仪说讲拓跋历史　　伶俐乳母留心身旁大事

"左昭仪，你学问渊博，你来给濬儿讲讲鲜卑历史吧。"

常玉花带着拓跋濬和几个小太监来昭阳宫。冯燕见拓跋濬来了，一时高兴，竟忘记去征得姑姑的允许就要冲出座位。冯媛呵斥："燕儿，坐下，先把《诗经》抄写完毕，再出去玩耍。"

冯燕只好坐了回去，撅着嘴，继续抄写《诗经》里的诗篇。

拓跋濬凑了过来："这字写得真难看！"拓跋濬笑话冯燕。冯燕害羞地急忙用双手捂住自己的字，手上沾了许多黑墨："不给你看，不给你看！你坏，你笑话人！"

冯媛呵斥着冯燕："不得对皇长孙无礼。"她转向常玉花："皇长孙那里有师傅讲解，为什么要我讲呢？"

常玉花笑着说："这濬儿，每天晚上临睡觉的时候，都要让我讲一段祖先的故事给他听。不管谁给他讲过，他必定还要我在睡觉前讲给他听。我已经把我知道的，听师傅给他上课时讲的，都又讲给他听过了。今天晚上，我是搜索枯肠，也想不出该给他讲什么了。要是不给他讲，他又闹着不睡觉了。这不，我就来求你了。你给他讲一段，其实是给我讲。"

冯媛招呼拓跋濬："濬儿，过来，昭仪祖母问你，你知道你们拓跋氏来自哪里吗？"

拓跋濬眼睛一瞪："我当然知道了。拓跋部来自鲜卑石屋。"

左昭仪微笑着问："鲜卑石屋的传说知道吗？"

乳母皇太后

拓跋濬摇头。

左昭仪高兴地对常玉花说："好，幸亏他还有不知道的故事。好，就让我给他给你讲一段鲜卑石屋的传说吧。燕儿，你也过来听听吧。"

冯燕高兴地答应着，急忙跑过来，与常玉花、拓跋濬团团围住冯媛，听她讲鲜卑石屋的传说。连小太监符成祖张佑也都支棱着耳朵，注意听着冯媛娓娓的讲述。

"你们知道鲜卑石屋叫什么名字吗？"冯媛微笑着先提了个问题。

大家都摇头。

"鲜卑石屋叫嘎仙洞。"冯媛笑着说："之所以叫嘎仙洞，是因为流传着一个美丽的传说。"

冯媛开始讲述：

"从前，大兴安岭上有一个最大最美的山洞，这个山洞宽敞明亮，太阳可以照进去，让它变得亮堂堂。冬天，它里面温暖如春；夏天，它又很凉爽，清风习习。住在里面，真是冬暖夏凉，野兽也不敢进去。里面还有一股清凉甜蜜的泉水涌出来。洞口还有百花盛开，有许多野果，洞外的森林里有百鸟歌唱，有百兽生活。这么美丽的山洞，却被一个恶魔盘踞。这个恶魔名叫满盖。满盖就是古鲜卑语里恶魔的意思。它长了9个脑袋，吃人放火，无恶不作，闹得大兴安岭的人不得安生。有一个聪明而勇敢的英雄，叫嘎仙，拿了弓箭到山洞找满盖，决心与它决斗。嘎仙问满盖："你凭什么占据这里冒充大兴安岭的主人？我提一个问题，你答不上来就不能算作大兴安岭的主人。"满盖说："你提吧，我答不上来，这山洞就归你。"嘎仙问："你知道这大兴安岭有多少个山峰？多少条河流？"满盖算了一下回答："有900个山峰，450条河流。"嘎仙哈哈大笑："大兴安岭人连5岁的孩子都知道，大兴安岭有100座山峰，50条河流。两山夹一沟嘛！你长了9个脑袋，把一个东西看成9个，所以不对！"满盖输了，但是它不服气，不甘心。嘎仙决定和它比武。他提出站在洞口前面，拿西南方山顶上的石砬子做目标，连射三箭，谁射中谁就是大兴安岭的主人。满盖同意了，以为准有把握。它抢先连射三箭，不料都落空了。人们笑满盖，脑袋多了想得不集中，眼睛多了，看东西目标不集中，所以射不中。嘎仙操起弓箭，连射三箭，箭箭中目标，把石砬子射了个大窟窿。满盖垂头丧气，只好认输，乖乖把山洞让给嘎仙。从此，人们就把这山洞叫作嘎仙洞。"

"这嘎仙,就是我们拓跋部的祖先吧?"拓跋濬抬起明亮的眼睛看着冯媛问。

冯媛点头:"是的,嘎仙就是拓跋部的祖先。"

"我要做祖先嘎仙那么勇敢的人!"拓跋濬向往地说。

"我也喜欢嘎仙。"冯燕羡慕地看着拓跋濬:"你要是嘎仙,我也喜欢你。"

拓跋濬站了起来,挺胸昂头,端着摔跤的步伐走了一圈:"乳娘,看我像不像嘎仙?"

"像!像!像极了!"常玉花看着自己奶大的这皇长孙,喜欢地说。

冯燕也鼓掌:"我看也像。"

拓跋濬说:"你说你喜欢我,那我就选你做我的贵人了!"

冯燕轻轻捶了拓跋濬一拳,嗔怪地说:"你真坏!你又来欺负我!"看着这一对两小无猜的小儿女的娇态,冯媛和常玉花都心花怒放。


常玉花看着冯媛,意味深长地使了个眼色,小声说:"既然皇帝已经把燕儿许给濬儿做妃子,娘娘就要多用点心计给燕儿安排个好出路。这皇孙妃子也不是那么好当的。"

冯媛点头:"可不是。这只是皇帝一时高兴说说而已,当不得真的。到皇长孙长大的时候,谁知道又会发生什么变故呢。我是不抱希望的。"

常玉花继续绣花:"所以说,要及早安排嘛。"

"怎么安排?"

"让他们经常在一起玩耍,让他们谁也离不开谁,特别是让濬儿离不开燕儿。燕儿聪明,知道怎么做的。"

冯媛笑了:"你可是够抬举燕儿的。多大个娃,她知道什么啊?"

常玉花抬头,看着冯媛:"昭仪娘娘你可别小瞧燕儿。我瞧着,这女娃可有心计啦。你看她看濬儿那眼神,多有深意!她是个有灵性的女娃,昭仪娘娘好好引导培养她,将来能成气候的。"

冯媛摇头:"我当然要着意培养她,现在她是读书写字算数都会一些,我还在让师傅教她礼仪,教她琴棋书画,我也想把她培养成班婕妤和卓文君那样的才女。只是我发觉这女娃学习不用心,反倒对宫里的人和事很有兴趣,

乳母皇太后

171

经常让抱嶷、林金间他们给她讲宫里故事,对宫里各种故事制度礼仪很感兴趣,听得津津有味。"

常玉花一拍手:"那好啊。这才是入宫做妃子的样。她要是不懂宫中人事和制度,如何能够在宫里待?说不定将来她能够成为后宫主事哩。"

"看你说的!有鼻有眼的!好像真的似的!"冯媛笑着撇了撇嘴。

常玉花还是兴高采烈得很,她眼睛放光,沉思着:"那以后我要经常给燕儿讲点宫中故事制度,让燕儿经常到紫薇宫里去和濬儿一起听侍讲讲学。"

冯媛说:"这是个不错的主意。让燕儿也听听侍讲的讲学,对她有益着呢。"

## 6. 拓跋焘大计征南朝　拓跋晃监国埋祸端

拓跋焘离开皇宫去阴山牛川行宫。七月,正是到阴山祭拜祖先和山神的时候,同时,也是到阴山避暑。不过,今年到阴山,他怀着满腹心事。

太子终于露出了狐狸尾巴,他要认真对待了。太子搬进新建的宫殿北殿,面南而居。这不是要夺权是什么?他拓跋焘才44岁,正是年富力强的时候,而24岁的皇太子竟迫不及待地跳出来要登基了!

拓跋焘极力压抑自己的愤怒,强迫自己冷静下来,全盘谋划这件事情。宫内的皇权斗争是最残酷的斗争,如若不认真周密计划,很可能会导致不可预测的可怕结果。

拓跋焘对太子的举动没有流露出一丝不满。他驾临了太子的新宫,表示祝贺。

不久,皇帝车驾到阴山牛川广德宫去,诏令太子去行宫朝见皇帝,平城交给吴王拓跋余留守,任录尚书事,全权处理朝政大事。

拓跋晃到了牛川行宫朝见皇帝,拓跋焘说:"朕决定率大军亲征南方,此行意在扫平南方,实现一统。京师平城自有吴王余留守,你就不必挂念朝中事务了。朕命你率大军去征漠南,以安定我们的北方疆土。"

拓跋晃只能同意父皇的安排。离开平城,他的权力有限,来到牛川行宫,他的权力就等于被褫夺了,监国的太子只有处理朝政事务的权力,所有的军队置于拓跋焘的领导之下,所有的军事行动指挥军队的权力属于皇帝。

他只能听从皇帝的安排。

太平真君十一年九月,拓跋焘率领队伍南伐,拓跋晃率领队伍北伐,屯于漠南。父子分头,征伐敌人,准备一举建立大一统的天下。拓跋焘队伍节节推进,向黄河以南地区进军。

平城宫城里,录尚书事吴王拓跋余在母亲右昭仪闾氏的宫里与母亲商量国事。皇后赫连氏与左昭仪冯媛都没有儿子,皇太子出宫,这录尚书事的重任自然就落在右昭仪闾氏的儿子拓跋余的身上。拓跋余年纪虽然不大,不过十八岁,但是野心也不小。父皇把太子调出宫城的用心让他猜测出一点:父皇有心培养自己做继承人了。

闾氏右昭仪更作着这种揣测。皇帝把太子调出宫城,让他驻守漠南,这透露出怎样的信号呢?太子最近的行为,闾氏右昭仪也有所耳闻。皇帝对太子的不满,她已经在皇帝临幸她的时候套了一些出来。皇帝决定南伐,也正是她出主意暗示让皇帝调太子出平城的。现在,皇帝和太子都不在平城,正是儿子的好机会,她要帮助儿子把握住这难得的机会,争取一举消灭太子势力,让儿子成为未来太子,接替拓跋焘登基。

闾氏右昭仪把宗爱叫到自己宫里,录尚书事吴王拓跋余也在。闾氏右昭仪非常和蔼地请宗爱坐在下手。闾氏右昭仪说:"今日请中常侍来,想请中常侍给予支持。皇帝陛下把留守京师的重任交与小儿吴王拓跋余。可是吴王年纪幼小,经验不足,本宫希望中常侍能够给予忠心的辅佐。"

宗爱拜谢:"右昭仪放心。皇帝陛下出行之前,已经把任务交予奴家。奴家一定不辜负皇帝和右昭仪娘娘的重托,忠心辅佐吴王。"

"本宫这就放心了。只是东宫太子的那班人马会不会与吴王为敌啊?本宫总有些不放心。太子那里已经形成一个大集团,他们假如兴风作浪,吴王恐怕难以控制局面。"

宗爱摇头:"昭仪娘娘不必过虑。太子东宫的四个辅宰如今已经所剩无几。穆寿、张黎去世,崔浩被诛,只剩古弼也年迈,又随太子出征,高允也随他到盛乐。东宫里只剩下他的心腹仇尼道盛和任平城主持宫里事务。太子如今远在盛乐驻守漠南,鞭长莫及,不会影响吴王处理朝政的。"

闾氏右昭仪频频点头:"有宗大人的一番话叫本宫放心不少。但是,东宫力量强大,仇尼道盛、任平城等人极为嚣张,吴王说他觉得难以对付。许

乳母皇太后

173

多朝令到他们那里难以执行。不知宗大人可有办法协助吴王？"

宗爱想了想，说："太子东宫的人马确实嚣张，朝里的王公伯子尚书都不放在眼里。奴家也难以应付。只有皇帝的诏令能约束他们。"

吴王拓跋余跺着脚喊叫："我就不信没有办法制服他们！他们不就是狗仗人势吗？仗着他们是太子的奴才，连本王也不放在眼里。太子如今不在宫城，本王正想趁此时机教训一下那几个奴才！"

"吴王殿下准备如何行动？"宗爱不动声色地问，又补充说："太子东宫里仇尼道盛很张狂，他给太子建苑囿仓库，收敛财产，深受太子恩宠呢！"宗爱想起仇尼道盛的傲慢就来气，恨不得立刻把他下到牢里去。

"本王准备查抄太子私设的仓库，拘捕仇尼道盛和任平城！"

宗爱摇头："没有皇帝的诏令，没有人可以查抄东宫苑囿，也不能拘禁东宫的人。吴王这想法恐怕不可行。"

闾氏右昭仪笑着说："还是宗大人深谋远虑。东宫岂是你这录尚书事可以查办的？不过，宗大人，老话说，事在人为，不知宗大人愿不愿意帮吴王一个忙？东宫这几个人行为不轨，利用太子对他们的信任为非作歹，为太子私建仓库，私敛财富，助长太子一些恶习。陛下对他们的恶行已有所闻，车驾幸阴山之前，陛下已经有所安排，对本宫有过诏令，密令本宫在需要的时候及时除去这几个害群之马。本宫正在搜寻他们的罪证恶迹，准备在合适的时候一网打尽。不过，吴王还需要宗大人的襄助。"

宗爱说："右昭仪娘娘放心。只要需要，奴家会尽力而为。只是不知右昭仪娘娘需要如何帮助？"

右昭仪笑而不言，朝吴王拓跋余使了个眼色。拓跋余喊："来人，把赏赐拿来！"

几个宫女捧着托盘走了出来，托盘上放着送给宗爱的礼物。

"请宗大人笑纳！"闾氏右昭仪说。

宗爱看着眼前的礼物，有西域高昌进贡的玉石夜光杯一对、羊毛纺织的氍毹一匹，还有南朝来的精美提花绫绢。宗爱看到那对夜光杯，眼睛都笑得眯缝起来。这件珍贵的物品只有皇帝才有，他早就希望也能得到一对。他抚摩着夜光杯爱不释手，把玩着，享受着那无比舒服的感觉，它的细腻与温润，散发出的晶莹剔透的光泽，都告诉宗爱，这是魏宫里那唯一的举世无双的最好的贡品,如今从皇帝那里转到他的手下,他拥有皇帝没有的极品。想到这里,宗爱有些得意地笑了。

闾氏右昭仪说:"这夜光杯是皇帝陛下送给本宫的,本宫知道宗大人喜欢,就借花献佛,送给宗大人把玩。来人,把这礼物给宗大人送到府上!"

宗爱急忙起身道谢。闾氏右昭仪扶住宗爱:"宗大人不必多礼。吴王才需要宗大人的提携和帮助呢。"

"娘娘请讲!"

闾氏右昭仪沉吟了一下,慢慢说出来:"吴王需要皇帝诏令,查封太子的苑囿。不知宗大人可否帮忙?"

宗爱点头,不过他很快感到为难:"只是皇帝远在牛川,这诏令不是一时三刻可以办好的,恐怕需要一些时日。"

右昭仪微笑着问:"中常侍经常为皇帝传达诏令,可曾有皇帝玉玺和诏书纸张?"

宗爱眨巴着眼睛,看着右昭仪,小心地问:"右昭仪娘娘的意思是……?"

闾氏右昭仪点头:"就是……宗大人……如何? 能不能办成?"

宗爱狡黠地微笑着:"昭仪娘娘果然厉害。不过,这可是掉脑袋的大罪啊! 奴家不敢!"

右昭仪微微冷笑:"宗大人可是八面玲珑,刚才还信誓旦旦,现在就推托了。可是,宗大人已经接受了夜光杯,要是宗大人不帮忙,本宫向皇帝报告夜光杯丢失,宗大人就不怕担干系吗?"

宗爱媚笑着:"奴家不敢! 不过,这事的确干系重大,万一被皇帝发觉,奴家性命可是不保啊!"

吴王笑了:"你要是不答应,可能现在性命就不保!"

宗爱搔着头皮,尴尬地呵呵笑着:"可不是,可不是。奴家怎么这么糊涂! 容奴家去想办法。奴家到永安宫里找找看。玉玺肯定不在宫里,不过也许可以找到盖有玉玺的诏书纸张。奴家记得,有时有这样的纸张遗留在宫里。"

"那好。这事就交给宗大人办理。将来吴王做了太子登了基,是不会忘记宗大人好处的。可是,太子拓跋晃登基,是不会给你宗大人什么好处的。他只会重用仇尼道盛和任平城一伙的!"右昭仪冷笑。

乳母皇太后

"说的是,说的是。奴家当然要仰仗吴王和右昭仪娘娘的!"宗爱媚笑着。

## 7.违抗圣旨私自回宫 监国母子沆瀣害人

盛乐行宫里,手鼓冬冬,琵琶胡琴悠扬,驻扎在这里的皇太子拓跋晃闲来无事,正在观看鄯善进贡来的一班歌舞伎的表演。鄯善胡人女子漂亮无比,裸着肚皮在手鼓的敲击下耸动着双肩,旋转着,绿纱长裙飘扬,越来越靠近拓跋晃,拓跋晃感到头晕目眩。

"好啊!好啊!"拓跋晃高声喊叫着用劲拍着巴掌。

突然,一个人不顾虎贲的阻拦,跌跌撞撞地冲了进来。"太子!太子!我要见太子!"

"你怎么跑来了?"拓跋晃急忙站了起来,挥手让舞女退下,吃惊地问撞进来的人。

仇尼道盛喘着粗气,扑通跪倒在太子面前:"太子,大事不好了。宗爱以录尚书事吴王余的命令封锁了东宫,拘拿我和侍郎任平城。幸亏我腿快,得以逃脱,前来报告。"

拓跋晃明白,父皇要对他下手了。把他调离京都,让他驻扎漠南盛乐,让吴王余代替他在京都行使监国的权力,他就明白父皇的用心。他的太子地位已经岌岌可危。现在,京都里拘拿他的心腹,控制他的东宫,要是没有得到皇帝的密令,宗爱一个内官,谅他也没有这么大的胆子!

拓跋晃烦躁地走来走去。

怎么办?是束手待毙,等待父皇从南方回来处罚自己,还是采用先下手为强的办法,挽救自己的命运?

拓跋晃苦思冥想,焦躁地用手抓着自己的头发。

"太子殿下,时不我待,太子殿下要赶快拿主意想办法做出决断啊。该断不断,反受其害啊!"仇尼道盛紧跟在太子拓跋晃后面催促着。

"我该怎么办啊?"拓跋晃双手伸向空中,痛苦地呼喊着。

"太子殿下,你现在手中握有军队,及早打回平城,夺回吴王余的监国权力,还有生机啊!不能让吴王余在京都任意妄为啊!"仇尼道盛说。

"这样做的话，我就忤逆了父皇的意思，他将来会处罚我的！"拓跋晃犹豫不决。

"太子殿下！不这样做，你只能束手待毙啦！再说，你兴兵回京都，只是制止吴王余录尚书事的胡作非为而已，等你占据了京都，皇帝也无可奈何，他也只得承认事实，你们父子还会和解的。"仇尼道盛摇唇鼓舌，竭力劝说拓跋晃。

拓跋晃挥舞着拳头，跺着脚咆哮："你难道就想不出一个更好的主意？"

仇尼道盛哭喊着："太子殿下，时到今日，已经无法可想无路可走了。不是你灭吴王就是吴王假借皇帝之名灭亡你！你自己选择吧！"

拓跋晃咬紧牙关，在大殿里来回走了几趟。他猛然站住，挥手喊："来人！传我的命令！立即准备集合队伍返回平城！"

平城皇宫里，闾氏右昭仪正在与儿子吴王拓跋余以及宗爱商量国事。吴王拓跋余已经以皇帝诏令的名义下令拘禁了太子东宫的主要人员，封禁了太子苑囿里仓库的财产。遗憾的是让太子的心腹仇尼道盛逃掉了。他们正在商量对策。

宗爱估计，仇尼道盛一定会逃往漠南盛乐去找拓跋晃报信。"吴王，昭仪，你们赶快决定怎么办吧。万一太子率领军队从盛乐回来，我们麻烦就大了。"

吴王拓跋余年轻气盛，他眼睛一瞪，粗声粗气，毫不在乎地说："谅他也不敢！父皇命令他驻守漠南，他敢违抗诏令私自回平城？"

闾氏右昭仪皱着眉头责备儿子："你可不敢这么大意！万一他要铤而走险率兵回来，你该如何对付？我们还是要计议周全为好。"

吴王拓跋余沉思着，突然，他大喊一声："有办法了！要是他敢回来，我就治他个抗旨不遵的罪行，拘捕他！"

宗爱摇头："太子不回来便罢，要是回来，就是来者不善，他有一支军队在手，不会任我们摆布的！"

右昭仪也点头同意宗爱的分析："是这样的。既然他敢回来，就一定是有备而来，不会束手就擒的。"

吴王满脸无奈，搔着头皮，看看宗爱，又看看母亲："那可如何是好？难

乳母皇太后

道我们就等着让他打回来不成?"

右昭仪站了起来,在宫里走了几步,推开窗户,望着外面。初冬的平城,冷风呼呼吹着,落叶漫天飘舞,阴沉沉的天空像盖着一层黑绫,天空中时而飘舞着大片的雪花,看来初冬的第一场雪快要降临了。她想到皇帝。只有假借皇帝的诏令,才能压制住太子。一面派人去报告皇帝,然后等太子一回平城就以皇帝的诏令拘禁太子。只要有皇帝的诏令,太子率领的军队绝不敢违抗诏令,魏国军队对皇帝的效忠不容置疑。

右昭仪看着宗爱:"这办法还得宗大人想。宗大人有的是办法!"

宗爱赶快摇手:"昭仪娘娘饶过奴家吧!奴家真是无法可想了!"

右昭仪急忙走进内宫,拿着几锭黄金走了出来。宗爱的眼睛直放光,脸上顿时笑成一朵花,连眼睛都眯缝得几乎看不见。

右昭仪把黄金塞进宗爱的胸前,亲昵地拍着宗爱的肩膀:"宗大人,你已经做了初一,何惧再做十五呢。太子东宫是你查封的,人是你抓的,你假借皇帝诏令做了这一切,将来太子皇帝谁都放不过你!你想想,既然做了一次,再做一次,不是易如反掌吗?要不,太子回来,倒霉的首先是你!皇帝远在南方,他怎么能救了你啊?再说啦,你就是做了,皇帝怎么能知道呢?这事情只有我们三人知道。太子和他的部下全部除去,还有谁知道事情的真正经过啊?宗大人这么精明的人,难道还想不通这道理?"

右昭仪的一席话说得宗爱瞠目结舌。可不是,太子一旦回到平城,首先治罪的当然是他宗爱。吴王有右昭仪和皇后的保护,也许太子不敢把他怎么样。可是他宗爱的性命就难保了。

宗爱为难地说:"奴家在永安宫只找到一份盖有玉玺的空白诏书,实在找不出第二张,上次的办法不灵了。"

右昭仪直直看着宗爱的眼睛:"真的没有了?"

"真的没有了!"

"诏书用纸还有没有?"

"这……这……没有皇帝玉玺的纸倒是还有。"宗爱结结巴巴地说。

"那就行。你自己写一份诏书,等太子回平城,就以皇帝的诏令拘禁他。"右昭仪目不转睛地盯着他,等着他的回答。吴王手按着剑柄,看着他的母亲。

宗爱心里哆嗦。要是他不答应，就别想走出这宫门。好汉不吃眼前亏，汉人经常这么说。宗爱转着眼睛想着对策。暂时先答应下来，以后再想办法吧。他急忙点头答应。

宗爱抱着黄金一出右昭仪宫，就急忙骑马出城，说要去向皇帝报信。当然没有人敢拦阻他。

## 8. 左昭仪后院赏雪自得其乐　右昭仪宫中密谋自行其是

冯媛走出昭阳宫，来到院子里。天空中，鹅毛一样的雪花漫天飞舞，搅得天地之间白茫茫一片。皇宫里，到处一片雪白，地面上的积雪已经有半尺多深。宫墙那边的鹿苑里也是一片茫茫。树木上都堆积着松软的雪，风一吹来，就簌簌落下。

她最喜欢下雪。一下雪，就想到院子里看飞雪，让冰凉的雪片落在自己的脸颊上，慢慢融化，静静享受着那冰凉的感觉。她喜欢穿着麂皮靴，踩着松软的积雪，静静地倾听着那踩在积雪上发出的咯吱咯吱的声音。她更喜欢看漫天飞舞的雪花在空中曼舞，自己便像小姑娘一样去追逐，伸开双手去抓那飘舞的雪片，然后放在手掌心里去欣赏它们的形状和花纹，等以后把它们描摹下来。雪花太美了，各有各的形状和花纹，有的六角，有的五角，也有四角三角的，有的像梅花，有的像桃花，有的像窗棂。她更喜欢在大雪初霁以后走到雪地里，这时阳光灿烂，天空湛蓝，虽然冷，但没有大风，阳光照耀在白雪上，耀人眼睛，阳光照耀着白雪有些融化，却紧接着天气突变，寒冷袭来，刚融化一些的积雪变成半透明的冰雪，树枝便包裹在一层半透明的冰雪中，天地就好像琼枝玉宇，闪烁着玉一般的光华。这时，走在冰一样的雪地上，一不小心，脚下就打滑，出溜一下跌一跤。刚刚挣扎着站起来，却又是一滑，又出溜一下摔了下去。

冯媛站在院子里，石榴树枝头的积雪被一阵风吹落下来，簌簌落在冯媛的脸颊上和脖颈里。她抖落着粉红貂皮斗篷上的白雪。一袭嫩绿短袍，鹅黄百褶裤鲜卑打扮的冯燕高兴地喊着在飞雪里跳跃。抱嶷和林金间微笑着站在廊下看着冯燕和小太监符成祖追逐。

"去请皇长孙和乳母过来赏雪。"冯媛对林金间说。

乳母皇太后

179

林金间急忙去紫薇宫请常玉花。

常玉花带着披着金黄色绫子的貂皮的斗篷皇长孙拓跋濬来到昭阳宫。冯媛笑着迎了上去："难得这么大的雪。看，天地都白了，积了半尺多厚，叫你和濬儿赏雪。濬儿，你喜欢雪吗？"

拓跋濬拜见了祖母，看着冯燕回答："孙儿喜欢雪。燕儿喜欢不喜欢啊？"

冯媛笑着："你看她那疯样，你说她喜欢不喜欢啊？去吧，和她玩雪去吧。"拓跋濬把斗篷甩到常玉花的手里，自己和小太监一起，到大雪里追逐着冯燕。欢声笑语立刻荡漾在昭阳宫里，好像阳光一样撒在深宫的寂寞中。

"我们去鹿苑踏雪赏梅。"冯媛对常玉花说。抱嶷抱着琴床，王遇和林金间搬着坐床茶几，捧着香炉、暖炉、火盆、果盘，果盘里放着柿饼、冻柿子、冻海棠、冻山楂等各色果品点心，来到通往鹿苑的小门，请虎贲打开门走进鹿苑。冯燕和拓跋濬手拉手紧跟了过来，比大人还跑得快，哧溜一下钻进鹿苑。

"不要乱跑！"常玉花喊着，让宫女太监赶上去小心伺候，自己扶着，小心走向鹿苑假山的赏梅轩。

赏梅轩前，几株蜡梅吐放着芬芳，开得正猛。一株黄色，一株红色，黄红衬托在白雪里，煞是可爱，阵阵馥郁的清香在雪花中飘荡，沁人心脾，叫人心旷神怡。

冯媛走到梅树前，凑到盛开的花朵上深深地吸了几口。常玉花折了几枝，放在果盘上，红黄的花朵映衬着金黄的冻柿子和鲜红的冻海棠、冻山楂，别有一番情调。

抱嶷把火盆的火拢旺，红红的木炭火立刻烘热了赏梅轩。冯媛焚香，抱嶷把暖炉放在她的怀里，她慢慢操琴，与常玉花轻轻地唱了起来。她们合唱着乐府曲调《长相知》：

> 长相知，
> 长相知，
> 磐石牢牢不变心，
> 君心似磐石。

蒲草韧韧不断折，
妾心如蒲草。

长相知，
长相知，
君心妾心不变心，
两心永相悦。
冬雷阵阵夏雨雪，
乃敢与君绝。

拓跋濬和冯燕听得如醉如痴。冯燕抱着冯媛撒娇："姑姑教我唱，教我唱。"

拓跋濬也缠着乳母常玉花："奶娘，你教我唱。这么好听，我也想学唱。"

常玉花意味深长地看了冯媛一眼，笑着："燕儿操琴，濬儿来学唱。"

冯燕一边抚琴，一边跟着常玉花学唱。心灵手巧的冯燕在冯媛的教导下已经粗通抚琴，虽然不够熟练，需要冯媛不断提醒和指导，但也已经可以弹成曲调，勉强可以伴随常玉花的唱。

学了几遍，这对小儿女已经可以自己哼了。

常玉花和冯媛坐到火盆前，冯媛拈起一个红彤彤的冻海棠，慢慢啃咬着。冻海棠如冰坨一样，需要慢慢地小口小口地咬，方可品味。拓跋濬嚷着要吃冻柿子，抱嶷早就把几个冻柿子放在冰冷的冷水木盆里融化，他从冷水里抓出一个捏了捏，冻柿子软软的已经完全融化，他用绸帕擦干上面的水，又在火盆上稍微烤了烤，不让它太冰，这才递给常玉花。常玉花小心地剥去柿子皮，一点一点挤着喂给拓跋濬。拓跋濬嫌麻烦，抓了过来，自己吃，脸上一下子沾了许多柿子汁液，把自己搞成个大花脸。冯燕小心地小口小口吃着，不让柿子汁液沾在脸上。

冯媛问常玉花："皇帝和太子都在外面，不知最近宫里朝中有什么新闻？"

常玉花嗑着瓜子，说："我好像听说，太子东宫被吴王和宗爱封了，好像还抓了太子的侍郎任平城和仇尼道盛。"

"什么时候的事？你怎么不早告诉我？"冯媛呼地站了起来，大惊失色。

常玉花摇头："我也是刚刚听说的。刚才只顾赏雪，给忘掉了。再说，我觉得跟我们关系不大。"

"你怎么这么糊涂啊。你是太子儿子的乳母，怎么说是和我们关系不大呢？要是太子出了什么事情，你这乳母还有什么前途啊！你啊，怎么这么没有头脑！"冯媛戳着常玉花的额头责备。

常玉花不好意思地笑着。

"快说说，什么时候的事情？"

"我是听王遇刚才说的。王遇，你来给左昭仪说说。"

王遇走了过来："回娘娘，奴家今天出宫，听几个太监在一起嘀咕，奴家过去打探，他们都三缄其口，不愿详细说。我隐约听说，是吴王命令，下令封了太子在北苑的仓库，拘禁了任平城。仇尼道盛逃跑了。奴家就听说这么多。"

"坏了！坏了！"冯媛在赏梅轩走动着，眉头紧锁，忧虑地自言自语："太子要是知道这事，不加克制，采取过激行为，这就要坏朝政大事了。这吴王余，行事怎么这么草率呢？不行，我要去找闾氏右昭仪，看看能不能劝说闾氏，让闾氏劝说吴王在代太子监国的时候谨慎行事，约束自己检点自己。"

"公主，你可不要犯傻。"常玉花劝阻。

"不！我要去试一试。听不听在她，我尽心了就是。"

"万一，她以为你知道他们的阴谋，起歹心害你如何？"常玉花担忧地说。

"我估计右昭仪不会的。再说，我哪能知道他们的阴谋呢？我不过对右昭仪提醒一下，吴王监国要循规蹈矩而已，她不至于害我性命吧。何况，去之前，我要先去皇后赫连氏那里一趟，争取和皇后一起去。她总不敢连皇后一起谋害吧。"

常玉花点头："这样才稳妥一些。不过，公主还是小心说话，千万不要流露出你知道他们阴谋的样子。"

冯媛和皇后赫连氏一起来到右昭仪宫里。闾氏右昭仪很吃惊，拿不准皇后和冯媛一起来找她为何事。

皇后坐到主位上，冯媛坐在她的左手。

闾氏右昭仪小心赔着笑脸，给皇后和冯媛问好行礼。“皇后娘娘和冯昭仪大驾来到本宫，不知有何指教啊？”

皇后赫连氏不善于说话，就看了看冯媛，用生硬的汉话说：“冯昭仪，你说吧。”

冯媛微笑着：“皇后娘娘，那我就先说，等一会儿，你下懿旨。”说着，她就转向闾氏右昭仪：“右昭仪娘娘，皇后和我想知道吴王监国期间为何拘禁了太子的属下。吴王是闾氏右昭仪的儿子，他行事大约会跟昭仪娘娘你商量吧。”

闾氏右昭仪急忙摇头：“监国吴王有他的辅宰，他行事不跟我商量。我对他监国处理朝政大事一概不知。”

冯媛摇头：“本宫不相信你的解释。吴王是个孝顺听话的孩子，他不会不跟你商量的。皇后娘娘，你相信吗？”

皇后赫连氏也连连摇头。

“你看，连皇后都不相信。本宫相信，吴王孝顺，听从娘娘你的指教。本宫以为，皇帝和太子在外征战流血，监国要让国内安定，才能让皇帝和太子在外安心征战。要是拘禁太子属下的消息传到太子耳朵里，太子如何能够安心在漠南驻守？万一太子不安心驻守漠南，北方的边寇乘机入侵，皇帝向南的大计被破坏，这等大事谁敢负责啊？本宫以为，娘娘要劝吴王善待太子属下，先放还任平城，取消封禁，让太子安心驻守漠南的好。”

闾氏只是不说话。

冯媛还是苦口婆心地劝说着。

闾氏右昭仪终于不耐烦，她紧皱眉头，嘬着牙花：“儿大不由娘啊。这是大家都知道的老话。冯左昭仪自己没有儿子，不知道育儿的道理，只管在这里聒噪。吴王得到皇帝的诏令，让他代太子做录尚书事处理朝政大事，他既然得到皇帝的允许，就有权处理一切朝政事务。何况，还有得到皇帝密令的宗爱的支持，本宫奈何得了？皇帝一向反对内宫干政，这规矩不知冯左昭仪可曾记得？本宫怎么敢干政呢？即使监国是本宫的儿子！”

冯媛被抢白得半天说不出话来。

皇后赫连氏用鲜卑话说：“冯左昭仪这是一片好心，你可要好自为之，不要搬起石头砸了自己的脚！”说着，起身拉着冯媛拂袖而去。

闾氏轻轻地啐了一口,冷笑着:"狗拿耗子多管闲事!"

常玉花等在昭阳宫,见冯媛回来,急忙上前:"怎么样?闾氏右昭仪可曾听你们的劝说?"

冯媛摇摇头:"没有用处。她什么也不说,只推说她什么也知道。不过,从她眼睛里看出她在撒谎,她什么都知道。而且,我断定,有些事是她策划的。"

"我刚才从侍讲师傅那里又听说了一些情况,这就赶快来告诉娘娘。"常玉花一边搀扶冯媛坐下,一边急急地说:"侍讲从朝中听说,太子已经从盛乐动身,率领军队回平城来了!"

冯媛一脸忧愁,连声说:"这下更麻烦了。太子回来一定是向吴王问罪的!这下朝中要乱了!怎么会这样呢?也不知皇帝现在在哪里?他知不知道宫城里的情况?"

常玉花为冯媛脱去皮帽和皮靴,给她换上松软的毛毡靴,说:"听说皇帝已经打到长江边上,准备渡江了。"

"但愿皇帝不要渡江。长江天险,即使渡了过去打到金陵,也难以一时扫平江南。如果江南不平,皇帝不能及早回来,这后方乱了阵脚,他将腹背受敌,形势危殆啊!"冯媛忧心忡忡,眉头紧锁,唉声叹气。

"这可怎么好呢?"常玉花也着急起来。冯媛的忧国忧民感染了她,让她也学会关心国事了。

"我要派人送信给皇帝。"冯媛站了起来:"乙浑在不在家?"

常玉花摇头:"他跟皇帝出征了。"

"王睹呢?常英呢?哪个在?"

"王睹在。"

"让他跑一趟你舍得吗?"

常玉花豪爽地回答:"那有什么舍不得的?让他去就是了。只是,路途这么遥远,什么时候才能把信送到啊?"

冯媛说:"这没关系,沿途都有驿馆,他们知道皇帝的行踪,会安排王睹歇息,给他准备马匹,指引他路线的。"

"我这就让人去找他来。"常玉花说着就往外走。

"小心不要走漏风声。"冯媛嘱咐着:"尤其不要让宗爱知道。"

## 9.拓跋焘兵临长江岸　皇太子就擒弹指间

拓跋焘站在瓜布山临江行宫的高台上,昂头挺胸,胸前长髯飘拂,脚下长江水白浪滔天滚滚东流。

拓跋焘心潮起伏,如眼前这江水一样难以平静。

将近半年的马背车驾,他从北到南,走了几千里。渡过滔滔黄河,渡过滔滔淮河,如今,已经站到滚滚长江的岸边。是不是要继续向南推进呢?他有些犹豫了。打过长江去,一统江山,建立千秋功业,这是他从小被祖父道武帝抱在怀里置于膝上时,就被灌输的思想,是他被立为太子以后从来没有忘过的梦想。如今,站在长江边上,江面上的风吹拂着他发热的脸,长江滚滚浪涛的拍岸声灌满他的双耳,对岸的南朝将士依稀可以辨认,他却犹豫了,答应了南朝刘宋王朝的求和。

这到底是为什么?他也说不清。是害怕打过江,力量不足以消灭南朝刘宋王朝?还是担心自己过了江难以后退?这些因素都有一些,但是,这都不是主要原因。主要原因深藏在他的心底。那便是他对太子的担心。太子北伐驻扎漠南,替他守卫北方疆土,防备北方各部落趁他南伐的时候入侵魏国。其实,这是他褫夺太子监国权力的第一步。那么聪明能干的太子不可能不意识到这一点。他要时刻关注太子的反应。太子驻扎漠南,手中掌握军队,他会不会心怀不满做出什么不轨行为呢?但愿他信赖的他喜欢的儿子不要有进一步的行为。他祈祷上苍。不过,他并不敢放心,人心隔肚皮,为了皇权,父子相残也是屡见不鲜的。他拓跋氏家族有很多的先例。所以,虽然他行进在向南的途中,但日日关注着太子的动向。京都里的宗爱每日都会派快使向他专程报告太子的动向。

前几天,探子回来报告说,太子正率领队伍从漠南掉头南进,是回平城,还是想加入他南伐的队伍?这消息叫他极为紧张。

太子拉着队伍向南而来,到底想干什么?他并没有诏令他南进啊。这瘪犊子,是不是要作乱呢?这一两年,太子的所作所为开始叫他担忧,但是,他把这担忧压到心底,没有任何流露,不想让父子相残的事情发生在他们父子中间。难道这反倒纵容了太子不成？难道太子以为他拓跋焘已经到了老不中用可以一脚踢开取而代之的时候？

不行！他不能容忍太子胡作非为！他要想办法除去这一隐患。

果真，他刚刚收到冯媛密使报来的消息。太子队伍向平城进发，太子准备回平城夺权了！他要夺回的不仅仅是他失去的监国大权，而是皇帝的大权！

拓跋焘愤怒了。他该怎么办？他没有估计到太子会这么绝情这么破釜沉舟孤注一掷！他远在长江边上，平城的事务他如何能够处理呢？太子一回到平城发动政变，宣布自己登基，宣布改元，拓跋焘就无能为力，一切都将成定局！他将来只能成为失去权力的赋闲的太上皇，或者还有可能被亲生儿子害死！像他的祖父道武帝拓跋珪一样，一世英雄，却落个死于亲儿子手中的下场！不！不能让这悲剧在他身上重演！

拓跋焘对着滚滚长江咆哮着："不！不能！"

在长江边上，拓跋焘果断止住南进的步伐，准备回头去整治他的国家了。

拓跋焘皱着眉头，凝望着后浪推前浪的滚滚江水，沉思着。一个计谋在他头脑里出现了。

对！就这么办！他握着一个拳头，用力砸在另一个手掌的掌心里。

新春正月元日到初三，拓跋焘在瓜步庆贺新春，庆贺胜利，在江边大会群臣，颁布嘉奖，奖赏百官，文武受爵者二百多人。初四，拓跋焘便回师，一路上，又连破多个城池。二月，拓跋焘渡过黄河，驻扎在鲁口。他要在鲁口等待太子的到来。

太子的队伍来到平城城下，平城城门紧闭。太子命令守城禁军开门。城头守卫说，他们接到吴王命令，吴王说他有皇帝的诏令，禁止太子入城。

太子十分愤怒，便命令守军攻城。守军不敢与太子对垒，只好打开城门。太子率领军队进了平城。吴王拓跋余听说太子进了城，吓得躲进右昭仪宫不敢出来。太子宣布恢复自己的监国权力。为了稳定朝政，太子没有进行清洗，也并不准备宣布自己登基，他还没有足够的准备。父皇正领兵南进去实现拓跋氏的梦想，准备统一大江南北，他不能在这关键的时候掣肘，影响父皇实现宏图大志。即使做皇帝,做一个大一统的大国皇帝不是比只统治半个中国更神气吗? 他何苦在这个时候宣布登基呢? 只要平城皇宫在他手中,他没有失去太子地位,这皇帝迟早是他的!

太子不傻。

太子在宫城里静静等待着南方的消息,关注着拓跋焘的行程。听说父皇打到长江边上,正月十五,太子在宫城里也举行了大型的庆祝活动,祝贺皇帝的胜利!

二月的一天,太子带着仇尼道盛和侍卫巡视他的仓库。仓库里堆积着如山的绫罗绸缎,大量的金银、粮食,地窖里存着许多美酒、兵器。太子走在仓库里,喜笑颜开,他摸着绸缎,看着金银,哈哈地笑着。积累了这么多财富,他感觉好极了。父皇的仓库不过也就这样吧。有了这么丰厚的储备,他觉得自己底气更足了。

正在这时,一个虎贲前来报告说,前方派来一个急使,立等着见太子,有万分火急的事情报告。

太子和仇尼道盛急忙走出仓库回宫。

急使撞进太子宫殿,把一封密封的信交给太子。这是前线来的急信。拓跋晃急忙拆开,看了几行,眼前一黑,身体趔趄了几下。

仇尼道盛急忙上前搀扶住太子:"太子殿下,殿下! 你怎么啦?"

太子稳了稳神,又看着信,眼泪流了出来。"父皇受了重伤,他们正在送父皇返回平城。父皇要我紧急起身到鲁口去接驾。"太子把急信交给仇尼道盛。仇尼道盛看着。

"鲁口在什么地方?"太子问仇尼道盛。仇尼道盛摇头。

"快下令,准备起驾动身到鲁口!"太子立刻传令,让殿中尚书鸿胪寺做好准备,选择吉日动身迎接圣驾。

仇尼道盛有些疑惑:"为什么要让太子到途中去迎接呢? 这朝中没有人怎么行啊?"

太子摇头:"没有关系的。朝中的事情暂时由殿中尚书管理,我们迎接皇帝很快就回返回的。"

仇尼道盛还是满腹狐疑:"臣觉得,太子还是守在平城稳妥。皇帝受了重伤,需要立刻返回平城,不宜在途中停留的。"

乳母皇太后

太子眼睛流泪："也许父皇伤势很重，也许不宜行走，需要在途中停留以养伤。他想见我，也许是要交代许多重要的事情。我一定要去迎接他！"

仇尼道盛不敢再说什么，只是追问："太子准备让谁来监国？万一吴王东山再起，如何是好？"

太子摇头："不必过虑。让高凉王拓跋那监国，我放心的。你就留守东宫与高凉王一起处理朝政吧。"

鲁口皇帝的行宫里，拓跋焘不安地等待着太子的到来。二月末的天气，乍暖还寒，拓跋焘披着貂皮斗篷，在行宫的寝宫里，坐卧不宁。他来到鲁口已经几天，估计太子也差不多应该到了。太子要是按时来到鲁口行宫，一切都会按照他的精密部署实施。可是如果太子有疑心死守平城，他的计划就必须改变，将来的局势能否在他的控制之中，他也无法预测。太子的野心已经暴露无遗，他必须依照自己部署行事，不可有一点犹豫。宁可我负人，不可让人负我。拓跋焘很欣赏曹孟德的处世原则。成大事者，自然要果断，要寡情，万不可优柔寡断，不可以情误事。他们拓跋鲜卑人有重母轻父的传统，为了自己，他们是可以轻易杀掉父亲的。所以，假如他念父子情，那不念太子情的太子很可能抢先行动。

行宫里响起打更的梆子声，已经三更了，远处似乎已经响起了第一声鸡鸣，拓跋焘还是不能入睡。他躺到卧榻上，太子童年时的可爱模样浮到他的眼前。他猛然挥手，大喝一声，驱走了太子的面容。他不能让太子童年的模样软化他的决心。

拓跋焘终于闭上眼睛，朦朦胧胧看到太子来到他的卧榻前。太子拓跋晃伸出手，轻轻抚摩着他的脸颊，关心地问："父皇，你好些没有？"

拓跋焘的眼角流出眼泪。他抽泣着，伸手去抓儿子。这时，虎贲赶来，抓住拓跋晃，拖着他，一个虎贲举起大刀朝拓跋晃砍去。"不！不！"拓跋焘喊叫着挣扎着去救太子。可是，大刀已经落到拓跋晃的头上，一腔热血从拓跋晃的脖颈喷涌而出，洒落在他的卧榻上，身上，脸上。

拓跋焘挣扎着喊叫着。

"陛下！陛下！"有人在喊他。拓跋焘终于睁开眼睛，浑身大汗淋漓。他捂住自己的心口，害怕狂跳的心蹦了出来。

侍寝太监正轻轻地唤醒他。

拓跋焘坐了起来。是不是应该改变计划？拓跋焘犹豫着。拓跋晃毕竟是他的长子，他曾经那么喜欢的儿子，最有他风范的儿子，最有作为的儿子，最可以继承事业的儿子。也许，不该杀他？

太监进来报告，说太子已经来到行宫，正进宫来要见皇帝。

刘尼率领的几十个精悍的军士早就等候在宫里，他们现在就埋伏在皇帝的寝宫后面，等候皇帝的诏令。

拓跋焘在太监的侍候下，穿好衣服，披上金黄的绫罗斗篷，走出寝宫，来到前面，准备召见太子。

太子等待在前殿里，正心急不安地走来走去。他不明白为什么不立刻让他去见重伤的父皇，却让他等在这里。父皇的伤势如何呢？他揣测着。突然，虎贲大声呼喊："皇帝驾到！"

拓跋晃吃惊地呆立着。拓跋焘大踏步昂首挺胸从后面走了出来。太子心下大惊：父皇没有受伤！一时间，他感到自己上当了！父皇为什么要欺骗自己呢？他对自己还是存着戒心啊！

拓跋晃急忙跪下磕头："父皇万岁！"

拓跋焘让太子站了起来，微笑着说："你失望了吧？"

拓跋晃急忙说："看到父皇无恙，儿臣高兴还高兴不过来，何来失望？父皇为何说这等话？只是儿臣不明白，父皇为何要骗儿臣说是重伤，让儿臣担忧了一路。"

拓跋焘目不转睛地盯着太子的脸，太子的脸上满是征程的疲劳，说话的时候眉宇间流露出一些不满。

拓跋焘心中立刻愤怒起来：这瘪犊子！对朕很是厌恶呢！瞧他那脸色！

拓跋焘冷笑了一声："不说受了重伤，你能来吗？你是打算来迎接朕的灵柩吧？"

拓跋晃正要辩解。拓跋焘厉声问："朕来问你，你为甚私自离开漠南回平城去？回平城是不是宣布自己登基了？"

拓跋晃扑通一声跪倒在拓跋焘的面前："父皇英明！儿臣私自回平城，是不得已而为之！儿臣只是来不及禀报父皇而已，何来宣布登基这样忤逆

乳母皇太后

的事啊！父皇不要听信谗言,误会儿臣啊!"

拓跋焘胸中已经充满了怒气。多年来积聚的猜忌不满都化作愤怒,如今冲决出来。他朝后面挥手:"来人! 给我把这叛臣贼子拿下!"

宫中埋伏的虎贲冲了进来,把拓跋晃捆了个结结实实,吆喝着推向后面。奴才最喜欢看主子失势,他们对待失势的主子要比当年主子对待他们还残酷。有的虎贲踢他一脚,有的给他一拳,他被推搡得跟跟跄跄。拓跋晃已经被吓得没有了任何保护自己的意识,他不反抗,不向皇帝求饶,木呆呆地被推搡着离开大殿。

外面有一个特制的木笼车,木笼里放着一张铁床,铁床上布满尖锐的铁锥,那就是拓跋焘为太子准备的囚笼,他要让太子坐在这特制的囚车里回平城。这就是他为那些胆敢觊觎他皇位的人准备的下场。

拓跋焘冷冷地站着,紧紧咬着牙关,脸上的肌肉一阵一阵抽搐。他的心里只有仇恨,没有一丝同情,梦境中的一丝怜悯早就消失得无影无踪。

## 10. 皇帝清洗太子党　乳母帮助皇孙郎

皇帝因禁了太子,又率领队伍向平城进发,三月中到达策勋,平城东郊。东郊是一片冈阜,东面是汉高祖被匈奴围困的白登山,白登山周围15公里被辟为广大的苑囿,苑内建有太祖庙,又称东庙,供奉拓跋珪的神主。

三月下旬,柳树已经垂下万千绿绦,随春风飘拂。榆树上结了一簇一簇黄绿色的榆钱,有馋嘴的男孩子上树捋榆钱吃,也有农人砍一抱榆树枝条回去蒸着吃。东苑里,草长莺飞,李树、桃树、杏树,正姹紫嫣红,蜜蜂在树间嗡嗡嘤嘤吟唱,飞来飞去,忙碌地采集花蜜。农人已经在田地里忙碌,锄草,浇水,蚕农在桑树采集桑叶,回去喂蚕。

拓跋焘的队伍驻扎到东苑,皇后率领后宫,高凉王拓跋那率领全部朝臣王公来到东苑,迎接车驾南伐归来。在东苑,拓跋焘把一路俘获来的五万人口安排到京畿附近的各郡,让他们安家落户,其中一些人口作为赏赐,分赏随他出征和留守的将领。

他要在这里告祭祖先。他要把自己的决定告祭最敬重的祖父拓跋珪,他要让祖父知道,他已经完成了南伐的任务,如今凯旋。他还要让他的祖父知道,他如何处理他的逆子。

拓跋晃被关在囚车里,囚车被严密地遮掩着,单独押解,除了拓跋焘和刘尼,没有人知道这车里装着什么人。囚车里的拓跋晃已经奄奄一息。铁床上的铁锥把他刺得浑身血肉模糊,刚刚结疤,被颠簸的车子又碰得鲜血直流。他一路号叫,却没有人同情他,没有人来救他。他的父皇坐在华贵舒服的高车里,距离他十几里远,他的喊叫对方听不见。

拓跋晃几次向囚笼碰撞,希望早日结束这生不如死的日子。可是,囚车太狭小,他根本用不上力。他多次故意去碰撞那些铁锥,希望铁锥刺破他脖颈上的血管,可是头被铁链锁着,他无法达到自己的目的。他故意咒骂守卫他的士兵,希望激怒他们,让发怒的他们一枪刺死自己。可是那些士兵除了存心折磨他,并不敢私自处死太子。他们要完成皇帝交给的任务,把太子带回平城。

拓跋焘按照宫里定制祭拜了拓跋珪,把太子的叛逆向拓跋珪秉明,他觉得自己心安理得,不用惧怕祖宗的惩罚了。

祭祖以后,拓跋焘回到平城皇宫,立刻秘密拘禁东宫的主要属员,仇尼道盛和任平城首批被诛,不久,又赐死随太子从漠南返回平城又替太子监国的仪同三司、高凉王拓跋那,然后宣布大赦天下,下诏书改定律制。

六月,太子拓跋晃在饱受折磨后,死在牢笼里。拓跋焘宣布了太子的死讯,不过,他还是把拓跋晃安葬在云中金陵,谥景穆太子。

六月,拓跋焘宣布改年为正平。正平,只有他拓跋焘的统治为正,只有保持他的统治才能平安,当年他庆贺皇太子监国和皇长孙出生的太平真君年号随着皇太子的死去而消失了。

七月,拓跋焘秘密平息了太子事件以后,到阴山牛川行宫避暑。在阴山广德宫行宫里,拓跋焘继续进行清洗,减去各曹官员三分之一。

十二月,太子死去已经半年,拓跋焘又开始考虑立太子的事情。老二拓跋余的表现叫他失望,他监国时候,没有很好控制朝中局面,正是他,在没有获得自己同意的情况下对太子东宫进行草率的查封,造成太子私自返回平城的恶果。所以,拓跋余已经不在他的考虑之列。

拓跋焘属意三子拓跋翰。拓跋翰是舒椒房的儿子,与拓跋余年纪相仿,只小个把月。太平真君三年，弟兄几个一起封王，长子拓跋晃封太子，拓跋余封为吴王，他被封为秦王。秦王翰现在是侍中、中军大将军，随他出征，勇武过人，而且"忠贞雅正，百僚惮之"（《魏书·太武五王列传》）。他镇守羌戎，以信惠抚众，羌戎都敬服。

不过，拓跋焘决定，还是暂时不封太子好，他才四十四岁，还年富力强，暂时不立太子，以防太子野心生成，影响他的皇位。太子拓跋晃的教训叫他心悸，也叫他心疼。经过这半年的明察暗访，他还是觉察到一些事实真相。太子虽然有野心，可是并没有像他猜忌的那样，太子并没有想篡夺皇位，他只是想保住自己的太子地位而已。所以，拓跋焘想起太子的死就心痛。

十二月，拓跋焘决定先封王，封皇孙濬为高阳王，封秦王翰为东平王，燕王谭为临淮王，楚王建为广阳王，吴王余为南安王。

常玉花来见冯媛。拓跋濬被封为高阳王，按照规定要到藩地高阳居住。她前来冯媛这里讨教。

冯媛一直忧心忡忡地关注宫城里半年来的事变。虽然她对太子私自返回宫城有过担心，但是，她对太子的死还是感到十分可惜。太子的能力，是她能够感受到的，太子的雄心壮志也叫她很佩服。对于太子的死，虽然朝廷和皇帝一直解释说太子是忧虑而死，但是她不相信。太子那么有谋略，有决断，能够因为仇尼道盛、任平城等人的被诛而忧虑害怕而死？太子是被皇帝处死的。她私下这么猜想。虽然这内里情况她不清楚也不敢过问，但是她坚信自己的判断，她能够猜到太子死亡的原因。在太子的问题上，她们这些后宫妃子绝不敢过问，朝廷内外噤若寒蝉，谁也不敢私下议论一个字。七月阴山的削减官吏，凡是与太子关系密切的官员都被削职，还牵连了一些曾经流露出同情太子言论的官员。所以，冯媛断定，太子死于皇帝之手，是皇帝处死了他的儿子。

常玉花如今已经开始发胖。不过，她倒是更加富态，很有宫里命妇的仪态了。

常玉花还是喜欢绣花。她一边绣花一边与冯媛闲聊。冯燕在一边读书写字干自己的事情。

"濬儿封了高阳王，不久就要离开宫城到藩地去了。"常玉花长吁短叹：

"看来我也要离开宫城了。真舍不得。"

"我也舍不得你呢。"冯媛叹气："知道什么时候出发吗？"

"不知道。自从太子死了以后，濬儿很难受，人也瘦了许多。小小年纪，从小不知道亲生母亲，现在连父亲也没有了。想想真可怜！"常玉花叹气，眼泪也流了下来。

"多亏你这乳母了，要不濬儿更可怜。你心眼好，疼他。"

"我们女人就这样，只要他吃了自己的奶，就把他当成自己的亲生孩子看待。我现在只是把他当作我的孩子。我自己的孩子反倒淡漠了。昨天偷偷到鹿苑，王睹把她领来，我见了见。她生分，我也生分。她连个娘都不肯喊，还不如濬儿亲我呢。"说着，她眼圈有些发红。

"是啊，孩子嘛，吃谁的奶亲谁，跟谁时间长就亲谁，这是没有办法的。你也别难过。"冯媛劝说着。

常玉花又深深叹气："皇帝看来是准备褫夺濬儿的皇孙地位了。要不也不会封他做高阳王了。可怜受了太子的牵连。"

"是啊。看来皇帝是这个意思。这太子将来不知道要立谁。可是，濬儿还是他的长孙嘛。这长子长孙继承皇位的规矩才立起两朝，就又毁了，以后，这皇宫里可要为争夺皇位争斗了。真是想起来就怕。"

"有没有办法劝皇帝回心转意？保留濬儿的皇孙地位不是利于朝廷的安定吗？"常玉花停下手中的针线活。

"谁敢劝皇帝呢？我也不敢了。皇帝心情不好，很久不幸临昭阳宫了。"说到这里，冯媛叹了口气。

"哎，我有个主意。"常玉花凑到冯媛身边，神神秘秘地说。

冯媛戳着她的额头："看把你能的！你有主意？吹牛！你能见到皇帝？皇帝还去紫薇宫看濬儿？"

"半年都不去了。我哪能见到皇帝啊？不过，我想到一个人，可以见到皇帝，而且皇帝会听他的意见。"常玉花满脸神秘，又往冯媛身边靠了靠。

"哦？谁？说来看看。"

"侍郎高允。"

冯媛瞪大双眼："高允？他可是东宫的侍讲啊？崔浩事件中是太子在皇帝面前保他，要不皇帝连他一起治罪。现在太子失宠于皇帝，皇帝能见他？

不杀他就万幸啦！他敢向皇帝说什么？"

常玉花摇头："高允是太子的侍讲不假，但是皇帝知道他曾经向太子进谏的事。皇帝也知道高允正直，不是太子的死党。所以皇帝不但没有怪罪于他，反倒让他作了濬儿的侍讲。不过，太子的死，给他刺激很深，他好久都不去见皇帝。如果能够说服他去见见皇帝，劝劝皇帝，皇帝也许可以恢复濬儿的皇孙地位，不让濬儿去藩地了。昭仪，你说呢？"

"有点道理。"冯媛点头："那你就去说服高允侍郎，试一试吧。"

"哎哟！我的公主啊！"常玉花扬起眉毛，大惊小怪地说："你当我是谁啊？我算什么啊？我只是一个奶娘，不过一个奴婢罢了，我能说服侍郎啊？这事只能靠昭仪娘娘了！"

"那好吧，你想办法让高侍郎来昭阳宫一趟，我试一试，看能不能说服高侍郎。"

### 11. 奸佞太监阴谋下毒手　盖世皇帝英雄遭暗害

拓跋焘心事重重地半卧在榻上，这半年他心力交瘁。正月里，平城的天气不错，丽日艳阳，不算很冷，宫里的地龙以及火炕都烧得暖洋洋的，平城的煤炭火力旺热气高，宫殿里冬天不冷。他刚刚用过早膳，正想着如何打发上午时光。原本正月里经常要去静轮宫拜太上老君，可是自从崔浩事件发生以后，他已经没有了信奉道教的兴趣。寇天师死了，其他天师已经被太子驱赶出京都，静轮宫也已被太子下令烧毁，如今他连个拜神求保佑的地方都没有。

拓跋焘叹息着，百无聊赖。宗爱谄媚地围着皇帝转来转去，为皇帝出主意想办法。"陛下，到北苑去观斗虎吧。"

拓跋焘厌恶地挥手："天这么冷，跑那么远，干甚呢！不去！"

"要不，奴家去叫高昌西凉乐师歌伎来给陛下弹奏歌舞，如何？"宗爱又凑了过来，满脸堆笑地问。

"去，少在朕耳边聒噪！一边去！让朕清净一会儿！"拓跋焘大喝一声，吓得宗爱浑身哆嗦了一下。他心里有鬼，总担心皇帝发觉他在太子事件中的所作所为。所以，更加小心恭谨，想方设法讨好拓跋焘，也小心防止皇帝

194

接近更多的朝臣。

贾周进来报告,说侍郎高允求见。宗爱眼睛一瞪,抢在皇帝前面呵斥贾周:"你瞎了眼睛吗?没看见皇帝精神不佳,谁也不见!"贾周媚笑着:"是,是!"退了回去。

拓跋焘却大喝一声:"奴才!朕还没有说话,你发的什么命令?请高允进见!"

贾周幸灾乐祸地悄悄瞥了宗爱一眼,急忙答应去请高允。

高允走进永安宫,脱了皮帽,露出一头白发。年已六旬的高允很受拓跋焘的敬重。在崔浩事件中,高允虽然多次叫他生气,但他还是佩服这倔老头的正直。当时,他让高允代他拟诏,自崔浩以下、童吏以上一百二十八人皆夷五族。高允却迟疑不为,他多次发诏催问。高允却屡屡乞请要见皇帝一面然后拟诏。拓跋焘拗不过,只好下诏。高允对他说:"臣只知道崔浩有罪,并不知其他人有罪。即使他们犯罪,也罪不至于死。他们的五族更是不知情。"拓跋焘大怒,命令捆绑高允。太子急忙替他求情。拓跋焘虽然愤怒,但还是听从高允的建议,只崔浩灭族,其他大身死,没有灭族。事后,他对太子说:"不是这老家伙敢于冒犯,让朕愤怒,当有数千口死了!也多亏了他,拯救了这么多人的性命!"

高允跪拜拓跋焘,拓跋焘挥手让他站了起来。高允看着皇帝,想起惨死的太子,眼泪涌了上来,他眼泪汪汪地看着拓跋焘,刚才想说的话却一句也说不出来。

拓跋焘看着高允,眼泪突然也涌了出来。半年前的景象涌上心头。看见高允,他就想起太子。现在他的心中开始产生一些懊悔,他有些后悔自己对太子的猜忌。是猜忌害了太子。太子并没有想篡位的野心。

高允眼泪汪汪,喊了声"陛下",眼泪已经如泉水一样涌了出来,喉头升起的硬块梗在嗓子里,他哽咽着一句话也说不出来。

拓跋焘的眼泪也流下脸颊。

高允哽咽着:"陛下,老臣以为……皇孙……他……是……嗣子……不宜……在……藩……"勉强说完,高允哽咽得头也抬不起来。

拓跋焘已是泪流满面,泣不成声地说:"朕准卿言,皇孙不宜在藩。"说完,他以手掩面,示意让高允退下。宗爱急忙过来把高允搀扶出去。

高允走了以后，宗爱回到皇帝身边，谄笑着说："高允高侍郎是老糊涂了，专门跑来惹皇帝伤心，真是莫名其妙。"

拓跋焘十分伤感："你这奴才什么也不懂！高侍郎被太子多次搭救，他焉能不为太子伤心？"

宗爱惊慌：皇帝对太子事件心生懊悔了！这可如何是好？万一皇帝深入调查，了解到他在太子事件中的作为，可怎么办？

闾氏右昭仪虽然屡屡安慰他，说皇帝不会知道当时的情况，当时了解情况的人都已死去，谁知道你曾经假造皇帝诏令呢？

不过，宗爱还是放心不下。

怎么办？宗爱思忖。万一那假诏书落到皇帝的手里，他就别想活，他的五族也要跟着遭殃。不能让皇帝发现假诏书。

宗爱偷偷溜进右昭仪宫。

右昭仪正在宫里闲坐着看宫女为她缝制衣服。闾氏右昭仪这几个月也是过着提心吊胆的日子，皇宫中这巨大变故与她有密切关系，她也怕皇帝追究。尽管有担忧，但是还是高兴的事情多。太子的灭亡是最叫她和儿子拓跋余高兴的事。太子没有了，她的儿子南安王拓跋余就有成为太子的可能。她怀着隐秘的希望等待着，也在寻找合适的机会，准备向皇帝吹吹枕头风，让皇帝封拓跋余做太子。不过，她只顾高兴，却忘记了一件最可怕的大事，万一拓跋余被封为太子，她将马上被赐死。子立母死，这旧制，她给忘掉了。

"宗大人来了！"右昭仪看见宗爱来，急忙起身，脸笑成一朵花，迎接宗爱。

宗爱见过右昭仪，四下看了看。"下去吧。"右昭仪急忙把左右宫女都屏退下去，问："宗大人有什么事情来见本宫啊？"

宗爱期期艾艾地说："奴家担心皇帝追究南安王监国的事情，赶来见娘娘，希望娘娘把奴家给娘娘的那份诏书还给奴家。这诏书万一被人发现，奴家将死无葬身之地了！"

右昭仪说："本宫当发生什么大事了？原来是这事啊。宗大人过于担心了吧？太子已经死了，东宫的人也被诛杀大半，除了我们三个还有谁知道这诏书的事情啊？不过，预防万一，本宫也想把诏书找回来，可是本宫多次催促南安王，他说当时宣读以后，忘记放到哪里去了，到处找不到。本宫也毫无办法。"

"这可怎么好啊？"宗爱急得团团转了起来。

右昭仪起身，轻轻扶住宗爱，笑着安慰他："宗大人也不必着急。这诏书我们都找不到，还有谁能找到呢？你不必惊慌，事情已经过去了，皇帝不会追究的。"

宗爱唉声叹气，连连搓着手，不知道如何办才好。

拓跋焘今晚决定去右昭仪宫里过夜。从阴山回来以后，他是哪宫也不想去，只在永安宫里歇息，有时诏幸个妃子。也许是心情不好，他现在御妃的能力大大下降。过去他憎恶佛家教授男女之术，因为发现沮渠氏在凉州受僧人坛无谶的诱惑，学男女交接之术，与人通奸，对佛家厌恶之至。这也是他后来禁佛的源始。可是现在，他倒好奇了，想知道男女交接之术，来提升御妃的能力。可是，佛家沙门被他诛杀得几近绝迹，到哪里去找沙门呢？听说道士也好教授男女交接之术，可是天师道天师寇谦之偏偏反对道家的租米钱税及男女交接合气之术，他整饬道教学说，禁绝了这些邪门歪道。拓跋焘信奉了一番道教，也没有学会什么男女合气之术。素女经之类研究男女之术的学问，竟没有人来教他。现在，崔浩被杀，天师道被禁，静轮宫被焚，寇谦之已死，他是想修炼也找不到地方了。

拓跋焘怀着深深的遗憾，只带着随身小太监贾周，来到右昭仪宫。守门虎贲正要通报，皇帝却摆手，自己静悄悄地进了门。

窗户上透着昏黄的灯光，摇摇曳曳，飘忽不定，两个黑影映在昏黄的窗户上。这是一男一女。谁这么晚在右昭仪宫里呢？拓跋焘既生气又有些好奇。他悄悄凑到窗户前，听着里面的说话声。

闾氏右昭仪说："下午宗爱来找过我，要那诏书。你到底找到没有？要是找到，赶快交给宗爱，省得他不放心。"

"儿还是找不到，到处找遍了，就是找不到，不知道当时塞到哪里去了。"

拓跋焘听出来，这是闾氏的儿子南安王的声音。拓跋焘对南安王也是一肚子不满。自己南征，把监国大权从太子手里夺了回来，交给他，以为他可以叫自己放心，谁知在他监国这半年里竟发生那么多大事，不知宫城发生什么变故，才使太子不管不顾，从漠南私自返回平城，导致太子违抗圣旨大逆不道。这期间宫城到底发生了什么事情呢？大臣谁也不清楚，谁也不敢说。看高允那难过的样子，就说明太子是蒙受了不白之冤。

诏书？这诏书是怎么回事？

拓跋焘侧耳倾听，示意贾周和虎贲都不要出声。

谈话继续着。闾氏说："宗爱担心皇帝陛下发现他的行动，所以逼着我非找到这诏书不成。"

"这宗爱也是胆小如鼠。如今这事早都过去了，他还害怕什么啊？真是的！"拓跋余愤愤不平地说。

"他说，近来皇帝有些怀疑太子事件了。他担心皇帝暗中了解太子私自回平城的原因。"闾氏的声音也流露出担忧。

"我看不会！"拓跋余满不在乎地："太子都死了半年多，皇帝即使知道真相又如何？他能承认自己的失误啊？"

"总还是小心谨慎的好。"右昭仪叹口气。

拓跋焘抬起脚踹门而入："好你们娘俩，在谋划什么阴谋？从实招来！"拓跋焘一把揪住拓跋余，咆哮着。

闾氏和南安王拓跋余吓得滚到地上，趴伏着，浑身哆嗦不停。拓跋焘抓着拓跋余的衣襟，把他提起来，咆哮着："你说！不说朕就立即叫人把你拉出去！"说着，拓跋焘低头到腰间寻找佩剑，他是剑不离身的。

闾氏右昭仪扑到皇帝身上，死死抓住皇帝的手，不让他抽剑。闾氏号叫着，哭泣着："皇帝陛下！不要啊！不要伤害你的儿子啊！"

拓跋焘一脚把闾氏踹到一边，从腰间抽出心爱的佩剑，咆哮着："你说不说？"

拓跋余哆嗦着抱住拓跋焘的双腿，呼喊着："父皇，我说！我说！这都是宗爱的主意！他用一个空白诏书假造了皇帝的诏书，儿臣就用这假诏书拘捕了东宫的人，封了太子的苑囿仓库！儿臣也是为父皇考虑，帮助父皇除去东宫势力嘛！父皇饶过儿臣！"

"这就是太子私自返回平城的原因？是不是？他是回来保护他的属下，回来保护他的财产，是不是？要不是你这逆子胡作非为，他是不会私自返回平城的！是不是？"

"是，是！儿臣没有想到消息能够传到东宫耳朵里！儿臣以为儿臣监国可以处理一切朝政大事。太子远在漠南,不会知道的!"拓跋余哭泣着,紧紧抱着拓跋焘的腿:"父皇,饶恕儿臣!都是宗爱出的主意!"

拓跋焘气呼呼坐到卧榻上,闾氏怯生生地走上来,小声劝慰着:"皇帝陛下,太子已经死了半年,陛下如果把事情闹大,让朝内外知道,一定会引起议论纷纷,这会毁了皇帝一世英名啊!请陛下三思!请陛下为你的儿子着想啊!"

拓跋焘双手抱头,苦苦思索着,他呻吟着,泪流满面。儿子?儿子!都是他的血肉,可是他们自相残杀,还把他拖到他们的阴谋中,借他的手处死亲生骨肉。如今,他该怎么办?再杀一个?再杀一个也救不了那一个!

拓跋焘的眼睛在流泪,心在流血。

闾氏轻轻抽去拓跋焘手中的佩剑,把它递给拓跋余。拓跋余接了过去,悄悄塞到袍子下面,藏了起来。

闾氏搀扶着拓跋焘,把他轻轻地放倒在卧榻上。拓跋焘感到无比的虚弱,此时,他任凭闾氏摆布。


小黄门贾周一口气跑回永安宫,宗爱已经睡下,贾周拼命敲着他的门:"宗大人,快起来!快起来!大事不好了!"他隔着门窗小声喊。

宗爱还没有睡着,听到贾周的呼喊,急忙披衣起来,开门让贾周进来。"甚事啊?这么大惊小怪的!"宗爱点亮油灯,不高兴地问贾周。

"皇帝到右昭仪宫,听说假诏书的事,正在追问南安王和右昭仪呢。我急忙跑回来给你报信。也许现在,他们已经交代出你来了。一会儿可能就要派人来抓你了。快拿主意吧!"

宗爱浑身颤抖起来。他跳下地,在地上走来走去。

怎么办?宗爱浑身颤抖,手脚哆嗦,头脑里轰响着各种声音,让他不能集中思考。宗爱扶住炕沿,坐到炕上。

"快想办法吧。我还要回去伺候皇帝呢。"小黄门说着,就要走。

"等等!"宗爱突然叫住贾周。"皇帝该喝热奶了吧?"宗爱冷静地问。

贾周苦笑着:"照过去的习惯是该喝热奶的时候了。可现在是什么时候,皇帝还顾上喝热奶?"贾周说着跑了出去。

宗爱竭力使自己平静下来:不要慌!不要慌!镇静一点,赶快想办法!

他终于让自己停止了颤抖，头脑也逐渐清醒起来。与其坐以待毙，不如铤而走险，也许还有一条生路！

他只有铤而走险了！他打开自己的房门，四下看看，皇帝还没有回来，他有了办法。他从桌子上拿起一个瓷瓶。这瓷瓶里装着皇帝赐死臣下的毒药，由他保管。他从瓷瓶里倒了一些白色粉末在一张纸上，包了起来，揣到怀里。

宗爱站了起来。此时，他的头脑出奇地冷静。他穿好衣服，外面还很冷，他不能着凉生病，还有许多大事要办呢。

宗爱小心走出自己的房间，转过身仔细掩好门，四下看看，永安宫里没有动静，院子里也没有人走动。他向外边走去。

值更的太监虎贲都已经熟睡，油灯蜡烛照亮着寝宫。拓跋焘寝宫外面的地龙火灶上放着皇帝的奶罐，奶罐里装着供拓跋焘随时饮用的鲜牛奶。

宗爱四下看看，周围没有一个人走动。宗爱从怀里掏出纸包，把毒药倒了进去。他把奶罐晃了晃，放好奶罐，急忙离开拓跋焘的寝宫。他慢慢走出大院。当值的虎贲大声吆喝着："谁？"他们看清是宗爱时，急忙行礼致意。

"中常侍哪里去，这么晚了？"当值的虎贲校尉问。

"去看看皇帝陛下。皇帝陛下在右昭仪宫。"宗爱像平常一样回答着走了出去。

一出宫，他就加快了脚步，向右昭仪宫奔去。他要去看看皇帝的动静。


拓跋焘躺在卧榻上，头脑开始迷糊起来，经过刚才的折腾，刚才的暴怒，叫他一时头晕眼花，他觉得自己筋疲力尽，他的眼皮沉重起来，睁也睁不开。

闾氏右昭仪拿着一张缎面羊皮被给皇帝轻轻盖到身上，自己坐到皇帝身旁，看着皇帝。拓跋焘明显地衰老了，头发须髯已闪烁出银白，皱纹密密地簇拥在眼角，脸色也明显不如过去。除了征程的磨砺，更多的原因是这一年来的精神创伤对他的折磨。对太子的猜忌，太子的死，以及太子的死对他良心的折磨，尤其近来，发现自己误解太子的一些端倪叫他费心思量，都大大折磨着他的内心，叫他突然显得衰老了虚弱了。听说，他服食丹丸，所有这些，都在慢慢戕害他的身体。

闾氏右昭仪竟有些心疼起来。

拓跋焘的嘴角抽搐，咬牙切齿，脸上立刻狰狞起来。闾氏惊慌，急忙站了起来。拓跋焘嘴角抽动，突然大喊一声："杀死他！"胳膊抬了起来，狠狠劈在闾氏的身上。闾氏趔趄了一下。

"他怎么啦？母亲？"拓跋余急忙扑过来，扶住闾氏。闾氏惊慌地摆着手，不让拓跋余说话。她小心凑了过去，看了看拓跋焘，拓跋焘眼睛还在紧闭着，似乎没有清醒过来。拓跋焘的脸上，罩着浓浓的杀气。这是闾氏很熟悉的杀气，是他出征蠕蠕，杀死蠕蠕部众的杀气，也是出征凉州，消灭沮渠氏的杀气，是赐死右昭仪沮渠氏的杀气，也是诛杀崔浩及其族人与属下几百人的杀气。看着看着，闾氏突然害怕起来，她连连后退几步，浑身哆嗦起来。

"母亲，你怎么啦？"拓跋余惊慌地问。

闾氏嘴唇哆嗦，手指着拓跋焘："他，他……"

"他怎么啦？"拓跋余不解地问。

"他会杀死我们的！"闾氏终于抖着嘴唇，说了出来。

拓跋余脸色铁青狰狞。他狠狠咬着嘴唇，从牙缝里挤出几个字："不！不！"他的脑海里闪过拓跋丕的影子，虽然他不知道拓跋丕什么模样，但是，他知道对方的事情，那个杀死父亲的清河王。

拓跋余突然恶向胆边生！杀了拓跋焘，他就能够登上帝位做魏国皇帝！这难道不是好机会吗？

拓跋余脸色狰狞，纵身扑到拓跋焘身上，紧紧地掐住拓跋焘的喉咙。拓跋焘挣扎着，踢着腿，拓跋余喊闾氏："来啊！帮帮我！"闾氏跑了过去，扑到拓跋焘身上，帮助拓跋余死命按住拓跋焘，拓跋焘挣扎了一会儿，脸色变得青紫，慢慢地不动了。拓跋余还是紧紧地掐着他的脖子，不敢放手。

闾氏一屁股坐到地上，浑身瘫软，像一堆烂泥。

拓跋余急忙把缎面羊皮被拉起来盖住拓跋焘的头，拉起母亲闾氏，让她坐到坐床上，给她拍着后背，帮助她恢复过来。


宗爱来到右昭仪宫，贾周和随行太监都在厢房坐着歇息。皇帝昭仪不传，他们都不敢进去伺候。贾周看见宗爱来，吓得面无土色，他嘴巴大张："我的妈呀，你不要命了！"他正要喊，宗爱严厉地瞪了他一眼，他急忙捂住嘴巴，把已经冲出喉咙的声音硬是压回去，嗓子里咕噜了一声。

大家起身给中常侍行礼。宗爱挥手让大家坐下,问贾周:"皇帝陛下呢?"

贾周回答:"可能是睡下了,昭仪娘娘宫里没有声音。"

"我去看看。"宗爱先侧着耳朵贴在门上仔细听了一会儿,里面有些声音,却听不清楚干什么。他移到窗户前,贴着耳朵又仔细听了一会儿,里面的动静还是不大。

宗爱犹豫着,不知该不该进去。万一皇帝已经知道他的事情,他这一进去不是自投罗网吗?

可是里面很安静,不像皇帝知道事情真相的样子。皇帝知道事情真相,还会这么安静吗?贾周刚才说,皇帝踹门而入,现在怎么这么平静了?也许昭仪娘娘施展女人的魅力,抚平了皇帝的怒气?女人是很有办法的。

管他的,先推开门,悄悄看看再说。宗爱小心地挪到门口,小心地把门推了一下,门开了个小缝。宗爱心中一喜,门没有上栓。他稍微加大力气,把门推开。他闪身进去,贴着墙壁,轻轻地像猫一样高抬腿轻落步,一步一步向房里挪去。

拓跋余还在给间氏揉搓,轻轻地呼唤着间氏:"母亲,快清醒吧。什么时候了?你还发癔症啊?"

间氏长长出了口气,摇晃着身子,颤抖着声音问:"我们可怎么办啊?"说着,竟哭出声来。

拓跋余急忙捂住间氏的嘴,严厉呵斥:"你不想活了?"

间氏在拓跋余的呵斥下急忙停止哭,六神无主地重复着:"怎么办啊?明天天亮,我们怎么办啊?"

拓跋余说:"我们要想办法赶快把他送回永安宫,然后想办法。"

"这可怎么送回去啊?他的侍从都知道,他来了我们这里。"

"这需要宗爱帮忙。"拓跋余说:"我去找他。"

宗爱心中明白,他们母子已经谋害了拓跋焘,不禁暗自长出了一口气,心下顿时轻松了许多。现在他不必担心皇帝的惩罚了。他一闪身,从黑影里走了出来,压低声音严厉地喊:"你们干的好事!"

这声音犹如一声炸雷在高大宽阔的宫室里炸开,把间氏和拓跋余惊得一下子跌坐在地上,浑身又抖成一团。

"谁?"拓跋余勉强站了起来,壮着胆子小声问。

"我!"宗爱走上前,来到拓跋余面前。

"哎哟,我的娘!中常侍,你可吓死本王了!"拓跋余惊魂未定,声音还是抖抖的,不过却已流露出极大的喜悦。

"你们把皇帝怎么啦?"宗爱四下看着,小声问。

"我们还不是为了保护你?皇帝来追问假诏书的事情,我们看大事不好,就只好先下手,让皇帝陛下睡觉了。要不然,我们一起玩完!"拓跋余凶狠地说,同时抽出皇帝的佩剑:"今天已经是这样了,宗大人帮忙不帮忙?不帮,宗大人可就别想从这里活着走出去!"

宗爱急忙后退几步,赔着笑脸:"南安王有话好说,不要这样嘛。你刚才不是说要找我吗?我已经来了,你有话就直说。"

闾氏拉过拓跋余,自己过来:"宗大人,我们已经成了一根绳子上的蚂蚱,跑不了我们,也跑不了你。现在要是我们同心协力,这魏国皇帝就是拓跋余的,你就是录尚书事,总管朝中内外大事。现在,我们需要做的是把皇帝送回永安宫,然后,找一个合适机会宣布皇帝薨了,让朝野内外不生怀疑。"

拓跋余还是不放心宗爱,又执剑上前威胁:"宗大人,要是你不答应,可没有你的好果子吃啊!"

闾氏扯着拓跋余的衣角:"余儿,不得无礼!宗大人如此聪明的人,他懂得衡量利害得失,知道怎么办。"

宗爱早就决定该怎么办了。怎么办?当然是配合拓跋余母子了。他还能怎么办?去揭发拓跋余母子谋杀皇帝的阴谋?他脖子上有几个脑袋?他还想多活几年,好好享受这荣华富贵呢。

宗爱上前,揭开被子,看着拓跋焘尸体。宗爱一时间很是惋惜、同情,拓跋焘一世英雄,就这么无声无息突然死去,才四十五岁,原本他也许能够实现南北统一的梦想,却这么突然死于亲人之手。这无常的命运,谁能预测呢?

宗爱低声说:"去拿些酒来。"拓跋余急忙把酒罐拿来,宗爱把酒倒在拓跋焘的脸上身上,宫室里立刻弥漫着浓烈的酒气。他盖好被子:"你们坐回去,好像没什么事情一样。"

宗爱走出宫室来到厢房，对贾周说："皇帝饮醉了，现在我们要带他回去。去赶羊车来。"

镂金羊车停在院子里，宗爱和拓跋余抬着皇帝上车，把皇帝运回永安宫。

贾周心存疑虑，但是他什么也不敢问，不敢说。

## 12. 直大臣忧虑谋国事　左昭仪冷静观大局

宗爱把拓跋焘尸体送回永安宫，躺在寝宫里，帷幕低垂，檀香高烧，从冰窖里取来许多冰块堆积在身边，然后对外宣布，皇帝病倒了，暂时不能见任何人，也不能处理朝政，朝政大事暂且由皇后赫连氏和录尚书事南安王拓跋余处理。

三公以及八部尚书内朝官吏都见不到皇帝。殿中尚书、大司马源贺与南部尚书陆丽每日到宫门等候，里面传出的话都是皇帝龙体欠安，暂不见任何人。

源贺和陆丽唉声叹气，不知如何是好。

源贺和陆丽先后走出宫门，议论着皇帝的病情。源贺说："不知皇帝得了什么病？我们想进去探望都不行。"

陆丽说："皇帝南征回来，又遇到如此多的烦心事，不病倒才怪呢。"

源贺说："尚书大人要是没有事情，请到我府上小酌。"

陆丽会意，随着源贺来到府上。源贺府并不豪华，不过土墙木门四合院一座。他在郊外的坞堡倒比这里气派。源贺与陆丽携手，进得门，仆人丫鬟都上来伺候。源贺吩咐家人摆下酒菜，与陆丽饮酒交谈。

"尚书叫我来，不仅仅是为了饮酒吧？"陆丽笑着问。

源贺说："皇帝病倒，几日都不能上朝，看来这病势不轻。宫中消息一点也不知道，我想与你交换交换看法。万一皇帝陛下驾崩，我们也好有个准备。"

陆丽点头："在下也这么想。虽然说继任皇帝的事是拓跋家族的事情，可是，毕竟也是我们大家的事。这魏国江山也有我们将士的血汗。万一拓跋家族乱了起来，国家就危险了。"

源贺频频点头："尚书一家忠心耿耿，乃父乃兄，都有功于朝。皇帝这么赏识我们，皇帝这么倚重我们，我们不能坐视不管。"

源贺眼睛噙着眼泪："我这名字贺就是皇帝陛下亲赐的。皇帝嘉奖我，所以在平凉州以后赏赐我贺。我原名叫破羌的。"

陆丽点头："将军忠勇，跟随皇帝屡屡立功，皇帝南征，将军随车驾打到长江，将军劳苦功高。"

源贺苦笑："今日请尚书大人来可不是为了互相吹捧的。尚书你看，万一皇上驾崩，我们该推举谁来继位？过去有太子，自然不用你我操心，现在太子没有了，谁继位更好些呢？"

陆丽夹了一块羊肉，放到嘴里慢慢嚼着，想了想："南安王是老二，又监国几个月，你看他如何？"

源贺摇头："不是他监国，太子还不至于发生不幸。他在太子事件中不知起什么作用。我看他太奸诈。"

陆丽笑了："真是英雄所见略同。也是合了古话：人眼是秤。我也是这么看。那么，皇帝的儿子中，老三东平王拓跋翰不错。镇守抱罕，信惠服众，抱罕那里的羌人很敬服他。你看如何？"

源贺饮了一杯酒，为陆丽斟满酒杯："好，我们就这么约定。万一皇帝驾崩，我们一起拥戴东平王拓跋翰，阻止南安王拓跋余继位。"

"好，我们干杯！"源贺与陆丽碰杯，一饮而尽。

陆丽说："我看光靠我们俩势力还嫌孤单，我们要想法再联络联络刘尼。皇帝也是很倚重他的。他是御林军郎中，容易控制宫内局面。你看如何？"

源贺犹豫："不知他人品如何？是否可靠？万一不可靠……"

陆丽说："你放心。刘尼对皇帝非常忠心，为人也可靠。他会支持我们的。我负责联络他。"

源贺说："要是皇后站到我们一边就好了。皇后说话还是很有号召力的。"

陆丽摇头："皇后在后宫，你我无法接近。何况皇后又是赫连氏，我们无法说服的。"

"是的。不知左昭仪是什么态度？"源贺问。

"左昭仪是汉人，在宫里不大管事。但是，她人极好，又极聪明，看问题很透彻。听说拓跋余监国时,她曾经出面劝说闾氏右昭仪,让她监督拓跋余的行动。我看,她不会支持拓跋余的。"陆丽分析着。

"那就好。万一皇后被拓跋余拉过去,我们要想办法让左昭仪支持我们。她也算太后啊。"

"是的。是的。"陆丽连连说:"听说侍郎高允与她关系不错,我们应该联络联络高允,让他帮我们去探探左昭仪的态度。"

"对! 好主意!"源贺拍手:"高允是皇长孙拓跋濬的侍讲,经常进宫去,他可以见到左昭仪的。"


常玉花到昭阳宫见冯媛。

冯媛眼睛红红的。抱嶷从外面带来叫她不安的消息:皇帝病了,而且病得很重。她几次让林金闾和抱嶷去通报,请求前去探望。但是每一次都被常侍太监阻拦,说中常侍宗爱传话,谁都不见,连皇后也一样。

冯媛去了两趟,也毫无例外,被虎贲和太监挡在宫外,死活不让进。到后来,永安宫干脆关闭了门,任是谁去也不开门。不过,小太监符成祖回来报告,说他亲眼看见右昭仪和她儿子进了永安宫。

冯媛纳闷:这是为什么呢? 皇后和她这左昭仪都被挡在宫外,为什么皇帝接见右昭仪? 难道是为了立太子的事吗? 冯媛猜度着。她和皇后都没有儿子,自然不用召见她们。这右昭仪的儿子南安王看来是要继位了。

冯媛冷笑着:她们娘俩的目的总算达到了。不过,冯媛觉得右昭仪很蠢:难道她忘记魏宫的祖制了? 她不怕子立母死制度? 冯媛摇头:真是利令智昏了!

"奶娘常玉花来见娘娘。"抱嶷通报。

"快请进来。"冯媛擦了擦眼睛。她这里正觉得闷得慌,盼着常玉花给她说些消息。

常玉花进来,见过礼,小声说:"高侍郎想见见左昭仪。"

"他在哪里?"冯媛急问。

"在紫薇宫,给濬儿讲经。娘娘你看,是请他过来,还是娘娘过去方便?"

冯媛想了想:"还是我过去方便一些。我也是濬儿的监护人,我过去检查他的读书情况不容易引起人们的怀疑。走,我这就过去。"冯媛叫过符成祖和抱嶷:"来,随我到紫薇宫去巡查濬儿的读书情况。"

抱嶷拿来貂皮斗篷给冯媛披上,常玉花扶着冯媛走出昭阳宫。冯燕从书房走了出来,喊着:"姑姑,我也要去紫薇宫见濬儿阿干。"

常玉花小声说:"带上她更好。"

"走吧。"冯媛点头同意了冯燕的要求。冯燕欢天喜地地跟着姑姑去看望她多日没有见到的濬儿阿干。

冯媛来到紫薇宫,高允正在给拓跋濬讲经。看见左昭仪进来,高允和拓跋濬都站起身,给冯媛行礼。冯媛在炕沿上坐了下来,翻着炕几上的书,问拓跋濬的学习情况。拓跋濬回答着,眼睛早就溜到冯媛身后的冯燕身上,冯燕正在向他做鬼脸打暗号呢。

冯媛微笑着:"濬儿,你看什么呢?"

拓跋濬急忙说:"昭仪祖母,我没看什么。"

冯媛走出他的书房,来到堂上,王遇领着张佑、孙小几个小太监伺候左昭仪。这几个小太监都十分喜欢冯媛,也喜欢昭阳宫里的同僚,他们都互相认识,都来自长安。看到冯燕,他们更高兴。一个个笑逐颜开,互相用眼睛打着招呼。

冯媛故意说:"濬儿学习了好长时间吧?高侍郎,先放他出去歇息一会儿,高侍郎先来向我讲讲濬儿最近读书情况。"

拓跋濬一听就蹦了起来,他冲出书房,招呼着冯燕:"来,燕儿,跟我来玩。"

常玉花顺便把几个小太监都支了出去。王遇和抱嶷也识趣地走到宫外,照看冯燕和拓跋濬。

"听说高侍郎想见本宫?"冯媛示意高允坐下,立刻开门见山地问。

"是的。"高允眼睛模糊起来:"皇帝病重,昭仪娘娘可曾见过?"

冯媛摇头:"本宫几次去永安宫,都被挡在外面,到现在不曾亲睹一眼生病的皇帝。"

高允抽泣起来:"这样看来,皇帝真是凶多吉少了。朝中大臣十分焦灼,却又无可奈何。他们害怕皇帝万一有个三长两短,这皇统大事不好安排。他们敬重昭仪娘娘为人聪明,有谋略,敬重娘娘忠心,所以派老臣见娘娘,想知道娘娘如何考虑这皇统大事。"

乳母皇太后

冯媛沉吟了。她不好意思地说:"高侍郎过奖了。本宫真的还没有考虑过这等大事。本朝忌讳女人干政,皇帝陛下更禁止后宫过问国事,所以本宫从没有考虑过这等大事。本宫以为,此等大事皇帝已经安排妥当。"

高允点头:"昭仪娘娘奉行宫内规矩,从不越雷池一步,这是朝内外有目共睹的,这也是朝中大臣佩服娘娘的地方。可是,昭仪娘娘知道,自从太子薨,这立嗣的大事一直没有决定,皇帝曾经想立东平王,但是为了避免东宫事件再次发生,皇帝陛下想迟一两年再说。可是谁曾想,这么健康结实的皇帝突然一病不起,而且谁也不见,只有宗爱在传达皇帝诏令!这不能不叫大臣忧心啊。"

冯媛点头。她想了想,说:"皇帝想立东平王的事情,本宫也略有所闻。东平王人品好,本宫也略有所闻。可是本宫不明白,太子薨,这继位的应该是太子的长子,即皇长孙,为什么大臣不提出这一点呢?本宫认为,应该确立魏宫长子继位的制度。虽然太子薨,但是,从道武帝确立下来的祖制应该落实下来。"

高允连声说好:"老臣也私下这么想。可是外朝大臣以鲜卑人为多,他们没有提出这一点,老臣不便多言。"

冯媛轻轻哼了一下,表示明白。"那些权臣的意见是什么呢?是不是想拥立东平王?"

高允点头。

冯媛连连摇头。

"为什么?左昭仪不是说也略有所闻东平王的作为吗?"高允吃惊地问。

"我是估计大臣这拥戴没有用处。我估计也许是皇帝自己同意南安王继位。"冯媛笑着说。

"为什么?皇帝对南安王监国极为不满啊!想必昭仪娘娘也有所闻。"

"本宫有所闻又如何?现在本宫与皇后都进不了永安宫,只有右昭仪和南安王可以出入永安宫。这不说明问题了吗?尽管现在不知道永安宫里到底发生了什么,可是永安宫毕竟代表皇帝。所以,本宫劝你们暂时不要轻举妄动,以免招致大祸。还是先看看再行决定。"冯媛真心而诚恳地说。

高允急忙起身,作揖行礼:"感谢娘娘的提醒,老臣一定转告。"

冯媛故意提高声音说:"皇长孙的读书一定要抓紧啊。高侍郎!"说着,站起身来,告辞离去。

院子里,拓跋濬和冯燕几个玩得正高兴。冯媛叫来拓跋濬,又叮嘱一番。自从拓跋晃死,这孩子也瘦了许多,幸亏有奶娘常玉花无微不至地关心照顾,他才没有遭受更大的打击,还能够这么开心地玩。

### 13. 右昭仪逼皇后发诏书　南安王做皇帝登大位

皇后、左昭仪和朝中大臣日日来求见皇帝,宗爱知道不能再隐瞒下去。他和右昭仪以及南安王一切已经准备就绪,准备宣布皇帝驾崩消息。

可是,还须过皇后这个难关。发布皇帝驾崩消息一定要有皇后的诏令才好。于是,宗爱去请皇后来永安宫商量大事。

皇后赫连氏已经明显衰老,后宫闲散无聊的生活,叫她很快衰老下来。尽管皇帝没有嫌弃她。

听说永安宫来接她,皇后赫连氏急忙穿好礼服,登上金镂羊车,到永安宫探视皇帝。皇帝病了几日,屡次请求探望总被拒之宫外,她虽然忧虑,但毫无办法。屡屡派宫人出去打探消息,可是永安宫的人似乎被囚禁似的,几乎见不到他们的踪迹,谁也打探不出任何消息来。皇帝到底得了什么病?为什么消息封锁得如此严密呢?到底发生了什么事情?

赫连氏惴惴不安,来到永安宫。

宗爱率领永安宫的宫人迎接皇后。

"皇后娘娘请进寝宫。"宗爱把赫连氏让进皇帝的寝宫,把皇后带来的宫人挡在宫外。

宗爱掀开黄色绫罗的门帘,请皇后进去。寝宫里,檀香袅袅,飘散着青烟,浓郁的檀香香气飘荡在空气中。寝宫里黄色锦缎的帷幕低垂,光线很暗,宫女垂手立在门口。

"你们退下!"宗爱命令宫女。宫女无声无息地鱼贯退走。

赫连氏走到拓跋焘的卧榻前,正要伸手掀开帷幕,宗爱却拦住她:"娘娘请稍候。待奴家把情况向娘娘禀报。"

赫连氏的心怦怦直跳,帷幕里面一点动静也没有,静得好似没有生命。

宗爱沉痛的声音撞击在赫连氏的心头:"皇帝已经驾崩了!"

乳母皇太后

赫连氏怔怔的,好像没有听懂宗爱的话,看着宗爱在昏暗中显得狰狞模糊的脸:"你说什么?"

宗爱只好重复了一遍:"奴家说皇帝已经驾崩了!请娘娘节哀!"

赫连氏这下听清楚了,她吃惊地喊道:"怎么会呢?皇帝前几天还好好的!"说着,就去掀帷幕。金黄绫缎羊皮被紧紧盖着拓跋焘,一动不动。赫连氏碰了碰被子,被子里是一具硬邦邦如石头一样的东西。

赫连氏看着黄色被子下露出的黑发头顶,突然恐惧起来,从内心深处涌出一阵惊悸,她的心紧缩抽搐,接着,她的手开始哆嗦,身体哆嗦,双腿也抖动起来。她想掀起被子看看皇帝,双手颤抖得怎么也抓不起被子。

宗爱趁势放下帷幕,搀扶赫连氏走出寝宫,让她坐到榻上。

这时,间氏右昭仪走了出来,向皇后行礼。右昭仪跪在皇后面前,大声号哭起来。皇后也忍不住,悲声大放。立时,永安宫里鼓乐齐鸣,哀伤的乐曲与冲天的号哭相和,传遍宫城。

皇帝驾崩的消息迅速传了出去。

宗爱轻轻地咳嗽了一声,间氏右昭仪立时止住悲声,站了起来,对皇后赫连氏说:"皇后娘娘请节哀顺变。"说着,她也坐到皇后身边,说:"皇帝已经驾崩,这是无可挽回的事情。国不可一日无君,皇帝生前没有确定继承人,我们请娘娘立即发布诏令,由南安王即位!"

皇后还在抽泣中,听到右昭仪的这番话,吃惊地停止哭泣,说:"谁决定由南安王即位?皇帝生前曾向本宫表示,将来准备立东平王翰为太子的。想必皇帝病中,也有安排的吧?皇帝遗诏可在?让本宫看看。"

右昭仪冷笑着:"皇帝要是有遗诏,我们就不请你来了。皇帝突然驾崩,没有遗诏留下。"

皇后赫连氏站了起来:"皇帝没有遗诏,我不能同意立南安王,这诏书我不能发!"

右昭仪咳嗽了一声,南安王拓跋余从后面出来,冷笑着说:"皇后娘娘,今日这诏书你发也得发,不发也得发!"

赫连氏冷笑着:"怎么?你想逼宫啊?皇帝还躺在那里,你就想造反啊?这诏书本宫坚决不发!"

"好吧！不发诏书，你就和皇帝做伴去吧！"拓跋余说着，动手拖拉皇后赫连氏向皇帝寝宫里去。

赫连氏哭号着："你们这些该杀的！来人啊！救驾啊！"她尖叫着，拼命挣扎。

右昭仪走到她面前，手叉腰，冷笑着："皇后娘娘，我劝你还是省点力气。你就是喊破嗓子也没有人会听到的。你要是不发这诏书，恐怕只有和皇帝做伴去了！把她抬到床上，让她和皇帝躺在一起！"右昭仪对儿子拓跋余说。

拓跋余抱起赫连氏，把她扔到床上。赫连氏趴在一具僵硬的像石头一样又冷又硬的尸体上，尖声喊叫起来，因为极端恐惧，声音变得极端难听，好像野兽号叫一样。

"怎么样？皇后娘娘？"宗爱走了过来，笑着问："要不要在这里陪伴皇帝啊？要是下了决心，我们这就出去了，留下皇后好好和皇帝说说心里话。"

"不！不！不要留下我！"赫连氏哭喊着，从床上爬到地上，连爬带跑，向外面扑去。

南安王拓跋余紧紧抱住了她："这样不行。除非你答应我们的要求！"

"我答应！我答应！"赫连氏哭喊着："放我出去！我答应！"

"好啊。既然答应，就放你出去！好！拿玉玺来！"拓跋余命令着。

"玉玺在宫里，不在我身边啊！"赫连氏惊魂未定，浑身哆嗦。

"你拿出你的皇后玉佩，我们派人去取！"右昭仪冷冷地说。

赫连氏急忙从脖子上取下皇后玉佩，交给右昭仪。右昭仪接过玉佩，辨认了一番，确认没有假，才递给宗爱："宗大人，派人取来皇后玉玺。"

宗爱说："事关重大，奴家亲自去取。"

"先让我出去啊。"赫连氏喊着。

闾氏右昭仪对南安王拓跋余说："放了她，我们出去等宗大人取玉玺来。"

赫连氏瘫倒在榻上，喘息许久，慢慢平静下来。她问："你们准备什么时候安葬皇帝？总不能叫他老躺在那里吧？"

右昭仪笑了："到底还是皇后，记挂着皇帝。我们自然也不想这样啊。安葬皇帝，让他安心，也是我的心愿。等皇后的诏书发布，南安王顺利登基，我们就给皇帝举行葬礼。你放心好了。我们会妥善安排的。不过，关于诏

乳母皇太后

书的事情,我希望皇后要守口如瓶。否则,皇后的性命堪虞啊!"

南安王冷冷加了一句:"要是皇后泄露天机,可不要怪我不客气!"说着,亮出皇帝的佩剑,佩剑闪烁出一道寒光,照在南安王的脸上,显露出他狰狞的面目和闪着凶光的眼睛。皇后赫连氏浑身一颤,不由自主缩回身子。

宗爱取回皇后玉玺,右昭仪和南安王都惊喜地扑上去,南安王一把抓住皇后玉玺,紧紧抱在怀里,喃喃自语:"这下好办了。好办了。"

右昭仪提醒:"别光高兴了,我们要快干正事。"

宗爱铺上诏书用纸,准备拟写皇后诏书。

皇后赫连氏说:"朝臣都知道,皇帝准备立东平王拓跋翰为太子,现在突然让南安王即位,我怕朝臣不服。"

宗爱点头:"皇后言之有理。听说东平王已经返回平城。这事情有些危险。右昭仪娘娘,你看如何处理?"

右昭仪看着南安王:"余儿,你有什么办法?"

南安王眼睛一瞪:"既然他回平城,我们就假借皇后的诏令,让他进宫。然后……"说到这里,他用手在脖子上做了个动作:"干掉他!"

赫连氏连声说:"不能这么办!他可是你的亲兄弟啊!你们是同胞手足啊!"

南安王嘿嘿冷笑:"我们拓跋部从不念什么手足情!为了做皇帝,子可以杀母,子可以杀父,父可以杀子,何况兄弟?"

右昭仪厉声呵斥:"混球!你说什么啊?你!莫非你想杀母不成?"

拓跋余知道自己说漏了嘴,急忙嬉皮笑脸:"哎哟,我的娘,我说的是朝廷的故事!你老不要多心!"

右昭仪白了儿子一眼:"你不要当了皇帝就杀了老娘。"

"娘,你放心,儿不会这么忘恩负义。儿子不会沿用我朝故制的。儿一登基,就下诏令废除我朝故制。什么子立母死,儿当了皇帝,立刻废了这规矩!娘,你就放心好了!"

右昭仪点头,拍了拍儿子的肩头,微笑着:"这才像娘的好儿子。好!就按你说的办,先拟写诏书,召东平王进宫面见皇后。然后,赐他自杀。宗大人,你来拟写诏书!然后拟写南安王即位的诏书!"

宗爱开始拟写诏书。

东平王拓跋翰得皇后诏书，带领拥戴他的几个大臣喜洋洋的进宫。这个时候皇后宣他进宫，自然是准备让他做皇帝。

宗爱派太监三十多人埋伏在宫内。东平王和部下走来，便一个一个捆绑起来斩了。东平王被执，接到皇后命令让他自尽。

正平二年三月（公元452年），杀死东平王拓跋翰以后，宣布了南安王即位，宣布大赦，改年号为永平元年，尊赫连氏为皇太后。然后，为拓跋焘举行了隆重的葬礼，葬于金陵，尊谥太武帝，庙号世祖。

宗爱立了拓跋余，劳苦功高，位居元辅，拓跋余以他为大司马、大将军、太师、中秘书监，都督中外军事，封冯翊王，真是一人之下，万人之上。

# 下　部
## 皇宫皇太后

# 第一章　保护皇孙

## 1.拓跋余僭位当皇帝　左昭仪有心依旧制

冯媛前来拜见当了皇太后的赫连氏,赫连氏很是高兴。这左昭仪本应该是她的助手,辅助她主持后宫事务。可是左昭仪偏偏喜欢安静不好弄权管事,不和她争权夺利。她们倒也相安无事。现在皇帝不在了,两个人更没有争宠的利害冲突,她倒希望左昭仪常来走动走动,聊聊天。但是这左昭仪偏偏不爱走动,难得来一趟。

"太后安好!"冯媛行礼。

赫连氏急忙拉住她:"昭仪不必多礼,坐过来,让我们姐妹拉拉闲话。"

冯媛拿出一件绣工精致的袍子送给赫连氏:"这件绣袍是拓跋濬的奶娘,我的陪嫁丫头常玉花绣来孝敬太后的,请太后笑纳。"

赫连氏翻来覆去欣赏着上面精致的喜鹊登枝和牡丹图案,欢喜得了不得,连声称叹着:"真漂亮,真漂亮!绣得真好!我真喜欢!赏她一匹上好绫子!"

冯媛说:"太后身体可好?听说太后欠安,特来探视。"

赫连氏眼睛里汪了一汪泪水:"难得你有这么有心。那右昭仪现在仗恃着她是皇帝的母后,已经不把本宫放在眼里了!"

冯媛故作惊讶地问:"太后,我有一事不明。我朝故制是子立母死,为何这右昭仪不遵循故制呢?太后你为什么不说话呢?只要太后提出这个问

217

题,朝臣一定会响应的。如果这故制破坏了,以后如何保证我朝不让母后和外家干政呢?要是发生外家和母后干政,太后可不是成了我朝的罪人吗?"

赫连氏直瞪着双眼,不知道如何回答。

冯媛嫣然一笑:"太后有什么为难的,妹妹我一定尽力帮助姐姐解决。我觉得,我们虽然是女人,可也应该遵守我朝的旧制,维护我朝各项传统才好。不知妹妹说得可对?"

"对!对!"赫连氏微笑着连声说,"妹妹向来深明大义,聪慧过人,姐姐我一向佩服。妹妹提出这个问题不大好办。当今皇帝已经说过,要废除子立母死制度,所以姐姐我不敢提出。"

"他已经下诏了吗?"冯媛问。

"还没有。"

"只要他还没有下诏,我们就有办法。朝中大臣已经议论纷纷,说东平王死得不明不白,皇帝死得不明不白。听说源贺将军已经把队伍拉到平城北苑西苑驻扎。只要太后提出这遵从故制的问题,自有大臣响应,当今皇帝他自然知道名不正言不顺,他需要大臣拥戴,你看他,今天赏赐明天赏赐,不就是为了笼络大臣吗?看他也不敢太违抗大臣的意见。太后,你说呢?"

赫连氏点头。对间氏右昭仪,她自然是恨之入骨,但是,她害怕拓跋余和宗爱的威胁,不敢采用什么办法制服她。左昭仪的提醒叫她喜出望外。

"不过,那宗爱现在权倾内外,大事小事都要经过他。他与右昭仪关系密切,本宫恐怕难以通过他这一关。"赫连氏皱着眉头。

"可也是。这宗爱由一个太监摇身一变为魏国的王,这也是稀罕事。"冯媛摇头:"闻所未闻。国朝封王,除了拓跋氏子弟,就是归顺的各地部落主,一些功勋卓著的官员,他一个太监也封王,算什么呢?真是拓跋氏的耻辱。"冯媛对赫连氏发起牢骚。

赫连氏脸红起来,急忙辩解:"这都是拓跋余和右昭仪的主张,本宫拗不过他们母子。"

冯媛仗着太后昭仪身份,也就不大顾忌,继续说:"太后,这宗爱如今权倾内外,皇帝也不怕。若是将来宗爱野心膨胀怎么办,历史上可是有赵高的前车之鉴啊!"

赫连氏点头:"是这样,不得不防。本宫在适当的时候还是提醒一下皇

乳母皇太后

帝的好。"

冯媛很不平的样子："太后太善了,所以皇帝和右昭仪才不把太后放在眼里。还是要拿出太后的威严来,该管的时候就要管,该说的时候就要说。她们不能不让太后说话的。当年太后都可以参与朝政,何况太后是正经皇后出身的太后? 这后宫还是太后说了算! 像处置太子母亲的事情,历来都是太后的权力。太后不管右昭仪的事,以后如何树立自己的权威呢?"

赫连氏点头:"对。对。幸亏妹妹提醒。我这就下诏,遵从祖制,赐死右昭仪。"


右昭仪宫里,间氏正在教训老太监居鹏。居鹏跟了间氏多年,他曾经帮助赫连氏成功铸造金人,让赫连氏如皇帝心愿做了皇后。按说他应该到皇后宫中当差,皇后会念他有功,处处照顾他。可是间氏恼怒他帮助了赫连氏,不知采用什么办法,把居鹏调到她的右昭仪宫里服务,这些年,就没有一天好日子过。右昭仪不是找他这毛病,就是挑他那不是。天天挨骂,三天两头挨打,这日子过得真是生不如死,居鹏三十多岁一个壮年人,瘦得皮包骨头。

"掌嘴!"间氏右昭仪厉声吩咐。居鹏左右开弓,抡起巴掌,噼噼啪啪打着自己。

间氏低着头,吹着茶杯里的热茶,大约是因为茶热烫了她的嘴。

太后宫里常侍捧着诏书,来到右昭仪宫,刘尼带着中曹御侍等一行监督。"间氏右昭仪接太后诏书!"

间氏这才急忙让居鹏停止掌嘴,起身来接太后诏书。

常侍展开诏书,朗朗读着:"本朝自太祖道武帝起,立子立母死制度,已成规矩,历朝历帝无有违抗之。今皇帝新立,朝中诸事已上正轨,遵从旧制,发扬国风,以正视听,成当务之急。太后不敢违抗祖宗先制,故赐皇帝之母以死。间氏右昭仪自行处理,即日实行。"

间氏吓得脸色苍白。她问刘尼:"皇帝知道吗? 你们禀报皇帝了吗?"

林金间冷笑着替刘尼回答:"后宫的事,皇太后有权处理,不必禀报皇帝。这是故制,想必昭仪娘娘应该知道的!"

右昭仪哭喊着:"为什么宗爱不来呢? 宗爱知道不知道? 你们不能瞒着

乳母皇太后

宗爱的。"

刘尼笑了："宗爱现在是朝中元辅，好多重大事情等着他老人家处理，这等后宫之事早就交予太后处理，他知道不知道有什么关系呢？昭仪娘娘莫不是与他有什么联络？"

右昭仪不敢再说，只是哭喊着："我要见过皇帝再行自裁！我要见皇帝！"说着，便向宫外冲出。

刘尼命令拉住她，严厉地呵斥着："我们是执行太后的诏令，昭仪快去准备上路吧。再要磨蹭，我们就动手了！"说着，扔出一条白色绫子。

右昭仪哭喊着，瘫坐在地上，号啕大哭。但是，宫门已经紧闭，谁也无法出去给皇帝报信。

刘尼见右昭仪拖延着，使了个眼色给虎贲，一个虎贲捡起地上的白绫子，到廊下，挂到房梁上。两个虎贲过来，拖起右昭仪，把她架到白绫下，抱着把她的脖子放到白绫套环里，猛然放手，右昭仪便挂在空中，晃晃荡荡，很快就气绝身亡。

林金闾和刘尼验明，让宫人收敛，准备安葬，自去回复太后。

乙浑和王睹，从右昭仪宫里出来，分别去昭阳宫和紫薇宫报告情况。常玉花听乙浑说右昭仪被赐死的情况，脸上竟不由得流露出高兴的笑容。

高允听说，也点头夸赞："故制得以落实，这也算了了先帝的心愿。"

常玉花笑着："这也算给太子报了仇。只是不知什么时候才能让濬儿坐上皇帝宝座。这濬儿可是先帝选定的继承人，如今被他的叔父抢去了。高侍郎，我们什么时候才能有所行动啊？"

高允说："这事急不得，需要慢慢谋划。你去昭阳宫一趟，看左昭仪有什么指示？外面的人也是着急着呢。"

常玉花不便多说，急忙往昭阳宫去。

王睹正走出昭阳宫，迎面碰见常玉花，高兴地咧开嘴傻笑。常玉花捶了王睹一拳："你来干什么？"

"嘻嘻，兴你来就不兴我来？我来给左昭仪娘娘报信。"王睹压低声音："什么时候去鹿苑见面啊？我都等不及了！"说完，又是一脸傻笑。

常玉花推他走："去，以后再说吧。这几天来了，不行。"

王睹哭丧着脸："得等到什么时候啊？真难熬。"

常玉花笑着："死鬼，几天都等不及！真没出息！快走吧，叫管事看见，该追究了。"说着，自己径直进了昭阳宫。王睹目送着常玉花进去，自己才嘟嘟嚷嚷，一路去了。

冯媛看见常玉花，笑了："你们夫妻前后脚，一个走一个来，是不是约好的？"

常玉花笑着："看昭仪娘娘说的。谁约好了？不是都急着给娘娘送信吗？娘娘已经听说右昭仪的消息了吧？"

冯媛笑着："听说了。子立母死，这是旧制，她怨不得别人的。谁叫她想让儿子做皇帝呢？这可真应了老话：聪明反被聪明误。她聪明一世，糊涂一时啊。"

"是啊。原本应该皇孙继承皇位的，她非要让自己的儿子当，现在儿子当了皇帝，她却没有了性命，也不知道值不值！"常玉花说完，又小声问："我们的事情现在进行得怎样？高侍郎让我来问问左昭仪。"

冯媛说："太后赫连氏现在与皇帝沆瀣一气，宗爱把持内外，我们现在暂时不能有什么行动。一切要顺其自然，等火候到了才能行动，千万不可莽撞行事。尤其你，千万要注意说话行事，不要叫宗爱发现什么蛛丝马迹。他现在在宫里到处安插耳目，打探消息，搜集王公大臣的动向。你要告诉高允，让他的那些同僚按兵不动。我们要静观其变。"

常玉花点头。


永安宫里，琵琶胡琴低吟浅唱，一个舞娘伴着乐师的弹唱翩翩起舞。她袅娜地旋转着，绿纱舞裙像荷叶一样张开，她抖动着双肩和脖子，浑身上下的金银玉石装饰发出清脆的声音，她抖动着，挺着饱满的胸部，一步一步向前，裸露着的白色肚皮，闪烁着白花花的光。

"好啊！好啊！"坐在上面的拓跋余拍手叫好。他的眼睛被舞娘满头飘逸的黑发眩花了，被舞娘的胸部和细腰吸引，流露出一种迷梦般的光彩。当皇帝以来，他几乎天天沉醉于这样美妙的享受中。刚刚看完了四人的方舞，欣赏了剑舞和热烈的狮子舞，现在这女舞伎的独舞，更是叫他目迷神往。

这时，太监通报，说右昭仪宫的主事太监求见。拓跋余不耐烦地挥手：

乳母皇太后

“不见！没看见朕正忙着呢！”

太监伏在他耳边，小声说：“右昭仪太后出事了！”拓跋余一愣，挥手让舞娘乐师下去。右昭仪宫里的太监哭着进来向拓跋余报丧。

拓跋余眼里滚落了几滴眼泪，愤怒地喊了起来：“怎么会这样呢？太后不经过朕准许，就随便赐死朕的母亲。这还了得？传宗爱！”

过了好一阵，宗爱才来。他神情倨傲，见了拓跋余根本不跪，“皇帝找我有什么事情啊？不见我正忙着呢！”宗爱大声说着，大步走了进来。

拓跋余心里难免有气。他站了起来，也提高声音说：“太师，太后赐死朕的母亲之事，你为甚不向朕报告？为甚不阻拦太后？你批准她假借祖制的名义赐死朕的母亲？”拓跋余大声责备着宗爱，说着说着竟哭了起来。他答应保护母亲，可是他没有做到。母亲还是因为他当了皇帝而失去了年轻的生命。母亲不过三十多岁！

宗爱被拓跋余一番劈头盖脸的责备说得兴起，他大声呵斥着：“皇帝，你这是怎么了？你怎么知道是我批准太后这么做的？我甚也不知道！她甚时候赐死你母亲了？”

宗爱还是挺立着，没有下跪的意思。

拓跋余也顾不得礼节，还是哭泣着：“就在刚才，朕才知道。太后下诏说遵从祖制，她假借祖制，把朕母亲赐死了！”

宗爱教训说：“你这是甚话？太后赐死你母亲确实依照祖制，怎么能说是假借呢？这子立母死的制度可是太祖道武帝制定的，历朝历帝都不敢违抗的。你想违抗祖制？你要是违抗了，我看，那些早就想把你从皇帝位置上拉下来的王爷正好有了借口，把你赶出这皇宫！我看，太后是帮了你一个大忙，让反对你的人没有了借口。你应该感谢太后才是！”

宗爱说着，上前拉住拓跋余：“你就不要抱怨了！坐到你的宝座上去吧，擦干你脸上的马尿，听我报告。源贺将军屯兵北苑，我准备调动兵力去把他赶走，我觉得他屯兵那里不安好心！”

拓跋余摇头：“大臣对朕继位原本就不满，如若发兵，更容易激起大臣不满。朕以为还是要重重奖赏源贺，重赏之下必能笼络人心。天下哪有不爱钱财的？从仓库里调出一千匹绸缎绫罗，封赏源贺和他的属下！”

宗爱冷笑着：“你以为你的仓库里还有那么多的绫罗啊？仓库里的绫罗

已经叫你随意奖赏用得所剩无几了！再这样胡乱奖赏，不把国库搞空才怪呢？今日奖绸缎，明日奖绫罗，后天奖黄金、白银，还奖土地、粮食、人口。你以为仓库里有聚宝盆，这财富可以源源不断地滋生出来啊？这国库空虚以后，你的皇帝还是做不成！"

宗爱趾高气扬地教训拓跋余。

"你跟谁说话啊！"拓跋余突然恼怒起来，咆哮着站了起来。

宗爱一愣，看着拓跋余愤怒得扭曲了的脸孔，却哈哈大笑起来："我跟谁说话？不是跟皇帝你说话吗？怎么？我说得不对？"

拓跋余愣了一下，见宗爱依然雄赳赳气昂昂一副无所谓的样子，自己心下先恐惧起来：这家伙，现在大权在握，自己跟他正面冲突恐怕于事无补，说不定还会坏大事。母亲经常教导他，小不忍则乱大谋，母亲经常责备他说他胸无城府，干不了大事。如今母亲不在了，一切都要依靠自己。还是要先忍住自己的愤怒，慢慢除掉这可怕的家伙。他也是学过历史的，知道历史上有个赵高，赵高为祸秦国，他宗爱会不会为祸魏国？要防这家伙！

宗爱见拓跋余不说话，自己也故意放缓了语气："既然皇帝说要奖赏他，那就先赏他绸缎一百匹吧。不能太多了。"

拓跋余点头。


## 2. 奸佞宗爱再害新皇帝　聪明乳母又护小皇孙


"什么？拓跋余私自召见殿中尚书长孙渴侯？"

宗爱从座位上站起来，眼睛瞪得如铜铃一样。"他想干甚？"

贾周凑到宗爱的耳朵边小声说："耳目说听到他们小声议论，好像是不放心大人，商量着要夺取大人的一部分军权。"

"他找死啊！瘪犊子！"宗爱咬牙切齿地咒骂着，"老子把他扶上皇位，他却要过河拆桥！"说着宗爱烦躁地在屋里走来走去，贾周的头追逐着宗爱，随着他来回摆动，立刻就酸困起来。

"这不行！"宗爱断然说。

可是该怎么办呢？宗爱走来走去，拧着眉头，转着眼睛，想着各种应对的办法。

乳母皇太后

他可不是那优柔寡断的人，他跟随太武帝拓跋焘多年，听过侍讲讲历史，讲三国，讲曹操，太武帝喜欢曹操，他宗爱也喜欢曹操。太武帝信奉宁肯我负人不让人负我，他宗爱也信奉这一点。太武帝遇事果断，发觉威胁到自己的蛛丝马迹，连亲生儿子都不放过。他宗爱更是要心狠手辣，何况他对付的只是拓跋焘的儿子，又不是他自己的儿子！他犹豫什么？

"最近皇帝有什么安排？"宗爱问贾周。

"听说皇帝近日要去天坛祭天，到太庙祭祖。"贾周眼睛都眯缝成一条线，生怕脸上谄媚的表情不够多，惹怒宗爱。宗爱近来权力越来越大，这脾气也是日日见长，稍微不对，就往死里打。王公大臣也敢吆喝起来，何况他们这些身份低微的太监？宗爱想捻死他们，就像捻死身上的虱子。

宗爱阴险地一笑："有办法了！去给我叫中曹监来。小心不要叫别人看见。"

贾周连声答应着，退了出去。

宗爱自言自语："好一个拓跋余，你这皇帝也当到尽头了！我能把你扶上皇帝宝座，就能把你拉下来！看我们谁厉害！你以为你是谁呢？想谋算起我来了！"

拓跋余来到太庙祭祀太祖。自从母亲死了，他终日内心惶惶。母亲被太后赐死，虽说是依照故制旧例，但是，这事情居然瞒着他，叫他想起来就害怕。可见朝廷里还有相当强大的势力，对他继位心存不满。不知道什么时候什么事件触发，就可能引发一场政变，把他撵下皇帝宝座，而且可能比这还可怕。被赶下宝座的皇帝可是没有什么好下场的。

拓跋余越想越害怕。他要想办法笼络住王公大臣，于是，他把宫城库存的大批绸帛赏给王公大臣。没有几个月，宫城仓库已经空了一半。

为了让自己更安心，他准备祭祀太祖以后，剥夺宗爱的一部分权力。这小子最近越来越张狂，坐着召见王公大臣，动不动呵斥那些几代重臣，王公大臣怨声载道，都把他比作赵高。赵高作乱秦朝，他拓跋余可不能让一个太监祸乱魏宫。

拓跋余率领皇子皇孙和朝臣王公来到西门外的天坛。平城的西廓门外的天坛是一座土筑石围的平坛。天坛往西便是西苑，这是皇家苑囿，范围很大、山林茂密，为珍禽猛兽的出没场所，西苑西部的武周山南麓凿有一片石窟，总名为灵岩石窟，这就是今天闻名于世的云冈石窟。不过，拓跋余时期还没有大规模开凿。

拓跋余来到天坛，宗爱命令所有的大臣和虎贲等待在天坛远处，不得靠近，自己陪伴拓跋余来到天坛前。拓跋余奇怪地问："为甚不让他们上来？"

宗爱阴险地笑："人太多，祭拜天地都不灵验了。"

拓跋余嘟囔着："没听说过。历来祭拜天坛都是一起拜的，偏偏你的花样多。只让朕一人来拜，多冷清啊！"

拓跋余在宗爱的陪同下祭祀了天坛，然后到太庙祭拜祖先。祭拜完毕，天色已晚，宗爱安排拓跋余在太庙行宫过夜。

"好好伺候皇帝！"宗爱对贾周说，自己亲自部署护驾的事情。

拓跋余在太庙行宫住下。更深人静，秋虫啾鸣，蛙声阵阵。西苑太庙如死一般寂静。突然，一声凄厉的哀鸣划破寂静的夜空，在辽阔的平原上空飘荡。

太庙行宫的皇帝寝宫里，宗爱双手沾满鲜血，潜行出来。

刘尼率领虎贲巡查，来到皇帝行宫，刘尼闻到一股血腥味，急忙冲进寝宫，皇帝拓跋余倒在血泊中早已断气。刘尼惊慌失措，却又不敢声张。他对虎贲说："把守寝宫，不许任何人出入。"自己赶紧去见宗爱。

宗爱已经睡下，见刘尼来，只好起床。刘尼说："太师，大事不好！皇帝被暗杀了！"宗爱漫不经心地唔了一声："死了？"刘尼看着宗爱满不在乎的样子，心下全明白了。

宗爱脸色一变，厉声命令："暂时不要走漏风声。等我们把新皇帝选出来，再行公布！"

刘尼答应着，心下想着对策。他小心地打探着消息："太师，你看谁可以当新皇帝啊？这皇长孙行不行啊？"

宗爱吃惊，瞪眼看着刘尼："你疯了？立皇长孙？你可真是天下第一笨人！立皇长孙，不是要自找倒霉吗？他能忘掉去年的事？他能忘记我们立拓跋余的事情？！"

刘尼急忙赔着笑脸："确实如此！我真是太笨了。那太师以为谁合适呢？"

乳母皇太后

宗爱说:"等我们回宫以后再行商议!"

刘尼心中忧虑,不知道如何报信给宫中。

宗爱神色自若,率领着太监虎贲,收拾皇帝遗体,然后严厉命令,不许走漏风声。他要等一切部署完毕秘密回到皇宫,去宣布自己当皇帝。可是,他并没有看见,黑暗里,一个黑影偷偷溜出行宫,一匹探马飞奔回宫,向太后和皇族王爷报告凶信。

天还没有亮,紫薇宫里寂静一片,人们都还沉睡在黎明前的黑暗里。

王遇听到宫门外有说话声,便披衣起来去查看。"什么事?"王遇问守门的虎贲。这时,一个校尉打扮的人慌张过来:"乙浑见常侍!"

王遇见是乙浑,奇怪地问:"你不是去西苑了吗?"

乙浑喘着粗气:"大事不好了!皇帝在西苑被杀,听说宗爱要回宫篡夺皇位!刘尼派我回来报告,先来这里说一声!你赶快告诉常乳姆一声,让她有个准备,万一宫里乱了起来,大家开始抢夺皇位,这皇长孙会不会有危险?让她赶快想办法!我这就去报告太后!"

乙浑急急离去。

王遇急忙去敲乳母常玉花的门。常玉花睡在皇长孙拓跋濬的外面。拓跋濬虽然已经十二岁,可是还要乳母陪着他睡觉。常玉花经常是哄着他睡了以后才来到外面自己的炕上睡下。

常玉花被一阵敲门声惊醒,她抬头问:"谁?"

王遇在外面回答:"常侍王遇有急事要禀告乳姆!"

常玉花让宫女点着灯开门,自己穿衣服起床。"什么事情啊?半夜三更把人吵醒?"常玉花趿拉着鞋,一边掩衣扣扣,一边埋怨着。

"保姆!大事不好了!乙浑从西苑赶回来报信,说皇帝被人暗杀了!宗爱扬言要自己做皇帝呢!他让你做好准备,以防他们加害皇孙!"

常玉花一听,立时慌张起来:"这可怎么好?这可怎么好?"她急得在地上团团转,却拿不出什么办法。

王遇拉住常玉花:"乳姆!你不要转圈了!还是赶快叫皇孙起来,给他穿好衣服,先找个地方把他藏起来再说。万一有人打进宫,肯定要先除掉皇孙!天亮就来不及了!"

常玉花和王遇进入内宫,让宫女太监点亮灯,常玉花掀开帏帐。热炕上,皇孙拓跋濬还在熟睡中,小脸红扑扑的,嘴角还挂着一股涎水。常玉花轻轻给他擦去涎水,在他红扑扑的脸蛋上亲了亲,轻轻推着小声喊着:"濬儿,醒醒! 醒醒!"

拓跋濬眼睛紧闭,嘴里嘟囔着:"干甚?"说着翻身又睡了过去。

王遇上去把他抱了起来,命令常玉花:"快给他穿衣服!"常玉花心疼地瞪了王遇一眼;"看你,他还没醒呢!"

王遇说:"什么时候了? 你还能这么磨蹭着等他醒过来? 等他醒过来,怕是黄花菜都凉了! 快给他穿好衣服!"

常玉花急忙给他穿上裤子和袍子。拓跋濬开始有些清醒,揉着眼睛问:"奶娘,你们这是干甚呢?"

常玉花小声说:"别多问了。快穿好靴子,我们走!"

"到哪里去?"

常玉花愣住了。到哪里去? 出宫? 肯定出不去。可是宫里藏到哪里安全呢? 常玉花看着王遇,王遇也抓挠着头皮,一时没有主意。

拓跋濬问:"燕儿去不去?"

拓跋濬的这一问,像一道电光照亮了常玉花的心头。"走! 我们走!"她拉着拓跋濬,王遇保护着,急急离开紫薇宫,向冯媛的昭阳宫奔去。天还黑着,他们深一脚低一脚,踉跄着,不敢发出一点声音。


冯媛被一阵急促的吵闹声惊醒。她朝窗外大声问:"什么事? 这么喧哗?"

林金闾和抱嶷急忙跑了进来,压低声音说:"常乳姆带着皇长孙来了,说皇帝被杀,他们怕皇长孙出事,来这里躲避。"

"快叫他们进来! 要封锁消息,千万不要走漏风声!"冯媛说着,起身穿衣。她刚下地,常玉花就拉着皇长孙拓跋濬进来。常玉花把拓跋濬按倒在地,说:"快给昭仪祖母磕头,让昭仪祖母救你!"

拓跋濬听话地扑通跪到地上,连着磕了几个响头:"昭仪祖母救救我! 昭仪祖母救救我!"

冯媛急忙抱起拓跋濬,嗔怪地责备常玉花:"你这是干什么啊? 折腾这

乳母皇太后

孩子!"

　　常玉花流着泪:"我这也是急得没有了办法,才想到昭仪。你快想办法救救他啊!乙浑说,宗爱杀了皇帝,想自己当皇帝!他马上就要回宫。这濬儿如今的性命恐怕只有靠我们了!昭仪快想个办法!"

　　冯媛说:"要是宗爱真有野心,他一定要把拓跋氏的子孙都杀光,尤其是皇长孙拓跋濬,一定逃不过去!可是,我这里也不一定安全!一定有人来搜查!这样吧。我们把濬儿先藏到后面鹿苑里。不会有人知道的!"

　　"对,对!我知道鹿苑里有一个山洞,藏到那里很安全的。"常玉花高兴地说。

　　"好,就这么办。"冯媛转向抱嶷,问:"鹿苑角门的钥匙可在你那里?"

　　抱嶷点头:"回昭仪,在奴家这里。"

　　"好,你去开门。对,小心不要惊动宫中其他人!金间,你去给皇长孙收拾一些被褥衣服食物和水,山洞里阴,不要冻着他们。"林金间急忙去收拾东西。

　　常玉花拉着拓跋濬跟着抱嶷和林金间来到通向鹿苑的角门前。常玉花接过林金间的包袱,对林金间和抱嶷说:"你们不用去了,我知道路。去的人多了,怕惊动别人走漏风声。"

　　常玉花领着拓跋濬进了鹿苑。抱嶷锁好角门,与林金间回来回复。冯媛叮嘱着:"你们回去继续睡觉,有人问,就说有宫女病了,大家起来给她求医。千万不要走漏一点风声!等天亮以后,立刻到宫里各处去打探消息!"


　　常玉花领着拓跋濬在鹿苑里高一脚低一脚跟跟跄跄地走。天刚麻麻亮,隐约可以看见白色的小路通向松林。路边的秋虫啾啾咕咕,发出秋季的合唱,青蛙呱呱,蟾蜍像老牛一样哞哞。林中的小鸟也跳出鸟巢,在枝头上跳跃,开始了清晨的歌唱。常玉花顾不上欣赏良辰美景,只是小声催促着拓跋濬:"走快点!走动走不动啊?"

　　拓跋濬从没有走过这么快,真感到有些吃不消。他哼唧着:"奶娘,走慢一些,我走不动了!"

　　常玉花低下头,用手抚摩着他的头,爱怜地说:"濬儿,再坚持一下,快到了!要是天亮了,就会被人发现,那你就危险了!还是再坚持坚持,快走,一会儿就进入松林,那里面就安全了。"

拓跋濬被奶娘拉着只好跟头跟跄地加快脚步,终于进入松林深处。虽然天已经亮了,但是松林里面还是黑糊糊的,看不清楚。常玉花熟门熟路,很快就摸到山洞前。她四下听了听,除了鸟鸣和虫叫,没有一点人声。常玉花放心了,她小心地拨开灌木丛的树枝,推着拓跋濬钻了进去,自己也钻了进去。

拓跋濬害怕地喊叫着:"奶娘,奶娘!我害怕!我什么也看不见!"

"濬儿,不怕,有奶娘在!来,拉住奶娘的手,对。拉住了。过来,靠过来!等一会儿,你就能够看见东西了!别害怕!"常玉花一边应着,一边小心把洞外的灌木丛整理得看不出有人动过的样子。

拓跋濬拉住常玉花的手,紧紧靠在怀抱里。常玉花抱着他,坐到干草上。过了一会儿,拓跋濬渐渐能够看到眼前的东西,高兴地喊:"奶娘,我能看见了!我看见奶娘了!我不害怕了!"

常玉花抚摩着拓跋濬:"小声点,别叫外面的人听见。万一被人发觉,你就危险了!"常玉花解开包袱,拿出一块小皮褥,铺在干草上:"濬儿,你躺到皮褥上,小心着凉!你一着凉,就又要嚷着肚胀了。"

拓跋濬拉着常玉花的手:"奶娘,你也来躺在上面。地上凉!"

常玉花哽咽着:"濬儿这么疼奶娘,奶娘就是死也值得了!"

拓跋濬为常玉花擦拭着眼泪,安慰着:"奶娘,我将来一定要好好奉养奶娘!"

常玉花紧紧抱着拓跋濬,亲着他的脸蛋:"濬儿,可要记住今日的话啊。俗话说,花喜鹊尾巴长,娶了媳妇忘了娘。你可不要娶了媳妇忘了奶娘啊!"

拓跋濬撒娇地说:"奶娘,看你说到哪里去了?我从小没有见过亲娘,奶娘就是我的亲娘。我将来一定好好对奶娘的!我要是当了皇帝,就让奶娘当太后,让奶娘的亲人都当大官!"拓跋濬说得高兴。

常玉花抱着拓跋濬:"有你这话,就不枉我养了你一场!饿不饿?这里有左昭仪给准备的点心奶酪牛肉干,你吃不吃?还有一囊牛奶,喝不喝?"

"吃!我早就饿了。"拓跋濬高兴地说。

"还是少吃一点,小心撑着,撑着又要肚胀了,我真怕你肚胀啊!"常玉花看着拓跋濬狼吞虎咽的样子,心疼地嘱咐着。

乳母皇太后

### 3.宗爱搜查皇宫寻皇孙　昭仪指挥若定除奸佞

冯媛立即召见高允。高允摇头叹息："怎么会这样？这宗爱真是祸国殃民啊！"

冯媛说："拓跋余死了，国不可一日无君。叫高侍郎来，是想跟高侍郎商量如何赶快立新君以断绝宗爱的野心，也防止各王陡生歹意，互相争斗，以乱朝廷。高侍郎看，这皇帝立谁合适呢？"

高允断然说："自从太祖道武帝建立了太子储君制，这皇帝自然应该是长子继承。当时拓跋余依靠宗爱的扶持，篡夺了太子拓跋晃的位置，原本是大逆不道。太子不在，这皇帝位置就是太子的长子皇长孙的。现在正好是拥戴皇长孙的时候了。"

冯媛点头："那时，本宫看形势不利，所以，不主张为皇长孙争夺皇帝位置，也劝你们暂时不要轻举妄动。现在，时候到了，本宫认为现在正是还皇帝宝座给皇长孙拓跋濬的时候了。不知高侍郎能否站出来主持公道，联络一些正直的朝臣，帮助拓跋濬继承皇位，以完成先皇太武帝的遗愿？"

高允流着眼泪，拜过冯媛："老臣蒙先皇不弃，多次赏赐，本应该以死从先帝，但是，老臣不敢置先帝事业于不顾，所以苟活至今。复兴先帝的事业，振兴拓跋基业，匡正先帝嫡裔，正是老臣生平所愿。老臣愿以性命为之！"

冯媛急忙扶起白发苍苍的高允："老人家千万不要折杀本宫。本宫虽然是先帝的昭仪，可是高侍郎在先帝朝中服务多年，先帝十分敬重侍郎人品。侍郎的耿直忠诚，敢于直言坚持真理，都是有口皆碑的。高侍郎要是答应助本宫一臂之力，那么复兴魏国就有希望了。请高侍郎接受本宫一拜。"说着，冯媛向高允深深鞠躬。

高允还礼。冯媛请高允入座，高允问："不知昭仪作何打算？"

冯媛说："这拓跋余一死，谁来继位就成了大事。这魏国朝廷一定不能落入太监手中。本宫虽然一女流之辈，遵照魏国故制，是决不能参与朝政大事的，但是现今情况危殆，容不得我推诿，太后在拥戴拓跋余一事中出了太多的力，王公大臣都有非议。我也是先帝册封的，权位仅次于皇后。虽然没有封我做太后，但是我也可以代太后说话。我要拥戴先帝的长孙拓跋濬做皇帝。高侍郎德高望重,请高侍郎联络那些忠于先帝的正直大臣,帮助拓跋濬即位。"

高允点头。

冯媛继续说:"高侍郎看哪些大臣忠勇可靠?可以依靠呢?"

高允说:"我的了解,尚书源贺忠勇可靠,南部尚书陆丽智谋多端,羽林郎刘尼信义威望,这些人都是反对拓跋余即位的力量。上次他们原本都想起事,只是老臣传达了昭仪的口信,才忍耐至今。只要他们知道昭仪的意思,一定会揭竿而起。"

"好。有这些人就足够了。让源贺调队伍开进平城,守卫城门和皇宫。让陆丽和刘尼急驰鹿苑,迎接拓跋濬!"

高允说:"老臣这就去传达昭仪口谕!"

冯媛又叮嘱:"千万要秘密从事,不可走漏风声,而且动作要快,一定要赶在宗爱称帝之前把拓跋濬迎进皇宫!"


"包围紫薇宫!不要让拓跋濬逃掉!"宗爱命令。贾周指挥着宫中御林军,把紫薇宫包围起来。

宗爱带领兵士冲进紫薇宫,把宫女太监从各自的房间里带了出来,在宫里到处寻找,没有找到拓跋濬的踪影。宗爱让兵士把王遇带到面前,追问拓跋濬的下落,王遇只是说不知道。

"给我打!"宗爱命令乙浑。乙浑甩动皮鞭,在空中呼呼地呼啸着,落在王遇身上,王遇却不觉得十分疼痛。乙浑使眼色给王遇,王遇故意高声呼喊,好像疼痛得撕心裂肺。

宗爱见问不出个名堂,就下令:"各宫都给我搜!"他率领手下先来到昭阳宫。林金闾和抱嶷迎了出来,阻挡宗爱:"宗大人,来昭阳宫有何贵干?"

宗爱蛮横地说:"找一个人!"

林金闾笑着说:"宗大人来昭阳宫找何人?只怕昭阳宫没有你要找的人。"

宗爱冷笑着:"我们要进去搜过,才知道这里有没有我们要找的人!给我进去!"宗爱挥手让乙浑带着人往里冲。

林金闾和抱嶷拦在门口:"昭阳宫也是太后宫,你们不能这么无礼!"

乙浑也说："宗大人，小军官不敢乱闯太后昭仪的内宫！请宗大人高抬贵手！"

宗爱恼怒，抬脚就往昭阳宫里走："跟我进去搜！"

"慢！"一个不大然而充满威严的声音响起来。宗爱抬头，只见冯媛满面怒容站在门里。冯媛开始发福的脸上镇定自若。她走了过来，面对宗爱，缓慢地说："宗大人今天是非搜本宫不可？"

宗爱不知怎么搞的，突然感到心虚，脸上不由自主地又堆积起过去的笑容，他的声音也软和多了："是的。左昭仪，今天奴家多有得罪了！"

冯媛冷笑了一声："搜查可以，但是要是搜不出你想要的人，你宗爱就别想走出我昭阳宫一步！"

说着，她一挥手，从宫里走出一队戎装的士兵，这是源贺偷偷调来保护冯媛的。领头的常英常喜兄弟手握大刀，站到院子当中。

乙浑急忙打招呼："常英哥哥，你们好。"

在双方剑拔弩张当中，突然冒出这么一声亲热的问候，双方士兵都大笑起来。

宗爱恼怒地看着乙浑，却也无可奈何。这阵势，即使打起来，乙浑和他的部下也不会为他出力的。宗爱转身想退出去。冯媛冷笑了几声："宗大人这就想走啊？本宫看没有那么容易吧？既然来了，还是请先进屋喝杯茶吧！"

冯媛挥手，常英带着士兵一拥而上，把宗爱捆了起来。乙浑站在旁边看热闹，有几个不知死活的士兵还想上去救宗爱，被乙浑就势戳死在地。贾周见势头不对，转身想逃跑，被乙浑挡住，喝令捆起来。


还有一队士兵由宗爱的亲信带领，到鹿苑搜寻。

士兵在鹿苑里东戳西挑，这里捅捅，那里刺刺，什么也没有发现。

守鹿苑的王睹带着几个小兄弟跑出来阻止："各位阿干，你们来鹿苑寻找什么？"

领头的散骑将军十分傲慢地把他推到一边："滚到一边去！不要阻拦本将军执行公务！"散骑将军率领士兵沿着小路向松林走去。

"搜！给我好好搜！仔细搜！每个树丛里都要搜到！"散骑将军喊。

士兵散开在松林,拉开一定距离,向山坡上一路搜去,吆喝着,吓得林间鸟雀扑棱棱地一群群飞了起来,在松林上空盘旋。一些放养的小梅花鹿被惊吓得四下逃窜,站到远处安全地带,睁着可爱的眼睛望着这些野蛮人。

王睦有些惊慌,眼看士兵就搜到山洞前,万一被发现,拓跋濬的小命就保不住了。怎么办?只有把他们领到另外的地方才可以保住山洞里的常玉花和拓跋濬。

他急中生智推着身边的一个小兄弟:"二板头,快绕过去,到山坡那里学老虎叫!快点跑!"叫二板头的士兵急忙绕过松林,抄近道向松林山坡跑去。

散骑将军带领的士兵慢慢上了山坡,钻进幽深的松林。一个士兵来到一个陡壁前,陡壁下长满各种灌木,茂盛的枝叶把石壁遮掩得严严实实。士兵拿着长矛戳着灌木丛,胡乱喊着。

石洞里,常玉花紧紧抱着拓跋濬缩在角落里,一动不敢动。拓跋濬浑身发抖,喉咙里发出咕噜咕噜的声音。常玉花捂着他的嘴,把自己的脸紧紧贴在他的脸上,耳语般嘱咐着:"乖濬儿,别出声!"

这时,王睦大声喊:"将军爷!那里去不得!山坡上放养着老虎!"说话间,一声虎啸从石壁后面响了起来。

"哎哟!我的妈!"正在捅树丛的士兵腾地跳了起来,大声喊叫起来:"有老虎!有老虎!"一边喊一边掉头向山下拼命跑!

这时,又一声虎啸传了过来。一时间,搜山的士兵大乱,纷纷夺路向山下跑去。散骑将军听见虎啸,也掉头拼命跑。

转瞬间,搜山的士兵跑出松林,个个惊魂未定,面如土色,气喘吁吁,冷汗涔涔。

山洞里,常玉花听到士兵纷纷离去,才放开拓跋濬,心疼地给他擦着额头的冷汗:"乖乖,不怕!他们走了!"

山下,王睦见散骑将军惊慌失措地跑出松林,急忙上前,赔着笑脸说:"将军下来了,真要感谢天神保佑!这鹿苑最近刚放养了一只斑斓大虎,十分凶恶,弟兄们在鹿苑都小心翼翼,不敢往那边去。好在老虎有梅花鹿为食,并不经常出来活动。今天可能是受了惊吓和骚扰,老虎发怒,幸亏军爷跑得快,要不就危险了!"

散骑将军一想:既然山里有老虎,那还能藏什么人呢?他挥手:"我们回

乳母皇太后

233

去吧。不搜了。"

王睹故意问："将军要不再仔细搜一搜,看可有你们要找的人?"

将军没有好气地说:"不搜了! 这里没有我们要找的人!"

"那好,将军慢走!"王睹和他的弟兄们躬身送走了散骑将军,一个个都止不住偷偷地乐。只有他们知道,二板头是一个模仿动物叫声的天才,学什么像什么,尤其模仿虎啸,惟妙惟肖,几可乱真。听说在围猎的时候,他模仿母老虎的叫声,引来多只雄虎,围着他在的地方徘徊不去,把他吓得要死,裤子都尿湿了。

## 4. 大臣同心协力救社稷　苑洞欢欣鼓舞迎皇孙

高允骑马出城,来到源贺在城外的坞堡。源贺在城外有一处很大的庄园。

高允来到源贺的坞堡门前,坞堡建造得很结实,高大结实的土夯墙,墙后有巡逻的武装人员,结实的木门,关闭起来,可谓一夫把门,万夫莫开。门口站着荷矛警戒的士兵。

"我是侍郎高允,请给我通告源贺将军,高允求见将军。"

源贺呵呵笑着,迎报到坞堡门口:"高侍郎快请进来!"源贺让士兵把高允的马牵到马槽去喂料,自己揽着高允的胳膊,把他让进大堂。

"侍郎这么远来,可有急事?"源贺让仆人上茶以后急急地问。

近来,他也关注着朝中的事态。原本想和南部尚书陆丽、羽林郎刘尼起事,奉拓跋濬为皇帝,但是高允传出话,说左昭仪叫他们暂且按兵不动,静观其变,以待时机。难道现在又有变化了? 这拓跋余当了皇帝不过半年,已经把国库挥霍得大半空虚,那宗爱更是狂妄不可一世,把持了朝政大权,对王公大臣吆五喝六,很有些赵高篡权乱政的意思。他与陆丽多次商量,还是不敢轻举妄动。没有内朝太后的支持,他们总有些不踏实。

高允看了看左右,源贺急忙喝令左右退下。高允压低声音说:"宗爱在太庙杀死拓跋余,将军知道吗?"

源贺吃惊地"哦"了一声,摇头。

高允说:"消息可靠,是宗爱身边的校尉报的信。我刚从左昭仪宫里来,她诏令我们保皇长孙拓跋濬即位。将军,你可愿意?"

源贺眼睛一瞪:"这叫什么话?侍郎还信不过我,还问我可愿意?岂有此理!我早就想奉皇长孙为皇帝,可是昭仪说时机不到,怕我们招致杀身大祸啊。现在既然昭仪说话了,臣源贺愿意奉皇长孙即位,万死不辞!"

高允急忙告罪:"老夫该死,惹将军发怒!老夫当然知道将军一片赤诚对先帝,可是,这事毕竟重大,老夫实在害怕有负先帝和昭仪,所以才如此发问,请将军见谅!"说着起身连连作揖。

源贺的牛眼睛又瞪着,拉高允坐下:"老先生不必如此,快说说昭仪太后的具体部署!不要在这虚礼上浪费时间!"

高允把冯媛的诏令说了一遍。

源贺高兴地说:"没想到昭仪一个女人,竟有这样的胆识和谋略,佩服佩服!这么说,现在皇长孙平安藏在鹿苑里,只要我们派人去迎出来,就可以立刻进宫宣布他即位了?"

高允点头:"是这样。不过昭仪说,将军必须先领兵进宫守卫禁中,等把皇长孙迎来以后做内应,直接打开皇宫大门,迎接新皇帝上朝即位。"

源贺点头:"是的,还是昭仪想得周到。这样吧,我们立刻去见陆丽和刘尼。陆丽也在家里养病呢。"

源贺从他的马厩里拉出一匹马,高允惊奇地赞叹着:"好一匹高头大马!这可是高昌的大宛马?"

源贺亲热地拍着马的脖子:"这可是一匹宝马!你知道它是什么马吗?"

高允摇头:"老夫对马不在行,请将军赐教。"

源贺神秘地说:"汗血宝马!"

"汗血宝马?"高允吃惊地说:"这马和我在司马迁的《史记》里读过,说汗血宝马奔跑如飞,流出的汗颜色鲜红,好像血汗,这马体力十分了得,速度耐力都非一般马所比。老夫孤陋寡闻,只听说太祖道武帝曾经有一匹,那匹马死于一次大战,道武帝哭得如丧考妣。此后我知道先帝太武帝也有过一匹,结果死于攻打蠕蠕的战斗,太武帝也哭得死去活来。将军这汗血宝马可是本国的第三匹了!"

源贺得意地说:"侍郎果然博学,说得一点也不错,这汗血宝马确实不可多得,只产于高昌一带。它在急速奔跑之后,肩胛处就会膨胀起来,流出淡

乳母皇太后

淡的红色的汗液,所以叫它"汗血宝马"。这马真的是强壮无比,速度奇快。不过,这马的寿命不够长。"源贺说着,翻身上马。高允也翻身上马,向陆丽的坞堡奔去。

陆丽的坞堡离源贺坞堡不算太远。陆丽听说源贺和高允来见,急忙迎进大厅。源贺把情况简单交代了一下,问陆丽:"尚书作何打算?"

陆丽说:"宗爱既立南安王,如今又杀了他,狼子野心毕现。我估计他有可能篡位自立。即使他不自立,也会在王子中引起骚乱和争夺,说不定会兵戎相见,在皇宫内造成残杀暴乱,毁先帝的事业于一旦。我们都是先帝和魏国的忠臣,有责任维护魏国的安定。我愿意服从左昭仪的诏令,拥戴皇长孙,以顺天意! 保卫魏国社稷!"

源贺和高允一同站了起来,三双有力的手紧紧握在一起。

陆丽说:"这事还应该有刘尼的支持。去年我联络过他,他同意拥戴皇长孙。不过当时我们听从左昭仪的话,没有轻举妄动。我想,这一次,一定要通过他,他把守皇宫,到鹿苑去接皇长孙比较方便。我这南部尚书到苑中去,容易引起怀疑。"

源贺点头:"我这就去太庙见刘尼。你们在家等着他。"

源贺骑马到太庙。刘尼看见源贺,十分高兴。他把源贺请进驻地,命令严密把守,不让别人入内。

刘尼说:"我正想着怎么去找你呢,你倒自己来了。"

源贺试探着问:"不知找我何事?"

刘尼摇头:"出大事了。宗爱暗杀了皇帝拓跋余,又不准备立皇长孙,我恐怕朝中有变,想与大人商量对策。"

源贺紧紧握住刘尼的手:"羽林郎肝胆之人,可以托付重任! 我也是为此事而来。刚刚得到左昭仪的密令,让我们立皇长孙为皇帝。我和高允、陆丽商量,决定派你和陆丽去鹿苑救回皇长孙,我回宫城做内应! 不知羽林郎意下如何?"

刘尼斩钉截铁回答:"在下愿意拼死命迎立皇孙,以保社稷! 我这就动身!"

源贺说:"陆丽在家里等你,你和他秘密去鹿苑。我这就回宫城去! 希望能够阻止宗爱进宫！我们在永安殿见面！"他们意味深长地相视一笑,匆匆分手。

刘尼和陆丽来到鹿苑。鹿苑守卫见刘尼和南部尚书一起来,自然不敢阻拦,校尉王睹急忙上来迎接。

刘尼问王睹:"那一队兵丁干什么来?"

王睹急忙回答:"他们说是奉太师命令搜一个人。"

"什么人?"陆丽问。

"不知道,他们不说,在下也不敢问。"

"搜到了没有?"刘尼着急地问。

"没有。"王睹狡黠地一笑:"他们被老虎吓跑了。"

"我们奉左昭仪诏来请皇长孙,昭仪说皇长孙在鹿苑。现在带我们去请皇长孙!"刘尼说。

王睹有些不放心,试探着问:"昭仪告诉你们皇长孙躲藏的地方了吗?"

"怎么? 你小子还不放心我们啊?"陆丽哈哈大笑起来。

王睹急忙辩解:"小的不敢。只是刚才那队人也是为皇长孙而来的,小的不知道该信谁好。"

陆丽说:"你尽心尽职,忠于左昭仪,将来一定要嘉奖你。昭仪说,皇长孙藏于你和老婆也就是皇长孙的奶娘私自幽会的山洞里。现在相信了吧?"

王睹不好意思地涨红了脸,连声说:"我这就带大人去。"

王睹带领陆丽和刘尼进入松林来到山洞前,拨开树枝,喊:"玉花,尚书大人来接皇长孙了! 你们出来吧!"

山洞里一阵窸窸窣窣,常玉花顶着一头干草从山洞里钻了出来,拓跋濬也钻了出来,一边喊着:"可算出来了! 憋死我了!"一出山洞,就跑到树后撒尿,一阵哗哗啦啦,拓跋濬跳跃着,撒着欢,就像一匹刚放出圈的小马驹。

尚书陆丽和刘尼对常玉花说:"我们得到左昭仪的诏令,前来带皇长孙回宫城。事情紧急,我们这就带他走!"

陆丽把拓跋濬抱到马上,打马就走。刘尼大声说:"陆尚书,你带皇长孙回宫城,我返回太庙收拾那些阉竖!"

陆丽带着皇长孙来到宫城门口,源贺正在门口等候。

乳母皇太后

刘尼到了太庙，大声喊着："宗爱杀南安王，大逆不道！皇长孙已登大位，有诏，宿卫之士皆可还宫！"众人听说，都高呼万岁。刘尼让人捆了宗爱的部下，找宗爱不见，部下说他与贾周已经回宫去了。刘尼集合队伍，立即赶赴宫城。回到宫城，源贺陆丽正簇拥拓跋濬。拓跋濬已经换好了皇帝的冠冕衮服，浑身缠绕着金龙，等待着就位。

正平二年(公元452年)金秋十月，在一阵阵山呼般的"万岁"喊声中，13岁的拓跋濬在大臣前呼后拥下，慢慢登上永安殿，又一步一步登上正中的皇帝宝座，当了魏国的第五任皇帝，年号兴安。

当了皇帝的拓跋濬开始封赏。刘尼为内行长，加封建昌侯。源贺加给事中，晋爵平西王。高允晋爵梁城侯，加左将军。

宗爱以及贾周等人诛，夷三族。

乳母皇太后

# 第二章　荣华富贵

## 1. 小皇帝登基大封赏　常玉花计谋巧安排

初冬十月下旬,天气还不算太冷,枯黄的树林,光秃秃的树枝,黄色土屋,平城一片灰黄。只有皇宫大殿的金黄琉璃瓦绿色琉璃砖,增添着平城的色彩。

后宫里,皇帝拓跋濬被前呼后拥,下朝回宫了。他乘坐着轻便的镂金羊车。皇帝的寝宫永安宫已经被粉刷一新,重新张挂金黄的锦缎帷幕,供新皇帝居住。

虽然有一大群太监宫女专门伺候,可是拓跋濬就是离不开奶娘常玉花。没有奶娘常玉花在他寝宫里,他就感觉心里不踏实,怎么也睡不着。睡觉的时候,奶娘要和他躺在一起,他要枕着奶娘柔软的胳膊,右手捏着奶娘的耳朵,奶娘要轻轻拍着他,或者讲故事或者轻轻哼着歌曲,在奶娘深沉温柔的声音里他慢慢阖上眼睛,慢慢沉入无边的黑暗,进入梦乡。等他完全睡熟以后,常玉花才敢慢慢抽出自己的胳膊,松开他的手,悄悄起身,到外面的炕上睡觉。

常玉花在永安宫等着迎接圣驾。

当了十几天皇帝的拓跋濬神气活现地在太监搀扶下下了羊车,在太监宫女的跪迎中走进永安宫。

"奶娘!奶娘!"拓跋濬快活地高声喊着,一边甩去脚上沉重的朝靴后,动手解去头上沉重的皇帝冠冕。头上脚上这些沉重的东西使他十分劳累，叫他感到拘束。

拓跋濬不喜欢坐龙床，坐龙床简直是活受罪。坐在龙床上不能随意跑动，把他憋屈得要命。拓跋濬坐在龙床上，就想回后宫。可是，那一班朝臣都眼睁睁地盯着他，骠骑大将军、太宰、录尚书事元寿和殿中尚书长孙渴侯一左一右，紧紧站在他的身后，不断地小声嘀咕着提醒他："陛下，不可乱动。""陛下，不可站立起来。""陛下，不要把腿翘起来。""陛下，不要乱晃身子。""陛下，把脚放下来。"真是烦死人。总有一天，他要把这两个人从他身边赶走，让他们永远闭上臭嘴，不能在他的耳朵边聒噪。

拓跋濬甩掉沉重的朝靴，在太监宫女的服侍下换上轻便柔软的羊皮靴，戴上轻便的帽子，甩着脑后的辫子，穿着家居常服小袍，高兴得手舞足蹈。在后宫多好啊，想跑就跑，想跳就跳，多随意多舒服！

拓跋濬蹦跳着喊着奶娘，朝寝宫跑去。奶娘喜欢在她的房间里绣花。

听见拓跋濬的声音，常玉花急忙走出来，迎接小皇帝。拓跋濬扑到常玉花的怀抱里，猴到奶娘的身上，像扭麻花似的在奶娘温暖的怀抱里亲热了一会儿。

常玉花笑了："濬儿，你可是皇帝了，要有个皇帝的样子啊，叫大臣看见了会笑话你的。"

"我不怕。让他们笑话去好了。"拓跋濬从奶娘身上跳了下来，顽皮地做着鬼脸，说。

"可不敢这么说。皇帝是百姓的榜样，可是要为民作则啊。"常玉花温柔地提醒着："皇帝自己称呼自己不能说我，要说"朕"的。"

拓跋濬喊："朕饿了，朕要用膳了！"

奶娘急忙说："奶娘去给你安排。"

负责皇帝后宫日常生活的中曹常侍王遇安排好御膳，皇帝拉着奶娘一起用膳。

拓跋濬嘴里吃着饭，还咿咿呀呀说着上朝的情形。奶娘常玉花亲热地责备着："看你，用膳不许说话，你总记不住这些规矩。皇帝要有皇帝的样子。"

拓跋濬说:"哪有那么多规矩啊。奶娘从小教我那么多规矩,我早就记住了。高允也是礼仪多得很。"

常玉花只好任皇帝性子,微笑着听皇帝喋喋不休地讲。"奶娘,朕今天封赏了许多大臣。"拓跋濬一边饮着奶酪,啃着鲜美的羊肉,一边说。

"喔?皇帝都封赏哪些大臣了?"常玉花笑着问。

"自然是帮助朕的那几个老臣。陆丽、源贺、刘尼,还有朕的那些兄弟。父亲不在了,他们都要依靠朕来照顾。"拓跋濬洋洋得意,抬起明亮的眼睛看着奶娘:"奶娘,你说是不是啊?"

常玉花急忙回答:"皇帝慈悲为怀,深得天地神灵和佛祖的庇佑,一定会国泰民安。"常玉花想了想,慈爱地看着拓跋濬:"皇帝可曾封赏帮助过你的王睹、乙浑等人?他们可是冒着生命危险保护过皇帝的啊!"

拓跋濬哈哈笑着:"现在还没有轮到嘉奖他们呢。奶娘不要着急,朕不是忘恩负义之徒,朕一定会嘉奖他们,让他们做大将军。不过,这要等一些日子,等王公伯子赏封以后,才能轮到嘉奖他们。"

常玉花点头:"这奶娘就放心了。他们虽然都是些小军官,可是都是冒着生命危险帮助皇帝的,皇帝千万不能亏待他们!"

"朕知道,还有左昭仪祖母宫里的太监抱嶷、林金闾、张佑、符成祖,朕都忘不了的。"说完以后,拓跋濬看着常玉花:"奶娘,过几天要封太皇太后、皇太后,朕想知道朕的生母是否还活着?朕想见见她。"

常玉花心里一沉:她就怕拓跋濬问这问题。先帝曾经严厉命令宫中所有人等,不许对拓跋濬说他的生母郁久闾氏,更不许他们母子会面,违者格杀勿论。其实,她也不知道谁是拓跋濬的生母,宫里对这问题都噤若寒蝉,谁也不敢透露半点风声。还是她偷偷问起冯媛,才知道这郁久闾氏是拓跋濬的亲生母亲。

怎么回答他?现在他是皇帝,想知道自己的母亲,会不会有人告诉他呢?告诉他以后,他一定要封亲生母亲为皇太后,自己这奶娘的位置在哪里?太后窦氏的辉煌再也轮不到自己啦!俗话说,血比水浓,她一个保姆算什么呢?

不行!不能让他知道亲生母亲!更不能让他见到亲生母亲!常玉花果断地做出决定。

常玉花脸上现出悲伤的神情,摇头:"奶娘不知道你的亲生母亲是哪位。奶娘入宫以后,就听说她已经薨了。你知道,魏宫故制,是太祖道武帝制定的规矩,子立母死,听说你一降生她就薨了。"

　　"可是,朕没有被立为太子啊。朕的父亲刚被立为太子。朕的母亲怎么就薨了呢?朕不相信。"拓跋濬苦着脸,很难过的样子。

　　常玉花劝慰着:"皇帝刚出生不久,你祖父就把你定为继承人,他一定会按照故制处置你的生母。另外,皇帝不要多打听这件事。你知道,宫里一直很忌讳打听这事情。这是皇帝的本分,皇帝千万不要让大臣说三道四。皇帝刚刚登基,好多事情还没有安定,万不可因小失大。"

　　拓跋濬神情忧郁地点点头,他小声说:"朕的皇太后封给谁呢?连生母是谁都不知道。"

　　常玉花不敢往下说,不过她有点不甘心。皇帝居然没有提到她的封赏,难道皇帝心中没有她吗?

　　常玉花夹起一块油糕放到拓跋濬的碗里,轻轻笑着提醒:"皇帝忘了奶娘了?"

　　拓跋濬从刚才的忧郁里跳了出来,小脸灿烂地笑着:"奶娘说甚呢?朕怎么会忘了奶娘的养育之恩呢?朕准备依高祖太武帝的旧制封赏奶娘为保太后呢!"

　　常玉花高兴得满含眼泪,一把抱住拓跋濬喃喃着:"我的好濬儿,奶娘的心血没有白费,奶娘没有白疼你一场!"

　　拓跋濬紧紧抱住常玉花:"奶娘就像朕的亲生母亲。朕的亲生母亲要是还在,朕就封她为皇太后,让奶娘和她一起享受荣华富贵。朕还要让奶娘住到自己的宫里。"

### 2. 常玉花图谋执掌魏国后宫　左昭仪计除皇帝生母

　　常玉花来昭阳宫看望冯媛。冯媛正在看冯燕写字。

　　冯媛把常玉花迎进内房。

　　冯媛开始发福,脸盘已经丰满了许多,像满月一样的银盆大脸。她入宫十八载,经历了皇宫的风云突变,不过三十五岁,对皇宫的斗争认识得一清二楚。她现在更加心无杂念,只想抚育好侄女冯燕,让她有个好的前途,就心满意足了。

冯媛笑着恭喜常玉花:"玉花现在是今非昔比了。濬儿做了皇帝,已经开始封赏天下,不久,你就是保太后了。可喜可贺啊,你总算没有白辛苦一场。"

常玉花真诚地说:"那还不是托公主关照,要不我常玉花怎么会有今天呢?我对公主的恩德永远不忘。"

冯媛摇头摆手:"那陈年老事,还提它干吗?说说现在朝中的情况吧,我也关心着呢。"

常玉花把皇帝在饭桌上的问话说了一遍。"公主,你看这事如何处理呢?要是皇帝知道了他的生母,这太后一定非她莫属,我这太后有什么实权呢?宫里肯定要太后说了算。"

冯媛点头:"是这样的。惠太后在世,之所以有那么大的权力,主要就是因为世祖太武帝的生母早早被赐死了。要不,她不会那么有权的。郁久闾氏活着,要是被拓跋濬打听出来,一定要封她作太后,你这太后就没有什么权力了。"

"昭仪,你说该怎么办好?"常玉花着急地盯着冯媛的脸问。

冯媛笑了:"你的主意向来比我多,还要来问我啊?我的许多事情都是你给安排的嘛!"

常玉花不好意思地笑着:"看昭仪说的。那是过去。现在的昭仪早就成了我的主心骨。我那点小聪明,早就用光了!"

冯媛想了想:"其实,这很好办。子立母死,魏宫这故制是一定要执行的,没有皇帝敢于违抗,让赫连氏给皇帝提醒一下,不就成了吗?"

"那还要劳烦昭仪去见赫连氏,我是说不上话的,也不敢去说。我一说,她就会猜到我的用心,也许还故意把郁久闾氏是皇帝生母的消息透露给皇帝。女人的心可是很阴毒的!"

冯媛笑了一下:"这话我可不爱听。我们都是女人,别说女人的坏话!"

常玉花打着自己的嘴:"看我,真该死!我这臭嘴,经常信口胡叨叨。那就请昭仪见见赫连氏。"

"好吧,这事就交给我去办。"冯媛十分有信心地说。

冯媛打扮了一下,拿着常玉花绣制的软缎小袍,到被拓跋余封为太后的赫连氏宫里拜见赫连氏。

进到太后宫,赫连氏正与拓跋焘的两个儿子临淮王拓跋谭、广阳王拓跋建,以及拓跋谭的母亲弗椒房、拓跋建的母亲伏椒房一起说话,见左昭仪进来,都十分尴尬,站了起来,向左昭仪问好行礼。

左昭仪笑着:"今儿可好,我们这几个寡妇可是难得一聚了。临淮王、广阳王与你们母亲一起给皇后问好,怎么也不告诉我一声,让我也早点过来说说话。"

临淮王和广阳王都支支吾吾,说不出完整的话。

左昭仪有些难过地看着眼前这两个高大壮实的年轻人。世祖太武帝现在活在世上的成年儿子只有他俩了。拓跋晃、拓跋翰、拓跋余在皇位的争夺中先后死去,还有四个叫虎头、猫头、真儿、猫儿的小儿子,不过三五岁,还在他们母亲的怀抱里,成不了什么气候。面前这两个高大壮实的小伙子,都已经二十多岁,正是年轻力壮的时候,也都有他们父亲的遗风,勇敢善战、有勇有谋,也是一表人才。

冯媛心怀疑虑:他们来见赫连氏为什么呢?是不是与皇帝有关?不是要与他们的小侄儿拓跋濬争夺皇位吧?

赫连氏干笑着:"他们弟兄从封地赶来,是来参加皇帝即位和封赏仪式的,趁空来看看本宫。我们总都还是先帝的亲人!"说着,眼睛便红了。

冯媛不便深究,连声说:"是的,是的。我也很想念他们。"

临淮王、广阳王和他们的母亲急急告辞。赫连氏也不挽留,只是招呼,拉冯媛坐到自己身旁。赫连氏现在心里很不踏实,她被拓跋余封为太后,总叫她感到难以面对新皇帝拓跋濬。她不知道新皇帝会不会封她为太皇太后。按说,,她是先皇帝的皇后,当然应该封为太皇太后的。今天召见临淮王和广阳王,就是想联络自己的亲人,将来与小皇帝做些讨价还价的事情。

"昭仪有什么事情见教啊?"赫连氏微笑着问。

"妾身来送皇后一件绣花小袍。"说着,冯媛展开金黄色软缎小袍,上面绣着百鸟朝凤的图案。

赫连氏赞不绝口:"真漂亮!真漂亮!看这凤凰绣的,活灵活现的!看这百鸟,一个是一个的样子,没有重样的!真巧手!真巧手!这么精巧美丽的绣袍,你舍得送我啊?"

"看皇后说的,妹妹什么时候吝惜自己的好东西了?妹妹有什么好东西,都舍得送皇后姐姐享用!"

"那我就收下了。这绣袍真爱煞我了!"说着,赫连氏就脱下身上的小袍,换上百鸟朝凤的绣袍,在地上转来转去,欣赏着。

"皇后,听说皇帝快要封后宫了。你听说了吗?"冯媛故意神秘地问。

"听说了。"赫连氏眼光暗淡下来。

"姐姐这太皇太后的位置是一定的,可是这太后会不会是郁久闾氏啊?"冯媛小心地提出问题。

"按说她是皇帝的生母,这太后应该封给她。"赫连氏还是转着,欣赏新绣袍,漫不经心地说。

"那皇后你这太皇太后可是白当了,即使封了,也不能统揽后宫!"叹息了一声:"我们这老姐妹可就指望姐姐了。现在看来有些危险,姐姐当了太皇太后也未必能够照顾我们姐妹了。"

"为什么?"赫连氏吃惊地停止转动身体,站在冯媛面前,瞪着眼睛看着她,不解地追问着。

"你想啊。封了郁久闾氏作太后,这后宫统揽自然是她了,哪还能轮到你啊?血比水浓,皇帝自然喜欢让他的亲娘统揽后宫,皇后是祖母,自然远了一层。"冯媛替赫连氏分析。

"可不是。郁久闾氏是皇帝的亲生母亲,自然亲过我们。"赫连氏沉思,连连点头。

冯媛满脸疑惑地问:"皇后,我有一事不明。为什么我入宫这么多年,只知道有个惠太后,不知道先帝的亲皇太后呢?"

"咳!你怎么连这都不知道啊?魏宫里故制是子立母死,所以先帝的亲生母亲在一生了他以后,就被他父亲赐死了。太祖道武帝不让皇帝的母亲活着专权,替皇帝儿子治理朝政。你怎么连这故制都不知道?"赫连氏责备着冯媛,突然意识到什么,愣愣的一时不说话了。

"可是,魏宫故制什么时候废止了呢?如今国朝就要有太后了。"冯媛好像自言自语。

"谁说废止了?太祖制定的故制谁敢废止?"赫连氏自言自语:"谁敢废

止？不能废止的！不能废止的！拓跋余的母亲右昭仪不是以子立母死的制度被我赐死了吗？"赫连氏提高声音说，好像争辩似的。

"是的，是的。皇后那一着实在漂亮。既然是皇太后，就得行使太后的权力嘛。"冯媛笑着："可是这郁久闾氏，怕皇后无能为力了。"

"我就不信。我现在还是太后，完全可以行使太后的权力！本宫这就传见殿中尚书长孙渴侯和录尚书事元寿，他们不敢不遵从魏宫故制！谅他们也不敢违抗！你说呢？"赫连氏微笑着问冯媛。

"当然，有太后出面，有殿中尚书和录尚书事出面，皇帝不敢不遵从故制。恭喜皇后，将来统摄后宫，还是要多多关照我们这些老姐妹啊。我们也真是不容易。"说着，冯媛的眼睛又红了，她真的很怀念先帝。


这一天，元寿和长孙渴侯来宫城，准备与皇帝拓跋濬商量朝中封赏的事情。路上，遇见赫连氏宫中的常侍，他笑着说："请二位去一趟。"元寿和长孙渴侯不敢怠慢，来到赫连氏的宫中。

赫连氏笑容满面，接见这两位大权在握的重臣："二位大臣请坐。看茶！"

元寿和长孙渴侯落座，看着赫连氏，小心地问："太后叫老臣不知有何见教？"

赫连氏笑着："听说皇帝最近就要册封内宫，可是真的？"

元寿回答："皇帝正在与老臣商量，中书省还没有做好准备。"

赫连氏沉默了一会儿，抬头看着元寿："元太宰是拓跋老臣，也是拓跋族人，元太宰应该知道国朝故制吧？"

元寿急忙回答："那是当然。老臣先世为国朝老人，熟悉国朝典制，老臣从小在朝中牛马走，对国朝典制也略知一二，不知欲考问老臣哪条旧制？"

赫连氏微微冷笑："本宫想问子立母死制度。不知你们也曾知晓？"

元寿与长孙渴侯互相望了一下，连声回答："老臣当然知道。这是国朝故制，由太祖道武帝创立的。"

"敢问是什么内容？"赫连氏逼问着。

元寿犹犹豫豫地回答："就是指，凡是立为太子储君，就要把他的母亲赐死，以防太后和外戚干预朝政，保证国朝的安定。"

"可曾实行过？"赫连氏继续追问。

元寿的额头上开始冒汗，他已经明了赫连氏不过是在逼问他，正在一步一步把他逼到一条死路上。"实行过，实行过。已经实行多次。"

"都有哪些先例？"赫连氏还是不动声色继续追问。

长孙渴侯急忙替元寿回答："有太祖道武帝的母亲宣穆皇后刘氏，有世祖太武帝生母明元帝密皇后杜氏，有太武帝敬哀皇后贺氏。"

"这么说，从太祖开始，就已经实行了子立母死制度，到现在各位皇帝的母亲都已经依故制实行了？"赫连氏脸色阴郁起来，语气也有些强硬。

"是的，是的。您所说极是。"元寿和长孙渴侯急忙回答。

"那现在皇帝的生母呢？为什么还健在？为什么本宫还听说皇帝正在打听，要准备封她做太后呢？祖宗的制度是不是要废除了？"赫连氏一拍桌子，站立起来，声色俱厉。

元寿和长孙渴侯急忙也站立起来，垂手恭立，不知道如何回答。

"说话啊！你们胆大包天，竟敢迷惑皇帝！是不是看皇帝年纪幼小，就想一手遮天，篡改国朝典章了？"赫连氏怒喝，手指着他们的鼻子尖，几乎要戳到他们的眼窝里。

"不敢！不敢！老臣不敢！"元寿和长孙渴侯连声说。

"既然如此，本宫发布诏令，本宫要依国朝故制，赐死皇帝的生母郁久间氏！希望你们配合本宫的行动，不要乱加阻挠！这是内宫的事情，是本宫的权力！"

"是，是！听凭安排！"


"要处死郁久间氏？为什么？"皇帝拓跋濬听着元寿和长孙渴侯的报告，十分奇怪。

元寿和长孙渴侯互相看了一眼，只好吞吞吐吐说出原因："郁久间氏就是陛下的亲生母亲。依照太祖制定的规矩，凡是当了太子或者皇帝，他的母亲一定要被赐死的。"

"这叫甚规矩？岂有此理！这么荒谬！"皇帝拓跋濬流出眼泪："朕长这么大，竟一直不知道生身母亲是谁。现在知道了，却又生离死别。这叫甚事情啊！"

乳母皇太后

元寿劝说着:"皇帝也不必太悲伤。这是国朝旧制,谁也没有办法的。当年太宗明元帝为了救母亲,声称不当皇帝而离家出走,但是也没有救了他的母亲。"

拓跋濬抽泣着说:"怨不得当年清河王要叛逆,皆因为救母心切。清河王也是被这混账旧制给逼出来的!朕现在才理解了清河王!"

元寿和长孙渴侯急忙捂住皇帝的嘴:"陛下不可乱说!不可乱说!"

"朕要去最后看一眼生身母亲!"说着,他抬脚往外走。

元寿和长孙渴侯一边一个拉住拓跋濬:"皇帝陛下留步!这是太皇太后的事情,皇帝去不得的!再说,皇帝去了徒加伤心而已,于事无补!"

"都是你们的错!你们就不能替朕的母亲说几句好话?你们就不能想办法帮助朕的母亲逃过劫数?朕要你们何用?!"拓跋濬跳着脚,喊着,发着脾气,在宫里走来走去,摔打着东西。

元寿和长孙渴侯只是垂手恭立,任凭皇帝发作。元寿急忙向太监使眼色,太监心里明白,悄悄退了出去,飞跑搬救兵。

奶娘常玉花笑吟吟地走了进来:"濬儿,你怎么啦?"她柔声地问着,走到皇帝身边。拓跋濬看见奶娘进来,就一头扑到奶娘怀里,号啕起来。

"奶娘,他们把朕的母亲赐死了!"

常玉花抚摩着拓跋濬的黑发,在他耳边轻轻地说着:"濬儿,这是没有办法的事,谁也救不了你的母亲,谁叫你是皇帝呢?皇帝就得服从国朝典制啊!濬儿,不要难过,还有奶娘呢,奶娘不就是你的亲生母亲吗?"

常玉花温热的气息吹在拓跋濬的耳朵上,她柔软细腻的脸颊贴在拓跋濬的脸颊上,像灵丹妙药一样,抚平了拓跋濬的愤怒。拓跋濬趴在奶娘的怀抱里抽泣着,慢慢平静下来。

元寿和长孙渴侯轻轻地舒了口长气。

常玉花扶起拓跋濬,替他擦干眼泪,看着元寿和长孙渴侯,严肃地说:"我刚才得到密报,说临淮王和广阳王在皇宫里到处走动联络,大有图谋不轨的企图。你们可要帮皇帝认真查处!万一他们仗着是皇帝的叔叔,便兴风作浪起来,这国朝可是又要大乱!你们要小心对付啊!"

"有这事?"拓跋濬抬头,脸上变得很残酷:"朕赐死他们如何?"

元寿急忙说:"当然可以!当然可以!皇帝陛下有这样的权力嘛!"

拓跋濬跺着脚:"赐死他们! 赐死他们! 立即执行!"

元寿和长孙渴侯急忙说:"臣等马上就去执行!"说着就往外走。

拓跋濬又喊:"朕也要赐死你们! 马上执行!"

元寿和长孙渴侯扑通一声跪倒在地,请求皇帝饶命。可是拓跋濬只是跺着脚喊:"马上执行!"

皇帝的中常侍只好带领御林军去执行皇帝的命令。元寿和长孙渴侯叹了口气,站立起来等待前来执行皇帝的命令。他们泪流满面,却也不再哀求。皇帝人小脾气大,喜怒无常,率性而为,前不久,与当年东宫太子拓跋晃的辅宰议事,因为对方不同意皇帝提出的封刘尼、源贺为王,小皇帝大发脾气,立地赐死,根本容不得别人讲情,也不看他们忠心耿耿辅佐他父亲多年的情分。伴君如伴虎,在皇宫多年,他们已经见惯了这种情况。皇帝的兄弟、妻子、儿子都经常莫名其妙被赐死,何况他们这些臣子? 在皇帝身边行走,他们早就有随时去死的心理准备了。

### 3. 报恩常玉花为皇帝选贵人　聪明左昭仪替侄女谋出路

常玉花去见冯媛。冯媛成功地挑拨赫连氏赐死了皇帝的生母郁久闾氏,叫常玉花十分感激。皇帝已经告诉她,过些日子,就要行册封后宫的仪式。她来见冯媛,一则感谢,二则商量给皇帝选妃子的事情。

冯媛在弹琴,冯燕唱歌。冯燕的歌喉优美,清亮高扬,在冯媛的培养下,唱得很是动听。冯燕十二岁了,虽然还是小姑娘的模样,但十分好看。一双水汪汪的大眼睛如秋水横波,一颦一笑,一举手一投足都优雅大方,很有窈窕淑女的风范。聪明好学的她在冯媛的教导下,很懂得皇宫里的规矩典制。

常玉花拍着巴掌,笑着走进昭阳宫:"燕儿的歌喉真美妙,唱得真好听!"

冯燕急忙给常玉花行礼:"常姑姑来了。"冯燕穿一身汉人的裙裳,上红下绿。

冯媛让冯燕去内室看书,自己拉常玉花坐下:"听说了吧? 郁久闾氏已经赐死了。皇帝反应如何?"

常玉花叹口气:"反应激烈着呢。一下子赐死四个人。广阳王、临淮王、元寿、长孙渴侯。赐死广阳王和临淮王是按照昭仪的意思办的。可是这元

乳母皇太后

寿和长孙渴侯则是皇帝听说郁久闾氏被赐死愤怒中拿他们出气！太可怜了！”

冯媛冷笑着：“有什么可怜的？这魏宫里向来就是互相残杀，没什么可怜的！”停了一会儿，又问：“这册封后宫的仪式什么时候举行？”

常玉花说：“过几天吧。”

“燕儿的事皇帝提起没有？他是不是忘了他祖父的嘱咐了？”冯媛不大高兴地说。

“燕儿的事，昭仪就请放心。我会安排的。”

“不行，我不放心。皇帝现在在不在永安宫？我想带着冯燕去见见他。让他不要忘记他祖父的安排。”

常玉花站起来：“现在我们一起去。他在永安宫里，高允正在给他讲书。高允又推荐了一个年轻的博士给皇帝讲经。”

“燕儿。换衣服，我们去拜见皇帝！”冯媛朝内室喊。

冯燕出来，换下汉人裙裳，穿着桃红的绣着喜鹊登枝图案的高领小袍，下身穿着鹅黄的软缎绣花小襦，一条嫩绿的薄绸灯笼裤，脚上是一双软羊皮靴，高统，紧紧箍着小腿，显得很利落，头上却梳着汉家小姑娘的抓角发髻，插几朵鲜红的石榴绒花，走起路来，发髻下的黑发飘洒，活泼可爱。小宫女给她拿着大红软缎面的滩羊皮斗篷，雪白柔软弯曲的滩羊毛衬着大红软缎面，分外好看。

“燕儿出落得越来越漂亮了。”常玉花啧啧赞叹着，把她额头上的蝴蝶花黄扶正一些：“皇帝看见，肯定会喜欢的。有些日子没有见你了吧？”

冯燕噘起猩红的小嘴：“可不是，我已经一个月没有见他了。他都忙着干什么呢？”

冯媛急忙纠正：“以后不要再说他了。要说皇帝，现在的拓跋濬已经是皇帝了。你见了他，要行见皇帝的大礼，记住了没有？”

冯燕点头：“记住了，姑姑。是不是要跪下啊？”冯燕睁着明亮的大眼睛问：“要是见了他就要跪，我就不想去见他了。”

“不要乱说！”冯媛呵斥着：“不会下跪，你只要这样拜见就行了。”示范做了个屈腿行礼的动作。

拓跋濬在永安宫听高允和李博士讲礼，皇帝的任性已经传遍朝内外，一连赐死几个重臣和皇叔，大臣都有些胆战心惊。高允作为他的师傅，想借着讲书慢慢劝导皇帝，让皇帝学会克己复礼。不过，高允也胆战心惊，万一惹怒了这脾气不好的小皇帝，也赐死他可怎么办？高允十分小心谨慎，选择《论语》给皇帝讲礼。

"孔子曰，仁者乃己所不欲，勿施于人。又曰，己欲立而立人，己欲达而达人。陛下可理解这些话的含义吗？"

拓跋濬想了想，眨巴着眼睛，看着高允："侍郎，这些话是不是说要爱人，要体恤别人，要用自己的心体恤别人。自己不想做的，就不要强迫别人做；自己想要达到的，让别人也达到。"

高允急忙站起来给拓跋濬行礼："陛下理解准确，显示陛下爱人之仁，以仁治国，国治有望矣。"

拓跋濬说："治国要以武力征服，以德治国、以仁治国恐怕是行不通的。你看，国朝里，先祖不都是武力征服吗？"

高允说："陛下言之有理。打天下须武力征服，但是，这治天下若一味以武力征服，却不能征服人心。得人心者得天下，失人心者失天下，这是圣人的教导。国朝已经武力征服了这么大的江山，以后就要靠皇帝陛下治理天下。要想维持国朝的国运，陛下就要以仁治国、以德治国。孔子说：足食，足兵，民信三者中，不得已而去，先去的就是兵，其次去食。孔子认为，自古皆有死，民无信不立！可见，这兵虽然重要，但不是治国之要。"

拓跋濬点头，想了想，又问："这仁，到底是什么呢？"

高允说："孔子弟子问孔子，什么是仁。孔子说，出门如见大宾，使民如承大祭，己所不欲，勿施于人，在邦无怨，在家无怨。这就是仁。陛下能够理解吗？"

拓跋濬摇头，眼睛里流露出茫然的神情："不大懂。这仁怎么成了出门见大宾了？这己所不欲，勿施于人，好像和刚才所说的意思相同，就是说，自己不想干的事情，就不要强迫别人去做，这就是仁。"

高允急忙说："陛下的理解是正确的，至于为什么要用出门见大宾来说明仁，就不必去追究了。只要陛下有己所不欲，勿施于人的思想，就是行使了仁政，就是一个仁君。国朝需要仁政，需要仁君。"

拓跋濬接着问:"这信奉佛教,可否算做仁呢?"

高允点头:"佛教讲究慈悲,讲究八戒,当然算仁了。"

君臣二人正说着,太监进来通报,说左昭仪带着冯燕来拜。

拓跋濬高兴得就势蹦了起来:"太好了,燕儿来了。朕有些日子没见她了! 快让她们进来!"

冯媛带着冯燕,和常玉花一起进来。冯燕按照姑母的教导,急忙上前给拓跋濬行礼。冯燕唇红齿白,一头黑黝黝的头发梳成抓角,两条小辫子晃来晃去,很是好看。她大红斗篷里面的葱绿色裙裤,配着桃红的小袍,鹅黄的绣花小襦,把窈窕的腰身凸现出来。

拓跋濬看着冯燕,笑着说:"燕儿今天真漂亮。"

冯媛上前给皇帝问好。拓跋濬急忙请昭仪祖母坐下,高允也过来给昭仪请安行礼。冯媛微笑着问高允:"侍郎给皇帝讲书呢?"

高允说:"老臣今天给皇帝讲孔子的《论语》。"

"那可是太好了。"冯媛笑着问皇帝:"喜欢孔子吗?"

拓跋濬摇头:"不大喜欢。他说不要兵要仁,我看就行不通。没有兵,何来魏国? 没有兵,怎么能够维护皇帝的统治? 昭仪祖母你看,国朝从建立到现在,哪朝停止用兵? 不用兵行吗?"

冯媛想了想,微笑着:"皇帝的看法很有道理,但是孔子的施仁政也是不错的。用兵需要,施仁政也需要,该用兵的时候用兵,没有战事的时候就要施仁政。这就好比两个手,各有各的用处。一只手拿刀,另一只手拿萝卜,拿刀征服了以后,就要给萝卜。高侍郎,你看我说得对吗?"

高允连声夸赞着:"昭仪娘娘譬喻精辟,说得好极了。"

拓跋濬笑着:"现在是不是到了给萝卜于百姓的时候了?"

大家都说是。

冯媛问拓跋濬:"皇帝封赏大臣,就是施仁政。前朝已定,后宫不备,这后宫没有主事,也还不算朝政完备。不知皇帝册封后宫大事,准备如何?"

高允也说:"昭仪所见不差。皇帝册封后宫大礼是要早日进行才好。"

常玉花微笑着:"皇帝准备让哪个太后主持册封后宫大礼呢? 是赫连氏? 还是昭仪呢?"

拓跋濬看了看高允,高允急忙说:"老臣意见,让昭仪娘娘来主持册封大礼好。赫连氏在拓跋余僭越皇帝的时候,被封为皇太后,主持着后宫,已经引起朝中议论。倒是昭仪娘娘,在拓跋余僭越皇帝时,能够深明大义,帮助皇帝,德高望重,众望所归,可以孚众望。"

"对,对! 朕同意! 朕同意!"拓跋濬风风火火地站了起来,说:"赫连氏自作主张,处死朕的生身母亲,朕很恼火! 不能封她做太皇太后,不能让她主理后宫! 朕同意让昭仪祖母为太皇太后主理后宫!"

冯媛看了一眼常玉花。常玉花的脸上闪过一丝阴影,眼睫毛抖动了几下,眼里流露出一丝暗淡。

冯媛的心动了一下。她急忙摆手,微笑着:"感谢皇帝和高侍郎的见爱。暂且代替皇后主持后宫也可以,不过,本宫不会接受太皇太后的封号。我们还是遵守国朝旧制,皇后封为皇太后、太皇太后才是正理,以昭仪身份封太皇太后的还没有先例。"

说完,冯媛又偷眼瞥了常玉花一眼。常玉花的脸上微微显露出一些喜色和亮色。这丫头,现在已经滋长野心了。冯媛摇头。

高允默然,只是点头,心里充满对她的景仰:像这样淡泊权势的女人还不多见。

冯媛又说:"国朝里有册封乳母为皇太后的先例,我想皇帝也记得。"

拓跋濬急忙说:"朕当然记得,朕已经许诺奶娘,要以惠太后的先例封奶娘为保太后以后再加封皇太后!"

冯媛连声夸赞:"皇帝好孝道,为民作则,国朝兴隆,指日可待!"

常玉花急忙说:"感谢皇帝的记挂! 感谢皇帝的记挂!"

冯媛看了看坐在身旁感到无聊的冯燕,说:"你先出去玩一会儿。"冯燕顺从地站了起来,披上斗篷,走出大殿,来到院子里,院子里的松树和柏树还绿着,上面落着喜鹊和麻雀,叽叽喳喳叫着,在枝头跳来飞去。

拓跋濬目送着冯燕,有些呆呆的。

冯媛笑着拍了拓跋濬的肩膀一下:"皇帝看什么呢?"

拓跋濬不好意思地收回目光,笑着:"看燕儿呢。燕儿还没有长高呢。"

冯媛问:"皇帝还记得当年你皇祖父在昭阳宫里说的话吗? 他要你将来干什么啊?"

乳母皇太后

253

拓跋濬说:"记得,皇祖父让我以后封冯燕为贵人。是不是啊奶娘?"

"是的,皇帝好记性。"常玉花笑了。

"那皇帝可愿意实现皇祖父的遗愿?"冯媛追问。

"当然愿意了。朕封冯燕为冯贵人。"拓跋濬一脸严肃地说。

"燕儿!快回来谢皇帝!"

常玉花高兴地喊,向大殿门口站着的冯燕招手。冯燕清脆地应答着连蹦带跳地跑了回来。

"快跪下向皇帝谢恩!"常玉花拉着冯燕,小声说。冯燕噘起嘴,小声嘟囔着:"不是说好不跪吗?怎么又要跪?"

"这次得跪。"常玉花小声叮嘱。

冯燕只好跪下,说:"谢谢皇帝恩封!"

拓跋濬看着冯燕,哈哈笑了起来:"以后你就是朕的冯贵人了!你可要好好伺候朕!"

冯燕白了他一眼,什么也没有说,不过心里很不服气:"为什么要我伺候你?也许以后你还要伺候我呢!"

常玉花高兴得拍着手:"这下好了,后宫大制已经基本齐备,皇帝的册封大礼可以很快举行了!"

### 4.预谋夺权皇后姐妹为奸 艳羡权势玉花太后阴谋

十一月末,永安殿举行了隆重的册封后妃的仪式,常玉花被封为保太后,冯燕被封为贵人。

赫连氏在宫里摔打着宫中的器物。她踢着面前跪着的宫女和太监,咆哮着。以她先皇皇后的身份居然没有被封为太皇太后,这叫她非常愤怒。虽然拓跋焘的后妃没有一个被封为太皇太后的,这叫她稍微有些安慰,可是心中还是火气难平。

没有太皇太后,谁来主理后宫?皇帝年纪小,还没有封皇后,这后宫主理看来只能落在保太后常玉花身上。一个奶娘,居然要主理后宫?这算什么事情啊?她作为太武帝正式册封的堂堂正正的皇后,居然没有被封为太皇太后,这像话吗?

赫连氏走来走去,想着对策。有什么办法呢?

广阳王和临淮王已经被皇帝赐死。谁还同情她,支持她呢?赫连氏在皇室子弟里数算着。突然,她想到一个合适人选,那就是不久前才升任司空的镇西将军杜元宝。杜元宝曾经是世祖太武帝拓跋焘的殿中侍卫,经常随皇帝皇后巡幸阴山,对皇后赫连氏很是尊敬,赫连氏也敬重他忠勇,经常赏赐他。他的几次晋升,也赖于赫连氏在拓跋焘面前的美言。更重要的是,他是她的妹妹赫连氏贵人的相好。

赫连氏三姐妹,赫连氏皇后是二姐,大姐已经故去,老三被封为贵人,一直不甚得宠,独居冷宫,不曾为拓跋焘生个一儿半女,对拓跋焘未免心怀怨谤。寂寞之中,她难免与一些侍卫拉扯不清。杜元宝就是她最宠爱的侍卫。

赫连氏来找老三。老三一看姐姐来了,很是惊奇,急忙把赫连氏让进自己的宫室。

"皇后来了。"赫连氏贵人拜见。

赫连氏扶起妹妹:"我们姐妹如今不必讲究这礼节了,没有这个必要了。"她有些忧伤地说。

赫连氏贵人扶着姐姐坐下说话。赫连氏贵人问:"皇帝封后宫,居然没有给姐姐上太皇太后的封号,这是怎么回事啊?他眼中还有没有先帝啊?"

赫连氏皇后摇头:"没有办法的。朝中屡屡变故,皇帝恼怒于我。我赐死了皇帝的亲生母亲,更是得罪了皇帝。"

赫连氏贵人叹息:"姐姐也是遵从国朝故制,这本不是姐姐的错。谁叫他拓跋祖宗立下这么残酷的规矩呢?怕帝幼母壮,怕母后夺皇帝儿子的权,就定下这么残酷的办法。姐姐有什么错呢?想起来就叫人气不平。也只有这国朝才有如此怪事,一个奶娘可以当太后,可以主理后宫,真是不可思议!"

赫连氏皇后唉声叹气:"说得是啊!你说以后我们这日子可怎么过啊?!"

赫连氏贵人搂住姐姐,在她耳边小声说:"我们是不是要想想办法,除去这太后?"

赫连氏皇后小声说:"我想的也是这事。没有了太后,皇帝只有封太皇太后主理后宫。你说是吗?"

"对！对！这太后就是拦路石，只有搬掉她！踢开她！"赫连氏贵人站了起来。"该怎么做呢？"赫连氏贵人面对赫连氏皇后，问。姐妹俩互相看着。

赫连氏皇后把手搭在妹妹的肩头："办法要靠妹妹了。我听说杜元宝刚刚被任命为司空，与陆丽一起处理朝政。不知杜司空与妹妹的私情还续存否？"

赫连氏贵人脸一红，轻轻捶了赫连氏皇后一拳，斜了她一眼："看姐姐说的什么话？"

赫连氏皇后开怀大笑："妹妹还有什么不好意思的啊？现在妹妹还怕什么啊？都什么时候了？先帝即使知道也已经无能为力了！"

赫连氏贵人也哈哈大笑起来，笑得前仰后合。大笑一阵，姐妹俩觉得心情无比舒坦，她们相拥着又坐回座位。"你提他干什么？"赫连氏贵人问姐姐。

"我想见见他，让他帮助我们慢慢除去太后。他现在正得皇帝的信任，能够以皇帝的名义处理朝政。"

"好，我明天给你约见杜元宝。"赫连氏贵人爽快地答应了。赫连氏皇后拉着妹妹的手，好一阵感谢。

常玉花带领王遇一行去巡查东西后宫。走过西宫赫连氏贵人的宫室，看见一行人刚走出宫门，转到回皇后宫室的路上。

常玉花指着赫连氏皇后的背影问："那可是皇后？"

王遇看了看，说："正是皇后赫连氏。"

常玉花站住脚步，看着赫连氏贵人的宫门，思忖起来：这赫连氏姐妹串联要干什么呢？皇后去见她那贵人妹妹做什么呢？

"张佑。"常玉花朝后面喊。小太监张佑急忙从后面跑了上来："太后叫小奴？"

常玉花招手："过来。"

张佑急忙趋前，常玉花把他拉到身边，附耳对他说："去赫连氏贵人宫里走动走动，给我打听打听，赫连氏皇后去干什么？能不能做到？"

张佑小脸上浮现着嬉皮笑脸的样子，十分顽皮可爱："太后你就等着小奴给你报消息来吧。这等小事，还不是小菜一碟，小奴一定会给太后打探个明明白白。"

常玉花拧了张佑白皙红润的小脸一下："就你机灵。快去吧,别耍贫嘴了。要是打探不出来,小心我让你屁股挨棍棒!"

张佑急忙走开,想办法接近赫连氏贵人宫中的宫女、太监打听消息。张佑年纪小,机灵得很,嘴甜面善,宫女人见人爱,又是自来熟,很容易打探各种消息。

常玉花挥手,继续带领着王遇一行在宫中巡查。她要选择一处好宫室做自己居所,皇帝已经赏赐了名字:寿安宫。

常玉花来到皇后赫连氏的宫室外面,站着欣赏了半天。这西宫的十几所宫室,还是皇后赫连氏的太极宫最为宽敞、豪华、漂亮。

太极宫宫门高大,飞檐斗拱,瓦脊上龙凤飞舞。宫墙和檐下的青砖雕着各路神仙故事图,瓦当雕着各色兽头。红门前左右一对雕刻着莲花的石座上站立着一对青铜铸造的麒麟,闪着黄色亮光,保卫着太极宫。从敞开的红色大门望进去,太极宫的正宫建立在白色石基上,一色的白石雕花栏杆,宫殿黄色琉璃瓦铺顶,绿色琉璃瓦镶边,十分漂亮。正殿前的院落里,左右庑都是青砖、青瓦,廊下红色楠木柱支撑,红色栏杆回环。院子里青砖墁地,种着几棵桂花、石榴、翠竹。

常玉花呆呆地站立着,真有点舍不得离开。就是这地方了。她心里想。

这时,小太监张佑喜笑颜开地跑了过来,他高兴地跑到常玉花面前,满脸是笑,大眼睛滴溜溜地转着,对常玉花说:"太后,小奴打探清楚了。皇后赫连氏去贵人赫连氏那里,为的是约见司空杜元宝。"

常玉花心里一惊:约见杜元宝?她们想干什么?

"还打探出什么?"常玉花看着张佑问。

"没有了,只打探出这一点消息。"张佑讨好地说。

"滚!小犊子!就打探出这么点没有用的消息,就来邀赏了?再去打探,为什么事约见他,什么时候约见,都要给我打探得清清楚楚、明明白白!要不,就不要回来见我!听见没有?"

张佑急忙答应着又跑走了。

常玉花回到永安宫,皇帝还没有下朝。常玉花站立在正殿的廊下,等待

乳母皇太后

着皇帝。按照过去的惯例，皇帝一回来，一定要先搂着奶娘亲热一番。

拓跋濬的羊车从永安宫外进来，不一会儿，拓跋濬就从羊车上下来，在大批虎贲、太监的簇拥下进来。看见奶娘站在廊下迎接他，他就喊叫着跳跃着跑了过去，扑进常玉花温暖的怀抱。"奶娘，想死我了。"拓跋濬喃喃说着。

常玉花拥着拓跋濬回到宫里，让太监、宫女上来给皇帝换衣服。二月的平城，天气还很冷。脱去貂皮斗篷和朝服，还得穿上羊皮小袍，换去那沉重的朝靴，换上松软的毡靴，拓跋濬啜饮着鲜美的热奶，舒服惬意极了。

贵人冯燕从东庑过来伺候皇帝。拓跋濬看见冯燕，笑着问："贵人今天可曾读书？"

冯燕笑着，上前给皇帝行礼，回答皇帝的问话："回皇帝，妾身读了皇帝指定的书，读了《论语》的为政篇。"

"可有心得？"拓跋濬问。

"当然有了。"冯燕微笑着，看了看皇帝，清脆地回答："子曰，道之以政，齐之以刑，民免而无耻；道之以德，齐之以礼，有耻且格。这就是说，要用德和礼来治国，百姓才能循规蹈矩而且懂得廉耻。要是百姓不懂廉耻，这国就治理不好。陛下，妾身说得可对？"

拓跋濬抱住冯燕："贵人说得对极了，几乎和高侍郎讲的一样！"冯燕见皇帝当着奶娘的面和自己亲热，很有些羞臊，轻轻推开拓跋濬，小声嗔怪地说："皇帝陛下得意忘形了，叫奶娘笑话。"

拓跋濬有些尴尬，放开冯燕，脸上讪讪的，走回自己的座位，接着饮他的热奶。常玉花笑着问："叫冯贵人今晚来侍驾，如何？"

拓跋濬摆手："朕还要奶娘陪朕睡觉。"

常玉花无可奈何地摇头。冯燕像往常一样，高兴极了。她笑着说："那正好，我还是回姑母那里去睡。我才不想和他睡在一起呢！"

常玉花苦笑着："你们这俩小傻瓜，咋整啊？什么时候才能长大啊？"

这时，张佑在外面鬼头鬼脑地探头张望。常玉花笑着对冯燕说："你先陪皇帝说话，我出去看看。"

常玉花走到东庑廊下，"打探出什么了？"她拧着张佑的耳朵，小声问。

"是，太后，打听出来了。赫连氏姐妹已经约见了杜元宝，正在太极宫密谈呢。密谈什么，却探不出来。赫连氏把所有的宫女太监屏退，只有赫连氏姐妹和杜元宝三人关在密室里。"

"你打探清楚了？是现在？"常玉花厉声问。

"绝对没有错，小奴敢用性命担保！"张佑急忙赌天咒地。

"那好，快给我传王遇和乙浑将军！"常玉花抬脚走出永安宫。

常玉花带领王遇和乙浑，乙浑率领一队虎贲悄悄包围了太极宫。

太极宫守门虎贲见常玉花和王遇前来，不敢阻拦。常玉花、王遇和乙浑走进太极宫正宫。太监和宫女正要去报告，被常玉花喝令拿下。"密室在哪里？说！"常玉花问太监常侍。

常侍支吾，不想回答，被常玉花一巴掌打倒在地。"说不说？"常玉花从乙浑腰里抽出腰刀，高高举了起来。腰刀闪烁着冷冷的白光。常侍哆嗦着，指了指金黄色锦缎后面一个屏风。王遇过去，掀开帷幕，挪走屏风，一个镶嵌在墙上的小门露了出来。

常玉花把腰刀交给乙浑，点了点下颌。乙浑举刀，把常侍砍翻在地，一股冒着热气的鲜血流到地上，慢慢流出宫门。

乙浑走上前，一脚踹开小门。密室里，桌几凳榻床俱全，右面有一扇小窗，隐蔽在外面的树丛里，给密室透着光线。

正密谈的赫连氏姐妹和杜元宝被惊得从座位上弹了起来。小赫连氏尖声惊叫着，倒在卧榻上。赫连氏皇后还算镇定，她脸色苍白，浑身颤抖，故作镇定："你们要干什么？私闯先帝皇后宫室？"

常玉花冷笑着："你们干的好事！男女私藏于密室，干什么见不得人的勾当？还不从实招来！"

赫连氏拿出威仪，喊着："本宫是太皇太后，召见臣子是本宫的权力！你算什么东西？居然敢来干涉！"

常玉花冷笑着："好一个自封的太皇太后！辅佐篡位的拓跋余的皇太后！居然还好意思说自己是太皇太后！你把先帝的脸都丢尽了！现在又私自会见奸夫于宫中密室，你还有没有廉耻？来人，拿下！"常玉花大声喊。

乙浑率领几个兵士闯了进来，把赫连氏姐妹和司空杜元宝一起捆绑起来。"先把他们押入死牢！"常玉花命令，又小声叮嘱乙浑："不要走漏风声！"

乳母皇太后

259

常玉花回到永安宫,皇帝在和冯燕下棋。

"皇帝,奶娘有件事要跟你商量。"常玉花对拓跋濬说。

"奶娘,后宫现在就是你老人家主理,凡是后宫的事,都由你老人家说了算,就不必跟我商量了。"拓跋濬眼睛盯着棋盘,头也不抬。

"还是要让皇帝知道一下好。"常玉花坐到拓跋濬旁边。

"说吧,奶娘,朕听着呢。"

"是这样的。"常玉花斟酌着:"皇后赫连氏姐妹与外官勾搭成奸,祸害宫廷。皇帝说如何处置呢?"

"有这事?"拓跋濬呼啦一下,把面前的棋盘扫到地上,怒不可遏地站了起来:"有这等贱货? 和谁勾搭?"

"司空杜元宝!"

"这还了得? 可有证据?"拓跋濬随口问。

"已经被乙浑堵在密室里,王遇可作证。"常玉花款款地说。

"既然如此,就打入死囚牢!"拓跋濬脸色铁青:"这杜司空竟然这么混蛋,居然敢勾引皇祖父的后妃,真是活腻味了! 朕刚刚任命他为司空,原来还准备封他为王呢。这下玩完了! 赐他死吧!"

常玉花接着说:"皇后赫连氏被打入死牢,这太极宫就空了出来,要是皇帝暂时不准备迎娶皇后,我想把它修缮一下,算作皇帝对奶娘的赏赐如何?"

"好啊。就按奶娘的意思去办吧。"拓跋濬大咧咧地说。

"真是奶娘的好孩子!"常玉花高兴得一下抱住拓跋濬,在他的脸上亲着。冯燕在旁边悄悄用指头划着自己的脸,羞他。拓跋濬只是嘻嘻傻笑,他并不觉得害羞,他不还是个孩子吗。

"对,还有一事。"常玉花抚摩着拓跋濬的头,接着说:"昭仪祖母希望皇帝陛下恢复佛教。陛下可同意?"

"当然同意了。佛祖主张慈悲,主张不杀生,主张不做坏事。与孔子的主张很一致。朕同意恢复佛教,允许沙门修建佛寺,允许沙门在寺院讲经。"

"太好了。太好了。"冯燕拍手。

## 5. 皇太后嵩山祭祀求平安　小皇帝横山畋猎射老虎

暮春三月,太阳暖洋洋地照着宫城,和煦的春风吹着。宫城里的树已经青翠一片,杨柳吐絮,到处飞扬着杨花柳絮,天空白茫茫的,好像阳春飞雪一样。槐树上已经开满串串白花,榆钱也成串地嫩嫩生生地绽开。

常玉花走出寿安宫,不久前她已正式由保太后封为皇太后。寿安宫就是原来的太极宫,现在已经成为皇太后宫宰,改名寿安宫。她刚刚主持给皇帝过了成人节,给皇帝行了剃发宴。皇帝以后就是成人了,她这皇太后要张罗着给皇帝选更多的后妃,然后就要考虑选皇后的大事了。

常玉花现在已经今非昔比,出入镂金羊车,前呼后拥,神气极了。她的丈夫王睹也已封了将军,堂而皇之住进寿安宫。哥哥常英和常喜都封了王,成为大将军,妹夫乙浑也加封子爵,负责宫城宿卫。

常玉花虽然做了皇太后,可是心中并不安宁。她总有些担心和忐忑,不知道皇太后位置是否安稳?也许要去求求惠太后的保佑?

都是由乳母晋升为皇太后,惠太后的在天之灵才会保佑自己。常玉花让羊车到永安宫。

拓跋濬正在看冯燕弹琴,他站在旁边唱歌,他喜欢唱鲜卑民歌。他正在变音时期,声音沙哑,把一首鲜卑民歌《敕勒川》唱得颇有几分悲凉苍壮:

敕勒川,阴山下,天似穹庐,笼盖四野。天苍苍,野茫茫,风吹草低见牛羊。

皇帝用鲜卑话唱得十分好听,让刚走进宫来的常玉花轻轻拍着巴掌。

冯燕看见奶娘来了,急忙站起来行礼。拓跋濬拉着奶娘的手,对冯燕说:"奶娘的声音好听,你一边弹琴一边和奶娘唱支情歌吧。朕想听你们唱情歌。"

冯燕用指头划着自己的脸羞拓跋濬:"羞不羞,想听情歌?"

拓跋濬满不在乎地说:"那有什么羞的?我们北朝人就喜欢听喜欢唱情歌嘛。你听,姑娘还唱老女不嫁踏地唤天,还唱什么阿婆不嫁女,哪得孙儿抱。你看,唱这情歌的姑娘多勇敢!你敢唱吗?"

冯燕摇头。

常玉花看着面前的拓跋濬。当了皇帝不过半年,刚过了成人节,拓跋濬已经明显长高了许多,嘴角上已经出现了淡淡的黄色绒毛,声音正在变化。

乳母皇太后

这拓跋濬长大了。常玉花想。可是冯燕还是那么单薄平板的小姑娘的样子,对拓跋濬开始变化的心理没有一点觉察。小姑娘还是什么也不懂。常玉花有些担心地看着冯燕。虽然漂亮,但只是一个漂亮的小姑娘而已。什么时候才能具有可以吸引男人的女人韵味啊?

"奶娘,唱一首吧。"拓跋濬催促着。

"好,燕儿,我们给皇帝唱一首。皇帝,你说,唱什么?唱哪首?"常玉花笑着问拓跋濬。

"唱情歌。朕爱听国朝的民歌,像《木兰辞》,朕更爱听国朝的情歌。燕儿,给朕唱一首。"拓跋濬笑嘻嘻地说。

"燕儿,你来弹,我们唱《折杨柳》。"常玉花说,轻轻哼着曲调,让冯燕抚琴。冯燕抚琴,开始和着常玉花唱了起来:

腹中愁不乐,愿做郎马鞭。出入攘郎臂,蹀坐郎膝边。

冯燕的歌声清脆响亮,常玉花的歌声还是低沉雄浑,她们反复合唱了两遍,拓跋濬高兴地跟着唱了起来。唱了一会儿,拓跋濬感觉有些疲累,让太监端来奶饮,自己坐下饮着休息。

常玉花也坐了下来:"皇帝陛下,我想让皇帝陪我到崞山去一趟。"

"去崞山干什么?"拓跋濬奇怪地问奶娘。

"崞山有惠太后的陵寝,我想去拜祭惠太后。我刚封皇太后,与惠太后身份相同,希望去拜祭惠太后,以期平安和保佑。"

拓跋濬想了想,点头答应:"好吧,朕答应奶娘皇太后的要求。惠太后是皇祖父的奶娘,皇祖父十分尊敬她。朕去拜祭她老人家,她老人家会保佑奶娘,也会保佑朕的国朝。"

五月,夏日的京畿平原上,小麦已经抽穗,荞麦花正开,白花花的,满眼一片。拓跋濬陪同奶娘常玉花去拜祭惠太后的队伍出南门,行向东南方通往崞山的路上。

队伍走过古定桥,渡过浑河,来到崞山。满目葱茏的崞山蜿蜒起伏,它的崇山峻岭横亘在平原上,远看就像一道绿色郭城护卫着京畿平原和远处的平城。嶂山，也叫横山，即今天的北岳恒山，当年燕国国主慕容垂发40万大军讨伐代国，亲率大军，逾青岭（今河北涞源北），过天门（今河北涞源县南），劈横山为道，开辟了一条通向平城的道路。建立魏国，迁都平城以后，拓跋焘伐燕，也走这条山路。后来，在横山石道上修建了悬空寺，在山顶上修建了山岳庙祭祀北岳。这里成为魏国皇帝礼佛的场所，也成了燕国通向平城的唯一通道。太武帝毁佛的时候，得到消息的沙门逃到横山、五台山，在深山里藏了起来，山里的寺院渐渐多了起来。

当年，惠太后窦氏随同世祖太武帝来横山悬空寺礼佛，看中横山前的嶂山，对太武帝拓跋焘说，这地方山清水秀，百年以后愿意安居此地。440年，窦氏去世，太武帝就遵照她的遗愿，把她葬在嶂山，建陵寝，置守陵200家。

拓跋濬和冯燕搀扶着常玉花，来到惠太后的陵墓，惠太后墓地里，松树柏树高大挺拔，把陵寝遮盖得森森一片。常玉花洒拜惠太后，她洒洒三遍，向惠太后请求保佑："惠太后，你我身份相同，请你保佑我！"

拓跋濬也祭奠了一番。

常玉花和皇帝到横山祭拜山神，也到悬空寺礼佛。

走进横山，两峰对峙，中间一条崎岖山路通向山里，这就是魏国通往东方的通衢，是平城入倒马关紫荆关的唯一道路。顺着山路来到山峡，两边山崖壁立，中间一道淙淙小溪流过，流近山罅，在山石上激起朵朵白色的水花。山路崎岖狭窄，两崖都有凿的石坎，大四五尺，深一丈，上下排列，为了让车通过，石坎里都竖着高大的圆木，上面架起栈道。皇太后和皇帝的车可以行进在栈道上，进入山峡。山崖危耸，西崖上，红色的层楼高悬，曲折的楼榭斜依在石壁上，望之如蜃吐层楼。这就是悬空寺。

皇太后和皇帝的车马一直驶到悬空寺的山门前。皇太后一行下了车，步行进寺。悬空寺建立在石壁上，一半在山壁里，一半悬在空中，由几十根笔直的圆木树干支撑着，层层叠叠，十分壮观。

身穿青色袍服的道士在道观天师的率领下在山门前迎接皇帝和皇太后，皇太后虽然不喜欢道士，但是，也只能依着国朝原来规定接受道士的拜见。

天师导引皇太后皇帝一行进入寺院。木板铺的槛路弯曲盘旋通向各禅龛，明窗暖榻，虽然深不过一丈多，但也肃然中雅，供着三佛菩萨。

皇太后和皇帝拜祭了三佛诸菩萨，也拜了老君天师，在寺里休息。第二天要举行大型的山神拜祭。

第二天，风清天朗，天空澄碧如洗。皇太后、皇帝、冯燕在簇拥下，慢慢进入山峡。行三四转，就看见山涧有三道门，高列在山坡上，下面有数百层石阶，这就是北岳山神宫的山门。

沿着赤色山路在松影婆娑中，慢慢上了山，山路两旁，山崖突兀，上面长着怪松，像是一些老态龙钟的老人，在迎接山下来客。石路萦回，越来越陡峭，转向东方拾级而上，山崖半腰，为寝宫，再上就是北岳殿，殿上接绝壁，下临深渊，殿下石级直插云天。

皇太后气喘吁吁，仰望大殿，不由赞叹：这么宏伟的建筑建在如此险峻的山里，不知用了多少人力啊。当年太武皇帝伐燕大胜以后征发和龙上万民工修建了这栈道这寺院这北岳庙。他硬是让北岳从东移到魏国，让北岳大帝保佑着魏国都城。这里，不知埋葬了多少燕国人的尸骨。

皇太后和皇帝祭祀了北岳大帝以后，在寝宫里歇息，然后，皇帝在横山举行大规模的畋猎。

畋猎开始以后，皇太后带领冯燕，在山坡上看皇帝大规模的畋猎活动。皇帝在乙浑、刘尼以及畋猎官等的护卫下，在横山山谷里部署大规模的畋猎。士兵披着兽皮，在将军的率领下，从四面八方围过来，他们呼喊着，擂着牛皮鼓，把横山震得地动山摇。老虎、狼豹、野猪、野鹿、野兔都被喊声鼓声惊吓得从各自的栖息地跑了出来，四下逃窜，惊慌失措。几只斑斓大虎从山坡树林里逃下来，四下奔跑。士兵发现了这几只斑斓大虎，都呼喊着，向老虎包抄过来，赶着老虎向皇帝所在的位置跑。几只老虎被追赶得没有逃路，只好向山谷的方向奔去。

拓跋濬浑身穿着牛皮铠甲，头上戴着插着红羽毛的铁盔，站在山坡上开阔地方的一块大青石上，正手搭凉棚四下张望。这是他即位后的第一次畋猎，叫他既兴奋又紧张。乙浑和刘尼率领几十个精悍的虎贲紧紧跟随着皇帝，前后左右紧紧簇拥着，紧张地持刀持弓，四下注视着，等待着野兽。

乙浑喊："老虎来了！"

士兵们立刻紧张起来，纷纷搭箭拉弦，把弓拉成弯月，随时准备射杀。

一身牛皮铠甲的拓跋濬兴奋起来，他拉开了自己的弓，把箭搭上弓弦。"老虎在哪里？在哪里？"他喊着，摆着头四下寻找。

乙浑向山谷密林中一指："来了。在那里！"几点灿烂的金黄色在绿树丛中闪烁，几声愤怒的虎啸震动了山涧，树叶发出一阵簌簌的响声。一只老虎纵身跳出树丛，扑向山谷对面的一块巨石。它腾身跳跃起来，蹿过山涧，带起一阵山风，扑向山坡。

拓跋濬兴奋地喊："看到了！朕看见老虎了！"他拉圆了弓，飕地一下射出一支利箭。接着，虎贲的弓弦砰砰响着，雨点般飞出许多利箭，纷纷落在山坡下的老虎身上。

几支利箭穿过老虎鲜艳美丽的皮毛，鲜红的血从伤口流了出来。老虎愤怒地咆哮着，挣扎着，又有几支利箭飞了过来，扎在老虎的眼窝里、胸脯上。老虎跳跃了几下，慢慢地倒了下去。

山坡上，拓跋濬高兴地扬着手中弓箭，喊着："朕射中了！射中了！"他蹦下巨石，就要向山坡下冲去。他要去看第一次亲手射中的老虎！

乙浑和刘尼急忙拉住皇帝："皇帝陛下，去不得！去不得！还有老虎呢！瞧！又来了两只！"

果然，山谷密林里又蹿出两只斑斓大虎，穿过密林正向这边山坡奔来！

"保护好皇上！"乙浑大喊，手执大刀，跳到拓跋濬面前，用身体挡住皇帝。"陛下，快到巨石上！准备射箭！"

拓跋濬急忙爬上巨石，拉弓搭箭，瞄准奔过来的老虎。

"射！"乙浑喊。

拓跋濬的利箭飞了出去，士兵的利箭一起飞了过去。两只老虎身上插着许多利箭，满山坡乱窜，愤怒的咆哮震得树叶簌簌而落，脚下巨石颤抖。

在远处山坡上观看的常玉花和冯燕看着斑斓的大虎满山奔跑，十分心惊。冯燕真想和拓跋濬站到一起，也弯弓射它一箭。可是常玉花紧紧拉着她："不许乱跑！就陪着我！"

两只老虎逃窜了一会儿，终于倒在草丛里，殷红的鲜血汩汩流出，染红了山坡的绿草。

山坡山谷里，士兵们响起排山倒海般的欢呼："皇帝万岁！万岁！万万岁！"士兵们举着武器，举着野兔、狼、豹、野鹿、野鸡，高呼着。

乳母皇太后

拓跋濬急忙跳下巨石,向老虎倒毙的草丛跑去,乙浑、刘尼也都跑了过去。拓跋濬跑到老虎的身旁,蹲下身来,抚摩着老虎斑斓的皮毛,掰开它的嘴,抚摩着它锐利的可以撕破牛皮的牙齿,高兴得哈哈笑着:"朕射死的,朕射死的!"他还孩子气地把自己的脸紧紧贴到老虎的脸上。

常玉花和冯燕走来。常玉花也蹲下来,用手抚摩着老虎头上的王字,一边啧啧赞叹着:"可怜见的!这么漂亮的毛色!"

冯燕还有些胆战心惊,几次伸出手,想去抚摩,又有些害怕,不敢摸。拓跋濬恶作剧地一下抓住她的手,把她的小手塞到老虎的嘴里。冯燕哇哇叫了起来,吓得直跳脚。

拓跋濬却高兴得哈哈大笑:"胆小鬼!死老虎还把你吓成这样?看到没有?这是朕亲手射死的!朕要把它们的皮剥下来,铺到朕的龙床上!"

常玉花急忙恭喜:"恭喜皇帝,第一次畋猎就射杀三只老虎!""你们要记住!把它写进国朝史书!听见了没有?"

乙浑急忙回答:"记住皇太后的吩咐,回去就让史官记下来。"

刘尼插嘴:"国朝自崔浩司徒以后,还没有恢复史官呢。"

皇太后点头:"可不是嘛。这些年忙乱,没有顾上设立史官。没有史官怎么行呢?回去就立刻恢复史官,先让高允代行,皇帝看行吗?"

"没问题。按皇太后奶娘说的办!"拓跋濬站起了身。

"把这次畋猎勒石以记,更有纪念意义。"乙浑提议。

"好办法!这提议好!传诏下去,让侍郎勒石记载这次畋猎。然后把石碑树立在悬空寺里以作永久纪念!"常玉花果断地说。

## 6. 赫连氏赐死除大患　常太后用权去两王

"什么?她在死牢里还勾结串联?"常玉花咆哮着,柳眉倒竖。

王遇低头唯唯诺诺:"是的,奴家刚刚从张佑那里得到的密报。张佑是偶然从一个牢子那里听说的。牢子说,濮阳王闾若文偷偷潜入宫,到死牢里探望赫连氏。濮阳王是郁久闾氏的侄子,是赫连氏的侄女婿。太后,你看这双重身份,是不是很危险啊?"

常玉花沉思着自言自语:"可不是咋的?确实有些危险呢。还有谁来过?"

"还有征西将军永昌王仁看过赫连氏。"王遇小声回答。

"这永昌王仁与赫连氏有什么瓜葛?"常玉花皱着眉头问。宫里各种关系,她也不能完全明了。

王遇想了想:"这永昌王仁,是颍川王拓跋提在镇守统万时娶赫连氏的侄女所生的儿子,所以,永昌王拓跋仁就是赫连氏的侄女婿,与濮阳王闾若文可以算做连襟。"

皇太后沉思着:"原来是这样。这拓跋提可是道武帝三子河南王拓跋曜的长子? 可是五岁就曾在道武帝面前射中一只雀那个儿子?"

"太后好记性。正是那个武艺高强的拓跋曜。拓跋曜生有七子,长子拓跋提。拓跋提的长子就是这永昌王仁。"

常玉花叹息着:"这皇帝宗室复杂得很,像一张渔网似的,互相牵扯,互相勾连,不知道在哪个网眼上牵扯到什么人。你看,这永昌王是道武帝的曾孙,却是赫连氏的侄女婿。乱七八糟,完全不讲究辈分。"

"太后,你准备如何处置他们呢?"

常玉花又坐回卧榻,她的卧榻上铺着一张色彩斑斓的虎皮,那正是皇帝畋猎的战利品,送给太后一张当坐褥,剩下两张,铺在永安殿和永安宫里的龙床上。皇太后端起茶杯,一边啜饮着热茶,一边想着对策。

"立即传诏,赐死赫连氏,不留祸患。至于那濮阳王和永昌王,看来要想点办法。"常玉花舒了口长气:"对,要想个办法。你看,有什么好办法?"

王遇趋身上前,低声对常玉花说了一阵。

她脸上浮上笑容:"对,就这样,交给你去办。"


拓跋濬在永安宫与南部尚书平原王陆丽和殿中尚书源贺、刘尼等商量着七月到阴山避暑,进行阴山却霜的祭祀活动。乙浑走过来,看见陆丽、源贺等人在场,犹豫了一下。

"什么事情?"陆丽皱了下眉头,问乙浑。他瞧不起这出身低微的将军,一个靠裙带关系升起来的人,居然也和他们这些朝廷的老臣同列,叫他心里不舒服。

乙浑看了看源贺,又看了看皇帝,嗫嚅着说:"臣有事报告皇帝陛下。"

乳母皇太后

"是不是要我们回避啊?"陆丽很不满地问。

"不必。说吧。有什么事情?"拓跋濬抬头看着乙浑。

"这里有一封信,请皇帝陛下过目。"乙浑说着,双手递上一封信。陆丽接了过去,递给皇帝。

拓跋濬接了过去,仔细读了起来。"永昌王仁兄台鉴:弟闻听赫连氏打入死牢,甚是惊怖。赫连氏为你我之姑母,先帝之皇后,落此不幸之境地,令人于心不忍。弟恭请兄与弟齐心协力,拯救姑母于死地。不知兄意如何?"

"这是什么? 这不是一封勾结串联的谋反信吗? 这是谁写给谁的?"拓跋濬眼神阴郁了,脸上出现了愤怒。

"这是濮阳王写给永昌王的。"乙浑躬身回答。

拓跋濬看着陆丽和源贺,眼睛里满是疑惑:"濮阳王是谁? 永昌王是谁?"

陆丽急忙回答:"回陛下,濮阳王是闾若文。永昌王是拓跋仁,太祖道武帝三子河南王拓跋曜的长子拓跋提的儿子。"

拓跋濬掰着指头算了起来:"世祖道武帝的三子的长子的儿子,四代,世祖道武帝的长子的长子的长子的长子,五代,比朕少一代,那他就是朕父亲那一代的人了?"

源贺和陆丽都笑着点头:"是的,他应该是皇帝陛下的堂叔。"

"他们是赫连氏的什么亲人?"拓跋濬还是糊涂,问。

"濮阳王闾若文和永昌王都娶了赫连氏的侄女,所以他们说赫连氏是他们的姑母。其实是他们老婆的姑母。"

"原来这样。他们想救赫连氏啊? 这还了得? 这不是想谋反吗?"拓跋濬愤怒地看着乙浑。

"是啊! 陛下所言不差,简直就是要谋反!"乙浑点头哈腰,逢迎皇帝。

陆丽不满地白了一眼乙浑:"这封信是怎么得来的? 信会不会是有人假造的? 濮阳王和永昌王都有许多老婆,犯得上为一个老婆的姑母谋反?"陆丽提出自己的怀疑。

皇帝满脸疑惑看了看乙浑。乙浑急忙说:"这信来自濮阳王的送信人,绝对可靠。皇太后亲自审问的。"乙浑解释着,偷眼看着皇帝的表情。拓跋濬听说是皇太后亲自审问的,脸色顿时亮堂了。乙浑提起的心放了下去,他在心里狠狠地骂着陆丽:小子！别仗着你老子陆俟是元老,就故意与我们这些刚提升起来的人为敌！咱们走着瞧！总有一天我要叫你知道你乙老爷几只眼！

"既然如此,就立即下诏,以谋反论处,赐死永昌王于长安,濮阳王闾若文诛,籍没全部家产人口到平城!"

乙浑喜笑颜开,喏喏着去传达皇帝的诏令。他对处死拓跋焘的后代有一种莫名其妙的兴奋和激动。

## 7. 阴山却霜祭祀天地　国史在心明了历程

秋七月,阴山北麓的牛川草原上,晴空万里,一阵夏风掠过,草原上绿浪起伏。夏风凉爽,夹带着草原的花香、青草的芬芳,紫色的苜蓿花在清风里摇曳,鲜红的山丹丹花点缀在绿草丛中,叶片狭长的马兰草一兜一兜长着,孤零零地开放着美丽的五瓣紫色花朵。它柔韧的叶片是草原人用来捆绑东西的最好绳索。

广德宫耸立在草原上,很是威武。广德宫西面是高大的祭天圆坛,中间堆积着黄色的土,四周用石块垒砌,祭坛中间列着49个木人,一丈多高,木人戴白色头巾,穿着白色的祭礼袍服,披着马尾,中央高高竖着祭天的杆子,杆子上张挂着五颜六色的旗幡,在风中轻轻地飘荡。祭坛前和祭坛的四周,雄伟的仪仗队罗列,旗幡猎猎,伞扇飘扬,刀枪剑戟林立,闪烁着耀眼的亮光。

拓跋濬在礼赞官的引领下,带领全部皇家成员,列队向西站在祭坛前,祭坛前已经摆好宽大的祭桌,上面放着各色祭品,作牺牲的柔毛白羊、黑牛、白马,都拴在祭坛前,等着祭祀仪式开始以后贡献。不过,皇太后和皇帝都信佛,皇太后反对杀生祭祀,所以白羊、白马、黑牛都还活着,只是拉上前来作样子。祭桌上已经摆有煮熟了的羊、牛、马肉。

祭祀的时辰到了,铙钹鼓吹齐鸣,乐队高奏起庙堂祭天之乐,激越雄壮的乐声在蓝天下随风飘向远方。拓跋濬穿着皇帝祭祀大礼服,戴皇帝冠冕,在祭祀乐声中,一步一步登上祭天坛。女祭司已经升坛,在坛上手摇羊皮鼓,唱着跳着。皇帝面对女祭司和苍天行跪叩大礼,然后起身洒酒,再跪叩,如是者七次。全体皇室成员,包括皇太后、左昭仪、贵人冯燕以及拓跋濬的十几个兄弟和他们的妃子,列队跟着皇帝行大礼。皇帝每年都举行多次天地祭祀,祈求天地保佑国朝的平安。

冯燕第一次参加拓跋氏的祭祀仪式,感到十分好奇。

拓跋濬和他的族人静静地倾听着歌伎乐师鼓吹丝竹一齐演奏的祭祀礼曲《真人代歌》,接受着一年一度的传统教育。这一百五十章的《真人代歌》歌唱的是拓跋鲜卑的光辉历程。冯燕听得很专心。虽然姑母给她讲过一些,可是她还是很专心地倾听着。

公元386年,拓跋珪大会各部于牛川,即代王位,复建代国,年号登国,不久,迁都盛乐,在盛乐改国号为魏,自称魏王。公元396年,拓跋珪称帝。398年(天兴元年)迁都平城。以后每年夏季皇帝总要幸临牛川,在牛川举行国庆与祭祀天地的活动。牛川是魏国的发祥地,是拓跋皇帝祭祀祖先的地方,是拓跋皇帝举行国庆大典的地方,也是他们避暑与进行大规模畋猎的地方。

阴山北麓的广袤草原,正是鲜卑人南迁以后早期活动的地方。匈奴分裂以后,南匈奴入塞附汉,北匈奴远徙漠北,在漠南活动的只剩下乌桓和鲜卑,后来乌桓迁入边塞的一些州郡,草原上就只剩下鲜卑。东汉时期,乌桓衰败,鲜卑强盛,连一些留在草原没有西迁的北匈奴人也自称鲜卑,鲜卑更加强大起来。鲜卑的领袖檀石槐,把统治下的草原分为东中西三部。在草原东北角生活的鲜卑部,就是拓跋鲜卑。在东部生活的是慕容鲜卑,后来建立了燕国。还有一支是西部的宇文鲜卑。

拓跋鲜卑历史上曾两次大迁徙。

第一次大迁徙,发生在东汉前期。当匈奴发生震动草原的南北分裂,东部鲜卑向南蔓延的时候,北部鲜卑拓跋人拖着长辫子在首领推寅的带领下由大鲜卑山向西南方向移动,迁到大草原上的呼伦湖旁,以后一百年便在这里生活。推寅被登国皇帝尊为"宣皇帝"。

第二次迁徙在推寅的6—8代以后,拓跋鲜卑决定迁移。那时部落的首领叫邻,他觉得自己年老,决定传位给儿子诘汾,诘汾在登国时被尊称为圣武皇帝,他带领拓跋鲜卑,在神兽的导引下,过高山,走出迷谷,先到科布多一带,加入强大的匈奴联盟,与匈奴人联系密切,互相通婚,"鲜卑父匈奴母",这个部落就被称为鲜卑,有的也叫秃发,意思就是鲜卑父匈奴母所生的儿子。以后,匈奴联盟破裂,拓跋鲜卑继续迁移,来到漠南的阴山地带,完成了第二次迁移。拓跋鲜卑开始了新的发展时期。

拓跋力微是诘汾之子，接替父亲做了部落首领以后，在他五十八年的首领生涯中，使拓跋部逐渐发展壮大，在阴山地区逐渐定居，以阴山南平原黑水畔的盛乐为都城，开始封建化进程。力微是魏国的始祖，被尊为神元皇帝。

冯燕倾听着。女祭司继续歌颂拓跋氏的始祖神元皇帝力微。

有一天，圣武皇帝（诘汾）率领数万骑在山林里打猎，突然，天上出现五彩祥云，慢慢降下，一辆华美的高车从五彩祥云中缓缓驶来，车上坐着一位装饰华贵的美丽姑娘。姑娘下车，丫鬟环绕，侍卫紧随。姑娘缓步走到圣武皇帝面前，嫣然一笑，皇帝的心立刻被融化了。他施礼问："姑娘来自何方？"姑娘回答："我是天女，受天父嘱托，特地下凡与我的夫君会面。"圣武皇帝欣喜若狂，与姑娘携手到毡帐。夜里，二人颠鸾倒凤，无比恩爱。东方放亮，天女就起身，洒泪相别，离别的时候，谆谆告诫说："明年这时，来此地相会。千万不要延误。"第二年的同一时候，圣武皇帝如约来到这里，天女已经等候在去年相会的地方，怀里抱着一个美丽的婴儿。天女把婴儿交给圣武皇帝，说："这是君的儿子，望君好好养育他。子孙相承，世代可以做帝王。这婴儿就是始祖力微。

冯燕笑了，心想：原来如此，这力微始祖是个私生子，所以才有"诘汾皇帝无妇家，力微皇帝无舅家"的说法。私生子就私生子吧，偏偏还要编一个美丽的瞎话，说自己是天女的儿子。

想到这里，冯燕竟不怀好意地偷偷冷笑了一下。她急忙偷眼看了看周围，好在大家都专注地看着神坛上的女祭司，没有人注意到她。幸亏没有人看见！冯燕长长舒了口气，继续凝神听唱歌。

女祭司开始赞颂什翼犍。什翼犍出生不久，父亲被害，母亲把他藏在裤中，向天祷告：天若要存你，就不要啼哭。什翼犍果然不啼哭，逃过第一次劫难。什翼犍在襄国做了九年人质，于公元330年做了代国国主。什翼犍打败赵，征战二十多年，结果被苻坚打败，退回阴山北。不久代国灭。

冯燕心里好笑。这亡国历史也要唱颂吗？她抬头看着女祭司，她已经唱得口干舌燥，正在饮牛奶以润喉咙。下面该唱颂太祖道武帝拓跋珪了。冯燕想。她已经感到疲累，就轻轻靠在姑母身上，想休息一下。姑母也正闭

乳母皇太后

271

目养神,这时,微微睁开眼睛看了一眼冯燕,姑侄相视一笑,各自闭上眼睛。

祭祀过后,皇帝要在牛川畋猎。

阴山北麓的广袤草原,是魏国最大的猎苑,也是最大的牧场。这里有被拓跋魏国俘获的各族部落,高车、敕勒、蠕蠕等人,他们被拓跋皇帝安置在阴山北的这片广袤草原上放牧,蓄养牲畜,以供养拓跋国朝。

七月的牛川,正是天高云淡的好季节,小凉风吹拂,把灼热的阳光散发出的热量吹跑了许多。畋猎的队伍,旌旗飘扬,战鼓咚咚,马匹嘶鸣,成群的猎鹰在低空盘旋,寻找目标,成群的猎犬在队伍里狂吠奔跑,骑兵队伍扬鞭跃马,驰骋到远方,再按照猎官的指挥,列队把草原上成群游荡的野马野驴驱赶到苑里,先供皇帝射猎游玩,然后分配给畜牧户放养。这里是魏国的野马苑。

祭祀天地之后,皇帝和他的部下去畋猎。常玉花邀请冯媛、冯燕乘高车来到草原上欣赏阴山北麓草原风光。

常玉花与冯媛,领着冯燕欣赏着远处皇帝的打猎。草原上姹紫嫣红,紫红的苜蓿开放,鲜红的山丹花怒放,马兰花飘香,蒲公英金黄灿烂,花朵上绕着嗡嗡的蜜蜂和色彩斑斓的蝴蝶。远处的湖水在阳光的照射下闪着点点碎小的银光。

冯媛竟像小姑娘一样喊着:"真美啊!我们下车吧。"说着第一个跳下高车,扑到草原的绿草丛中,去采摘那些美丽的野花。

冯燕也跳下车,呼喊着,扑进绿草中。

常太后让宫女太监搀扶着慢慢下了车,如今的她富态安详,她矜持地微笑着,看着这姑侄二人的狂态。"看你张狂的,哪像个太妃啊。"她微笑着责备冯媛,她的公主。

冯媛一脸灿烂的笑容:"这么美丽的草原,我真想躺在这绿毡似的草地上打几个滚呢。管什么太妃不太妃的!"说着,就真的躺到草原上,翻滚起来。

冯燕清脆响亮地笑着,学着姑姑的样子,也躺了下去,在草丛中翻滚起来。

常太后终于撑不住,也坐到草地上,摘着身边的野花,慢慢把它们编起来,编成一个花环,套在自己的脖子上。

宫女太监都学着太后的样子,散向草原各自去采摘野花,编着自己的花环。

冯燕从绿草地上爬了起来,看着太后脖子上套着的美丽花环,嚷嚷着:"我也要编个花环。"她像小鹿一样蹦跳着去采摘野花,一边大声命令几个小太监和小宫女,让他们给自己采摘野花。不一会儿,冯燕就编了一个大大的花环,把它戴在自己的脖子上。野花的芬芳吸引了几只蜜蜂和蝴蝶,嗡嗡叫着绕着她的脖子飞来飞去,不肯离去。

冯媛坐到常太后身边,扯了一支草茎,放在嘴里慢慢咬着,一边看着跑着跳着采摘野花扑打蝴蝶的冯燕,小声说:"太后,你看皇帝是不是该选皇后了?"

常太后听到过去伺候的公主这么叫她,心里真是比吃了蜜糖还甜。她微微笑着说:"可不是,该选皇后了。我跟皇帝说了几次,皇帝总是借口说他的年龄太小,说燕儿太小,要等一等呢。"

冯媛摇头,微微皱起眉头:"趁现在皇帝还没有其他妃嫔选皇后,燕儿才十拿九准啊。要是再拖下去,这妃嫔越来越多,燕儿能不能当上皇后可就难说啦。我有些担心。"

常太后很有把握地说:"太妃不必担心,给皇帝选妃嫔的事自要我做主,我不批准,大臣也是没有办法的。我们这次畋猎回去以后,就给皇帝和燕儿合房。我知道皇帝已经长大了,可以合房了。"

冯媛摇头:"可是燕儿还没有长大呢。她还没有见红,这合房对她不好的。"

常太后点头:"可也是,燕儿还小呢。可是,我担心皇帝开始懂得男女之事,会不会闹出什么事来。宫中宫女这么多,万一他看上哪个,硬要跟宫女乱来,你说可怎么好?"

冯媛点头:"这真是个难题。拓跋男人都发育早,十二三岁就成人,也真是麻烦多,要是皇帝还没有长大多好啊,和燕儿多厮守几年,感情再深再好一些,我们就不必担心皇帝变心立别人为皇后了。"

"说的是啊。可是皇帝已经长大了啊。儿大不由娘啊。"常太后叹息着。

"你看这样行不行?"冯媛看着常太后:"你经常跟着皇帝,不要让他接近

乳母皇太后

任何女人。"

"也只能先这么着了。"常太后点头，不过，她突然想起了什么："皇帝向我提过，说他的师傅李欣有意把女儿送进宫伺候皇帝。左昭仪，你看这事咋整？你知道，李欣是李崇的儿子，可是我们燕人老乡亲啊。"

冯媛点头："我知道，燕儿去紫薇宫的时候，也经常和濬儿一起听他讲经。他的父亲李崇原来是燕国吏部尚书，石城太守，当然是我们燕国老人。这李欣曾经也很帮忙哩。你忘了，还是他通风报信呢。既然是他的女儿，当然不好拒绝，将来选妃子是要选上，与冯燕也有个照应。不过，还是暂时不选的好。少一个人就少一个争夺人。"

常太后点头："就先这么着吧。以后再看咋整吧。"

"姑姑，看这花多美啊！"冯燕戴着红黄紫粉的花环，手里举着一束鲜红的山丹花，跑了过来，高兴地喊着。

远处，战鼓咚咚，旌旗飘扬，士兵的吆喝声，战马的嘶鸣声，猎犬的狂吠声，在草原上震荡，田鼠野兔都被吓得从洞穴里跑出来，直直地站立在洞口，张望着，然后又倏地缩回去。

# 第三章　慈母太后

## 1. 罪囚平城拜见皇帝　少年白楼初遇美人

八月底,平城热闹得很,拓跋濬的车驾从阴山牛川的行宫回来,守城的录尚书事源贺率领全体留守朝臣欢迎皇帝车驾归来。为了庆祝皇帝畋猎凯旋,第二天,特地在白楼举行欢迎仪式。这仪式中有一项特别的安排,皇帝检阅军队,并且观看俘虏与罪囚进城。

白楼是平城最高的建筑,位于永安殿西侧,土石筑成,刷白色石粉,皇帝可以登楼远眺全城,也可以登楼检阅军队。白楼上有大鼓,每天晨昏按时敲响,向全城报告时辰。清晨,牛皮大鼓一响,城门打开,百姓就可以出入,黄昏,大鼓一响,城门就要关闭,出了城的人就无法进城。大鼓叫戒晨昏。白楼旁有用来祷告斋戒的祠屋,琉璃瓦装饰。

拓跋濬在大臣的前呼后拥下,登上平城白楼。白楼前是广场,外面就是保卫宫城的城墙,城墙四角有角楼,站着持矛荷戟的士兵。高大的宫门上已经盖起了重楼,画栋雕梁,红色宫门上画着金刚力士,金龙盘绕。

威武雄壮的拓跋魏国军队三呼万岁,一队队经过宫门进了皇城。骠骑兵、散骑兵、战车队、步兵,一个一个方阵进了城。

拓跋濬站在白楼上,欣赏着他的军队。军队全部进城以后,只见一队蓬头垢面的俘虏被士兵驱赶着,艰难地从城外走来。

"这是哪里来的罪囚?"

275

拓跋濬回过头问源贺。

源贺回答:"回陛下。这是前不久被处罚的罪人家眷,和他们的附属户。"

拓跋濬点头,看着慢慢过来的罪囚队伍,队伍里有许多妇孺,他们从长安走来,一个个衣衫褴褛,面容枯槁,蓬头垢面,形销骨立,走路都摇摇晃晃,步伐不稳。

拓跋濬心中有些不忍,他扭过头对源贺说:"尚书,看他们都十分疲累,让他们在城外歇息歇息,再进城来。"源贺答应着,让乙浑去传令。

乙浑下了白楼,来到队伍里,找到押解校尉,传达了皇帝的命令。押解校尉命令罪囚原地歇息。罪囚们都扑通扑通坐到地上,东倒西歪,互相依靠着,歇息起来。

拓跋濬坐在白楼上,看着楼下的罪囚,等待着。过了一会儿,源贺命令罪囚拜见皇帝。士兵押解罪囚来到白楼下,跪拜之后大声喊着:"皇帝万岁!罪囚××归附,永不背叛!"

一个一个的罪囚被士兵押送着鱼贯而前拜见皇帝。

一个年轻的姑娘被士兵押解上来,姑娘白衣缟素,破烂肮脏,披头散发,蓬头垢面。她步履艰难地走到楼下,慢慢跪倒在地上。她慢慢地磕头,然后抬起头,看了看楼上的皇帝。

拓跋濬突然感到一道电光闪过,他看到姑娘黑眸子亮出光彩,这光彩好像两道亮光击中拓跋濬的心。他的心怦怦地跳动起来。

姑娘气息微弱地喊:"皇帝万岁!罪囚李氏佩琬归附皇帝,永不背叛!"

"她叫什么?"拓跋濬急忙问源贺。

源贺也听不清楚,又问乙浑。乙浑说:"好像姓李,叫李氏什么。"

源贺不满意地瞪了乙浑一眼。乙浑急忙要跑下楼去,拓跋濬却对源贺说:"让她先到一边坐着歇息,给她端盆水,让她洗洗脸。"源贺命令乙浑传达命令。

李氏被带到一边,士兵押解着后面的罪囚继续拜见皇帝。

长长的一队罪囚都拜见了皇帝,他们被押解进城,暂且关在后面的仓库里等待内行官分配。他们中,年轻力壮的男人,有的要被分配到军队里,有技术的可能要分给平城坊间做各种工匠,有的被赏赐给各级官员作家丁农户。女的有的留在宫里做宫女,有的赏赐给官员做婢女,年轻貌美的也可能做妾。男孩子一律进蚕室受宫刑,将来做太监,伺候皇帝和他的妃嫔。女孩子大多留在皇宫做宫女,有的也当作赏赐,赏给官员、将士。

白楼下面已经空无一人,只剩下李氏佩琬孤零零地坐在地上。一个士兵给她端来一盆水,让她洗脸。

李氏佩琬低下头,木盆里有些晃荡的清水映着她的面容。她不禁潸然泪下。木盆里的清水上浮起一个蓬头垢面的女人脸。那是她吗?她几乎不敢相信。一个多月前,她还是永昌王仁府里一个最受宠的小夫人。那么多人伺候她,她穿金戴银,锦衣玉食,过着衣来伸手饭来张口的生活。可是,自从永昌王被皇帝赐死,这一个多月里,她备受折磨,从长安被押解,风餐露宿,被吆喝着、咒骂着,甚至还殴打着,来到千里以外的平城。一路上,她受了多少苦,流了多少泪,真是生不如死。

李氏佩琬的眼泪成串地滴到水盆里,激起水面的点点涟漪。李氏佩琬独自哭了一会儿,才慢慢双手掬起木盆里的清水,清水立刻浑浊起来。她那双原本细嫩白皙的什么活也不干的手黑黢黢的,肮脏不堪。她慢慢洗白了自己的手,然后掬水浇在脸上,仔仔细细地洗着自己很久以来没有好好洗过的脸。她的脸白了,盆里清水却已经浑浊不堪。李氏佩琬还在仔细地洗着自己的脸面脖颈和双手。

木盆里的水几乎成了黑泥汤。李氏佩琬的一双手却变白了,她的脸面也露出了本来面目。


楼上的拓跋濬走下白楼,对源贺说:"刚才那个女囚漂亮吗?"

源贺回答:"是的,漂亮。"

"把那个女囚带进来,带到斋仓里,朕要单独见她。"

源贺答应着,跟着皇帝下楼,把皇帝安排进祠堂里的房子,自己出去带那女囚来见皇帝。

李氏佩琬被士兵押解着,进了白楼,来到白楼里那个把守严密的皇帝做斋戒的小院。她的心怦怦直跳,不知道魏国士兵为什么要单独押解她。她不知道有什么命运在等待她。

源贺把李氏佩琬带进祠堂小院,让士兵给她搬了张小床,"你先在这里坐一下。"源贺对李氏佩琬说。

皇帝从祠堂走了出来,来到李氏佩琬侧面,他静静地观察着面前这女子。洗净了的李氏那么白皙,好像白嫩的白瓜一样。她的侧影十分美丽,鼻子高挺,额头饱满,侧面看去,她睫毛长长的,黑黑的,有些上翘、弯曲,好像毛茸茸的帘子一样。眸子黑蓝黑蓝的,好像白水银里浮动着两颗黑水银。她红红的嘴唇弯曲着美丽的弧线,嘴角略微上翘,好像在笑着诉说什么。

这女子真美! 拓跋濬感叹着。他从来没有见过这么漂亮,这么叫人心动的女子。

李氏佩琬发觉有人走过来,她回过头,认出面前这少年就是刚才白楼上接见他们的皇帝。她战栗着,扑通跪倒在地上:"皇帝恕罪! 罪女李氏佩琬拜见皇帝! 皇帝万岁万岁万万岁!"

拓跋濬用手抬起李氏佩琬的脸。李氏佩琬羞臊加上害怕,粉脸通红,眼睫毛扑扇着,一颗晶莹的泪珠挂到睫毛上,正在向外涌动,马上就要滚落出来。她的嘴角抽动着,鲜红的嘴唇微微抖动,看着就叫人心痛。拓跋濬几乎忍不住要用手去替她擦泪,想用手抚摩她的嘴唇,制止住那叫人心颤的抖动。

身后的源贺轻轻咳嗽了一声。拓跋濬控制住自己,慢慢放下手,小声问:"罪囚李氏,你来自哪里?"

李氏佩琬磕头,回答:"罪囚李氏佩琬,来自长安。"

"你是谁的家眷?"

"罪囚是罪人拓跋仁的妾。"李氏佩琬怯生生地回答着,抬眼偷偷瞥了皇帝一眼。皇帝的脸上罩着柔和的微笑,声音很柔和,还透露着温柔,叫她一下子安心了许多,不再那么惊恐。

拓跋濬突然嫉妒起永昌王仁。他原来有这么漂亮的妾,幸亏赐死了他,要不自己还无缘见到如此绝代佳人。

"你是什么时候进入仁府里呢?"拓跋濬继续盘问。

"罪囚李氏佩琬是一个月前才进永昌王府的。"说着,她又抬眼看了看拓跋濬。心里没有那么惊恐,她的眼神自然就变得稍微活泼,眼波横转着。

拓跋濬的心又好像被什么击中了一样,产生一种异样的感觉。

"起来说话。"拓跋濬故作威严地说。

李氏佩琬道谢之后站了起来,接着说:

"罪囚李氏佩琬原是章丘王峻的女儿。罪人永昌王攻打章丘,俘获了罪囚一家,把罪囚一家安置在长安。他一次在长安城中闲逛,看到罪囚,就冲进罪囚家,把罪囚抢进他的王府,硬逼着做了他的妾。"李氏佩琬眼中噙着泪水,诉说着。

"岂有此理! 强抢民女,为非作歹! 真是该杀!"拓跋濬跺着脚。

"你今年几岁?"拓跋濬看着李氏高挑的身材、丰满的腰身,好奇地问。

"回答皇帝陛下,罪囚李氏佩琬今年正好二九。"李氏佩琬羞涩地回答,低下眼睛,眼睫毛忽闪着。

拓跋濬对源贺说:"把她留在这里,派人伺候,给她准备些上好的换洗衣服和饭菜,让她换换衣服,好好吃顿饱饭,好好歇息歇息。朕明天再来看她。对! 不要叫太后知道。"皇帝特意嘱咐了一句。

源贺微笑着点头。他已经明白了小皇帝的心思,觉得好笑。

## 2. 太后如狼似虎性事不谐　乙浑李代桃僵奉承如意

常玉花从寝宫里走了出来,她现在白白胖胖,白皙的脸上透着淡淡的红晕,配上漆黑的弯曲的眉毛和一双机灵的大眼睛,还是相当迷人。因为保养得好,她现在还像二十多岁的年轻妇人一样迷人。

她不由皱起眉头。

寿安宫里弥漫着一股浓烈的酒气。"又在喝酒!"她气恼地想:现在什么时候,就又开始喝酒? 一天除了喝酒,他还会干什么?! 简直不像个男人!

皇太后眉头紧皱,一脸怒容,站到丈夫王睹面前。

眼下的王睹,又肥又邋遢,一身肥膘,腆着巨大的肚皮,几乎走不动路了。自从与皇太后搬进这寿安宫,他这肥安侯可真名副其实,又安又肥,饱食终日,无所用心,不到一年工夫就养得浑身流油,满身肥膘。过度肥胖,叫他连男人的本能也失去了。皇太后才三十多岁,过去要抚养皇帝拓跋濬,她不敢放肆,只好压抑着自己的欲念,老老实实干活。现在她高高在上,是皇宫里的头号人物,没有谁敢来干涉她,她可以任意作为,想干什么就干什么,她可以好好享受快活快活了。何况,她现在的欲望正烧得旺。俗话说,女人三十如狼,四十如虎,她正在虎狼年纪,正是恨不得把男人吸进肚子的时候。可是偏偏这肥安侯如此不中用,常常刚刚逗引得她欲火才起,他那里却败下阵来,疲软得一塌糊涂,再也雄风不起。这叫她如何不恼火?要是皇太后遭遇了这么一个夜晚,这整整一天,王睲就别想有好日子过。一整天,他都得接受皇太后的詈骂。甚至连宫女太监都要跟着挨打挨骂。昨夜,皇太后又遭遇了这么叫人恼怒的一夜,本来就一肚子无明火不知道哪里发泄,他这里倒又海吃海喝起来。

"你这窝囊废!酒囊饭袋!除了吃除了喝,你还会干什么?"皇太后快步冲了过来,戳着王睲的脑门喊。

王睲嘴里塞满油腻腻的烤羊肉,一手举着酒樽,喝着宫里刚刚酿制的桑落酒。王睲鼻子红红的,脸颊红红的,一看就知道,他已经醉了。

王睲咧开嘴嘻嘻笑,继续撕啃着手中美味的烤羊腿。他醉眼惺忪,嘴里含糊不清地嘟囔着:"什么酒袋,这么好吃的不吃,好喝的不喝,多可惜啊。来,你也来一杯!"说着就把酒往皇太后嘴里灌。

常玉花勃然大怒:"你找死啊?"劈手夺过王睲手里的酒樽,摔到地上:"叫你喝这马尿!叫你喝!"她一时火起,干脆把王睲面前桌几上的盘盆酒杯都划拉到地上。

"你就知道喝,就知道吃,看你都快成一堆肥肉了!还在喝还在吃!你就不能去减减你的膘?"皇太后怒喝着。

王睲任皇太后斥责,只是嘻嘻笑着,抓着一块烤羊腿照吃不误。过去,他哪里见过这么多美味佳肴啊。现在不吃,更待何时?他现在是皇太后的丈夫,皇帝亲封的肥安侯,是宫中最为显贵的人,他难道不该享享清福吗?

皇太后暴躁地跺脚摔打着。

乙浑从白楼回到皇宫,第二天清晨到寿安宫见皇太后。他需要每天定时汇报皇帝的活动和安排。

乙浑刚走进寿安宫大门,就听见宫里传出摔打东西和怒骂的声音。太监张佑急忙过来拉住乙浑,朝乒乓乱响的宫里努了努嘴,小声说:"皇太后正教训肥安侯,将军还是稍等片刻。"

乙浑笑着:"肥安侯正等着我去解救呢。我要不进去,他还得钻桌底。"

说着哈哈笑着走进宫里，大声喊："太后阿姐，你发什么火啊？是不是肥安侯又惹你老人家不痛快了？让我来替你教训他，你老人家千万不要气坏了身体！"

皇太后见妹夫乙浑来，突然感到十分委屈，她一把拉住乙浑号啕起来："你看我命有多苦啊！名义上有个丈夫，却要守活寡！你说，我要这个酒囊饭袋有什么用啊！人家说，嫁汉嫁汉，穿衣吃饭！他这倒好，跟着老婆吃香的喝辣的，可是连让老婆高兴的事他都做不到！我的命真苦啊！"

乙浑急忙搂住皇太后，温柔地拍着她的臂膀："阿姐太后，快别伤心了！小心气坏身体！"说着，他呵斥王睿："姐夫，你这木头，还不赶快离开这里！让阿姐平静平静！"

王睿连声喏喏，赔着笑脸站了起来，在太监的搀扶下艰难地挪到外面。"把桌子给我搬到东庑。"他小声对太监说。

"阿姐，走，我陪你说会儿话。"乙浑见王睿离开，搂着皇太后向后面寝宫走去："有什么委屈向小弟诉说，让小弟安慰阿姐。"乙浑在皇太后耳边小声说。

皇太后惊喜地抬眼看了一眼乙浑，吃惊又惊喜地反问："你说的可当真？你能安慰阿姐？"

乙浑搂着皇太后坐到卧榻上，嬉皮笑脸地说："小弟何尝在阿姐面前撒过谎！只要阿姐需要小弟，小弟愿意为阿姐献出一切！小弟喜欢阿姐多少年了，阿姐就是一直装糊涂，看不见小弟的一片心！"

皇太后捏了捏乙浑的脸颊："你的脸皮可真厚！阿姐需要什么，你当然知道。"说到这里，皇太后脸颊上飞起两朵红云，她也斜着眼睛，看了乙浑一眼。乙浑自然不是那不懂男女风情的雏儿，皇太后这露骨的暗示让他欣喜若狂。他对常玉花一直就心存爱慕，只是一直没有机会下手。现在机会就在眼前，他怎么能够不抓住机会呢？

乙浑嘴里说着："阿姐说的可是当真？小弟这里就按捺不住了！"手上便紧着向皇太后身上抓挠。

皇太后半推半就，嘴上说着："你这是干什么？干什么？你可不得乱来！"身子却不由自主地倒在乙浑怀里，这嘴也就自然凑了上去，与乙浑的嘴紧紧贴到一起，就学了个"一个少女不识羞，和个少年轧姘头。上面搂住就亲嘴,下面还用脚尖勾"的勾当。

乙浑如烈火见了干柴,欲火已经熊熊燃起。他抱住皇太后把她仰面朝天放倒在大卧炕上,放下软缎黄色帷幕,自己三下两下扒去上衣下裤。皇太后也是急不可耐,喘息成一团,任乙浑把自己扒了个精光。两个赤身裸体的男女搂抱在一起,如胶似漆,黏在一起,在大卧炕上,翻滚着,喘息着。两个互相仰慕了许多年的男女,如今这第一次接触,双方都如火如荼,势不可当。

皇太后与乙浑都大汗淋漓,当他们终于平静下来,乙浑才慢慢坐了起来。皇太后似乎意犹未尽,还舍不得放手。如果可以,她真想再来一次那销魂的享受。

乙浑穿上衣服,把衣服拿了过来,温柔地说:"阿姐,起来吧。小弟还有事情报告呢。"

皇太后迷蒙着双眼,呻吟似的说:"真痛快,真不想起来。扶我起来。"

乙浑笑着,两人又是一番温存。皇太后这才慢慢穿上衣服。她从来没有这么满足,这么幸福,这么心旷神怡。过去在山洞里的幽会,大多只是满足王睄的要求,她自己很少有这般痛快幸福的感受。今天,乙浑给她的,是她从没有体会过的。

皇太后微笑着,乜斜着眼睛看了乙浑一眼:"没想到,你这么有本事!"

乙浑哈哈笑着:"小弟当然有本事满足阿姐了。阿姐想玩什么花样,小弟都可以叫阿姐心满意足!"

"还有其他花样?!"皇太后吃惊地反问。

"那是当然的了。御林军里有许多军士原本是沙门出身,他们知道许多花样。阿姐没听说过凉州僧人的事?他们在凉州教唆宫里男女淫术,那里的人都懂淫术,这淫术就是玩花样。"

"当年右昭仪就是因为这事被太武帝赐死。我听说过的。"皇太后点头,穿好衣服下地。

乙浑下地前,在皇太后脸上又吧唧了一口,坏笑着说:"以后一次一个花样,一定让你乐不可支!"

皇太后打了乙浑一拳:"你真坏!"

"来梳理一下头发。"乙浑捧着铜镜照着皇太后,皇太后对着铜镜梳理着云鬓，重新贴好额头的花黄，匀了粉，才与乙浑走出寝宫，来到前面的厅里。

宫女端来奶茶和奶浆，皇太后啜饮着酸甜的奶浆，看着乙浑："你刚才不是说有事报告嘛，什么事啊？"

乙浑刚才大汗淋漓，已经感到很口渴，正大口饮着奶浆。饮干一碗，他抹了抹嘴，说："太后阿姐，我向你报告皇帝的事。皇帝在白楼接受了罪囚的归附，他对一个年轻的女罪囚产生了很大兴趣。"

皇太后警觉地扬起眉毛："什么罪囚？哪里来的？皇帝为什么对她产生兴趣？"

乙浑说："那女囚是从长安来的，是罪人永昌王的一个小妾。皇帝对她产生兴趣，一定是因为她年轻漂亮，长得好看。那女囚身上有一种动人的味道。我说不出，不过我也能感到有那么一种吸引力。"

皇太后抬眼看了乙浑一眼。那目光是那么尖锐，叫乙浑浑身都不舒服，甚至浑身要起鸡皮疙瘩。"阿姐不要误会。我只是说说而已。我可没有什么非分之想的！"乙浑急忙解释。

"谅你也不敢！"皇太后冷笑了一声，接着问："那女囚关在什么地方？"

乙浑摇头："不知道。大约和其他罪囚关在坊里仓库。皇帝吩咐我去干其他事，以后的情况我不知道了。"

皇太后沉思了一会儿，站起身："我们去皇帝那里看看。"

### 3. 皇帝初交欢仓房试云雨　女囚蒙恩泽皇宫倍受宠

拓跋濬正吩咐王遇为他准备羊车，他要到祠堂斋仓见那女子，那个叫他一夜没有睡安宁的罪囚李氏佩琬。一夜，他梦境里全是与李氏佩琬的幽会，好不容易才熬到天亮。从昨天遇到李氏佩琬回来以后，这一天一夜，他都是在恍惚中度过。他的眼前总晃动着李氏佩琬的身影和她那双覆盖着又黑又密睫毛的毛眼眼。梦境里与李氏佩琬的幽会快活得叫他控制不住自己，想着现在赶去尝试一下那种销魂的滋味。

宫女正在给他穿衣。宫外传来响亮的通报声："皇太后驾到！"

她怎么来了？她这时来干什么？皇帝吃惊又有些不高兴地想。这是他第一次产生不想见奶娘的念头。

乳母皇太后

283

常玉花在太监张佑和乙浑的陪同下进入永安宫。

拓跋濬急忙上前行礼问安："皇太后好。夜里可安寝?"

常玉花双手扶起拓跋濬,拉着拓跋濬坐到卧榻上,和蔼地询问接见罪囚的情况。拓跋濬笑着:"朕第一次主持这种接见罪囚的仪式,很兴奋。看到那些人匍匐在朕的脚下,口口声声称罪囚,口口声声喊着万岁,真是叫朕高兴。真是显示出大魏国和大魏皇帝的威风。"

常玉花笑着:"可不是咋的? 大魏皇帝可是威风八面呢。南方的朝廷都不如我们大魏国强盛和威风。陛下可要把大魏国治理好啊。"说到这里,皇太后话题一转:"听说昨日皇帝单独接见了一个女囚?"

皇太后口气虽然很温柔,可是语气里透露出她对这件事的关注和重视。

拓跋濬警觉地想:"不能让太后知道这事。"他微微一笑:"太后听谁说的? 没有这事啊? 朕没有单独接见什么女囚啊? 只不过让一个女囚最后拜见朕罢了。"

见拓跋濬矢口否认,常玉花也不便追问,叹口气:"既然没有这事,也就罢了。奶娘也是听说而已。皇帝这是要去哪里啊?"

拓跋濬笑着:"感谢太后的关心。朕准备到跑马场去跑马。奶娘可准备与朕同去?"说完,用明亮的眼睛直直逼视着奶娘,目光里一片坦荡诚实。

常玉花笑着:"既然皇帝去跑马,奶娘就不去了。奶娘还要看望燕儿,陪她读书写字呢。皇帝不要过于劳累,刚从阴山畋猎不久,还没有歇息过来呢。"她殷殷地嘱咐着。

拓跋濬心里感动,口里应着:"奶娘放心,皇儿早就歇息过来了。倒是奶娘还需要在宫里多多歇息几天才好。"

常玉花告辞,回到寿安宫。冯燕已经来寿安宫等着给皇太后行早晨大礼。


李氏佩琬在祠堂里歇息了一夜。昨天被皇帝单独接见以后,中曹马上派来一个宫女和一个太监,专门伺候她,给她带来崭新的衣服,伺候她洗澡洗发,把全部破烂衣服拿去烧了,让她从里到外完全换了新衣。又给她准备了丰盛的美餐,让她好好吃了一顿。夜里,她睡在为她准备的炕上,新褥子、新被子散发着温馨的香气。她钻进被窝,很快就沉沉地入睡了。她几乎没有做梦,睡得无比香甜。

一缕阳光穿过斋仓打开的窗户,照在她熟睡的脸上。一阵清风从打开的窗户里吹了进来,轻轻吹拂着她的脸颊。八月的平城不算太热,可是也时时感到盛夏的威力。如果没有清风吹拂,还是会觉得有一些燥热。

李氏佩琬感觉到明亮的阳光照在她的脸上,她想:该起床了。可是她的眼睛还是那样沉重,沉重得叫她睁不开眼睛。她不知道自己是谁,自己在哪里,她觉得自己还在长安那温暖的小家里,好像又觉得自己还是跋涉在从长安到平城那遥远的路途中。

"小姐,起床了。"一个甜甜的声音从遥远的地方传来。

"是的,该起床了。"她又迷迷糊糊地想。她感觉自己挣扎着要爬起来,可是,不管她怎么挣扎,就是爬不起来。

"小姐,该起床了。"有人在推她。

李氏佩琬继续挣扎着,她终于睁开沉重的眼皮。一道明亮的阳光刺痛了她的双眼,她又闭上眼睛。

"小姐,快起床,起来吃早餐。"那个甜甜的声音又在催促。

李氏佩琬终于睁开眼睛,用手背遮蔽着刺眼的阳光。

"小姐,快快起来。"宫女上炕来,搀扶着李氏佩琬。李氏佩琬坐了起来,白白的膀子和穿着鲜红抹胸的胸脯都裸露在外面。鲜红的抹胸下面是饱胀高挺的圆鼓鼓的乳峰,它们像两座小山峰一样撑起了抹胸,露出中间深深的乳沟。

宫女端来铜盆,铜盆沿上搭着洗面的面巾。李氏佩琬低头掬水洗脸。

外面一阵杂沓的脚步声。一个小太监匆匆走了进来,凑到宫女的耳边低声说了句什么。宫女急忙帮李氏佩琬擦着脸面,一面催促她赶快化妆。李氏佩琬苦笑:"化妆干什么啊?我一个罪囚,化妆给谁看啊?何况我也没有化妆品。"

小太监拉了宫女一把,小声说:"不化妆也罢,来不及了。我们赶快走!"说着拉着宫女端起铜盆匆匆出去。

李氏佩琬还赖在炕上,虽然她不知道出了什么事情,可是她看出来,现在没有人来管她了。没有人管,她就想在炕上多赖一会儿,能赖多长就赖多长,她实在太疲乏,一天一夜的歇息还不能把她从一个多月的驱赶和行路奔

乳母皇太后

波的疲劳中恢复过来。

李氏佩琬拉上被单盖住酥胸,闭上了眼睛。


皇帝拓跋濬只带着一个最亲信的太监进了斋仓。守卫的虎贲要高声通报,拓跋濬摆了摆手。太监留在门口。

拓跋濬轻轻走进他用来斋戒的房间。他的心开始欢快地跳动起来。前面炕上照着明亮的阳光,在金灿灿的阳光下躺着一个人。那就是叫他想了一夜的人,那就是那个让他一直神不守舍的人!

拓跋濬蹑手蹑脚走到炕前。

李氏佩琬一动不动地躺着,发出均匀的呼吸声。疲乏的她又入睡了。

拓跋濬凝视着眼前这罪因。现在的她比昨天更加美丽妩媚。她长而弯曲的密密的睫毛静静地遮蔽着闭着的眼睛,像一层毛茸茸的草。她的脸颊白里透着粉红,细腻的皮肤可以隐约看到细细的血管,她鲜红的小口像一只鲜嫩的樱桃。拓跋濬几乎想扑上去咬住那鲜红的水汪汪的樱桃。

拓跋濬的心跳得更快了。他感觉到自己身体里正起着一种前所未有的变化,是昨夜梦境里才有过的变化。他感觉自己的血液在体内奔流,每一个毛孔都紧缩起来,他感到一种从未有过的空前的紧张。一种神秘的力量开始撞击他的隐秘之处,他可以感觉到它在慢慢膨胀慢慢生长。

拓跋濬的头有些眩晕。他轻轻揭开李氏佩琬身上的被单。他的头轰地一下。他的眼前出现从未见过,却总渴望见到的东西。那鲜红的兜兜下一起一伏的酥胸叫他头脑发昏。体内那股神秘的力量推动着他,他什么也不想,只想揭开那兜兜,看看里面那起伏的峰谷。

拓跋濬爬到炕上,一下子掀掉盖在李氏佩琬身上的葱绿色绫子。他扑到李氏佩琬的身上,撕开那炫目的鲜红绣花兜兜。

拓跋濬呆呆地跪在炕上,跪在李氏佩琬的身旁,面对一对高耸挺拔的白色山峰,竟一时手足无措。


李氏佩琬感觉到有人在注视她,不过她不敢睁开眼睛。她一个罪因,还不是任人宰割?她怎么敢于反抗呢?谁想蹂躏她,对她来说都一样,她不必去看他的长相,不必认识他的面孔。

李氏佩琬只是躺着，一动不动，假装入睡。她的心惊吓得狂跳不已，但是她命令自己不要动，不要挣扎不要反抗，一切反抗挣扎除了换来毒打不会有任何好处。一切反抗挣扎都是徒劳无益的。她只是一只绵羊，一只等待老虎来蹂躏的绵羊。

　　李氏佩琬感觉到来人上了炕，掀开绫子，撕烂她的兜兜。开始脱他自己的衣服了吧？李氏佩琬揣测着，她的心反倒慢慢平静下来。反正就是那么回事。不会比当年永昌王仁的所作所为更粗暴吧？永昌王仁对待她，不就是像饥饿已久的老虎撕扯绵羊一样吗？

　　为什么还没有动静呢？李氏佩琬终于忍耐不住，偷偷睁开眼睛，从眯缝的眼睛里偷偷搜索。一个少年年轻的嫩脸映入她的眼帘。

　　啊？皇帝？李氏佩琬眼睛忽闪了起来，她惊悚地一下子坐了起来，跪到炕上，磕头求饶："皇帝饶命！皇帝饶命！罪囚李氏佩琬不知皇帝陛下驾到，望皇帝陛下恕罪！"

　　拓跋濬这才从愣怔中回过神。

　　拓跋濬面红耳赤，不知所措，张口结舌，摆手摇头，竟什么也说不出来。

　　李氏佩琬抬头，看着皇帝。拓跋濬也呆呆地看着她，四目相视。拓跋濬呼吸急促起来。

　　李氏佩琬慢慢移动自己，靠近皇帝。这是一个还没有接近过女色的大孩子！李氏佩琬想：他需要帮助。

　　李氏佩琬挪到拓跋濬身旁，帮助拓跋濬脱去靴子，娇羞地说："皇帝要是不嫌弃，请上炕来坐。"

　　她搬动拓跋濬的双腿，让他坐了下来，她故意挺起胸膛，让自己高挺的乳头轻轻蹭在拓跋濬的手上。

　　拓跋濬一下子抱住李氏佩琬，把自己的脸扎到李氏的双峰山谷里。他已经喘息成一团。李氏佩琬紧紧拥抱着他，同时慢慢给他宽衣解带。"皇帝陛下，不要着急，慢慢来。"李氏佩琬仰面朝天，慢慢躺到炕上，帮助拓跋濬脱去黄色的百褶裤，自己也慢慢脱去内衣。

　　拓跋濬喘息着，晕头晕脑，任李氏佩琬摆布，他不知道如何才能让自己顺利进入，只是紧紧抱着李氏佩琬，胡乱蹭着动着。李氏佩琬在拓跋濬耳边轻声安抚着："皇帝不要着急，慢慢来，慢慢来！"她动手帮助拓跋濬。

乳母皇太后

拓跋濬终于上了路。

这少年第一次进入女子身体，与一个他喜欢的女子成就了他一生中的第一件大事。

拓跋濬大汗淋漓地翻身躺到炕上。他已经浑身软软的，没有了一点力气。征战之后的拓跋濬浑身轻松，每一个毛孔都大张着，散发了所有的紧张。不多一会儿，拓跋濬呼呼入睡了。

李氏佩琬支起自己，看着身旁呼呼入睡的小皇帝，心里有说不出的感觉。她感觉自己很幸运，竟然能够与魏国皇帝成就好事。她的恐惧已经完全消失，她不再害怕，没有谁可以伤害她了。

李氏佩琬很爱怜身边这大孩子似的皇帝。他那么年轻，脸蛋嫩嫩的，刚刚长出一些淡淡的黄色绒毛。他多可爱，什么也不懂，什么也不会。

李氏佩琬轻轻刮了刮他的鼻子和脸蛋，低头轻轻地吻了吻他。

被弄醒的拓跋濬就势又抱住她，二人嘻嘻哈哈尽情在炕上翻滚着玩耍。

外面，官员急忙在墙壁上记载下这叫他激动的事件和时刻：兴安二年八月末，皇帝于斋仓幸李氏。

## 4. 左昭仪痛说家事临终托孤　皇太后难忘情义盟誓报恩

拓跋濬悄悄带李氏佩琬入宫，让她在永安宫住下，禁止永安宫里一切人走漏风声，他说，假如传到太后耳朵里，他一定要严加追究。

王遇虽然想向皇太后透露消息，可是也害怕皇帝追查，只好小心地对左昭仪太妃的太监暗示了一下。左昭仪太妃近来身体不好，一直卧床不起。她自感时日不多，看来她已经没有能力在有生之年把侄女冯燕扶上皇后的宝座了。以后，一切要靠她自己的努力，也要靠常玉花的扶持了。

冯媛躺在病床上，叫来冯燕询问。冯燕看见姑姑病得如此重，心中很难过。"姑姑，你就不要操这些闲心了，还是好好养病为主。管他呢，他愿意跟哪个女人在一起就在一起吧。"

冯媛气得浑身颤抖，她流着眼泪，责备着冯燕："燕儿，我把全部希望放在你身上。你却这般没有雄心大志！指望你做魏国的皇后，可以主宰魏宫，也算是报答我们冯家祖先于地下。谁知你这般不懂事，已经十二岁了，竟没有一点计谋和心眼。在皇宫里要想成大事，没有心计是万万不能的！姑母我能够在魏宫里安身立命到如今，行哪一步不是战战兢兢，思前想后，不是用足心眼的。我满指望用我的计谋和力量送你上青云，让你将来能够主宰魏宫，实现我实现不了的事情。可你，连个皇帝都笼络不住，让他在外面又找了个女人带进宫里，替代了你的位置。你笼络不住皇帝，还能成什么气候？"

冯燕看见姑姑流泪，急忙上来哄姑姑，一边给她擦泪，一边亲着她的脸颊："姑姑，不要哭了。燕儿听姑姑的话。"

冯媛抚摩着冯燕的头发："姑姑一生不要孩子，就是因为姑姑不想给拓跋氏生孩子，姑姑只把你当作亲生女儿，将来姑姑就指望你实现姑姑的愿望。姑姑现在已经病入膏肓，怕是以后无法帮你，一切要靠你自己，还要依靠皇太后。"

冯燕好奇地问："姑姑的愿望是什么？能不能告诉燕儿？"

冯媛摇头："你还小，姑姑不能告诉你，等你长大以后再说吧。"

冯燕跪到冯媛的面前："燕儿惹姑姑伤心，是燕儿不孝。姑姑若是愿意教诲燕儿，让燕儿能够胸有大志，就从现在起把燕儿当作大人看待，燕儿发誓，决不辜负姑姑的期望！"

冯媛让冯燕站了起来，坐到自己身边，揽着她的肩头，慢慢地说了起来："你知道我们的家事，我们冯家是被魏国拓跋氏灭亡的。你的父母是拓跋氏直接杀害的，我的父母被拓跋焘撵到高丽，被高丽王杀害。我们冯家原本有幸福的燕国家园，可是，魏国拓跋氏把这些破坏了。这家仇国恨，是刻骨铭心的，是不能被忘记的。我之所以不给拓跋氏生儿育女，就是这种心理。我虽然一直不干什么对不起魏国的事情，但是我也不会忘记这家仇国恨。对你的愿望，就是希望你慢慢成为皇后，将来能够主宰拓跋氏魏国的朝政，让魏国在我们冯家后代的主宰下，也算实现了我的愿望。我这一辈子实现不了，把希望放到你身上。"

冯燕流泪，哽咽着："姑姑的苦心，侄女知道了。姑姑对侄女的养育之恩，侄女至死不忘。侄女一定记住姑姑的教导，想方设法实现姑姑的愿望，以报答姑姑。"

"不过，这事一定不能操之过急，俗话说，欲速则不达，你只要心里有数，慢慢地一步一步地走去，就有希望实现你的目的。另外，我希望你要像我一样,不要给拓跋氏生儿育女。"

冯媛把一块散发着异常香气的香囊交给冯燕:"这是一囊麝香,从高丽带来的。你以后把它带到身上,日子久了,你就不会生育了。"

冯燕接过来,把精美的香囊系到腰带上。

"这事可千万不要让人知道。"冯媛叮嘱道。

"你要让皇太后出面去过问一下那个女人的事。"冯媛喘息着又叮咛着。

"皇太后呢? 我要见皇太后。"冯燕来到寿安宫门口,对虎贲说。虎贲都知道冯贵人与太后的亲密关系,谁也不阻拦太后这干女儿,皇帝册封的唯一贵人。

冯燕走进寿安宫,前宫里很安静,太监宫女都没有守在自己的位置上。

"人呢?"冯燕奇怪地想着,向后面寝宫走去。金黄色软缎帷幕后面传出吃吃的艳笑。笑声十分奇怪,夹杂着男人粗重的喘息声。冯燕急忙停住脚步,不敢贸然闯进去。太后在干什么呢?

"太后,太后!"冯燕站在帷幕外轻轻地喊着。

"谁啊? 这么大胆!"太后在里面怒喝着。

"太后,是燕儿啊。燕儿来给你老人家行礼来了。"冯燕急忙大声回话。

"哦,是燕儿啊。你到前面等等我,我一会儿就出来。"

冯燕答应着,回到前厅。

过了好一会儿,常玉花才从寝宫里走了出来,她脸色绯红,一边梳拢着头发,一边说:"燕儿,今天来找干妈,有事吗?"

冯燕打量着皇太后。皇太后显然很兴奋,脸上绯红,眼睛闪亮,灼灼有神,嘴角掩饰不住地露着心满意足的微笑。

"燕儿给皇太后行礼,皇太后好。"冯燕站了起来,给皇太后行礼。

"燕儿,你坐。"皇太后拉着冯燕坐到卧榻上。皇太后抽动了一下鼻子,吃惊地看着冯燕:

"燕儿,你身上带了麝香?"

冯燕点头。

皇太后神色黯然,她看着冯燕摇头:"燕儿,你知道这么做的后果吗? 你年纪还小,不该这么做的。"

冯燕凄然笑着："太后放心。燕儿知道这么做的后果。燕儿愿意学习姑姑，燕儿没有任何怨言。燕儿只求太后帮助。"

常玉花点头："燕儿，你不必多说，我是左昭仪太妃带来的。左昭仪太妃的心思我知道。我会尽力帮助你的。"

冯燕起身，跪在皇太后面前，双眼垂泪："有太后这话，燕儿就放心了。燕儿年纪小，什么事情也不懂，靠燕儿独自一人难以实现姑姑的愿望。一定要靠太后的帮助。"

常玉花双手扶起冯燕："燕儿，起来吧。只是你要孤单一辈子了。"

冯燕坚定地说："我愿意，我没有什么可埋怨的。太后可知道，最近皇帝宠幸一个从长安来的女罪囚，已经把她接入永安宫一个多月了？"

常玉花吃惊地站了起来："可有这事？我怎么不知道？也没有听见皇帝说起过啊？"

冯燕神色黯然："皇帝有心瞒着太后啊。这事我也不知道，是姑姑告诉我的。"

常玉花摇头："消息不可靠吧？皇帝还是个孩子，他不会私藏女人在宫里的。他最宠幸的就是你啊。"

冯燕点头："过去我也这么认为。可是我错了。皇帝宠幸这个十八岁的女子，已经有多日了。永安宫的人都知道。就是依照皇帝的愿望瞒着太后和我。"

"怎么也没有听王遇来报告呢？我可是吩咐过他，让他大事小事都来报告的啊。"皇太后自言自语。

"也许他受到皇帝的特别警告，不敢来报告。"冯燕猜测着。

"是的，有这种可能。他毕竟是中常侍，要天天伺候皇帝的。"常玉花点头。

"太后，皇帝这么宠幸那女人，我以后可怎么办啊？"冯燕哽咽着说。

"燕儿，你不要难过。等我先去问问情况，会给你想办法的。燕儿，你姑姑的病好些没有？"

冯燕流泪："我看姑姑怕是没有多少时日了。"

常玉花神色凄然："左昭仪太妃年纪不大，只是心里太苦，像耗干的油灯。我要抽空去看看她。"

"太后，要是姑姑不在了，我可怎么办啊？我靠谁啊？"冯燕哭泣着。

"傻女子，就算你姑姑不在了，不是还有我吗？我可是你的干娘啊。你忘了？干娘决不会让其他任何人欺负你！"常玉花抚摩着冯燕的脸颊，安慰着这可怜的女娃。她说的是心里话，她永远不会忘记冯媛对她的恩情。

常玉花去昭阳宫看望冯媛。

冯媛已经气息奄奄，看见常玉花来看望她，眼泪涌了出来："难得你能来探望我。"冯媛拉着太后的手，喘息成一团。

"昭仪不要这么说。不管我现在如何，我都不忘昭仪的大恩大德！没有昭仪的关照，哪能有我常玉花的今天？我可不是那种过河拆桥的小人！"常玉花一边说，一边搀着她躺下去，帮她掖好被角。

冯媛眼泪涟涟，看着常玉花："你知道，我一直都把你当作姐姐看待。我现在是没有几天日子了。你知道，我对人世早就没有多少留恋。父母惨死异国，兄弟被害，虽然做了昭仪，但也是生活在恐怖中，战战兢兢，惶恐不可终日。太武皇帝虽然待我还算不错，可是这国恨家仇总折磨着我，让我不能很好面对他，更不愿为他生个一男半女。我的全部心思就在抚养燕儿上。燕儿是我们冯家的希望，也是我们冯家延续下去的希望。太后，这燕儿以后就得依靠你了。"冯媛喘息着艰难地说。

"我知道，我知道。昭仪的心愿也是我的心愿。你放心休养，不要说这么多丧气的话。大家都是吃五谷杂粮的，谁能没病没灾？昭仪比我还小几岁，还年轻着呢，这病会慢慢好起来的。燕儿还要靠你扶持呢！"常玉花乐呵呵地说，一边给冯媛擦拭着额头和脸颊上沁出的汗水。这一头又一头虚汗，让常玉花心里发慌。冯媛怕是真的如她所说，快要不行了。

"你不要安慰我。我知道自己的身体。我已经耗干了自己的灯油，到大限了。其实，我早就想撒手归去，就是放不下燕儿。她还小，在宫里没有人照应，怕是早就没有她这个人了。所以我挣扎到如今。她现在虽然被封为贵人，可是，这地位是不牢靠的。只有争取到皇后的位置，她在这魏宫里才能立住脚跟。为了这个，我已经把麝香袋交予她，让她贴身带着。今后，她是像我一样，要孤独一世了。我把这利害已经说给她，让她自己选择，她选择了自己的路。她是个聪明有心计的孩子，将来能够成就大事。只是现在，她的翅膀还没有长丰满,还需要好风送她上青云。这好风只能是太后你了。你现在大权在握,皇帝年纪还小,还听你的话,你要把握时机,要是能够把燕儿送上青云,我在黄泉之下就可以安心了,我会在黄泉之下保佑感谢你。"

冯媛挣扎着爬了起来,跪在炕上:"太后,请受我一拜!答应我这临死之人的托付吧!"说罢连连磕头。

常玉花慌张地抱住冯媛:"昭仪,你这是干什么啊?你要折杀我了。你的大恩大德,我是一定要报答的!你只管放心,只要我有这个能力,只要我是皇太后,我就一定要把燕儿扶到皇后的宝座上!我可以对皇天后土发誓!"说着,常玉花也跪了下来,向天发誓。

冯媛苍白的脸上露出舒心的笑容,她抱着常玉花,哭泣着说:"我这就放心了!我可以毫无遗憾地走了!"她的头一歪,晕了过去。

常玉花流着眼泪,把冯媛慢慢放到炕上,帮她盖好被子,坐在她的身边,静静地守着她。

## 5. 皇太后起疑心调查真相　新贵人讲因缘确定身份

清晨,太阳已经升得老高,皇帝还没有起身,他赤裸着身体躺在寝宫炕上,和李氏佩琬紧紧抱在一起亲热着。

"现在恶心不恶心了?"拓跋濬用指头搔着李氏佩琬的乳头,笑着问:"太医的药管用吗?"

李氏佩琬把拓跋濬的手抓住从自己胸脯上挪开,他的指头搔得她心头痒痒的,她把自己的脸颊紧紧贴在拓跋濬的胸膛上说:"太医的药还挺管用。奴家已经不恶心了。"

拓跋濬说:"太医说你有喜了。什么叫有喜啊?"

李氏佩琬捏着拓跋濬的鼻子:"你可真是个傻孩子。有喜就是说你要做阿爷了。"

拓跋濬惊喜地爬了起来:"做阿爷?你有孩子了?来,让朕听听。"拓跋濬把耳朵贴在李氏佩琬雪白的肚皮上,喜笑颜开地倾听着。除了李氏佩琬的心跳怦怦地响,他什么也没有听见。

"朕怎么听不到胎儿的心跳啊?"拓跋濬抬头问。

李氏佩琬羞臊得满面通红。她娇嗔地说："皇帝太心急了一些，日子还早，还听不出胎儿心跳的。"

拓跋濬失望地坐了起来："朕以为胎儿都长成了呢。"他感到十分奇怪，一个新生命就在他的玩乐中产生了。他是怎么产生的呢？他总也想不明白。太医也说不清楚。李氏佩琬说她感到恶心，经常呕吐，找来太医诊脉，太医说新贵人有喜了。他惊喜异常，让太医暂时不要走漏风声。

这新贵人的事他是有意瞒着太后的，他害怕太后干涉他的事情。太后喜欢冯燕，他知道，所以太后一直阻挠给他选新贵人和新妃嫔。他喜欢冯燕，对选不选新贵人、新妃嫔也无所谓。只是一些亲贵大臣总是向他上书说，皇帝应该有三宫六院，皇帝需要增选许多妃嫔，才可以显示国威。这经常的聒噪，也曾叫他心动。但是当他向太后提起这事，太后却推三阻四，说需要等确定皇后以后再增选。他当然不好与太后争辩，他也不想惹太后不高兴。他喜欢太后，尊敬太后。

可是，这李氏佩琬实在叫他割舍不了。所以，他想尽量瞒着太后，不让太后知道这李氏的存在。

拓跋濬也知道，宫中没有不透风的墙，他瞒不了皇太后许久。不过，能瞒多久就瞒多久吧。

李氏佩琬看拓跋濬高兴，就小心地问："皇帝陛下，什么时候赏赐奴家自己的宫室啊？冯贵人可是有自己的宫室啊。"

拓跋濬亲吻着李氏的嘴唇，含糊不清地说："不着急，住在朕的永安宫，不是比你自己住更安全吗？有朕在你的身边，你就什么也不用担心！"

李氏佩琬点头。皇帝说得极是。她原本一个罪囚，突然受到皇帝的宠幸，一定惹恼许多人，不知有多少双血红的眼睛在盯着她，在处心积虑地寻找机会置她于死地。她住在皇帝的宫里，确实安全得多。有皇帝在身边，谁也别想加害她。

李氏佩琬感激地抱住皇帝，在他的脸颊上响亮地亲了一口。拓跋濬趁势又翻身趴到李氏的身上。

"太后驾到！"外面传来响亮的通报声。

拓跋濬急忙翻身下来："不好，太后来了。你快穿好衣服，不要让太后看见你！"他自己着急忙慌穿起衣服，趿拉着鞋走出寝宫。

常玉花在太监宫女的簇拥下缓步进入永安宫。宫女太监都急急出来迎接，齐刷刷跪在院子里。王遇上前搀扶太后，笑着问好。

常玉花看了王遇一眼，眼神里满是不满。王遇心惊，赔着笑脸："太后多日没来永安宫，奴家可想死太后了。"

常玉花白了他一眼："怕是说瞎话了吧？你现在是皇帝的中常侍，早就不把我这老婆子放在眼里了。"

"太后说到哪里去了？奴家哪敢忘太后的恩德？奴家每日想着太后。只是皇帝身边事多，奴家没有时间去问候太后。还望皇太后见谅。"

常玉花不说什么，径直向皇帝寝宫走去。王遇急忙拦住太后："太后暂且留步，皇帝衣冠不整，还不好见太后。太后暂时在前面稍坐，容奴家去伺候皇帝穿衣服。"

常玉花一把拨开拦道的王遇："我是皇帝的奶娘，他什么样子我没见过？他没穿好衣服我就不能见了？笑话！"

王遇不敢硬拦，急得跺脚搓手，无计可施。

拓跋濬一边扣着小袍的扣子，一边往外走，一头撞进常玉花的怀里。

常玉花扶住拓跋濬，笑了。"我说濬儿，你这么慌张像什么样啊？看你皇祖父，可是从来就从容不迫，不像你这样张皇失措。"

拓跋濬害怕太后看见炕上的李氏佩琬，就故意在太后面前晃来晃去，遮挡太后的视线。"奶娘太后，我们到外面说话。"一边说一边拉着太后的胳膊，想把她拖到外面去。

常玉花笑着："我看你衣服还没穿好，就在这里面坐坐吧。"说着，就想推开拓跋濬，向炕上张望。

拓跋濬左遮右挡，阻挡常玉花的视线。常玉花笑了："你这小子是咋回事啊？老在我眼前乱晃，晃得我的头发晕。那炕上可有人？"

"没有，没有。哪里有人？奶娘说笑话呢。"拓跋濬慌慌张张地说。

"我咋看着炕上好像有人。让我过去看看。"常玉花扯着拓跋濬。

"太后一定看花了眼睛。这里哪里来的人？奶娘，我们出去说话吧。"拓跋濬向外推着常玉花。

太后踮起脚跟，向炕上张望："不对，我咋看着炕上单子下面在动弹？一定有人！你放开，我要过去看看。"太后硬是推开拓跋濬，走到炕前，一手扯

乳母皇太后

开黄缎单子。"我说有人吧?"

李氏佩琬缩成一团,哆里哆嗦地抱着头。

"起来!起来!"常玉花拉住李氏的头发,把她拽了起来。李氏佩琬虽然已经穿上衣服,可是还没来得及扣上衣扣,鲜红的水绫子兜兜也没有来得及掩上,白嫩的乳房还露一半在外。

"瞧你这模样!"皇太后呵斥着:"还不快穿好衣服!"

李氏佩琬浑身颤抖,哆嗦着扣上衣扣,穿好衣服,下了炕,跪到皇太后面前。

"说吧,你是谁?"常玉花坐到炕沿上,冷着脸问。

拓跋濬走过来,讨好地挨着皇太后坐了下来,涎着脸,笑着说:"奶娘,她是李氏佩琬。"

"我没问你!让她自己说!"

李氏佩琬磕头:"太后饶命!奴家李氏佩琬,长安女子,今年一十八岁。"

常玉花严厉地说:"你咋进的宫? 谁让你进宫来的?"

李氏佩琬不知道如何回答皇太后这个问题,只是磕头请求饶恕。拓跋濬轻轻碰了碰常玉花,在她耳边小声说:"是皇儿把她叫进宫的。"

常玉花扭头,白了拓跋濬一眼,哼了一声:"看你干的好事! 把一个罪囚弄进宫来,成何体统?"

拓跋濬知道,还是走露了风声,皇太后知道了李氏的身份。他低下头静静地坐着,不敢再说什么。

"来人! 把这小贱人拉出去鞭打! 然后送到坊间做劳役!"常玉花厉声命令。

"不要! 不要! 千万不要这样! 奶娘! 皇儿求你老人家千万不要!"拓跋濬站起身,拉着皇太后的手说。

"咋的? 你连奶娘的话都不听了?"常玉花看着拓跋濬,十分不高兴。

"不是的,皇儿哪敢不听奶娘太后的话? 奶娘太后是吃斋念佛的人,讲究慈悲为怀,这李氏已经有喜,皇儿恳求奶娘太后大发慈悲,不要惩罚李氏,更不要赶她到坊间做苦役。她的肚子里有皇儿的血脉啊。"

"什么? 她有喜了?"常玉花腾地站了起来,神色大异。"这不可能! 你才多大点啊? 咋能有喜? 这小贱人居然还敢说瞎话蒙哄皇帝,还了得! 来人啊,立刻拖出去乱棒打死!"皇太后怒喝着。

"奶娘!不能啊!不能啊!真的是皇儿的血脉!奶娘太后要是不信,去问太医。这是太医诊脉以后说的!"拓跋濬抱住皇太后的胳膊,声嘶力竭地喊着,恳求着。

常玉花竭力要摆脱拓跋濬的厮缠,想出去叫虎贲来,可是拓跋濬死死地抱住她的胳膊,死命地拖住她,不让她走。

常玉花看看拓跋濬的脸色,他的脸色铁青,额角青筋暴露,呼哧呼哧喘着粗气,一脸死不放手的坚决样子。看来他不想也不会让步了,这样纠缠下去,很可能伤了母子和气。

常玉花叹了口气,松开手,又坐到炕沿上。她轻轻拍了拍拓跋濬的手:"濬儿,别着急。坐下说话。"

拓跋濬这才松了口气,放开紧紧抱着常玉花胳膊的手,顺从地坐到她的身旁。

"你说说,你什么时候和她在一起?咋整的就有了喜?"常玉花问拓跋濬。拓跋濬把认识李氏佩琬的经过说了一遍。

常玉花半天不说话。

"奶娘太后,你不相信皇儿的话?"拓跋濬焦急地问皇太后:"皇儿说的没有一句假话。奶娘不信,可以去查问。要是皇儿说的有一句假话,皇儿愿意把她交给奶娘,任凭发落!"

常玉花默默点头。

常玉花乘车来到斋仓。斋仓管事见皇太后突然亲临,吓得浑身颤抖,他跪在皇太后面前,战战兢兢地等待皇太后的问讯。

常玉花威严地盯着斋仓管事,久久不说话。斋仓管事心里发毛,捣蒜般磕头,哀叹着自己可能大祸临头。他估摸着可能是因为皇帝幸临斋仓的事情被太后知道,太后要来兴师问罪了。

常玉花终于开口说:"你知罪吗?"

"小的知罪。"管事如鸡啄米般磕头。

"那好,你就从实招来。"常玉花凛然地看着管事:"你说,八月底,皇帝是不是在这里临幸过一个女囚?"

管事急忙说:"回太后,有这事。可是,这不是小人的错,是皇上亲自安

乳母皇太后

排的,小的不敢违背皇上的命令!"

"那个女囚你认识吗?"

"小的不认识。但是小的遵照皇上的命令,安排她的住处,小的见过她。"

常玉花点头。"你说,你把她安排在哪里?"

"就是那间房。"管事指着斋仓的另外一间南房说。

"有什么凭证吗?"常玉花又冷冷地问。

"有,有,小的当时就在墙壁上记下了皇帝临幸的经过,为了作个纪念。现在那字还写在墙上,那房从此再没有作他用。"

"哦?你这人还挺有心计的。难得你对皇帝这么忠心!走!带我去看看。"常玉花说着站了起来。

管事带着常玉花来到那间房。管事打开门锁。仓房里还像皇帝来的时候那样,一张葱绿的提花绫子被单放在炕上,一对绣花方枕并排躺着。

"太后,这就是皇上临幸李氏的地方,卑下不敢随意改动,现在还保持着当时的样子。这里是小的亲手书写的记录。"管事指着白粉粉刷的墙壁上的几行字。

常玉花默默读过,仔细辨认墙壁上的字迹,她确认墙上的字确实是很久以前的笔迹,才露出微微的喜色,说:

"这房间就这么保留着做纪念吧。走!回宫里去,你给我认认人。"

常玉花带着斋仓管事回到寿安宫。"带她们过来。"她吩咐符成祖。符成祖带着一排几个穿着一样的女子鱼贯而入。

"你看,哪个是那个女子?你把她指出来!"常玉花看着斋仓管事。

斋仓管事看着眼前这一排打扮相同的女子,她们差不多一样的高矮,都穿着葱绿的小袍,水红的百褶裤,黄色的长筒鹿皮靴,头上都戴着红缎面的皮帽。乍看上去,她们都一模一样,难以区分。可是管事还是一眼就认出几个月前皇帝在斋仓临幸的那个漂亮的女囚。虽然,眼下这女子已经比当日丰满光泽了许多,但他还是立刻就认出了她。她太漂亮了,她那一双漆黑的大眼睛叫人一见便终生难忘。

"就是她。"斋仓管事指着中间那个女子。

常玉花默默无语,摆手让符成祖带那些女子出去。她赏了斋仓管事一匹红绫,让他离开。

斋仓管事的叙述和指认都证明皇帝没有说瞎话,这李氏确实怀着皇帝的血脉。该怎么处理她呢?这叫常玉花感到为难。

把她留下来?留下会怎么样呢?把她留下来,皇帝就有了两个贵人,在选皇后的时候,也就有了两个候选人,这差额选举的胜负就各占了一半。燕儿的皇后位置就难以保障了。

这不行。她常玉花不能言而无信。人无信则不立。她曾经向左昭仪太妃保证过,要确保燕儿做皇后的。看来,不能把李氏留在皇帝的身边。

不让她留在皇帝身边,那就意味着要把她除去。可是,她肚子里有皇上的骨肉。燕儿是不会给皇帝生儿育女的,这皇后永远是她的。既然燕儿不想为皇帝生子,让这李氏为皇帝生个皇子,然后想办法不是更好吗?魏宫里有那么好的一个故制,为什么不利用呢?

再说,现在若是处理了李氏,恐怕会伤拓跋濬的心,他现在正在热乎劲上,他那么喜欢这个女人,自己硬要坚持把李氏赐死,岂不是要伤了母子情?万一伤了母子情,皇帝发起淫威,自己的地位是否能够保住?王公们会不会联合皇帝反对她?

常玉花烦躁地站了起来,在宫里慢慢踱步。既然这李氏怀着皇帝的血脉,就要让她留下来,给皇帝生个孩子再说。如果她生了男孩,把他立为太子,这李氏当然就活不成。如果生个公主,更有办法去掉她。只要有她常玉花在,这李氏永远别想做皇后!

对,就这么办!等她生养!常玉花猛然站住脚,断然作了决定。

乳母皇太后

# 第四章　母子矛盾

### 1.登道坛受符箓皇帝信道　得消息欲阻挠太后震怒

"皇帝陛下,"李氏佩琬扭着粗重的腰身,喜眉笑眼,走到皇帝的面前。自从得到皇太后的承认,她就一直住在永安宫,和皇帝日日在一起。拓跋濬也是喜欢不已。皇太后不反对她留在宫中,就是承认了她的地位。拓跋濬决定给她兴建太华宫。

拓跋濬正在读书。他抬起头,看着李氏佩琬,爱抚地问:"甚事啊?爱妃?"

李氏佩琬走过来,坐到皇帝身边,说:"皇帝陛下一即位就下诏恢复了佛教的地位,举国欢迎,可是,道教在国朝也已经多年,道教信徒也不少,天师道自从寇天师升天,已经有所衰落,现在佛教复兴,道教更受冷落,妾身在长安,原本是天师教道徒,现在想去道观礼拜,不知陛下可否允许?"

拓跋濬笑着:"当然可以了。你想到哪个道观礼拜?"

李氏佩琬说:"当年在长安就听说平城的静轮宫很有名,去静轮宫礼拜如何?"

拓跋濬哈哈笑着:"你啊,可真是孤陋寡闻!静轮宫在寇天师去世以后,就停止了修建。崔浩国史事件以后,殃及池鱼,静轮宫也被盛怒的太武帝下令毁掉了。你到哪里去礼拜啊?"

李氏佩琬把脸伏到拓跋濬的肩头,轻轻蹭着他的脸颊,说:"陛下见笑了,妾身真的不知道。除了静轮宫,还有什么道观呢?"

拓跋濬想了想:"城外南苑有个道坛,是皇帝接受的符箓,当年太武皇帝就在那里接受符箓。

"那里是太武皇帝皈依道教的地方,妾身如何敢去啊?除非陛下也去,妾身才敢去。"李氏佩琬用柔嫩的小手在皇帝脸颊上抚摩着,抚摩得皇帝心头痒痒的,舒服极了。

"朕也去?朕从小就受父亲和奶娘的影响信奉佛教,所以朕一即位就下诏恢复了佛教,朕如何能够再去皈依道教?"拓跋濬抓住她的双手,握在自己的手里,轻轻抚摩着,享受着那种滑爽细腻,心底升起一种痒痒的麻酥酥的感觉。

"那有什么啊?皇帝陛下既接受佛教又接受道教,对陛下治国只有好处没有坏处。如今我们国朝有许多信奉佛教的信徒,也有很多的道教道徒,皇帝陛下既是佛教徒又是道教徒,不是可以得到更多的拥护吗?教徒才会五体投地地拥护皇帝啊。陛下说是不是这么个理?"

拓跋濬一把抱住她,把她紧紧搂在怀里,亲热地吻着她:"爱妃说的还挺有理的。你怎么知道这事呢?"

李氏佩琬得到皇帝的夸奖,心里美滋滋的,脸上也笑得好像一朵花,她在皇帝怀里扭动着身体,娇嗔地说:"妾身在长安的时候,看到许多道教天师也偷偷信菩萨,问他们为什么,他们说,为了更好吸引僧徒信奉道教。皇帝陛下你看,是不是一个道理啊?皇帝要是既信佛又信道,是不是可以得到更多的拥护?信徒是最虔诚的,最全心全意拥护教主的,为了教主,他们可以奉献他们的一切。"

"可是,太后不主张朕信奉道教。她讨厌道教的。"拓跋濬有些为难地说。

李氏佩琬笑了:"太后不过是一个奶娘,并非皇帝的生身母亲,皇帝陛下为何那么怕她?"

拓跋濬笑了:"奶娘就像朕的生身母亲。朕刚一落地,就是奶娘喂养,朕受奶娘的养育之恩,还受奶娘的救命之恩呢。奶娘的恩情朕是不敢忘记的。"

李氏佩琬颇不以为然地撇了撇嘴:"不过一个奶娘而已。什么太后!皇

乳母皇太后

帝就那么怕她不成？"

拓跋濬不想与她争论："好，朕听你的。朕马上下诏，明天我们去南苑道坛接受符箓。从明天起，朕与爱妃可以共同探讨道家理论了！"拓跋濬手舞足蹈，在李氏佩琬的脸上亲了又亲。这李氏佩琬给了他多少安慰，多少享受啊。

这时，太监进来报告，说冯贵人求见。

"不见！朕见那小女娃干什么？朕可不想看她那苦分分的脸。她姑姑刚刚去世，她那脸苦楚得像个核桃。何况女娃家家的，什么也不懂，就会撒娇哭闹！"

"太后，你可要为我做主啊。"冯燕跪在常玉花的面前，泪珠如雨，洒落在地上。

"燕儿，你这是咋的？谁欺负你啦？"常玉花心疼地抱住冯燕，把自己的脸贴在她的脸上，连声问。

符成祖在旁边偷偷地乐：谁敢欺负冯贵人啊？别看她是个小女娃，除非皇帝才敢欺负她！

"太后，你要管管皇帝啊。"冯燕就势扑进常玉花的怀抱，在她怀抱里揉搓着，撒着娇，把她的心都揉搓成了团团。

"燕儿，你说吧，到底发生了什么事？皇帝咋欺负你啦？"常玉花双手捧着冯燕的小脸蛋，亲了一口。她真的很喜欢冯燕，就像冯媛一样，把冯燕看作亲生女儿。她自己的女儿被送了人家喂养，从小不亲近她，她也寒了心，早早让婆婆给她找了个人家娉了出去。对这冯燕，她视若亲生女儿。

"皇帝不见我，他让那个狐狸精给迷住了。我每次去永安宫，皇帝都不见我！"冯燕抹着眼泪，抽抽搭搭地哭，从指头缝里偷看太后脸上的表情。皇太后见不得哭，她哭得越响，皇太后心里就越心疼她。冯燕拼命挤着眼睛，希望流出更多的眼泪。

常玉花看出冯燕的小把戏。她笑着掰开冯燕的手，说："燕儿，算了，你别再骗你干妈的眼泪了。皇帝咋的不见你？"

"我刚才去永安宫，要求见皇帝，太监出来说，皇帝不见，皇帝正跟李氏佩琬商量着要去南苑道坛接受符箓拜道教呢。"

"什么？皇帝要去道坛接受符箓？这是咋整的呢？皇帝要信奉道教了？"常玉花吃惊地说。"皇帝是信佛教的,受了什么蛊惑要信道教了？"

冯燕撇着嘴："还不是受了那个罪囚的蛊惑！太监说,皇帝终日和她厮混在一起,连朝政大事都顾不上了。这可怎么好啊？"

"这可不行！"常玉花自言自语:"让她留下来,是让她给皇帝生子的。可不是让她来影响控制皇帝的！走,我们去见皇帝!"常玉花拉起冯燕,说。

"晚了,皇帝正准备出发呢。"乙浑在旁边说:"太后,不要去了,去也白去。你现在去不是白白惹皇帝生气吗？"

"惹他生气？他就不怕惹我生气？"常玉花恼怒得一脸阴沉。最近这皇帝是越来越叫她生气。整日和李氏佩琬厮守一起,连她这奶娘都冷落了许多,更不必说冯燕了。

常玉花恼怒地瞪了乙浑一眼:"皇帝要去拜道坛这么大的事,你咋的就不来给我报告？要不是燕儿来说,我还蒙在鼓里呢。这可是大事,不能任由皇帝使性子胡来。"


拓跋濬搀扶着李氏佩琬走出永安宫,来到院子里,登上骆驼拉的高车,拓跋濬扶着她坐到座位上。虎贲前呼后拥,太监宫女捧着皇帝贵人必需的用品,站在外面,等待出发。

常玉花进了永安宫。

拓跋濬看见皇太后进来,急忙下车,宫女也忙着把李氏佩琬扶下来:"皇儿拜见太后。"

常玉花笑吟吟地问:"皇帝陛下这是到哪里去啊？"

拓跋濬回答:"皇儿正准备和爱妃到南苑道坛去接受符箓。爱妃顺便参拜天师和太上老君。"

常玉花脸沉了下来:"皇儿不是一直信仰佛教吗？如何就转移了信仰？这什么时候改信了道教呢？"

拓跋濬垂手恭立在皇太后面前,诚惶诚恐:"奶娘太后有所不知,皇儿信仰佛教是坚定不移的。不过,国朝依然有许多道教的信徒,皇帝信奉道教,可以更好地笼络这些道教信徒,防范他们闹事。"

常玉花从鼻子里哼了一声,对皇帝的回答表示了明显的不满意。

冯燕走上前来，拜见皇帝，娇媚地笑着："濬哥怕是听了别人的挑唆，要改信道教了吧?"说着拿眼睛睃了李氏佩琬一眼。

皇帝明白了，这一定是冯燕到皇太后面前拨弄是非，让皇太后不高兴了。他瞪了冯燕一眼，呵斥道："少生事端!"

冯燕当众遭遇皇帝的抢白，十分恼怒。她哼了一声，斜了李氏佩琬一眼。李氏佩琬心里一惊。冯燕的目光像刀子一样剜了她一下。

常玉花竭力用温柔的声音劝说拓跋濬："皇儿，这道坛接受符箓，于皇帝身份不大合适。皇儿既然已经皈依佛教，还是不要再接近道教了。道教的歪理邪说实在太荒诞不经，信了无益。"

拓跋濬犹豫地看了看李氏佩琬。李氏佩琬急忙说："皇帝不去也罢，妾身自己去参拜就是了。不过，如果说道教是歪理邪说，那佛教也未必就是正理正说。佛教教唆人们练习房中妖术，不是被太武皇帝镇压了吗?"

拓跋濬摆手："不得乱说。"

常玉花被李氏佩琬抢白得脸色发红。她冷笑着："你也不必太猖狂。你信道教是你的事，可皇帝不许去!"

李氏佩琬对皇太后原本就一肚子气，想起几个月前皇太后验证她的身份给她的羞辱，就叫她气不打一处来。女人爱憎分明，爱人爱一辈子，恨人也是恨一辈子的。她仗着有皇帝的宠爱，继续与皇太后争辩："皇帝去不去，是他自己的事。我看你也别想干涉他。他是一国之主，未必就听一个奶娘的指使!"

"好一个刁女! 你居然敢这么跟太后说话!"常玉花气得七窍冒烟："来人啊! 把这刁女拉出去砍了!"

李氏佩琬见皇太后雷霆大发，也有了一些害怕，她眉头一皱，双手捂住肚皮，哎哟哎哟地喊叫起来。拓跋濬一看，急忙命令叫太医前来诊治。常玉花见这样子，知道不好再争吵下去，只好恨恨地带着冯燕回寿安宫。

李氏佩琬见皇太后走了，偷偷笑着对拓跋濬说："太后走了，我们到道坛去参拜接受符箓吧。只有这样，才能祈求国运安康，我为国朝生个龙子。要不，我担心没有神仙保佑，会生女儿的。陛下可是就盼望着生个龙子啊。"

拓跋濬点头："对，还是去一趟吧。以后不管皇帝信佛还是信道，都要到道坛接受符箓!"拓跋濬下令说。法驾队伍打着道家的青色旗帜，簇拥着皇帝和李氏佩琬向城东道坛出发，一路上演奏着道家音乐。

道坛建在平城东，浑河左岸，始光二年(426年)由道士寇谦之开始兴建，道坛有五层阶，上阶之后，是用木造的圆基，原木互相枝梧，砌以木板。圆基之上，造着圆形明堂，分为四户室，室内有神座，座右列玉磬。皇帝降临时，在这里接受仪式，号天师。道坛旁边，原来是柏木建造的高大宏伟的静轮宫，已经被太武帝毁了。

一色青衣的拓跋濬从天师手中接过那黄色符箓，上面用朱砂红绘着左手持大刀、右手持长叉的天神，书写红色文字四行：左青龙，右白虎，前朱雀，后玄武，天地神，煞百子死鬼，后不得来近，护令，急急如律令也。

拓跋濬把天师郑重其事交到他手里的符箓小心折叠起来，装进天师准备好的黄色绢囊，放到自己的腰上。李氏佩琬也得了一个。

## 2. 提防迫害皇帝幸临阴山　秘密生子李氏临产行宫

皇帝拜祭道坛以后，接受了渴槃陀国遣使朝贡。不久，他下诏，诏曰："朕以眇身，纂承大业，惧不能宣慈惠和，宁济万宇，夙夜兢兢，若临渊谷。然即位以来，百姓晏安，风雨顺序，边方无事，众瑞兼呈，不可称数。又于苑内获方寸玉印，其文曰'子孙长寿'。群公卿士咸曰'休哉'！岂朕一人克臻斯应，实由天地祖宗降祐之所致也。思与兆庶共兹嘉庆，其令民大酺三日，诸殊死已下各降罪一等。"

还宫以后，他接受了库莫奚、契丹、罽宾等十余国遣使朝贡。

看着李氏佩琬的肚皮一日大似一日，拓跋濬便停止了所有的国事活动。他看着她高耸的肚皮感到既好奇又着急。他日日守着李氏佩琬，舍不得离不开她寸步。自从与皇太后争吵，皇太后很久不来永安宫见皇帝，也不接受皇帝的拜见。拓跋濬十分无奈，只好不断派王遇去给皇太后赔礼道歉。王遇抓住一切机会安慰皇太后，劝说皇太后，化解皇太后和皇帝的隔阂。皇太后还是原谅了皇帝。但是，对李氏佩琬虽然嘴上说原谅了她，可心底深处仍然留着极大的憎恶。常玉花暂时把这憎恶压在心底，她也等着对方给皇帝生一个龙子呢。

李氏佩琬一直住在永安宫，皇帝天天陪在她的身旁，寸步不离。二月下

乳母皇太后

句,皇帝从道坛回来,就不再出行,不安排阅武狩猎战争,也不安排出行观察风俗,甚至连接见各国使者都很少。他每日厮守在李氏佩琬的身旁,与她一起听歌观舞作乐。眼看着李氏佩琬的肚皮一天一天大起来,他担心自己不在她身旁,她会发生意外。

六月,夏天又来到了。她的预产期快到了。在哪里生孩子,叫拓跋濬很费脑筋。留在平城皇宫生子是最好的,可是她闹着不愿意留在宫里。她害怕皇太后。皇宫里到处都是皇太后的耳目,万一皇太后使坏心,她和孩子可能都有生命危险。

"你说到哪里生孩子啊?"拓跋濬抚摩着李氏佩琬的肚皮问。

"反正我不能留在宫里生。我担心。"李氏佩琬噘着小嘴说。她半躺在炕上,说话都有些喘气,脚踝也肿胀得厉害。

"你担心甚呢?皇太后疼爱我,也疼爱你,更疼爱孙子,她会照顾你哩。"拓跋濬劝解说。

"疼爱我?我可承担不起。皇太后可不是个善茬,陛下相信我的看法吧。她一定会想办法置我于死地的。陛下难道看不出来?不管我怎么做,她都不会喜欢我,因为她喜欢冯贵人。我担心月子里发生什么意外!陛下要是真的关心我爱我,就答应我,带我到外面行宫生孩子。不要让皇太后知道,不要让她跟着去。答应我吧,陛下!"

拓跋濬无可奈何,点头答应了。

"陛下,你一定要答应我,这事要做得十分机密,不能让其他任何人知道,只有我们俩知道!皇太后在宫里到处安置耳目,要是有其他任何一个人知道,就瞒不住皇太后了!千万不要让皇太后知道带我出去。"李氏佩琬又叮嘱道。

拓跋濬在她的脸上亲吻了一下,爱怜地说:"爱妃,你放心,朕答应你,不让皇太后知道。"

李氏佩琬这才放心地躺了下去,闭上眼睛养神。皇帝叫来源贺、乙浑等人商议着每年一次到阴山祭拜祖先的活动。

拓跋濬到寿安宫给常玉花请安,顺便告知自己今年巡幸阴山的安排。

"奶娘太后,今年阴山却霜你老人家去不去呢?"拓跋濬笑嘻嘻地征求常

306

玉花的意见。他知道常玉花的脾气，她愿意自己拿主意，要是别人给她安排，往往弄巧成拙，她很可能会跟你拧着干。

常玉花想了想："去年刚刚全体去过，今年就不必兴师动众，全体出动了。我看，只皇帝带领皇室男人去就行了。皇儿你看呢？"

"奶娘太后英明，与皇儿所见相同。皇儿率领皇室男人去祭拜祖先，太后在平城主管朝政大事，这样皇儿就格外放心。有皇太后坐镇平城，皇儿到行宫去就可以多住些日子，可以在那里多畋猎。去年去阴山，原本想多住些日子，无奈王公大臣和皇太后总提醒，不放心平城京都朝政，总催促着皇儿早日归来。玩得一点也不尽兴！"拓跋濬故意噘起嘴，像个撒娇的孩子。

常玉花捏了他的鼻子一下："快要当阿爷了，还这么贪耍！好，这次我坐镇平城，你就去阴山尽情多玩些日子吧。不过，你恐怕还得早点回来，李氏佩瑃怕是快要临产了吧？"

"早着呢。太医说在七月底。我这几日就动身，到七月底正好回来。即使皇儿回不来，有太后在平城，皇儿放心得很！"拓跋濬笑嘻嘻的，一脸顽皮，像个大孩子一样。

常玉花哈哈笑着："濬儿，你就放心去吧。朝政大事和宫中大事都交给我吧！我会把各种事情管理得妥妥帖帖。"

"只是劳累你老人家了！"拓跋濬一脸关心、歉疚，心里却乐不可支，皇太后完全相信了他的话。他原来很会撒谎的，这才能他自己都不知道。


皇帝到阴山行宫的队伍已经集合在院子里。拓跋濬一身夏装，头戴夏日凉帽，上面插着红色的羽毛，穿着又薄又软的软绸黄色箭袖小袍和百褶裤，腰中扎着腰带，脚下一双原色的牛皮长靴，精神干练。后面的仪仗陈列，等待皇帝出行。

常玉花拉住皇帝的手，千叮咛万嘱咐，嘱咐皇帝冷暖饮食。

拓跋濬笑着："奶娘太后放心好了。皇儿也不是第一次出外畋猎，阴山广德宫是最好的行宫，皇儿这次一定要多住些日子。"

常玉花笑着替拓跋濬系好凉帽的帽带，替他整理了一下衣服。"你就放宽心吧。想住多久就住多久。"她四下看看："李氏呢？咋不见她来送你？"皇太后关心地问。

乳母皇太后

"在宫里躺着呢。"拓跋濬指了指宫室。

"我去看看她,她也许不习惯你出去呢。"皇太后说。

"谢谢奶娘太后的关心,只是她还在熟睡中,就不必打扰她,让她睡吧。她现在变得很懒惰,特别能睡。"拓跋濬轻松地说,脸上笑着。

"也是,怀孩子就是这样的。能吃能睡。那就让她睡吧。等过一个时辰我再去看望她,让她安心等着生产。"

拓跋濬笑了笑,向后面挥手。侍从把拓跋濬的白马牵了过来。"皇儿走了。"拓跋濬翻身上马,皇帝的车驾紧跟在后,皇帝出行的队伍浩荡出发。


常玉花带着冯燕,返回永安宫。她想去看望一下李氏佩琬。拓跋濬走了,这待产的李氏佩琬需要她来照顾。看她还敢不敢再顶撞自己?如果她再敢顶撞自己,一定要给她点颜色瞧瞧,杀杀她的傲气!

常玉花走进永安宫。王遇出来迎接。

"李氏佩琬呢?"常玉花问。

"在寝宫里睡觉呢。"王遇嘴里说着,手上为皇太后备座上茶,忙个不停。

"什么时辰了还在睡觉?去叫她起来见我!"常玉花坐了下来,冷着脸:"你也坐下来,坐到我身旁。"常玉花拉了一下冯燕,冯燕挨着皇太后坐了下来。

王遇命令宫女去叫李氏佩琬。常玉花一摆手:"你自己去叫!"

王遇迈动着细碎的小步,进入寝宫去请李氏佩琬出来拜见皇太后。

常玉花拿足了架子,端坐着,脸上摆出威严的神情,等待李氏佩琬的拜见。一定要让她知道皇太后的厉害!让她知道自己的地位!她以为她是谁?可以当着皇帝的面抢白我这皇太后?看今天你还仗恃谁?

王遇迈着细碎的步子来到皇太后的面前,一脸惊慌:"报告皇太后!娘娘不在寝宫睡觉!"

"她哪里去了?"皇太后奇怪地问。

"奴家一点也不知道。"王遇垂头丧气地说。

"叫来宫女太监问一问啊!连这点事情都办不了?"常玉花生气地站了起来。宫女太监都出来见过皇太后和冯贵人,跪了一排。

"李娘娘哪里去了?谁知道?"常玉花冷着脸问。

宫女太监都说不知道。清晨起来，就没有见过李娘娘，皇帝也没有叫他们去伺候起床，都以为娘娘还在寝宫里睡觉呢。

"你们都没有见过她？"常玉花奇怪地问："她难道能够上天入地不成？"

"奴家想起来了，清晨皇帝起床以后，来了两个虎贲，他们抬出去一卷毛毡被褥，说是给皇帝铺到车里。奴家当时还奇怪地想，夏天还用铺这么厚的毛毡被褥啊。可是奴家也不敢询问。"王遇说。

"这就有鬼了。"皇太后点头。可是皇帝为什么要偷偷带李氏佩琬走呢？他究竟为什么？害怕我要害他的心肝宝贝？

冯燕拉了拉皇太后的衣袖："太后，你看这李氏佩琬有多鬼，真是个狐狸精。她居然敢这么糊弄皇太后！"

常玉花脸色铁青，轻轻跺了跺脚："总有一天，让她知道我的厉害！走！我们回去！"


拓跋濬的队伍出了平城。车里，李氏躺着，颠簸的车把她晃动颠簸得不舒服。拓跋濬上了车，李氏佩琬一把搂住拓跋濬，钻到拓跋濬的怀里，拓跋濬高兴得哈哈大笑起来，李氏也兴奋得咯咯笑着。两个人的笑声飘到前后的队伍里，连将军、大臣、士兵都禁不住微笑起来。这贪玩的皇帝居然瞒着皇太后，把宠爱的妃子偷偷带了出来！他们都感到好笑。

李氏佩琬笑了好一阵，笑得肚子有些疼痛，不敢再笑下去。她收敛了笑声，刮着拓跋濬的鼻子："皇帝陛下，你看，太后这时辰会不会去永安宫看我？"

拓跋濬摇头："不知道。太后有许多事情要办，她现在也许还顾不上去看望你。也许明天会去看你呢。"

李氏佩琬微笑着："妾身猜测，她现在一定在永安宫，她一定迫不及待地去向妾身显示太后的威风去了！"

"瞧你说的。太后不至于那么小肚鸡肠。她挺大度的，可慈爱了，对朕比亲生母亲还亲呢。"拓跋濬也刮着李氏佩琬的鼻子，爱怜地反驳着。

"哼，你不了解女人！妾身是女人，妾身明白女人。太后对你大度，对男人大度，但是她不会对妾身大度！妾身当面顶撞过她，她一定牢牢记在心里，一定在等待时机报复！妾身是逃不过她的手心的！就算这次平安生养，以后也难免报复的！"李氏佩琬有些忧愁,轻轻皴起了眉头。

拓跋濬心疼地抚摩着她皴着的眉头:"爱妃不要皴眉头。看,这里的皴纹都出来了。爱妃不要这么猜测太后,太后确实是个十分善良的女人。她不会害你的,你放心好了。何况还有朕在你身边。就算太后不喜欢你,她也要替朕着想,替我们的孩子着想,你就尽管放宽心吧。到阴山行宫你就好好坐月子生孩子吧。我盼望着我的儿子,都快盼疯了！你可一定要为朕生个龙子。朕一定封他做太子！"

"真的？皇帝封他做太子?"李氏佩琬仰起脸看着拓跋濬,惊喜异常:"皇帝封他做太子,妾身就有了希望。儿子做了太子,那妾身将来就可能做皇后了,是不是啊？陛下?"

"是的,爱妃。等你生了儿子,我就封你做我的皇后！"拓跋濬亲吻着李氏佩琬娇嫩的脸蛋,深情地说。

"谢皇帝的恩典！"李氏佩琬翻身跪下,连连磕头,她的心里充满惊喜。皇帝封她做皇后,她以后再也不必害怕什么人了！谁也伤害不了皇帝选择的皇后！


"今天是七月庚子了,不知李氏佩琬生了没有?"常玉花在寿安宫里坐着,看宫女绣花。冯燕拿着一本书,正在给她念书听。她突然冒出这么一句话。

冯燕停止读书,看着常玉花,微微笑着:"太后何必多操心呢。等她生了,自然会送信回平城,太后等着报信就是了。"

常玉花摇头:"你还看不透那个狐狸精? 她会唆使皇帝向我们隐瞒消息的。阴山那里不会有人送信给我们的。不过,我已经派了探子去阴山,让他们打探到消息以后回来报告。"常玉花很得意地笑着:"我就不信我斗不过这狐狸精！"

冯燕很懂事地逢迎皇太后:"太后聪明过人,她李氏算什么东西呢? 不过一个罪囚,仗着皇帝的宠爱,她就以为自己是皇后了,就不知天高地厚了。她哪里比得上太后的计谋啊? 我看她跟太后斗法,不过是自取灭亡而已！就算她当了皇后也是白搭！"

常玉花爱怜地抚摩着冯燕的头,不断点头赞叹:"小蹄子长大了,会奉承人了。小蹄子这话我最爱听。我答应过左昭仪太妃，要按照她的心愿把你扶上皇后的宝座，将来我们互相照应。这话我说了，就一定要做到！我不能失信于左昭仪太妃！我有今天的地位，全仰仗她！我不能知恩不报！你就等着瞧，她别想那皇后的位置！那位置只能属于你！"

冯燕急忙起身，扑通一声，跪倒在皇太后的面前："谢谢太后，谢谢太后！有太后这句话，燕儿就有了主心骨。燕儿以后只能依靠皇太后的扶持了！"说着，眼泪吧嗒吧嗒地滴落到金砖地面上。

"快不要这样。燕儿这样叫我伤心。起来，起来，我们娘儿俩不要这么多大礼！"常玉花拉起冯燕，让她坐下："我们不说这些了。你还是给我读书吧。刚才念到哪儿了？接着念吧。"

冯燕正要接着念书，符成祖走了进来："太后，到阴山的人回来了。要不要见他？"

常玉花朝冯燕狡黠地笑着："瞧，怎么样？我们就要知道那里的情况了。快叫他进来见我。"

一个虎贲打扮的人进来，这是乙浑手下人，乙浑派他回来给皇太后送信。虎贲给皇太后行了跪礼，说："乙将军让小人给太后送信来，乙将军暂时还没有打听出什么有用的消息。皇帝行宫禁止一切人出入。只有很少人可以进出广德宫。但是这些可以出入的人，也什么都问不出来。到现在为止，还不知道皇帝在广德宫里干什么。也不知道李娘娘生了没有。一切消息都严密封锁着。"

"看，我说什么来着？这狐狸精防我们防得很紧呢。她想把皇帝控制在她的手心里，让皇帝听她摆布！这还了得！"常玉花说着，站了起来，在宫里走来走去。"这可怎么好？皇帝远在阴山，我该怎么办？"

冯燕看着常玉花，断然说："不能让皇帝待在阴山，一定要想办法让皇帝回平城来！"

"对，你说得对！要想办法让皇帝回平城！要不，我们什么事也干不成！只有听他们摆布！"

冯燕亮晶晶的眼睛看着皇太后："有办法吗？"

"办法是人想出来的。一定会有办法的！让我们慢慢想想，会想出来的！"常玉花微笑着，平静地说。

乳母皇太后

常玉花的镇静感染了冯燕,刚才那有些慌张的心也平静下来。没有什么大不了的! 她看着常玉花平静的脸,也微笑了。

七月庚子子时,阴山行宫的寝宫里,拓跋濬正紧张地守候在寝宫外。寝宫里,灯火通明,李氏佩琬一阵一阵凄厉的喊叫震撼着他的心。怎么会这样? 她是不是要死了? 拓跋濬走来走去,不断地擦拭着额头上的汗珠。七月的牛川,虽然比平城凉快许多,早晚和深夜还有些寒意,可是,拓跋濬额头上的汗珠擦掉又渗了出来,一层一层的,不断滴落下来。听着里面的号叫,他几次要冲进去看个究竟。她到底怎么了? 她是不是难产,是不是有生命危险?

太监宫女拉住他,不断安慰着他:"陛下不必惊慌,女人生孩子都是这样,喊得惊天动地,要死要活,等孩子一露头,就一切都安乐了! 不会有事的!"

拓跋濬勉强坐了下来。里面又传出一阵撕心裂肺的喊叫,好像死到临头一样。拓跋濬腾地一下跳了起来:"不得了,爱妃要死了! 朕要进去! 朕要进去!"说着就往寝宫里闯。两个太监分别抓着皇帝的胳膊,死命拉扯着,不让他闯进去:"马上就生了! 皇帝陛下! 千万不要进去! 不能进去!"

"不行! 朕要进去! 朕要看爱妃去! 要不朕就见不上面了!"拓跋濬哭喊起来,挣扎着,满脸泪水、汗水。

哇! 哇! 一声清脆的婴儿啼哭回荡在寝宫里。号叫戛然而止,一切都似乎静了下来,好像万物都在谛听着这美妙的新生命的啼哭。

寝宫的门开了。一个宫女走了出来,她大声向皇帝贺喜:"恭喜皇帝! 贺喜皇帝! 娘娘生了个龙子! 母子平安!"

宫里立刻响起一片高呼万岁的声音。

拓跋濬一下子倒了下来,两个太监急忙抱住拓跋濬。拓跋濬擦去脸上的汗水和泪水,可是幸福的泪水又不断从眼睛里涌了出来,擦也擦不干。

"朕有儿子了! 朕有儿子了!"拓跋濬幸福地喃喃低语:"让朕去看看他!"

太监搀扶拓跋濬进入寝宫。接生的神婆手里捧着一个小东西,那小东西正哇哇地哭喊着,小手小脚踢腾着,向父亲宣布他的降生。

拓跋濬走到躺着的李氏佩琬身旁。李氏佩琬正圆睁着一双毛眼睛寻找他。看到皇帝的到来,李氏佩琬的眼睛扑扇着,越来越急促,慢慢从弯曲的睫毛下滚出两颗圆圆的亮晶晶的大泪珠。拓跋濬急忙扑上去,用自己的舌头舔去那两颗泪珠。他握住她伸出的手,温情地抚摩着,小声说:"爱妃,感谢你给朕生了个儿子!"

她幸福得满脸放光,眼睛闪烁着无比的喜悦:"皇帝陛下,可不要忘了您的诺言!"

拓跋濬笑着亲吻着她的嘴唇:"爱妃放心,朕忘不了!朕这就下诏!庆祝皇子的诞生,朕要改元,要大赦天下!"

### 3. 皇太后设计调回皇帝　李夫人无辜累及皇子

"改元了?改成什么?"皇太后问录尚书事赵王拓跋深。

"改兴安为兴光。"赵王深说。

"兴光?"常玉花自言自语:"这兴光是什么意思啊?为什么要改为兴光呢?兴什么光啊?这兴安可是我的建议啊,为的是兴个平安。这兴光,兴什么光啊?"

赵王深不知道如何回答皇太后的问话,就沉默着,不敢多说。

"好吧,你去吧。"常玉花见赵王深还站在面前,挥手说。

"李氏佩琬生了个皇子,所以改元了,大概是兴皇子的光吧。"冯燕说。

"是的。是的。"常玉花点头。

"我们该怎么办呢?"冯燕有些忧虑地问,"这下她更得宠更猖狂了。"

常玉花冷笑着:"还不一定呢,我会有办法的。"

冯燕说:"赵王深和皇叔虎头、龙头关系很密切。听张佑说,他们经常在一起密谋什么。"

"有这事?叫符成祖来问问。"常玉花说。

符成祖来,常玉花询问了赵王深的情况。符成祖也说,看见皇叔虎头、龙头经常去找赵王深。虎头龙头是太武皇帝仅存的两个儿子,除了太子晃,几个年长一些的皇子已经陆续死去,这虎头、龙头在正平事变中年纪小,得以幸存下来。赵王深是太宗明元帝最小儿子的长子,袭了父亲的爵位,按辈

乳母皇太后

分算起来,赵王深是虎头、龙头的叔叔,是拓跋濬的太祖父。

"有办法了。"常玉花微笑着:"皇宫里有了谋反,不怕皇帝不回平城来。"

"皇太后准备如何动作?"冯燕好奇地看着皇太后问。

"以赵王深的录尚书事名义传虎头、龙头来见他,我传录尚书事,让他给虎头、龙头安排职务。"常玉花小声对冯燕说。

冯燕点头:"我明白了。太后果然高明。让朝中大臣看见他们在一起,让赵王深提出给虎头、龙头封爵,造成他们结党营私的样子,再让王遇去报告皇帝。皇帝恐怕在阴山就待不住了。"

"不错,很聪明。我们就这么把皇帝叫回京都,然后再想办法。我想,等皇帝回来以后就让他册封皇后。"

冯燕笑着,高兴地拉着皇太后的手:"感谢太后的安排。不过,这样一来,赵王深和虎头、龙头都要麻烦了。龙头、虎头刚刚成年,要是因为这事被皇帝赐死,不是太可怜了吗?"

常玉花抚摩着冯燕的头发,笑着说:"燕儿心眼好。可是,这皇宫里就是这样你死我活的。你看他们拓跋氏,父子兄弟相残,你我原本不是拓跋氏鲜卑人,何苦要可怜他们呢?不用些手段,我们如何胜过李氏佩琬?不胜过李氏佩琬,你以后咋在魏宫里安身?在皇宫里就不要想慈悲!"

冯燕默默点头。姑姑去世前,给她上了一课,现在皇太后又给她上了一课,这两课奠定了她以后在魏宫里进行斗争的基础。


今天是皇子满月的日子,皇帝拓跋濬在阴山行宫广德宫里举行盛大的庆祝宴会,他大宴群臣,庆祝皇子满月。广德宫内外,到处张灯结彩,丝竹鼓乐袅袅。广德宫宽敞的大殿里,摆放着几十张白木方桌,文武大臣按照职务品级各自就座。拓跋濬和李氏佩琬并排坐在高台上。桌子上铺着黄色绫子桌布,摆放着各种美味佳肴。烤羊肉、烧鹿肉、炸羊尾、炒驼峰、煮虎爪,各种美食散发着诱人的香气,让人垂涎欲滴。

拓跋濬高举酒杯,喜气洋洋,大声说:"朕喜得龙子,举国相庆,今天龙子满月,让大家举杯,祝贺龙子!"

大殿上三呼万岁,喊声震荡着大殿,在广袤草原上回荡。

太监走了过来,对拓跋濬小声耳语了一阵。拓跋濬神色大异,站了起来,匆匆走进内殿。殿上群臣惊异,不敢再喧闹吃喝,殿上一时间寂静下来。

拓跋濬匆匆走进内殿,从平城来的皇太后的使者向拓跋濬报告了平城的紧急消息。拓跋濬大惊失色:"赵王深和虎头、龙头皇叔勾结?这怎么可能?"

使者说:"太后请皇帝车驾回京。太后说,虽然事情不算重大,但是还是要皇帝亲守京师为妥。"

"好,朕知道了。退下吧。"拓跋濬挥手。

李氏佩琬从前面过来,笑逐颜开,月子里有皇帝在身边,她心情舒畅,调养得十分周到,把人养得更加丰腴水灵新鲜,粉红鲜嫩的脸颊,真像高昌进贡来的葡萄一样,稍微一碰,就会流出甜蜜的汁液来。

"皇帝,发生什么事情啦?"

拓跋濬紧皱眉头:"太后送信来说,京师里发生了谋反,要朕回京去。"

"谁谋反?"李氏佩琬关切地问。

"皇太后说是录尚书事赵王深和虎头、龙头皇叔。"

"龙头、虎头是不是太武皇帝最小的那两个儿子?"李氏佩琬也轻轻皱起眉头,好像在深思熟虑。

"是的,就是他们。"

"他们今年刚刚成年,不过十三岁,怎么会谋反呢?"李氏佩琬奇怪地问:"妾身不相信他们谋反。是不是太后想调我们回去,故意制造的什么阴谋啊?"

"不要乱猜疑!"拓跋濬阴沉着脸,不高兴地制止李氏佩琬:"你不要把太后想得那么坏,好不好?她是朕的奶娘,从小奶养朕,又救过朕的性命。她怎么会制造什么阴谋呢?"

见皇帝生气,李氏佩琬也不敢再多说什么,她小心翼翼地问:"皇帝准备如何呢?"

"朕想和你商量商量,看我们是不是该回京师?万一这谋反是真的,可如何是好?你知道,这拓跋氏王经常发生谋反的事情,朕不得不防啊。"

"这是太后的算计,太后就想你回京师,一回到京师,我们都要被她严密地控制起来,再也没有自由了。"李氏佩琬忧伤地看着拓跋濬:"妾身希望陛下三思。"

拓跋濬笑了："看爱妃说的。哪有那么可怕？太后对你有些成见，朕不是不知道。可是太后对朕对国朝都是忠心耿耿的，她不会那么独行专断的，朕是一国之主，在哪里还不是朕说了算？皇太后也是要听朕的！"

"那就听从皇帝的安排吧。"李氏佩琬无可奈何，皱起眉头，轻轻地说。

常玉花让符成祖出宫到南苑见她哥哥常英。常英如今是驻守南苑的骁骑将军，辽西公，掌握着一支守卫南苑的御林军，太后正琢磨着把一个公主许配给他的儿子。

常英看见符成祖很是奇怪。符成祖向常英传达了常玉花的秘密旨意。常英点头："我知道了。"

常英叫来几个校尉，请他们大吃一顿。几个校尉一个个醉眼惺忪，表示誓死追随将军。常英赏赐他们许多绸缎绫罗金银，让他们到京畿附近募集一些流民，把他们扮成虎头、龙头的家丁，进入平城。

这些流民进了平城，就到处张贴帖子，说什么要帮助太武帝的儿子坐龙廷。他们还到处闹事，散布要谋反的流言。

这些人日日流窜在平城坊间，流窜在京畿附近。平城百姓人心惶惶，经常窃窃私语，说什么魏国又要大乱，皇帝坐不住了，又要改朝换代了。这消息自然传进皇宫，传到刚刚回到平城的拓跋濬耳朵里。

果然有谋反的事情发生！拓跋濬惊诧地想，并且很庆幸，幸亏自己当机立断，迅速回到京师，否则，后果不堪设想！幸亏皇太后坐镇京师！

拓跋濬立刻召见御林军将军，让他们捉拿谋反奸人。乙浑自告奋勇，立刻上前，请求皇帝准许他去捉拿谋反奸人。

拓跋濬十分高兴，奖赏乙浑，让他去捉拿在京城里谋反的奸人。乙浑得令，下令关闭城门，不许任何人出入，他要在京城大肆搜捕谋反的人。

乙浑心里好笑，常英早就让他派出的校尉见过乙浑，告诉他那些流民的活动地点。乙浑带领御林军在平城坊间挨家挨户搜寻，把个平城坊间搞得鸡飞狗跳。坊间白天黑夜都可以见到出出进进的军士，在坊间民户里，戳粮仓，挑箱笼，把家家翻得乱七八糟，翻得箱底朝天，油流满地，衣服乱扔，见了漂亮姑娘媳妇，有的军士还出言调戏。坊间民户个个恨得牙根痒痒。

这样闹了几天，乙浑认为可以收兵了，便按照常英派来的校尉提供的线索去捉拿,果然旗开得胜,立即抓捕了几个士兵,一审问,就招供,说他们是赵王深的部下,是龙头、虎头的部下,要为他们讨回魏国皇帝的位置。

乙浑立即带着人证去见殿中尚书源贺。源贺当然不敢怠慢,上奏给皇帝。拓跋濬大怒:都是朕的亲人,居然谋反到朕的头上!赐死没有商量!源贺虽然觉得事情蹊跷,可也不敢违抗皇帝的诏令!何况,他与赵王深以及虎头、龙头素无交往,何苦为他们得罪皇上。尽管有些怀疑,他源贺也没有必要去为毫不相干的人费心尽力。

拓跋濬立即下诏赐死赵王深和龙头、虎头,太武皇帝最后两个亲生儿子。这样,到兴光元年九月,太武帝拓跋焘十一个儿子,在他死后的三年时间里,就全部追随他到了另一个世界,除了两三个是较早死于战争或者疾病,其余全部死于这几年的皇位争夺战,死于拓跋氏集团自相残杀中。太武帝杀了自己的太子,被杀的儿子的儿子又杀了他好几个儿子。

## 4.海誓山盟皇帝恋李氏 妒火中烧太后憎贵人

李氏佩琬在宫中抱着自己的儿子走来走去。满月以后的婴儿眼看着一天一个样,一天大似一天。

"笑一个,笑一个。"李氏佩琬逗弄着婴儿,婴儿张着没牙的小嘴无声地笑着。李氏佩琬的心被婴儿的笑逗引得甜蜜蜜的。她把婴儿搂在怀里,亲吻着,笑着,说着:"小乖乖,小心肝,小宝贝!"不知道该如何表达她的喜爱。婴儿已经三个多月了,白胖白胖的,一双黑亮的大眼睛像李氏佩琬一样,覆盖着密密的黑黑长长的眼睫毛。这双黑眼睛经常盯住母亲的脸看,好像想把自己母亲的模样牢牢记在心中,以便将来失去母亲以后还能记住她。也许,这婴儿已经预感到自己将来会失去母亲?

李氏佩琬看着婴儿的黑亮眼睛紧紧盯着自己,心里更是既喜欢又感动。她一口接一口地亲吻儿子的脸蛋,舍不得放下。婴儿笑着,笑着,突然眉头一皱,脸蛋苦楚起来,小嘴一撇,哇地一声哭了。

李氏佩琬急忙把他放到炕上,解开黄缎褓裸。婴儿一尿就哭。奶娘急忙过来给婴儿换尿布。她给婴儿擦洗了一番,换上干净的尿布,正要包裹起来,李氏佩琬却推开她,伏身到婴儿身上,热烈地亲吻着婴儿的小屁股蛋子。

刚才看着婴儿粉红色的嫩屁股蛋,喜欢得不得了,她竟止不住连连亲吻着,把婴儿亲吻得咯咯笑个不停。

奶娘在一边抿嘴偷偷地乐。她也不嫌尿臊味。

李氏佩琬疯狂地亲了个够,才让奶娘把婴儿包裹起来。

拓跋濬从永安殿回来,换过衣服,连跑带跳走进后宫,笑喊着:"爱妃,爱妃,朕回来了,快来接驾!"

李氏佩琬抱着小皇子笑着唱着走了出来:"妾身和皇子恭迎圣驾归来!"她抱着婴儿弯腰行礼。

拓跋濬一下子抱住李氏佩琬,先在她的脸上连连亲吻了两口,才亲了亲儿子的小脸蛋。在他看来,儿子还是不如美丽漂亮叫他神魂颠倒的李氏佩琬重要。李氏佩琬才是他的命根子,他一日也离不开。没有李氏佩琬温软香酥的玉体的拥抱,他就睡不着,睡不安生。

拓跋濬拥抱着李氏佩琬,走回寝宫,他要去逗弄儿子,与李氏佩琬调笑,享受这人间至乐。

这时,外面太监报告,说皇太后来了。

李氏佩琬脸色当下阴沉,嘟囔着:"她来干什么?黄鼠狼给鸡拜年,怕是没有什么好事。"

拓跋濬脸色也阴沉下来:"闭嘴!不许你这么说朕的奶娘!她来看朕,说明她关心朕,你胡说甚!"

李氏佩琬不敢再说什么,只好把婴儿递给奶娘,随皇帝出外迎接皇太后。

皇太后一边笑一边说一边往永安宫里走:"我的孙子在哪里?快抱出来给我看看!几天不见,是不是长大了?"

"奶娘太后来了,皇儿拜见奶娘太后!"拓跋濬和李氏佩琬先后行礼,拜见皇太后。

皇太后看了看拓跋濬,又看了一眼李氏佩琬。拓跋濬的脸上挂着开心的笑,看来是真心欢迎她的到来,但是李氏佩琬不一样,她的眼光阴沉,脸上挂着勉强的笑,一眼就可以看出,她尽量在控制自己,压抑自己的厌恶,装出喜欢的样子。

"狐狸精！就想狐媚皇帝！"皇太后心里涌上强烈的反感，不过，她的脸上还是挂着灿烂的笑容，笑着说："李贵人，皇子呢？快抱出来，让我看看我的亲孙孙，几日不见，我想他都想疯了。"

李氏佩琬心里说："净说瞎话！你想他？谁知道你现在忙啥？亲孙孙？你算哪根葱？一个奶娘而已，皇子怎么就成了你的亲孙孙？"想到这里，她的心里涌出更强烈的反感。

李氏佩琬勉强笑着，回答皇太后的话："回太后，皇子刚刚睡下，太后先坐一会儿，等他醒来就抱出来让皇太后看看。"

拓跋濬奇怪地看了一眼李氏佩琬：她怎么不想让皇太后看皇子呢？

常玉花捕捉到皇帝的目光。她恨恨地想："这小蹄子在说瞎话，她不想让我看皇子！"她有些恼意。不过，她立刻控制住自己的情绪，依然灿烂慈祥地笑着："那好，我就坐一会儿，正有事要和你商量呢。"

常玉花坐到卧榻上，让皇帝也坐了下来。李氏佩琬看着皇太后镇静自若的样子，心里更加生气，却也无可奈何，知道自己刚才的撒谎是大为失策了。皇太后可以坐下来，久久等待着见皇子，反而不会很快离去。

李氏佩琬生皇太后气，更生自己的气，气自己在皇太后面前穷于应付。她黑着脸站在皇太后面前，不知道该怎么办。皇太后没有让她坐，她不敢坐，皇太后也没有让她走开，她又不敢走开。真是尴尬之极。

常玉花微笑着，心平气和，慈祥地看着拓跋濬，关切地询问着他的日常起居饮食冷暖，寒暄着，时而发出开心的大笑。

眼泪在李氏佩琬的眼眶里打转转。她拼命控制着自己，不让那不争气的眼泪当着皇太后的面流出来。

常玉花瞥了李氏佩琬一眼，更笑得开心。女人成心气另一个女人，无非就是这些小手段、小伎俩，当着她的面，故意和她喜欢的男人开怀说笑！

李氏佩琬终于忍耐不住，转身要回寝宫。常玉花却在后面喊住她："李贵人，先不急着去抱皇子，让他多睡一会儿。你来，我有事跟你商量。"

李氏佩琬只好站住脚，回到原位上站着。

常玉花看也不看她，缓缓地说："李贵人如今已经正式被皇帝封为贵人，按照宫中制度，应该拥有自己的宫室，老住在皇帝的永安宫，有些不成体统。"

说到这里,她看了李氏佩琬一眼,轻轻拍了拍手,好像才发觉李氏佩琬还站着一样:"你看我,就顾着说话,忘了让你坐下了。来,坐下吧。"她拍了拍身边的卧榻,李氏佩琬只好挨着皇太后坐下。

常玉花继续说:"我趁你们去阴山的时候,派工匠修建了一所宫室,就是当年左昭仪太妃的昭阳宫,重新修建,重新命名,我把它命名为永华宫。以后这永华宫就是李贵人的宫室。皇帝,你看如何呢?"

拓跋濬高兴得连连感谢皇太后:"谢谢皇太后想得如此周到。李贵人早就希望拥有一所自己的宫室。""这下你高兴了吧?"拓跋濬兴高采烈地看着李氏佩琬,问。

李氏佩琬勉强笑着:"妾身十分感谢太后的关心和安排!只是妾身觉得皇子幼小,单独出去住不太方便,不如还是暂时住在永安宫里好。""皇帝陛下,你不是嫌弃我们母子吧?不是想撵我们走吧?"李氏佩琬苦笑着问。

"哪里,哪里。爱妃你说哪里去了?朕怎么舍得撵你们走啊?朕只是替你高兴。有太后她老人家的周到安排,多好啊。你不知道,左昭仪太妃那昭阳宫是西宫里最好的宫室,可以看到后花园的美丽景色,当年奶娘太后带着朕就是从那里藏进后花园,躲避了一场大祸的。"

常玉花眼光暗淡了一下:这蹄子,不识抬举!

"既然李贵人不接受我的安排,那就算我瞎操心了!"常玉花声音冷峻起来:"那这永华宫我就安排给冯贵人住了。现在已经按照皇后的规格重新修建过,谁住到那里,谁就是预备皇后了。"她故意说得很响亮。

拓跋濬的心咯噔一下,他急忙说:"李贵人也没有说一定不想去住。皇太后可以暂时宽限她些日子,再让她搬去住。何况这皇后也没有决定下来嘛。"

皇太后冷冷地看了李氏佩琬一眼,微笑着对拓跋濬说:"这立皇后的事可是要抓紧进行了。国不可一日无君,君也不可长久无皇后啊。我看,这皇后的事,可以在一两个月内着手册封了。不可再拖下去。"

李氏佩琬急忙赔着笑脸:"太后所言极是。皇后是国家母后,需要及早册封。皇子都快三个月了,不必再拖了。皇帝陛下,你说是不是啊?"

常玉花瞅了李氏佩琬一眼:小蹄子,你已经在做皇后梦了?怕是还早了一些。你以为你生了个皇子,就大大有功了,就以为可以做皇后了?是不是啊？你以为这是汉王朝呢，母以子贵？想得美！只怕你打错了算盘！

她只是微微一笑："那就这么定下来，等皇子满了半岁，开春奉先皇入太庙以后，就选皇后。这永华宫就让冯贵人入住了。"

拓跋濬不好争辩，看了看李氏佩琬，李氏佩琬愣愣的，正生气着呢。她觉得自己放弃了永华宫，又输了一着。

"对，皇帝，还有一件事情，要皇帝批准。乙浑和常英在这次平息赵王深谋反中立了大功，朝臣提议封他们为王，请皇帝考虑。看能不能封他们为王。皇帝论功行赏，可以让大臣死心塌地为皇帝效力啊。"

拓跋濬支吾着："太后所言极是，只是这封王的事，还要与太宰和尚书商量。容皇儿几天，再行决定。"

皇太后笑着："皇儿这样优柔寡断，可是不大能够治理朝政。常英和乙浑都是我的兄弟，也是皇儿的母舅，皇儿连这点面子都不给奶娘？"

"哪里，哪里？奶娘太后千万不要误会，皇儿会尽快封赏他们的。请奶娘太后放心！"拓跋濬连连说，他害怕惹奶娘生气。

"皇子该睡醒了吧？让奶娘抱出来，给我看看吧？"皇太后微笑着，看着李贵人，平静地说。

送皇太后回宫以后，李氏佩琬在寝宫里生气垂泪。今天她感到从未有过的失败，皇太后把她完全打垮了。她没有按照皇太后的意思搬出永安宫，看来是大为失策，皇太后暗示，谁住永华宫，谁就是将来的皇后。可是，要是真的按照皇太后的意愿搬入永华宫，等待她的是皇后吗？李氏佩琬苦笑着摇头：不会的，搬入永华宫以后，失去了皇帝的照应，等待她的不会是什么好结果，那将是无穷无尽的侮辱，皇太后不会给她一天好日子过。

"爱妃，又怎么啦？你哭甚呢？"拓跋濬搂住李贵人的肩头，嬉笑着。

李氏佩琬甩开拓跋濬的胳膊，生气地说："皇帝还笑呢，我这皇后的位置眼看着岌岌可危了！"

"这说的是甚话呢？"拓跋濬扳过李氏佩琬的脸，直视着她的眼睛："这话是从哪里说起？朕册封皇后了吗？朕甚时候册封了皇后？"他故意用惊异的语气说，逗李氏佩琬高兴。

李氏佩琬回身拍打着皇帝的手："皇帝陛下从来就没有正形。人家都急死了,陛下还有心开玩笑! 真是的!"

"你急甚呢? 太后不过是说住到永华宫就有可能当皇后而已,她也没有说已经册封冯贵人为皇后啊。这册封皇后毕竟还要通过朕吧? 你放心,现在不管太后说甚,我们都不要与她争辩,任她说。将来正式册封皇后的时候,朕会坚持朕的想法的。你是朕的唯一选择。你是朕永远的皇后!"拓跋濬说着,亲吻着李氏佩琬香喷喷的脸颊,亲吻着她的眼睛。看到这一汪水灵灵的大眼睛,拓跋濬就感到头发晕,眼睛发花,心头涌动着强烈的温情蜜意,涌动着情潮。这大约是初恋的威力。

李氏佩琬这才有了笑意。她还有些不放心,又叮嘱着:"陛下一定要记住今日的话,妾身和这皇子的命运可就全在皇帝的身上了。"

"你就放宽心好了。"拓跋濬连连亲吻着李氏佩琬,心里充满幸福和甜蜜。

## 5. 皇帝执己意封李氏　太后依旧制选皇后

太安元年春正月,安排皇帝奉世祖、恭宗神主于太庙,这国家大事算是定了下来。常玉花开始安排皇帝册封皇后大礼。她让中曹开始织造皇后专用的龙凤帛缎,这种帛缎与皇帝专用的一样,是用最好的蚕丝加金线织造,暗底亮提花,金光闪闪,耀人眼目。

拓跋濬听说皇太后已经着手准备皇帝选皇后的大礼,就来寿安宫见她。

常玉花正与冯燕说话。冯燕天天都来给皇太后行礼,皇帝那里反倒去得很少,偶尔去一次,皇帝还不见。

"皇儿给奶娘太后行礼。奶娘太后近来可安康?"拓跋濬拜见皇太后。常玉花高兴地拉着拓跋濬坐了下来。冯燕上前给皇帝行礼。皇帝看了看冯燕,笑着问:"你现在几乎就住到太后这里了,是不是啊?"

冯燕脸一红,用充满幽怨的眼光瞥了皇帝一眼,幽幽地说:"皇帝心全在李贵人身上,妾身只有来太后这里讨点安慰了。"说着,幽怨地看着拓跋濬。拓跋濬心动了一下,想起过去一起玩耍的快乐时光。不过,那种快乐仅仅是孩子的快乐,与李贵人给他的快乐是不能相比的。李氏佩琬给他的快乐是震撼心灵的快乐,是让人浑身舒坦的快乐。

拓跋濬淡淡地笑了笑。

常玉花问起车骑大将军乐平王拓跋拔谋反赐死的事。拓跋濬皱着眉头："他仗恃自己是皇室后裔，就无法无天，说什么今春大旱是朕不体恤百姓之过，攻击朕即位以来，杀伐过重，租税过重，刑罚太重。这简直就是攻击朕，不是谋反是什么？他已经被朕赐死了。"

常玉花想了想说："今春大旱，百姓生计艰难，听说有盗贼蜂起。皇帝要是趁奉先祖入太庙的机会，大赦天下，可以安定百姓。不知皇帝以为如何啊？"

拓跋濬点头："奶娘太后关心天下生民，叫儿臣感动。儿臣不日就命中书省拟写大赦天下的诏书，以布太后恩德。"

常玉花笑着问："皇儿来，还想对奶娘说什么事情啊？"

拓跋濬搔着头皮，好一会儿才说："儿臣想询问一下太后对儿臣选皇后的安排。"

常玉花哈哈笑了起来："皇儿着急了？是不是想早日迎皇后进永安宫啊？你放心，这选皇后的事情，一切由奶娘来安排，保管你满意就行了。"

"可是，儿臣想知道皇后到底是哪个贵人啊。"拓跋濬终于鼓起勇气，说出心里话。

常玉花看着冯燕，冯燕已经满脸通红，羞答答地慢慢退了出去。常玉花哈哈笑着："皇儿不是看到了吗？这新皇后可是皇帝青梅竹马的伴侣啊。满意了吗？"

拓跋濬心咯噔一声沉到无边的深渊。皇太后真的像她说的那样，把皇后的位置许给了冯燕？他抬起头，看着皇太后，嗫嚅了一会儿，终于又鼓起勇气："太后奶娘，这皇后儿臣早已选好了。"

"什么？你选好了？不是说笑话吧？你自己怎么可以选皇后呢？你那么听奶娘的话。"皇太后故意用惊诧的语调问，好像她从来就不知道拓跋濬的心思。

"是的，儿臣已经选了皇后，儿臣选了李贵人。"拓跋濬此时反倒平静下来，刚才怦怦乱跳的心安静下来，他看着常玉花，语气平静地说。

常玉花脸色马上阴沉起来："你怎么可以自己选皇后？这不合国朝规矩的！"她断然挥手，说："这不行，选皇后不能由你决定！李贵人出身低贱，是

乳母皇太后

国朝的罪囚,决不能立她为皇后!她不能母仪天下!"常玉花站了起来,神色凝重。

拓跋濬也站了起来:"启禀太后,请太后看在皇子的情分上,看在她为国朝生养了继承人的情分上,同意李贵人为皇后!"拓跋濬跪倒在皇太后的面前,恳求着。

"不行!这选皇后是国朝大事,不能任由你的性子乱来!"常玉花断然说:"你起来吧,不要跪在这里。我是不会答应的!"

拓跋濬坚定地说:"太后奶娘要是不答应儿臣,儿臣就跪在太后奶娘的面前,一直到奶娘太后答应为止!"

"你这是要挟我啊!"常玉花脸色铁青,咬牙说。

"就算是吧!反正儿臣就这么跪着,直到太后答应为止!"拓跋濬也不知道哪里来的勇气,他直直地望着皇太后,眼睛一眨不眨,充满了不达目的誓不罢休的坚定信心。

常玉花犹豫了。这拓跋濬的牛脾气上来也是很执拗的,谁也劝说不了。这样僵持下去,如何处理?

常玉花冷着脸,坐回卧榻,气呼呼地喘着粗气。这可如何处理呢?她既不能答应皇帝的要求,又不能让他这么一直跪着。

常玉花拼命抑制着自己的愤怒,让自己慢慢平静下来。她双手搀扶着皇帝拓跋濬:"皇儿,还是先起来说话,这么跪着像什么样子?"

"不,儿臣说过,太后奶娘不答应儿臣的要求,儿臣坚决不起来,就这样一直给太后跪着!"

常玉花勉强挤出笑容:"皇儿看中李贵人,也是好眼力。李贵人确实很漂亮。可是,你知道,李贵人出身低贱,选她做皇后,会叫朝臣耻笑的!"她还是想说服拓跋濬。

拓跋濬不说话,他在心里反驳:冯贵人不是也是罪囚出身吗?太后不也是俘虏出身吗?居然还要五十步笑百步!不过,这话他没有说出来。他只是哼了一声,冷笑着。

常玉花的脸红了,她读出了拓跋濬冷笑中的意味。她真的愤怒了。

"你起来不起来?"她咆哮着:"快给我起来!你忘了奶娘的养育恩了?"常玉花说到这里,感到十分委屈,竟忍不住号啕大哭起来。

拓跋濬垂头,也掉下泪。不过,他还是跪着,坚决不起。僵持了一会儿,他退了一步,提出另一个请求。他说:"礼部朝臣说,先祖入太庙以后,要等一年才可以册封后妃,否则是对先祖的大不敬,先祖要怪罪的。太后即使不肯答应我的请求,也总得把封后妃的事情搁置一年才好。"

常玉化号啕一阵,终于长长叹了口气,说:"这事还是有商量的余地,我答应你的要求,选皇后的事情就暂时搁置一年,一年以后进行。这下,总算可以了吧?小祖宗?该起来了吧?"

拓跋濬这才站了起来。虽然没有迫使皇太后完全答应他的请求,但是皇太后答应拖后一年,这也算达到目的。拖过一年,也许,他会有新办法。也许,皇太后改变了主意。那时皇子大了,皇太后怜惜皇子,也就爱屋及乌,接纳了李贵人。

皇太后想:拖一年,还是这样的决定,你别想改变我!

为了改善与皇太后的关系,拓跋濬在三月己亥,依据皇太后的意愿下了大赦天下的诏令,诏曰:"今始奉世祖、恭宗神主于太庙,又于西苑遍秩群神。朕以大庆缋赐百僚,而犯罪之人独即刑戮,非所以子育群生,矜及众庶。夫圣人之教,自近及远。是以周文刑于寡妻,至于兄弟,以御家邦。化苟从近,恩亦宜然。其曲赦京师死囚已下。"

为了改善与皇太后的关系,六月,在皇子满周岁前,拓跋濬征求皇太后意见,按照皇太后的意见,给皇子取名弘。为了庆祝皇子拓跋弘周岁,拓跋濬下诏改兴光年号为太安,祈求他和他的皇子的永远平安。同时,大赦天下。

时光飞逝,转眼到了十月,拓跋濬知道,到了选拔皇后的前夕了。皇太后还是没有吐口,没有选李贵人的意思。

怎么办呢?如何讨皇太后的欢心呢?

从犊倪山畋猎归来,拓跋濬苦思冥想。他决定满足皇太后的要求,进辽西公常英为太宰,晋爵为王。这样,皇太后一定高兴。

拓跋濬命王遇备车驾,他要看望司徒公陆丽,商量给常英与乙浑封王的事情。

拓跋濬来到陆丽在城里的府邸,陆丽率领全家大小出迎。拓跋濬看到

乳母皇太后

陆丽的大妻抱着襁褓中的孩子,心里喜欢,让太监抱过来给他看。

"陆大人,虎子命名了没有?"拓跋濬看着婴儿问。

"回陛下,犬子由他祖父起名定国。"陆丽毕恭毕敬地回答。

"好名字,安邦定国,国之栋梁。朕赐他养于宫内,与皇子同处!"陆丽和妻子杜氏跪倒谢恩。

"陆卿,朕当年封你为平原王,为何坚决不受呢?"

陆丽说:"陛下以正统之重,承基继业,顺乎天意。至于臣等奉迎守顺,不过略尽臣之常而已,岂敢冒以领赏?"

拓跋濬摇头:"朕为天下之主,难道还不能以二王封卿父子? 朕决定封卿父为东平王,卿为平原王,卿妻加封妃号。子孙可以继承王爵。"

陆丽跪倒谢恩:"感谢陛下厚赏臣子全家。但是,臣为君,为国尽忠乃臣的本分,臣万万不敢无功受禄! 臣子眼下的官职已经极高,优宠频频,万不敢再接受皇帝陛下的赏赐!"说完,连连叩头。

拓跋濬双手搀扶陆丽起身,十分感动:"卿功高盖世,却如此谦和淡泊,不追逐名利,如此高风亮节,堪为一世范风。朕决定请你做太子太傅,以教养太子品德学问。"

陆丽又要下跪谢恩,拓跋濬拉住他:"不必再拜了。朕已经受你几次跪拜。可以了。朕免你不拜。朕今日前来,除了看望卿,还有事情商议。"

"臣洗耳恭听。"陆丽说。

"太后向朕提出,希望加封常英和乙浑,因为他们在平息处理赵王深谋反中立了大功。不知司徒公以为可行否?"拓跋濬看着陆丽的反应。

陆丽想了一会儿:"论功行赏,是应该的。太后的请求也无可厚非。不过……"说到这里,陆丽犹豫了一下,看着皇帝,不知道该不该说下去。

"说吧。"拓跋濬鼓励着。

"不过,一下子封太后的两个亲戚为王,恐怕朝臣有所议论。依臣之见,这一次先封太后的亲长兄常英将军,以后再封乙浑为好。他毕竟才是太后的妹夫。不知皇帝陛下以为如何?"陆丽斟酌着词句说出看法。

拓跋濬点头:"也好,朕也是担心朝臣有所议论,所以与卿商量。依卿之见,封他什么爵位呢?"

"既然要封,当然是封王了。他现在是辽西公,就封为辽西王。"陆丽揣

乳母皇太后

摩着皇帝的心思,问:"不知太后的意思是什么。"

拓跋濬点头:"太后就是想封他为王。"

陆丽心想:这太后的娘家出身低微,现在急于改变他们的地位,封王封公,逐步掌握朝廷大权。他作为一个魏国老臣的后代,两代受魏国皇恩,需要捍卫皇家利益的时候,也还是要捍卫皇帝的权力,不能看着皇帝大权旁落。不过,现时还没有出现这种情况,皇太后提出什么,皇帝就满足她什么,自己作为一个臣子不好干涉。

拓跋濬想:只给常英封王不给乙浑封王,也许皇太后还不会高兴,最好给常英一个更大的官职,比如让他当太宰,主管朝政大事,皇太后才可能同意让步,让李贵人做皇后。不过,这话他不好说出口。等封王以后,他下诏任命就行了。


皇太后差人去请皇帝。她这里的御膳房给她烧了一只熊掌,她想请皇帝和她一起品尝。哥哥常英被皇帝封为辽西王,做了太宰以后,她很感动,很高兴。这拓跋濬知情知义,真没有白养育他一场。自己放弃了对自己的女儿的抚养,全身心奶养了拓跋濬,真值得!这拓跋濬是个有情有义的孩子!以后,更要好好疼他,替他分担国事和忧愁。明年正月就在眼前,一定要尽快给他选皇后,再多选几个贵人椒房充实他的后宫。皇太后准备在一起用膳的时候商量商量。

"皇帝来了。"皇太后笑着站了起来:"我这里烧了一只上好的熊掌,请皇帝过来和我一起品尝。我一个人吃不了。"皇太后笑嘻嘻地拉着皇帝的手来到摆好的膳桌前:"我们娘俩好些日子没有一起用膳了,今日我们娘俩一边用膳一边好好唠唠嗑。"

"那真是太好了。"拓跋濬高兴得笑了起来,皇太后这么高兴,正好可以提出他的请求。"今天一定不能惹太后生气,一切顺着她。"拓跋濬在心里告诫自己。

"老想着和太后一起用膳,就是没有机会。近来太忙了。"拓跋濬故意用孩子般口吻说:"多想和奶娘一起吃饭啊。"

常玉花呵呵笑着,脸上灿烂得好像盛开的牡丹。不到四十岁的皇太后,浓眉大眼的,细皮嫩肉,富态慈祥,很像尊菩萨。

乳母皇太后

红烧熊掌端了上来，香味立刻飘荡在空气中。拓跋濬为了逗皇太后高兴，故意像个贪嘴的馋小子，吸着鼻子："好香啊，好香啊！太后奶娘的厨子比儿臣的好。看来，儿臣以后要每天来太后奶娘这里讨饭吃了！"

"傻小子，说什么呀你？什么讨饭吃，多不吉利！"常玉花笑着，刮着拓跋濬的鼻子，像他小时候一样。

拓跋濬故意说："儿臣胡说八道，该打！该打！"

常玉花开怀大笑起来。拓跋濬也高兴地大声笑了起来。母子俩已经很久没有这么亲密无间地开心大笑了。

"你既然说奶娘的厨子好，你就快趁热吃。这红烧熊掌还是从辽地来的。很难得的。"皇太后说着，夹了一筷子油光发亮的熊掌给拓跋濬放在碗里："快吃。凉了就腻了。"

"奶娘，你也吃。"拓跋濬也夹了一筷子给奶娘送到碗里。

"真好吃！味道好极了！"拓跋濬啧啧称叹着，故意吃得吧唧吧唧响。

常玉花心里喜欢得不得了，急忙又夹了一筷子放到拓跋濬的碗里："吃吧，多吃一点。"她笑眯眯地看着拓跋濬，眼睛里满是慈爱。

拓跋濬抬头看着常玉花，说："奶娘太后，你也吃啊。"

常玉花笑了："我已经吃饱了。你就尽管吃吧。吃完我还想和你唠唠呢。"

拓跋濬夹了一块红烧熊掌放到嘴里慢慢嚼着，含糊不清地说："奶娘太后，想唠什么啊？"

常玉花说："这先祖入太庙，已经快一周年了。到正月，我看这选皇后的事可是要进行了，不能再拖。另外，这立太子的事，不知皇帝有什么打算？"

拓跋濬笑着说："奶娘太后最了解儿臣的心。选皇后，有奶娘太后做主，儿臣心里自然放心。李贵人也对太后恩德铭记不忘！"拓跋濬急忙抢先说出他的心思。

皇太后脸色阴沉了。这么长时间过去，拓跋濬的主意还是没有改变！这犟犊子！她有心发火，可是，破坏了母子之间刚刚恢复的融洽气氛，实在于心不忍。皇太后压抑着自己。虽然她估计拓跋濬在选皇后的问题上不会让步，可是也没有想到他会这么直截了当地一开始就明确表示他的态度。皇太后想：看来只好用第二种办法了。

常玉花勉强笑着:"皇儿对李贵人可真是一往情深啊。这李贵人为国朝生了皇子,是劳苦功高,理应选为皇后。"

听到这里,拓跋濬高兴地仰起头,看着皇太后:"奶娘太后同意儿臣的想法了?儿臣就知道,奶娘太后最心疼儿臣,会答应儿臣的要求的!"

常玉花苦笑:"皇儿听我把话说完。选皇后是国朝大事,祖宗有定制,容不得后人乱来。这定制,想来皇儿也听说过,我们要按照祖宗定制选皇后。所以,我已经让内曹去着手准备,在正月乙卯,我们举行选皇后仪式。你让李贵人做好准备。"

"还有谁参加啊?"拓跋濬垂头丧气地问。

"当然还有冯贵人了。只有她们俩参加,你就放宽心。谁胜出,谁当皇后。奶娘谁也不偏,谁也不向!"

常玉花还是慈祥地微笑着,不过语气没有一点商量的余地。

拓跋濬不知道如何回答,他刚才想好的话没有了用处。皇太后说得那么在理,他有什么理由反对祖宗留下的定制?祖宗定制是不可更改的,他哪敢反对?

拓跋濬喃喃地问:"什么定制啊?儿臣还不大明白。"

常玉花笑着:"就是铸造金人啊。谁铸造金人成功,谁当皇后。这是当年道武皇帝立下的规矩,就是为了让选皇后一事变得公正,不营私舞弊,让后宫妃嫔心服口服,不给后宫留下明争暗斗的后患!道武皇帝可真英明啊!"常玉花感叹着:"这光荣传统一直持续到现在,道武皇帝一定希望你把这光荣传统发扬光大!"

拓跋濬沉默了。

"就这么定下来了。正月乙卯,在西宫举行选皇后铸造金人仪式。希望李贵人能够获取胜利。我也希望她能够当皇后。冯贵人毕竟还年纪小一些。"常玉花乐呵呵地说,又给拓跋濬夹了一块红烧熊掌。拓跋濬再也不能下咽,那美味的红烧熊掌好像黄连一样难吃。

## 6. 一成一败金人铸造有机关　一悲一喜冯李贵人争后位

太安二年(公元456年)春正月乙卯,西宫寿安宫前的大院子里张挂着

329

彩色旗幡，还没有立春，冬日的太阳虽然明媚，但不热烈，平城的天气还很冷。有时，还吹过一阵北风，飕飕的，透过人们穿的羊皮袍和皮帽，刺着骨髓。

拓跋濬和皇太后并排坐在特意搭起的高台上，高台左右上面和后面都围着毛毡，几个光闪闪的黄铜火盆里燃烧着火红的炭火，炙烤着他们。台下，用木板隔成两个间隔，坐在台上可以看到小间隔里的情况。里面已经摆放好铸造金人需要的一切东西：沙子、模型，以及融化的铜水。两个参加铸造金人的贵人的太监立在主人的间隔里，等待着比赛开始以后为主人服务。

老太监居鹏，就是当年帮助赫连氏铸造金人的太监，如今已经三十多岁，是冯贵人的助手。

居鹏在赫连氏死了以后，被当时的奶娘要到皇孙拓跋濬的宫里当差。虽然一直不受重用，但也没有受奶娘的欺负。常玉花待太监宫女下人还是很好的。后来，他又被分配到冯贵人的宫里去做些扫地担水浇花一类粗笨活计。

皇太后决定以铸造金人选定皇后，特意把他找了出来。居鹏虽然在拓跋濬宫里干了一些时日，可是并没有和常玉花打过交道。常玉花成了皇太后，他就离她更远。现在皇太后亲自见他，他心里七上八下，像打水的吊桶一样晃荡着，不知道是祸是福。他知道，自己是赫连氏皇后的人，皇太后一定很忌恨赫连氏的人。

怕也没有用。是祸也躲不过的，一个太监，就像一颗草籽一样卑贱，宫里谁都可以把他捻碎。何况他这种失去主人的低层太监。

居鹏战战兢兢来见皇太后。皇太后对他还挺和蔼。"你就是当年帮助赫连氏铸造金人的太监吧？听说你对铸造金人很在行。是不是？"

"是的。太后所言极是。奴家曾经帮助赫连氏铸造金人成功，让她顺利当了皇后。"

常玉花微笑了："你现在还有这本事吗？"

居鹏自豪地回答："奴家还有这本事。奴家自入宫后，就在坊间金坊里搞铸造。在那里干了多年，后来才进宫服侍赫连氏。"

"你有把握吗？帮助谁就一定能让她成功？宫里懂铸造的也不是你一个人，当时为什么赫连氏就铸造成了？其他贵人咋就不行？"

居鹏诡异一笑："太后有所不知，那是因为太武皇帝想让赫连氏成功。"

"有什么秘密呢？"常玉花笑着："你说出来让我长长见识。来人，赏居鹏帛一匹！"

居鹏感恩不尽。他趋前几步，小声说："奴家懂得铸造金人的秘密。这秘密在模子上，要是模子不好，不是黄胶泥制作的，而是用沙土制作，当火红的铜水一浇上去，沙土模子就散开，而黄胶泥模子不会散开，就能制成金人。"

常玉花点头："原来是这样。当年我就觉得蹊跷，皇太后说道武皇帝想让赫连氏当皇后，偏偏赫连氏的金人就铸造成功，其他妃嫔贵人在里面折腾不成。原来秘密在这里。"

居鹏诣媚地笑着："是的，皇帝让奴家做了手脚，把其他人的模子都换成了沙土的。"

常玉花定定地看着居鹏："我派你去帮助冯贵人铸造金人，你能不能保证只许她成功，不叫他人成功？"

居鹏指天赌地："太后信任，奴家保证一切如太后所愿。太后想让谁成功，奴家就能让谁成功！决不会出半点差池！"

"不会出错？"常玉花还是不放心。

"决不会出错！只要太后能够让奴家早一步进房间，就决不会出任何差池！"

"好！我们这里就这么说定了。正月乙卯，你是冯贵人铸造金人的助手！你要是不能让冯贵人顺利铸造出金人，我拿你的项上人头！要是成功了，以后一定重赏你！提拔你做永华宫的散侍！"

居鹏来到间隔前，首先走进了一个间隔，他朝台上看了一眼，皇帝正和皇太后说话，没有注意下面，他急忙弯身拿起摆放好的模子揣进袍子胸襟里，掏出另外一个模子放到原地。他直起身子，若无其事地走了出去，进入另一个间隔，等待冯贵人来。

冯燕和李氏佩琬先后来到台下，她们拜见了皇太后和皇帝以后被带到自己的作坊。冯燕微笑着，胸有成竹。居鹏已经辅导她学习了铸造金人的技术。她心灵手巧，居鹏讲了几次，她就学会了。她也对这手艺很感兴趣，学得很专心。所以，她有信心铸造一个美丽的金人。

李氏佩琬却有些心慌。她不相信皇太后会没有安排，所以，她一直心有疑虑，虽然拓跋濬给她从金器作坊里请来最好的师傅教她学了一个多月，可是她还是心里没有底，总是心里慌慌的。现在，当着皇太后和皇帝的面，当着许多观看的人的面，她心里更有些发慌。李氏佩琬神色慌乱，走进自己的作坊。

冯燕瞥了她一眼，"她输定了。"冯燕得意地想。

台上皇太后的中常侍符成祖宣布铸造金人开始。

冯燕蹲到沙坑前，开始把模子放到沙坑里，然后让助手把火红的铜水灌进模子。火红的铜水慢慢流进模子，灌满模子的凹处，填平了所有凹处。火红的铜水慢慢凝固变成黑色。冯燕开始从沙子里抽去模子。模子被抽出来，一个黄亮的铜人躺在沙坑里。

冯燕微笑了。居鹏把它捧了起来，放在托盘上，交给官员，让他呈到台上，给皇太后和皇帝查验。

隔壁，李氏佩琬还在手忙脚乱地忙着。她往模子里浇灌火红的铜水的时候，模子却散乱成一堆，火红的铜水四下流淌，等铜水冷凝以后，她把模子抽出来，已经散架的模子根本抽不出来，铜人和模子混在一起，没有铜人的形状。李氏佩琬哭了起来。

台上，皇太后满面笑容，让皇帝欣赏着冯燕铸造金人。拓跋濬满脸沮丧。皇太后让符成祖宣布比赛结果。

符成祖响亮的声音在西宫上空荡漾："铸造金人比赛结果，冯贵人获得成功！皇后属于冯贵人！"

冯燕高兴地流下眼泪。李氏佩琬失望地哭泣着离开了作坊。太监宫女拥了上来，给冯贵人戴上皇后的冠帽，穿上皇后的袍服，在音乐声中拥着她到永安殿，皇太后早已安排好的册封皇后大典在这里举行。

拓跋濬像个木头人，被皇太后及其内宫官员簇拥着，到永安殿举行册封大典。他回头看着可怜巴巴的哭泣的李氏佩琬，心里十分难受。那一刻，他突然觉得自己很无能，这皇帝居然不能决定自己的皇后。他的心里涌出强烈的愤怒，这怒火燃烧着他的胸膛，让他失去理智。拓跋濬甩手离开簇拥他的人群，跑到李氏佩琬的身边，挽着她的手，回永安宫去，完全不理睬身后皇太后以及官员的呼喊。

冯燕木然地看着皇帝愤然离去的背影。眼泪涌上她的眼眶，但是，她立刻把它们逼回泪囊。她咬着嘴唇，心里发誓：拓跋濬，我一定要你加倍偿还这羞辱！家仇国恨，加上现在的羞辱，仇恨的种子扎根在冯燕的内心深处！

常玉花虽然对皇帝在册封皇后大典上拂袖而去的做法十分气恼，但也无可奈何。她只好下令推迟这册封大典的举行。但是不管推迟到什么时候，皇帝不出席都是不行的。可是，拓跋濬避而不见皇太后，这册封大典迟迟举行不了。

"这可不行！"常玉花想：这册封大典举行不了，算什么事呢？皇帝之所以这么执拗，都是李贵人那狐狸精作怪。不除去李贵人，这皇帝的心就收不回来。怎么除去李贵人呢？

常玉花思忖着。拓跋濬不是想封皇子为太子吗？答应他的要求，然后依子立母死的故制，赐死李贵人，这是皇朝的故制，谁也无可奈何。即使拓跋濬不愿意，他也救不了李贵人，就像当年他救不了他亲生母亲一样。皇子已经一岁半，可以不要母亲的抚养。过去，她允许李贵人亲自喂养，不专门设奶娘，是为了避免将来出现一个替代她地位的奶娘。现在，皇子被他的母亲奶养大了，可以除去他的母亲了。

对！立刻怂恿朝臣上表，劝说皇帝立太子！

皇太后叫来太宰常英，如今常英已经与源贺、陆丽等人手握大权。常英立刻明白了皇太后的用意。他找来陆丽。陆丽想：早日确立皇太子是国朝的好事，可以避免以后争夺皇太子的动乱，似乎没有什么不好的。再说，他是皇子太傅，当然应该为皇子的利益考虑，何况他的儿子定国是要入宫与皇子相伴，将来要做中庶子的，皇子做了太子，不也就是儿子飞黄腾达的开始吗？

陆丽不久就联合王公大臣上表，劝说皇帝立皇子弘为皇太子，确定皇子弘的皇太子地位，以防将来产生皇子争位的麻烦。李氏佩琬当然巴不得自己的儿子当太子，儿子当了太子，她就是皇太后，虽然没有被皇帝册封皇后，有什么关系呢？儿子是皇太子，又得到皇帝的宠爱，就算是皇后也奈何不了她！

李贵人极力赞成皇子太傅陆丽的表奏。

拓跋濬很为李贵人没有争得皇后位置而气恼。李贵人这些日子一直闷闷不乐，原因当然是没有争到皇后。他一心希望李氏佩琬做皇后，但是结果还是没有遂他心意，这里面到底是什么原因？他请了金坊最好的工匠教李贵人学习铸造金人，李贵人学得也很专心，她也很聪明，多次铸造成功金人，为什么最后还是失败了呢？他百思不得其解。他叫来当时监督的内曹官员询问，也找不出原因。

"里面一定有蹊跷！将来要是让朕发现个中秘密，一定不轻饶他！不管他是谁！即使是皇太后！"拓跋濬想。

拓跋濬眼下急于让李贵人高兴。让李贵人高兴只有一个办法，就是立刻立皇子弘为太子！李贵人现在最大的心愿就是让儿子弘成为皇位继承人。

立太子以后，他的母亲会不会让皇太后依照"子立母死"的故制处死呢？拓跋濬突然不寒而栗！

也许，他已经把死亡的绳索套到了李贵人的脖子上！

## 7. 施小计皇太后立太子　依故事皇太后除贵人

皇太后喜气洋洋，带着皇后冯燕来永安宫见皇帝拓跋濬。

"儿臣给奶娘太后行礼。"拓跋濬拜见皇太后，并不搭理给他行礼的皇后冯燕。虽然没有举行册封大典，但是皇太后已经下诏内曹一切按照皇后的礼制伺候冯燕。冯燕居住的永华宫已经成为皇后的宫室，各种规格都已经升为皇后级别。

冯燕穿着冬季的皇后袍服，袍服上用金线绣着飞翔的金龙和金凤凰，戴着顶上镶着金凤、边上缀着一圈宝石珍珠的皮帽，脖子上挂着皇后的项挂，满脸喜气洋洋。

拓跋濬瞥了冯燕一眼，现在他很厌恶冯燕，过去一起玩耍的情谊早已消失得一干二净。就是她，这个不懂事的女娃，夺去了他最心爱的李贵人的皇后位置。他怎么不讨厌她？她仗着皇太后的宠爱，竟敢坐到皇后的宝座上，这宝座原本应该是李贵人的！

冯燕看到拓跋濬的目光，内心颤抖了一下。皇帝的目光里充满了厌恶，甚至还有些仇恨。皇帝一定以为是她抢了李贵人的皇后位置，可是，这是她自己争来的，她没有抢谁的位置。她是按照国朝故制自己竞争到的！她问心无愧！

冯燕勇敢地迎上皇帝的目光。拓跋濬掉转了目光，看着皇太后。冯燕心里有些得意，皇帝憷她了。

常玉花看着拓跋濬，笑着说："我接到朝中大臣联名写来的表章，他们提出要皇帝尽快确立皇太子。不知皇帝是否接到大臣的联名表章？"

拓跋濬支吾着。

常玉花笑着："看来皇帝也接到大臣的表章了。大臣一片忠心耿耿，为国朝着想，实在可嘉可贺。我以为，皇帝要早日响应大臣的要求，不要辜负大臣一片心意，也不要冷了大臣们爱国的一片忠心啊！"

常玉花谆谆教导着，说得十分动情又十分在理。拓跋濬又不知道自己说什么好，不知道自己说什么才能反驳皇太后。皇太后拥有战无不胜的真理，他不管说什么都无法反驳皇太后。胸中没有真理，他也就没有勇气反驳皇太后了。

常玉花见拓跋濬无话可说，就滔滔不绝地说了起来。她大谈国朝国史，大谈立太子的重要，大谈明元帝当年排除干扰确立太武帝太子地位的艰难和英明。

拓跋濬只听到耳边嗡嗡响着，他不知道谁在说话，更不知道说着什么。不过，他知道，那嗡嗡的声音是不可辩驳的，是国朝的法律，是皇帝不得不遵从的。

拓跋濬的头也嗡嗡起来。

"好，就这么决定下来了。"常玉花说着站了起来："明天我们一起上朝，向大臣宣布确立太子！"

拓跋濬迷迷糊糊看着皇太后和冯燕离去。他颓然坐到卧榻上，头脑里一片空白。

李氏佩琬牵着皇子弘走了出来。刚才皇太后和皇后来，她故意避而不见。

乳母皇太后

"皇帝陛下,皇帝陛下!"李氏佩琬走到拓跋濬面前,轻轻地呼唤。皇子弘蹒跚地走到拓跋濬面前,嘴里含混不清地喊着,让阿爷抱。"抱,抱——"他用自己的小手拨拉着拓跋濬。

拓跋濬终于醒悟过来,他把皇子弘抱上膝头,亲了亲他的脸蛋。弘钻进他的怀抱,哼哼呀呀唱了起来。李贵人坐到拓跋濬身旁,揽住他的肩头,把自己的嘴唇凑到拓跋濬的耳边,一边亲吻着他大而肥的耳垂,一边温柔地问:"出了什么事情?"

拓跋濬抚摩着在他怀里扭动着的儿子的头发,勉强笑着:"太后同意封弘儿做太子。她来商量着明天发布诏令的事。"

李氏佩琬高兴得倒在拓跋濬的肩头,亲吻着拓跋濬的脸颊:"这可真是好消息啊! 我的弘儿当了太子,比我当皇后还高兴!"她抱住儿子的头,在他的脸蛋上亲来亲去,喃喃自语:"儿子,你要当太子了! 儿子,你要当太子了! 娘真为你高兴!"

拓跋濬有些凄然,他试探着问:"要是儿子当太子,母亲却没有什么好处,你还让他当太子吗?"

李氏佩琬看着拓跋濬,热烈的目光中流露出女人特有的坚定:"即使要我的命,我也一定要儿子当太子!"

拓跋濬默然,他不知道说什么好。李氏佩琬不知道魏国的故事,还是让她不知道的好。也许,皇太后会慈悲为怀;也许皇太后会念皇子年纪幼小,还离不开母亲;也许皇太后会让李贵人多活几年,照顾幼小的皇子。

李贵人还是那么兴高采烈,她抱着皇子笑着,亲着,说着。


二月丁巳这天,皇帝和皇太后并排坐在永安殿的龙床上。全体大臣按班进见行礼,然后各自站到自己的位置上。

常玉花威严地看着下面肃立的大臣,心里充满了喜悦和自豪。每一次坐到这个位置上,她就禁不住这样心潮澎湃,她恨不得大声呼喊着,让天下人都听到她的声音,听到她这个最尊贵的皇太后的声音,让天下人都知道,她,一个皇宫的婢女,一个奶娘,今天坐在龙床上,与皇帝并排一起发号施令。不仅发号施令,还手握生杀大权,想让谁死,谁就得死。今天,她就又要让一个她不喜欢的女人去死,没有商量的余地。

乳母皇太后

常玉花威严地抿着嘴唇，面沉似水，目光冷峻，故意把目光慢慢地扫过每一个大臣的脸，还故意在几个她不喜欢的大臣的脸上多停留一刻，让那些大臣感受到她的威严，感受到压力。她看到那些大臣双腿微微抖动起来，才心满意足地掉转目光，扫视另外的大臣。

大殿上死一般寂静，似乎可以听到大臣怦怦的心跳声。

常玉花轻轻咳嗽了一下，慢慢地拖长声音开了口，声音冷钝，没有些微女人的温柔："各位大臣，今天，我和皇帝召集大家上朝议事，就是为了商议确立太子的事情。我和皇帝都接到太宰常英和尚书陆丽牵头的联名奏章，大臣以国事为重，替国朝考虑，提出要及早确立太子一事。大臣的忠心，叫我和皇帝十分感动，我代表皇帝感谢大家！我和皇帝都同意大家的奏议，愿意确立皇子的太子地位。大臣若有不同意见，可以提出来！"

殿上死一样沉寂。太宰常英刚刚被提升到这个重要位置上，急于表现自己的能力和忠心，他第一个出班："启奏皇太后和皇帝陛下。大臣拥戴太子东宫殿下，愿皇太子殿下健康成长！"

大臣似乎明白过来，急忙振臂高呼："祝愿皇太子健康成长！祝愿皇太子健康成长！"

常玉花微笑了，这才转过头，看着皇帝拓跋濬："皇帝，你说几句吧。"

拓跋濬摇头："还是奶娘太后说吧。"

这时，常英继续启奏："太子确立，是国朝大事。国朝从道武皇帝起立下许多治国规矩，臣以为，无规矩不能成方圆，无规矩无以让国家昌盛兴旺。臣启奏，皇太后应该依国朝故事，坚持'子立母死'故制才可以说服天下！"

拓跋濬心头一沉，他急忙小声对皇太后说："请太后驳回他的奏议！太子还小，需要母亲的照顾！"

常玉花面沉似水，并不接皇帝的话。拓跋濬无法，只好自己开口："朕要驳回常英的奏议！太子年纪尚幼，不可失去母亲的照顾！"

常英不敢辩驳，看了皇太后一眼，退回自己的位置。

常玉花慢慢地说："太子现在已经一岁八个月，不需要奶养了。东宫太子要入住东宫，不再需要母亲的照顾了。"

拓跋濬急忙说："太后奶娘，还是暂缓商议太子母亲的问题吧。"

常玉花微微一笑："既然大臣公开提出奏议，不议不好吧？"说完，她转向

乳母皇太后

大臣:"众卿,有不同意依道武皇帝故制处分太子母亲的,请前来奏议!"

众大臣深深垂下头,不敢看皇帝和皇太后。大殿上死一样沉寂。

常玉花微微冷笑:"既然众卿没有异议,看来本宫也不敢不依道武皇帝的故制来处理太子母亲了。子立母死,这李贵人也要遵循这故制了!"常玉花起立,向中曹监命令:"传李贵人到寿安宫!"

拓跋濬呆呆地坐在龙床上,一动不动。

李氏佩琬在永安宫等待皇帝退朝。皇子弘绕着她蹒跚地满地跑,嘴里发出含糊不清的声音:"阿娘,娘。"

中曹派来的太监传皇太后的诏令,让她到寿安宫见皇太后。

"什么事情呢?"李氏佩琬猜测着:皇太后叫她去,大概是商量皇帝立太子的大礼,她作为太子的母亲,一定要参加才好。李贵人想着,让宫女太监为她换上贵人的礼服,在这样大喜的日子里,自己要高高兴兴漂漂亮亮地去见皇太后。不管自己多不喜欢皇太后,也要遵行礼数。皇太后作为后宫的主宰,也主宰着她的命运。

皇子弘跌跌撞撞跑了过来,李贵人心疼地伸开胳膊,让儿子扑进自己怀抱。皇子弘抱着阿娘的脖子,亲着阿娘的脸,小手就在李贵人怀里乱摸起来。李贵人笑着,刮着儿子的鼻子:"你是又想吃奶了吧。"虽然有奶娘喂养,李贵人也不完全放弃自己的奶养。拓跋弘不时吃着阿娘的奶水。

李贵人抱着儿子坐到卧榻上,揭开袍子,让儿子站着吃奶。儿子吸吮着她不太饱满的乳房,她皱着眉头。奶水不多,儿子拼命吸吮,吸吮得她乳房生疼。不过,儿子的小手在她的怀里乱抓乱摸乱挠着,又搅得她心里痒痒的甜甜的。她亲着儿子的脸蛋:"轻一点,轻一点。"儿子吸吮了几口,大约觉得太费劲,就吐出乳头,把头拱在阿娘的乳房间蹭着玩。

"你这小馋鬼!肚里不饥眼里饥。瞧你,根本就不饿,却要捣乱。皇太后叫我呢,你却耽误了我。要是皇太后怪罪下来可怎么好啊?"说着,她抱着儿子亲吻了几口,把儿子给了奶娘。

拓跋弘却突然大哭起来,踢腾着不让奶娘抱,死死抓着母亲的手不放。

李贵人亲了亲儿子抓着她袍襟的手,笑着哄:"弘儿,放手,阿娘去看望皇太后,皇太后要让你做皇太子了。阿娘一会儿就回来。"

儿子拓跋弘却大声号啕着,好像要与阿娘诀别。

李贵人摇头,让奶娘抱住孩子,自己掰开他的手,带着宫女太监走出永安宫。宫里拓跋弘哭声凄厉而响亮。这是怎么啦?这孩子,怎么哭得这么凶?她回头看了看在奶娘怀里挣扎号啕的拓跋弘,心里涌上一阵悲凉。

李贵人来到寿安宫,一进门,她就感到有些异样。皇太后穿着礼服,坐在正殿的高座上,皇后冯燕也盛装礼服,站在皇太后的旁边。内曹官员列班肃立在两旁。

李贵人跪拜了皇太后,皇太后冷冷地扫视了她一眼,命令内曹监林金间:"把诏书念给她!"

李贵人的心已经扑通扑通跳个不停。皇太后这是要干什么呢?念什么诏书啊?为什么皇帝不在自己身边?

林金间大声读着刚起草的诏书:"朕即祚至今,得皇天后土庇佑,得皇子弘。国朝上下,一心推其为国之太子。依国朝旧制,子立母死,此乃国朝规矩,朕不可不行。今太子已立,其母李氏佩琬断无生之必要。朕同意由皇太后主持,行其自裁仪式,申告后宫。"

如同听到头顶上响起炸雷一样,李贵人惊吓得瘫倒在地上。她全身颤抖,脸色如土。"皇帝陛下!快来救妾身啊!"李贵人嘴唇颤抖,想大声呼喊,却怎么也喊不出声。

"皇太后!你不能这样!太子还小,需要阿娘的照顾!皇太后,你高抬贵手啊!放过我!"李贵人终于醒悟过来,她跪在地上,膝行扑到皇太后的座位前,号啕着,乞求恩赐。

常玉花冷冷地看着脚下匍匐的李贵人,心里一阵冷笑:今天你知道来求我?可惜晚了!她直直地坐着,什么也不说。

李贵人又爬到皇后冯燕面前,抱着冯燕的双腿,哭泣着:"皇后,请皇后看在皇帝的面子上,为奴婢求求情。皇子还小啊,他离不开阿娘的照顾!求求皇后,缓几年再执行。行不行啊?"

冯燕有一点恻隐之心。她看了皇太后一眼,可是皇太后并不看她。她明白了。自己这是怎么啦?皇太后所做的一切都是为自己,自己难道能够给她说情?不能这么糊涂!何况,皇帝为了她,才背叛了他们青梅竹马的情分,为了她,自己几乎当不了皇后,大典到现在还没正式举行。给她求情?

乳母皇太后

笑话！冯燕在心里哂笑。

冯燕冷冷地扭过脸。

李贵人又爬到皇太后的脚下，连连磕头，号哭着，请求皇太后宽大慈悲，饶她性命。李贵人的额头流出鲜血，滴在地上。她的声音已经喑哑，她四处爬着，请求各位内曹官员给她求情。

内曹官员眼睛含着热泪，扭过头去，不敢再看这美丽女人的眼睛。那双迷人的大眼睛曾经是多么脉脉含情，如今却被泪水冲刷得凌乱不堪，充满血丝，被泪水浸泡得浮肿着。

"你不必再徒劳挣扎了！"常玉花冷钝的声音从上面传了过来，在高大的宫室里嗡嗡响着。

李贵人冷静下来，她不再到处爬行到处求情。谁也救不了她。她的命运掌握在上面这个她曾经看不起的奶娘的手里。

她站了起来，眼泪扑簌簌落在地上。她冷冷地看着皇太后，抽泣着："让我回去看看儿子和皇帝，然后执行。"

常玉花冷冷地说："我看不必了。皇帝是不会见你的，至于你的儿子如今已经被立为太子，你也没有权力去看望了。他自有我这皇太后和皇后的照顾，你就放心去吧。你看，你还有什么亲人需要交代的，你说出来，我给你记下，以后我会替你照顾他们！"

李贵人哀哀地哭泣着，哭得头都抬不起来。她说不出一句话。

常玉花静默了一会儿，冷冷地催促着："要说，你就快说，时辰到了，你想说也没有机会说了。"

李贵人抽泣着说着一个名字，这是她的小弟弟，她曾经准备把他接到平城皇宫来，在皇帝身边给他找个差使，可是，她还没有来得及办。李贵人忍不住号啕大哭，这小弟弟是她最喜欢的，她永远不可能再见他了！

"好，记下来，将来替李贵人安置他！还有没有？"皇太后催促着。

李贵人抽泣着又说了个名字，这是她的妹妹，年纪还小，她也幻想着把她接到平城皇宫，当皇帝的一个妃子，或者让皇帝给她找个年龄相当的王侯许配，也让她享受几天荣华富贵。李贵人号啕大哭，哭得天昏地暗，哭得寿安宫里泪水纷飞，哭得在场的人个个抬不起头。

常玉花冷冷地说："时辰到了。执行吧。"

太监托着金盘,盘里放着一根牛皮拧成的弓弦。两个太监架起李贵人,把她带进内室。不一会儿,太监出来复命,说李贵人已经升天。

常玉花挥手:"厚葬于云中金陵。谥元皇后,配享太庙。"

这生前见辱,死后重葬,赠以各种崇高的荣誉,也是历代帝王喜欢用的伎俩。

拓跋濬在永安宫里哭得一塌糊涂。可是除了哭,他还能干什么呢? 皇太后的势力已经相当强盛:皇太后的哥哥常英被封为辽西王,做了太宰;她的另一个哥哥常喜如今是镇东大将军,祠曹尚书、带方公。皇太后的妹夫乙浑,做车骑大将军不到一年,刚刚又被封为东郡公。皇太后的堂兄常泰,为安东将军,朝鲜侯;皇太后堂兄的长子伯夫,是散骑常侍,选部尚书;次子员,是金部尚书。皇太后一家执掌了朝政。他不依靠他们,又能依靠谁呢? 他不能也不敢恨皇太后,他只能恨自己,恨自己的无能。连一个自己喜爱的女人都拯救不了,这皇帝要它做甚? 还不如去五台山作沙门算了。自从太武皇帝毁佛,许多沙门偷偷跑到五台山,在山里大建佛寺,逐渐成为佛教圣地。拓跋濬登基以后马上下诏尊佛,这五台山的香火更加昌盛。

拓跋濬把皇袍扯了下来,把皇帽从头上抓了下来,抛在地上,他疯狂地踏着踩着:"这皇帝朕不当了,不当了! 朕要出家去当沙门!"

王遇慌张地拉着皇帝,泪流满面,百般劝说:"皇帝陛下,皇帝陛下,要注意身体啊!"

太子拓跋弘跑了过来。王遇拉着太子让他喊阿爷。拓跋弘怯生生地喊着:"阿爷,阿爷!"这声音唤醒了拓跋濬的心。他抱着儿子,把头俯在儿子的身上痛哭起来。他不能出家,为了儿子,为了李贵人,他还要把这皇帝当下去。只要他还是皇帝,他就能有一天给李贵人出气。可是要是他没有了皇帝的位置,他就什么也不是,他就更没有办法,他甚至连李贵人这点骨肉都保护不了。不,他要忍受着这痛苦,要把仇恨藏在内心深处,继续当皇帝。总有一天,他要给李贵人伸冤!

太监进来通报,说皇太后和皇后来了。

拓跋濬让太监收拾着地上凌乱的皇袍和皇帽,自己擦干眼泪,平静地说:"朕去见皇太后和皇后。"

常玉花仔细看着拓跋濬，拓跋濬的脸上虽然有哭过的痕迹，但是还是平静的。她得意了。自小奶养的皇帝对她言听计从，她没有什么担心的。她在拓跋氏的皇朝里尽可以随心所欲，她可以左右魏国朝政。

常玉花看了冯燕一眼，微微地笑了。冯燕领会了皇太后的用意，从此以后，没有了李贵人的引诱，皇帝会回到她的身边，她会取代李贵人的位置，让皇帝听从她喜爱她。慢慢地，她要左右皇帝。

常玉花说："弘儿被立为太子，明天就让他搬进太子东宫，由我和皇后监督对他的教养，皇帝不必操心，皇帝可把全部心力用于治理国家上。"

拓跋濬故意装作高兴的样子："那就感谢皇太后和皇后了。明天就让太子搬进东宫。另外，让太子太傅陆丽专心教养太子，把太子太傅的儿子定国接进东宫，与太子一起教养。"

常玉花点头。

拓跋濬又说："朕作为魏国皇帝，只有一个皇后，是说不过去的，有失魏国的体面和威风。从明日起，朕要选三宫六院，要充实西宫。现在就下诏书，朕要立刻选妃嫔！"拓跋濬斩钉截铁地说，立即让王遇草拟诏书。

常玉花不好干涉，她看了看冯燕，冯燕一脸恼怒。

# 第五章 最后辉煌

## 1. 一人得道太后弄权　满门俱荣鸡犬升天

皇帝很平静地接受了李贵人的死，很欢喜地立了太子，让太子住到东宫里，由皇后冯燕和皇太后亲自负责教养。

皇太后也满足皇帝的要求，给他选了几个妃嫔，有李夫人、曹夫人、沮渠夫人、悦夫人、玄夫人等。这些如花似玉的姑娘各有各的风情，叫他很快忘却了李贵人。他轮流在这些夫人宫里过夜，尤其喜欢李夫人与沮渠夫人。

大约由于也姓李的缘故，李夫人的眉眼稍微像李贵人，虽然没有李贵人那样弯曲浓密的眼睫毛，但是李夫人也长着一双明亮的大眼睛，所以，皇帝格外宠幸李夫人，不久，李夫人怀孕在身。

李夫人是李欣的女儿。李欣的父亲李崇原是燕国的吏部尚书，石城太守。太武帝拓跋焘讨伐燕国，他率领十余郡投降。太武帝十分礼待他，称他为李公。李欣的母亲出身低贱，常受其他兄长轻视。李崇听相面的说这个孩子将来要富贵，于是，就把李欣接到都城，到中书学习。太武帝到中书视察，见他读书用功，聪明异常，很是喜欢，把自己的母舅阳平王杜超的女儿许配给他。当年拓跋濬的博士李灵到中书选拔助手，太武帝特意推荐李欣："为何不取幽州刺史李崇老翁儿?"于是，李欣就做了中书助教博士，入宫教授当时的皇孙拓跋濬经文。李欣祖籍燕国，入宫教授皇孙，与冯媛有过来往，也见过冯燕，教皇孙时候，有时也顺便教冯燕。

现在,李欣把自己的女儿送进宫里,做了拓跋濬的夫人。拓跋濬现在特别宠她,把她当作元皇后的替身。

沮渠夫人是沮渠牧健与太武帝妹妹武威公主的女儿。当年太武帝讨伐凉州破姑臧以后,沮渠牧健和左右文武面缚请罪,太武帝把沮渠牧健带到平城,让他和自己的妹妹武威公主住在一起。武威公主被沮渠牧健的嫂子毒害以后,被太武帝接回平城。沮渠牧健一直住在平城,与武威公主生了几个女儿,太平真君八年(公元448年)有人告沮渠牧健与故臣"交通谋反",被太武帝派崔浩赐死。按辈分,这沮渠氏是拓跋濬的表姑,长拓跋濬一辈,可是这武威公主喜欢拓跋濬,非要把自己的小女儿许给拓跋濬,皇太后也不好拒绝。

冯燕原更亲近李夫人一些。可是,她发现李夫人一心只想讨好皇帝,并不太认她这个老乡的皇后,也不亲近她,她对李夫人的亲近感很快就消失得干干净净。对沮渠夫人,她觉得别扭。这算什么呢?可是,自己与拓跋濬不也是辈分不对吗?姑姑是皇帝祖父的昭仪,自己是皇帝的皇后,不也长皇帝一辈吗?好在鲜卑人不讲究这些。不过,她还是不喜欢这样。"以后还是要分清长幼辈分,正人伦为好。"她经常这想。要是有一天,她能够掌握魏国大权,像皇太后一样大权在握,她一定要废除拓跋氏一些落后的规矩,遵守儒家礼教,廓清礼俗,不能这样乱七八糟的!

皇后冯燕有时不免哂笑自己不知天高地厚,如今皇帝经常临幸李夫人,让她这个皇后对着冷宫垂泪,还想什么帮助拓跋氏廓清礼制?

可是,她内心一种倔强的声音老在那里提醒她:你不能丧气。看看皇太后,她不过一个乳母,却能有今天。"为什么你就不能像她一样呢?何况你要比当年的她显贵得多,你现在就已经是统摄全宫的皇后了,你为什么不能让自己慢慢强大起来,以致在某一天可以实现自己改造拓跋氏皇朝的愿望?你应该树立目标,在你的身上,寄托着姑母一生的希望。你不能放弃。你要向自己的目标慢慢走去,要坚定不移地走去。"

"可是,你不能向皇太后哭诉,你要学会慢慢靠你自己,靠你自己的头脑,靠你自己的手段!"冯燕在心里对自己说。

冯燕知道,不能再向皇太后哭诉自己的苦楚,皇太后已经把她推上了皇后的位置,以后,一切事情要靠自己。自己已经不小了,十六岁的年纪,要学

乳母皇太后

着掌握自己的明天,要学着在皇宫里生存。如果自己一味去皇太后面前哭诉,皇太后会轻视自己的,一个只会哭哭啼啼抱怨的人谁愿意帮助她呢?人必自助,才能够得到天助和人助。她一定要学着自助。

皇后冯燕睁大双眼,关注着皇宫里的事情,学着把握自己的命运。她眼下的大事是要关注太子弘的教养,要从小和太子弘搞好关系,让他亲近自己,就像现在的皇帝亲近皇太后一样。冯燕想:自己虽然不能奶养太子,可是,现在的太子已经不需要奶娘,只要自己经常去太子东宫,抱他,逗他玩,给他讲故事,就一定能够培养起与他深厚的感情。

皇太后不能事事关照冯燕,她还有许多大事需要处理。她要参与朝政大事,要辅助皇帝决策。她是皇帝的主宰。她不能把精力都放在后宫。皇太后把后宫杂事交予皇后冯燕处理,自己大权在握,这也是大权独揽小权分散的意思。

常玉花静静地观察着拓跋濬。拓跋濬已经沉溺于新欢当中,这虽然冷落了皇后,但还是叫她高兴。她已经牢牢地把皇帝掌握在自己的手心里。

她现在经常琢磨的大事,就是要自己的常氏家族荣华富贵,她要让常家的女子入宫做妃嫔,让常家的男子封王,掌握朝政大权,还要让常家的男子娶皇家女儿,总之,她要让自己卑微的家族从此飞黄腾达,成为魏国仅次于皇族拓跋氏的最显赫家族!

她尝够了没有地位的苦头,她知道无权无势的可怜!她,如今的皇太后,要彻底改变常家的卑微地位!她有这个能力!她要抓紧时间去完成这些大事。

今天起床,她就在琢磨,该封赏谁了?兄长常英、常喜都已经封了王,手握大权,该为几个妹妹和侄子、侄女考虑考虑了。不知为什么,皇太后总有一种急迫感,好像自己的地位不稳固,好像自己的权力不抓紧使用,会过期作废一样。

林金间伺候着皇太后。皇太后刚刚起床,张佑、符成祖急忙上来,搀扶着她起身,给她穿衣服,伺候下床。

林金间为皇太后捧来铜盆,伺候皇太后洗脸。

林金间看着皇太后的脸,皇太后的脸上挂着志得意满的微笑,看来心情

乳母皇太后

不错。肥安侯王睹被皇太后撵到偏房里去,任他与宫女胡闹,昏天黑地地吃喝。没有王睹在身边,皇太后的心情好了许多。隔两三天,皇太后就召乙浑来一次。昨天,虽然乙浑没来,但皇太后还是心情很好。

林金间小心翼翼地说:"太后昨夜歇息得挺好,这脸色好极了,简直不用擦粉,红红白白的,真好看。"

常玉花笑了:"你这犊子可是越来越会说话了。是不是又有什么事情要求我啊?说吧,不要拐弯抹角吞吞吐吐了,你知道,我喜欢爽快人!"

林金间赔着笑脸:"奴家当然知道太后脾气。太后这脾气,真是女中豪杰,巾帼英雄啊。奴家的叔父被皇太后赏赐了个青州刺史,十分感谢皇太后的恩典。他的小女刚刚一岁,想进宫来伺候皇孙。不知太后答应不答应?"

常玉花笑着戳着林金间的额头:"我就知道你小子又有事情要求我办。你那侄女刚刚一岁,如何伺候皇孙?你不是想让他当皇孙的妃子吗?还是拐弯抹角的,不爽快!"

林金间笑得更甜:"太后英明!奴家什么也瞒不过太后。奴家是有这样的盘算。这行与不行要太后恩典。"

常玉花走出寝宫,来到外面,符成祖、张佑与宫女早已摆好早餐,等着她用膳。

"去叫肥安侯来,看他起来没有。"她对张佑说。

张佑答应着跑了出去。林金间搀扶皇太后坐下。皇太后看着林金间:"你说的这事可以考虑。辽西王太宰常英也有个不到一岁的女儿,我看,可以一齐进宫,收在太子东宫教养,我侄女封皇后,你侄女封贵人。如何?"

林金间急忙叩头谢恩。这时,张佑跑回来:"报告太后,肥安侯尚未起床。"

"懒猪!"常玉花轻轻地骂着。

张佑偷偷地笑,肥安侯四脚八叉睡在炕上,挺着肥大的肚皮,胸部像女人似的,皇太后骂他像猪,真一点都不假,他这样呼噜呼噜地睡着,真像一头肥猪。才享福两三年,他就变成这模样!

常玉花只好自己用早膳。

不久,常玉花做主,把林金间叔父刚刚一岁的女儿许配给太子弘做贵人,把哥哥常英几个月大的女儿定给太子弘做皇后,把常喜的儿子送进东宫做庶子,与陆丽的儿子定国一起,在东宫里与太子为伴,一起教养。

拓跋濬不干涉皇太后任何行动,任由皇太后主宰后宫。

## 2. 皇太后尽情享乐　肥安侯捉奸丧命

"太后阿姐,想死我了。"乙浑抱着常玉花,在她赤裸的胸膛上揉搓着,激动得浑身颤抖。她紧紧抱着乙浑,全身紧紧贴在他的身上。乙浑胸脯上饱绽着块块肌肉,叫常玉花心往神驰……

"你那些凉州沙门侍卫怎么懂这么多花样啊?"常玉花问。

"这些沙门专门研究房中交接术,他们的师傅坛无谶把房中术总结出三十法,以此传授沮渠牧健和他的家人。沙门也出来教授徒弟混吃混喝骗钱财。听说沙门又和道士一起研究房中术,总结出什么素女经、玄女经,可挣钱了。"

乙浑与常玉花面对面躺着:"听说你把大哥的女儿弄进太子东宫准备做太子妃了? 连林金闾的侄女也都安排了?"

"是的。"常玉花点头,翻身坐了起来,慢慢穿起衣服。

"那我的女儿呢? 她今年已经十四岁了。她是你的亲外甥女,你不能不管啊。"乙浑也坐了起来,穿上小褂。

"她十四岁了,可是进不了太子宫啊。你想让她做什么?"

"让她做皇帝的贵人啊。年龄不是正相当吗?"乙浑看着皇太后,提出这个他和老婆常玉芝商量出来的办法。常玉芝还在思谋着让皇帝封个公主或妃子的称号呢。

常玉花沉默着。

"怎么? 不行啊?"乙浑催问。

"不是不行。为皇帝选后宫自然是我的事。我只是担心皇后燕儿容不得这些贵人椒房。我不想让你的女儿去参与与燕儿的争斗,伤了哪个,我都心疼。"

乙浑摇头:"皇后容不得皇帝的妃嫔,这皇后一定很不得人心。皇后是聪明人,她总要有几个帮手才好,她不能与所有的妃嫔为敌吧。我女儿进去,不是正好做她的帮手吗? 总比那些鲜卑人可靠吧?"

347

"说的也是。让我先跟燕儿商量商量。我知道,我给皇帝选了那么多妃子,她已经有些恼我了。可是,不满足皇帝的要求,我这皇太后的日子也不好过啊。我也有自己的难处!"

"是的,是的。冯皇后是聪明人,给她点一下,她会理解太后用心的。"乙浑安慰着皇太后,动手穿衣服下地。

王睇腆着一个大肚皮,趿拉着鞋,从偏殿走廊走进正宫。今天他起得从未有过的早。雄鸡刚刚叫过第四遍,他就睡不着了。这些日子,他没有找宫女胡闹,自己孤零零地睡凉炕。有多长时间没有和玉花亲热了?他都记不起来了。这些年,他醉的时候多,清醒的日子少。

好东西吃得多了,他已经没有那么贪馋。有时候,他反倒想吃过去常吃的家常便饭,想喝几口那香喷喷的小米粥,想吃一碗那热辣辣香喷喷的羊杂碎,更想吃一碗滑爽的荞面拨鱼儿,还有那莜面饸饹和莜面窝窝,浇着酸菜汤,上面放着绿绿的芫荽,鲜红的切碎的辣椒丝,也想吃几口山药。

好东西多了就餍足了,就没有了欲望,没有了感觉。王睇现在就是这样,餍足以后,他觉得生活更没有意思。早早睡醒以后,他想来想去,不知道如何打发一整天的时光。"去问问皇太后。"他想。去皇太后宫里,和她亲热亲热也好啊。毕竟是结发夫妻,想她在宫里当奶娘的时候,他们一月几次山洞里的幽会,多甜蜜多幸福!现在回想起那时的缠绵,身下命根就不由自主有蠕动的意思。

王睇终于下决心起床,慢慢穿好衣服,披上皮袍,沿着走廊向正殿走去。他被常玉花赶出正殿已经有很久了。

寿安宫里还很安静,宫女太监还没有起床。夜里值更的宫女太监在这五更头上,正是最瞌睡困乏的时候,因为从来没有出过什么事,值更的太监宫女都习惯在这时候眯一阵。

王睇心里喜欢,院里没有一个人走动。他推开正殿的门,溜了进去。

正殿里的太监也打着瞌睡。王睇蹑手蹑脚进了后殿寝宫。宫女趴在卧榻上熟睡着。太监坐在胡床上打盹。

多年奶娘生活养成的习惯,常玉花睡觉很轻。刚才她就感觉到有人进来,不过她以为是太监宫女,翻了个身,抱住乙浑,又睡了过去。

王睄溜进的寝宫。五更天的寝宫一片昏暗,看不清楚。王睄在地上三下两下扒去自己的衣服,赤条条爬上了炕,揭开皇太后的被窝,钻了进去。

　　王睄一下抱住被窝里的人:"哎哟,我的娘!想死你了!"王睄小声说,把自己在外面冻得冰凉的手脚插入睡觉人的腿间。

　　"哎哟!我的娘!"王睄喊叫着从炕上跳了起来。

　　熟睡中的乙浑突然感到命根被冰凉的东西一激,也喊叫着:"什么东西?这么凉?"掀开被窝,露出赤裸的身体。

　　王睄和乙浑大眼瞪小眼,都愣住了。

　　皇太后看着炕上两个赤条条的男人,一时羞臊得钻进被窝,用被子把自己的头蒙了起来。

　　王睄突然明白过来。他一拳过去,把乙浑打在炕上。自己骑到他的身上,抓住他的辫子。可是他太过肥胖,只这几下,就呼呼哧哧喘息不停,打到乙浑身上的拳头也轻飘飘的,没有一点力量。

　　被王睄压在身下的乙浑稍微一用劲,就把王睄翻到炕上,自己抓起衣服,胡乱套在身上。王睄呼呼哧哧,在炕上翻动半天,总算坐了起来,又伸手去抓乙浑。

　　乙浑闪身避过。王睄却一个跟头从炕上栽了下来。

　　常玉花听到扑通一声,急忙掀开被窝来看,只见肥安侯王睄口鼻流血在地上抽搐。乙浑惊慌失措,不知道如何是好。

　　"快把他抱上炕!"常玉花命令着。

　　乙浑明白过来,急忙去抱王睄。乙浑用尽力气,好不容易才把王睄弄到炕上去,自己累得气喘吁吁汗流满面。

　　常玉花看着王睄,王睄已经在翻白眼,气是有出没有进了。

　　"这可怎么好?怎么好?"皇太后浑身颤抖,用被子擦着王睄鼻子里涌出的鲜血。肥安侯翻着白眼,看着皇太后,抬起手指了指乙浑,慢慢放下手,抽搐一阵,慢慢地不动了。

　　"他死了。"乙浑用手在王睄鼻子下试探着气息。

　　常玉花抱着王睄的头,哭了一阵,叹息着:"我也算对得起他。他跟着我受了多年罪,也跟着享了这几年福!"

　　乙浑安慰着她:"你也不必为他难过了。这些年,他享尽了天下荣华富

乳母皇太后

贵,还不是你的功劳?他这肥安侯,也算名副其实了。"

皇太后叹息着:"不过,他才四十多岁,本来还可以多活几年的。跟着我也不知道好事还是坏事?是害了他还是救了他?"

乙浑笑着:"当然是救了他。能享尽荣华富贵,活三四十年就可以了。穷受罪活着,活得时间越长越受罪,干吗要活那么久?"

常玉花说:"你不想多活啊?真是的。尽说风凉话!"

"好,好,我不说了。快想着给肥安侯办丧事吧。"

"我要给他举办最隆重排场的丧事!请和尚道士一起来给他做七七四十九天水陆道场!用王的葬礼安葬他!也算我们夫妻一场!"常玉花看着乙浑说。

于是,朝廷发布了肥安侯薨的消息。

### 3. 皇太后干涉皇帝宠爱　冯皇后讨好皇帝未成

皇后冯燕带领各位夫人拜见皇太后,给皇太后行礼。这是日日清晨的规矩。皇太后端坐于主位上,接受行礼问候。

"昨夜皇帝在哪宫过夜啊?"皇太后问冯燕。

冯燕已经明显长大,身材高挑丰满,穿着鲜卑式小袍百褶裤,显出丰满的胸部,细腰肥臀,凹凸分明,十分好看。她已经是个丰满窈窕的大姑娘了。

冯燕羞涩地小声说:"还是在李夫人那里。"

皇太后不高兴了,她沉下脸,对李夫人说:"你可不能这么专宠,要让皇帝幸临各宫,雨露同沾,才能让皇室兴盛啊。"

李夫人喏喏,不敢反驳。

皇太后瞪了冯燕一眼,小声说:"你怎么这么无能啊?连个皇帝都笼络不到你那里?时间长了,皇帝会疏远你的。"

冯燕眼睛里立刻涌出盈盈泪水,她委屈地嘟嘴说:"瞧这么多的美人,皇帝他哪还能想到我啊?"

"你们下去吧。我要和皇后商量些事情!"常玉花挥手,让其他夫人退下。

常玉花拉着冯燕的手,让她坐到自己身边,"我想再给皇帝选个妃子,跟你商量一下"。

冯燕刚想说：还选呢，再选，皇帝不是更不理我了吗？可是，她转念一想：不能这么反驳皇太后，这样说话会叫皇太后不高兴的。皇后一定要有皇后的样子，皇后要宽容大度，要能容下皇帝的妃嫔。

冯燕莞尔一笑，露出一口细密整齐的白牙："皇太后说哪里话？这为皇帝选妃嫔，是皇太后做主的事情，何用和我商量啊？皇太后愿意给皇帝选谁，愿意选多少个，任由皇太后做主！"

常玉花叹息着，抚摩着冯燕的手背："真难为你，这么小的年纪，就这么懂事理！难得难得！"

冯燕也拉着常玉花的手，亲热地问："皇太后想选谁进宫啊？"

常玉花慈爱地说："我看前面这几个妃子鲜卑人多一些，怕你孤单，想给你找个帮手。我把外甥女送进宫，她一定能够站在你一边，做你的帮手的。"

冯燕点头，欣喜地说："我就知道皇太后打小疼我。这可是太好了。太后你看，皇帝就宠着李夫人，也是不行。这新来一个夫人，可以分散皇帝的心思，让他暂时忘了李夫人。皇帝过于专宠，总归要乱了后宫。我说过皇帝多次，他总是不听。这样好，这样好，还是太后高见。"

"既然你同意了，我这就尽快送外甥女进宫，封她做夫人。"常玉花说："不过，要让她先见见你，与你相处几天，先熟悉熟悉。"

冯燕搀扶起跪在她面前的姑娘，这就是皇太后的外甥女，乙浑的女儿乙梅叶。乙梅叶刚刚十三岁，比皇后小三岁。她长得很像乙浑，小眼睛，高鼻梁，大脸盘，面色黑一些。

"几岁了？"冯燕问。

"十三啦！"乙梅叶大声回答，声音特别响亮，把冯燕吓了一跳。

冯燕拉她坐下，她却一摆身，硬邦邦地说："娘说过，见了皇后不能坐的，我站着！"

冯燕笑了：好一个率直的姑娘！"你会不会读书写字啊？"

"会几个！不多！我不爱读书写字，我喜欢算账管家。在家里，我帮助我娘管理下人，他们可怕我了！"

"为什么？怕你个小姑娘？"冯燕惊诧地睁大眼睛，看着她。

乳母皇太后

"他们要是做了不对的事情,我就用皮鞭抽他们!他们谁敢不怕我!"乙梅叶粗声大气地说,十分自豪的样子。

冯燕笑了:皇帝有这么个悍妃,倒是可以管教他了。

冯燕又问:"你谁都敢管?"

"那是当然的了。我阿爷都怕我呢。有一次,阿爷喝醉酒,回家发酒疯,打我阿娘,我抄起木棒就给了他一棒,把他一下子就打倒在地,吓得我娘急忙哀求我,我才放过了他。他以后再也不敢当着我的面打我阿娘了!"

她的话把冯燕逗得咯咯笑个不停:"真看不出,你这么厉害!要是皇帝呢?皇帝你也敢打?"

乙梅叶豪迈地挥挥拳头:"要是皇帝欺负我,我也敢打!谁敢欺负我,我就敢打谁!管他皇帝不皇帝!"

"好!敢作敢为的女娃!不过,你可不要打我!"冯燕笑着。

"我娘和我大姨都嘱咐过我了,让我听皇后的话!皇后对我好,我当然不打皇后!我会听皇后话的!"乙梅叶嘿嘿笑着,傻乎乎的,很可爱。

冯燕拉着她坐到自己身边,温柔地抚摩着她的手,叮嘱着:"你先在我这里住几天,然后就住到自己的宫里,以后皇帝要来和你一起住,你可不能随便打他!知道不知道?"

"那皇帝打我吗?"乙梅叶偏着头笑着问冯燕。

"皇帝怎么会打你呢?皇帝不会打你的。"冯燕安慰着她。"你要想办法让皇帝经常来这里住,我就好好奖赏你!"冯燕又叮嘱她。

乙梅叶懵懵懂懂地点头。


皇太后和皇后领着一个穿得锦绣花团般的女娃来见皇帝。

拓跋濬刚从阴山畋猎归来。这一次外出,他只带了李夫人,把皇后皇太后及其他妃嫔都留在平城,替他留守后方。

在阴山的时候,李夫人千娇百媚,哄得他神魂颠倒。在他把持不住的时候,她趁机提出,让他给自己重新修建一所宫室,他答应了。

回平城宫城以后,他部署的第一件事,就是造新宫殿——太华殿,他要把太华殿当作他新的寝宫,送给李夫人住。平城冬季天寒地冻,不好施工,他让内曹立刻动工,要保证他在明年的这时候住进太华殿。

拓跋濬正揽着李夫人,面前站着内行长,部署修建太华殿的事情。

拓跋濬和李夫人拜见了皇太后,李夫人急忙避回后面。常玉花关心地问:"皇儿忙于什么事啊?"

拓跋濬敷衍着:"儿臣也没有什么,只是部署建一座新宫殿。"

"什么新宫殿啊?怎么没有听你说过?"常玉花刨根问底。

拓跋濬原本不想多说,可是见皇太后一脸严肃的样子,只好说:"这是在阴山行宫时决定的。皇儿听太傅讲礼,说古制皇帝要有六寝,国朝不懂这礼制,寝宫并不严格。所以朕想逐步建立寝宫礼制,暂时想修建前寝宫和中寝宫,以后慢慢完善。"

常玉花点头:"皇儿说的也是。国朝要逐步完善各种礼制规矩。不过,这去年以来,国内各地大旱,听说许多州颗粒无收,皇帝要是不体恤民生,大兴土木,会激起百姓叛乱的。皇儿要及时体恤民情,要减轻税收,开仓救济,安定百姓。"

"皇太后教诲极是。皇儿这就传诏,开仓救济饥民。"

常玉花又说:"太宰常英奉皇帝诏令,建行宫于辽西黄山,这工程也耗费不少。皇儿再修宫殿,是不是太频繁了一些?"

拓跋濬心里叫苦:这下坏了,这太华殿看来今年是起不成了。"既然皇太后以民为重,不准修建太华殿,皇儿遵皇太后教诲,这工程就暂时搁置一年,等明年再说。"

常玉花开心地笑着:"我不过随便说说而已。皇儿觉得有修建的必要,大可不必听我唠叨!"

拓跋濬笑着,虽然有些勉强,"听皇太后教诲就是了。这宫殿暂缓,也没有什么关系。救助饥民,倒是大事"。

常玉花转头对冯燕说:"你看皇帝,多懂事。皇帝心中有百姓,国朝才能稳定啊。国朝建国几十年,正是兴旺的时候,皇帝能这么想,这么做,真是百姓的大福啊。"

拓跋濬笑了:"这还不是多亏皇太后的教诲?皇儿刚才就有些糊涂了。"

常玉花把身后的女娃推到前面,说:"光顾说别的事,差点忘了正事。我又给你选了个妃子,她叫乙梅叶,是我的外甥女,乙浑的女儿。以后就让她来伺候你了。来,见过皇帝。"常玉花拉着乙梅叶,让她跪下。乙梅叶听话地

乳母皇太后

跪倒在皇帝的面前。

拓跋濬开心地笑了:"谢谢皇太后的关心!我已经有了八个夫人,皇后,你替朕高兴吗?"拓跋濬嬉皮笑脸,问冯燕。

冯燕知道他成心气自己,却并不生气,也嬉笑着:"妾身当然替皇帝高兴呢。皇帝选的妃子越多,越显示皇帝的尊贵,我这做皇后的不是也更尊贵了吗?我高兴都高兴不过来呢,希望皇太后多多给皇帝选妃子,只要皇帝能够招架得了!"

常玉花笑了:"看你们这两个小孩子,一见面就斗嘴。皇儿,你也该关心关心皇后才是啊!"

拓跋濬还是嬉皮笑脸:"皇后有你老人家的关心就够了。她不需要皇儿的关心!"

冯燕的眼泪都要流了出来,她强忍着,控制着胸中波涛起伏的感情,不让眼泪滴落下来。

"看你说什么孩子话!皇后怎么就不需要皇帝的关心啦?以后不要说这叫皇后伤心的话!"常玉花故意装作不高兴的样子,用严厉的语气说,可是腔调里还是流露着笑意。这是皇太后一类有权势的女人喜欢采用的伎俩,让人既敬畏害怕,却又不伤情感,还从中觉出亲昵和特别的关照。

拓跋濬只是装傻,呵呵地傻笑着,什么也不答应。他看了看还跪着的乙梅叶,心里想:皇太后的外甥女?又是在身边安插的一个细作!他的眼睛里闪过一丝厌恶,有些不耐烦地说:"起来!起来吧!"说完,赶快掉转头,不想多看乙梅叶一眼。

冯燕注意到这眼光,心里一沉:自己的如意盘算看来是不能奏效了。皇帝厌恶的不仅仅是自己,可惜太后并不明白,还正为皇帝的听话和孝顺而沾沾自喜呢。

常玉花决定过问一下拓跋濬与皇后的关系。

"濬儿,奶娘想问问你,这皇后已经封了几年,你到底临幸过皇后几次啊?"

拓跋濬笑了:"差不多天天都临幸皇后啊。除了巡视畋猎,只要儿臣在宫,总要去皇后那里,或者她来一次啊。我们差不多天天都见面啊。"

常玉花斜了拓跋濬一眼："你别装傻。娘问的是什么，你心里清楚。如今几个夫人都有喜，为什么就这皇后没有动静呢？"

拓跋濬的眼里闪过一丝阴影："皇后聪明，知道魏国故制，害怕子立母死，所以避免有喜吧。"

拓跋濬想起第一次和冯燕在一起的情景。那一天，他那么想和冯燕做肉体的亲热，那是他从李氏佩琬那里领略了男女之情不久的事情。他希望在冯燕，他这青梅竹马的伙伴身上再一次领略一下那种叫人死去活来的快活感受。可是，冯燕死活不肯就范，他生拉硬扯，采用武力，勉强让冯燕躺到床上，冯燕百般抗拒，甚至在他得手以后还是不停地挣扎抗拒。结果叫他没有了一点兴致，反而有几天对这男女情事产生了厌恶。幸亏李氏佩琬，用她的经验，用她的温柔，恢复了他的情趣，让他重新品尝了无比的快乐。从那以后，他就不再想和冯燕有什么身体接触。

李氏佩琬死了以后，他又临幸过几次冯燕。冯燕似乎也渴望他的爱抚、他的接触，可是，当他刚刚燃烧起欲火，开始进入冯燕的身体，冯燕就开始痉挛，浑身颤抖，然后他就疼痛得不可忍受。

拓跋濬摇头：他是无法和皇后有和谐的生活了。

常玉花摇头："看你说的，太子都已经立了，她还有什么好怕的呢？"

"那儿臣就不知道了。"拓跋濬冷冷地说："儿臣不想勉强她。"

"哪能这么说呢？这不是勉强不勉强的事。她是皇后，有伺候皇帝安寝的责任。今天去太华宫过夜。娘都给你安排好了。"皇太后慈爱地说。

拓跋濬沉默了。

"你怎么不说话啊？你就这么不听娘的话？"常玉花有些恼意，不高兴地看着拓跋濬，责备着。

拓跋濬急忙赔着笑脸："哪能不听皇太后的话？儿臣去就是了。"他从小听话，他从小就喜爱奶娘，到现在为止，他还没有学会当面顶撞奶娘，还没有学会当面拒绝常玉花的要求。所有的抗拒，都是心里的和背后的。

常玉花高兴了："濬儿总是听娘的话的。早些过去吧，皇后已经等不及了。"

冯燕在太华宫里准备了丰盛的晚餐，等着皇帝到来。虽然是冬季，但是宫里的热炕与火墙,都烧得热热的。冯燕穿得很单薄,她换上皇帝最喜欢的绿色小袍,故意把小袍的立领敞开,露出里面鲜红的抹胸。小袍十分紧身,把她窈窕的腰身和丰满的胸部都凸显出来,她穿着橘黄色宽大飘逸的灯笼百褶裤,脚上穿着为她制作,按照她的要求做得特别瘦小又很高勒的红色软羊皮靴,使她的身材显得分外高挑颀长。她把一头黑发编成许多条辫索,有的垂在两肩,有的盘在头顶。额头上的花黄是飞舞的凤凰,十分好看。

拓跋濬被冯燕的美丽征服了。"你真美,真美。"拓跋濬喃喃自语。

冯燕已经有几年没有见到皇帝这样看着自己了。她羞得低下头,搽粉涂胭脂的脸更红了。她不敢看皇帝那燃烧着欲望的眼睛,那流露着爱慕欣赏的眼睛。"皇帝对自己还是有感情的。"冯燕欣喜地想。

冯燕请皇帝用餐,乙梅叶为皇帝皇后端餐上菜。她今天也特意打扮了一番。十四岁豆蔻年华的姑娘也很动人。不过,在十七岁的皇后面前,她就没有了任何风采。

皇帝和皇后推杯换盏,品尝着丰盛的晚餐。冯燕时而娇羞,时而火热,时而妩媚,时而大胆,把皇帝拓跋濬逗引得忍无可忍。

"不吃了。不吃了。"拓跋濬推开杯盘,站了起来。

"寝宫伺候皇帝去!"皇后冯燕小声命令乙梅叶。

乙梅叶趋步上前扶住皇帝,拓跋濬有些摇晃,他靠在乙梅叶的肩头,进到寝宫。太监捧上香茶,让皇帝漱口。宫女拿来冻柿子给皇帝醒酒。

拓跋濬最喜欢这冻柿子,红彤彤的,十分鲜艳好看。在冷水里浸泡以后,柿子已经变得软软的,在它那薄薄的皮上撕开一个小洞,对着小洞,吸溜一下,就可以吸到一大口软溜溜甜蜜蜜的柿子瓤,特别好吃的是那里面那几瓢软溜溜的东西,特别甜,嚼起来好吃极了。

吃过一个冻柿子,拓跋濬清醒了许多,心里也不再那么火烧火燎的。乙梅叶给他铺好炕,放好枕头,搀扶着他上炕躺了下去。墙壁上的灯火闪烁明灭。

冯燕走进寝宫。拓跋濬翻身起来,双手从枕头上支起脸颊,看着冯燕:"燕儿,你今天真美,朕为你动心了。来吧,朕等着你呢。"

冯燕很紧张。虽然侍寝多次,但是,她对这男女情事总心存害怕。可能是受姑母的影响,姑母不要为拓跋氏生孩子的叮嘱总在她与皇帝睡到一起的时候响起。她害怕生孩子,尽管她身边带着麝香香囊,可是她不敢让皇帝知道这秘密,皇帝临幸时,她就把香囊从身上解下来,藏在秘密的地方。另外,她还担心这麝香不起作用,所以,每一次皇帝临幸,她都害怕、担心、惊恐,各种情感混合在一起,让她紧张战栗抽搐。

虽然皇太后替她布置了一切,也悄悄教她一些放松的办法,可是,一见皇帝来,她就紧张起来。

冯燕紧张地上了炕,躺到皇帝身边。"镇静,镇静,放松,放松。"她命令自己,心里想着皇太后教给她的办法,手中紧紧握着皇太后给她的紫金铃,身上带着媚蝶媚草。冯燕慢慢脱去衣服,露出白嫩的肌肤和丰满的胴体。

十九岁的拓跋濬已经喘息起来,很有些忍耐不住。他是皇帝,他不会迎合别人,他只顾自己痛快,不会顾及身下女人的感受。他只懂得尽情发泄,他不会玩闺房中的游戏,除非像李氏佩琬那样善做风月游戏的女人引导他。他不懂得什么准备,不懂得什么过程技巧。他是皇帝,只图自己痛快,只需让自己高兴。他兴奋起来,立刻就进入临战状态,雄赳赳气昂昂地开始了征战。

冯燕由于紧张害怕,更由于拓跋濬的粗鲁,立刻又感到那种钻心的疼痛,她又一次痉挛了。紫金铃、媚草都没有起作用。

拓跋濬痛得喊叫起来,无法动作。他恼怒地坐了起来。冯燕哀伤地嘤嘤哭泣着,穿好衣服下了炕。她走出寝宫,让太监叫来乙梅叶,让她去侍寝。

内宫里,立刻传出吃吃的笑。

冯皇后在寝宫外的卧榻上躺着,流着泪,感到无比的屈辱。

## 4. 皇太后难容新宠　小皇帝暗起杀心

"还是不行?"常玉花吃惊地看着冯燕:"你是咋整的? 就是不行? 咋的就不能让皇帝满意?"常玉花看着冯燕,怎么也弄不明白,这么一件快活的事情,在冯燕这里,怎么就变成了受大刑似的活受罪! 皇太后摇头叹息着。

"你这么无能,我可是帮不了你了! 皇帝他万一要是嫌弃了你,你可咋整啊? 我的姑奶奶!"皇太后戳着冯燕的鼻子,狠狠地说。

冯燕擦去流出来的泪水:"太后,你放心! 我不会让皇帝这么做的! 我有办法!"

"但愿你有办法!"常玉花说,"现在看来,皇帝是不敢轻易废你的。有我那些兄弟,他是不敢轻易废你的!"

"只要皇太后在,他就不敢废我!"冯燕冷笑着说。

"万一我不在了呢?"常玉花微笑着问,眉头却皱着。

"太后不要说这些丧气的话!太后身体这么好,还不到四十岁,不再活个三十四十年就说不过去!"冯燕笑。

"这生死的事,是说不准的。谁也不知道谁能活到多少岁。无常来叫,多一天都不让等。无常不叫,可能活他八九十岁。"常玉花叹息着,从王睹死了以后,她经常有这种人生无常的感慨。她似乎也有预感。其实不是预感,不过是她心底潜藏着的担忧恐怖在作怪,她害怕有一天失去这地位权力,甚至性命。

冯燕给常玉花说得也忧虑起来:"皇太后救我,我该怎么办呢?"

常玉花笑了:"看,我把燕儿整得伤心了吧?你放心,我有办法,会叫皇帝喜欢你的。你是妃嫔中最漂亮的,我就不信皇帝会不喜欢你。"

冯燕伤心地说:"我看主要是皇帝的心不在我身上,他就是忘不了李贵人。你看现在,他心里想的就是李夫人。因为李夫人像李氏佩琬!"冯燕不甘心常玉花的斥责,找到为自己开脱的理由。

皇太后点头:"是这样的。皇帝心中有别的女人,自然就不可能全心全意对付你。他没有热情,你自然也就没有了热情。这男女之间的事是很奇怪的,说不清楚的。你说得在理。是要想个办法。"常玉花沉思了一会儿,看着冯燕:"你可有什么办法?"

冯燕想了想:"这李夫人不大正经,经常召一个青年男子进宫,她说是她的哥哥。可宫里人说不大像。也许是她的旧相好。"

"是吗?这可要严惩!"常玉花说。"不过,这事是要抓双的。"

冯燕点头:"我明白。不过,皇太后完全可以先在皇帝面前散布一些流言,让皇帝依稀所闻。俗话说,疑心生暗鬼,皇帝对她起了疑心,她的地位就保不住。"

"对,对,可以这么办。"

常玉花叫来乙梅叶,询问皇帝的情况。乙梅叶噘着嘴,对大姨诉说皇帝的表现。皇帝自从在皇后宫里临幸她一次,再也没有去她那里。皇后已经赏赐她一所小宫,有了自己的太监宫女等一套班子,皇后已经按夫人的待遇看待她,她与其他夫人没有什么待遇的区别。可是,皇帝并没有把她放在眼里。

“皇帝的眼里只有李夫人,根本就没有我!”乙梅叶说。

“你不会去请他临幸吗?”皇太后提醒说。

“我当然去请过了。那天我去永安宫请皇帝,被李夫人的宫女挡在宫门外,进都不让进去。”

“这么无礼?难道她不知道你与我的关系吗?”皇太后抬起眉毛,眼睛里已经流露出愠色。

“她怎么会不知道?宫里没有人不知道的。皇后向她们介绍的时候,就说明白了,我是皇太后的外甥女。谁不知道啊?我还听宫女说,她们听李夫人说过:‘皇太后的外甥女有什么了不起?我还是皇帝的师傅的女儿呢’。”乙梅叶添油加醋,随心所欲地编着瞎话说。她对李夫人充满了嫉妒,嫉妒的火会让她灵感大发,随时随地编排出许多瞎话。

冯燕心里喜欢,在旁边不时地敲着边鼓。

常玉花信以为真。

“这还了得?这李夫人这么狂妄,还有没有礼制了?不行,我要教训教训她,让她知道魏宫里的规矩!”常玉花自言自语。

“对!对!大姨要好好教训教训她!”乙梅叶拍手跳脚地喊。

“瞧你这癫狂样!”常玉花不满地瞪了乙梅叶一眼:“一看就不是成就大事的人!你要学着喜怒不形于色,皇帝妃嫔要有妃嫔的样子!皇后,你要教育她们!”

冯燕急忙答应。乙梅叶吐了吐舌头,收敛了一点。

常玉花到永安宫去见皇帝。李夫人挺着大肚子来拜见。

常玉花挥手,让李夫人退下。她要与皇帝唠唠嗑。

皇帝知道,太后又有什么事情不满意,来指责了。现在,他尽量顺从太后的意旨,不想惹她生气,更不想让她来指手画脚,唠叨不停,影响他的情绪。可是，这太后不满意的地方太多，隔三岔五，就有事来说。她已经封了她几乎所有的亲戚做了大官，在朝内外已经惹起不少议论。他顶着朝臣的压力为太后封赏亲属做解释，可是，太后还是不断提出各种要求。即使自己的亲生母亲，也不过如此吧？不，要是自己的生身母亲，她一定会替自己的儿子着想，会考虑儿子的难处，而不会像这样不近情理！

拓跋濬冷淡地迎接常玉花。

"皇儿，奶娘听说一些事情，不能不来向你交代。"常玉花极力笑着，用极慈祥极温柔的目光注视着皇帝。

拓跋濬转开自己的目光。过去，他最喜欢奶娘这种目光，这目光像蜜糖，能融化他的心。可是，现在，他却怕这目光，甚至已经产生了厌恶这目光的心理。

常玉花依然追寻着拓跋濬的目光，说："宫里有人说，李夫人行为不轨，趁皇帝不在宫里，叫一个年轻人进宫。不知密谈什么事情，也不知道在宫里干什么勾当。"

"有这事？"拓跋濬心里一惊，急忙看着皇太后，着急地问。

常玉花心里感到好笑，刚才还不想看着我，现在却立即追寻我的目光。瞧，还是离不开奶娘吧？你以为你长大了，可以脱离我了？不行吧，还是离不开你的奶娘吧？奶娘永远照顾着你关心着你，你永远是奶娘长不大的儿子！

"可不是咋的？奶娘听说以后，专门查问了一番，确有此事。"常玉花沉静地说，平静地看着拓跋濬。

拓跋濬有些焦躁："那人是谁？"

常玉花摇头："是谁还没有查问出来。奶娘还在查问，会查出来的，你尽管放心东去，皇宫里的事情我会替皇帝处理的。"

拓跋濬说："东巡的时间尚早，皇儿已经下诏给太宰常英在辽西起行宫，等行宫建起以后，明年春天成行。"

"东巡准备去哪些地方？"

"去平州、营州。太后不想一起去吗？营州可是太后的故乡啊。"

常玉花想着，若有所思地问："东巡带李夫人吗？"

拓跋濬皱着眉头："原来想带她去，不过她有身孕，远行不大合适。"

常玉花点头："是啊,有身孕几个月,到你东巡的时候已经快要临盆,怕是去不了。我倒是想去看看,不妨让皇后陪着我走一趟。如何?"

拓跋濬笑了笑："好啊。太后去,自然是带上她比较方便。"

"就这么决定了。明年春天的东巡我和皇后参加。"常玉花说着站了起来。

拓跋濬怒气冲冲走进寝宫。李夫人急忙上前迎接。"陛下这是怎么了?满脸不高兴?"李夫人端详着皇帝的脸,笑着问。

"你这个贱人,朕不在宫的时候,你都做了什么?"

李夫人扑通一声,跪到皇帝面前:"陛下,妾身没有做什么。妾身每日在宫里读书抚琴,与皇后一起去拜见皇太后。没有干什么啊。"

"你是不是私自召过什么男人进宫?"拓跋濬脸色铁青。

"没有啊!没有啊!"李夫人张皇失措,又是摆手,又是摇头,生怕皇帝不信。

"太后都有了证据,你还抵赖?"皇帝一把揪住李夫人的头发,把她从地上提起来,然后又把她推倒在地。

"妾身真的没有召见过什么男人!"李夫人尖声叫喊着:"妾身只召见过妾身的兄弟,让他们进宫来,妾身问问他们的学习。不信,你去问妾身父亲!"李夫人哭喊起来。

"去给朕传李欣入宫!"皇帝大声喊。门口侍立的王遇急忙传话给太监。太监飞也似的出宫去传李欣。

李欣气喘吁吁,与太监赶来。李欣现在是仪曹尚书,领中书省,还加安东将军,赐爵扶风公。不过,拓跋濬对自己过去的师傅现在的老丈人并不是十分佩服的。他说:"朕开始学习的那些岁月,学习不够专心,总揽朝政以后,虽然有空便温习功课,但是儒道还是缺了不少。这应该归罪朕自己,但是与师傅他的不勤也是大有关系的。朕之所以隆重赏赐他,不过是因为朕不能忘记旧情而已。"

李欣拜见拓跋濬,皇帝请他起来说话。拓跋濬询问,他的三个儿子近来可否进宫。李欣答,大儿子李遘是东宫门大夫,经常进宫值更。二儿子李令和三子李令度,被他妹妹李夫人召见两次,他们生性顽劣,不好好读书,妹妹

乳母皇太后

361

叫他们入宫是申斥教训他们的。

拓跋濬点头。看来李夫人没有说瞎话，李欣的话已经证实。可是，皇太后为什么要以此兴师问罪呢？

李欣小心翼翼问："敢问皇帝陛下为何问这事呢？"

拓跋濬就把太后的意思转述了一遍。李欣叹气摇头："这大概是皇后嫉妒小女专宠的缘故。皇后是皇太后的干女儿，皇太后事事向着皇后，这是后宫人所共知的。只希望皇太后不要过于听信皇后的挑唆，不要无事生非。否则，皇帝这后宫难免像汉宫飞燕，燕飞来，啄皇孙了。"

拓跋濬摇手："不要乱说。皇太后不是这样的人。"

李欣急忙告罪："臣这仅仅是胡乱猜测而已。皇帝英明过人，不会相信别人对李夫人的诬陷造谣。不过，还是希望皇帝能够小心保护小女，不要让别有用心的人加害于她！"

拓跋濬点头："师傅放心，朕心中自有分寸。"


拓跋濬守在京都，直到李夫人临盆。李夫人也为他生了皇子，叫他十分高兴。为了庆祝皇子的诞生，他决定在冬月到盛乐行宫畋猎。这初冬时分，正是盛乐鹿群、黄羊群聚集的时候，他实在难以割舍这时候的畋猎。

常玉花大约已经忘却了李夫人的事情。他一直守在皇宫，皇太后没有再提及关于李夫人品行的话题。看来她已经忘掉了。拓跋濬暗自庆幸。他注意观察了很久，皇后冯燕对李夫人也没有什么特别的嫉恨。只有乙梅叶，有几次对李夫人流露出一些明显的敌意。不过，拓跋濬不以为意。她不过一个性子毛糙的孩子，不会加害于李夫人的。只要皇太后和皇后没有什么恶意，李夫人就不会有什么危险。

拓跋濬决定去盛乐畋猎半月。皇宫一个冬季的肉食也要靠这次的畋猎解决，所以他非去不行。

皇帝前脚离开皇宫，皇太后后脚就去永安宫，把李夫人抓了起来，关进冷宫。李夫人设法让宫女通知了父亲李欣。李欣派二儿子李令和骑马日夜兼程到盛乐行宫见皇帝。拓跋濬气坏了。原来一切都是假装的，皇太后和皇后对李夫人已经恨之入骨，只是在等待机会下手而已。

拓跋濬没有等畋猎结束，车驾返回皇宫。

"皇帝回来了!"皇后冯燕急急来见皇太后。

"怎么会呢? 他到牛川没有几天啊? 咋整的就返回来了呢?"皇太后自言自语。乙浑随皇帝去畋猎,为什么没有派人回来报告这消息呢?

"是不是李夫人的事走漏了风声?"皇太后有些慌张地看着冯燕。

冯燕摇头:"应该不会的,我做得很机密。我去她那里只是说皇太后想见皇子一面,让她抱着皇子到太华宫去。她的宫人都不知情,哪里能走漏风声?"

皇太后摇头:"不见得。这宫中的事就这么古怪,没有什么机密可以保住的。肯定是走漏了风声,皇帝回来了。"

"那可怎么好?"冯燕有些惊慌。

"不必惊慌。我看,这事只有先推到你身上,你看如何?"常玉花笑眯眯地问。

冯燕想:只有自己把这事揽下来,才能保护皇太后。只要皇太后在,皇帝就是如何怨恨于她,也不能废了她。要是让皇帝知道是太后出的主意,万一皇帝对皇太后产生怨恨,这母子反目,她将来可是没有好日子过了!

冯燕点头:"太后放心! 这事是我出的主意,是我怨恨李夫人专宠,是我嫉妒,是我下令把李夫人打入冷宫!"

常玉花点头,心里不断赞叹;这真是一个聪明伶俐、善解人意的女娃,而且大智大勇,敢做敢当,不怕承担责任。是个做大事的人! 左昭仪没有看错她!

"好! 就这么应付皇帝!"常玉花挥手:"快去准备一下迎接皇帝车驾!"


拓跋濬奔太华宫见皇后。

"为甚拘押李夫人?"皇帝怒喝,站到冯燕面前,劈头就问。

"回皇帝,因为她勾引宫外男人进宫!"冯燕拜见皇帝以后,挺拔地站了起来,直视着拓跋濬喷着怒火的眼睛,平静地说。尽管她有些心跳,但是她的外表十分镇定,脸上还有些笑意。

"谁见了? 这样空口无凭,谁都可以诬陷他人!"皇帝怒喝。

冯燕并不退让:"这不是诬陷。妾身查问过,情形属实。有几个太监宫女指证。"

乳母皇太后

363

"哪几个宫女太监指证的？把他们交出来，交予中曹监处理！"拓跋濬往前走了一步。

冯燕没有后退，这样，皇帝与皇后几乎脸贴脸鼻子对鼻子了。"那大可不必。妾身有权处理后妃和后宫的宫女太监！"冯燕想，她决不随便诬赖宫女太监，让他们受不白之冤。这些可怜的奴隶都有像她一样的苦难家世，原本都是好人家儿女，只因父兄犯罪，被当作奴隶没入宫掖。像符成祖，像张佑，像在她宫中做常侍的抱嶷。还有不少从长安来的男孩女孩，如今都是宫里的太监宫女，她看到他们，总是想起自己的家世，对他们产生许多同情。拓跋氏皇族把他们当奴隶一样看待。她不能给他们雪上加霜。

"你说不出来了吧？"拓跋濬冷笑着："从一开始，就是你搞鬼！你嫉妒李夫人专宠是不是？你嫉恨李夫人是不是？"

冯皇后不说话，只是冷冷地笑着，好像同意皇帝的斥责。

拓跋濬越说越气愤，他唾沫四溅："朕要下诏废了你这皇后！"

冯燕抬手擦去脸上溅的唾沫星，微微一笑："妾身听任皇帝的处罚！只要太后答应！"

拓跋濬不说话。他知道太后不会同意的！太后不同意，他还不敢贸然废掉皇后。太后的弟兄、亲戚，掌握着朝廷的大权，他得依靠他们！

拓跋濬跺脚："现在就给我释放李夫人！"

冯燕点头："妾身马上去接李夫人回来，皇帝陛下还是先回永安宫等待。"

拓跋濬没有想到冯燕答应得这样爽快，这叫他有些摸不着头脑。这冯燕到底是个什么性情？

冯燕转身，带着抱嶷去冷宫接李夫人。她知道，自己不能继续与皇帝抗争，该认输的时候就认输，她不会做茅坑的石头，又臭又硬。机会多得是，她一路走一路安慰自己，尽量让自己从失败的沮丧中恢复。

拓跋濬不久就让仪曹尚书李欣通过中书省下了一道诏书，想要遏制朝廷胡乱给人定罪的事情。不过，他心里越来越明白，一个人不去掉，他的皇帝越来越难做。拓跋濬开始暗自思量一个事情。其实他早就意识到，但那是他不敢去想，不愿去想，不忍心去想的一个大事情，现在到了不想不行的时候了。拓跋濬正在痛下一个决心，下一个很难下的决心，让他很难过的决心。

## 5.恩断义绝小皇帝下毒手　　志得意满皇太后遭囚禁

李夫人四下看看，周围没有一个太监，连王遇也不在身边，她悄悄地对皇帝拓跋濬说："我的哥哥从宫里听到一个传言，妾身想告诉皇帝陛下，可又怕皇帝愤怒。不知皇帝想不想听？"

拓跋濬温柔地看着李夫人："你想说就说，不想说就别说。"

李夫人以忧郁的眼光看着拓跋濬："说了你可不要生气，也不要叫太后知道，否则妾身的大哥和妾的全家都会遭殃的！"

拓跋濬握着她的手，试探着问："与皇太后有关？"

李夫人点头。拓跋濬把头伏在李夫人的耳边，小声说："你只管说，朕会保护你的。"

李夫人有些不大相信："皇太后可是你最亲近的人，你能容妾身说道听途说的关于皇太后的坏话？"

拓跋濬眨着眼睛："朕自己有头脑，会分析这些话的真伪。你就只管说，不妨事的，朕决不怪罪你和你的家人。"

李夫人这才小声说："妾的大哥听一个虎贲说，皇太后在选皇后的时候做了手脚。让一个太监采用了调包计，用一个坏模子替换了李贵人的模子，才使李贵人的金人铸造不成。"

拓跋濬眼睛圆睁，大声喊了起来："这是真的？"

李夫人急忙捂住皇帝的嘴："陛下，不要这么大声喊，叫别人听见一定会传到太后耳朵里的！"

王遇听见皇帝的喊声，急忙从外面走了进来："陛下，什么事情啊？"

拓跋濬急忙摆手："没有什么事，朕咬了自己的舌头一下。你出去吧。"他挥手，让王遇退下。

拓跋濬看着李夫人，小声问："那太监是谁？叫甚名字？"

李夫人摇头："我大哥没有打探出来，只听说是太后宫里的一个老太监，为太武皇帝选赫连氏皇后时出过力。"

拓跋濬点头："有这情况就不难打听出来了。朕曾经下过决心，要是发

乳母皇太后

现选皇后有欺诈,朕一定不轻饶她! 不管她是谁!"拓跋濬轻轻咬住嘴唇。

"王遇!"拓跋濬大声喊。

王遇一路小跑进来:"奴家在,奴家在。"

"你知道当年太武皇帝铸造金人选皇后的故事吗?"拓跋濬笑眯眯地问。

"奴家当然知道,虽然奴家那时年纪还小,那是宫里最大最热闹的事,奴家还记得的。"王遇笑着,虽然摸不着头脑,不知皇帝突然提起这陈年旧事的用心何在,可还是很乐意回答皇帝。

"你知道当年是哪个太监做赫连氏祖母的助手吗?"拓跋濬眼光直直盯着王遇。

"奴家要想一想,年代太久了,奴家已经有些忘记了。哦,奴家想起来了,是太监居鹏。对,是居鹏。"王遇一拍脑门。

拓跋濬拼命压抑狂跳的心,很随意地说:"是不是帮助冯皇后的那个太监?"

"对,对! 就是他,就是他。他真有功劳,帮助两个皇后铸造了金人!"王遇随口说着。突然,他意识到什么,急忙住口,不再往下说,抬起眼睛看了看皇帝,小心地问:"陛下为何问起这事?"

拓跋濬看了他一眼,淡淡地说:"没甚,随便问问。"

李夫人急忙插话:"是我刚才想起了这故事,问陛下,他说他不知道,才来问你的。我只是好奇而已,经常听宫人说起这铸造金人选皇后的事,却不甚了解,故而提起这旧事。"

李夫人唠叨着。这解释反而加重了王遇的疑心。他想起太后近来对他有许多情况没有及时报告的不满。太后需要一切关于皇帝的情况。对,看来要先告诉太后一声。皇帝绝不是随便询问的!

"皇帝问起居鹏?"常玉花惊诧地看着王遇。

"为什么要问起居鹏?"她像问自己,又像问王遇。

"奴家不知,皇帝问起当年是谁帮助赫连氏铸造金人,奴家回答说是居鹏,他就问是不是帮助冯皇后的那个太监。太后看,是不是皇帝发觉了什么?"

"不可能的啊。这事只有我和居鹏知道,不会走漏风声的。"常玉花紧皱眉头,沉思着说。

"会不会是居鹏自己不小心,有什么风声传到皇帝耳朵里?"王遇看着太后的脸,小心翼翼提醒。

常玉花挥手:"不去猜想了!不管是怎么传出去的,都与居鹏有关。居鹏不能留在宫里。只要找不到居鹏,这选皇后的事情就不会被皇帝知道。好了,你回去吧。剩下的事情我会处理的!"

王遇担忧地看了看常玉花,小声说:"请太后开恩,不要加害居鹏,我们都是同时入宫的好伙伴,他也很可怜。"

常玉花点头:"我知道怎么做。你知道,我一向可怜爱护你们,不会加害他的。但是,我不会让他留在宫里。"

常玉花叫来符成祖,对他耳语了一阵。符成祖立刻到冯皇后的宫里去找居鹏。他领着居鹏匆匆离开皇宫,把他连夜送到南苑常英那里,又让常英把他送出平城,去投奔横山的寺院。

皇帝让内监为他寻找居鹏,找遍皇宫也找不到。皇帝更加疑心,他知道,太后已经把居鹏藏起来。不过,这更坚定了拓跋濬的决心。


拓跋濬秘密召见仪曹尚书李欣,他主持中书省事务,各种制度诏令通过他制定发布。作为拓跋濬的老丈人,拓跋濬现在十分信赖他。

"师傅,惠太后故事,你清楚吗?"拓跋濬问。

"惠太后是太武皇帝的奶娘,这皇帝陛下是知道的。太武皇帝从小没有亲娘,对奶娘深有感情,封她为保太后、皇太后。她老人家薨了以后,给她修了陵墓,不过,由于她毕竟不是皇族,所以不能进云中金陵。太武皇帝不忘旧恩,为她老人家修建了崞山陵墓,置守陵 200 家,立传歌功颂德。"

李欣一边说,一边揣摩着皇帝的心思。皇帝是不是对他的奶娘有了他心?但愿如此。这皇太后这几年确实太飞扬跋扈了,朝中大臣多有微词。如果不遏制一下皇太后的权势,这皇权会不会旁落到太后党手中,也还是很难说呢。当初道武皇帝制定"子立母死"制度,就是为了防止太后专权,防止皇权旁落到太后党手中。可是,如今,眼看皇权正在慢慢滑向太后党,王侯大臣却无计可施。如果真的造成这局面,许多皇帝的亲生母亲不是白白牺牲了吗?他要稍微提醒一下皇帝。李欣想。

"惠太后什么时候故去的?"拓跋濬追问。

李欣转着眼睛想了一会儿。有了!他心里一喜。他是仪曹尚书,专门负责朝廷礼仪。他为什么不能以朝廷礼仪的名义要求皇帝执行一些故制呢?

"惠太后故去是在她被封皇太后八年之后。皇帝陛下,国朝一切都要依据故制,乳母做皇太后的时间应该以惠太后为例,不可超过八年。"李欣意味深长地看着皇帝。

"八年?"拓跋濬沉思着,伸出指头数着:"兴安元年、二年、兴光元年、一年、二年、太安元年、二年、三年,今年七年半了。"

"是的,七年半了。到明年春天正好八年。臣以为皇帝陛下一切都要以国朝故制为例行事,不可违背祖宗的祖制啊!"李欣又敲打了一下。

拓跋濬点头:"是的,祖制不能违,依祖制行事,这是谁都无法违抗的。"

"对,尤其是皇太后。皇太后一切事情都依祖制,她老人家是执行国朝祖制的模范!"李欣用赞赏的口吻说,脸上浮现出一层似有似无的嘲讽。

拓跋濬也笑了笑,不过,笑容慢慢变得凄清忧郁了:"朕有些伤心,她为哺育朕,耗费了许多心血。"

李欣赞叹着:"皇帝陛下仁爱,是百姓福气。人君爱人,人才爱人君。有皇帝陛下,魏国百姓真是万幸!太武皇帝说,惠太后养育他八年,他报答皇太后八年,让她老人家享尽荣华富贵八年,以报她奶水养育之恩。皇帝陛下也给皇太后八年报答,不是已经仁至义尽了吗?不是报答她老人家的奶水养育之恩了吗?"

拓跋濬叹气:"这养育之恩怎么可以以相同的年份来报答呢?养育之恩,是一生一世甚至来生来世都报答不完的。"

李欣点头:"皇帝陛下所言极是。可是,皇太后如今大权在握,已经形成党羽,要是皇帝陛下不痛下决心,难免将来养痈为患。当断不断,反受其害啊。"

拓跋濬深深叹气:"可不是,朕正是因为担忧这一点,才叫你来问太后故事的。"

李欣同情地看着皇帝:"臣知道皇帝的难处。可是,陛下只要看看近来朝臣的任命,就可能意识到问题的严重。皇太后是根啊。"

"朕知道。不过……"说到这里,拓跋濬抬眼看着李欣:"要是太后出事,那太宰常英兄弟,还有依附他们的乙浑等人会不会谋反?这是朕关心的。而且,朕也不想给世人留下一个恩将仇报的小人坏名声。"

"皇帝尽管放心。这件事不必公开处理,只要秘密进行就可以了。只对皇太后一人依照惠太后故事处理,不牵连她的弟兄亲人,不会有任何麻烦。"

"会不会对朕的名声有所影响?"拓跋濬忧心忡忡。

"皇帝陛下放心!不会有任何影响。只要如此这般。"李欣附在皇帝耳边嘀咕了一会儿。拓跋濬频频点头。


"太后,儿臣请你老人家去崞山畋猎,拜祭北岳山神。你老人家可是要赏光啊。你老人家不去,儿臣我都不想去了。"拓跋濬坐在皇太后身边,嬉皮笑脸磨着,像他小时候那样。奶娘就怕他哼唧着磨,一磨,什么事都能办成。

"去崞山路途遥远,奶娘实在怕路上颠簸。"常玉花犹豫着说。

"儿臣已经替您安排好了。儿臣知道,您很思念惠太后。儿臣只陪伴您在崞山围猎,然后派使臣上横山拜祭北岳,您和儿臣都不用去。这样您不会太辛苦。"

"是啊。我是很想念惠太后。今年是惠太后十八年忌辰,我是应该去拜祭一番。她老人家虽然是惠太后,可是,毕竟不是你皇族人,进不了云中金陵,我不去,还有谁去拜祭她老人家?"说到这里,常玉花意识到自己的身份地位,滋生了一阵伤感悲哀,真有点兔死狐悲。

拓跋濬依然笑着:"是啊,朕没有见过这惠太后,如何能够去拜祭她老人家?只有你老人家去拜祭她最为合适。太后去不去啊?"

"去,既然皇儿这么为奶娘考虑,奶娘怎么好拂皇儿的好意?"她有些感动,眼睛有些潮湿。

"儿臣决定留太宰常英留守京师,让乙浑将军辅佐。不知太后意下如何?"拓跋濬征求皇太后的意见。

听说留乙浑在京师,有些遗憾,她原本想让乙浑陪着她到崞山去,可是拓跋濬已经另有安排,她也不便说出自己的想法,也就点头答应。反正去崞山不过十天半月,很快就回宫了,也没有什么。远别胜新婚嘛,小别几天更有新鲜劲。皇太后偷偷地笑着安慰自己。

369

"带不带皇后?"常玉花微笑着问。

"不带了。一个后妃都不带,让她们在宫里好好读书吧,省得她们麻烦多事!"拓跋濬皱起眉头,好像很厌恶的样子。

"也好,也好,这样,我们娘俩可以多在一起唠嗑了。"常玉花高兴地说。

皇帝、皇太后率领朝臣来崞山拜祭惠太后并且围猎。在崞山惠太后陵前,仪曹尚书率领中书省起草诏书的中书令一起伺候皇帝和皇太后,其余的人全部被留在陵园外,包括皇太后的心腹太监张佑、符成祖等人。

常玉花在惠太后陵墓前的供桌前酹酒三巡,皇帝也酹酒。拜祭之后,李欣领着皇帝、皇太后到陵墓上的亭子里。

拓跋濬站在陵墓顶上,四下眺望。陵园里松柏森森,陵园外,崞山山坡上层林尽染,红的、黄的、浅黄、深黄、金黄、墨绿、淡绿,斑斓色彩交织,崞山与远处的横山像一匹彩绫一样绚烂。

拓跋濬指点着周围风光,笑着问:"太后,惠太后这陵寝风景优美,松柏森森,常青不凋,后枕横山,前看京畿平城,群山环抱,浑水环绕,朕都想百年以后长眠于此了。不知太后可中意这里?还是另有中意的地方?要是太后选好宝地,朕以为现在国朝安稳,百姓丰衣足食,是开始为朕也为太后营造阴宫的时候了。"

常玉花点头:"难得皇儿考虑得这样长远和周全。皇儿的陵寝自然不能离开金陵,而奶娘也没有看中这里。前年我们去广宁围猎的时候,奶娘对广宁的山水风光十分喜爱,那温泉水多好啊,冬天都冒着热气,冬天泡进水里,一点都不冷,还能够治疗皮肤顽疾。广宁又在平城东面,正是回奶娘家乡和龙的路途中,奶娘喜爱那里。如果皇儿愿意现在开始为奶娘修建陵墓,奶娘百年以后愿意长眠广宁的鸣鸡山。那里与这里一样,都有大片的树林,有山有水,还可以面对京畿。"

拓跋濬高兴地说:"太后果然好眼力。广宁确实山清水秀,地脉优秀。太武皇帝很看好那里,特意修建了温泉行宫。太武皇帝还作了一支温泉之歌呢。那里确实是个好地方!""叫道士去那里勘探一下风水,为太后选择一处地脉昌盛的宝地,开始给太后修建宫殿。修建的规格要超过惠太后,让太后满意!"皇帝对仪曹尚书李欣说,李欣令中书令一一记载下来。

常玉花高兴极了,连声感谢拓跋濬,夸赞拓跋濬的孝道,叫拓跋濬有些尴尬。李欣看着拓跋濬的脸色,担心他心软起来,急忙上前,请皇帝、皇太后到寝宫里说话。

常玉花摆手:"就在这里坐坐。"

虎贲搬来胡床,拓跋濬搀扶着常玉花坐了下来。凉风阵阵,松涛声声,鸟鸣啾啾,十分怡人,常玉花心境十分清爽。真的长眠于这样美丽的地方,那该多么幸福啊。这都是皇帝给她的恩赐。想到这里,常玉花情不自禁地拉住拓跋濬的手,轻轻地爱抚着。

常玉花的爱抚与慈爱通过她的手传到拓跋濬的心田,他的心有些颤抖。他看着皇太后还相当年轻红润的脸,她明亮美丽的大眼睛,她浓黑的眉毛,她健壮的身材,犹豫起来:太后还这么年轻,也就是刚刚四十岁的年纪,八年的太后生涯是不是太短暂了一些?是不是应该废掉国朝故制,让太后颐养天年?

废掉故制?他可以废掉故制吗?太后可是遵行故制的典范啊。他的生母是太后依照故制赐死的,他的爱妃李贵人是太后依照故制赐死的,他不喜欢的皇后是太后依照故制为他选出来的。太后遵行故制,是不肯废除的。现在,临到她自己,更要遵从故制了!

拓跋濬轻轻咬住嘴唇,让自己的心慢慢坚定下来。


李欣导引皇帝和皇太后走下陵墓顶,向寝宫走去。

"太后,这惠太后当了几年太后啊?"拓跋濬一边走一边嬉皮笑脸地问。

常玉花在中书令搀扶下一边走一边不经意地摇着头,不好意思地笑着说:"这我也说不清,十几年吧?"

他们来到寝宫前,拓跋濬站住脚。"仪曹尚书,卿掌管朝廷礼仪,应该知道吧?"拓跋濬扭头问仪曹尚书李欣。

李欣急忙上前一步:"回皇帝陛下。惠太后是太平真君元年故去的,她当了八年太后。太武皇帝说,太后抚养他八年,他报答太后的养育之恩八年。这已经写进了国朝礼仪,也已经是国朝故制之一了。"

"是这样?"拓跋濬故意装作吃惊的样子问。

"回皇帝陛下。是这样。国朝礼制里明文记载。臣不敢随意瞎说。"

乳母皇太后

常玉花吃惊地瞪大眼睛,不清楚他们君臣为什么提到惠太后的故制。

拓跋濬看着皇太后,笑得十分甜蜜:"太后是遵行国朝故制的典范,儿臣十分敬佩太后一丝不苟遵行国朝故制的忠心。太后,这条故制该不该遵守啊?"

"哪条故制?"常玉花扬起浓黑的眉毛和明亮的大眼睛,吃惊地看着拓跋濬,懵懵懂懂,机械地反问了一句。

"就是太武皇帝封奶娘八年太后以报答养育之恩的故制啊。"拓跋濬转过眼睛,不愿意直视奶娘明亮的眼睛,这双眼睛过去一直充满慈爱,现在已经充满了惶惑不安与惊慌失措。

"这……这……"常玉花突然明白了皇帝提起惠太后故事的用意,她浑身轻轻地战栗起来。皇帝他不是要依照故制处理自己吧?古人说飞鸟尽,良弓藏,狡兔死,走狗烹,古来皇帝都是这样做的。可是,拓跋濬不会这么无情的,他是吃自己奶水长大的,他从来都离不开奶娘的照顾,他不会这么绝情!

常玉花勉强笑着:"皇儿为什么要提起惠太后故事呢?惠太后的故事,没有什么意思的,是不是啊?濬儿?"说着,她拉紧拓跋濬的手,眼睛里流露着哀求的光,紧紧盯着拓跋濬的脸,希望用自己的目光打动他的心,让他说出个"是"来。

拓跋濬甩开皇太后的手,站了起来:"太后经常教导儿臣要遵从国朝和祖宗的故制,太后的教导儿臣早已烂熟于心。祖宗制定的礼仪典制,儿臣是一定要遵从的,想来太后也不会反对的!"

常玉花愣在原地,瞠目结舌,一句话也说不出来。

"来人!"拓跋濬喊。

仪曹尚书和中书令急忙上前。

"给太后宣布国朝典制!"拓跋濬冷着脸,转过身。

李欣欣喜地看了常玉花一眼,心里冷笑着:你的好日子到头了!秋后的蚂蚱,没有几天的蹦跶了。不是你处心积虑谋害我的女儿,我还不会这样对付你!你这是自找的,怨不得别人!

中书令朗读着国朝典制:"国朝太武皇帝规定:乳母劬劳慈爱,抚养太子,太子即位,应报乳母养育恩情,可依惠太后先例,封乳母皇太后以至皇太后八年,不得逾越惠太后之先例。"

常玉花一屁股坐到地上,号啕大哭起来:"濬儿,你不能这样对待奶娘啊。奶娘养育了你,你可是答应过奶娘要永远扶养奶娘的啊!"她哭得嗓音嘶哑。

李欣怕拓跋濬心软,又上前来对拓跋濬说:"皇帝陛下,陵园外围猎已经开始,大家等着皇帝呢。"

拓跋濬看了看皇太后,小声说:"搀扶太后到惠太后寝宫歇息。伺候太后的人都准备好了吗?"

李欣说:"皇帝陛下请放心。太后在这里居住的一切都已经准备好,太后在这里会很安逸地度过最后的日子。"

拓跋濬走到常玉花身边,轻轻拍着她的肩头,安慰着:"太后不必太难过,国朝故制,谁也没有办法的。朕已经安排太后在这里住一段日子,等开春广宁陵寝修建好,朕再来看望你老人家。你老人家在这里好好养生,可以在陵园里走动,但是决不能出这陵园。太后的亲人朕还会像过去一样重用他们的!"说完以后,不等皇太后说话,拔步离开陵寝。李欣等随从都紧随皇帝走出陵园。

常玉花伸出双手,满脸泪痕,她嘶哑地喊着:"濬儿,濬儿!皇帝!皇帝!"她嘶哑着声音喊着,喊着。陵园中,一阵一阵的松涛发出飒飒的声响,掩盖了她的喊叫声。

常玉花站起身,踉跄着往外想追上皇帝,跟随皇帝出去。立刻上来几个侍卫,伸出矛戟拦住了她。

常玉花无望地号哭着,踏地唤天。

深秋,湛蓝的天空上,白云悠然地飘过,不时飘落着金黄的杨树叶。惠太后陵园里,松柏森森,松涛阵阵,树叶飒飒,鸟鸣啾啾,风光依旧。

## 6. 皇帝壮志安河山　太后凄清度新年

拓跋濬到崞山围猎,接着到阴山围猎,同时更是为了征伐蠕蠕。近来,蠕蠕残部在阴山以北屡屡抢掠固原一带野马苑里的牲畜动物,叫拓跋濬十分恼火。固原野马苑是太武帝建立的重要的畋猎苑囿,岂能让蠕蠕骚扰?

373

可是,当拓跋濬车驾北上到了阴山北的时候,闻讯的蠕蠕残部远遁,蠕蠕别部乌朱贺颓、库世颓率众来降。拓跋濬到冬月才回宫。

"太后呢?"冯燕接驾以后问皇帝。

"太后偶染风寒,在阴山行宫养病。"拓跋濬笑着说:"你放心好了。太后那里朕已经安排好了,太后很满意。到开春以后,太后就会满面红光回来了。"

冯燕有些着急:"太后病情严重吗?为什么不回平城养病啊?这行宫哪有皇宫方便呢?皇宫太医这么多,还有西域太医,他们医术高明,能够让太后早日康复的。哪有留在行宫养病之理?"

拓跋濬微笑着:"皇后所言极是,朕也这么劝太后。可惜太后执意要留在行宫,她老人家说,阴山空气好,那里有肥美的羊羔,有一种叫黄芪的草药,十分滋补。所以,她老人家执意要独自在阴山行宫住一些日子。"

冯燕还想追问什么,拓跋濬却问起后宫里这几个月的情况:"太华殿快竣工了吗?"

"马上就竣工了。"冯燕高兴地说:"多亏辽西王常太宰和乙浑将军监督有方,这太华殿马上就竣工了。"

拓跋濬点头:"确实很快,几个月就起了太华殿,朕可以在新宫殿庆贺元旦了!对,既然常太宰和乙将军监工有方,朕准备派他们到云中金陵为朕修建寝宫,去广宁为太后修建陵寝。太后将自己陵寝选在广宁了。"

常英和乙浑被派往云中金陵为皇帝修建寝宫,皇帝派常喜领着工匠到广宁去修建陵墓。他们几个皇太后最亲近的人高高兴兴地接受了皇帝的差遣,离开平城。他们都很高兴。古今一样,主管工程是一个肥缺,可以从中偷工减料,克扣工程款项,肥几代人。常英、乙浑、常喜,虽然都是朝中重臣,但是没有俸禄的魏国文武大臣的日子过得并不宽裕,清廉的大臣家里一贫如洗,有的还要让子女家人种田卖菜补贴家用。魏国的开国老臣,靠营建大坞堡,经营农牧业发家致富。但是,像常英、乙浑这些后起的大臣,就没有营建坞堡的可能,尽管有皇帝的赏赐,生活比起拓跋老臣还是差了老大一截。所以,他们总是愤愤不平,总想着尽快发家致富。他们趁着皇太后的荫庇,已经积累许多财富,但是,穷怕了的他们,总像饥饿太久的人一样,饕餮不止,永远没有餍足的时候。他们还要仗着皇太后的荫庇,多多地,快快发财,大发财,发大财。所以,听说让他们去主持修建皇帝、太后陵寝的消息,他们只顾高兴,却忘了思索一下,关心一下皇太后的去向。皇帝告诉他们皇太后在行宫养病,只有乙浑稍微有些遗憾,其余的人没有在意皇太后的去向。

拓跋濬一连下了两道诏书,让百姓休息。

冬十有二月戊申,又下诏曰:"朕承洪业,统御群有,思恢政化,以济兆民。故薄赋敛以实其财,轻徭役以纾其力,欲令百姓修业,人不匮乏。而六镇、云中、高平、二雍、秦州,遍遇灾旱,年谷不收。其遣开仓廪以赈之。有流徙者,谕还桑梓。欲市籴他界,为关傍郡,通其交易之路。若典司之官,分职不均,使上恩不达于下,下民不赡于时,加以重罪,无有攸纵。"

元旦清晨,寒风还劲吹,太阳刚刚从东方升起,白楼的大鼓已经敲响,城门开始打开,百姓开始入城。

镂金镶银的羊车辚辚滚过皇宫,从永安宫滚向新建的太华殿,在太华殿前停下。拓跋濬下了羊车,在百官的跪拜和三呼万岁的大礼声中慢慢登上太华殿的花岗石台阶。这些花岗石都是从横山、白登山、武周山采来的。在武周山,几年前就又恢复了太武帝禁佛以前曾经开始的石窟开凿,他要让大佛与武周山一样长存。开凿石窟,同时也采石建造宫殿。武周山有横山上那古老的松柏樟木已经被砍伐了许多,用来修建宫殿佛寺。

拓跋濬站在新竣工的太华殿前高大的花岗石基座上,欣赏着豪华、高大、庄严的太华殿。新年以后,他将在这里上朝处理国事,在这里接受西域甚至南朝的进贡和来使晋见。太华殿的樟木圆柱几人合抱粗,上面雕刻着金色的盘龙,宫殿廊檐上雕刻着各色美丽的图案,使太华殿金碧辉煌。这是宫城里最漂亮的宫殿,把原来的太极殿、永安殿比得无法入目。

今天,拓跋濬在太华殿宴飨群臣,君臣同乐,庆祝新年的到来,庆贺他即将改元的和平年代的开始。

从今以后,他要按照自己的想法治理国家。没有了皇太后的干预,他拓跋濬要甩开膀子,按照自己的意愿治理国家。一过元旦,拓跋濬就下诏改元。改什么年号呢?年号寄寓着皇帝对未来的美好愿望。他即位以来,已经改了三次年号,从兴安改兴光,又改太安,他希望自己统治的年代平安,平安是最重要的。他不希望有多大的文治武功,他没有祖父拓跋焘那样兼并天下的雄心壮志，他只希望魏国能够在他的统治下平平安安，让百姓有一个安定的日子，让国家慢慢富庶起来，让他能够平安做几十年皇帝，不要有什么政变。他拓跋濬不是一个有太大野心的皇帝。登基七年多，他由十二岁的孩子皇帝长成一个十九岁的青年皇帝，到现在，他才开始有治国的宏图，他一定要把魏国治理成能够和南方他国抗衡的富庶国度。

拓跋濬满怀着希望，满怀着轻松愉快，走进金碧辉煌的太华殿，群臣跟在他的身后，依次鱼贯入座。他坐在主座上，举杯祝贺新年。

太华殿里一片万岁声，震荡在平城皇宫的上空。

后宫里，皇后冯燕也举行庆祝新年的大宴。太后还在行宫养病，叫她心怀疑虑。可是，朝里朝外没有任何异常举动，又叫她安心。皇帝经常传达太后的意旨，让她相信太后还在阴山行宫疗养。

不过，太后不在内宫，叫她有了主持后宫的机会。看，这新年大宴，不是让她有了出头露面的机会吗？这未尝不是好事！冯燕突然意识到这个，心里一阵惊喜。过去，这大宴可是太后大出风头的时候，她只能跟在太后的身后，像个木偶让太后牵着，跟随在太后身后，小心谨慎地逢迎着太后。现在，她昂头挺胸，走在最前面，身后跟着其他嫔妃，她们亦步亦趋，紧紧跟随着自己，不敢有任何超越，小心恭谨地逢迎着她。被人逢迎的感觉真好！冯燕微微地笑了。

冯燕神采飞扬，她穿着皇后的盘龙飞凤的袍服，头戴皇后冠帽，在后妃的簇拥下，来到宴客的大殿永安殿。皇帝大宴改到太华殿举行，皇后宴请王公大臣夫人的大宴就在永安殿举行。

王公大臣的夫人都站立起来迎接皇后，她们在仪曹常侍的带领下，向皇后行叩拜大礼。

冯燕沉静地微笑着，接受百官夫人的朝拜。这是多么幸福的时刻，她的心因为兴奋而微微战栗着，她的脸色因为激动而微微发红，她的大眼睛因为快活而光芒四射，这十七岁的皇后显得娇媚动人，新鲜得像一朵带露的欲开未开的含苞牡丹，不仅光艳夺人眼目，而且香气袭人。

百官夫人都不由得赞叹着，似乎她们从来没有意识到冯皇后的美丽。是的，过去她们没有意识到，因为太后在前面遮挡着，太后用她成熟端庄大方威严的仪态遮住了年轻皇后的光芒,正如太阳光芒四射,自然看不到美丽的月光和星光一样。今天太后没有出场,皇后亮出了她的光彩,这光彩征服了百官夫人。

冯皇后优雅地抬起双手,这优雅是她长期在冯媛的熏陶下慢慢教养出来的。"夫人们,大家请坐。"冯皇后朗朗的声音在永安殿里回荡。

百官夫人入座。冯燕优雅地把双手慢慢向下按了按。她站到龙床前的基台上,看着下面华服盛装的百官夫人,沉静地微笑着,眼光清澈明亮,却带着挥之不去的淡淡的忧郁,增加了她的威严:"今天,我代表太后举行盛大的宴会,宴请各位夫人,感谢各位夫人支持夫君跟随皇帝为魏国服务,请各位夫人接受我的感谢!"说着她高高举起手中的青铜酒杯,慢慢走下高高的基台,来到夫人中间,和每一个夫人碰杯,轻轻说一声"谢谢你"。

夫人们感动得热泪盈眶。

跟在皇后身后的拓跋濬的嫔妃,也都效仿皇后的样子,向王公百官夫人敬酒。乙梅叶更是紧紧跟随皇后,她现在对皇后已经是敬服得五体投地了。


常玉花从惠太后陵园宫里的炕上爬了起来,懒懒的坐着,她的头脑里一片空白,像往常一样,她要坐好半天,才能想起她是谁,在哪里。她记不起今天是什么日子,更不知道今天就是元旦。皇帝已经把她囚禁在这里几个月了,不知道还要囚禁到什么时候。冬天已经快要过去了,但是窗外还是皑皑白雪,几只觅食的麻雀在雪地上跳来跳去,平整的雪地上印下麻雀美丽的爪子的痕迹,像树枝一样。

常玉花叹息着,她多么怀念皇宫的日子。可是,她知道自己再也回不去了,过去的豪华已经成了过眼烟云,成了一段美丽的梦。

为什么她的兄弟们不来搭救她呢?为什么乙浑不来搭救她呢?难道他们就不知道她的事情吗?

常玉花看着窗外,一阵冷风从北方吹来,积在枝头的白雪从松树枝头簌簌落下,她叨叨着,数落着:"乙浑啊乙浑,别人忘了我,你难道也忘了我不成?我对你这么好,你居然可以这么忘恩负义,都不来探望我一次。你可真狠心啊!"她揉着干涩的眼睛,眼睛里没有一滴泪水,没有一滴泪水可以润滑她干涩疼痛的眼睛。前面的日子,她每日以泪洗面,已经把泪水流尽,她的

乳母皇太后

泪囊里已经没有一滴眼泪。

常玉花看着白雪,感到眼睛更加刺痛,她慢慢从窗外收回自己的目光,坐到热炕上。火盆里的木炭火红红的,散发着温暖。热炕也烧得热烘烘的,她一点都不觉得冷,甚至还感到一些燥热。

常玉花脱去身上的皮袍,盖在自己的腿上。她开始绣花。这是她当了太后以后再也没有摸过的活计。只有绣花,才可以把她从无边的烦恼和痛苦中解脱出来,使她忘却自己的处境。

她要给她的拓跋濬绣一个鲜红的兜肚,上面绣上美丽的龙凤鸳鸯、牡丹桃花。她已经绣了一半,再有几个月,她就可以完成这兜肚,然后托人给皇帝送去,皇帝一定会睹物思人,放她回去。只要让她回去,她可以向皇帝说,她愿意住到乡下坞堡里,可以不当太后,更不干涉皇帝的一切事情。她只愿安享晚年。这兜肚一定会勾引起拓跋濬对奶娘的思念情义!一定会的!

想到这里,常玉花飞针走线,更加专心地刺绣着。

天色渐渐黑了下来,看守给皇太后送来晚饭。常玉花看也不看,继续低头专心地飞针走线,把全部希望都绣进了这鲜红的精美的兜肚。

### 7. 隆重安葬尽显皇恩浩荡　富贵短暂无非竹篮打水

拓跋濬不大过问后宫的事情,任由皇后主理。国家已经富庶了许多,后宫嫔妃也都有了各自的财政拨款,不必像初年那样要靠自己经营菜园、牧场、作坊度日。皇后冯燕虽然还是主张嫔妃自己经营应付自己宫里的开支,但是她也从朝廷仓库里拿出一部分金银绸缎按地位高低分配。嫔妃越来越拥护她。

不过,她还是担心太后的身体,她多次向皇帝询问太后的情况,皇帝总是说,太后身体还没有完全复原,需要再调养一段。

拓跋濬派仪曹尚书李欣和内官到广宁监督工程进展。

四月份,李欣回来报告,广宁工程已经完工,太后陵寝已经修好。陵墓修建得美轮美奂,比惠太后陵寝还要气派豪华。陵寝修建在磨笄山下,头枕磨笄山,面向京畿,下临温泉宫,皇帝幸临温泉宫,就可以祭拜山陵。

拓跋濬点头:"这朕就放心了。毕竟她是朕的奶娘,朕是吃她的奶水长大的。朕要厚葬她，这样，朕的良心才好受一些！"

李欣赞叹着："皇帝仁义慈爱，天下百姓感念不已。大臣和百姓对皇帝冬天里下的诏书都赞不绝口，说皇帝能够为百姓大臣着想，实在是英明仁慈的皇帝。"

拓跋濬叹息："太后有一点对朕影响很大。她经常教导朕要爱人，要为天下百姓想一想。她经常给我讲述百姓的故事，讲述百姓的艰辛。朕深受她的影响！"

李欣小声说："陵寝已经修好，皇帝陛下要及早了断太后的事情。不能再拖下去了！夜长梦多，万一常英兄弟或者乙浑将军发现破绽，他们联合起来谋反，可是麻烦了。"

"是的。后宫皇后屡屡追问。朕也怕节外生枝。马上派人去接太后回宫！"

李欣点头："这事必须臣去办。别人去臣不放心！"

拓跋濬点头："卿去最好。一定要把事情办得周到妥帖，让人看不出一点破绽才好！"

"请陛下放心！臣自有安排。臣今日就出发。"

"好！越快越好！"


神色凄清脸色蜡黄的常玉花看着陵园里一片新绿。横山和崞山光秃秃的树早就葱茏一片。春天来了，她的兜肚早就绣好了，绣得那样精致，那样漂亮，这是她绣得最好的绣品。龙凤翻飞，好像活的一样。牡丹桃花，如同真花。她自己翻来覆去地欣赏着，爱不释手。看了这红兜肚，皇帝会思念奶娘，接奶娘回去的，皇帝不会忘记奶娘恩情的。想到这里，她凄然地笑了。

木门吱扭一声开了。来送饭了。她头也不抬，继续欣赏自己的绣品，琢磨着再绣一件什么东西。

"太后！"有人轻轻地喊。

皇太后神情木然地抬起头。她黑亮的大眼睛里闪过一丝希望的亮光：是不是皇帝派人来接她回宫了？

李欣站在她的炕前，微笑着问："太后无恙？"

常玉花扑了过来，一把抓着李欣的胳膊："仪曹尚书，可是来接我回宫的?!"

李欣点头:"是来接太后回宫的!"

常玉花爬了过来,抱着李欣:"皇帝接我回宫,是不是啊?皇帝接我回宫了!"她哭喊着,大笑着,像疯了似的。

李欣皱了皱眉头:这女人,一旦得势不可一世;一旦失势,竟如此不顾体面与尊严。人啊,做到宠辱不惊,可不容易啊。他挣脱皇太后的拉扯,勉强掩饰自己的嫌恶,说:"皇帝派臣来接皇太后回宫。只是皇太后要吃饱以后换过衣衫,才好动身。这是皇帝陛下专程给太后带来的鹿角膏,请太后服用,以恢复体力上路。"李欣捧着一钵炖鹿角膏给皇太后。

皇太后接过钵,狼吞虎咽,几下就把满满一钵炖鹿角膏吃了下去。她已经清汤寡水的几个月,肚子里没有了一点油水,自己也知道自己已经容颜大改,形销骨立,完全丧失了往日的风采。这样回去,怎么见皇帝?怎么见乙浑?怎么见后宫嫔妃?她需要那个红光满面、丰满、威严的太后形象。

李欣又给她捧上一包衣服,自己走了出去,让她换衣服。

常玉花笑着,哭喊着,换上崭新的太后衣袍冠帽。她的濬儿没有忘记她奶养他的恩情,他终于接她回宫了!她今后还是皇太后,还能够主理后宫!还可以锦衣玉食安享荣华富贵!她把脸伏在崭新的衣袍中,快乐地呻吟着。对!还有她给皇帝精心绣的红兜肚!可不能忘了带上它!这是她几个月的心血,是她对皇帝的一片心意!

常玉花把红兜肚用一块黄绫子小心包好,放进上袍的胸襟里。贴着她的心放着,她才放心!

李欣在外面催促着:"太后,快些换衣!我们还要赶路呢!"

常玉花慢慢脱掉那身已经穿了几个月的衣袍,换上新冠帽新衣袍。她突然痛苦地皱起眉毛,她感觉喉咙好像火烧火燎般疼痛。她用双手紧紧抓住自己的喉咙,大喊起来。可是,声音怎么像蚊子一样哼哼着。"李欣!李欣!"她大声喊。声音好像被阻塞在喉咙里,一点也出不来!

我这是咋的啦?我的声音呢?常玉花抓着自己的喉咙,倒在炕上翻滚起来。

李欣走了进来,看着炕上翻滚的太后,大声喊:"太后!太后!"常玉花只是用眼睛看着他,张嘴好像在说话,他却什么也听不到。

李欣暗笑:哑药起作用了! 他又试探着喊了几声:"太后,你说话啊。你这是怎么啦? 为什么不说话啊?"

常玉花嘴唇翕动,痛苦的脸苦楚成核桃,还是什么声音也发不出来。李欣点头,他放心了。哑巴皇太后不会说出她在这几个月的遭遇了。

李欣这才唤来带来的几个心腹,让他们把太后抬上高车。"杀死陵园里所有的守陵人!"李欣命令自己的侍卫。

"太后回来了?"冯燕惊喜地看着前来报信的太后宫里的太监张佑:"太后身体调养得如何? 身体康复了吧? 走,我们去看看她老人家,可想坏我了。"说着,她带着抱嶷就往外走。

张佑跟着皇后一边走,一边叨叨:"我还没有见到太后,符成祖怕皇后惦记,就先派我来报信。他去迎接太后车驾。"

冯燕匆匆来到皇太后的寿安宫。寿安宫里欢声笑语一片。太后走了几个月,寿安宫里的人都不知道太后的任何情况,难免人心惶惶,也冷清了许多。太后回来了,大家都安心了,也都高兴得什么似的。太后对宫里下人,不管是宫女还是太监虎贲,都很大方,该赏赐的时候就赏赐,并不吝啬钱财。下人犯事,她虽然惩罚严厉,但是事情过后还是一视同仁。所以,尽管许多宫女太监都受过她的鞭打,可是依然很喜爱她,对她忠心耿耿。听说太后回来,太监宫女虎贲都聚集到寿安宫门前,等待太后的回来。

一辆高车进了宫城,驶到寿安宫前。车上跳下李欣和几个侍卫,他们从车上抬下太后。

"太后,你怎么啦?"冯燕扑到常玉花担架前。担架上,常玉花勉强睁开眼睛,可怜巴巴地看了看冯燕,嘴唇翕动,好像说着什么。

"太后,你老人家说什么啊? 你大声说啊?"冯燕着急地伏在她身上,大声说。

李欣过来,向皇后行礼:"皇后,太后病得很厉害,不能多说话,请让侍卫把太后抬回寿安宫吧。"

冯燕直起身,让开路,让侍卫和李欣把太后抬进寿安宫寝宫。皇后跟着进去,看着宫女太监把太后放在炕上,给她盖好被子。

"李尚书,太后得了什么病? 怎么养了这么久,不但不见好转,反而病成

乳母皇太后

这样？"冯燕把李欣叫到前殿问。

李欣一脸忧虑："太医都说不出太后到底得了甚病。总之是日渐严重。太后思念皇帝，皇帝也思念她老人家，就决定先把她老人家接回皇宫调养。"

冯燕双眼垂泪："她老人家冬月去崝山的时候还那么精神，怎么几个月不见就病成这般模样？这到底是怎么回事啊！"

李欣也陪着皇后垂泪："是啊，谁说不是啊。我在行宫陪了太后几日，太后一直不能说话，臣子的心都急死了。"说着，发出几声呜咽，还不断抹着眼泪。

冯燕看了李欣一眼，心里觉得特别别扭，不知为什么，她总觉得这男人是装模作样，何况，她见不得男人掉眼泪，对掉眼泪的男人从心底里看不起。李欣也正从手指缝里偷偷窥视她。"这人为什么要装模作样给我看呢？"冯皇后不快地想。

李欣抹了把眼泪，恭敬地对冯燕说："皇后慢慢与太后说话，臣还要去回复皇帝陛下，他一定正翘首盼望着太后归来呢。皇帝陛下还不知道太后目前的情况，他一定会伤心死的。"说着，向皇后告辞。

冯燕又进到寝宫，上了炕，坐在常玉花的身边，拉着她的手抚摩着，流着泪："太后，你说话啊。到底发生了什么事情啊？怎么病成这样？"

常玉花睁开眼，看了看冯燕，似乎认出了她。她的眼里闪过亮光，又张张嘴，翕动了一下嘴唇。

"太后，你说什么？大声一点！"冯燕急忙俯身到她的脸边，把耳朵贴在她蜡黄消瘦、几乎失去原来模样的脸上。

常玉花的嘴唇翕动了几下，冯燕什么也没有听到。"太后，你大声点说话啊，我什么也听不到！"冯燕哭喊着，把自己的脸紧紧贴到常玉花的脸上。

常玉花慢慢地动了动手，手指艰难地挪动了一下。

冯燕急忙抬起脸，看着常玉花："太后，你要干什么？"

常玉花的眼睛睁开，看了看自己的下颏，手指轻微地弯曲着动了动。

冯燕急忙问："太后有事要交代？"

常玉花微微点了点下颏。

"说吧，太后有什么事情尽管说，我一定会帮助太后实现的！"冯燕拉着常玉花的手，轻轻抚摩着。她知道太后能够听到她说的话，只是自己说不出

乳母皇太后

来。她也知道太后头脑十分清醒，只是不能发声说话。

"太后，你听我说，只要我说得对，只要你听懂了，你就闭一下眼睛。"皇后冯燕对皇太后说。

常玉花闭了一下眼睛。

"你想交代事情，是不是？"冯燕问。

常玉花闭了一下眼睛。

"什么事情？"

常玉花闭了下眼睛，又艰难地抬起手，指了指自己的胸脯。

"你这里有东西，是不是？"冯燕勉强忍着悲痛，流着泪问。

常玉花闭了闭眼睛。

冯燕掀开被子，看了看常玉花。常玉花又闭了闭眼睛。冯燕看着常玉花的衣袍，问："是这里面？"常玉花闭了闭眼睛。

冯燕急忙解开常玉花的袍子胸襟，里面露出一个黄绫子的小包。

冯燕把它拿出来，让常玉花看看，常玉花闭上了眼睛。

冯燕揭开黄绫子，抖出一个鲜红的龙凤翻飞的兜肚。多漂亮的绣工啊。冯燕知道，这是太后一针一线刺绣的。这是给皇帝绣的。她断定，太后在养病期间，一针一线给皇帝绣了一个兜肚。只有皇太后知道，皇帝从小胃肠虚弱，怕受寒着凉，一受寒着凉，他就会胃肠胀气，肚子会涨得像鼓一样，敲起来砰砰地响。这时，她要坐在他身旁，给他慢慢地揉着肚子，一揉就是半夜。当拓跋濬醒过来，说要拉屎的时候，已经鸡叫三遍。这时，他的肚子已经瘪了下来，他就会喊着肚饿。所以，皇太后给他绣了许多兜肚，不让他肚子着凉。

冯燕从小就知道皇帝的这个老毛病。她看见过太后为皇帝做兜肚，为皇帝揉肚子。

冯燕呜咽着说："是给皇帝的吧？"

常玉花最后睁了一下眼睛，又闭上，再也没有力气睁开了。

冯燕号啕着："太后，你睁开眼睛啊。你说话啊！你怎么能离开我啊？你才四十岁刚刚出头啊！"

常英、常喜、乙浑都还在外地。

夏四月戊戌，皇太后常氏崩于寿安宫。

魏宫里挂着白色挽幛。皇太后崩，皇帝拓跋濬亲自拜祭，佛道两家都举行七七四十九天的道场法事，规模宏大，规格高，一切都依着惠太后的规格排场安排。

皇帝拓跋濬几次哭倒在皇太后的灵前。

五月癸酉，葬皇太后于广宁。

浩大的送葬队伍开出平城，一色的白色旗幡，缟素衣服，三军护卫着皇太后的灵枢开往广宁。皇帝依惠太后故事，别立寝庙，置守陵二百家。同时，树碑歌颂皇太后的功德，歌颂皇太后的慈和劬劳。

皇帝亲自下诏，大临三天，举国默哀悼念，谥曰昭。

皇后冯燕默默地悼念着皇太后，今后一切，要依靠自己。她要保住自己在魏宫的地位，她不能让姑姑左昭仪和皇太后的心血付之东流。冯燕更加沉静成熟了。

皇帝拓跋濬要开始实现治国理想了。他能如愿以偿吗？

乳母皇太后

2001 年 5 月一稿

2002 年 3 月定稿于广州飞鹅岭三闲斋

2015 年 10 月修订于广州独孤宅